〔清〕顧嗣立編

元詩選

初集　下

中華書局

元詩選庚集目録

元詩選庚集

忠介公泰不華

泰不華，字兼善，伯牙吾台氏。初名達普化，文宗爲賜今名。世居白野山，其父塔不台始家台州。兼善年十七，江浙鄉試首薦。明年至治改元，賜右榜進士第一，授集賢修撰，累轉監察御史。順帝初，與修宋、遼、金三史，擢禮部尚書。至正八年，方國珍兵起江浙，行省參政朵兒只班被執，上招降狀，詔泰不華察實以聞。具上招捕之策，不報。十一年，遷浙東道宣慰使都元帥，與左丞孛羅帖木兒夾攻國珍。孛羅先期至，爲所執，尋遣大司農達識帖睦邇招之，國珍僞降。泰不華請攻之，不聽。改台州路達魯花赤，十二年三月，國珍襲之澄江，九戰死之。年四十九，贈行省平章政事、魏國公，謚忠介。立廟台州，額曰「崇節」。兼善好讀書，以文章名。善篆隸，温潤遒勁，盛稱于時。自科舉之興，諸部子弟類多感勵奮發，以讀書稽古爲事。迨至正用兵，勳舊重臣與有封疆之責者，往往望風奔潰敗衂，遁逃之不暇。而挺然抗節，秉志不回，乃出于一二科目之士，如達兼善、余廷心者，其死事爲最烈，然後知爵禄豢養之恩，不如禮義漸摩之澤也。故論詩至元季諸臣，以兼善爲首，廷心次之，亦足見二人之不負科名矣。

衡門有餘樂

衡門有餘樂，初日照屋梁。晨起冠我幘，亦復理我裳。雖無車馬喧，草木日夜長。朝食園中葵，暮擷澗底芳。所願不在飽，頷顑亦何傷。

桐花煙爲吴國良賦

吴郎骨相非食肉，朝食桐花洞庭曲。洞庭三月桐始花，千枝萬朵揺江緑。吴郎采采盈頃筐，寶之不啻瓊膏粟。真珠龍腦吹香霧，夜夜山房擣玄玉。墨成誰共進蓬萊，天顔一笑金門開。河伯香飛噴木葉，太守噓氣成樓臺。龍賓十二吾何有，不意龍文入吾手。芙蓉粉暖玻璃匣，雲藍色映彤墀柳。玉堂退食春晝長，桃花紙透冰油光。筠管時時濡秀石，銀鉤歷歷凝玄霜。君不聞易水仙人號奇絶，落紙一年光不滅。又不聞□□□□烏玉玦，坡老當年書柹葉。惜哉唐李不復見，吴郎善保千金訣。烏乎！吴郎善保千金訣。

衛將軍玉印歌

武皇雄略吞八荒，將軍分道出朔方。甘泉論功誰第一？將軍金印照白日。尚方寶玉將作匠，别刻姓名示殊賞。蟠螭交紐古篆文，太常鍾鼎旌奇勳。君不見〔祁〕（祈）連山下戰骨深，中原父老淚滿襟。衛后廢殂太子死，茂陵落日秋風起。天荒地老故物存，摩挲斷文弔英魂。

送友還家

君向天台去，煩君過我廬。可于山下問，只在水邊居。門外梅應老，窗前竹已疏。寄聲諸弟姪，老健莫愁予。

賦得上林鶯送張兵曹二首

春陰苑樹合，日出見黄鸝。圓聲度繁葉，流羽拂高枝。時節苦易換，況經多别離。君子貴求友，勿懷幽谷悲。

春日陽關道，鶯聲滿上林。來從金谷曉，飛度玉樓陰。柳嫩難分色，歌停稍辨音。明朝空解語，人去落花深。此首見《雲林子集》。

陪幸西湖

北都冠蓋地，西郭水雲鄉。珠樹三花放，鸞旗五色翔。雞翹輝鳳渚，豹尾殿龍驤。駕擁千官仗，帆開百尺檣。屬車陪後乘，清道肅前行。河漢元通海，湖山遠勝杭。經綸屬姚宋，制作從班揚。瑞繞金根動，聲摇玉珮鏘。春陰飛土雨，曉露挹天漿。御柳枝枝緑，仙葩處處香。葵傾惟日向，荷偃借風張。寶馬鳴沙路，華舟迴石塘。金吾分禁籞，武衛四屯箱。小大濡深澤，仁明發正陽。皇皇星斗潤，落落股肱良。朝野崇無逸，邦家重有光。賜租寬下國，傳詔出中堂。布政親巡省，觀民或怠荒。麥禾連野迴，桑柘出林長。樂歲天顔喜，回鑾月下廊。

春日次宋顯夫韻

帝城三月多春色，南陌風光畫不如。躑躅花深啼杜宇，鸕鷀灘漲一作暖。聚王餘。玉樓似是秦宫宅，金水元非鄭國渠。處處笙歌移白日，揚雄空讀五車書。

上尊號聽詔李供奉以病不出奉寄

丹鳳銜書出内庭，羽林環衛擁霓旌。千官拜舞開仙仗，四海謳歌荷聖情。香霧細添宫柳碧，日華遥射錦袍明。侍臣亦有文園病，卧聽龍墀鼓吹聲。

送趙伯常淮西憲副

東華晨霧正霏霏，使者分符向合淝。封事尚留青瑣闥，蒙恩近出紫宸闈。江涵曉日明樓櫓，風引春雲上繡衣。珍重故人千里别，緑尊須盡莫相違。

寄姚子中

懶趨青瑣備朝班，焚却銀魚挂鐵冠。琪樹有枝空集燕，竹花無實謾棲鸞。漢廷將相思王允，晉代衣冠託謝安。聖世只今多雨露，上林芳草似琅玕。

春日宣則門書事簡虞邵菴

三月龍池柳色深，碧梧煙暖日愔愔。蜂黏落絮縈青幔，燕逐飛花避緑沈。仙仗曉開班玉筍，雲韶春奏錫瓊林。從臣盡獻河東賦，獨有相如得賜金。

寄同年宋吏部

金鏡承恩對紫微，錦韉白馬耀春暉。謾隨仙仗朝天去，不記宮花壓帽歸。海國風高秋氣早，關河雲冷雁聲稀。嗟予已屬明時棄，自整絲綸一作「綸竿」。覓釣磯。

與蕭存道元帥作秋千詞分韻得香字

芙蓉宮額半塗黄，雙送秋千出畫牆。簾底燕驚花雨亂，樹頭蜂繞襪塵香。巧將新月添眉黛，閒倩東風響佩璫。歸去緑窗和困睡，暫憑春夢到遼陽。

送瓊州萬户入京

海氣昏昏接蜃樓，颶風吹浪蹴天浮。旌旗晝卷蕉花落，弓劍朝懸瘴雨收。曾把烏號悲絶域，却乘赤撥上神州。男兒墜地四方志，須及生封萬户侯。

絶句二首

繡簾鉤月夜生涼，花霧霏霏一作「陰陰」。入畫堂。吹徹玉簫人未寢，更添新火試沉香。

金吾列侍擁旌旄，五色雲深雉尾高。視草詞臣方退食，内宫傳敕賜櫻桃。一作「蒲萄」。

題祁真人異香卷

帝閣芙蓉罨畫山，天香飄緲碧雲間。夜深放鶴三花樹，自把《黄庭》月下看。

送劉提舉還江南

帝城三月花亂開，落紅流水如天台。人間風日不可住，劉郎去後應重來。

送新進士還蜀

金絡絲韁白鼻騧，錦衣烏帽小宫花。臨邛市上人争看，不是當年賣酒家。

送王奏差調福州

春水溶溶滿鑑湖，蘭舟長護錦屠蘇。可憐走馬閩山道，榕葉陰中聽鷓鴣。

題梅竹雙清圖

冰魂無夢到瑶階，翠袖雲鬟並玉釵。青鳥暮銜紅綬帶，夜深重認合歡鞋。

題柯敬仲竹二首

堤柳拂煙疏翠葉，池蓮過雨落紅衣。娟娟唯有窗前竹，長是清陰伴夕暉。

梁王宅裏參差見，山簡池邊爛熳栽。記得九霄秋月上，滿庭清影覆蒼苔。

達兼善爲台州守，有所廉察。因夜宿村家，聞鄰婦有姊姒夜績者，姊曰：夜寒如此，我有瓶酒在牀下，汝可分其清者；留以奉姑，下濁者吾與爾飲之。姒如其言，起而注清者于他器。且曰：此達元帥也，吾等不得嘗矣。姊曰：到底清邪。遂笑而罷。兼善聞之，未曙卽去。其清節爲時所稱若此。

余忠宣公闕

闕字廷心，一字天心，唐兀氏，世居武威。父官合肥，徙家焉。少孤，授徒以養母。與吴草廬弟子張恆遊。登元統癸酉進士第二名，除同知泗州。歷任監察御史、翰林待制。至正十三年，江淮用兵，改淮東宣慰司爲都元帥府，治淮西。起闕爲副使，僉都元帥事，分兵守安慶。屢敗諸寇，拜淮南行省左丞。陳友諒合兵來攻，十八年正月城陷，闕死之。舉家赴井，官民將士從死者以千計。事聞，贈淮南江北等處行中書省平章政事，追封豳國公，謚忠宣。廷心留意經術，爲文有氣魄，能達其所欲言。詩體尚江左，高視鮑、謝，徐、庾以下不論也。篆隸亦古雅可傳，嘗讀書青陽山中，學者稱青陽先生。門人郭奎掇拾其遺文爲《青陽集》六卷。同年進士李祁序之，謂廷心以羸卒數千守孤城，屹然爲江淮保障者五六年。援絶城陷，與妻子偕死。孤忠大節照映千古，爲斯文之光。明太祖嘉闕之忠，立廟忠節坊，命有司歲時致祭。按忠宣公夫人，宋太史傳作耶卜氏，張美和《元史節要》作耶律氏，賈良伯《死節記》作夫人蔣氏。公姪孫宗烈云：叔祖有妾耶律、耶卜氏。叔祖母實蔣氏。子德臣，女安安，皆其所生也。維揚張毅所記如此。

白馬誰家子

白馬誰家子，緑轡縵胡纓。腰間雙寶劍，璀璨雪花明。甫出金華省，還過五鳳城。君王賜顔色，七寶奉威聲。夜入瓊樓飲，金樽滿繡楹。燕姬陳屢舞，楚女奏鳴筝。慷慨顧賓從，英風四座生。一朝富貴盡，不如秋草榮。黔婁固貧賤，千載有餘名。

送劉伯温之江西廉使得雲字

祖帳依山館，車蓋何繽紛。使君驅駟馬，衣上繡成文。中坐陳綺席，羽觴流薄薰。情多酒行急，意促歌吹殷。況我同鄉友，同館復離羣。初暘麗神皋，遥望澄遠氛。回鑣望雙闕，五色若卿雲。蒼茫歲年徂，東西歧路分。道長會日遠，何以奉殷勤。惟有凌霜柏，天寒可贈君。

送普原理之南臺御史兼簡察士安

霜署起南天，雲霄晝榜懸。兩幃猶可對，二妙古難全。夏木籠彫檻，風華度繡筵。時應聯騎出，誰謂非神仙。

秋興亭

涉江登危榭，引望二川流。雙城共臨水，兩岸起飛樓。漢渚深初緑，江皋迴易秋。金風揚素浪，丹霞麗綵舟。登高及佳日，能賦命良儔。御者奉旨酒，庖人供膳羞。一爲山水媚，能令車騎留。爲語同懷者，有暇卽來遊。

吕公亭

鄂渚江漢會，玆亭宅其幽。我來窺石鏡，兼得眺芳洲。遠岫雲中没，春江雨外流。何如乘白鶴，吹笛過南樓。

先天觀

仙客鍊金地，蒼山深幾重。至今龍虎氣，猶在琵琶峰。峰前石路整，金澗垂楊嶺。萬壑閟阿宫，千年奉丹鼎。日日采三秀，人人吹玉笙。既要王子晉，復命董雙成。方朔金門步，春來多自豫。青鳥幾時還，銜書寄君去。北闕懷美禄，南山思遠遊。勞心如御水，東去復西流。

别樊時中

桃花灼灼柳絲柔，立馬看君發鄂州。懊惱人生是離别，不如江漢共東流。

山亭會琴圖

連山環絶壑，雲木亂紛披。中有抱琴者，有如榮啓期。蕭然久不去，問子欲何爲？

元興寺二首

絶塵軒

網軒開翠崿，山水下葱蘢。江中寶牀擁，樹杪畫欄紅。心融二陣滅，境静六塵空。應似青蓮葉，齊開緑水中。

壓雪軒

軒轅鑄鼎處，仙臺成畫圖。寒雲生洞渚，暝色入蒼梧。如霧飄丹閣，非煙起玉鑪。年年漫來此，無處挽龍胡。

竹嶼

秋水鏡臺隍，孤洲入淼茫。地如方丈好，山接會稽長。紫蔓林中合，紅蓮葉底香。何人酒船裏，似是賀知章。

送危應奉分院上京

峽路傳清警，金輿夾綵旂。還如向姑射，詎比幸甘泉。苑樹紛成幄，關榆始委錢。從臣偏寵近，載筆幔城邊。

龍丘萇吟贈程子正

戰龍起新室，羣鳥亦翩翩。偉哉龍丘生，抱琴歸故山。仰視天際鴻，俯弄席上絃。清音發疏越，逸響遺澗泉。悠悠鳳翔漢，婉婉虬媚川。清風自千古，何用能草玄。

送胥式南還

孟冬寒律應，原野降繁霜。客子倦遊覽，結笥還故鄉。驅車出城闕，旭日懸晶光。綺宮上爛爛，翠閣後蒼蒼。豈無凉華志，晞景發清揚。富貴在榮遇，貧賤有安行。恆恐歲年迫，皐蘭凋紫芳。君看沙上雁，鶱翮乃隨陽。

題合魯易之四明山水圖

窗中望蒼翠，春木起晨霏。孤嶂纔盈尺，長松未合圍。蕭蕭此仙客，日日候巖扉。念爾空延佇，王孫且未歸。

題劉氏聽雪樓

羣峰擁臨檻，修竹鬱菁菁。蔭向曲池好，聲惟雪夜清。天寒三日卧，人道是袁生。

送王其用隨州省親

都門楊柳萬絲垂，城下行人駟牡騑。宮中近得三年謁，篋裏新裁五色衣。漢皐秋晚遊娼少，夢渚波寒獵火微。我有愁心似征雁，隨君日日向南飛。

題合魯易之鄞江送別圖

欲去更還顧，依依戀所知。今朝去京日，似子渡江時。

馬伯庸中丞哀詩

結纓趨魏闕，俯仰二十霜。化運易遷逝，故老今盡亡。維時遊公門，時節會高堂。峥嶸奉餘論，炫燿晞報章。制若縟繡陳，聲若寶瑟張。儀若龍文鼎，燁若照夜璫。芊眠出工巧，幻妙極豪芒。抽思究皇術，振藻詠時康。是時朝廷上，才彦佚有望。公如逸虬出，萬驥爲留行。念此今已矣，松柏杳茫茫。驅車入珂里，穹門委舊衡。珠移青淵涸，桃盡故蹊荒。龍火出勁秋，玉衡變春陽。朝榮詎已殞，夕香豈不芳。感彼推輪始，惻惻我心傷。

題紅悔翠竹圖

竹葉梅花一色春，盈盈翠袖掩丹脣。休言畫史無情思，却勝宫中剪綵人。

賦得慈恩寺塔送李惟中赴西臺侍御

祇園開塔廟，遐瞰盡三秦。琱玉裁文陛，金銅結綺輪。高標雙闕外，流影灞陵津。攬轡還登眺，題名繼昔人。

蘭亭

奉節過東鄙，總轡臨越墟。覽此崇山阿，亭樹猶胥餘。陽林積珍木，禊館疏鏤渠。徽風旋輕瀨，宛委寫成書。秋杪霜露滋，清商滿縣隅。紅蓮凋綺藥，微瀾見躍魚。藉芳泛羽觴，視聽良有娱。逍遥大化内，豈必三月初。

贈澄上人

壞色衣裳護七條，手持經卷意蕭蕭。頭陀寺裏相逢後，又向天台訪石橋。

贈山中道士善琴

山中道士緑荷衣，新抱瑶琴出翠微。已與塵緣斷來往，逢人猶鼓《雉朝飛》。

安慶郡庠後亭宴董僉事 亭名「天開圖畫」。

鯨鯢起襄漢，郡邑盡燒殘。兹城獨完好，使者一開顔。省風降文囿，弭節遵曲干。雙池夾行徑，累榭在雲間。天淨羣峰出，地迥蒼江環。霞生射蛟臺，雁没逢龍山。開樽華堂上，命酌俯危闌。主人送瑶爵，但云嘉會難。豈爲杯酒歡，樂此罷民安。媿淵無恆彩，清川有急瀾。明晨起驂服，相望阻重關。

九日宴盛唐門

今日良宴集，玉帳設金懸。賓稱此嘉辰，令德應重乾。淒淒秋陽升，湛湛江景鮮。西馳三澨津，東瞻九華山。文溦帶粉堞，卿雲覆綵旃。清歌送銀爵，泛此秋花妍。嗟予遠征人，别家今四年。采薇夜歸戍，操築朝治垣。微此一日歡，苦辛良可憐。中觴感前諜，撫運當泰年。燔柴盛唐郡，泛舟樅江前。臨川射長蛟，雄風推八埏。豎儒繆從役，任重力乃綿。武功既無成，文德何由宣。微勳儻有濟，敢愧魯仲連。

登太平寺次韻董憲副

蕭寺行春望下方，城中雲物變淒涼。野人籬落通濡口，賈客帆檣出漢陽。多難漸平堪對酒，一尊未盡更焚香。憑將使者陽春曲，消盡征人鬢上霜。

題溪樓

溪水緑悠悠，高樓在溪上。日暮望江南，舟中采菱唱。

送康上人往三城

嘗登大龍嶺，橫槊視四方。原野何蕭條，白骨紛交橫。維昔休明日，茲城冠荆揚。芳郊列華屋，文纕被五章。乘車衣螭繡，貴擬金與張。此禍誰所爲？念之五内傷。豎儒謬乘障，永賴天降康。樅陽將解甲，皖邑寖開疆。耕夫緣南畝，士女各在桑。念子中林士，振策亦有行。我聞三城美，龍嶺在其傍。連林積修阻，下有澄湖光。明當洗甲兵，從子卧石牀。

七哀

《殷武》誦罙阻，周魯歌東征。聖哲則有然，我何敢留行。斬牲祀好時，釁鼓起前旌。野布魚麗陣，山鳴鐃吹聲。函關何用塞，受降行已城。路逢故鄉人，取書寄東京。寄言東京友，勉樹千載名。一身未足惜，妻子非無情。

葛編修輓歌 景光。

昔别情何樂，今還語向誰？幽房通貝闕，空館冪蕪絲。未過徐公墓，徒懷有道碑。扁舟望湖曲，清淚溼江離。

賦得鉅野澤送宋顯夫僉事之南山

隄上柳沈沈，春蒲泛渚禽。濟田東匯闊，汶水北流深。落日依中沚，浮雲積太陰。微茫看不盡，渾似别時心。

送張有恆赴安慶郡經歷

曉路通高嶂，春城入大江。草生垂鈎浦，人語讀書窗。肅客移茶鼎，行田載酒缸。幕寮誰得似，高步絶紛龐。

送李伯寔下第還江西

之子不得意，南行無怨辭。官河人杳杳，客路雨絲絲。古木淮陰市，春城孺子祠。悽然千里别，爲賦《小星》詩。

雲松樓

初日高樓上，卷幔對黃山。黃山出霄漢，爛熳發青蓮。參差非一狀，朝夕看屢妍。九華承雙舄，敬亭附駢筵。漫漫雲羃嶺，沈沈松覆泉。清飈坐中起，如聞帝女絃。静有幽事樂，動無塵慮牽。消摇悦心目，玆道可長年。

楊平章崇德樓

重城控秋塞，丹樓耀芳甸。頳霞上氛氲，蒼林下葱蒨。長河城邊急，積岨窗中見。遠雁滅居延，行雲歸鄯善。大賢謝卿相，垂幃化鄉縣。春蟲觸寶瑟，餘花飄玉研。方從董園樂，陋彼歌梁轉。伊予去山澤，寒齋秋草徧。載覽登樓篇，益重臨淵羨。

長安陌

浩浩長安陌，瓊樓夾廣塵。鴛鴦御溝上，芍藥吹樓前。駿馬追韓嫣，金尊約鄭虔。功名有時有，且得樂當年。

賦得君子泉送彭公權爲黄州教

君子没已久，遺井郡齋中。本寓思人意，兼全澤物功。銀牀駁故蘚，玉甃落寒桐。幾日趨官舍，横經誦養蒙。

賦得春雁送司執中江西憲幕

春風起蘋末，旅雁尚回翔。乳鴨嬌同唼，新蒲短可藏。應懷洞庭水，非避塞垣霜。客路頻懷舊，題詩寄帝鄉。

賦得蛾眉亭送王德常御史赴南臺

江亭望華崿，望望似修眉。掃黛偏能巧，含顰知爲誰？娟娟微雨裏，脉脉夕陽時。千里乘驄去，因之傷別離。

南歸偶書二首

帝城南下望江城，此去鄉關半月程。同向春風折楊柳，一般離別兩般情。

二月不歸三月歸，已將行篋捲征衣。殷勤未報家園樹，緩緩開花緩緩飛。

別樊時中廉使

光禄橋西惜解攜，春星欲傍露盤低。自來官柳多離思，更著城烏在上啼。

飲散答盧使君

契闊思相見，留連及此辰。長江映酒色，細雨若歌塵。所喜襟懷共，由來態度真。何時洗兵馬，得與孟家鄰。

賦得琵琶峰送人降香龍虎山

瓊峰毓奇態，高高出先天。柄超琳闕迥，盤影滌池圓。别□標蒼樾，回窗蓄紫煙。淙流如度曲，藤蔓似長絃。肖像生儀始，希顔太古前。雖無羅袖拂，常映磵花妍。子有靈侯技，能彈《大道》篇。函香一臨眺，天際意飄然。

可惜吟

春風吹人上妝樓，樓頭畫眉望池州。平生倚君似山海，十年不見胡不愁。東家買紅聘小女，西家迎鸞夜擊鼓。眼看拾翠同年人，今又堂堂作人母。良人良人固家貧，妾身待君亦苦辛。只愁明鏡生白髮，有錢難買而今春。此心懸知燕堪託，裁書繫渠左邊脚。願將妾言入其幕，纈紋資裝亦不惡。

雨中過長沙湖

細雨灑秋色，平湖生白波。客心貪路急，帆腹受風多。落木生秋思，驚禽避棹歌。舟行不借酒，兀坐奈愁何。

揚州客舍

船頭澆酒祀神龍，手擲金錢撒水中。百尺樓船雙夾櫓，唱歌齊上吕梁洪。

李白玩月圖

春池細雨柳纖纖，手倦揮毫日上簾。想得停杯江海夜，月明照見水晶鹽。

王總管翰

翰字用文，靈武人。先世本齊人，没於西夏。元初，賜姓唐兀氏。從下江淮，以領兵千户鎮廬州，家焉。翰初名那木罕，年十六，領所部有能名。省府交薦，除廬州路治中，改福州路，尋以同知升理問官，綜理永福、羅源二縣。擢江西福建行省郎中。平章陳有定據守全閩，留居幕府，敬且憚之。表授潮州路總管，兼督循、梅、惠三州。陳氏敗，浮海抵交占界，不果。屏居永福之觀獵山，自號友石山人，箨冠卉服，葛屨繩帶，與樵童、牧豎、田夫、漁父雜處，如是者十年。辟書再至，歎曰：「女豈可更適人哉。」時長子偁纔九歲，屬其友人吴海，且賦詩見志云：「昔在潮陽我欲死，宗嗣如絲我無子。今年辟書親到門，丁男屋下三人存。寸刃在手顧不惜，一死却了君親恩。」遂自引决，年四十六。時明洪武戊午之二月也。用文將家子，有古烈士風，晚年隱忍林壑，尤以詩自娱。廬陵陳仲述謂皆心聲之應，而非苟然炫葩組華者。此遺稿即其子偁所掇拾，偁永樂中爲簡討，以能詩名。

送别劉子中

執手寒江濱，慷慨難爲别。豈無楊柳枝，零亂不堪折。鴻雁西北來，嗷嗷唳晴雪。陽和忽已暮，旅況轉淒切。誰憐蘇子卿，天涯持漢節。

途中

萬物皆有托，我生獨無家。蔓草野多露，眇眇天之涯。親戚不在旁，更與奴僕賒。落日下長坂，悲風卷驚沙。林依避猛虎，郊行畏長蛇。封狐逐野鼠，跳踉當吾車。村墟四五聚，索莫集昏鴉。方投異鄉跡，又悲遠城笳。撫劍向夜起，中心鬱如麻。微軀焉足惜，天道良可嗟。雲漢念乖阻，道路日已遐。去去復何極，爲君惜年華。

題菊

我憶故園時，繞籬種佳菊。交葉長青葱，餘英吐芳馥。別來二十載，粲粲抱幽獨。豈無桃李顔，歲晚同草木。及兹覩餘芳，使我淚盈掬。離披已欲摧，瀟洒猶在目。雨露豈所偏，歲月不可復。歸去來南山，飡英坐空谷。

和鄉友程氏民同會龍山留別韻

相思樂未終，憂心亦何苦。翩躚鸞鶴羣，牢落麋鹿伍。緬懷駕輅車，伊昔事戎府。王事多險艱，跋涉幾風雨。看劍思躍龍，登墉氣攉虎。奈何向中道，山川竟修阻。及兹展良覿，澄秋碧江滸。雲山寄徜徉，煙蘿暫容與。相投既不厭，感慨獨懷古。長風起疏林，寒色落芳渚。廣筵促鳴鵾，泠然奏飛雨。雲霄浩無涯，去去但凝佇。

龍山月夜飲酒分韻得樹字

薄暮清興嘉，涼風集高樹。須臾明月生，清光在尊俎。池空河影涼，石冷苔色古。列坐當前墀，杯行不煩舉。野庖具山蔬，稚子薦鷄黍。晴峯餘靄收，密竹殘露湑。驚鵲翻夜巢，流螢墮前户。良時念暌離，觸物感所寓。坐待河影流，疏鐘繞林曙。

秋懷

懸門扶桑弧，丈夫四方績。奈何中險艱，零落苦相失。涼風天際來，庭草淒以碧。嗷嗷雙飛鴻，宵征度寥闃。物性既如此，予兹念何適。寒聲在衣巾，心煩百憂集。美人隔天涯，佳期阻良夕。鼎湖詎可招，巫咸已難卽。孤憤不自聊，長歌振巖石。

挽迭漳州

黑雲壓城天柱折，長烽夜照孤臣節。劍血飛丹氣奪虹，銀章觸手紛如雪。丈夫顧義不顧死，泰華可摧川可竭。蕉黄荔丹酒滿壺，千載漳人酹嗚咽。

挽柏僉院

柏君挺挺英雄姿，出佐薇省丁時危。愁聞兩浙已瓦解，江南民命猶懸絲。樓船一旦下江水，殺氣兵氛壓城壘。大臣夙駕思棄城，戰士魂銷將心死。臣雖力困肝膽存，臣當殺身思報恩。誓將一木支頽厦，肯豎降幟登轅門。人生恩愛豈不顧，詎忍貪生負天子。半空煙漲樓宇紅，盡室魂飛劍光紫。嗚呼氣分光岳臣道衰，賣降授節紛陸離。巍巍廊廟已如此，扶持世教非公誰，扶持世教非公誰。

送陳同僉

馬首出城東，將軍膽氣雄。旌旗明苦日，笳鼓動悲風。早雪三邊恨，寧誇百戰功。相期春草色，處處凱歌同。

山居春暮偶成

水氣掩蒼扉，蘿香織翠微。洞回雲到少，地僻客來稀。野鳥傷春去，楊花作雪飛。祗因飄泊久，對此也沾衣。

故人遂初過山居

秋氣誰相問，荒居懶閉門。劍歌雙鬢換，國步寸心存。漫寫當年事，偏驚此日魂。風流非舊日，有蝨對誰捫？

夜宿洪塘舟中次劉子中韻

勝地標孤塔，遥津集百船。岸回孤嶼火，風度隔村煙。樹色迷芳渚，漁歌起暮天。客愁無處寫，相對未成眠。

題畫小景

萬籟秋聲近，雙峯宿靄收。江涵林影碎，野接曙光浮。蘿薜連書幌，鷺花避釣舟。由來揚子宅，寂寞閉丹丘。

遊鼓山靈源洞時澄明景霽入望千里徘徊自旦至夕值月上聞梵聲泠然有出塵之想

旭日照高岑，天風振遠林。不應滄海色，那識白雲心。寶樹空香滿，珠林積翠深。坐來明月上，何處起潮音？

晚眺次林公偉韻

偶信東山屐，尋幽到翠微。白雲空野樹，紅葉戀斜暉。岸落潮初滿，天寒雁未歸。風塵江海徧，不上野人衣。

聞大軍渡淮

挾策南遊已十年，夢魂幾度拜幽燕。王師近報清淮甸，羽檄當今到海壖。妖氣蒼茫空獨恨，生民憔悴竟誰憐。廟堂早定匡時策，我亦歸耕栗里田。

夜雨

官舍人稀夜雨初，疏燈相對竟何如？乾坤迢遞干戈滿，煙火蕭條里社虚。報國每慚孫武策，匡時空草賈生書。手持漢節歸何日，北望神京萬里餘。

過化劍津有感

寶劍沈沙世已傾，千年波浪未能平。空餘故壘鄰滄島，那復雄兵出郡城。淮上何人祠許遠，海中無客葬田横。夜深有氣干牛斗，洒淚空含萬古情。

寄别劉子中

問君西去與誰親，吴楚山川滿目新。賈傅有才終大用，杜陵無計豈長貧。鳳凰臺古思明月，采石江空夢白蘋。幾欲西風斟别酒，不堪零露滿衣巾。

遊雁湖二首　在觀獵山之巔，羣雁所栖集也。

雁去湖空野水深，秋風吹客上遥岑。丹楓盡逐孤臣淚，黄菊空憐處士心。雨後諸峯浮夕靄，霜前一葉送寒陰。停車欲問當年事，尺素何由到上林。

江海風波浩不收，却來此地駐清遊。上方樓閣通三島，别墅煙霞十一丘。書斷雁歸沙塞遠，丹成龍去鼎湖秋。悠悠此意憑誰問？陳迹空餘萬古愁。

和馬子英見寄韻

十年流落向炎州，判與劉伶作醉遊。望國孤忠徒自憤，持身直道更何求。浮雲往事驚春夢，落日窮途起暮愁。賴有故人相憶在，偏題尺牘海西頭。

春日雨中卽事

京洛繁華事已違，懷人竟日掩空扉。望迷楚岫聞啼鴂，思入秦川怨落暉。野館蕭條芳草合，寒江寂寞暮雲飛。落花片片隨流水，惆悵關河淚滿衣。

立春日有感

故國棲遲去路難，園林此日又冬殘。天涯往事書難寄，客裏新愁淚未乾。臘雪漸隨芳草變，東風猶笑布袍單。堤邊楊柳開青眼，肯傍梅花共歲寒。

晚宿楊隑舟中懷魯客

螢度星依草，鷗來霜滿汀。故人不可見，天際亂山青。

題畫葵花

上苑餘春輦路荒，芳菲落盡更堪傷。憐渠自是無情物，猶解傾心向太陽。

題敗荷

曾向西湖載酒歸，香風十里弄晴暉。芳菲今日凋零盡，却送秋聲到客衣。

鄭徵士玉

玉字子美，徽州歙縣人。敏悟嗜學，門人受業者，所居至不能容，構師山書院以處焉。爲文章不事雕刻，亟稱於虞、揭、歐陽諸公。至正十四年，除翰林待制，遣使者賜以上尊名幣，浮海徵之，辭疾不起。十七年，明太祖下徽州，守將要之使出，玉曰："吾豈仕二姓者耶！"北向再拜自經死。嘗作詩云："「何時四海收兵甲，還向師山理舊書。」"學者稱師山先生，所著有《師山集》。同郡程以文稱其制行高，見道明，故卓然能自爲一家言如此。

題洪氏舫軒

山人愛舟屋亦舟，山中便作滄海游。何須風帆冒險遠，東西南北窮遐陬。向來此是荆棘地，今日遂作江湖秋。門前嵐霧靄蒼翠，渾疑江上煙波浮。雲旋日動屋移影，舟行岸轉曲江頭。主人自是濟川手，坐令涉險如安流。復有佳客天下士，作記寫出清絶幽。王先生詩繼二雅，五字萬里争追求。徐公翰墨妙當世，夜深光彩射斗牛。世間尤物自足貴，安用航海珠玉謀。誰當共此樂朝夕，窗外忘機兩白鷗。

黟坑橋亭次以文韻二首

擢筆題高柱，披襟挹好風。剖瓜蘇渴客，採藥識仙翁。飛鳥連雲白，幽花點水紅。相從問歸路，疑悮入崆峒。

結屋依山麓，衣冠尚古風。醉人千日酒，扶杖百年翁。雲起山松緑，風廻野燒紅。誰云避世者，猶自在崆峒。

病中寄兄弟

苦熱已無計，那堪與病俱。過從無好客，遣興有新書。世事炎涼態，人生骨肉軀。何當寄伯仲，相與問何如？

題天目山

勢壓東南萬象低，溟濛空翠望中迷。龍飛鳳舞川原秀，地下天高日月齊。武肅百年鍾霸氣，文忠千古欠留題。客來欲問青雲路，鑿破崚嶒便作梯。

婺源胡氏屏山樓

樓外青山列翠屏，矮窗放入眼增明。丹青花草春描畫，水墨林泉秋寫成。變化四時無俗韻，登臨千古有餘清。高人對此不容語，獨倚闌干看晚晴。

白嶽

名冠江南第一山，乾坤故設石門關。重重煙樹微茫裏，簇簇峰巒縹緲間。五夜松聲驚鶴夢，半龕燈影伴人間。忽聞環珮珊珊度，知是神仙月下還。

師山書樓成唐長孺先生賦詩見寄次韻

居山日夕見山容，環堵蕭然一畝宫。我喜煙雲來几上，人看樓閣出空中。夜深月色偏明朗，曉起嵐光更鬱葱。若比羊裘軒上景，臨江惟欠一絲風。

次韻述懷

家住江南黄葉村，繩樞瓮牖席爲門。自罹盜賊人傳死，重見交游我幸存。焦土更無遺簡策，供厨惟有舊匏尊。黄巾迎拜何爲者，自愧疏庸不足論。

八月十四夜玩月岑山次鮑伯原韻

夜深雲散碧天開，月影沈沈入酒杯。風露半天成顥氣，干戈滿目起塵埃。分明滄海浮雙島，隱約嚴灘見兩臺。今日有懷須盡興，明朝無雨約重來。

游覆船山宿草堂

眠雲石下屋三間，瀑布當檐坐卧看。怪底巖前龍忽起，夜來風雨不勝寒。

登師山諸生有書二首

城上鐘聲度遠溪，扶桑破曙海雲低。披衣欲起還攲枕，山下晨雞四面啼。

山前村落亂高低，雲意模糊遠近迷。萬疊峰巒如畫展，黄山正在小樓西。

覆船山樵歌　録三。

家童磡

路入黄茅劍斷蛇，疏籬石磡野人家。山深地冷春難老，五月巖前見落花。

響泉

歷盡崎嶇上碧岑，高山流水似鳴琴。何須水樂尋幽洞，自有巖前太古音。

金婆店

常憶當年武肅王，金婆店裏月華光。山中十月桃應熟，未薦仙人不敢嘗。

元宵詩用仲安韻五首

對簇鼇山十萬人，皇都今夕幾分春。六街三市渾如畫，寄語金吾莫夜巡。

神前兒女舞妖嬈，社下游人弄管簫。到處人家説元夕，不知元夕是今宵。

賞罷花燈步月歸，自將拄杖扣柴扉。回頭形影驚相弔，但覺從前百事非。

天下承平近百年，歌姬舞女出朝鮮。燕山兩度逢元夕，不見都人事管絃。

市上燈張玉井蓮，門前簫鼓更喧天。先生懶向兒童語，閉户高居但欲眠。

李提學祁

祁字一初，别號希蓮，茶陵州人。元統元年登李齊榜進士第二，其右榜第二人則余闕廷心也。授應奉翰林文字，母老就養江南，除婺源州同知，遷江浙儒學副提舉，以母憂解職，退隱永新山中。明初，兵至永新，一初被傷，儒衣冠僵仆道左。俞千户子茂遣人舁歸，辟正舍禮之，力辭徵辟，年七十餘卒。子茂爲刻其遺稿曰《雲陽先生集》十卷。弘治中，大學士東陽表其墓云：「族高祖希蓮先生，當元季之亂，慨然欲效一障以死而不可得，又以爲委質事人，不可終負，蓋見諸《王明妃詩》及《青陽集序》，自以不得如廷心爲恨也。劉學士三吾謂其胸次廓然，爲文不事剞劂，詩亦如之。雖在艱危，不忘忠愛。其與李公平、余廷心科名相埒，宜矣。」附記：西崖跋《劉學士題辭》云：南京太僕少卿李公貞伯，致政歸蘇，得吾鄉先生劉學士題辭，謂所載希蓮府君事甚備，録以見遺。其云：策試以南士故失魁，表謝代李齊爲首，及應奉未上，過家拜慶。既還鄉，用薦僉湖南憲，道梗不赴者，皆孤陋所未聞。若丁内外艱，在同知婺源之前，與舊所聞親老就養者異。姑附其文，以備參考。比婺源汪憲副希顔爲予購大字杜詩真蹟四絶，乃爲俞統制子所書者。府君寓蘇頗久，其遺文蓋未盡見，他日猶有可考云。弘治癸丑二月朔，諸孫東陽再拜書。

題金人出塞圖

穹林立喬松，峭壁插平地。蒼茫絶飛鳥，倏忽見羣騎。雜襲衣與裘，蒙茸間氈毳。差池鞭弭間，孰識誰賤貴。憶昔從北征，驅車出幽薊。天時大雨雪，道遠恐遂泥。牛馬俱阻寒，驢騾縮如蝟。所見人物殊，適與此圖類。當時皇風淳，聲教浹遐裔。雕題與被髮，商賈罔不至。自從煙塵生，河海隔氛翳。舟車斷往來，榛莽極荒穢。邂逅見此圖，俯仰今昔異。矯首欲無言，長空正迢遞。

同孫彦能遊山菴

緣崖涉清泚，披草得幽逕。蕭條雙檜閒，獨立一松勁。入門聽微鐘，心垢一時淨。向來飽干戈，棟宇兀偏正。空庭鳥雀喧，壞壁龍虎暝。徒能起咨嗟，無復聳觀敬。三歎復出門，乾坤幾時定。

一鏡亭夜坐

静夜臨深池，蕭條不成寐。蟾光上下浮，清飈左右至。潛魚既息波，幽鳥亦斂翅。仰視河漢明，悠然發深喟。

斗室爲江士瞻賦

移舟向溪渚，結屋依山阿。從容魚釣間，樂意何其多。天光入户牖，萬象皆森羅。援琴奏逸響，清飈振林柯。亦有素心人，酒熟時相過。誰云一室陋，褊迫無逶迤。所嗟今世士，締構高嵯峨。畫棟隔飛鳥，朱甍映清波。一朝壽命盡，歎息將奈何。日月互顯晦，乾坤相盪摩。願言處兹室，樂哉聊永歌。

藤溪釣叟歌 并序。

新安金汝霖，才俊之士也。薄聲名而慕閒曠，從容山水間，遊戲翰墨，咸有深趣。其自號曰藤溪釣叟，海漚道人李某爲之作歌。

藤溪釣叟清且奇，出處不與旁人知。翛然垂釣坐溪上，下上雲月相追隨。朝看溪上雲，暮踏溪頭月。青山緑水是生涯，紅蓼丹楓共蕭瑟。有時欲寫蒼龍姿，雷轟電掣風雨馳。高堂素壁見揮掃，凜凜毛髮寒生肌。有時直向梅花下，弄筆摇毫恣描寫。新條舊幹總横斜，嫩蘂疏花亦瀟灑。藤溪釣叟非釣徒，遯世不見真良謨。得魚沽酒唤溪友，顛倒汗漫同驩娱。君釣藤溪魚，我作藤溪歌。風塵澒洞豺虎出，一笑奈爾藤溪何。

昭君出塞圖

朔風吹沙天冥冥，愁雲壓塞邊風腥。胡兒執麾背人立，傳道單于令行急。蒙茸胡帽貂鼠裘，誰信宫袍淚痕溼。漢家恩深幸不早，此身終向胡中老。此身儻負漢宫恩，殺盡青青原上草。

奉題朱澤民先生畫山水圖

洞庭之南湘水東，青山奕奕蟠蒼龍。雲陽峰高七十一，欲與衡岳争爲雄。我家近在雲陽下，來往看山如看畫。十年塵土走西風，每憶雲陽動悲咤。吴中勝士朱隱君，筆精墨妙天下聞。畫圖畫出湘江水，青山上有雲陽雲。雲陽山高湘水緑，十年不見勞心目。只今看畫似看山，萬里歸情寄鴻鵠。

贈王汝賢

澒洞知誰在，倉皇賴汝賢。壯心抛舞劍，驚膽落虚弦。暮雨滄江上，春風緑柳邊。高歌聊自遣，世事欲茫然。

題王與齡畦樂

有客依南浦，長年學種畦。才高宜世用，性僻愛幽棲。菜甲侵腰長，桑枝刺眼低。不因來往熟，那得自成蹊。

和王子讓席上韻

衰年愁對酒，壯志憶題橋。遇事難開口，逢人愧折腰。樂傳天上譜，心逐暮歸樵。宴罷驪歌發，蹉跎又一朝。

和詠鶴

老去曾看相鶴經，暫從華館試伶俜。幾年養就丹砂頂，竟日閒梳白雪翎。萬里壯心原自許，九霄清唳好誰聽。神仙舊侶知何在，遥望蓬萊一點青。

次王子讓韻二首

老淚縱横憶舊京，夢中歧路欠分明。天涯自信甘流落，海内誰堪託死生。短策未容還故里，片帆只欲駕滄瀛。他年便作芙蓉主，慚愧當時石曼卿。

城郭人民事事非，空餘塵土滿征衣。君猶有道堪流俗，我已無家不念歸。天地晦冥龍去遠，江湖寥落雁來稀。極知此後還相憶，愁見青山映夕暉。

次賀琴南韻

茅屋秋風古道傍，衰容不似去年强。漢廷無夢陳三策，楚水空懷賦《九章》。落日亂鴉紅樹老，斷雲孤雁碧天長。相思無限關心事，不爲催詩急雨忙。

和青原寺長老無詰見寄

毿毿白髮舊儒臣，幾見江南物候新。問訊枉煩林下士，變衰祇似夢中人。隔簾聽雨常經久，倚户看山不厭頻。更欲就依禪榻伴，爐煙終日澹絪緼。

賀俞總制造新衙

爲惜頻年汗馬勞，更聞新署列官曹。貔貅夜宿轅門静，鸑鵠晨趨劍佩高。月滿麗譙添雉堞，雨深山寨長蓬蒿。公餘秀水橋邊路，千騎嗚笳擁節旄。

送非空晦之二上人歸青原

青原山氣鬱盤紆，去郭連村十里餘。洗鉢水香晨粥後，讀書燈燼曉鐘初。晴天小閣收摩衲，煖日輕雲護苾芻。願得明年筋力健，徑尋溪路訪深居。

和鍾德恭見寄

江湖風浪日蕭蕭，鱖蟹魚鰕亂躑跳。諸葛有才終復漢，管寧無計漫依遼。煙消故國川原淨，秋入空山草木凋。猶恨歸來相見晚，暮雲春樹碧天遥。

送吴俊傑歸江東

幕下貔貅十萬人，幕中賓客罕同倫。揮戈略陳天回日，點燭論兵夜向晨。禾水衣冠仍草草，星源文物故彬彬。知君腹有安邊策，定約重來立要津。

和劉子倫韻奉吴孟勤

不是衰翁愛索居，只緣多病故人疏。來依陸氏三間屋，勝得劉公一紙書。同輩謾推年齒大，後生應笑老成迂。知心賴有通家子，早晚相過意迥殊。

和友人見寄

碧天如水暮雲收，又見江南一片秋。亂後年華多荏苒，客中蹤跡故淹留。露溥金井桐陰薄，月上瑤階竹影脩。遥想轅門涼氣早，壺漿來往百無憂。

御賜恩榮宴

堂吏喧呼擁後先，綵簾微動八音宣。聖恩汪濊儒臣集，天語丁寧宰相傳。翠葉銀旛高壓帽，玉盤珍果謾堆筵。沾濡拜舞歸來晚，馬上題詩不記鞭。一初廷對策擬甲是科，啓械乃南士，遂改次李齊公平，會齊病，上表謝恩，則先生也。故鄉人稱李狀元云。

和詠海棠韻

名花初發愛輕陰，翠袖紅妝新滿林。步入錦帷香徑小，醉扶銀燭畫堂深。妖饒喜識春風面，零落愁關夜雨心。多幸鳳皇池上客，爲抽勞思寫清吟。

題畫鷹

勁翮排霜戟，天寒氣轉驕。草間狐兔盡，側目望青霄。

題風雨圖

山中老子百年餘，前代衣冠只自如。高閣捲簾無一事，滿天風雨坐看書。

題赤鯉圖

風翻雷吼動乾坤，赤鯉騰波勢獨尊。無數閒鱗齊上下，欲隨春浪過龍門。

題雪禽

幽禽棲穩棘枝低，黯慘江天雪四圍。明日郊原晴爛熳，好尋芳樹弄毛衣。

山居首夏十首示外孫陳祖蘭　録三。

東風滿意緑週遭，乍著單衣脱敝袍。最愛晚涼新浴罷，坐看春筍過林高。

前年新覓數株梅，移向庭前手自栽。惆悵近來風土薄，殷勤難得一枝開。

山前山後翳蒙茸，荆棘藤梢謾作叢。願得長年撑飽飯，自鉏煙雨種高松。

和王子讓二首

萬頃煙波一葉舟，更無維楫任飄流。此身自合他鄉死，争奈狂狐憶首丘。

我逐郊原鹿豕蹤，君如鷹隼挾秋風。近聞鐵網連山海，不信人間有卧龍。

題畫二絶

浩浩滄波天四圍，秋風一鶴夜來歸。祇應夢裏聞長笛，知是年時舊羽衣。

町畦高下水漫漫，痛惜辛勤學種田。便擬明朝結長綱，與翁同住浙江邊。右絶詩二章，茶陵李先生墨迹。先生退隱永新山中，絶意仕進，二絶必其與同志者，否則寓言耳。前以鶴歸爲況，後以耕漁爲事，其高尚貞一之□，確然有不可拔者。於是乎概見矣！後學安成彭華識。

陳録事高

高字子上，温州平陽人。登至正十四年進士第，授慶元路録事。未三年，輒自免去。方氏至欲招致之，不可得。再授慈谿縣尹，亦不起。平陽陷，棄妻子往來閩浙間，二十六年春，浮海過山東，謁河南王擴廓帖木兒于懷慶，密論江南虛實，擴廓喜，欲官之。居數月，疾作卒，年五十有三。子上別號不繫舟漁者，自舉子時，其所作已爲流輩推重。金華胡仲申以古學名，少所許可，獨稱子上曰能。及至京師，翰林歐陽元功、太常張仲舉、禮部貢泰甫、助教程以文，皆相與論薦之。度時不可爲，棄官奔走南北，卒以自全。明初，眉山蘇伯衡訪其詩文，得若干首，詮次成帙，題曰《子上存稿》。八世孫一元重校而刻之。

掃室

日日掃居室，既掃塵復生。性癖頗愛淨，去塵心乃清。居閒雖少事，處世豈無營。弱子在襁褓，幾時堪使令。蹉跎歎光景，困守限户庭。非無四方志，邊隅未休兵。遥聞官軍出，盡毁徐州城。朱門與碧牖，回首成榛荆。江淮及閩越，寇盗之所經。人民苟全活，奔走不得寧。睠兹蓬廬下，棲遲聊慰情。但當勤洒掃，讀書飽藜羹。萬事委天運，何必求榮名。

晚歸

西崦日初没，遠樹生夕陰。晚步草露溼，獨歸松徑深。入室載言笑，稚子牽衣襟。尊中有濁醪，可以酌復斟。坐來窗牖白，佳月出東林。幽情寄觴詠，適意忘華簪。自得閒居理，寧憂外患侵。

遷居

遷居城南村，幽情意所適。室廬頗虚敞，結構自疇昔。倒檜護周垣，修竹蔭奇石。涓涓井泉清，靄靄簷雲白。去郭二三里，迥與囂塵隔。于兹載寢興，朝暮靡所迫。讀書南窗下，奉食老親側。褰裾戲童稚，煮茗待賓客。身閒貧亦佳，機忘心已寂。旋種園中蔬，春葉庶堪摘。時危幸安處，生理寧復識。雖非曠達夫，玩世聊自得。

泊館頭步

朝發芳林嶺，夜依館頭泊。厭兹跋涉勞，懷哉田園樂。生理苦艱難，歸耕歎悠邈。貧窶何足憂，甘旨焉所託。棲棲道路中，素心負丘壑。行年三十餘，齒牙半摇落。良由筋骨疲，豈但質衰弱。憂思耿不寐，起觀衆星白。羣雞鳴江皋，已復戒行客。

歲首自廣陵入高郵舟中作

北風吹湖水，遠行當歲徂。孤舟無同人，相依唯僕夫。遥睇高郵城，彷彿十里餘。落日去地遠，飛雁與雲俱。悠悠思故鄉，邈在天南隅。慈親倚門望，我身猶道途。羈旅豈足恤，但念骨肉疏。何當脱行路，歸臥山中廬。

近山軒燕集　并序。

至正十二年夏四月八日，會于張思誠之近山軒，時孔君正夫方自吴回，曾伯大、陳德華、徐德顯、金士名、吕敬中、盧文威、鄭子敬咸在，而高亦與焉，皆能文之士。酒酣，正夫言曰：兹集也不可以無紀，乃命賦詩分韻，取陶淵明「孟夏草木長，繞屋樹扶疏」之句，凡爲詩十首。烏乎！朋友會合而歡宴詠歌，亦古人之所重也。然平居無事時，而接杯觴弄筆墨，此特文人才士之常耳。當兹海内用武之日，而吾與諸君居左邑下州，得以恬然安處，相與飲酒賦詩爲樂，豈非幸歟。夫樂而不知其樂者，衆人之情也。樂焉而不以文者，荒于樂者也。今也樂其樂而必以文，亦可謂不失其正矣。敘而録之，所以不忘也。

幽軒近青山，層簷蔭高木。兹晨天氣佳，涼雨破袢燠。鳴蟬度新聲，叢蕙散餘馥。几席具陳列，籩豆進殽蔌。故人吴中歸，舉酒喜相屬。微酣各忘形，起坐命棋局。好樂初匪荒，笑語勝絲竹。人生百年内，光景猶轉轂。况當艱虞際，歡會情愈篤。酒闌復何言，長歌《紫芝曲》。

過馮公嶺

絶壁倚霄漢，千峯勢如馳。何年五丁士，鑿石連天梯。縈紆不可上，髣髴登峨眉。白石齧我足，霜風吹我衣。前途政迢遞，我已筋力疲。寒花道傍開，幽鳥林間啼。彷徨俯自慰，少憩日已西。浮生浪奔走，困踣胡爾爲。他年履坦道，慎勿忘嶮巇。

感興七首

唐虞邈以遠，禹湯亦悠悠。周轍一東狩，王綱遂漂流。春秋更五霸，日日尋戈矛。陵夷逮七國，斯民益無聊。戰血滿溝塹，殺星入雲霄。商君佐嬴秦，變法開田疇。積強至六世，虎視吞諸侯。宰割天下地，郡縣羅九州。焚香任法律，儒士咸虔劉。漢皇起豐沛，三尺誅民讎。開基四百年，烈烈壯鴻猷。惜哉英明主，不學遺遠謀。一時儈狗徒，贊業非伊周。遂使皇王政，廢墮不復修。此機一以失，餘恨空千秋。

青山或可移，白石尚可轉。志士懷苦心，九死不顧返。首陽餓仁賢，至今激貪懦。汨羅沈楚纍，千載悲忠蹇。人生誰不死，身没名貴顯。胡爲草玄人，美新思苟免。

豪家列華第，被金飯珠玉。茅屋耕田夫，衣食常不足。均爲羲皇民，胡焉異榮辱。遠懷雍熙世，寧復有茲俗。誰與開井田，吾思食其肉。

縹緲浮圖宫，儼若王者居。列徒二三千，僮僕數百餘。飽食被紈素，安坐談空虛。秋來入租税，鞭朴耕田夫。不恤終歲苦，徵求盡錙銖。野人不敢怒，泣涕長欷歔。

客從北方來，少年美容顔。繡衣白玉帶，駿馬黄金鞍。捧鞭揖豪右，意氣輕丘山。自云金張胄，祖父皆朱旛。不用識文字，二十爲高官。市人共咨嗟，夾道紛駢觀。如何窮巷士，埋首書卷間。年年去射策，臨老猶儒冠。

步出城門道，忽見羣馳車。車中何所有？文貝光陸離。美娃載後乘，銷金爍裳衣。問之何如人？云是宦滿歸。聞者交歎息，清名復奚爲。

悲風西北來，樹木聲蕭蕭。蟋蟀鳴四壁，鴻雁飛層霄。時光忽已異，四序如更徭。人生無百年，轉矚朱顔凋。胡不崇明德，早使勛業昭。空悲千載下，身死名寂寥。

送陸有章分題得巽山

巽山如層臺，積翠俯城郭。古木秀松楠，玄鳥隱樓閣。雨散飛素雲，風静語丹鶴。游人日躋攀，杖屨相繹絡。陸郎吴中來，雅志好丘壑。哦詩松間題，攜酒石上酌。我性亦愛山，方期結幽約。玆焉送子去，登陟慘不樂。遠别已傷懷，真境況寥落。佇立睇大江，孤舟入冥邈。

留别諸友分韻得日字

寒色滿大江，北風吹落日。停舟别諸彦，中懷抱湮鬱。夤緣結金蘭，深固比膠漆。佳會不可常，歲晏政寥慄。居者成淹留，行者念家室。分攜在俄頃，東西永相失。俯視流波去，仰看飛鳥疾。人生如浮萍，乾坤渺蕭瑟。

青田山房爲劉養愚賦

幽幽青田山，積翠高千尋。大溪經其南，白雲在山陰。下有隱者居，卜築邃以深。開門面石壁，結構依松林。牆古薜荔長，砌閒苔蘚侵。簷間戲馴鹿，户外鳴幽禽。花卉春佳冶，竹木夏蕭森。秋宵月照牖，冬晨雪明岑。塵坌詎能到，車馬絶過臨。其中何所有，乃有書與琴。逍遥足忘世，俯仰可娱心。酒熟聊自醉，興來時獨吟。永謝城市喧，何用懷纓簪。

征婦怨

征夫出門時，征婦淚垂垂。把酒勸夫飲，執手問歸期。歸期今已過，更無消息歸。朝朝倚樓望，只見雁南飛。

落梅曲

梅花開滿枝，無奈曉風吹。風吹花落盡，争似未開時。花開終有落，非關曉風惡。愁殺愛花人，城頭復吹角。

商婦吟

嫁夫嫁商賈，重利不重恩。三年南海去，寄信無回言。妾身爲婦人，不敢出閨門。縫衣待君返，請君看淚痕。

懲徭

生晚搆屯蹇，性直離禍尤。禄仕以爲養，反貽父母憂。一身被兹累，懲徭豈無由。末才任冗職，奔走内恆羞。斯民困瘡痏，鞭撻忍誅求。緩刑志撫字，厲節懷清修。獨醒衆所忌，讒搆生戈矛。敻然空屋中，經月成淹留。潛棲絶内外，孤坐自吟謳。朝看白日出，夜覩明星流。西風木葉下，四壁蛩聲愁。感兹時物變，蕭條悲素秋。念昔賢與哲，艱危尚拘幽。夏臺曾困湯，羑里乃縻周。屈平忠見放，楊肸賢而囚。縲絏苟非罪，于人吾何讎。知幾昧前訓，省躬思遠猷。安得委天運，吾道方悠悠。

發嵊縣

行役苦晝熱，戒程當夜闌。睡覺呼僕夫，出門路漫漫。明月照人影，疏星挂樹間。流螢點衣袂，零露溼巾冠。朝遠剡溪水，俄入新昌山。屬兹干戈際，愈覺行路難。愧無經世資，何以濟險艱。悒悒抱遠思，綿綿起憂端。東方忽已白，林鳥鳴間關。前瞻石嶺峻，喟然發長歎。

過廣福寺石屏山房懷曾子白修撰陳伯清侍講

游行滯春雨，憩息依禪林。寺門閉寥闃，崖石聳嵚崟。幽禽飛復止，修竹何森森。賞寂屏塵慮，觀空起遐心。分榻坐雲影，巡廊步晚陰。緬懷玉堂彦，曾此共登臨。惆悵撫遺迹，石徑蒼苔深。

觀湖

勝日攜佳友，出郊眺長湖。積波何微茫，巨浪争奔趨。隱耳驚萬雷，喧空撼千夫。上下宇宙混，東西垠堮無。皛淼浸百里，彷彿吞三吴。坤輿坼不合，鼇極傾莫扶。晶光浴秋日，籔弄琉璃珠。蜿蜒吴中山，黛色青模糊。夫椒據其左，林屋在南隅。風前漁舸並，煙際歸帆孤。幽浦出菱芡，淺渚生葭蘆。濯濯見白鳥，汎汎浮青凫。雙眸勞應接，宿酲爲之蘇。倚樹輿不淺，哦詩神欲徂。念昔天地闢，水府開玄都。禹功定震澤，周官書具區。于今幾千載，灌浸無時枯。吴越争戰地，廢興等摴蒱。嗟我與諸君，勝覽得自娱。不須感今古，臨風且傾壺。

種橦花

炎方有橦樹，衣被代蠶桑。舍西得閒園，種之漫成行。苗生初夏時，料理晨夕忙。揮鋤向烈日，灑汗成流漿。培根澆灌頻，高者三尺強。鮮鮮緑葉茂，燦燦金英黄。結實吐秋繭，皎潔如雪霜。及時以收斂，采采動盈筐。緝治入機杼，裁翦爲衣裳。禦寒類挾纊，老稚免凄涼。豪家植花卉，紛紛被垣牆。于世竟何補，争先玩芬芳。棄取何相異，感物增惋傷。

山中讀書圖

遠山如藍近山緑，前門蒼松後門竹。幽人讀書棲石根，有客挐舟訪溪曲。白雲冉冉落虚窗，清風泠泠散飛瀑。林泉深處隔紅塵，便欲相依結茅屋。

題太白納涼圖

六月炎天飛火烏，土焦石爍河流枯。邇來衰病更畏熱，呼叫欲狂揮汗珠。飲冰嚼藕廢朝夕，小室如爐眠不得。閒將圖畫懸四壁，漫想深山好泉石。就中此圖尤絶奇，青林飛瀑吹涼颸。何人展席坐蒼蘚，乃是謫仙初醉時。露頂裸裎投羽扇，仰看雲生白成練。松陰如雨毛骨寒，豈識人間袢促倦。祇今匡廬道阻修，雁蕩天台近可游。便欲致身丘壑裏，挂巾石壁繼風流。

啄木鳥

啄木鳥，啄樹枝，頭紅如血口如錐，終日啄木長苦飢。木心有蟲不肯啄，天生爾禽復何爲？吁嗟乎！啄木鳥，佳木蠹盡知不知。

促織鳴

促織鳴，鳴唧唧。懶婦不驚，客心悽惻。秋夜月明露如雨，西風吹涼透絺苧。懶婦無裳終懶織，遠客衣單恨砧杵。促織促織，無復悲鳴。客心良苦，懶婦不驚。

白頭吟

試聽《白頭吟》，慢飲尊中酒。古來悲白頭，人情苦難久。結髮爲夫妻，百年期白首。容顔衰落相棄捐，何況君臣與朋友。漢高寬大主，蕭何開國功。讒言一以入，幾死天獄中。陳餘與張耳，刎頸同生死。一朝争相印，鏘鏘世無比。周文吕望不再見，管鮑結交寧復聞。玄德孔明若魚水，膠漆孰如雷與陳。斯人自此一以少，今世求之更無有。談笑尋戈矛，那能託身後。聽我歌，歌《白頭》。勸君飲，君莫愁。日月有時而剥蝕，世態誰能終不易。

折楊柳

折楊柳，送别離。朝朝送人遠别離，門前楊柳折還稀。今年折楊柳，來歲復生枝。奈何離别子，一去無回時。

食蓮詞寄同年諸公

曉食盤中蓮，忽思水中藕。蓮菂苦如荼，藕甘能爽口。甘苦雖不同，同生泥水中。得藕薦籩實，采蓮歸藥籠。奈何蓮有菂，貴人終不食。藕絲雖長難繫蓮，蓮抱苦心空自憐。

懷友

作客黄山下，思君漢水濱。愁牽清夜夢，吟瘦老夫身。漂泊誰知我，交游獨此人。春來尋小艇，江上問通津。

夜半舟發丹陽

舟子貪風順，開帆半夜行。天寒四野静，水白大星明。長鋏歸何日，浮萍笑此生。柁樓眠不穩，起坐待雞鳴。

城西虎跑寺

石勢虎蹲伏，山形龍屈盤。寺開唐殿閣，墳掩宋衣冠。幽澗泉聲細，斜陽塔影寒。近城多戰鼓，棲息此中安。

贈章以元昆仲

相見談經史，江樓坐夜闌。風聲吹屋響，燈影照人寒。俗薄交游盡，時危出處難。衰年逢二妙，亦得悶懷寬。

病中遣懷二首

卧病玄冬半，羈棲碧海邊。風塵方滿野，戎馬已經年。下邑供軍食，何時發漕船。薄才無寸補，自合賦歸田。

生理居官廢，空聞禄代耕。僕嫌裘褐敝，妻笑甑塵生。欲去乾坤窄，無成歲月更。故人清要地，應解樹勛名。

入山

入山驚道險，上嶺覺天低。日礙危峯過，雲依翠壁棲。幽花如血染，怪鳥學兒啼。避世須來此，桃源路已迷。

新歲憶曾子白

經月愁聞雨，新年苦憶君。青華爲客久，白髮著書勤。酒共鄉僧飲，蔬從野老分。何時共登眺，整屐待晴雲。

重登近山樓

羈旅歸來日，危樓得再登。山如前歲好，雲向小窗凝。種朮看今長，藏書比舊增。題詩成感慨，老我愧何能。

丁酉歲述懷一百韻

屯蹇悲吾道，蕭條客異鄉。謀疏多迕俗，性直遂逢殃。鷩鳥纏羅網，翹材受斧斨。世無知己者，誰識此心臧。悵望天同遠，憂來水共長。百年千變態，一日九回腸。憶昔年華壯，居貧學業荒。讀書慚老大，操筆欲顛僵。發憤光陰逝，研思寢食忘。雨天燈火夜，冬曉鬢毛霜。書字蠅頭綴，歌詩玉韻鏘。心懷冰蘗苦，佩結茝蘭芳。兔笑株傍守，蛙憐井底藏。拂衣迷道路，仗劍遠游方。景趣多佳麗，江湖信渺茫。吴甌秋浪白，淮楚暮雲黄。野寺金鋪屋，樓船錦繫檣。臺荒麋引子，丘暝虎成行。瞻眺窮幽勝，交游得俊良。跡雖萍梗泛，名藉藻詞揚。古道槐花發，清秋桂子香。梯高雲路迥，殿廣月華涼。追逐英髦後，躋攀翰墨場。偶然收鄙野，亦得步康莊。上國春光早，明時帝運昌。皇居城萬雉，禁苑柳千章。對策披閶闔，陳忠補袞裳。臚傳天咫尺，鵬化海汪洋。玉陛聯班序，瓊林被寵光。花簪紅映帽，酒賜綠浮觴。草色沾零露，葵心映太陽。委身從此始，憂國未渠央。造化功深厚，雲霄志激昂。初非縻好爵，亦足慰高堂。奉命爲民牧，宣威到海旁。鄮鄉傳載籍，藩閫重金湯。江抱孤城轉，山含遠樹蒼。天高連太白，日出上扶桑。土俗何多訟，編氓半是商。由來難撫字，況復際劻勷。早出星當户，宵回月滿牆。勤勞非敢憚，倚仗最難量。僧舍屯戈甲，田家出糗糧。但聞施箠楚，不顧乏糟糠。南北修途梗，滄溟巨艦航。貴人紛往返，終歲費迎將。分省官曹盛，行臺紀律張。聯翩驄馬至，絡繹使車煌。孰問瘡痍苦，惟躭燕樂搶。幽花籠綺席，疏柳媚紅妝。下筯萬錢費，揮金一笑償。珍珠兼水陸，容冶陋姬姜。風靡瞻儀表，波頽缺禮防。近人跳鼠獺，當道舞豺狼。争詫堆金塢，寧聞返象牀。紛紛慕羶蟻，袞袞轉丸蜣。讒構蠅棲棘，吞圖雀捕蜋。負荆廉藺遠，刎頸耳餘猖。清白甘飢餓，輕肥恣陸梁。滑稽吾獨拙，枘鑿衆胥戕。鯨困遭螻蟻，鴟翔逐鳳皇。無聊悰慽慽，欲去瞽倀倀。公冶羈縻魯，靈均放逐湘。一身奚足恤，萬事總堪傷。粤自羣兇起，于今七載強。舋端萌汝潁，滋蔓匝荆襄。處處蜂屯盛，時時豕突狂。食人肝作脯，掠野犬驅牂。霧翳車塵暗，雷轟礮石磅。絳巾明爝火，白骨積崇岡。天狗昏騰喙，攙搶曉吐芒。黍田荒出草，蒿樹大如楊。天府惟吳會，王州說建康。粟儲供海漕，柏列凜臺綱。陷没俄相繼，分崩遂莫當。重臣誰抗節，方伯罕勤王。將帥推門閥，謀謨出廟廊。捷音空陸續，賊勢愈跳踉。夜靜吹笳急，霜寒擊鼓鏜。徒羹黔首肉，詎斧赤眉吭。險歎連城失，全憐壯士亡。關河天漠漠，江漢水湯湯。海卒乘文鷁，苗軍跨驌驦。立功期克復，畜鋭尚彷徨。疾養終成痼，醫招不瘵瘍。民生遂塗炭，泉冽浸苞稂。厄運丁陽九，何時見一匡。淳龐懷昊項，揖讓想虞唐。俯仰窮今昔，謳吟發慨慷。乾坤旋磨古，歲月逝波忙。露白寒蛩泣，秋高客雁翔。盛時愁易集，遯世困何妨。駿足悲槽櫪，珍禽謝稻粱。塞翁徒失馬，臧穀總亡羊。脱略千鈞重，消磨百鍊剛。悶憑詩暫遣，病倚藥頻嘗。閒散思投紱，韜潛貴括囊。陶公能委運，梅尉早知彰。故土多薇蕨，春江有鯉魴。歸歟理蓑笠，從此釣滄浪。

同諸友游宴豐山 并序。

至正戊子春正月七日甲辰，永嘉陳高與黄巖商尚敬、施謙訪朱君伯賢于臨海之鳳嶼。越翼日乙巳，伯賢與其季伯良持酒俎邀予登豐山。時黄君順德、章君子皓、陳君大章欣然從游。已而陳師聖、張子材、偕弟子温亦至，遂相與上絶頂，望巨海，還飲浮圖寺。席既撤，復舉盞松樹間，酒酣，因賦二十八韻。

新歲多幽興，清游出縣城。故人留款曲，好友復逢迎。整屐當清曉，登山寄遠情。嵐光寒不起，樹色寂無聲。徙倚巖邊憩，逶迤谷底行。路蹊窮屈折，峯頂上峥嵘。俯瞰滄溟闊，渾疑地軸傾。天光連浩淼，海氣變陰晴。沙鳥雙雙白，風帆葉葉輕。波瀾看浩蕩，島嶼見分明。宇宙真無極，虚浮歎此生。似堪扳若木，可擬卽蓬瀛。眺望移時立，稽留半日程。那知身是客，但覺思逾清。古寺藏深竹，禪窗蔭白樫。倦依林樾坐，静聽鼓鐘鳴。高論窮千古，彈棋謾一枰。旋呼茶滿椀，牘出酒盈甖。珍重開華席，頻煩勸兕觥。嘉蔬烹筍韭，異味雜螺蟶。浩飲俱勍敵，沈酣及老成。狂吟驚虎豹，至樂謝竽笙。忽返青林興，其如白日征。扶攜重舉盞，真率遂班荆。自笑何爲者，空傳漫浪名。梗萍慚獨客，冠蓋動羣英。勝賞□堪紀，高懷孰與并。明朝歸北郭，回首暮雲平。

客黄山

自到黄山十餘日，終日飽飯只昏昏。誰家擣練不停杵。俗吏抱書長在門。天寒鴻雁滿南國，歲晚梅花開故園。客裏謾將詩慰藉，遣懷不用酒盈樽。

送鄭汝玉歸莆關

莆關深入海東南，日出先看曙色酣。李愿歸耕盤谷土，杜陵思樂百花潭。到家三月山礬白，入饌千林竹筍甘。愧我天涯尚羈旅，鄉愁因爾不能堪。

落日

秋郊慘淡落日微，西風蕭蕭吹客衣。殘霞紅葉自相映，獨鶴孤鴻何處歸。中州塵暗鼓鼙急，滄海浪高舟楫稀。回首東山月未上，怪看星影弄輝輝。

三月十三日錢成夫壽旦諸公會飲城南文秀園

城南園館小橋東，柳樹青青花樹紅。此日杯盤追勝事，一時冠蓋集羣公。美姬舞罷歌《金縷》，醉客歸遲並玉驄。莫遣春光空老去，明朝歡會更須同。

羈思十首次謝純然韻 録四。

霜風吹帽鬓全枯，多病兼愁懶步趨。身寄他鄉年又盡，吟看衰草日將晡。故園消息沈天表，舊日交游隔海隅。祇有濁醪堪遣興，擬從鄰舍典羅襦。

夜中見月渾忘寐，曉起看山祇獨吟。那得文章垂不朽，已知衰老故相侵。天寒大澤龍蛇蟄，歲晚荒郊雨雪深。有客可人吾邑子，往來時得一開襟。

淮西盜賊成羣起，攻奪城池殺害多。保障誰能爲尹鐸，折衝未見有廉頗。南來羽檄時時急，北向官軍日日過。賈誼治安空有策，九重深遠欲如何？

落木飛鴻冬月暮，短衣烏帽五湖濱。思親夜夜生歸夢，作客年年笑此身。犬吠競猜南越雪，鶯啼未聽上林春。世間誰是知音者？青眼相看只故人。

寄顧仲明教授

長憶青華翠色寒，北窗對酒幾同看。鼎煎浦口罾魚白，盤簇簷頭樹果丹。來往正期娱晚景，亂離俄歎失清歡。故鄉回首江山異，落日閩南獨倚闌。

謝戴文瓚僉院惠草帽

細結夫須染色新，使君持贈意偏真。玉川便易煎茶帽，元亮還抛漉酒巾。影墮水波浮晚照，黑遮霜鬢隔秋塵。深慚欲報無瓊玖，感戴寧忘拂拭頻。

游靈山寺

舊聞海上有神山，今見樓臺島嶼間。鼇背千年開佛國，鯨波十里隔人寰。風吹僧影浮杯渡，雲送龍身聽法還。避世擬從支遁隱，塵簪吾已久投閒。

寓鹿城東山下

大隱從來居市城，幽棲借得草堂清。鳥啼花雨疏疏落，鹿卧巖雲細細生。石眼汲泉煎翠茗，竹根劚土種黄精。艱危隨處安生理，何必青門學邵平。

冬日夜夢中得句因續成之

今日冬至陽始回，客中無賴廢持杯。乾坤萬里風塵滿，南北何時道路開。白髮頻添隨繡綫，壯心都冷類葭灰。中興早看雲臺築，老去何妨卧草萊。

客南塘作二首

春來日日起西風，吹送浮雲過海東。花落名園荒草滿，燕歸華屋故巢空。陶潛解印閒居久，王粲登樓作賦工。舊日交游多白首，時時相見慰途窮。

江頭無計問歸舟，抱病羈棲古寺幽。風雨鶯花成寂寞，干戈詩酒廢賡酬。衰年白日愁邊度，故國青山夢裏游。見説王師向淮甸，早須傳檄定南州。

思親詞

淚滴東甌水，思親欲見難。水流終有盡，兒淚幾時乾。

送興童都事還京

日照離筵酒，風吹去客舟。不如東海水，相送到神州。

題畫二首

茅舍雪初消，幽窗夜方静。美人期不來，月照梅花影。

愁來生白髪，問爾復何愁？應被春光惱，多情雪滿頭。

題子昂折枝竹

帝子啼痕溼，湘江暮雨寒。絶憐樵采後，留得一枝看。

絶句二首

地溼泉流礎，庭虚石卧雲。井闌行小蟻，蛛網挂飛蚊。

雲合虹腰斷，風回兩脚斜。淺灘屯宿鷺，高樹競棲鴉。

紅葉

片片染秋霜，枝枝映夕陽。縱饒紅勝錦，只是惱愁腸。

禽名詩

游子歸心切，提壺看落紅。告天天不語，愁殺白頭翁。

藥名詩

丈夫懷遠志，兒女苦參商。過海防風浪，何當歸故鄉。

題菘菜圖

栗里園荒舊日歸，手栽菘菜雨根肥。只今客裏看圖畫，惆悵紅塵滿目飛。

題花竹翎毛二首

梨花沐雨帶嬌羞，獨立枝間一鳥幽。若遣美人初睡起，定應無處著春愁。

乾坤寥落歲將闌，竹葉梅花獨好看。可惜幽禽棲不穩，霜風日暮羽毛寒。

即事漫題五首

年年花發可憐春，今年見花愁殺人。不是風光近來别，祇緣兵戰此時頻。

老翁憶子哭聲哀，婦怨征夫去不回。前日山中新戰死，昨宵夢裏見歸來。
悍吏登門横索錢，人家供給正憂煎。官糧預借三年後，軍食尤居兩税先。
農父江邊立荷戈，無人南畝種嘉禾。今年妻子愁飢死，活到明年更奈何。
江海波濤日日生，山林豺虎復縱横。老夫僻在深村住，恰似春蠶繭裏行。

蘆溝曉月圖

蘆溝橋西車馬多，山頭白日照清波。氈廬亦有江南婦，愁聽金人出塞歌。

久雨

新年新雨連殘臘，一月渾無一日晴。曉起鶯聲都寂寞，寒深柳眼未分明。

藏春亭

細聽流鶯宛轉歌，對花不飲奈春何。日斜醉卧堦前草，不覺沾衣柳絮多。

盧知州琦

琦字希韓，别號立齋，泉之惠安人。登至正二年進士第，授州録事，遷永春縣尹。始至則賑饑饉，止横征，減口鹽一百餘引。鄰邑盜發，適琦巡邑境。盜遥見，迎拜曰：此永春大夫也。琦立馬諭以禍福，皆投刀槊請自新，自是威惠行于境外。時兵革四起，琦屢敗諸寇，永春宴然。十六年，改調寧德。歷官漕司提舉，以近臣薦，除知平陽州。命下而卒。世居圭峰之下，故所著曰《圭峰集》。元陳誠中所編。明萬曆初，邑人朱一龍、三山董應舉序而刻之。今觀其詩，大半見薩天錫集中。亦間有陳衆仲、同寬甫諸作。兵燹之餘，收拾采掇，不無傳鈔之誤。天錫宦遊閩海，遺稿流傳，如《中秋玩月》一篇，自敍歷歷可考。而後人漫不〔檢〕（簡）點，使《圭峰》一集，真贋雜陳，可慨也。若其《寄同年拜住善御史》及《重遊蓬壺》等詩，爲希韓所作無疑。兹特芟其重見他集者，采而録之。良吏高風，情詞婉約，藹然自見于言外，是則《圭峰》之真而已矣！

咨王侍郎寄禊原魯應奉

名門世所仰，偉器人初識。除書出省垣，匹馬發山驛。金臺芳春宴，玉署清晝寂。年富經學優，事簡官情適。筍班綵雲曙，蓮燭明月夕。登岡望庭闈，開閤集賓客。鰥生寂無聞，良晤何由得。髮鬢亦已華，意氣徒自激。題詩寄天風，渺渺煙樹碧。

漁樵共話圖

樵夫初上山，漁父纔泊船。邂逅即相問，生涯兩堪憐。我渴魚可羹，爾歸突未煙。爾魚莫索價，我薪不論錢。惟將薪換魚，一笑各欣然。

龍江山平遠樓

龍江居人稠，市井若城邑。陳君作江樓，塵雜不相及。身閒千慮遣，日駐萬境集。羣峙兩岸山，一一如拱揖。大海東南流，海氣日呼吸。長橋亙百丈，層塔崇七級。微茫認島嶼，曠蕩辨原隰。潮聲山外寒，嵐氣屋中溼。古寺煙鐘來，遥浦漁艇入。霜晴鳧雁浴，月白蛟螭泣。賓朋事幽討，觴咏屬佳什。蹇予簿書煩，乃受升斗縶。公餘强登眺，詩思轉羞澀。江空歲年晚，日夕天風急。行藏我何心，倚闌還佇立。

題陳允中山居卷

山妍雨初暗，洞窈雲常暝。琤琤碧澗流，落落青松影。遊詠有高人，誅茅臨複嶺。開窗翠嵐香，展卷白日永。興來即吟詩，客至但烹茗。抱琴暮出遊，蕙帳夜深冷。

春江晚渡圖

風微杜若香，潮滿江聲寂。扁舟古渡前，推起篷窗白。山外日未高，波底雲先赤。隱見杏花村，依稀煙雨隔。人間行路難，羨此丹青跡。焉得并州刀，剪取澄江碧。

憂村氓

世道日紛紜，人人自憂切。路逢村老談，吞聲重悲噎。我里百餘家，家家盡磨滅。休論富與貧，官事何由徹。縣帖昨夜下，羈縻成行列。鄰里争逋逃，妻兒各分別。莫遣一遭逢，皮骨俱碎折。朝對狐狸啼，暮爲豺虎齧。到官縱得歸，囊底分文竭。仰視天宇高，綱維孰提挈。但恨身不死，抑鬱腸中熱。南州無杜鵑，訴下空啼血。《元史·良吏傳》載希韓爲永春尹，有惠政。鄰邑仙遊盗發，遇之。遥拜曰：爲大夫百姓者，何幸！吾邑長用暴毒驅我，故至此耳！遂請縛其渠以降。其後安溪賊數萬來襲永春，衆皆感憤曰：使君父母，我民赤子，其忍以父母畀賊耶！因踴躍争奮，大破之。觀此詩，知希韓之體恤斯民切矣。

鞦韆

緑窗美人閉深院，燕語鶯啼春事半。畫闌睡足四無人，空與東君説幽怨。綵繩嫋嫋挂青煙，羅襪纖纖翻翠袖。紅妝高出牆頭花，繡帶斜飛亭際柳。香風蕩漾春誰主，願學飛仙飛不去。黄昏溪月浸梨花，背立鞦韆悄無語。

燭

海棠庭院日西入，絳蠟凝香高一尺。銀臺照夜春溶溶，金屏繡褥光相射。洞房寶扇雙鳳花，丫鬟纖手籠絳紗。蘭燈交暉奪明月，玉杯照影傾流霞。高堂舞袖沈香暖，歡娱未盡春宵短。長風駘蕩落花多，野鳥啼春動幽怨。

秋蚊

茉利堂前月華吐，飛蚊擾擾晴雷怒。深閨小玉焚椒蘭，繡幕穿簾柳花度。芙蓉夜卧銀燭滅，緑紗如煙罩香雪。潛身飛入羅扇風，耳畔營營宵不絶。瓊肌一咂雨夢回，玉腕斜批守宫血。屋外寒蟬自清素，夜夜長吟飲花露。

至正己亥夏予遊壺山宿真淨巖卽景賦詩奉簡古道了堂二師

六月翠壺山下客，凌晨登山如絶壁。支笻徑上真淨巖，頭上青天纔咫尺。高僧十載棲巖幽，啓扉相見還相留。欣然坐我斗室底，滿室嵐氣生清秋。開窗一覽數千里，滄海微茫等杯水。客帆來往煙雨中，人家遠近林巒裏。平生讀書苦不多，時事如此將奈何。蠅頭蝸角付一笑，會當結屋山之阿。

望湖亭

望湖亭外波蕩蕩，漁舟客櫂頻來往。好風卷雨黑雲收，十里湖天平似掌。長川極浦秋雲清，錦帆自信牙檣輕。蘭橈掣動龍蛇影，櫂歌驚起鷺鷗盟。昔是席上珍，今作宦中客。兩載遊帝京，雙鬢半垂白。三衢非爲懶折腰，楓城聯蔭桐陰色。黄金孰鑄子期形，白玉空教和氏泣。丈夫氣概無憚勞，對此江山趣自高。浩歌長嘯天地窄，笑殺馮唐歎二毛。

中元囘家拜祭感懷

七月十五月正圓，中元遺俗知奉先。亂後人家生事薄，遊兵邏卒猶喧闐。山鄉路阻無紙錢，江村月落烹細鮮。新魂舊魂百戰死，孤兒寡女雙淚漣。陳生歸來泉石下，獨居一屋如磬懸。潔膳孝養復何有，幽軒灑掃花竹妍。青藜之羹薦香飯，翠壺之茗烹清泉。二親避地海中渚，顧影百拜心悽然。荷衣破碎暮雨急，枕書不寐思去年。烽火連天暗鋒鏑，遺骸滿野飛烏鳶。蘭盆酒果誰復設，若敖之鬼啼秋煙。連兵搆禍今未已，疲民重斂何敢言。喜聞王師下閩海，廟堂元宰方籌邊。桓桓諸將奮忠烈，義氣思欲吞腥羶。下方野人日矯首，旄頭早落閩中天。人有居，鬼有享，賣刀買犢耕山田。

寄張子震

南浦多芳草，東風又落花。相思頻入夢，見説欲囘家。奇字從人問，新醅爲客賒。自慚羈旅者，猶滯錦江涯。

和林子蒼湖亭晚酌

登臨多野趣，未暇問朝簪。南國秋聲起，西湖暮景涵。江雲連遠樹，山雨落寒嵐。同是他鄉客，相攜看斗南。

惠安道中

龍山兵火後，百里總蕭疏。官帑需新賦，公田索舊租。尊鱸頻有夢，鴻雁久無書。自笑成何用，雲邊是舊廬。

昆山客邸

萍水須相識，居然子共歡。天高秋月落，江近夜潮寒。湖海詩懷壯，雲山客夢殘。出門舟欲發，猶自倚闌干。

遊洞嶺寺

古寺藏煙樹，巖扉晝不扃。日高花散影，風定竹無聲。稚子添香火，閒僧閱藏經。新詩吟未就，獨向殿階行。

遊北巖菴

曲徑峰前轉，臨行見虎蹤。孤庵萬樹合，絶澗一橋通。芳草凝微露，靈湫飲綵虹。山僧面壁坐，應悟萬緣空。

遊吴廷用南莊

公事多餘暇，看山到遠村。雲莊依竹見，樵逕過橋分。野水晴春碓，巖松晝掩門。所忻花縣近，歸路任黄昏。

寄同年狀元拜住善御史

臚唱乍傳同虎榜，繡衣還見上烏臺。石頭城下題詩遍，天目山前攬轡回。使節照江秋水立，諫書排闥曙雲開。東南赤子瘡痍甚，日望分司御史來。希韓至正壬午登第，是歲拜住爲右榜第一人。

自高郵買舟還江南至常州值雨寄魯元達

萬里扁舟偶獨還，毗陵城下少盤桓。天連曠野青山少，雨滿空樓白晝閒。旅邸有人垂顧問，家書何日寄平安。半生勳業成迂闊，猶自窗前把鏡看。

汀州道中

七閩窮處古汀州，萬壑千巖草樹稠。嵐氣滿林晴亦雨，溪聲近驛夜如秋。雲間僧舍時聞犬，兵後人家盡買牛。但得龔黄爲太守，邊方從此永無憂。

送吴元珍

幾年不剪西窗燭，此日相逢如别何。冷宦莫嗟鄉國遠，故人今在省臺多。閩關把袂雲生樹，灤水維舟月滿河。我爾重尋燕薊路，鳳城載酒日相過。

依韻答歐士中

客舍淒涼生緑蕪，經年祗傍野人居。尊空每買鄰家酒，巷僻應回長者車。白鳥夢殘楓樹冷，黄花香老竹籬疏。相逢且莫談離别，一别如今十載餘。

重遊蓬壺因呈諸公一笑

我來作縣已三載，偏愛毗湖春酒香。溪上畫橋朝繫馬，雨中茅屋夜連牀。多情黄鳥短長曲，無數桃花濃淡妝。欲學淵明歸種柳，不栽桃李滿河陽。

予客莆中同登壺山真淨巖訪古道了堂二師

松扉深入白雲中，躡蹬捫蘿路可通。結社幾人從惠遠，登山何處覓壺公。五更客夢茅簷雨，六月秋聲木葉風。獨倚闌干望江海，故鄉應在海門東。

至正己亥六月遊壺山宿真淨巖訪忠門西江陳公江亭

樹下松扉絶點埃，何須海上覓蓬萊。十年客鬢塵中改，六月襟懷酒後開。雲影不隨飛鳥没，江聲偏逐晚潮來。干戈滿眼風塵暗，欲别西山首重回。希韓歷任閩中，故多壺山之遊，兼有陶令歸來之感。其時天下多故，干戈四起，薩天錫在閩幕，遷于後至元三年，與此時情事自不同也。

寓平南善應菴述懷

去年過此身猶健，今日重來一病翁。亂地風霜如塞上，隔江煙火是莆中。孤鴻唳月秋空碧，萬葉經霜野樹紅。竹下閉門來客少，清談日與老僧同。

和林子蒼玄妙寺值雨

兩袖薰風緩轡遊，粤王城下少淹留。客衣半溼松花雨，鶴影先分竹院秋。採藥僧歸雲外路，吟詩人倚樹間樓。憑君汲取前溪水，爲洗塵中浩蕩愁。

仲秋寓迳江張伯雅席上作

征衫一路拂輕埃，袖得嵐光渡水來。月色不如今夜好，客懷應爲故人開。香隨桂子雲間落，夢逐潮聲海上回。醉倚西風賦離别，明年何處共銜杯。

福清平南道中

輕輿五月歷郊坰，萬事都非舊典刑。省檄一番新繕甲，民兵十户半抽丁。雨餘野水村村白，海上煙岑點點青。只合早尋丘壑去，年來鬢髮已星星。

題南岡上人詩卷

曾見天華落講堂，翩然振錫白雲鄉。蓋茅絶壁星辰近，採藥深林雨露香。獨鶴當窗松影瘦，老龍歸洞夕陰涼。相思欲寄新成偈，落葉蕭蕭山路長。

美人折花

曉綰香雲出户來，凌波微步下瑶階。潛身折處香凝指，正面看時影在懷。鶯蹋露珠沾翠袖，蝶隨春色上金釵。石闌干外莓苔滑，歸院應須换繡鞋。

登大峰山

一逕盤桓上碧峰，桃花巖畔扣仙宫。微風不動壇邊樹，北斗頻懸石上松。龍出洞雲浮檻白，雞鳴海日射窗紅。遊人咫尺青天近，歷歷溪山在眼中。

過平溪橋

立馬橋邊唤渡船，緑楊烟煖碧波懸。高峰礙日疑天近，陰壑猶霜覺地偏。處處魚鹽開草市，家家雞犬類桃源。隔溪茅屋孤門掩，重憶揚雄草《太玄》。

山行雜詠二首

過一山坳又一村，小溪流水映柴門。桑間少婦自採葉，舍下老翁閒弄孫。山霧欲收紅日晏，蕨根新洗碧潭渾。停輿暫向石亭坐，隱隱樵歌隔水聞。

拂拂輕風縠雨初，綠楊隄上步紆徐。竹林生筍長過母，巢燕撲蟲歸哺雛。雨散溪流平岸漲，雲開巖樹倚天孤。憑誰喚起王摩詰，寫入秋毫作畫圖。

題全安莊

野寺尋真幽更幽，老僧敬客客來遊。疏鐘幾杵江山暮，落雁一聲天地秋。山鳥有情憐我去，燭花濺淚爲誰愁。而今惆悵江頭別，不識重來有日不。

過吴江

興隨流水共悠悠，此地蘆花正滿洲。落日片帆千里暮，西風長笛數聲秋。衣冠空帶英雄淚，湖海難消浩蕩愁。吟罷欲尋沽酒處，傍人遥指隔江樓。

縣齋閒坐偶成

庭樹雪初晴，雙雙鳴鵲聲。六花消未盡，猶照葉心明。

興化道中

雨過山城野水渾，夕陽黄犢卧籬根。吴塘父老應相語，昨夜南船到海門。

泊洗溪驛

篷底凄風過似箭，枕邊急浪響於雷。夢魂曾到桐陰下，夜未三更又却回。

草萍驛和薩天錫

林外輕風帽影斜，客衣近染紫山霞。等閒點檢春多少，牆角薔薇幾樹花。

錢舜舉木芙蓉

紅妝初映酒杯酣，斜倚西風轉不堪。霜後池塘秋欲盡，令人惆悵憶江南。

題射獵圖

滿目西風塞上塵，五花驄馬轉精神。憑君莫射雙飛雁，恐有音書寄遠人。

黄處士鎮成

鎮成，字元鎮，昭武人。篤志力學，不嗜榮利，築南田耕舍，隱居著書。至順間，嘗歷覽楚漢名山，周流燕、趙、齊、魯之墟。浮海而返，登補陀，觀日出如丹，慷慨賦詩，翛然有蟬蜕塵囂之志。部使者屢薦之，不就。其後政府奏授江西儒學副提舉，命下而已卒，年七十有五。集賢院定號曰貞文處士。所著《秋聲集》十卷，新安鄭潛序之。謂如太音希聲，天籟自鳴。抑亦有所激而鳴其不平者耶？今觀《南田耕舍》及《西城紀事》諸詩，亦可以知其寄託之有在矣。

春雨南田書事

流水三椽舍，桑陰五畝田。飯香分野碓，茶熟候山泉。石榻看雲坐，谿窗聽雨眠。桃花川上路，應有釣魚船。

鉛山早行

早起辭林館，鄰雞已再嘷。月弦當户直，斗柄插山高。細逕侵藜杖，輕寒襲布袍。前趨東日上，五色動雲濤。

乘涼

借屋依喬木，乘涼慰病身。日回山有影，風遠竹無塵。除地平施榻，攀條側挂巾。應攜龐老宅，真作鹿門人。

南山紫雲山居五首

一宿南山頂，仙凡此地分。河明疑有浪，天近更無雲。月色初秋見，泉聲徹夜聞。紅塵飛不到，甘與鹿爲羣。

樹老秋仍露，山空晚更蟬。雨添春藥水，雲溼種瓜田。對榻僧長坐，聞鐘客未眠。自應麋鹿性，疏散愛林泉。

絶壑開闌檻，遥峰展畫圖。雪翻僧供鉢，雲繞佛香爐。接板橋橫澗，連筒水入廚。杖藜行藥去，九節得菖蒲。

竹露連巖際，松風滿坐隅。水春如有節，山鳥似相呼。暑雨收崖蜜，晴雲斸土酥。月高秋萬宇，身世一冰壺。

絶境紅塵遠，高居白日長。僻宜人不到，静與世相忘。宇闊星辰大，山虚水石涼。翠屏天外立，秋氣晚蒼蒼。

題朱澤民畫山水

與客浮湘水，琴書共一舟。雲間雙樹曉，天外數峰秋。指顧銷塵慮，棲遲發櫂謳。未知身是畫，明月滿滄洲。

東陽道中

出谷蒼煙薄，穿林白日斜。岸崩迂客路，木落見人家。野碓喧春水，山橋枕淺沙。前村烏桕熟，疑是早梅花。

春日東行

青郊冉冉散晴暉，芳樹頻聞一鳥啼。山驛水流花落盡，石田雲煖麥抽齊。禪房鑿路當巖半，釣屋維舟近竹西。行過野橋人語近，尋源應到武陵谿。

題秋江把釣圖

獨載輕舠過碧川，一綸牽動楚江天。蘆邊有月還吹笛，柳外無風不繫船。留火夜然湘岸竹，得魚朝送酒家錢。十年湖海真如畫，亦欲狂歌一扣舷。

遊麻姑山用蔣師文韻

紫霧龍鸞月裏遊，白銀宮殿海中洲。麻姑宴罷壇猶在，葛令丹成井獨留。滴雨浮嵐空翠晚，飛花散玉瀑簾秋。誰能共食金光草，來住仙家十二樓。

舟過石門梁安峽

書畫船頭載酒回，滄洲斜日隔風埃。一雙白鳥背人去，無數青山似馬來。天際雨帆梁峽出，水心雲寺石門開。同遊有客如高李，授簡惟慚賦峴臺。

送憲幕陳時中分題得平章河

海國猶傳利澤功，滄溟縹緲百蠻通。潮來估客船歸市，月上人家水浸空。析木星辰三島外，榑桑宮殿五雲東。河梁此日重攜手，目送靈槎萬里風。

晚晴書事

白鶴樓西晚雨涼，欲晴山氣遠蒼蒼。鴉銜落日歸平楚，雁背殘霞上越陽。溪崦築茅堪理釣，畬田收朮好休糧。秋風有約巢雲去，却擬狂歌學楚狂。平楚，越陽，郡城二臺名。

臨川青雲亭

平野荒荒雉堞低，一峰闌檻與雲齊。斗牛三尺龍光照，城郭千年鶴爪題。白雨來時江水北，青山盡處夕陽西。古來亦有憑高客，樹影蒼涼繞大隄。

題定武蘭亭

繭紙香隨玉匣遺，寶書天上世難知。狼烽幾墮昆明劫，蟬翼猶傳定武碑。曉雨苔花侵擣石，秋山柿葉費臨池。東都已往誰能繼，神物終煩謹護持。

鼓山靈源洞 有屴崱、天風、海濤亭、喝水巖。

屴崱峰頭萬丈梯，上方高與白雲齊。青山盡處海門闊，紅日上來天宇低。喝水無人空宴坐，磨崖有客謾留題。飄然欲御長風去，一笑何煩過虎谿。

辛巳還光邑祖居上井約江少府同到

東井田廬故業非，十年風雨寸心違。江湖水闊冥鴻去，城郭春深老鶴歸。桑梓盡隨黄壤化，松楸空望白雲飛。梅仙此日能相約，竹杖相攜上翠微。

舟過大茅洋

漲海渾茫寄一桴，候神東去接方壺。帆隨雪浪高還下，島浸冰天有若無。雁影斜翻西日遠，潮聲直上晚雲孤。投綸擬學任公子，掣取封鱷飫萬夫。鱷，古鯨字。

補陀島

一片雲帆駕渺茫，東臨絶島拂扶桑。九天波浪隨星客，萬壑魚龍覲水王，日觀遠開溟澥動，雲臺倒浸白花香。候神海上應相見，爲覓安期却老方。

錢塘

雨過高風發屋聲，吴中暑退卽寒生。晴光入眼園林薄，夜氣侵人枕簟輕。寺鐸呼風宵自語，鄰機織月曉猶鳴。江湖處處悲秋客，起束歸裝不待明。

贈葉山人

仙巖溪上葉山人，手佩青囊太古文。北極地從林邑下，南條山到蜀江分。尋源屢識蛟龍宅，探穴長隨虎豹羣。更約秋風清霽日，與君高踏萬重雲。

用鷲峰師韻送澗泉上人游方十首

天台山上綵虹橋，山下桃花帶露飄。仙客雲霞迷舊路，化人宫殿現層霄。穿林夜氣香爲蓋，冠嶺晨光錦作標。若到上方應駐錫，遥聞法鼓動春潮。天台。

雁山鐘磬半空聞，雪嶺霞城此地分。金塔影浮滄海月，寶臺光繞梵天雲。禪機已熟能傳印，世網難嬰易解紛。更上孤峰看瀑布，願將餘瀝湔妖氛。雁蕩。

潮音海洞石盤陀，送子東遊奈别何。日上扶桑天不遠，雲連析木地無多。水王獻寶開丹穴，星使通槎泛白波。見説蓬萊清淺處，便從鵬翼起秋河。補陀。

身隨衡岳片雲來，南極朱陵洞府開。八桂山川臨鳥道，九疑風雨溼龍堆。使華今日嚴珪幣，祖印何年剪草萊。直到無生參學畢，逢人遮莫説輪迴。衡岳。

廬阜山陽幾勝遊，竭來重爲虎谿留。千尋瀑布雲霞冷，九派江流日月浮。白鹿盤盤高洞曉，黄花采采故園秋。東南更有名藍在，莫道諸方訊已周。廬山。

去禮文殊寶刹開，倚空巒岫鬱崔嵬。金函奉旨傳香至，白氎圖形載法來。心鏡象懸天外月，教筵獅吼地中雷。還將拂子閒拈起，更上繙經第一臺。五臺。

一上鍾山萬慮消，虛空樓閣翠岧嶢。金陵鬱鬱帝王宅，天塹悠悠南北朝。月滿石城秋似水，風高淮浦夜生潮。未應便作乘蘆去，且聽仙人碧玉簫。鍾山。

路入西山窈復深，法筵應有聖僧臨。兩峰塔影天垂蓋，千佛林光地布金。牛笛儻逢圓澤語，龍宮還見閬仙吟。空中更上藏雲洞，水樂泠泠奏八音。靈隱。

峨眉樓閣現虛空，玉宇高寒上界同。茶鼎夜烹千古雪，花幡晨動九天風。雲連太白開中夏，日繞重玄宅大雄。師去想無登陟遠，祇應飛錫驗神通。峨眉。

浮杯東渡海門潮，鷲嶺玄關路匪遥。十載江湖曾慣歷，五山風月自相招。呼猿洞口行雙澗，放鶴亭邊入斷橋。直到妙高峰上望，曇華天雨滿烟霄。五山。

西窗晝雨

三春驚過半，霾雨灑窗西。鵲腦添爐炷，春鳩隔樹啼。

夕泛

秋淨山如拭，江清一棹橫。挂帆延暮眺，趺坐待潮生。

谷口

谷口橋邊日未斜，先尋宿處近梅花。分明聽得吹長笛，祇隔紅闌第一家。

春日行近山

門外山童掃落霞，問師還只在山家。推窗引客雲邊坐，自扇風爐煮雪花。

柯亭

金碧樓臺宅梵王，柯亭無處問中郎。何當截取如椽幹，吹起崑丘紫鳳凰。

南田夜雨

四簷春雨夜浪浪，記得吹笙近竹房。三十五年江海夢，又隨歸雁過瀟湘。

南田耕舍二首

跨鶴來尋處士家，迢迢空翠隔煙霞。山童揖客松邊坐，却背春風掃落花。

行到長松野水間，吹簫石上不知還。嵐光已重衣裳冷，自扣巖扉月滿山。

題麻姑圖有懷蔣師文

曾宿丹霞十二樓，水亭風館不勝秋。故人天上無書到，自展山圖看雪流。

梅花

吟屋蕭疏霜後村，江頭千樹欲黄昏。等閒又被春風覺，添得寒梢月一痕。

春夜聽雨有懷

孤客曾聽夜雨眠，一生江海已華顛。吟懷不與春風隔，謾憶簷聲五十年。

山家

家住桃花源上村，編松爲屋鹿爲羣。匡牀盡日臨門坐，閒看青山起白雲。

聞雞

曾催月影倒寒窗，又促征車拂曉霜。湖海故人今白髮，五更孤枕淚浪浪。

黄月潭

平生山水最相親，蠟屐長隨野鹿羣。未似月潭雙足健，東南踏遍萬重雲。

雲山小景

飛瀑潺潺瀉碧岑，野橋分路入雲深。三椽草屋長松下，應有先生抱膝吟。

五月調兵赴綏陽二首

五月農家半未耕，更聞田鼠食苗萌。轅門昨夜飛書急，十户三人赴調兵。

五月公私乏見儲，師徒野掠竟何如。自憐無力操戈從，未敢偷安飽飯居。

題王元善赴北清江新雁圖

江南春水拍天齊，鴻雁成行向北飛。未必雲山便相隔，秋風還帶夕陽歸。

南田耕舍

離離南山田，采采山下緑。兹晨涼風發，秋氣已可掬。美人平生親，零落在空谷。顔色不可見，何由躡高躅。我耕南山田，我結南山屋。下山交桑麻，上山友麋鹿。還肯過鄰家，鄰家酒應熟。

石橋山

散策南山下，逶迤登石橋。五涉曲澗水，兩山鬱岧嶢。𠔃緣度絶壁，攀蘿俯山椒。懸瀑瀉層崖，冰華垂空飄。盤紆上石磴，天梯颭回飈。廁足得平地，聳身淩丹霄。入谷煙霞深，松竹聲蕭蕭。會當發天秘，剪此荆榛條。結屋棲白雲，覽矚千峰遥。土沃既宜耕，山深仍可樵。因之習天遊，已足遠世囂。悠然萬物表，我隱誰能招？

臘月過里敦田舍

天高北風寒，日薄歲云暮。衰年畏奔走，乃復在途路。山村投寓舍，所歷遇親故。具言違别久，相問未知處。兹晨喪亂中，詎意忽歡聚。留客坐西窗，呼兒忙治具。家釀熟未篘，舊醅鄰所助。筍蕨雜梅蓤，火豆連蔬茹。慚愧齒牙疏，杯盤宜我恕。雞肥割黄膏，苦勸頻下箸。雜坐同几席，誰能嗔禮數。翁年當自寛，鄙野得真趣。所願息兵甲，田里無征賦。借屋傍流泉，從子山中住。

避地椒歷　三月初九日。

鄰家急相報，且往椒歷山。登陟如猿猱，合沓同躋攀。遠近火煙起，指點望城間。椒歷不可住，迫晚登孱顔。夜宿草樹中，露下山氣寒。

三郎山　初十日。

曉度三郎山，雲深逕盤陘。斜迤下陽坡，人牛競來集。汲泉吹野火，煮飯分餘汁。扶攜感藜杖，攲倒僅能及。行行不可望，危峰倚天立。

上鵲 十二日。

一家巢上鵲，俯瞰萬級田。扶攜數百人，夜宿荒山巔。正晝雷電飛，驟雨奔流泉。月黑石磴滑，歸路相攀緣。後至且勿迫，小立聽潺湲。

謝邊 十三日。

衝雨來謝邊，滑路霑泥塗。舊鄰忽相見，留我宿山居。然薪燎我衣，取酒慰我劬。雖有骨肉親，各在天一隅。感子勞苦意，焉能念崎嶇。

同御史鄭彦昭登丹臺韻

晨登鍊丹臺，雲磴互盤曲。五月居高明，曠遠窮望目。雨洗炎埃淨，涼風動梧竹。遥峰明晚翠，近瀨漱寒玉。聯鑣得驄騎，杖策偶馳逐。詩留紙上雲，酒散樽中綠。坐久獨歸遲，鳴騶出空谷。

予作南田耕舍諸公賦者率儗之於老農噫人各有志同牀而不察世之君子乃欲責人之知己不亦難乎因作寫懷二首以自解云

白日不停馭，頹波竟東馳。忽忽年歲改，念此將安歸。我欲驅車行，太行路崄巇。我欲駕方舟，滄海無津涯。豈不顧行邁，出門慎所之。有田南山下，可以供盛粢。有廬在中田，可以談詩書。上探羲皇際，下及商周時。賢聖尚淪落，微生何足疑。懷哉羨門子，千載以爲期。

種田南山下，土薄良苗稀。稊稗日以長，荼蓼塞中畦。路逢荷蓧人，相顧徒嗟咨。我欲芟其蕪，但念筋力微。終焉鮮嘉穀，何以奉年饑。誰令惡草根，亦蒙雨露滋。豈無力耕人，悠悠興我思。

城西紀事

今日稍清適，獨出城西村。感時經喪亂，風物異郊原。林摧見平陸，寺破留頹垣。高亭化莽墟，華屋成蔬園。徘徊在中路，偶聽農老言。新苗未入土，苗草日已蕃。丁男赴徵調，期令集轅門。況乃乏牛力，苦辛難具論。我聞增慘愴，無策拯元元。身老不能耕，焉敢飫盤飧。

遠適

吉日有遠適，我行志四方。西馳窮河源，東望臨扶桑。南通火維外，北達冰窴傍。勿謂天地闊，勿謂歲月長。駑馬積十駕，千里追飛黄。大鵬發天池，摶風起翱翔。誰能守阜櫪，不復馳康莊。誰能斂羽翮，但學槍榆枋。大道甚平夷，誰謂阻關梁。寄言遠適者，日進不可量。

桃花巖

小僉山中數塊石，上出浮雲幾千尺。寒泉飛下絶澗響，老樹倒挂蒼苔壁。巨靈擘斷知何年，中有古洞藏神仙。蓬萊宮闕浩杳靄，世外别有壺中天。巉巖磊磈相緣入，雲霧晦冥光景集。丹房石室淨無塵，虎攫龍拏半空溼。山人舊説桃花巖，山高水絶無由探。我來正值巖花發，長嘯獨倚春風酣。同遊雅士貪幽趣，自劚山雲燒筍具。兩山流水一川花，依稀似是桃源處。世上紛紛吹戰塵，山中道人都不聞。欲從君住不可得，一聲孤鶴唳空雲。

吴伯昭紅蓮緑幕圖歌

烏君之山從西來，拔地萬仞青崔嵬。劃然磅礴下江澥，林麓隱隱棲樓臺。上有飛蘿冪罣古喬木，下有滄浪萬頃青如苔。紅蓮綽約泛渚淨，緑幕縹緲臨湖開。雲煙捲風島嶼没，窗户洗雨冰霜回。高人自是青雲客，日向湖亭賞山色。昔年走馬踏紅塵，射殺南山雙白額。今日綸巾羽扇閒，獨面清泠飲冰蘗。壺箭收投勝負空，棋枰罷局機籌息。延陵公子昔稱賢，畫手復見今道玄。有聲之畫宜詩篇，爲子作詩將畫傳。

題墨菊

江南九月秋風凉，秋菊采采金衣黄。近時丹丘出新意，却灑淡墨傳秋香。青城學士曾題藻，散落人間共傳寶。卷舒造化入毫端，回首東籬自枯槁。東陽傅君心好奇，何處得此秋霜枝。湖湘衲子遠相貺，筆勢迥與丹丘齊。香英細蹙玄玉屑，老幹拗斷烏金折。不隨粉黛學時妝，自與幽人同志節。淵明已逝屈子沈，晚香縱有誰知心。感君畫圖三歎息，爲君長歌楚天碧。

李將軍歌

李將軍，少年意氣輕浮雲。青絲絡馬黄金勒，寶劍錯鏤交龍文。十二高樓連廣道，千金結客大梁門。昨日彎弓連白羽，射殺南山白額虎。歸來饗士酒千鍾，自向青樓按歌舞。前年起兵從義旗，斬將陷陣身如飛。上功幕府久未報，有酒不樂當何爲。

直沽客

直沽客，作客江南又江北。自從兵甲滿中原，道路艱難來不得。今年却趁直沽船，黑洋大海波連天。順風半月到閩海，只與七州通賣買。嗚呼！江南江北不可通，只有海船來海中。海中多風多賊徒，未知來年來得無？

悲秋詞

長歎復長歎，芙蓉落盡秋水寒。庭前百草枯爛死，遊子日暮衣裳單。白日悠悠歲將晏，江南水深波浪散。鴻雁不來江水長，零落秋雲滿江岸。願天吹作凌天風，吹開白霧清暘紅。願天化作炎天雨，物物昭蘇感天語。

從軍行

秋風漠漠寒雲低，隴頭野雁隨雲飛。北方健兒長南土，學得南語相嘍啰。羽書昨夜到行府，下令急點如星馳。明日横刀出門去，回頭不得顧妻兒。山城止舍休十日，百姓餽給無飢疲。路上逢人寄書歸，道好將息無相思。重關夜度月落早，五嶺冬戍天寒遲。買羊擊豕且爲樂，破賊歸去知何時？

島夷行

島夷出没如飛隼，右手持刀左持盾。大舶輕艘海上行，華人未見心先隕。千金重募來殺賊，賊退心驕酬不得。爾財吾橐婦吾家，省命防城誰敢責。

莫猺行

莫猺射生蠻峒谷，窄袴短衣雙赤足。前年應募作官軍，惡少如雲學裝束。千村一過如蝗落，婦滿軍中金滿橐。鶡冠擊碎且勿嗔，鄰寇不虞吾所託。

投贈鄭守光遠三十韻

累洽開皇極，分藩重守臣。列茅周土舊，分竹漢符新。師帥能宣化，儀刑最近民。隼旟張日月，雉閣麗星辰。地紀逾荒服，天光照遠人。選材歸德器，分命聳朝紳。一代文章伯，羣心怙恃親。祖風光藹藹，家學早振振。聽履曾馳譽，工書固絶倫。九苞騰鸑鷟，千里驟騏驎。仗引陪供奉，官聯屬選掄。河源通析木，星象擁勾陳。暫輟中朝紱，來紆外府輪。土風連太末，山節聳全閩。佐乘臨漳浦，搴帷入劍津。近河能借潤，依燭解光鄰。化雨蘇民望，祥風洗瘴塵。袴襦歌已浹，刀劍俗咸悛。山郭惟樵郡，封鄰接海濱。地偏田少沃，土狹户多貧。捐瘠饑瘥并，流亡寇役頻。震凌思大厦，枯栟徯洪鈞。幸借循良牧，咸依撫字仁。晝長簾似水，更靜月如銀。赤社分南服，清都拱北辰。報看三月政，和覩萬家春。少日探經笥，頹年愧席珍。雨畦仍把耒，風艇自收緡。喜見瘳民瘼，無由傳吏循。衹須成德化，濡筆頌堅珉。

胡處士天游

天游，名乘龍，以字行，别號松竹主人，岳之平江人。當元季之亂，隱居不出。邑人艾科晉卿爲之傳曰：「天游有俊逸才，七歲短吟，具作者風力。名籍籍一世，視伯生、子昂，不輸一籌也。負高氣，孤立峻視，曾不一起取斗禄自污。扼腕當時，俯仰太古，鳴之歌什，有沉湘蹈海之風。今其集中《荆軻館》與《醉歌》等篇，可想見也。壬辰夏，萑苻蠭起，所過皆墟。獨天游室巋然煨燼中，因自號曰傲軒氏。性少許可，獨雅善余牧山。每泛航清溪，弄月佳夜，放歌岸幘，謔聲如雷，各持盛氣不下。牧山贈云：『能酒能詩只兩翁』。晚歲益自矜，其徘徊亂世以緬想太平之心，卒泯然不白也。因作《述志賦》以寓長飲之恨云。兵燹之餘，篇什散落，存者僅什之三四，曰《傲軒吟稿》。明弘治間，其七世裔孫榮昌令湘刻之。嘉靖初，八世孫大器復編次重刻。豫章羅㥔謂《傲軒》詩豪邁卓絶，與虞、趙諸公相出入，而出處大節過之。胡氏文獻世家，宜其能保守若是。然則詩文之傳世與否，豈真有幸不幸哉。

遊法興寺 七歲作。

山色摇光入袖涼，松陰十丈印迴廊。老僧讀罷《楞嚴》咒，一殿神風柏子香。

春詞和韻七首

緑窗紅燭製春衣，宮樣花紗要入時。玉手怕裁雙鳳破，并刀欲下更遲遲。

日射珠簾試曉晴，隙光斜上寶釵明。碧紗窗下無消息，閒數吴蠶幾箇生。

自尋蜀紙寫吴歌，小字斜行未省多。嬌懶却嫌春戰冷，手拈牙筆倩人呵。

暖風深巷賣花天，争買繁華裊鬢邊。揀得一枝紅躑躅，隔簾抛與沈郎錢。

雙鳩不惜涴泥沙，閒逐吴姬鬭草芽。贏得阿嬌金半臂，背人含笑入桃花。

貪逐春風趁伴遊，不知明月上梢頭。兒夫若問歸遲意，幾度穿花避紫騮。

昨日江頭看緑楊，歸來學得兩眉長。低聲更向蕭郎問，又恐眉長不稱妝。

横橋阻水

浮江積雨水連天，楊柳依依一釣船。白髮篙師多意氣，向人先索渡江錢。

冬暖

冬令偷春多得暖，灞橋無思可吟詩。江梅一樹都開遍，不問南枝與北枝。

壬辰歲草昧盦起比屋皆煨燼區室幸存自扁曰傲軒因題二首

百屋堆錢等夢回，春風多誤燕歸來。如何四壁都無物，獨向人間傲劫灰。

獨酌何須問主賓，興來魚鳥亦相親。蒼松翠竹真佳客，明月清風是故人。

男從軍三首

十五束髮去從軍，背劍腰刀别弟昆。男兒不灑臨岐淚，觱篥數聲吹出門。

雨沐風餐夜枕戈，東征未了北防河。當時只道從軍樂，誰道從軍苦更多。

自古男兒要自强，腰間金印有時黄。時來不用龍泉劍，手搏樓蘭獻廟堂。

女從軍三首

二八女兒紅繡靴，朝朝馬上畫雙蛾。《采蓮》曲調都忘却，學得軍中唱《凱歌》。

從軍裝束效男兒，短製衣衫淡掃眉。衆裏倩人扶上馬，嬌羞不似在家時。

柳營清曉促征期，女伴相呼看祭旗。壯士指僵霜氣重，將軍莫訝鼓聲催。

贈余公圖畫樓二首

一幅生綃天盡頭，水光山色上簾鈎。似將崔白千年軸，掛在元龍百尺樓。霜葉掃鴉描落照，溼雲和雁捲清秋。紛紛紙上争妍醜，還識無爲妙處求。

高人有眼看山川，不費從來買畫錢。萬古丹青垂宇宙，百川樓觀倚風煙。人行槲葉林邊路，鳥没蘆花影裏天。我欲與公添一筆，寒灘蓑笠釣魚船。

燈花給韻

寸燼能偷造化權，花開花落自黄昏。豈憑根本栽培力，暫借膏油養育恩。隔幔乍疑籠日幄，展屏聊當避風幡。彫零滿案無人問，付與青娥淬鬢痕。

雙頭蓮

一枝瑶柄倚風清，兩面紅妝鬬日明。張孔斷魂埋玉井，尹邢妖魄寄金莖。雙鸞俯鏡東西照，百子分房向背榮。若使此花還解語，好將蘭臭與誰平。

牡丹花

相逢盡道看花歸，慚愧尋芳獨後時。北海已傾新釀酒，東風猶鎖半開枝。掃空紅紫真無敵，看到雲仍未可知。但願倚闌人不老，爲公長賦謫仙詩。

寓中水樓秋夕

殘暑峥嵘入夜平，羈懷牢落傍秋生。斷雲推月弔孤影，高瀨挾風來遠聲。山店辟纑松火細，水樓敧枕葛衣清。餘年飽食慚疏放，回首南州欲用兵。

寄内兄余牧山

少年親故盡豪英，回首家山一愴情。桑梓連雲俱寂寞，松筠鬭雪獨崢嶸。生憎赤幘何時白，須信黄河有日清。珍重加餐莫輕出，共留老眼看昇平。

遣悶

昏昏如醉復如癡，半榻殘書兩鬢絲。世故擾攘思樂日，暮年艱苦憶兒時。對人言語惟稱好，徇俗文章懶出奇。斗酒十千無覓處，悶來消遣只憑詩。

慶李千户納室

轅門佳氣曉氤氲，鴛栗筵開酒半醺。鸞扇低回人似玉，虎牙顛倒從如雲。花開穠李春猶小，帳掩流蘇夜正分。從此談兵應有助，木蘭元是女將軍。

憶孟兄季弟

兄弟相看各一方，别來俱各鬢成霜。江山千里猶比屋，風雨幾番能對牀。海燕年深常作客，塞鴻天遠不成行。擎杯莫負黄花酒，來看南塘萬竹長。

譏諷黄蘭谷

雨花風絮兩飄飄，興味都非舊寂寥。白足懶穿雲外屐，翠眉低按月中簫。重拈曉鏡添新髮，旋試春衫減舊腰。金鎖玉函千載恨，争如雲雨自朝朝。

送姪胡文學修江館

我祖文章伯，餘光耿未休。聖朝崇學校，猶子重箕裘。蠹簡三生債，臯比幾度秋。登高還小魯，觀禮復從周。琴爲知音鼓，珠寧暗室投。小奚藤作笈，長鋏蒯爲緱。細柳牽征袂，飛花餞去舟。嗟予倚市拙，壯子異鄉遊。白酒春風席，紅燈夜雨樓。生徒交授受，賓主迭賡酬。章甫儀刑重，湯盤德業修。多能宜下問，博學更旁求。勿謂青氈冷，母貽素食羞。句休吟苜蓿，交重擇薰蕕。忽忽山川異，行行歲月遒。竹林難共醉，江樹髮離愁。幕阜山前屋，修江月上鉤。白雲飛暫遠，莫惜重回頭。

和禽言

婆餅焦

婆餅焦，新婦腰鐮孫荷樵。原頭麥熟空滿壟，丈夫盡赴征西徭。嗚呼土鐺敲火淚如雨，婆餅不焦心自苦。

歸去樂

歸去樂，蜀道崔嵬天一角。青泥百折費躋攀，灩澦翻空波浪惡。嗚呼朝避長蛇夕猛虎，干戈滿眼歸何所？

暴雨 時聞花馬平章領兵收附蘄水。

層雲生遥岑，倏忽騰萬馬。回飈振高樹，少女弄嬌姹。蒼茫乾坤合，慘淡精靈下。天明亦韜光，毋乃龍戰野。須臾萬里霖，砰湃動簷瓦。端如挽天河，千斛罄一瀉。潢流走街衢，陋室漂盞斝。疾雷無時休，壯士爲瘖啞。書生掩卷坐，頗愧漂麥者。坐憂滔天來，浩浩失華廈。吁嗟造化力，妙手誰能假。陰氣劃開除，萬象了如畫。江山若再造，社鬼争自詫。天公亦何知，龍駕正魚雅。川源日流血，草木染腥赭。爲謝滂沱功，一洗氣瀟灑。

觀蓮

清池瑩人心，俯見荷葉背。南塘非不佳，無此青錢蓋。沉沉古鏡浄，濯濯明妝對。凉風似留人，幽賞心獨會。天公亦解事，一雨不破塊。小呼巫陽雲，浣此傾國態。高盤捧跳珠，錯落無小大。恍疑逢二妃，迎笑争解佩。低昂巧簸弄，明月聚還碎。馮夷不相容，轉盼何所在。人生總虚幻，佇立增歎嘅。聊將一餉間，了我看花債。濂翁不我待，誰復同此愛。長嘯歸去來，餘芳滿襟帶。

夏晝睡起一涼快甚

炎歊困亭午，推枕目猶眩。簷光射茗椀，高壁走驚電。開窗山鳥度，倚杖松陰轉。涼風惠然來，林影一時亂。徘徊入懷袖，顛倒弄書卷。披襟領嘉貺，頓爾掃煩倦。乃知封姨功，百倍班女扇。無由均此施，獨享靦有面。王師正南征，荷戟汗如濺。

擬賦荆軻館

咸陽宫中頭白烏，燕丹掩面聲呱呱。函關得免豈天意，禍福倚伏如樗蒲。含羞忍恥丈夫事，一朝之忿非良圖。黄金未肯求郭隗，白刃顧乃希專諸。爾軻見之真不恨，樊也投首尤無辜。悲歌易水豎毛髮，胸次似欲無西都。男兒臨事貴敏速，胡乃把袖終踟躕。鴻毛性命效一擲，造物不肯成梟盧。悲哉秦人信狼虎，事勢固與齊桓殊。赤刀應有或僥倖，矧可生致編其鬚。武陽乳臭不足俱，旁觀駭汗一計無。長虹萬丈空貫日。恨血竟自灑他裾。全燕席卷果誰過，古今罪狀何紛如。子雲弄筆不少借，嗟子要亦非庸夫。悲風蕭蕭寒日孤，空山廢館荒平蕪。雄姿勁氣不可見，仰天椎缶呼嗚嗚。

黄陵廟

黄陵祠邊春草齊，黄陵廟下春波肥。鷓鴣飛飛宫樹緑，日落未落湘雲低。祠中帝子重華妃，明妝窈窕芙蓉衣。哀絃五十淚如雨，此恨只有江山知。飛龍之車無定棲，乘風倏忽蒼梧西。吹簫酌酒心自苦，雲屏霞帳歸何時？茜裙嬌小誰家兒，未識人間生别離。輕舟相呼採蓮女，來看祠前斑竹枝。

途遇大風

客子南遊日欲落，觀溪橋頭風色惡。砲車雲外天爲昏，走石翻江吹倒人。橋頭翁媪邀我宿，呼酒張燈傍童僕。夜深撫榻不成眠，瑟瑟餘威振茅屋。明朝風定天宇白，一笑促裝三歎息。邇來平地多風波，不獨江頭阻風客。

石牛寨

癡牛偃蹇不服箱，天風吹落千仞岡。明河在望歸不得，化作山頭一拳石。皮毛剥落封苔錢，千古萬古眠雲煙。嗚呼！安得秦鞭起觳觫，短衣歸種汶陽田。

題幼安濯足圖

山東豪俊何紛紛，飄然乘風呼不聞。餘生亦足老遼海，避世豈必如秦民。歸來問舊半零落，乾坤割據潛悲辛。青山未改漢家色，焉知不有芒碭雲。摩挲兩足共世走，將來濯彼滄浪濱。眼中馳驅何足道，汗脚三寸曹丕塵。黄金瓦礫少年事，況肯斗禄污吾身。平生子魚今乃爾，尚恨此耳無由新。峩峩皁帽千年真，安得唤起圖中人。我當再拜公徹洗，分我半席長相親。

寓館食虀戲主人

蕨芽成拳筍作竿，園菘卧韲春告闌。寸心生意老猶壯，鬱鬱競長青琅玕。筠籃擷翠風露溼，瓦缶釀碧虬龍蟠。開緘曉試膳夫手，寸斷日送先生盤。堆金疊玉光璀璨，未許苜蓿誇闌干。鏗鏘拒齒發鈞奏，甘脆適口回儒酸。填胸一洗鮭鱔惡，頓覺肝膽生清寒。朱門淳熬腐腸藥，何異鴆毒生宴安。齏鹽送老本吾分，一飽已拚如窮韓。幸無羸角蹂吾圃，祇有蔬糲同盤桓。未知餘生消幾瓮，俯仰日月雙跳丸。明當更作冰壺傳，大笑出門天地寬。

楊花吟

吴江春水拍天涯，江上風吹楊柳花。花飛滿空無處所，隨風直渡吴江水。渡水隨風太有情，縈花惹草恣輕盈。狂如舞蝶穿花徑，細逐流鶯度綺城。綺城樓閣連天際，楊花飛入千門去。飛去飛來稍覺多，紛紛如雪奈君何？珠簾繡箔深深見，舞榭妝樓處處過。樓中美人春睡起，愁見楊花思蕩子。蕩子飄零去不歸，楊花歲歲點春衣。夢魂不識天涯路，願作楊花片片飛。

田家吟

村南村北鳴鸝黄，舍東舍西開野棠。坡晴漸放桑眼緑，水暖忽報秧牙長。老翁躬耕催早起，女績男舂婦炊黍。犢兒狂走未勝犁，蠶蟻半生猶戀紙。一春莫笑田家苦，苦樂原來兩相補。君不見踏歌槌鼓肉如山，昨日原頭祭田祖。

無牛歎

荒疇萬頃連坡陁，躬耕無牛將奈何。老翁倭倭挾良耜，婦子並肩如橐駝。肩頳骨怠汗淹肘，竟日勞勞不終畝。夜歸草屋酸吟斷，祇有飢腸作牛吼。却憶向來全盛年，萬牛蔽野無閒田。干戈澒洞一掃盡，觳觫就死誰能憐。桃林荒塘春草緑，根底紛紛何有犢。老翁無力待昇平，卧看牽牛向天哭。

無筆歎

宣城鼠鬚不可索，越南雞毛不可得。山中老穎飛上天，九館癡髯化爲石。晴窗無復禿千枝，曉夢有時來五色。一庭老葉掃西風，袖手空階看蝸迹。

無書歎

六經既降諸子出，後代枝葉何其多。眼中萬卷忽如掃，無乃天意憎繁苛。陳言故紙本糟粕，吾道耿耿終難磨。劫灰不赭孝先笥，晝卧坦腹時摩挲。

故人别

故人别，新人歸，大車小車當路衢。路傍把酒相迎送，盡道新人貌更殊。故人含笑催上道，回頭却向新人笑。黄金不鑄玉郎心，送故迎新何日了。故人一去無回期，新人還著故人衣。玉郎遶牀看畫眉，恰似故人初到時。

給四江韻賦海棠

街西街東鼓逢逢，書生閉門續蘭釭。有美一人嬌不□，夜稱唐妃領羣娥。敲門索我南圃百尺之飛幢，恍然失之神爲慢。遠庭如聞足音跫，有花嫣然來錦江。炯如真珠滴春缸，又如錦旆摇長杠。朱脣半起調新腔，酡顔睡足琉璃窗。天然富貴真無雙，一笑未了千花降。粗桃俗李徒紛厖，正須林下拜老龐。惜哉胡不居空谾，傾城倚市衆所腔。世人共辯玳與玒，平章比擬言何哤。陋儒抱恨騃且憃，乃以鼻孔求他邦。我來咨嗟久降蹤，對花壓酒如流淙，玉壺錦瑟聲鏘鏘。興酣弄筆鼎可扛，賞音一洗陵翁瀧。詩成絶倒付同調，爲我金石相春撞。

醉歌行

醉中豪氣如長虹，走上高樓叫天公。問天開闢今幾年？有此日月何因緣。月者陰之魄，日者陽之精。陰陽果何物？産此團團形。一如白玉盤，一似黃金鉦。得非冶鑄出，無乃磨琢成。茫茫太古初，一氣才胚胎。金烏從何出，玉兔從何來？扶桑誰人種，桂樹何年栽？東升何所自，西没從何遊。胡爲天地間，奔走不暫休。但見朝朝暮暮無定轍，但見波波汲汲如奔郵。催得黃童變白叟，催得華屋成荒坵。催得秦王漢楚忽抔土，催得黃河碧海無纖流。我有如澠酒，勸天飲一石。願天□長繩，繫此烏兔翼。一懸天之南，一挂天之北。安然不動照萬國，無冬無夏無旦夕。百年三萬六千作一刻，盡使世人老不得。

送李德仁任祁陽和平巡檢

錦襜窄袖青蒙茸，千金駿馬飛如龍。零陵侯使催上馬，别酒一笑千觴空。流星白羽新月弓，氣如秋旻吐晴虹。挂弓插箭出門去，白面已作嗔人紅。傍人借問將軍誰？乃祖向來猿臂公。此行爲問向何許？永州之野浯溪東。浯溪有寨圍千峰，將軍雄飛鎮其中。從來文事有武備，欲與利器加磨礲。往歲絃歌動隣邑，三年化雨沾頑童。東安父老舊相識，但怪章甫成軍容。曾聞零陵古佳縣，山川清曠無邊烽。寨前花開春酒熟，細柳夾道清濛濛。胡牀夜琴山月午，曉騎突出蠻煙濃。鳴絃忽作餓鴟叫，馬頭迸落雙飛鴻。健兒提酒酌大斗，短角細吹梅花箭。封疆無虞王事少，此樂孰與將軍同。君不見壺頭六月火雲熱，大將鞅掌親從戎。將軍官閒貴憂國，搖谷正賴懷柔功。方今天子重邊徼，選擢勇鋭無卑崇。男兒努力樹明德，談笑自可求殊封。長風吹吹送枯蓬，行塵目斷心無窮。他年得意馬蹄疾，錦衣歸拜明光宫。

聞李帥逐寇復州治

西南佳氣清如水，一騎星馳傳好語。隴西將軍天下奇，夜半殺賊收城池。我城周遭闖賊壘，將軍飛入儲胥裏。城中妖血渺長衢，帳底渠魁睡猶美。將軍掩襲信有功，人物自是南州雄。惜哉士卒多苦暴，弱肉强食鴟鴞同。君不見往昔經過清我野，老稚逢之無脱者。至今婦女墮戎行，閭里蕭條泣鰥寡。嗚呼賊退將軍留，老夫憂虞猶未休。

鄭提學元祐

元祐，字明德，處州遂昌人。其父希遠徙家錢塘，是時咸淳諸老猶在，元祐遍遊其門，質疑稽隱，充然有得，以奇氣自負。父没，僑居平江，學者雲集。浙省臺憲争以潛德薦之，臂疾不願仕，優游吴中者幾四十年。至正丁酉，除平江路儒學教授，一歲，移疾去。後七年，擢江浙儒學提舉，居九月卒，年七十有三。時至正二十四年也。明德兒時，以乳媪失手，致傷右臂。比長，能左手作楷書，規矩備至，世稱一絶，遂自號尚左生。爲文章滂沛豪宕，有古作者風。詩亦清峻蒼古，時玉山主人草堂文酒之會，名輩畢集，記序之作，多推屬焉。東吴碑碣有不貴館閣而貴其所著者。晚年自彙其所作文以授謝徽曰：吾在杭亦嘗有作，兹以僑吴久，而作之爲多，故名之曰《僑吴集》。當張士誠據平江，東南文士多依之者，明德最爲一時耆宿云。

出塞七首效少陵

已踰烏盩山，未涉狐奴水。飢羸形骸黑，枕戈待明起。將軍方跼蹐，天地入馬箠。吾儕亦何人，一死等螻蟻。

秦時閭左戍，漢家弛刑徒。髑髏棄瀚海，天陰哭嗚嗚。我非望生還，魂魄迷歸途。但願戈矢利，委身斷狂□。吁嗟載筆書，不紀萬骨枯。受詔武臺宮，西遮鈎營道。扼虎射命中，相從願深討。蹀血焚龍庭，以功當横草。平沙列部伍，鮮整旌與葆。奚慮蛇豕繁，一鼓欃槍掃。歸取萬户侯，歲月未云老。糒吞天山雪，衣裂青海風。前行幾千里，不見單于宫。走馬脱轡頭，所恃五石弓。鄉井豈不懷，簡書戒命洪。黄塵觸壘起，勇奮奔貔熊。鉛刀異莫邪，所覬一割功。騎羊五歲兒，出没區脱中。翻身異鳥鼠，快捷如飛鴻。生理不土著，水草無豐凶。一戰那足平，燕然方勒功。

烽煙邊上發，塞雁羣南翔。仰睇冥冥天，風緊雨雪霜。驅馬上厓谷，悲笳咽雲黄。棄絶骨肉親，詎弗懷故鄉。軍聲動劍戟，砲火燒衣裳。鞠育非寡恩，道遠不得將。吞咽復何憤，思虜其名王。邊塵暮猶黑，鬼燐出霜草。轉戰圖報國，寧慮骨枯槁。人生無百年，一斃不待老。但願土境富，微軀奚足道。勳業銘旂常，秋天氣同杳。

明月鏡

神工鑄明鏡，持進嫦娥宫。嫦娥羞鑑容，暮挂扶桑東。浮雲散天風，照耀九海空。如何萬丈光，瀉入詩仙胸。談玄走銀蟾，落筆驚彩虹。掩却星斗文，孤輝天地中。

贈譚臺史

高昌佳公子，氣橫海嶽秋。玉壺洗零露，錦機濯芳洲。真致埃壒外，獨與神明遊。岧嶤鳳凰臺，日晏行雲愁。帝念南紀大，建臺分顧憂。列聖耳目寄，職斯布皇猷。誰工古人學，可參憲臣謀。之子被辟命，束書上昇州。煌煌三台星，列宿莫敢儔。而子妙折旋，婉孌通襟喉。不居世祿懿，遠慕儒術優。先正高與馬，德言皆可酬。骨朽名不泯，耿光懸斗牛。子能勗令聞，席珍重天球。況復五彩筆，盡意工冥搜。飛花落棋局，弱柳維江舟。感此時物佳，念子何能休。龍駒少汗血，駑馬老益羞。白雲高莫和，青山曉加稠。日没逕樹遠，重倚城南樓。

送劉長洲

中吴號沃土，壯縣推長洲。秋糧四十萬，民力罷誅求。昔時兼并家，夜宴彈箜篌。今乃呻吟聲，未語淚先流。委肉餓虎蹊，于今三十秋。畝田昔百金，争買奮智謀。安知徵斂急，田禍死不休。膏腴不論值，低窪寧望酬。賣田復有獻，惟恐不見收。日覺鄉胥肥，吏臺起高樓。坐令力本農，命輕波上漚。天意憫困劇，南轅卯金侯。侯有萬金劑，探囊令病瘳。躄者起雀躍，瘖者言啁啁。坐令百里邑，姦回息彫鎪。是皆仁侯惠，頌聲滿道周。清朝考功選，賞典無滯留。願侯登廊廟，一洗蒼生憂。

遊鴻禧廢寺聽舊僧心敬言

渡南已四葉，繼統屬濟王。祀國支圮柱，前星掩寒芒。幃婘肇牝晨，奴謀肆鴟張。兩潘爲義激，不顧百口戕。起以奉其主，近在苕水陽。天津斡斗杓，海底洗日光。人非霍狄儔，誰是涉險航。聞其被戮時，母老兩鬢霜。吐辭語觀者，令人殊激昂。吾見宋忠臣，雖死猶不亡。至今草間燐，熒熒出幽房。北城鴻禧寺，棟宇自蕭梁。兩潘舉義日，俾衆聽鐘撞。哀哉城門火，遽遺池魚殃。遂指寺逆地，瀦宮示非常。田斷飯僧粥，鑪冷供佛香。金像久頹剥，青苔重悲凉。仰懼枅栱墜，俯歎榛莽長。殘僧四五人，飢用篾束腸。敬也業尤白，宴坐不下堂。家本屬楊氏，能言寺之詳。補苴罄衣鉢，創巨醫難良。更今百廿年，我來重彷徨。潘忠世莫雪，寺廢人弗傷。天高莫之訴，題詩空慨慷。

送友還鄉

墮地作男兒，有用須及早。當年懸弧意，焉得鄉曲老。青雲一蹉跎，鬢髮日已皓。常恐歸去遲，心焉惄如擣。我家東吳城，翠竹森若葆。力耕輸王稅，妻子亦温飽。詩成每獨詠，觴至或共倒。富貴將焉如，歲晏聊自保。蕭蕭風前柳，貿貿霜下草。有官固當歸，無官歸亦好。

遊惠山寺

百里盡平壤，玆山忽中蟠。谽谺得宏深，紆徐納平寬。僧坊隱其腹，崇構居桓桓。立神衞觚稜，緣雲置闌干。我來玄冬交，榜舟起微瀾。天連黃沙白，露委青林丹。地無車馬塵，松筠政堅完。蒼然後彫意，彼此不厭看。稍稍涉其厓，探源汲清寒。恭惟桑苧翁，出處良獨難。帝青九萬里，冥飛見修翰。空留雪泥跡，莫究清浄觀。煮茗滌煩暑，晏然有餘歡。

姑蘇臺

城西高臺高百尺，傳是吴王舊遊迹。百花正開西子醉，明月芳洲照清夕。嬌顔如花醉王側，城上烏啼曉星白。歌鼓聲消醉未消，越王已將兵來朝。鏦金撾鼓殷天地，兵敗可復棲夫椒。吴人遺恨化潮汐，暮往朝來箭涇直。不然自可君甬東，何用蕭蕭馬嘶驛。

吴桓王墓

有吴桓王之墓田，乃在盤門南郭邊。墓中玉凫久化土，石上赤烏猶紀年。寒食無人灑麥飯，東風滿地飄榆錢。功昭前代啓吴祚，葬地合擇名山川。闔閭城南不百步，土薄易致耕夫穿。昭絃衆臣號詳密，慮不及此寧非愆。緬思山東舉義日，鄙炷顧已無諸賢。惟王父子起相繼，黄星閃避東南天。假之修齡定四海，許下豈容瞞著鞭。鑿山掩匠等發掘，朽壤一抔誰獨專。白楊蕭蕭北邙路，姓名能得幾人傳。

岳武穆王墓

棲霞嶺南湖水陰，墓木兩株高百尋。鬼神撝護霜雪幹，日夜怒號風雨音。山僧紙錢每自挂，隴酋金槌那得侵。精忠既已塞天地，英爽尚爾盤山林。恨雖無血可化碧，世故有人能範金。恭惟父子一抔土，尚想君臣千載心。萬松嶺前行殿廢，五國城頭寒漏沈。空令遺黎痛至骨，荒墳一上一哀吟。

古牆行 并序。

某童時，侍先人到杭，訪諸故家，其數至則循王府也。府在省西天井巷，其北則油車巷也。宋諸王子孫居之者如蜂房。其家粗完，則月潤先生也。先生諱拱，與菊存先生兄弟行。先人言論孤峭，尊俎間每謂循王功名去韓、岳遠甚，特與高宗意合，故享富貴壽考耳。其昆季每聞先人抗論，往往引去。今幾五十年，杭故家掃地盡矣。而循王府亦爲江浙省官署。向年淮陰龔聖予與菊存交厚，見王府環牆猶堅完，知其版築時，取土于南山，其用意遠矣，爲賦《古牆行》，其詞于王多所褒美，然豈《春秋》筆削之謂哉！爲賦此，庶幾黄太史《浯溪讀碑詩》意夫。

崒嵂環牆連數堵，宋亡猶是循王府。南渡功臣王第一，賜第錢塘貯歌舞。築牆遠取南山土，軍士肩赬汗流股。楨幹停匀杵築堅，小却猶支三百年。當時能留岳忠武，返旆定可銘燕然。嫖姚忘家子胥戮，宰嚭賣國身名全。偷安湖山忘大辱，詔諭江南等臣僕。蕭牆繚周千柱宫，只欠甑泥蒸後築。帶礪鐫銘在甲第，築牆不厭高于屋。遠雁秋横五國城，帛書無復淚交傾。可憐忠臣痛刻骨，空令志士死結纓，佞顯忠誅誰得失，二百年餘昭白日。舊時每見古牆邊，鬼燈夜暗光如漆。牆土于今化作灰，欲問故老心先摧。只有省牆新築後，鼓角聲殷吴山隈。

温日觀畫蒲萄

伊昔錢唐温日觀，醉兀竹輿殊傲岸。却將書法畫蒲萄，張顛草聖何零亂。枝枝葉葉點畫間，醉瞠白眼看青天。狂呼大盜楊總統，天不汝誅吾厚顏。楊加箠死曾不畏，故老言之淚尚潸。畫成蒲萄誰賞識，惟有鮮于恆嘖嘖。醉叩齋室支離疏，拊摩悲歌淚填臆。鮮于設浴師浣之，爲師滌垢曾弗辭。人言結襪張廷尉，千載風流寧異玆。蔓如龍鬚實馬乳，問師揮毫奚獨取。只因漢使遠持來，野老詩成淚如雨。

《重題温日觀蒲萄》云：「故宋狂僧温日觀，醉凭竹輿稱是漢。以頭濡墨寫蒲萄，葉葉枝枝自零亂。隴酋時有逮真珈，每欲邀師飲其家。路逢其人輒大罵，欲泄憤怒寧辭撾。鮮于愛師工字畫，北面從師學波磔。寫出蒲萄皆法書，二王楷範從師得。困學齋前支離疏，師來或哭或歌呼。醒塗醉抹不可測，其言皆足警懦夫。先生弊廬耿家步，阿師舊日經行路。月落山空唤不膺，尚想秋棚溥白露。」二詩用意略同，附記于此。

古書行贈吴孟思

蒼頡四目通神明，制字以來幾變更。籀創大篆豈柱史，石鼓有刻非無徵。驪珠煌煌幾千顆，照燭萬世開章程。周平東遷帝紐解，甄酆繼出加研精。秦斯學荀儒運阨，獨負小篆超焚坑。戈森劍列出華玉，百世是寶堪依憑。次仲忽挾八分起，喜動吕政消威棱。一朝檻車化鶴去，傳聞無乃非人情。政方鞭戮海宇日，程邈繼仲尤知名。六國滅姬旋自滅，人如亂麻死長城。神工異畫先後出，隸法變篆由邈興。十年覃思非不苦，習趨簡便令人輕。堂堂逵門許叔重，憤悱缺謁復著經。三才萬物總蒐討，一擊屋蔀瞻繁星。慎于六義功不細，朽骨逮今餘德馨。漢章變草本伯度，波磔與隸猶相仍。俗書姿媚相扇告，韓論匪激毋深驚。千年陽冰紹斯跡，有茂其實飛英聲。珪璧煌煌照衰世，白馬記與庶子銘。兩徐識解更卓特，著書翼愼言庚庚。張侯豹姿編復古，《金薤琳琅》垂九清。皇元雋生趙文敏，掃世糠粃開聾盲。龍翔鳳翥彩雲晚，夾以日馭揚雙旌。自公騎箕上天去，衆論悉與濮陽生。生名吴睿孟思字，篆隸可寶如璜珩。周旋向背盡規矩，分布上下紛縱横。囊錐畫沙泥芒角，寶樹出網含光晶。研裂雲根劍就淬，射穿楊葉弓開弸。刊題班班滿山石，姓名往往聞帝京。贈言無如胡汲仲，我乃蚓竅蠅薨薨。闔閭城中每相見，愧我頭白君眼青。長歌哦成三月暮，妒婦無能空拊膺。

送詩僧珩書記

吴僧娟娟珩上人，詩如嶽面青嶙峋。旁支小山各秀出，吞雲洩雨干星辰。陳高復來説珩好，思若美玉蒸孚尹。音浮筠，玉之光采。我老於詩苦思短，援筆欲下仍嚬呻。奏香擬繞玉皇案，放櫂却入桃源春。艱難若此良自笑，束燒不爇釜底塵。如何諸君擅天巧，珩也又復能清新。百年幾見光嶽合，四海此喜文章純。吾聞桑門重行解，言必與道無緇磷。西風摇落雁南鄉，長歌送子空沾巾。

鍾馗部鬼圖

老髯足恐迷陽棘，鬼肩藤輿振雙膝。前驅肥身兒短黑，非髯嬌兒則已腊。後從衆醜服厮役，擔攜鬼脯作髯食。鬼肌未必能肥腯，餔之空勞髯手擘。彼瘦而巾褙長窄，無乃癯儒執髯役。其餘醜狀千百態，專爲世人尸辟怪。楚龔獰老非其類，請問何由識其概。想龔目睛爍陰界，行屍走鬼非殊派。民膏民脂飽死後，却供髯餐縮而瘦。無由起龔問其候，有嘯于梁妖莫售。大明當天百禄輳，物不疵癘民長壽。

花蝶謡題舜舉畫

花魂迷春招不歸，夢隨蝴蝶江南飛。碧蕤粉香酣不起，卧帖芳茵唾鉛水。癡娥眼嬌錯驚顧，解裙戲撲沾零露。折釵搔首笑相語，阿誰芳心同栩栩。頹雲流光空影寒，冰波緘恨啼闌干。

漁莊

濠上春晴花朵朵，施周强知魚與我。争如顧循讀書倦，驟沓浪花宵鼓柁。船頭列炬船尾唱，繩擉如雲翻水上。并刀斫雪鱠縷飛，拍拍茆柴薦新釀。莊上東風柳欲緜，鯉魚吹浪迎歸船。由來名教有樂地，看書却掃消殘年。

雲山高隱圖

大山巀嶪如張旗，小山偃蹇如牽衣。巖頭千仞瀉飛瀑，迸珠濺雪交横飛。林廬隱隱空中起，青紅棟宇相軒委。中有幽人歌《紫芝》，自采藥苗臨澗洗。喬林露下青童童，交柯老幹森虬龍。豈無明堂棟梁柱，還當采獻明光宫。寧知谷底白駒客，考槃歌中風落日。畫圖難寫西隱蹤，一曲鸞笙度空碧。

東坡赤壁圖

奎星墮地不化石，化作盤天老胸臆。清禁森嚴著不得，半夜吹簫過赤壁。百億魚龍不敢聽，萬古東流月華白。

汝陽張御史死節歌

張御史，駡賊死。國忠臣，家孝子。忠義國家培植來，白日照耀黃金臺。此身許國誓不二，不信白骨生青苔。近者汝陽妖賊起，揮刀殺人丹汝水。侯指頭上獬廌冠，撐拄乾坤立人紀。侯頸可斷身可捐，義不與賊同戴天。眥裂齒碎加憤怒，髮直上指目炯然。賊刀入口鉤侯舌，舌斷含糊駡不絕。孤忠既足明丹心，三年猶須化碧血。顏平原，張睢陽，一日雖短千載長。人誰不死死忠義，汗簡至今名字香。朝廷易名賜廟食，人誰無心應感激。坐令忠義銷兇邪，鑿井耕田歌帝力。

李早馬圖

外甥似舅明昌帝，取法宣和尚工伎。李早畫馬供奉時，畫院森森嚴品第。冀之北土馬所生，早也想見房星精。遂令龍媒出毫素，側胸注目疑嘶鳴。紈扇畫三騎，郎君峭鞍轡。窄衫繡褸四帶巾，靴尖曾踢中州碎。紫絨軍敗祁連山，金鈿玉軸仍南還。好事空餘扇頭馬，至今拂拭塵埃間。金章宗母，宋徽宗某公主之女也。故明昌書畫，悉效宣和。

贈翰古清

虞公借榻宗鏡堂，四衆鄉仰不暫忘。古清上人獨見取，贈以金薤之琳琅。公時目眚視貿貿，文成欲寫難成行。殞星著紙廢屬讀，風襟露帶斜低昂。中言上人善幻化，神龍千丈一鉢藏。蜿蜒委蛇各有態，擘雲掣電金蛇光。海濤翻山霹靂碎，怒卷河漢如壺漿。世人嵩目不敢覷，師獨摩撫如馴羊。神膏點鱗翠鬣舞，金篦刮瘼星芒張。珊瑚千樹宫室祕，獻以耆婆未覩之藥方。師哀其誠爲摹寫，風旗雷車雨脚霶。點睛未了便飛去，硯坳有墨空淋浪。願師騎之上帝都，爲問蒼生誰短長。梟眠鶴翥且莫辨，伽那定裏松花香。

悲歌一首寄呈劉學齋相執王可矩張德昭二尚書周雪坡太監王本中經歷貢吉甫司業宇文子貞助教危太樸待制貢泰甫授經陳元禮孝廉列位

天星曾照遂昌山，人家隱約木石巖巒間。貞元丞相有支裔，避地東入浙，甘與猿猱麋鹿老死不復還。五季閩王鄭光禄，至今拱木斬伐後，尚爾青珊珊。使不念鄉井，俯仰應厚顔。其如貧病日零落，每企予望涕泣長潸潸。僑吳三十載，惟餘此心在。豈惟讀書老無成，但覺出門俱有礙。三兒兩病一凡劣，四體三完百崩敗。貸粟方炊薪水艱，僦屋屢遷家具壞。文章出售有誰收，書籍從沽無可賣。此心獨存何所似，夜夜長虹發光怪。青雲故人禄萬鍾，不割少許俾飢窮。忍令江南秋雨夜，頹垣腐草啼寒蛩。

送性僧遊徑山

憶昔苕溪登徑山，童孩無識空躋攀。但見五峰削玉倚天外，兼聞衆木戛樂下雲間。振威何人喝石裂，行脚有僧挑月還。神龍依禪井水立，杜鵑啼血春花殷。孤煙中分白窈窕，一雨忽洗青嶄顔。何時復至舊遊處，行蹤應有蒼苔斑。願從師去不可得，起看蘿月空彎彎。

朱澤民畫

窈窕溪橋路，陰森楓樹林。岸隨青嶂轉，家在白雲深。畫史分明意，山人去住心。勞形何日已，於此欲投簪。

徐良夫耕漁軒遊題

幽館夏初度，清林暑氣中。開軒對流水，坐石待薰風。花落烏巾側，鳥啼山几空。耕漁者誰子，散髮奏絲桐。

贈薛相士

子有唐生術，誰如范叔寒。知無狼顧骨，可有鶡皮冠。野日晴猶嫩，春泥曉未乾。多君遠相顧，不用畫灰看。

飛龍亭

先帝潛龍日，幽人待鶴時。青山頻望幸，琳館暫來娭。寶篆黄金鼎，恩波白玉巵。天開六朝地，花發萬年枝。閃閃前星夜，汪汪湛露私。遠符天曆鳳，先協石龕龜。稽古開廷閣，繙經出講帷。方蒙宣室召，忽抱鼎湖悲。舊邸梅花落，新亭柳綫垂。至今思沛感，時或下雲旂。

送李舉人克明任教職

職教同時雨，郎官等列星。吴區都水監，閩國道山亭。兩地頭逾白，諸公眼爲青。身名金玉質，文采鳳凰翎。鼓枻辭江郡，攜書入漢廷。河山秋肅肅，宮闕曉冥冥。夜月鴻遵渚，秋風馬在坰。李嶠初夢筆，劉向老傳經。樸樕材千尺，菁莪翠一庭。天邊期中鵠，囊底任枯螢。歸路梅花發，長歌爲子聽。

送貢司業泰甫

代祀躬趨黃木灣，歸朝仍綴紫宸班。識高京兆囊封後，道在河汾户屨間。迎日講筵瞻鳳扆，籲天經術動龍顔。異時歸定藏書穴，好在南湖疊嶂山。

錢道士游仙

緑髮飄蕭禮上玄，明星遥隔絳河邊。香銷楚澤春風佩，愁入湘娥夜雨絃。素手不將條脱贈，綺疏惟把步虚編。西神峰頂飛霞觀，小駐鸞笙五百年。

至元丁丑夏五宣城汪叔敬吴人千壽道丹丘柯敬仲國人泰兼善同僕遊天平次往靈巖有作奉和二首

西望層巒草木青，魏公祠下拜儀刑。經綸有策回天地，憂樂無時忘闕庭。異代烝嘗遵典禮，故山香火下神靈。浮雲變滅知何在，閒聽松風語塔鈴。天平魏公祠。

吴王宫闕草萋萋，飛閣重登意轉迷。洗硯池邊雲欲暝，拜郊臺上日平西。湖涵遠浪千帆没，樹響悲風一鶻棲。江海鴟夷招不返，荒煙野水鷓鴣啼。靈巖涵空閣。

送樂鼎儀歸東平

岱宗高入帝青寒，策馬東歸不厭看。一變便與周禮樂，兩生那識漢衣冠。雨休樹下碑仍在，雲起封中玉未刊。更上靈光殿基望，冥冥鴻鵠有修翰。

和薩天錫留别張貞居寄倪元鎮

梁溪歲暮若爲情，溪上梅花待曉晴。逕雪泠埋山屐齒，簷冰夜墮石牀聲。内篇攜向松根讀，如意持將竹裏行。短晷何能理幽事，南窗剪燭話寒更。

歲暮感事

歲除風雪苦陰寒，民庶逋租悉繫官。破蕩未充狼虎欲，係累只作馬牛看。何人肯破陽城械，有客空彈貢禹冠。上力已窮民力瘁，腐儒頭白淚闌干。

天池

立石如雲不待鞭，兀臨池水看青天。下潛靈物疑無底，傍溉山畦似有年。剌水翠苗霜後在，舞風珠樹月中懸。太湖萬頃應凡濁，剛此泓渟一勺泉。

次韻劉憲副春日湖上有感四首

庾信哀多賦漫成，江南文物久晨星。市衢火後蒿横目，民舍春來草滿庭。浪齧湖隄宫柳盡，沙填江浦夜潮腥。歸來何異遼東鶴，只有西山慰眼青。

湖水西邊舊是家，春風繞屋種梅花。傳聞故老談前日，愛教仙人服幼霞。鶴老離巢松化石，鸞孤照水竹穿沙。只今重到經行處，憔悴蕭郎兩鬢華。

潮落空城誰重過？猶餘里耳聽鳴珂。襄陽耆舊知誰在，江左風流不厭多。自見石麟眠枳棘，長聞蜀魄叫松蘿。野梅開盡西湖雪，萬斛春愁奈爾何。

湖水荒荒寒食天，相逢猶話國初年。紅樓夜唱花間席，翠管春吹月下船。玄圃自應留富麗，湘雲誰爲惜清妍。可憐頭白歸來日，井邑淒涼藹白煙。

送劉宗師入覲次虞學士韻

羽輪暫别大茅峰，又御青冥萬里風。月帔引朝宣德殿，雲韶賜宴集靈宫。懸知漢室龍顔主，似見商巖鶴髮翁。便使圖形在麟閣，閒心只愛白雲中。

梧桐月

露下秋陰洗夜光，轆轤哀響度銀牀。蒼龍出井獻沈璧，青女抱琴彈履霜。鵲遶暗知河漢近，鳳棲明見羽毛張。寶釵擊罷宫娥老，一曲《霓裳》淚數行。

次韻吴宗師題大滌洞郎師房

一庵閒地足神仙，能駐人間大小年。赤鯶夜飛丹井月，紫鸞春步朮苗田。山經我欲紬金匱，晝漏時聞滴寶蓮。便駕飈輪上天柱，不辭身倚帝青邊。

贈張月庭道士

爲愛中庭月一方，坐看河漢轉蒼蒼。山河影在無圓缺，刻漏聲中有短長。靈藥杵風金兔伏，桂花霏雪綵鸞翔。廣寒原是棲真地，歌引《霓裳》入醉鄉。

杭州即事二首

瓦礫堆堆塞路坳，勝遊巷陌盡蓬蒿。祠宫地卧駝鳴圈，祕殿春扃馬矢臊。山色無如今度慘，潮頭可似昔時高。王師貴在能安集，豈必兵行血漬刀。

往來都是石尤風，身境俱忘逆順同。鏡裏轉增雙鬢白，花前仍是小桃紅。莫驚天地軍麈滿，尚喜江湖客櫂通。楊柳吹緜春又暮，賦詩愁殺杜陵翁。

楊鐵崖新居書畫船亭

草玄心苦意如何？檥岸舟輕不動波。聽雨夜篷燒燭短，截雲湘竹噴愁多。賦成猶夢横江鶴，書罷應籠汎渚鵝。想見後堂涼月夜，彭宣腸斷雪兒歌。

春遊石湖

越來溪上水瀰瀰，閑蓦鴟夷櫂底風。暖霧黄消治平寺，燒痕青入館娃宫。笙歌作樂年年少，魚鳥關情處處同。弔古從來易興感，尚循華髮繫孤篷。

遊支硎南峰

詞客幽尋勝洞庭，神僧名跡在支硎。馬騎仄徑猶存石，鶴放顛崖尚有亭。巖底泉飛輕練白，峰頭龕蝕古苔青。到來頓醒紅塵夢，萬樹松濤沸紫冥。

六月六日初度有感

三十六陂空似昔，荷花荷葉待誰看。星辰不合蹑龍尾，性命何嫌似鼠肝。盤石處安心不轉，蓼莪纔説淚難乾。晚來惟有牆頭月，依舊青輝照鶡冠。

寄雲南蕭元帥

南望元戎玉帳寒，炎炎桂海息狂瀾。牽獅入貢金連索，騎象來朝罽織鞍。丞相渡瀘先鬢白，將軍標柱獨心丹。春波涸盡思霖雨，箕畢星躔夜夜看。

顧氏緑陰亭

顧家亭子緑陰陰，楊柳菰蒲岸岸深。鷺下積陂明霽雪，鶯啼叢薄度鎔金。涼雲覆地苔粘屐，疏雨沾衣露滿襟。境曠始知清晝寂，舟行忽見白漚沈。錦香承宇花如霧，星采當階月在林。荷钁課童栽藥物，開窗傍水候蛩音。湛凝元自能談易，嵇鍛何妨善鼓琴。況是松醪釀初熟，公餘莫厭客同斟。

渡江

突起金鼇玉作圍，天於設險出神機。衆流不息朝宗意，元氣長浮落日輝。雲葉暗吹神女珮，浪花應溼定僧衣。魚龍不礙中流舞，鴻雁能忘北首歸。桃葉翠蘋揚子渡，麥苗青茁蒜山磯。不因慷慨投鞭衆，自是艱危擊節稀。總會華夷民阜雜，分征玉帛使舟飛。射蛟人去空英傑，化鶴仙來歎是非。西日柁樓仍浩浩，南冠鬒髮故依依。書生閉户堪終老，跋涉何勞與命違。

書畫舫小集分韻得春字 并序。

久以物景艱棘，不到界溪。溪之上，顧君仲瑛甫讀書績學，尊賢好士，當太平之時，無事不過從也。睽違幾二年，近以嘉平之三日，扣君之扉。荷君留連，不忍言别，已而河東李君廷璧甫亦挐舟來訪。

遂置酒書畫舫，夜參半，酒已酣，拆杜律句「春水船如天上坐，老年花似霧中看」平聲字爲韻，人各賦詩，而俾遂昌鄭元祐爲序。因拈得春字，李君得船字，餘各以坐次分韻而賦云。

雪舫夜寒虹貫日，溪亭臘盡柳含春。將軍結髮開全武，隱者逃名愧子真。醉裏都忘詩格峻，燈前但愛酒杯頻。　毛羹青點沿牆薺，斫鱠冰飛出網鱗。稽古尚能窺草聖，送窮端欲致錢神。周南老去文章在，同谷歌終手脚皴。　擉鼈歸來還自笑，聞雞起舞意誰嗔。盍簪豈料有今夕，明日桃源又問津。

朱澤民山水

吹簫江浦秋，舟蕩碧雲幽。擬迦巖松下，詩盟訂白鷗。

岳生畫竹

修篁含雨餘，枝拂清風起。掃破碧玲瓏，高堂淨如洗。

雲林小景

雲起野橋西，層峰翠隔溪。欲尋清閟閣，古木亞簷低。

王元章梅

明月西湖上，清光儗舊時。東風露消息，香雪滿南枝。

謝太傅像

秦兵百萬壓東南，宗社安危已獨擔。却寘捷書棋局底，諸君猶認罪清談。

陶靖節像

袖裏嘶無博浪椎，酒醒空賦稗桑詩。悲涼一曲山陽笛，滿眼山河是義熙。

寄金山普衲

金鼇背上鬱藍天，長有神龍衞法筵。午夜江聲推月上，浪花如雪寺門前。

子昂臨東坡竹

戲墨王孫似子瞻，雞棲石上著毿毿。汴京回首西風急，流落江南共海南。

月夜懷十五友 并序。録八。

庚寅中秋夜，月色如晝，而貧居溪渚。因念晉人云：「感念存没，心焉如割。」遂用東坡「明月明年何處看」詩平韻，賦詩懷友云。

趙宛丘

剡剡台躔映五雲，通明殿上玉宸君。今宵賞月延秋桂，滿袖天香不見分。

張貞居

月華浮海綠煙收，曾照神光湖上樓。惆悵塵生白玉麈，詩盟從此負閒鷗。

李雲中

屋角冰盤擁爛銀，清光千里不疏親。棄官歸去輕如葉，應念滄江有釣綸。

倪雲林

覽古樓高桂影寒，飛觴不厭接清歡。天香落盡黃金粟，軟語何由接夜闌。

泰白野

天章閣下月孤明，仍是中秋此夜情。便到蓬萊宮裏住，謝安元自念蒼生。

草堂賓主

芝雲如蓋擁冰盤，擕得王珣午夜看。山色湖光秋十里，詩成應更刻琅玕。

陳敬初兄弟

闔閭城裏寄閒身，四壁秋蛩語近人。何異京華舊時月，清光相照白頭親。

王季野錢伯行

飛雲樓上月華明，幾度中秋在帝京。却有錢郎揮翰手，倚闌橫笛最含情。題稱十五友，而詩止十二首者，以玉山賓主、敬初兄弟及王季野、錢伯行二人合一詩也。所錄八首外，尚有張文德、劉張掖、黃金華、張京兆四人云。

送僧還開先

盧山面目翠千層，飛屩孤禪不厭登。絶頂倚雲無脚力，潭珠三伏灑寒冰。

王元章梅

孤山無復有梅花，寂寞咸平處士家。留得王髯醉時筆，歲寒仍舊發枯槎。

館娃宮圖

複殿回廊繞翠岑，鴛鴦嬌擁畫屏金。謾誇歌舞留君醉，千古人猶怨捧心。

揩癢馬圖

啄瘡烏去未斜陽，雨足春隄草正長。摩擦樹根休揩癢，明朝要爾戰沙場。

竹枝詞二首

岳王墳西是妾家，望郎不見見棲鴉。孤山若有奢華日，不種梅花種杏花。

青青兩點海門山，郎去販鮮何日還。潮水便如郎信息，江花恰是妾容顔。

學詩齋聯句 并序。

至正甲申蜡月望前二日，句曲張外史天雨自義興道吳還錢塘。其老友某僑居吳中，因宿外史于客棲，時吳興郯韶九成亦在焉。予舊嘗喜與外史聯句，是夜將爲之而未得題。韶作而言曰：生以學詩名齋，示有志于温柔敦厚之教也。儻二先生即是爲題，生幸多矣。用一笑從其言。詩將終，而予怯寒先就寢，明旦外史亟歸，且屬以足成之，爲之補就。吳人陸友善隸，韶乞寫二紙，一張于齋，一寄外史云。

明良賡歌基，猗那奏鼓始。清廟殊雝雝，祐。赤舄固几几。豈惟緇衣賢，雨。政以朱禄美。原鴒兄弟急，祐。河魴父母邇。便施谷中葛，韶。亦采體下菲。詠桑表沃若，雨。歌萊賦樂只。韶。暴譖蘇公絶，祐。厲懷凡伯恥。思鳴《卷阿》鳳，雨。願繪衮衣蜼。韶。蔽以思無邪，毋曰鼠有體。雨。言超授簡貢，祐。道在過庭鯉。雨。遂去文辭害，亦屏訓詁眯。譎諫主風刺，祐。昌言發興比。《雅》亡繼麟筆，韶。和寡續巴里。鎬罷魚在藻，屈倡凫汎水。雨。緬絃誰與奏？補笙自難擬。哀哀河梁别，祐。堂堂沛風起。雨。祠洛悔心萌，祐。訣虞壯圖已。塞瓠恨茀鬱，祐。援桂懷蠹靡。便啼城上烏，雨。猶恨水中沚。祐。隆中抱膝想，許下横槊偉。體要必中度，祐。葩正悉循理。雨。響當貫珠串，祐。轍始轃車軌。韶。清圓斲冰苦，雨。脱穎扣鐘喜。韶。無敵白乃聖，有作甫良史。雨。險如横空盤，突若破陣褫。祐。雕鎪百神困，策役萬象靡。雨。爨桐聲玉明，廟樂厭石齒。揮毫既凌厲，賦物斯須委。祐。郯公學方篤，吴歛好誠鄙。雨。蕭齋扁佳名，華構落新址。詩律妙獨造，吏塵淨一洗。瑰辭出語穽，遺經貯腹笥。祐。道在用服形，神悟爲洗髓。雨。不斷素王造，信全幽人履。腎胃苦掐擢，物累困成毁。直登陶韋奥，旁摩鮑謝壘。餤凌天策燉，古偕靈光巋。請驗百世傳，致慎一匱圮。兩老皆苦心，六義始盈耳。挂一真漏萬，祐。聊以示吾子。雨。

送章高士入閩兼簡杜清碧先生 以下《玉山雅集》補入。

風日晴繅楊柳青，翩然獨鶴過南溟。山中每憶羅公遠，海上重逢武達靈。榕葉擁雲山似簇，蠣房烹玉酒初醒。小冠子夏如相問，爲話窮愁老一經。

次韻錢伯行游仙體二首

海定神風湛緑羅，仙人辭藻寄來多。貫珠音在雲誰遏，琢玉文成手自磨。憶昔絳河輕就別，至今《黄竹》不成歌。可憐人世書裙手，池上猶籠道士鵝。

軋軋青牛儗度沙，煌煌白兎豈無家。肉生徐甲符難秘，斧鈍吴剛桂始華。諦授寶書盟刻玉，醉離瑶席舞傳芭。竹宫望拜真癡絶，日日鼂光在景霞。

送蕭萬户還蜀二首

萬里乘軺出帝京，涉波南海斬奔鯨。回轅不困壺頭役，載耒來尋谷口耕。尚可班荆談智略，何嫌拾芥取功名。卧吹簫管揚州去，莫遣春愁白髮生。

總戎西蜀幾經年，從事誰令爾獨賢。躍馬莫矜横槊賦，聞雞不道枕戈眠。韜藏寶劍塵生匣，愛惜琱弓夜弛弦。歸到閬州三月盡，江花如錦照鞍韉。

寄張伯雨

露冷玄洲草樹疏，硯泉分得磵循除。鈎提《石記》修人表，筆削《山經》作志書。丹鼎曉温松葉酒，茶甌春點菊苗葅。殘骸若有登真分，亦欲西游候羽車。

送毛彦昭歸三衢

載雪曾過太末溪，天寒砂石淨無泥。碓舂白粲連灘響，橘熟黄香壓樹低。水驛燈明驚見雁，篷窗酒醒忽聞雞。龜峯記在君歸讀，異日春風聽馬蹄。

題蘇武牧羊圖

飛鴻歷歷度天山，何處孤雲是漢關。不滴望思臺上血，君王猶及見生還。

周左丞伯琦

伯琦，字伯温，饒州人。集賢待制應極之子，自幼隨父宦遊京師，入國學爲上舍生。以廕補南海簿，三轉爲翰林修撰。至正間，令南士得居省臺，除兵部侍郎。遂與貢師泰同擢監察御史。兩人皆南士之望，時論榮之。十四年，起江東肅政廉訪使。寧國陷，改調浙西。十七年，行省丞相達識帖睦爾承制假參知政事。招諭平江張士誠，拜江浙行省左丞，留平江者十餘年。除南行臺侍御史，不赴。張氏亡，乃歸鄱陽，尋卒。所著有《六書正譌》、《説文字原》及詩文稿若干卷。伯温别號「玉雪坡真逸」。儀觀温雅，尤善篆隸書法。至正初元，改奎章閣爲宣文閣、藝文監爲崇文監。伯温遷授經郎，命篆宣文閣寶，仍題扁於閣。摹王右軍《蘭亭序》及智永《千文》，刻石閣中。自是累轉，皆在宣文、崇文之間。故《近光》、《扈從》兩集，其寵遇隆渥可證也。及被留吴中，張氏爲造第宅於乘魚橋北。厚其廪給，日與諸文士以文墨留連，因亦忘歸。明太祖平吴，元臣之用事於吴者，多被誅戮，而伯温與陳敬初俱獲免。敬初以廉謹見容，而史稱伯温遭時多艱，善於自保，良不虚云。

次韻王師魯待制史院題壁

大安御閣勢岧亭，華闕中天壯上京。虹繞金隄晴浪細，龍蟠粉堞翠岡平。衆星拱北乾坤大，萬國朝元日月明。分署玉堂清似水，簫韶時聽鳳凰聲。歲庚辰四月廿七日，車駕北巡次大口，有旨伯琦由編修官陞除翰林修撰、同知制誥、兼國史院編修官。明日署事，扈從上京。

宫詞四首

畫閣香銷暮雨晴，珠簾半捲遠山明。蒲萄初醒羅衣薄，枕上鵾絃撥不成。

木難火齊當纏頭，貼地金蓮步欲羞。露溼銀牀人語静，蟾宫九夏是中秋。

巫山隱約寶屏斜，朝著重綿晝著紗。徙倚牙牀新睡足，一瓶芍藥當荷花。

苑路東西草色遥，闌干曲曲似飛橋。水晶殿外檐鈴響，疑是鑾輿早散朝。

上京雜詩二首

省方繩祖武，清暑順天時。法從嚴番直，周廬肅羽儀。氍毹駝背展，匼匝馬頭垂。惟有都人士，長望雨露私。

卑溼如吴楚，雄嚴軼漢唐。土牀長伏火，板屋頗通涼。菌出沙中美，椒生地上香。忘歸江海客，直欲比家鄉。

詐馬行 并序。

國家之制，乘輿北幸上京，歲以六月吉日。命宿衛大臣及近侍服所賜只孫，珠翠金寶，衣冠腰帶，盛飾名馬，清晨自城外各持綵仗，列隊馳入禁中。於是上盛服，御殿臨觀。乃大張宴爲樂，惟宗王戚里宿衛大臣前列行酒，餘各以所職敍坐合飲，諸坊奏大樂，陳百戲，如是者凡三日而罷。其佩服日一易，大官用羊二千噭馬三匹，他費稱是，名之曰「只孫宴」。「只孫」，華言一色衣也。俗呼曰「詐馬筵」。至元六年歲庚辰，忝職翰林，扈從至上京。六月廿一日，與國子助教羅君叔亨得縱觀焉。因賦《詐馬行》以記所見。

華鞍鏤玉連錢驄，彩罽簇轡朱英重。鉤膺障顱鞶鏡叢，星鈴綵校聲瓏瓏。高冠豔服皆王公，良辰盛會如雲從。明珠絡翠光蘢葱，文繒縷金紆晴虹。犀毗萬寶腰鞓紅，揚鑣迅策無留蹤。一躍千里真游龍，渥洼奇種皆避鋒。藹如飛仙集崆峒，垂鸞跨鳳來曾空。是時閶闔含薰風，上京六月如初冬。金支滴露冰華濃，水晶殿閣摇瀛蓬。扶桑海色朝曈曈，天子方御龍光宫。衮衣玉璪回重瞳，臨軒接下天威崇。大宴三日酣羣悰，萬羊臠炙萬甕醲。九州水陸千官供，《曼延》角觝呈巧雄。紫衣妙舞腰細蜂，鈞天合奏春融融。師獰虎嘯跳豹熊，山呼鼇抃萬姓同。曲闌紅藥翻簾櫳，柳枝飛蕩摇蒼松。錦花瑶草煙茸茸，龍岡拱揖灤水深。當年定鼎成周隆，宗藩磐石指顧中。與王彝典歲一逢，發揚祖德并宗功。《康衢》《擊壤》登時雍，豈獨耀武彰聲容。願今聖壽齊華嵩，四門大啓達四聰。臣歌天保君彤弓，更圖王會傳無窮。

七月十二日奉詔以香酒賜曲阜代祀孔聖廟越五日别翰林諸友

分班扈蹕到灤京，侍從官閒暑氣清。聖主素知吾道重，頒香特遣孔林行。中原廟貌山川古，萬代綱常日月明。虔祀歸時迎大駕，共陳經術贊承平。

八月六日丁亥釋奠孔子廟三十韻

闕里宣尼宅，儒林禮樂區。右文昭代盛，報德聖恩殊。天語頒中禁，星軺發上都。内廷香繞案，光禄酒浮壺。持節慚專對，千原慎載驅。秋陽稀稼穡，晝路足槐榆。歷歷由沂汶，行行望泗洙。岱宗標近甸，魯殿没荒蕪。不見三家采，唯餘五父衢。祀嚴柔日逼，林近絶晨趨。廢堞依脩阜，危臺記舞雩。廟宫參象緯，書閣壓城闉。反宇周阿峻，回廊百步紆。蛟鱗蟠玉柱，螭首響金鋪。庭迥檜千尺，壇虚杏數株。省牲新雨霽，釋奠舊章敷。闢户陳籩俎，登歌應瑟竽。尊居玄聖儼，侑食列賢俱。興俯鏘珩珮，周旋謹履絇。裸將宸意達，祝告下誠孚。明燎煇雲陛，祥熏集寶爐。共觀周典禮，寧數漢規摹。似續於今盛，欽崇自古無。繚垣隆象魏，穹石峙龜趺。孤閣青編貯，雙亭翠竹扶。山川光拱揖，泉井澤沾濡。推本尊師道，題名述廟謨。佇看戔束帛，豈復歎乘桴。制作先東魯，朝廷用大儒。愚生深有幸，歸上孔林圖。

至正元年復科舉取士制承中書檄以八月十九日至上京即國子監爲試

院考試鄉貢進士紀事

上國興王地，神州避暑宮。規摹三代廓，聲教萬方隆。至正儒科復，留司造士充。周南麟趾厚，冀北馬羣空。積雪寒無夜，清秋月正中。氈闈環壁水，彩筆扇祥風。殿陳寧韜劍，先登不待弓。豹班開曉霧，雉羽爛晴虹。障候瞻鄒魯，都人想鎬豐。簾分堂上下，區列院西東。副楮行鴉蟻，緘名畫鳥蟲。厲防周四署，塗抹眩雙瞳。理到無優劣，辭修有拙工。神明終日鑒，造化四時公。讎校稽魚豕，銓題辨鶡鴻。固知骰繫博，敢以瞶爲聰。天淨文星麗，寒收士氣叢。蓬萊浮渭洛，杞梓出恆嵩。偕計先章甫，前驅軼小戎。有人争覩鳳，何處兆非熊。合志官聯樂，連牀笑語同。獸爐團炭熾，魚燭綴花紅。雕豆羞肴炙，金巵奉酪酮。環廬帷毳罽，侍史服貂鼨。扃鐍虔朝暮，閽兵慎始終。更移壺滴瀝，衙報鼓籠銅。事憶歐蘇遠，詞懷賈董雄。驛程心歷歷，雅奏日渢渢。聖統乾坤久，人文日月崇。灤河天上出，銀漢定相通。

九月一日還自上京途中紀事五首

九月灤陽道，寒煙暗遠坰。有山皆積雪，無水不成冰。獵犬高於鹿，鳴鴉大似鷹。欲爲風土記，問俗果誰憑。

行宮臨白海，金碧出微茫。銅豹仍分署，鞲鷹亦有房。射熊名鄙漢，祝網德懷湯。乾豆遵彝典，人瞻日月光。

龍門天下壯，咫尺異寒暄。雲氣東西接，泉聲日夜喧。柳榆環岸塹，瓜瓞擁籬樊。頗似燕南道，農家各有村。

高嶺號槍竿，危亭揭嶺顛。四山皆培塿，萬里盡平川。草樹秋猶秀，冰霜石半堅。全燕歸眼底，佳氣鬱中天。

北口七十二，居庸第一關。峭厓屏列翠，急澗玉鳴環。佛閣騰雲霧，人家結市闤。馬前軍吏候，使節幾時還。

紀恩三十韻 并序。

歲壬午四月三日，上御宣文閣，親試宫學弟子員。講誦經史稱旨，賜臣伯琦中統鈔五千貫，弟子員繡衣材各一。謹賦長篇，歌頌湛恩作。

延閣層霄上，薰風九夏初。北辰環象緯，東壁爛宸居。仙樂雕闌絢，香蒲翠瑣虛。屏翔金鷟鷟，研倚玉蟾蜍。怪石森峰巘，飛鈴颯珮琚。當陽咨岳牧，稽古嗜詩書。百揆敷言既，重帷進講餘。虎門承制紵，鳳閣集冠裾。黄卷陳香案，青衿拜玉除。唐虞彝訓闡，周孔格言攄。下濟天容懌，淵居睿思紓。菁莪深樂育，棫樸廣涵煦。鴻典張黌舍，龍光照表著。楮緡登上幣，文綺出中儲。聖德天同大，奇逢古不如。侍貂咸贊慶，陛戟總誇譽。開館卑瀛島，槃儒陋石渠。淪肌懷曠蕩，撫己愧庸疏。視學瞻周禮，圜門聽漢臚。智崇羣辟聳，聰達四門袪。師道尊無上，賢關競樂胥。垂旒端建極，錫服勢連茹。瑞諜團雲露，禎符驗器車。朝鳴阿閣鳳，夕化北溟魚。啓沃資巖築，訏謨起渭漁。傳經後匡戴，待詔劣應徐。惟有呻佔畢，何由效補苴。文華歸藝苑，治業本經畬。四姓魁宗籍，三雍在直廬。小詩先舞抃，佳氣正扶輿。

三月七日廷試越三日奏進士牓名作

太平天子策賢良，詔問天人白玉堂。校藝盡遵周典禮，策名寧數漢詞章。風鳴松蓋宵聲殷，雨浥梨花雪色香。承乏幸陪諸老後，淩晨金榜出明光。

是年五月扈從上京學宫紀事絶句十首

層甍複閣接青冥，金色浮圖七寶楹。當日熙春今避暑，灤河不比漢昆明。右詠大安閣，故宋汴熙春閣也。遷建上京。

鏤花香案錯琳鏐，金甕葡萄大白浮。羣玉諸山環御榻，瑶池只在殿西頭。右詠洪禧殿。

睿思閣下瑣窗幽，百寶明珠絡翠裘。内署傳宣來準備，大廷盛宴先初秋。

數樹青榆延閣東，雲窗霞户綺玲瓏。上林文鹿高於馬，時引黄麛碧草中。

榜題仁壽睿思東，星列鉤陳繡閣重。中使三時羞玉食，地涼不用暑衣供。

冰華雪翼昡西東，玉坐生寒八面風。巧思曾經修月手，通明元在五雲中。右詠水晶殿。

鵷斑百和作堅材，翥鳳翔龍四壁開。寶地曉張香積界，始知天子是如來。右詠香殿。
延閣圖書取次陳，講帷日日集儒臣。墨池雲合天光絢，東壁由來近北辰。右詠宣文閣。
黌舍重開大殿西，牙符給事籍金閨。吾伊日課繙青簡，揮染還看寫赫蹄。
北闕岧嶤號穆清，北山迢遞繞金城。四時物色圖丹壁，翠輦時臨喜太平。

賦得灤河送蘇伯修參政赴任湖廣

清灤悠悠北斗北，千折縈環護邦國。直疑銀漢天上來，摇漾蓬萊雲五色。蛟龍變化深莫測，金蓮滿川淨如拭。鑾輿歲歲兩度臨，雨露同流草蕃殖。長亭短亭來往人，朝夕照影何嘗息。相君親授臨軒敕，紫騮嚼齧黄金勒。却從江漢望龍岡，三疊晴虹勞夢憶。

天馬行應制作 并序。

至正二年歲壬午七月十有八日，西域拂郎國遣使獻馬一匹，高八尺三寸，脩如其數而加半，色漆黑，後二蹄白，曲項昂首，神俊超逸，視他西域馬可稱者，皆在髃下。金轡重勒，馭者其國人，黄鬢碧眼，服二色窄衣，言語不可通，以意諭之，凡七度海洋，始達中國。是日天朗氣清，相臣奏進，上御慈仁殿，臨觀稱歎，遂命育於天閑，飼以肉粟酒湩。仍敕翰林學士承旨臣巙巙命工畫者圖之，而直學士臣揭傒斯贊之，蓋自有國以來，未嘗見也。殆古所謂天馬者邪？承詔賦詩題所畫圖，臣伯琦謹獻詩曰：

飛龍在天今十祀，重譯來庭無遠邇。川珍嶽貢皆貞符，神駒躍出西洼水。拂郎蕞爾不敢留，使行四載數萬里。乘輿清暑灤河宮，宰臣奏進閶闔裏。昂昂八尺阜且偉，首揚渴烏竹批耳。雙蹄懸雪墨漬毛，疏騣擁霧風生尾。朱英翠組金盤陀，方瞳夾鏡神光紫。聳身直欲凌雲霄，盤辟丹墀却閒頠。黃鬚圉人服尨詭，彈鞚如縈相諾唯。羣臣俯伏呼萬歲，初秋曉霽風日美。九重洞啓臨軒觀，袞衣晃耀天顔喜。畫師寫倣妙奪神，拜進御牀深稱旨。牽來相向宛轉同，一入天閑誰敢齒？我朝幅員古無比，朔方鐵騎紛如蟻。山無氛祲海無波，有國百年今見此。崑崙八駿遊心侈，茂陵大宛黷兵紀。聖皇不却亦不求，垂拱無爲静邊鄙。遠人慕化致壤奠，地角已如天尺咫。神州苜蓿西風肥，收斂驕雄聽驅使。屬車歲歲幸兩京，八鸞承御壯瞻視。騶虞麟趾並樂歌，越雉旅獒盡風靡。乃知感召由真龍，房星孕秀非偶爾。黃金不用築高臺，髦俊聞風一時起。願見斯世皞皞如羲皇，按圖畫卦復兹始。

宣文下直

亭亭翠柏倚朱闌，雲母窗扉逼暮寒。玉德殿前紅杏樹，數花猶作去年看。

立秋日書事三首

大駕留西内，兹辰祀典揚。龍衣遵質樸，馬酒薦馨香。望祭園林邈，追崇廟祏光。艱難思創業，萬葉祚無疆。國朝歲以七月七日或九日，天子與后素服望祭北方陵園，奠馬酒。執事者皆世臣子弟，是日擇日南行。

鐵刹標山影，金鋪耀日華。龍回秋歇雨，燕落晝翻沙。苑御調驍騎，宮官葺幰車。《長楊》誰共賦，滿耳沸寒笳。上京西山上，樹鐵旛竿，高數十丈，以其下海中有龍，用梵家說作此鎮之。涼亭千里內，相望列東西。秋獮聲容備，時巡典禮稽。鴇鳧隨矢落，猳鹿應弦迷。乾豆歸時薦，康莊頌耄倪。上京之東五十里有東涼亭，西百五十里有西涼亭，其地皆饒水草，有禽魚山獸，置離宮，巡守至此，歲必獵較焉。

除夕偶成

十載清班客帝都，瀝煙破竈笑疏迂。一寒范叔惟袍縕，四壁相如少酒壚。雪滿虛檐雙柏秀，冰堅遠海萬林枯。春風已到屠蘇畔，明日堯樽徧九衢。

過太行山

太行蒼翠插秋旻，疊嶺重關自昔聞。戰國東西分晉趙，中原南北帶河汾。帝王都邑青青草，豪傑勳名點點墳。鳥道盤空頻立馬，便從高處望飛雲。

七月七日同宋顯夫學士暨經筵僚屬遊上京西山紀事二首

聯岡疊阜衞神都，萬幕平沙八陣圖。朝市星垣周社稷，宗藩盤石漢規摹。官隄亙野豐青草，禁籞深林暗碧榆。地闢天開到今日，九重垂拱制寰區。

盤盤絶頂撫峥嶸，目盡天涯一掌平。海氣騰空摇鐵刹，山風卷霧淨金城。鞲鷹秋健諸酋帳，苑馬宵肥七校營。相顧依然情未已，擕壺明日約同傾。

夏日閣中入直三首

金鋪蹲獸鑰銜魚，碧樹沈沈白玉除。留後命嚴番直肅，五雲深處掌圖書。

冰盤堆果進流霞，中秘繙餘夕景斜。畫舫迎從圜殿過，鳳麟洲上數荷花。

流觴小殿曲闌縈，波影簾櫳浸繡楹。静晝敲棋中貴語，君王避暑在開平。

宋陵

奉先橋畔政和碑，種麥人家護棘籬。絶勝望湖亭下路，浮圖積雪浙江湄。

渡揚子江泊京口

長江天塹控南州，吴楚相望民物稠。萬里風濤趨大海，兩山巖壑障中流。魚龍噴薄瓜州渡，燕雀喧呼多景樓。□□更須誇鐵甕，清時久不識兜鍪。

二月廿六日到會稽明日代祠南鎮題飛流亭

會稽山水名天下，南際滄溟北枕江。碧嶂千重盤洞府，鑑湖一曲帶藩邦。漢唐疆域今無外，王謝風流世少雙。萬里藏祠竣使事，飛流亭上聽淙淙。

遊金山寺

江心一簇翠芙蓉，金碧晶熒殿閣重。隱士有緣來化鶴，梵王無語坐降龍。鐘聲兩岸占昏曉，海眼中泠湛夏冬。八十高僧供茗罷，細談蘇米舊時蹤。

遊焦山寺

涉江已閱裴公洞，復訪焦先到此山。險絶遠同巴蜀峽，巋然對峙海門關。神蛟戲浪時潛躍，野鳥巢林自往還。建業青山廣陵樹，開軒盡在酒壺間。裴公洞即金山寺，蓋唐裴公所隱之地。石洞尚在焦山寺，乃漢隱士焦先隱居之所也。

黄河舟中對月

汎舟遡長河，河急月色明。南風導飛帆，岸闊波濤平。近林鳥雀棲，遠岫煙靄生。兹行道里遥，已見草木更。初春發燕轂，首夏還江程。祿班敢威遲，官守常屏營。何時歸計遂，不爲世塵嬰。

初秋同楊國賢太監咬住伯堅少監子貞監丞暨僚屬重汎湖遊西山

清商應候瑄，涼颸滌炎歊。蘭臺多暇佚，西郊共消摇。凌晨拂星露，適興寧辭遥。稼寶豐黄雲，擊壤喧髦髫。重巒霏溼翠，澄湖瑩冰綃。朱華擁緑衣，弄影酣且嬌。菰蒲漾藻影，柳槐咽殘蜩。樓船汎中流，雅會崇風標。華謳振遠樹，妙舞驚潛鮫。霽虹駕文漪，飛閣摩層霄。登臨劇賞眺，沿洄屢停橈。累觴互稱壽，氣合笑語饒。微雲起天際，疏雨鳴林梢。異芳襲四坐，霧裏羣仙邀。回頭擾擾中，何啻萬仞超。人生聚合難，況際休明朝。同班侍璧府，峨冠聽雲韶。兹遊豈偶爾，三生舊相招。宛然在瀛島，孰謂非松喬。羊謝素曠達，李郭真英翹。歡悰各灑灑，歸途盡陶陶。攬勝猶未徧，尋盟更聯鑣。

紀事二首 并序。

至正十一年歲辛卯二月一日，天下貢士及國子生會試京師，凡三百七十三人。中書承詔，校文取合格者百人，充廷對進士。先二日鎖院，凡三試，每試間一日，十有二日揭榜。時參政韓公伯高知貢舉，尚書趙君伯器同知貢舉，予與左司李君孟豳、考試博士楊君士傑、修撰張君仲舉同考試，收掌試卷則典籍毛君文在也。諸公皆翰苑舊游，誠盛會也。紀事奉呈。

鳳皇銜詔下亨衢，多士盈庭總八區。北斗光芒明策府，東風生意滿皇都。墨池淨几環香鼎，燭影疏簾聽漏壺。拭目慶雲華穀旦，敢令滄海有遺珠。

禮闈半月得從容，料峭春寒似早冬。警夜每聞三弄角，論文直到五更鐘。雁來遠路驚流景，草茁閒庭失舊蹤。得士共爲天下賀，明朝揭榜醉黄封。二月十二日，禮闈揭榜。傳宣張宴，各賜衣幣。榜魁日李國鳳、趙麟，號鳳麟榜。又有三家兄弟聯中，號棣蕚榜。皆前所未見也。

紀行詩二十四首 録十六。以下扈從詩。

乘輿繩祖武，歲歲幸灤京。夏至今年早，山行久雨晴。日瞻黄道肅，夜拱北辰明。隨步窺形勝，周諏記里程。

居庸東北路，草細一川平。夾岸山屏展，穿沙水帶縈。六龍扶日御，萬騎擁雲旌。遊豫諸侯度，歡歌兆姓迎。

縉雲山獨秀，沃壤歲常豐。玉食資原粟，龍州記渚虹。荒祠寒木下，遺殿夕陽中。誰信幽燕北，翻如楚越東。右縉山縣，今名龍慶州。

車坊尚平地，近嶺晝生寒。拔地數千丈，凌空十八盤。飛泉鳴亂石，危磴護重關。俯視人寰隘，真疑長羽翰。右十八盤嶺。

踰險夢頻悸，循夷氣始愉。千巖奇互獻，萬壑勢争趨。峭壁劍門壯，重梁皇渚紆。凡鱗期變化，雷雨在斯須。右龍門。

嵐翠摩台斗，林霏隱日車。谷深幽境迥，路轉列峰斜。錦石敧瑶草，蒼叢綴白花。柴門成聚落，山崦盡人家。

萬幕懸崖下，高低疏復稠。罽牆聯虎衛，幄殿聳龍樓。榆柳清長晝，槐松颯早秋。威容隆古昔，神武鎮中州。

高嶺横天出，炎天氣候涼。白沙深没馬，碧草淺連岡。晨服增緜纊，寒鄉貴稻粱。土風多國語，閭井異尋常。

晴川平似掌，地勢與天寬。煙草青無際，雲岡影四團。貔貅環武陣，麟鳳擁和鑾。高獻南山壽，同承湛露歡。右沙嶺二首。是日上都守土官遠迎至此，内廷小宴。

嶺西通驛傳，山盡見郵亭。萬竈閭閻聚，千轅驃騎營。市樓風策策，野堠霧冥冥。雄略卑秦隴，孤兵笑廣青。右牛羣頭。

涼亭臨白海，行内壯黄圖。具闕明清旭，丹垣護碧榆。龍湫時霧雨，鷹署世衡虞。駐蹕光先軌，長楊只一隅。右察罕腦兒，猶漢言白海。

地曠居人少，山低雲影微。石牆蟲避燥，土屋燕交飛。沙淨泉宜酒，天涼秋合圍。朔方戎馬最，芻牧萬羣肥。右明安驛。

漢將荒臺下，灤河水北流。歲時何衮衮，風物尚悠悠。川草花芬郁，沙禽語滑柔。暮梁遺句在，過客重綢繆。右李陵臺。

桓州當孔道，城築自唐時。翊輔千年盛，川原萬里夷。草滋新雨歇，雲起遠山移。迎送官僚習，長懷被眷私。右桓州，古烏桓地也。

南坡延勝檝，一舍抵開平。地藴清涼界，天開錦繡城。雷轟駝鼓振，霞絢象輿行。填道都人士，瞻前戴聖明。右南坡。

巡守綏畿甸，游從覽近風。山川隨地異，聲教此時同。王業艱難遠，神都制作雄。按行循故事，不用避青驄。

至正十二年四月，伯琦由翰林直學士兵部侍郎拜監察御史。視事之三日，大駕北巡上京，例當扈從。啓行至大口，留信宿，歷皇后店、皁角至龍虎臺，皆納鉢，猶漢言頓宿所也。龍虎臺在昌平境，又名新店，距京師僅百里。五月一日，過居庸關而北，遂自東路至瓮山。明日至車坊，在縉山縣之東，沃衍宜粟，歲供内膳。又明日入黑谷，過色澤嶺，高峻曲折，凡十八盤。遂歷龍門及黑石頭，過黃土嶺至程子頭。又過磨兒嶺至頡家營壓白塔兒，至沙嶺。自車坊黑谷至此，凡三百一十里，皆深林複谷，村隖僻處，山路將盡，兩山高聳如洞門，尤多巨材。近沙嶺惟土山連亙，地皆白沙，深没馬足。過此則朔漠平川如掌，天氣陡涼，風物大不同矣。遂歷黑觜兒至失八兒秃，地多泥淖，又名牛羣頭。其地有驛、有郵亭、有巡檢司，闤闠甚盛，驛路至此相合。北皆芻牧之地，無樹木，徧生地椒、野茴香、葱、韭，芳氣襲人。草多異花五色，有名金蓮花者，似荷而黃。至察罕腦兒，猶漢言白海也，水濼深不可測，氣皆白霧，其地有行在宮，曰亨嘉殿，闕庭如上京而殺焉。置雲需總管府以掌之，沙井甘潔，釀酒以供上用。又作土屋養鷹，名鷹房，駐蹕於是，秋必校獵焉。此去納鉢曰鄭谷店、曰明安驛、泥河兒、曰李陵臺驛、雙廟兒、遂至桓州。曰六十里店，卽烏桓地也。前至南坡店去上京一舍耳，以是月十九日抵上京，歷納鉢凡十有八，爲里七百五十有奇，爲日二十四。大抵兩都相望，不滿千里。往來者有四道，曰驛路、曰東路二、曰西路。東路二者，一由黑谷，一由古北口，古北口路，東道御史按行處也。伯琦往年分署上京，但由驛路而已。黑谷輦路，未之前行。因忝法曹，肅清轂下，遂得見所未見，實爲曠遇云。

懷秃腦兒作 漢言後海也。

侵晨離白海，輦路轉西邁。野光散平蕪，山容列修黛。秋風動地來，層波忽澎湃。戎馬多驚嘶，寒聲襲鞶帶。踰岡覽晴川，夷曠襟抱快。白花間紫蕤，將將委珩珮。幽興足目前，絶境疑方外。旌麾匝雲屯，輿帳擬行在。法從各有司，諫垣敢荒怠。邊報叢遠函，蒼黃盡吁怪。解鞍愒前村，伏枕念當代。王綱未旒綴，羣生半塵芥。紆軫誰與言，沉思屢長嘅。東南何時蘇，吾欲問大塊。是日驛報杭省有警。

鴛鴦濼作

官路何逶迆，里數不可度。宿止有常程，晚次鴛鴦濼。山低露草深，天朗雲氣薄。積水風颼颼，平沙煙漠漠。鳧鷖雜翔集，巨鱗倏潛躍。居人歲取給，遠眺近一勺。原隰多種藝，農奚犬牙錯。滌場盈粟麥，力穡喜秋穫。舒徐八駿遊，相羊瑶池樂。山川豈不佳，人事日蕭索。芻牧紓邦供，征徭非昔昨。都人望翠華，朝朝候靈鵲。

興和郡 屬河東憲司按部，西抵太原千餘里。

我行已旬浹，所歷皆朔漠。興和號上郡，陂陀具城郭。灤陽界東履，汾晉直西略。提封廣以遐，編氓半土著。連甍結闤區，層樓瞰寥廓。要會稱雄麗，勢壓諸部落。興王遠垂裕，百載承制作。北巡必西還，遠儗東邑洛。供億須浩繁，撫循在恭恪。四鄰慎備虞，三輔嚴寄託。賢愚不同調，蟲沙與猿鶴。長願四海清，漢儀歲輝爍。

野狐嶺 嶺界南北甚寒，南下平地則暄矣。

高嶺出雲表，白晝生虚寒。冰霜四時凜，星斗咫尺攀。其陰控朔部，其陽接燕關。澗谷深叵測，梯磴紆百盤。坳垤草披拂，崎嶇石巑岏。輪蹄紛雜遝，我馬習以安。怳然九天上，熙熙俯人寰。連岡束重隘，拱揖猶城垣。停鞭履平地，回首勢望尊。緜衣遂頓減，長途汗流轔。亭柳蔭古道，園果登御筵。境雖居庸北，物色幽薊前。始悟一嶺隔，氣候殊寒暄。小邑名宣平，相距兩舍間。牛羊歲蕃息，土沃農事專。野人敬上官，柴門暮款延。休養嘉承平，禹迹邁古先。漢唐所羈縻，今則同中原。大哉輿地圖，垂創何其艱。張皇我六師，金湯永深堅。

自順寧府歷坳兒領臨渾河上源過雞鳴山晚宿雷家驛

郡治頗清曠，民俗亦樸淳。川原西成饒，景物娛征晨。登頓未及晡，修領忽前陳。亂石森礌礌，濁流奔沄沄。斗厓鳴澒洞，險逕緣鄂齦。園林暗回隄，峰巘排秋旻。海鵬奮凌風，江蛟欻乘雲。雞鳴俗語傳，世遠昧所因。招提據危顛，略□□天津。睥睨窮豪芒，翕忽叢鬼神。六龍行中天，壯觀齊崑崙。造設開闢先，顯耀當兹辰。垂髫耳已熟，華顛目方親。甚欲恣冥搜，赤日昏黃塵。紀勝猶挂漏，觀風能宣旬。

懷來縣

山風日多寒，近燕苦秋陽。懷來雖小縣，肇置自李唐。泉甘沙井冽，橋古川流長。重岡相抱環，遠山勢低昂。鑾輿歲西還，傾朝迎道傍。蟠桃百寶盤，敬上萬年觴。三登調玉燭，羣黎樂康莊。吾皇仁聖君，動必循彝章。宵旰貽近憂，苗頑尚跳梁。所賴根本固，忍此枝葉傷。思見萬邦寧，野無遺賢良。

榆林驛　漢史稱榆谿長塞，卽此也。

昔人多種榆，今人惟種柳。堅脆雖不同，氣盡同一朽。此地名榆林，自漢相傳舊。但見柳青青，夾路忘炎晝。行旅蘇汗暍，車騎藉陰覆。培植將百年，柯葉日滋茂。驛亭當要衝，人煙紛輻湊。崇山峙東西，步障明錦繡。輦路中平平，形勝信天授。宛如道衡廬，中流望雲岫。初夏别都城，攀條集親友。兹還秋將中，涼颸滿衣袖。物態有變容，歲月如反手。不問柳與榆，生意要悠久。

入居庸關

出關復入關，五見月上弦。草木雖未霜，寒色已凄然。匡路何紆縈，疊嶂横中天。上有太古石，下有無底泉。幽致良足嘉，萬雷奈喧闐。馴象寶轡鳴，紫駝錦幪鮮。鐵騎簇雲隊，黄屋循星躔。時巡謐風俗，執法恭後先。達官國同休，拔宅如登仙。細民終歲勞，輪轉百苦煎。苦樂殊雲泥，使我中心悁。偶經巖谷勝，復憶江湖壖。升高望白雲，楚天浩無邊。王師未休息，敢賦《歸來》篇。

龍虎臺

在昌平境北，距居庸關廿五里。

巍巍百尺臺，蕩蕩昌平原。隆隆鎮天府，奕奕環星垣。居庸亙北紀，隩區斂全燕。倉龍左蟠拏，白虎右踞蹲。斯名豈易得，天以遺吾元。明明傳正統，聖子及神孫。巡歸遂駐蹕，衣冠照乾坤。山川皆改容，草木亦被恩。章華民力竭，柏梁侈心存。豈若因自然，張設一旦昏。雄偉國勢重，簡儉邦本敦。年年舉盛典，宫中奏雲門。

大口

其地有三大埡，土人謂之三疙疸，距都北門二十里。

三埡何崇崇，遥直都門北。天肅煙嵐青，野迥露草白。紫氣千里臨，蜺旌拂秋色。文武迨髦倪，抃舞拜路側。萬羊肉如陵，萬甕酒如澤。國家富四海，于以著功德。詰朝御大明，湛露春拍拍。簫韶殷九天，歡聲溢遠陌。非才忝扈從，所職陳典則。皇基奠泰山，億兆究安宅。

車駕既幸上都，以六月十四日大宴宗親、世臣、環衛官於西内椶殿，凡三日。七月九日，望祭園陵竣事，屬車轅皆南向，彝典也。遂以二十二日發上都而南，宿六十里店納鉢。越三日至察罕腦兒，由此轉西至懷秃腦兒，猶漢言後海也。有大海在納鉢後，故云。曰平陀兒，曰石頂河兒，土人名爲鴛鴦濼。其地南北皆水，水禽集育其中，國語名其地曰遮里哈剌納鉢，猶漢言遠望則黑也。兩水之間，壤土隆阜，諸部與漢人雜處，因商而致富者甚多。自察罕腦兒至此百餘里，皆雲需府境也。界是而西，則屬興和路矣。納鉢曰苦水河兒，曰回回柴，國語名忽魯秃，漢言有水濼也。隸屬州保昌，曰忽察秃，猶漢言有山羊處也。地饒水草野獸，兔最多。又西二十里爲興和路，世祖所創置也。歲北巡，東出西還，故置有司爲供億之所。城郭周完，闤闠叢夥，河東憲司所按部也。西抵太原千餘里，郡多太原人。路置二監一守，餘同他上郡。東界則宣德府境，上都屬郡也。府之西南名新城，武宗築行宮其地，故又名中都。今多圮毁，大駕久不臨矣。由興和行三十里，過野狐嶺上爲納鉢。地高風甚寒，東南盤折而下平地，天氣即暄，無不減衣者。前至得勝口，宣平縣境也。有御花園，雜植諸果，中置行宫。南至縣十五里，去邑三十里，有山出瑪瑙石。又前至沙嶺，五十里至順寧府，本宣德府也，因地震改名。南過坳兒嶺，下臨深澗，其流爲渾河。嶺頭參亙四十里，至雞鳴山，叠嶂排空，綿亘二十餘里。又南二十里乃平地，曰雷家驛。驛之西北十里納鉢曰豐樂，二十里至阻車納鉢。又二十里至統幕，則與中路驛、程相合而南。歷狼居胥山至懷來縣，四山環抱，中有水名嬀川，縣南二里納鉢也。凡官署留京師者，皆盛具牲酒，於此候迎大駕，仍張大宴，慶北還也。南則榆林驛，即衛青傳榆谿舊塞。自懷來行五十五里至嬀頭，又十里入居庸關，以至於大口，遂以八月十三日至京師。凡歷納鉢二十有四，爲里一千九十有五，此輦路西還之所經也。國制，凡官署之幕職掾曹當扈從者，東西出還，甲乙番次，惟監察御史扈從與國人世臣環衛者同東西之行，得兼歷而悉覽焉。

答復見心長老見寄二首

浙水東頭佛舍連，蒲菴上士坐忘年。五雲古衲層瀾湧，百寶浮圖列宿躔。牀上貝書多譯梵。門前海舶直通燕。比丘喜得階蘭秀，應種菩提滿法田。

九載違離得遠書，幾更歲曆斗旋樞。華星秋月超元白，峻嶺重江限越吴。柏子樹陰浮碧砌，蓮花漏水響銅壺。老夫素有林泉癖，一曲何當乞鑑湖。

陳學士基

基字敬初，臨海人。受業於黄侍講溍，從至京師，授經筵檢討。嘗爲人草諫章，幾獲罪，引避歸。奉母入吴，以教授諸生。南州用兵，起行樞密院都事，轉浙江行省郎中，參張士信軍，進參太尉府軍事。太尉稱王，基獨諫止，將殺之。不果。超授内史，遷學士院學士。軍旅倥偬，飛書走檄多出其手。吴平，明太祖召入，預修《元史》，賜金而還。洪武三年，卒於常熟寓舍。所居有夷白齋，故以名其稿。金華戴叔能序之曰：我朝自天曆以來，學士大夫以文章擅名海内者，有蜀郡虞公、豫章揭公、金華柳公、黄公。一時作者，涵醇茹和，以鳴太平之盛。治學者宗之，並稱曰虞、揭、柳、黄，而本朝之盛極矣。繼是而起，如莆田陳公之俊邁，則有得於虞。新安程公之古潔，則有得於揭。臨川危公之浩博，則又兼得夫四公之指授。近年以來，獨危公秉筆中朝，自餘數公，淪謝殆盡。而得先生以紹其聲光，雍容紆餘，馳騁操縱，其得之黄公者深矣。叔能與敬初同門，故歷數其源淵者如此。

雞凫行

雞與凫，皆鷇育。凫愛水遊雞愛陸。凫昔未辨雌與雄，母不顧之雞爲伏。雞渴不飲飢不啄，以腹抱凫誰敢觸。鳧脱㲉，雞鼓翼。日日庭中求黍稷，啄啄呼鳧使之食。鳧羽日褷褷，一朝下水不顧雞。雞在岸，鳧在水，賦性本殊徒爾耳。雞知爲母不知鳧，恨不隨波共生死。

白頭公詞

杜陵三月春風煖，燕語鶯啼雜絃管。落花撩亂紫騮嘶，平樂歸來酒尊滿。雨急風篁忽已秋，幽鳥多情亦白頭。不隨翡翠〔樓中〕宿，却愛鴛鴦水上游。春去秋來不知老，安樂卽多憂患少。綺窗深處語言奇，付與紛紛秦吉了。

刈草行

原上秋風吹百草，半青半黄色枯槁。城頭日出光杲杲，腰鎌曉踏城門道。門頭草多露未晞，爾鎌利鈍爾自知。一人刈草一馬肥，馬不肥兮人受笞。城中官廏三萬匹，一匹日餐禾一石。

新城行

舊城城舊人民新，新城城新無舊人。舊城城外兵一解，新城城中齊覆瓦。萬瓦鱗鱗次第成，將軍令嚴雞犬寧。將軍愛民如愛子，百賈皆集新城市。浙米淮鹽兩相直，楚人之弓楚人得。何時四海無荆棘，北賈販南南販北。

裁衣曲

殷勤織紈綺，寸寸成文理。裁作遠人衣，縫縫不敢遲。裁衣不怕翦刀寒，寄遠唯憂行路難。臨裁更憶身長短，只恐邊城衣帶緩。銀燈照壁忽垂花，萬一衣成人到家。

邊城曲

莫啓匣中鏡，怕見頭上雪。莫放弦上箭，怕射邊城月。邊城月闕還再圓，頭上髮白何由玄。君不見自古邊城有餘樂，夜月聯詩晝棋槊。至今月照鄜城頭，相國功名齊斗牛。

秋懷五首

寒暑有代謝，人事亦推移。蹉跎慨疇昔，俯仰念復兹。籬落委秋蔓，餘葩含夕姿。物化諒難窮，吾生知有涯。皎皎碧山侶，依依青桂枝。相逢恐遲暮，悵望起遐思。

秋夜何迢迢，迢迢一作摇摇。不能寐。起坐彈孤琴，寫此千古意。鳴鳳久寂寥，猗蘭亦顦顇。往聖既莫作，後賢孰當繼。獨憐商山翁，去去復遐逝。空谷亦何有，紫芝聊可餌。如何末路中，亦墮留侯計。羽翼儻不成，鴻鵠將垂翅。苟可利生民，寧辭暫紆轡。區區後世名，於翁胡足記。

羣動夜已息，秋聲適何從。仰視天宇高，微雲浩無蹤。明月在庭户，河漢上横從。既莫知所始，何由究其終。我獨弦我琴，微風入疏桐。寫作清商調，感激意無窮。

昨日苦炎暑，端居厭煩渴。手短河漢高，井深轆轤折。此夕秋已清，一洗塵世熱。紈扇委深笥，輕羅換疏葛。天運無停機，人生自悲悦。急景一以遷，流芳遂衰歇。洞庭生微波，明河湛初月。落葉辭故枝，驚鴻亦飄忽。爲謝同心友，胡爲久離別。

我有一尊酒，獨飲不成歡。豈無骨肉親，悠悠隔河山。亦有平生友，合并良獨難。古人千載上，世遠不能攀。何如與明月，徘徊松桂間。月既知愛我，流輝照衰顔。我亦知愛月，託心同歲寒。長願玉宇淨，河漢生微瀾。四海仰餘照，親友各平安。夜夜見明月，人人無苦艱。此月不可負，此尊不可乾。天地等逆旅，流年劇驚湍。古人雖云遠，其言若芝蘭。舉觴以和之，對月更盤桓。

分省早集懷錢員外蔡都事湯管勾

閒歲涉戎旅，終年廢丘壑。一爲塵網嬰，竟負煙霞約。今晨適公署，時暑秋已薄。山翠落檐楹，湖光映簾幕。同袍二三侶，分攜異今昨。畏途屬賢勞，端居念離索。蹉跎愧衰暮，僶俛參畫諾。臨事每參差，憂時空謇諤。覽此山水勝，寫我情慮惡。遲子早還歸，開尊共斟酌。

分署望鳳凰山

秋氣日以佳，微雲不成雨。青山天際來，與我爲賓主。飛龍及舞鳳，突兀在庭户。須臾霧靄收，草樹粲堪數。謇予麋鹿姿，詎意嬰圭組。蹙縮匪天真，驅馳漫塵土。偶坐屬無喧，晴容湛空宇。欲去復踟躕，此意誰當與。

發吴門 以下皆辛丑歲張士信出鎮淮安，敬初以左右司員外郎往參其軍事而作也。

少壯不解武，衰老却從軍。將相北出師，部伍各駿奔。伐鼓震城闕，樹羽隱秋旻。水師欻龍驤，鐵騎紛雲屯。軍容亦已肅，士氣悉欲伸。載詠《東山》什，感激爲逡巡。顧余麋鹿姿，辱參羆虎羣。頽然介胄間，見此逢掖臣。微禄不逮養，匪材胡足珍。驅馳寵辱途，俯仰愧君親。秋風吹海濤，落木滿江津。去去勿踟躕，浩歌天宇新。

大江

夏后道九川，江源起西極。想當疏鑿際，毫髮無遺力。奔流赴東海，吐納潮與汐。萬古天塹雄，洶湧限南北。時秋八月望，煙霧四開闢。皓月麗中天，華星列東壁。俯擊亂流檝，仰送摶風翮。眼空牛渚舟，氣傲南樓席。平生臨深戒，所至每兢惕。此夕獨疏狂，四顧無與敵。風伯引輕帆，百怪皆辟易。前瞻狼五山，亭亭倚秋碧。

通州

渡江潮始平，入港濤已落。泊舟狼山下，遠望通州郭。前行二舍餘，四野何漠漠。近郭三五家，慘澹帶藜藿。到州日亭午，餘暑秋更虐。市井復喧囂，民風雜南朔。地雖江海裔，俗有魚鹽樂。如何墟里間，生事復蕭索。原隰廢不治，城邑靳可託。良由兵興久，羽檄日交錯。水陸飛芻粟，舟車互聯絡。生者負戈矛，死者棄溝壑。雖有老弱存，不足躬錢鎛。我軍實王師，耕戰宜並作。惟仁能養民，惟善能去惡。上官非不明，下吏或罔覺。每觀理亂原，愧乏匡濟略。撫事一興慨，悲風動寥廓。

如皋縣

曉行過如皋，草露淒已白。井邑無人煙，原野有秋色。緇褐兩三人，牢落徒四壁。似訝官軍至，拱立衢路側。伊昔淮海陬，土俗勤稼穡。瀉滷盡桑麻，閭閻皆貨殖。及玆值兵燹，道路分荆棘。十室九逃亡，一顧三歎息。王師重拯亂，主將加隱惻。戒吏翦蒿萊，分曹理鹽筴。眷眷恤瘡痍，遲遲歷阡陌。上天合助順，九土期載闢。白首忝戎行，臨風增感激。

海安

淮海水爲利，轉運有常程。積渠如積金，守防如守城。近聞渠堤壞，水泱劇建瓴。我軍賴神速，戮力障頹傾。舊防幸已復，新備亦宜興。古人重舉衆，日費千金幷。尅敵務因一作給。糧，足邊資力耕。矧玆淮甸間，沃野富吴荆。草萊日加闢，餽饟歲彌增。勿使土遺利，坐令儲偫贏。東南力可紓，根本計非輕。欲弘中興業，斯事力當行。陋儒無長算，觸物有深情。冉冉趨畏塗，戚戚慎宵征。

爛泥洪

猛虎尚可搏，蛟龍亦易屠。惟有爛泥洪，蟲蝱天下無。蟲觜甚蠍螫，蝱聲殷雷如。壯士不敢觸。觸者無完膚。一齧使筋露，再齧令骨枯。牛馬齧盡死，矧茲甿者軀。造物仁萬類，稔此獨奚需。得非庶草蕃，變化劇蚍蜉。譬如蟣與蝨，所貴日爬梳。否則必滋蔓，蔓草苦難圖。我欲訴真宰，憤切擬包胥。上帝必震怒，下令致一作行。天誅。薜收將中軍，風伯爲前驅。一鼓清八極，斯醜諒安逋。爾蝱法必殲，爾洪理難瀦。聽甿秉耒耨，庶草悉誅鋤。要令衆蟎都，化爲秔稻區。作貢奉明祀，庶足報錙銖。

泰州

吴陵古名邦，利盡揚州域。舊城雖丘墟，新城如鐵石。昔爲魚鹽聚，今爲用武國。地經百戰餘，士恥一夫敵。征人還舊鄉，下馬問親戚。蹢躅慨蒿藜，徘徊認阡陌。桓桓霍將軍，出入光百辟。位重言益卑，功高志彌抑。誓欲報仇讎，不肯懷第宅。人羨過家榮，驚喜争太息。白日照旌旗，閭里有顏色。皓首《太玄經》，雖勤竟何益。

上樂

夕次泰州郭，朝行上樂里。密雨灑蒹葭，秋風落菰米。頗聞承平際，魚鹽賤如水。簫鼓樂叢祠，謳歌動成市。中原正格鬬，擊柝聞四鄙。官道日榛蕪，生人等螻蟻。依依煙際舟，兩兩舟中子。來往賣魚鰕，出入官軍裏。生長離亂間，不識紈與綺。失喜見王師，被服多華靡。買物不論錢，僕僕更拜起。何當罷戰伐，萬國收戎壘。山河歸帶礪，車書復大軌。有地盡蠶桑，無人不冠履。腐儒亦何需，歸山守松梓。擊壤盡餘年，此樂無窮已。

令丁鎮

水路轉下樂，遠赴令丁鎮。落日淡平蕪，荒村帶寒燐。平時富魚稻，税薄民不困。蓮芡亦時豐，足以禦饑饉。江湖歲或艱，老弱行蠢蠢。相攜就淮食，不得辭遠近。四野今盡荒，百畝無一墾。鞠爲鳧雁區，無復限封畛。師行輜重隨，士飽筋力奮。經費固有常，變通亦宜論。吾聞古賢將，羊陸開吴晉。食足邊備多，高標邈千仞。

述老嫗語

歲暮涉淮海，不辭行路難。從軍豈不樂，卽事每長歎。老嫗八十餘，日晡未朝餐。自云遭亂離，零落途路間。豈無子與孫，充軍皆不還。男戰陷賊壘，孫存隔河山。數月無消息，安能顧飢寒。語畢雙淚垂，使我心悲酸。上天未悔禍，豺虎方搆患。近聞山東變，世路復多端。悠悠顛沛人，何時卽平安。

聽歌水調有感

江流清復清，江草接江亭。何人歌《水調》，餘韻入青冥。歌者不知苦，聽者有餘情。坐令離别客，白髮鏡中生。

謝村

舟行謝村路，却訪義橋營。妖骨埋荒草，秋風洗復腥。青山不改色，紅樹遠含情。當日聞風鶴，俱疑是晉兵。

塘西

牽舟復摇櫓，日出還亭午。風遞五林秋，雲挾塘西雨。盈盈採蓮槳，坎坎迎神鼓。對此欲忘歸，停橈更容與。

鳳口

溪塢晚含風，山營夜依谷。栖鳥息復驚，歸雲斷還續。畫舸止宵征，連艫銜尾宿。戍鼓雜鳴笳，秋聲一何肅。

東塘

輕舟下溪口，却轉東塘路。雞犬近相聞，漁樵遠城戍。雖經喪亂後，漸有承平趣。處處白蘋花，家家紅槿樹。

吴江

城邑帶秋水，盈盈笠澤湄。西風一夜起，鴻雁盡南飛。晉日東曹掾，唐朝左拾遺。長揖謝軒冕，悠悠千載期。

楚州舊將歌

楚州舊將守楚城，身與羣兇殊死争。父母遭烹妻子戮，終天之恨何時平。近從王師却征楚，歸尋父母身死所。忍疼刺血漬白骨，髑髏無言淚如雨。烹父之卒今尚存，恐懼復讎前自陳。將軍謝卒汝勿畏，我志爲國非爲親。羣兇所重在其首，汝輩區區復何有。若令殲戮止渠魁，親骨有知當速朽。將軍將軍孝且忠，天地有盡悲無窮。吾聞古有王陵母，仗劍殺身成漢功。

織錦篇

絡緯秋啼金井根，佳人當窗織鳳麟。流雲拂拭春無痕，頃刻化作鴛鴦文。銀漢含風星斗摇，虚空迸出黄盤鵰。爲君裁作宫錦袍，奪得當年盧肇幖。妾家本住牽牛渚，與君誤結同心縷。人間怪多離别苦，夢落陽臺不成雨。腸斷無心爲君織，向君抛却支機石。何時頭戴蓮花巾，相伴雙成禮白雲。

送李景先録判

閶門柳枝短，君行不可綴。贈君不折楊柳枝，勸君飲此金屈卮。丈夫將身誓許國，安用當歌傷别爲。青絲絡控黄金勒，遊宦鄱陽山水國。何處春風最憶君，琵琶洲上蘼蕪碧。

送姪讓還吴

西風蕭蕭鴻雁鳴，行子悠悠隨旆旌。百年衣食仰奔走，四海甲兵紛戰争。猥將筆札事卿相，叨備戎行陪俊英。軍中草檄吾何有，馬上操觚汝所能。人稱阿買八分好，我愛永興戈法精。吾女咿嚘學言語，汝兒讀書知姓名。中年竊禄正爲此，使有石田歸力耕。汝今還家我羈旅，各勸加餐調寢興。陞堂再拜謁從母，兒妹踉蹌欣走迎。扁舟石湖上先隴，霜露既降草木零。丁寧爲我戒樵牧，慎勿剪傷松柏青。我欲還山結茅屋，五岳逍遥期向平。乞身時宰若未許，南望白雲勞我情。

謝從義參軍自京師還言中書危參政見問且訝無書因述詩寄謝

參軍過我夷白庵，爲言廊廟高巖巖。故人誰爲國柱石，臨川先生危大參。猥蒙問及且見訝，十載尺書無一緘。憶昔相從客燕趙，削去崖岸無猜嫌。辱陪五更佐三老，勸講六經陳二南。御史不容丞相忌，司隸側目宫臣讒。脱身黨籍走吴楚，託跡丘園求孔耼。孰令展禽三見黜，自分嵇康七不堪。平生不解帶刀劍，晚歲强使閒韜鈐。髀銷怕騎將軍馬，面皺羞著從事衫。折衝師旅非夙習，奔走戎行真可慚。危言重畏速官謗，微禄不逮供親甘。慰情屢抱犂絲女，與國未辦添丁男。胡爲長年在道路，席不暇煖突不黔。幾回乞身向藩省，未許曝背歸茅檐。終當投覈謝僚友，徑去結屋依山嵐。鄙夫出處蓋如此，爲報先生聊口占。先生事業則異是，論道經邦民具瞻。早令四海偃兵甲，盡遣百姓趨農蠶。時和歲豐我所願，功成身退公當諳。他年若訪赤松子，一笑相逢掀紫髯。

孟冬觀淮水

孟冬日日東風狂，長淮水與風争強。層濤如山勢欲立，怒潮逆上相頡頏。大舟亂流流轉急，人馬蟻集駭欲僵。篙師捩柂誇好手，迎風簸浪抑且揚。小舟徑渡矜勇捷，翩如一葉凌空翔。須臾掀舞浪花裏，回瀾百折争低昂。我聞夏后分四瀆，百川受職皆循良。邇來洪河恣陸梁，清濁混殽隳舊防。昨者王師搤淮口，坐制鯨鯢如犬羊。天吴罔象不敢動，河失故道誰之殃。漢武當年塞瓠子，勞民兆亂紛搶攘。中原父子化魚鼈，至今千里無耕桑。我欲愬帝勅河伯，使復故道安天常。清者自清濁自濁，勿冒約束干明章。不然帝怒速致討，河伯戮死吁誰傷。

烏夜啼引 并序。

閩人王皖爲淮東元帥府奏差，被誣繫獄。部使者使泰州尹趙子威讞之，平反其冤。

烏夜啼，在庭樹，烏啼啞啞天欲曙。阿兒被誣身繫獄，盡室煩冤受荼毒。烏啼何爲繞吾屋？下堂唤婦起聽烏，忽喜淮南兒有書。書中報道兒罪脱，此樂欣欣天下無。兒歸拜母爲母説，泰州使君當世傑。執法霜臺舊司臬，明如青天皎如月。冤獄平反解縲絏，已死得生誣得雪。海可枯，山可裂，使君之德不可滅。烏啼愛我庭樹枝，我愛使君君不知。使君歸朝奉天子，日日聽烏爲君喜。

次韻答〔高〕元善

跡忝芙蓉幕，心依虎豹關。老驚詩鬢短，貧覺酒尊慳。特達高書記，清新庚子山。多情憑塞雁，時寄一書還。

癸卯二月十二日常熟阻雨寄吴門分省同官

一棹琴川路，頻年此往還。海風寒挾雨，戍火夜連山。澤國龍分節，邊城虎據關。故人南省幕，退食珮珊珊。

十六日開船值北風大作復泊北門

風急江難渡，天寒雪更飄。濟川雖有楫，跨海恨無橋。使節辭吴近，官軍去楚遥。北門仍繫纜，山雨夜蕭蕭。

三塔寺訪寬老

人世難行路，禪房獨掩扉。鶴飛知客至，雨歇見龍歸。天地干戈滿，江湖故舊稀。愧非韓刺史，臨别更留衣。

送姪讓從軍武安

送爾徐州去，秋風幾日程。水通彭子國，山擁楚王城。虎帳氍毹煖，犀船五兩輕。從軍古云樂，今我不勝情。

秋日雜興五首

彈鋏歸來歎薄游，西風吹老黑貂裘。裁詩見慰慚錢起，掃榻相延愧隱侯。擬學楚人歸種橘，虛勞蜀客望牽牛。五湖煙景依然在，還許扁舟伴白鷗。

關山搖落雁飛遲，江漢飄零有所思。倦客自憐蘇季子，故人誰問介之推。露催絡緯窗間織，風緝蠨蛸户外絲。獨荷慈親念游子，倚門日日數歸期。

江頭久客日思家，坐覺微霜上鬢華。節序又催秋後燕，風光争發雨前花。倦游已夢莊生蝶，不飲何憂廣客蛇。怪底朝來衣袖薄，一川白露下蒹葭。

一夕西風木葉飛，畫梁落月淡餘輝。銀燈夜照還家夢，金剪秋裁寄遠衣。霜信早隨新雁至，素書深訝故人稀。無因爲謝東曹掾，鱸熟蓴香莫便歸。

明河如練月娟娟，坐對清光只自憐。夜久不知沾白露，夢回猶記到鈞天。汝南遺老推黄憲，海内諸公憶鄭虔。萬里歸來無寸補，論交慚愧到忘年。

寄沈仲説二首

欲採芙蓉寄所思，秋江風露正離離。每因見月懷玄度，可但看詩説項斯。溪上燕辭華屋早，槎頭魚上碧波遲。太平無事差科了，歸共原泉理釣絲。

野人籬落並江濆，竹裏流泉竹外雲。好學橐駝惟種樹，莫誇司馬最能文。小橋斜接漁樵路，落日争呼雁鶩羣。獨憶詠歸亭上客，久留城府思紛紛。

次韻錢伯行白芙蓉

帝子西遊太液池，一杯秋露爲君持。空令越女羞容貌，不與唐昌共本支。婭姹最憐無語處，風流全在半開時。自移長信宫中去，學得班娘淡畫眉。

婁江即事簡郭義仲瞿惠夫秦文仲陸良貴兼寄顧草堂

婁江江上樓居好，滄海海頭城邑新。蠻郎打鼓争起柂，鮫客捧珠來售人。風燈照人不數點，霜月湧波才一輪。人生會合豈易得，看劍引杯寧厭頻。

次韻懷彦成

沙棠爲檝木蘭橈，别後令人瘦沉腰。采葴暫歸靈越去，栽桃重赴武陵邀。醉乘蓮葉春波闊，夢落簷花夜雨飄。猶記共游鳴玉洞，滿山明月共吹簫。

寄玉山　一作《寓笠澤有懷因風奉寄》。

我愛玉山佳樹林，草堂終歲有餘陰。巢安翡翠春雲煖，窗護芭蕉夜雨深。寶篆焚香留睡鴨，綵箋行墨寫來禽。萬竿修竹休教洗，日日平安報好音。

次韻鄭有道喜王季野府判南歸二首

故人日下拜官歸，河水南來似帶圍。策馬遠游天府勝，食魚偏愛錦江肥。蠶叢故國山猶在，望帝荒祠鳥自飛。萬里欲將慈母綫，芙蓉城裏製春衣。

海榴花放客南歸，喬木參雲總十圍。緑蟻奉親浮臘味，黄羊充饌割秋肥。恩承閩國榮三釜，心切灤都望六飛。錦里他年須報政，中天風露溼朝衣。

婁江雜詩

百雉堅城鎮海頭，霜風中夜肅貔貅。乾坤浩蕩鯨波息，井邑蒼茫蜃氣浮。民瘼東來皆可念，妖氛西望未全收。將軍莫負黄金印，一鼓歸封萬户侯。

與文學古秦文仲遊至正觀

西郭維舟水滿津，從容鄭圃得尋真。蓬萊路隔人間世，桃李花開劫後春。風雨或聞鮫杼響，弦歌曾與草堂鄰。交游不忝羊求輩，歲晚相期跡未塵。

春日邵氏園池

寂寞園林帶夕暉，昔年曾此戀芳菲。柳塘水煖鴛鴦浴，花徑風酣蛺蝶飛。蔓草拂衣人不剪，畫梁無主燕空歸。洛陽池館關興廢，我欲春山賦《采薇》。

十一月晦與同幕諸公登南高峰因過湖上小集二首

共上南屏第一層，海風吹鬢雪髼鬙。山盤地脈來天目，城抱江流似蔣陵。近郭晝行多畏虎，並湖寒盡未收冰。倚闌閒説承平事，知是昆明劫外僧。

落日湖頭艤畫船，買魚沽酒不論錢。共過天下登臨地，却憶官家全盛年。緑水映霞紅勝錦，遠山凝黛澹如煙。相攜此夕干戈際，一聽笙歌一慨然。

次韻孟天暐郎中看湖四首

千古英雄恨未銷，海風吹上浙江潮。怒驅貔虎誰能敵？雄壓鯤鯢不敢驕。踏浪掀旗空遠迓，臨流捐袂若爲招。扁舟浩蕩身先退，輪與陶漁共采樵。

雪湧潮頭萬疊多，秋風爨屭吼靈鼉。直疑碧海金鼇擲，復恐陰山鐵騎過。勾踐功名今寂寞，麻姑消息近如何？憑君更闡神明力，翻却蓬萊弱水波。

千古東南詫海潮，摩挲強弩未全銷。氣乘日月分盈縮，聲振山河欲動摇。擊楫中流歌慷慨，倚闌斜日鬢飄蕭。錢塘官酒秋仍緑，更與靈胥酹一瓢。

風起城南思慘悽，獨攜長劍倚長堤。未談秋水驚河伯，先跨濤江掣海鯢。力障狂瀾扶砥柱，手揮妖祲豁坤倪。東流不盡憑闌意，長笑歸來日已西。

淮陰雜興四首

千里相逢淮海濱，一枝誰寄嶺梅春？老來易感山陽笛，年少休輕胯下人。失侣雁如秦逐客，畏寒花似楚遺民。每過百戰瘡痍地，立馬西風爲損神。

落木蕭蕭雁度河，西風嫋嫋水增波。甘羅營裏秋聲急，韓信城頭月色多。淮市有魚聊可食，楚山無桂不須歌。古今無限關心事，付與當年春夢婆。

江左妖氛掃未清，山東豺虎又縱横。欲令斥堠收烽火，須挽天河洗甲兵。老馬獨嘶時北望，賓鴻相唤盡南征。腐儒愧乏匡時術，搔首風前百感生。

兵火燒殘百草根，人煙無復萬家村。黄金莫鑄忠臣骨，白馬空招帝子魂。易水有情人已逝，睢陽無援事難論。何當親斬樓蘭首，仗節歸朝報至尊。

寄陳庶子參軍兼簡饒介之郎中

楚天漠漠水迢迢，千里懷人不自聊。帷幄喜聞延曲逆，行間竊忝事嫖姚。江空不采芙蓉寄，歲暮唯歌桂樹招。華蓋仙翁如見問，爲言髀肉近都銷。

自淮安使江南舟次通州寄同幕諸公

頻年共入嫖姚幕，此日先乘使者舟。海色曉迎龍虎節，天光寒動鷫鸘裘。山川咫尺分吴楚，河漢尋常近斗牛。南鎮堰頭官柳樹，春風相約繫驊騮。

福山港口待潮

吴山如畫楚江平，消得孤帆半日程。潮落沙頭纔一尺，舟停江口復三更。時清不識風波險，世亂方知性命輕。坐擁貂裘待明發，臨風空愧魯連生。

癸卯二月十一日官軍發吴門

去年移戍秋將半，今歲渡江春正分。晉國偏裨歸宿將，漢庭旗鼓屬元勳。戈船十萬盡犀弩，鐵騎三千皆虎賁。却笑高陽老狂客，謾憑口舌下齊軍。

二十日福山港寄省院張思廉陳惟允諸友

漢將西征肅羽儀，簡書日日有程期。東溟潮上犀船發，南斗星横虎節移。青入楚封山點點，白添吴鏡雪絲絲。美人宴罷芙蓉署，一色銀花翠壓枝。

舟中看虞山有感

一望虞山一悵然，楚公曾此將樓船。間關百戰捐軀地，慷慨孤忠駡寇年。填海欲銜精衛石，驅狼願假祖龍鞭。至今父老猶垂淚，花落春城泣杜鵑。錢牧齋云：此詩爲張士德被擒而作，余别有記甚詳，孤忠駡寇，亦指斥之詞也。

二十二日狼山口觀兵

官軍野次狼山口，鐵騎犀船盡虎貔。杼軸萬家供餽餉，旌旗千里亙江湖。膝行已伏諸侯將，面縛行中兩觀誅。淮海父兄争鼓舞，將軍恐是漢金吾。

遊狼山寺三首

天風吹上狼山頂，看見扶桑日出初。淮海北來吞兩楚，江湖南去控三吴。珠宫貝闕馮夷宅，古木蒼藤帝釋居。爲訪祖龍鞭石處，㨂窠履迹定何如？

鯨波渺渺四無涯，閶闔天低手可排。一塔倚空凌浩刼，兩潮争港撼層崖。半晴半雨龍歸海，銜煖銜寒雁度淮。安得乞身依佛日，遍尋靈迹訪齊諧。

五峰相顧若枝撐，力障狂瀾與海争。下界人居龍伯國，上方僧住梵王城。佛庖香訝山無蕨，公膳腥嫌市有鯉。王事怱怱騎馬去，落花啼鳥總關情。

二十六日自通州赴淮安

海虞城外經旬泊，狼五山前信宿留。六計西來思撓楚，三軍左袒願一作欲。安劉。龍光夜吐雌雄劍，魚尾朝銜甲乙舟。今日南風催挂席，浪花飛雪打船頭。

二十九日至淮安城南十五里述懷

欲向江湖覓釣磯，此心長與事相違。添丁未辨盧仝計，算老空知伯玉非。淮甸草肥宛地馬，楚州人著漢官衣。將軍奏罷平西捷，還許山翁倒載歸。

三月十五日由淮安使江南别同官

三月淮南柳色深，相看去住兩關心。鶯因求友聲逾切，雁爲離羣思不禁。芳草將春青楚甸，〔暮〕雲含雨碧吴岑。遂初爾有平生賦，何事驅馳雪滿簪。

分省諸公邀西湖宴集

湖上相逢宴屢開，紫薇花下約同來。水光釀緑凝歌袖，山色分青入酒杯。蛺蝶影隨羅扇動，琵琶聲逐畫船回。獨憐英骨埋芳草，南拱枝頭蜀鳥哀。

送謝參軍十八韻

帷幄掄材日，君侯許國年。三吴修職貢，六合倚蕃宣。絳灌功難並，龔黄政獨賢。金湯新設險，琴瑟重張弦。借寇心雖切，安劉策最全。肯甘周顗泣，勇著祖生鞭。殺氣連區夏，妖氛亙海壖。丹心期捧日，赤手欲擎天。緑愛蘇堤柳，紅依庾幕蓮。此行真特達，臨别更留連。夜蹔西湖席，春回震澤船。輕風吹解纜，落日慘離筵。浩蕩十年客，衰遲百慮牽。眼青慚阮籍，頭白事孫堅。迹忝樞機近，恩沾雨露偏。委身同草莽，報主乏埃涓。知己青雲上，忘形太古前。願君容一壑，隨分老林泉。

次韻垂虹橋泊舟倡和

何年伐石駕危橋，鯨浪翻江白雨飄。勢控三吴虹倒影，氣吞七澤水通潮。重淵有怪犀難照，蔓草無名火不燒。伯國黄金聞鑄像，王門白玉想爲標。功成海上身先退，膾熟江東興可邀。歲月幾何流水逝，山川如舊古人遥。鴻飛矰繳何由篡，鶴去樊籠不可招。浩蕩扁舟歸鑑曲，寂寥方丈似中條。越人尚以雞爲卜，楚俗相傳鵩類鴞。自把文章論倚伏，敢將交態較淳澆。五湖煙景隨時異，萬里風萍觸處漂。却憶春暉樓上去，爲君裁取玉爲簫。

題柯學士畫竹

羣玉仙人佩水蒼，金莖分露服琳琅。曾將天上昭華琯，吹作飛龍奉玉皇。

題倪元鎮畫

西池亭館帶芙蓉，雲水蒼茫一萬重。此日畫圖看不足，滿簾秋雨夢吴淞。

次韻劉德方經歷

白露池塘點翠荷，越羅衣袖覺秋多。梨園弟子今華髮，唱得開元供奉歌。

次韻送彦成玉山

著屐溪頭日日過，驪駒歌斷奈君何。虎丘山下東流水，爭似春愁一半多。

戲和玉山韻

西子湖邊蘇小宅，錦官城裏薛濤家。來時荳蔻初含蘂，別後菖蒲又著花。

涿州　以下外集。

仲冬過漁陽，風日正淒厲。嗟此豪俠窟，自古稱壯麗。煌煌神堯業，起自艱難際。奈何至中葉，四海皆鼎沸。良由開元主，養虎以自噬。惜哉曲江公，忠言諒何濟。居人一何幸，屬此承平世。耕牧畿甸門，聖澤湛汪濊。連山接神皋，旭日生爽氣。獨憐去國人，南征從此逝。

阜城

憶昔日下歸，已甘棲遯迹。胡爲負初志，三歲四行役。我馬不及秣，我僕不遑息。荏苒歲月暮，展轉憂患逼。朝行過阜城，原野霜露白。一身如鴻毛，苦厭天地窄。

淩州

曉出淩州南，晝行泥淖中。一步一踟躕，四顧心忡忡。牽車者誰子？自言業爲農。頻歲值大水，田廬爲之空。家有白髮親，日食憂不充。辛苦事商旅，庶以供飧饔。維人生兩間，所貴親愛鍾。貧賤苟知養，奚必禄位豐。丈夫畏天命，敢不哀人窮。生世苦不偶，何由恤瘝痌。

舊縣

披衣聽雞鳴，膏車待明發。蕭條古東阿，遺堞帶殘月。紆餘入空谷，躑躅尋舊轍。前瞻闃無人，四顧皆積雪。悲風泱漭至，僕夫慘不悦。驅馳二十里，晴旭生木末。稍欣山色佳，緩轡行復輟。我生一何愚，奔走恆挈挈。賦命與仇謀，艱險難備説。蹉跎三十餘，益歎身世拙。豈無浮海志，實恐甘旨闕。緬懷古聖賢，感激腸内熱。

施家莊

陸行已兼旬，歲暮誠勞苦。積雪兼層冰，跬步憂齟齬。暝投施家莊，居民喜相語。累日陰冱消，舟行了無阻。勇辭所乘車，側耳聽柔櫓。櫂歌雜吴謳，頗復慰羈旅。人言前年夏，洪河走平楚。漕渠當其衝，漫漶不可禦。民廬悉漂沈，桑田眇何許。所以亡命徒，潛蹤匿蘆渚。乘間作盜賊，往往遭殺虜。我方爲飢驅，願言適樂土。中原不稼穡，去去復何所。

徐州

一昨始入舟，遥望徐州郭。水行已信宿，甫至城下泊。洪濤蹴長空，驚風怒相薄。乾坤無端倪，雲水互參錯。初疑鯨鯢鬭，復恐蛟鼉躍。篙師爲蒼黄，客子俱駭愕。傷哉楚君臣，伯圖已寂寞。空餘蘇公樓，突兀倚寥廓。徐人昔恃公，安若山與岳。文章與元氣，萬古相磅礴。大河失故道，崩奔勢逾虐。生人化魚鼈，中州廢耕鑿。安得不世才，爲君拯民瘼。九原何茫茫，可愛不可作。

龍橋婦

婉孌龍橋婦，空閨何惻惻。夫壻弱冠餘，南征死鋒鏑。但見鄰人歸，不知夫蹤跡。委身奉舅姑，誓志如金石。朝采陌上桑，暮向窗間織。織成錦回文，無處寄消息。織成雙鴛鴦，無復合歡夕。何如織縑素，裁翦信刀尺。爲舅作衣裳，爲姑爲飲食。

夏夜懷李尚志

蟋蟀已在壁，煩暑猶未歇。離居感時序，憂端難斷絶。綠樹含微風，明河湛初月。念子行未歸，徘徊至明發。

七月望日值雨宿窨中

西游復入河東路，複巘重岡愁屢度。崎嶇五里不到河，忽雷椎山雨如注。須臾百水争怒流，澒洞忽若龍騰湫。熊羆遁藏虎豹伏，魍魅亂叫狐狸愁。我馬在前我僕後，我行一步一回首。陰風吹人股爲慄，破帽籠頭衣露肘。疾呼東來皓首翁，問勞慰我心忡忡。相延入谷已暝黑，下馬共栖營窟中。不知今夕復何夕，俯仰人間長太息。勞生何必爲形役，歸有衡門且容膝。

潼關

河渾渾，關崿崿，太古已來神禹鑿。前車未行後車却，去馬一鳴來馬愕。自從虎視繼龍興，周道不復如砥平。至今惟有秦川路，千里秋風落葉聲。

題畫

連山高高上無極，仰視青天不盈尺。俯覽可以窮九域。我疑山靈應上訴，帝遣夸娥運神力。又疑蓬萊脱左股，萬里飛來倚空碧。乾坤一色雲冥冥，急霰始集雪又零。依依度橋者誰子，隱隱操舟如送迎。萬壑千巖深且窈，兩兩相將事幽討。若非淮南訪八公，定是匡廬尋五老。意匠經營妙入神，披圖爛熳皆天真。人間何處有此境，我欲從之一問津。

函關二首

水宿煩津吏，山行信館人。度關車躑躅，入谷馬逡巡。石戴泥中轍，風驚塞外塵。憂時非肉食，華髮爲誰新。

萬里西游客，歸期趁早鴻。澗泉明曉練，山果落秋紅。鳥度煙嵐外，人行泥淖中。前途逢驛使，立馬問關東。

江

澤國長雲雨，春山半有無。江源起巴蜀，地勢控荆吴。客舍依鮫館，蠻商雜賈胡。明時方利涉，吾道未乘桴。

久雨

久雨妨農事，那堪夜復晨。雲浮滄海日，花誤洞庭春。行路悲游子，匡時仰大臣。未甘栖遯跡，霄漢有通津。

徐州

日上彭城獨倚樓，關河迢遞水空流。不因躍馬江東去，安得歌風沛上游。草帶虞姬亡日淚，山餘亞父病時愁。如何舞罷鴻門劍，不向咸陽一少留。

江上客舍

曉來江上雨濛濛，煙火蕭條客舍中。風急最憐巢幕燕，春寒猶滯寄書鴻。紛紛洲渚魚鹽聚，歷歷東南貢賦通。萬里乾坤一羈旅，濁醪今夕與誰同

江月樓

中天樓閣鬱嵯峨，良夜其如水月何。雪浪遠從三峽至，露華偏傍九霄多。道人宴坐修禪觀，游子登臨聽棹歌。曾是水晶宫裏客，倚闌來此重婆娑。

轘轅

遠遊重到洛陽城，又向登封道上行。路入轘轅秋更險，雲收太室雨初晴。千重灌木漫山碧，百道飛泉繞澗鳴。欲訪巢由渺何許，空餘潁水照人清。

吕梁

扁舟又向吕梁歸，浩蕩中流看翠微。濁浪滿河冰亂走，黄雲垂地雪交飛。奉身誤叱王遵馭，涉世頻沾阮籍衣。日暮不須吹短笛，沙鷗猶恐未忘機。

淮陰侯廟

慷慨論兵笑沐猴，盡將生死付酇侯。手提漢鼎歸真主，眼見黄旗出僞游。此日王孫歸故國，何年漂母葬荒丘。英雄自古多遺恨，腸斷秋風楚水流。

次韻答秦文仲郭羲仲聯句見寄

客路尋常江海上，春光强半雨聲中。習池無酒醉山簡，蓮社有心期遠公。香燼旋温婆律火，茶煙輕颺石楠風。不因二仲聯詩至，安得從容一笑同。

江亭

江水出峨岷，江亭俯要津。諸侯皆職貢，百粵漫風塵。恩詔傳中使，遐方倚外臣。出師勞上將，入幕富嘉賓。聞道元戎死，頻傷義士神。三軍宜雪恥，百戰莫憂身。巫峽長多雨，瀟湘已暮春。鼎魚何足制，奏凱勿逡巡。

題水殿納涼圖

白苧衣裳懶自裁，手摇羅扇此徘徊。水晶宫殿涼風少，欲勸君王築露臺。

倦繡圖

宫門深鎖晝偏長，懶把春雲繡作裳。恨不將身化胡蝶，長隨飛絮近君王。

蓼花雪姑圖

紅蓼花開水滿洲，西風吹夢總成秋。銜泥不及三春燕，兩兩巢君翡翠樓。

寄蕭尊師　以下《玉山雅集》、《名勝》諸本録入。

我昔山中尋紫芝，道遇真人行若飛。自言鍊骨有仙術，曾事神農爲雨師。自從别後三千歲，不住塵寰卽方外。我昨題詩遺羨門，爲問真人定安在。答云往日隱東蒙，上下風雨騎蒼龍。只今賣藥居靈越，來往三吴弄明月。天上非無十二樓，人間乃復愛滄洲。時時跨鶴乘雲氣，歷覽無窮跨九州。勞生苦爲塵緣縛，安得從之超廣漠。手折三株海上花，去隨鸞鳳巢阿閣。

寄姚子章

聞君又作錢塘客，多在青樓少泉石。佳人姓蘇名小小，占斷西湖好春色。沙棠爲舟桂爲檝，驚起鴛鴦飛兩兩。有時醉倒百花間，不記六橋新月上。行樂須當少壯時，英雄自古皆堪悲。歸來莫負張京兆，鸚鵡窗間唤畫眉。

偶成二首 一作《近體二首寄玉山并簡彦成》。

武陵溪水碧灣灣，窈窕幽期不可攀。戴勝桑間飛自得，王雎洲上語相關。歌成桃葉臨流和，采得蘋花帶月還。見説荔支槳已熟，不分涓滴到人間。

南州五月尚兼衣，白苧窗間未脱機。青李來禽書不至，荔支盧橘賦多違。水晶簾箔團晴晝，艾納罏熏逗夕霏。爲問上都城裏客，菖蒲一作昌陽。花發幾時歸。

賦楊花

巷南巷北晝冥冥，摇蕩春風未肯停。薄命不禁巫峽雨，前身曾化楚江萍。已於謝女詩中見，更向劉郎曲裏聽。腸斷不堪回首處，並人飛過短長亭。

次錢伯行韻

五月東林水竹涼，新荷葉小柳絲長。且臨大令鶩羣帖，不戀〔尚書雞〕舌香。楚客謾誇千樹橘，杜陵共愛百花莊。滿天風露枇杷熟，歸奉慈親取次嘗。

次沈仲説韻

楝樹飛花雪打篷，居人行樂四時同。波涵大澤平如掌，雲割西山半入空。金刹遠瞻樓閣壯，畫船争載綺羅紅。如何越女承恩後，不逐吴王住甬東。

織錦圖

佳人織錦深閨裏，恨入東風淚痕紫。三年辛苦織同文，化作鴛鴦戲秋水。秋水悠悠人未歸，鴛鴦兩兩弄晴暉。料應花發長安夜，不見閨中腸斷時。

次韻趙君季文贈杜寬吹觱篥吟

寒竹初裁蘆葉秋，夜吹百花洲上樓。千金縱有狐白裘，難買杜寬一藝優。妙知音律能周鏤，薛家小童安敢侔。江空月白爛不收，冥搜罔象悲陽侯。哀泉嗚咽秦隴頭，何年變曲爲《涼州》。神工太古開黄牛，驚浪出峽風颼飀。落葉秋隨渭水流，渭水有盡情無休。緜緜又若繭緒抽，要眇寧以智力求。須臾水激龍騰湫，熊羆夜咆魑魅愁。勸君不用皓齒謳，側耳聽此消百憂。寬也胡爲淹此留，自合天上參鳴球。飄然我欲歸帝丘，仙人張樂煙霧浮。蒼龍爲車挾翠虬，千秋萬歲遲子同遨遊。

寄友人

扁舟三月到江城，匹馬先尋北郭生。雨過小樓春寂寂，鳥啼修竹曉嚶嚶。家無黄耳傳鄉信，門有蒼頭記客名。見説終南真可隱，賸判秋色爲君清。

題葛仙翁移家圖

是處青山可鍊丹，問君拔宅向何山。縱令兒女恩情重，雞犬何心不肯還。

再題葛仙翁移家圖

列仙之人，其道無爲。超然物表，游於希夷。厚禄不足致，好爵不足縻。所以許由辭堯不受禪，巢父聞之猶爲洗耳河之湄。奈何葛仙翁，與世猶支離。求爲句漏令，所欲何卑微。觀翁此行亦良苦，妻子辛勤童婢飢。翁知學仙不學吏，委以民社將安施。仙家雖云足官府，奈此人間小黠并大癡。君不見陶潛棄官歸故里，又不見馬援謗興由薏苡。縱得丹砂亦不多，誰信翁心澹如水。雲門山，有靈藥。歸去來，山中樂。牛羊任所之，雞犬從人縛。急將印綬送還官，變却姓名稱抱朴。

題杏花鬭鵲

爾鵲莫逐朝飛雉，雙雌争雄俱鬭死。爾鵲莫逐營巢燕，吴宫失火難相見。飲啄不離碧山阿，棲止還依嘉樹柯。王孫縱有黃金彈，紅杏花間奈爾何。

君住耶溪南

君住耶溪南，我住耶溪北。咫尺不知名，采蓮始相識。君愛蓮有花，我愛蓮有實。花實本同根，君心勿相失。

送君當遠涉

送君當遠涉，蘭舟桂爲檝。君去不思家，妾夢長相接。采蓮將遺君，采花不采葉。妾貌不如花，君心不如妾。

貞女慎行露

貞女慎行露，君子戒履霜。歲暮懷百憂，離居增慨慷。方舟豈無楫，河水亦可杭。臨流不能度，佇立以徬徨。

題徽廟馬麟梅

内家春色少人知，玉蘂冰蕤看轉宜。説與宫中小兒女，畫樓瓊琯莫輕吹。

題管夫人竹

綺窗春影緑婆娑，夢作輕雲覆碧波。日暮是誰調錦瑟，一江煙雨泣湘娥。

文殊寺高閣

何年蘭若倚崔嵬，觀閣連天罨畫開。澤國魚龍霜後静，關河鴻雁日邊回。闌干迴遡虚空上，歲月深從浩劫來。自信平生愛登覽，夕陽高處重徘徊。

次韻袁仲長竹堂感興

一曲桃源憶故人，白頭詞客最傷春。南柯已寤平生夢，東海曾揚幾劫塵。綺樹鶯花從自好，畫堂絲竹爲誰陳？不須聞此空惆悵，且看瑶姬舞繡茵。

次韻錢伯行飛雲樓小集懷王季野

爲惜春光一半過，如澠美酒泛金波。共知此會情偏重，獨恨平生飲不多。鼓瑟欲終仍緩節，投壺纔罷即高歌。却憐燕子樓中客，蘇小橋邊奈樂何。

寄葛子熙楊季民 并序。

去年客京師，與江西葛子熙、楊季民飲於濟南張署令家。以櫻桃薦酒，時季民將赴灤陽，屬予賦詩，而子熙爲之書。予還江南一載，而二子尚留京師，張君亦未離太常。感時撫事，悵然興懷，因賦長句一首奉寄。

去年京國櫻桃熟，公子親沾薦廟餘。色映金盤分處近，恩兼冰酪賜來初。酒酣惜與楊生别，詩罷叨從葛老書。今日江南春雨歇，亂啼黄鳥正愁予。

簡鄭山人

國士文章海内傳，丘園風雨故依然。空聞太守延徐穉，猶喜諸生禮鄭玄。官樹鶯啼初繫馬，講堂雀下或銜鱣。廣文方築招賢館，肯使先生老一氈。

送庸田司寶惟善經歷

籍甚中朝彦，翩然萬里情。禮從蓮幕重，詩到水曹清。未雪辭吴會，先春入薊城。殷勤黄閣老，能不問蒼生。

次韻叔方寄沈仲説

公子新成江上宅，更依西渚結幽亭。時清墟里還無警，月黑柴扉不用扃。流水暗和琴瑟響，好山濃入畫圖青。故人《白雪》歌難和，孺子《滄浪》曲自聽。每厭狂夫談《酒譜》，還從處士授《茶經》。庭前臢折忘憂草，不負君家玉膽瓶。

八月十三夜汎姚城江二首

畫船撾鼓唱回波，皓齒青蛾不用歌。好月愛看輪未滿，清秋莫問夜如何？明將織女機絲動，寒恐姮娥白髮多。天上清光應更足，羽衣安得共婆娑。

何年江水出姚城，轉覺東南地勢傾。彩月夜當河漢動。客星秋入斗牛明。一波不起魚龍静，百穀初登海宇清。生喜太平身少壯，浩歌擊楫豈無情。

次韻錢伯行中秋玩月

桂影婆娑白兔閒，九霄風露滿江山。斗牛直上天懸近，河漢西流夜莫攀。織女機絲清淺際，姮娥宫殿有無間。坐看博望乘槎處，安得相從萬里還。

聽寧上人彈琴

忽忽歲將晏，鬱鬱不自聊。況兹霜露集，驚飈振寒條。之子從何來，攜琴□衡茅。爲我理素曲，五音紛以調。莊聽斂手衽，幽憂爲之消。鸞鳳戲雲中，餘音相與飄。别鶴驚宵露，衆葩悦春朝。婉麗不可極，忽復變蕭寥。清風散六合，白日耀層霄。流水一何深，泰山一何高。聘魯慨觀樂，適齊感聞《韶》。疇知今日樂，俯仰千載遥。寤言欲報之，愧乏英瓊瑶。

次韻錢伯行江上春暮

太湖之水近當門，荇葉芹芽煖正繁。不問主人還看竹，每逢鄰叟爲開尊。燕歸王謝江邊宅，犬吠朱陳柳外村。步屧春風歸去晚，野童篝火候籬根。

僕嘗夜夢從彦成飲彦成曰此荔枝漿也飲之令人壽子能爲我賦之當贈三百壺予自口占一詩覺乃夢也及會玉山聞彦成釀酒果名荔枝漿以夢白之不覺大笑玉山曰君當書此詩吾當與子致酒以質所夢因莞爾書之彦成見之必更一笑也

涼州莫謾誇葡萄，中山枉詫松爲醪。仙人自釀真一酒，洞庭春色嗟徒勞。瓊漿滴盡生荔支，玉露瀉入黄金卮。一杯入口壽千歲，安用火棗并交梨。不願青州見從事，不願步兵爲校尉。但令喚鶴共呼鸞，日日從君花下醉。

鴻雁篇

鴻雁雙雙度雁門，相呼相唤不離羣。晝銜蘆葦防矰繳，夜宿關河同夢魂。稻粱既足江南闊，秋水增波葉微脱。洞庭湖畔卧雲沙，彭蠡磯頭弄煙月。一朝無事忽相違，一向東飛一向西。西飛眇眇秦山曲，東去悠悠滄海湄。秦山滄海遥相望，顧影徘徊各惆悵。山有猩鼯與網羅，水有蛟鼉與風浪。回頭却恨不同栖，辛苦皆因獨自飛。不問天南與天北，何時相見得同歸。

題玉山草堂

隱居家住玉山阿，新製茅堂接薜蘿。翡翠飛來春雨歇，麝香眠處落花多。《竹枝》已聽巴人調，桂樹仍聞楚客歌。明日扁舟入青浦。一作「州府」。不堪離思隔滄波。

緑波亭

眼明忽見此亭新，公子詩成思入神。坐愛碧波千頃緑，夢回芳草一池春。每傾鸚鵡留佳客，欲采芙蓉寄遠人。燕子不來秋已暮，倚闌無語獨逡巡。

柳塘春

扁舟二月傍溪行，愛此林塘照眼明。芳草日長飛燕燕，緑陰人静語鶯鶯。臨風忽聽歌《金縷》，隔水時聞度玉笙。更待清明寒食後，買魚沽酒答春晴。

漁莊

何處林塘好卜鄰，清江繞屋淨無塵。定巢新燕渾如客，汎渚輕鷗不避人。楊柳作花香勝雪，鱸魚上釣白於銀。春風無限滄浪意，欲向汀洲賦《采蘋》。

秋懷奉寄玉山主人

江上秋陰十日多，思君不見奈愁何。風高澤國來鴻雁，雨入汀洲落芰荷。公子文章裁瑞錦，佳人衣袖剪輕羅。畫船亦欲溪頭去，聽唱花間緩緩歌。

有懷梧竹主人山陰道士雲臺外史兼簡龍門開士

碧梧翠竹日扶疏，長夏高堂可晏居。霅上故人時載酒，山陰道士近無書。蒼頭掃一作拂。石安棋局，稚子穿花奉板輿。若見惠休煩問訊，碧雲詩句定何如？

别後聞入杭賦詩以寄

柳洲寺下絲竹繁，蘇小墓邊風日暄。天開十里水如鏡，雨過六橋花欲言。畫船夜聽孤山鶴，鐵笛曉驚天竺猿。歸來相遲桃源上，爲唱《竹枝》傾緑樽。

寄玉山兼簡匡廬外史

美人不見已三月，日日相思賦角弓。興發頗疑詩有助，憂來翻訝酒無功。未須結客游樊上，却擬移家住瀼東。與報匡廬于外史，新醅宜壓荔枝紅。

笠澤有懷

碧梧翠竹鬱參差，艾納流薫繡幕垂。瑶管隔花聞度曲，畫屏燒燭看圍棋。坐延太乙青藜杖，倒著山公白接䍦。何日扁一作綵。舟還蕩槳，爲判同醉一作飲。習家池。

將往三沙有懷玉山徵君會稽外史 三沙舊稱三洲。

海門自與碧天通，獨馭靈槎遠向東。一道銀潢秋浪白，三洲金刹日華紅。龍吹花雨慚聞法，鳥語雲檣喜報風。無奈思君重回首，依依江樹送冥鴻。

羣珠碎傷吴帥潘元紹衆妾作

潘七妾皆青年絶色，善纂組歌詞。因潘出軍，恐致疑，皆自經。

繡紋刺綺春纖長，蘭膏髯鬟瓊肌香。芳年艷質媚花月，三三兩兩紅鴛鴦。翠靴踏雲雲帖妥，海棠露溼臙脂朶。冶情紛作蝶戀春，新曲從翻《玉連瑣》。畫堂銀燭天沈沈，揚眉一笑輕千金。明珠買得緑珠心，欲揮魚腸掃妖彗。主君勿疑心似醉，一宵痛擊羣珠碎。門前鐵騎嘶寒風，奇勳解使歸元戎。

陳湖秋汎

平湖秋色曉蒼蒼，鼓枻聲傳浦溆涼。鴻雁欲來天拍水，蒹葭初老露爲霜。菊荒甫里人何在，鱸入松江興轉長。不用臨流重懷古，葦花菱葉滿滄浪。

次韻懷華幼武

滑滑春泥滿郡城，出門騎馬不堪行。未能學道從緱母，且復忘憂對麴生。流水小池垂釣影，春風深巷賣花聲。停雲賦罷心如渴，安得滄浪濯我纓。

次韻虞隱君堪潘闔掾縠雨中見寄

吴箋新製玉鸞紋，衝雨殷勤寄蓽門。燕子不來人獨立，自拈湘管認啼痕。

題趙魏公墨竹

魏公仙者徒，清風動千古。夢斷江南春，飄飄游帝所。鈞天張樂如洞庭，十二參差鸞鳳鳴。歸來記得當時曲，寫作《湘靈鼓瑟》聲。高秋素壁含蕭颯，彷彿涼風起閶闔。滿天明月浸漚波，歲晏懷人霜露多。

至正十一年正月一日遂昌鄭元祐龍門僧良琦臨海陳基聯句送匡廬道士于彦成歸越兼簡蕭靖復盧益修

歲朝逢王春，雨雪暗吳下。行人當明發，祐。別袂慘莫把。飄飄賀監舟，基。蹀躞靈運馬。山驛梅始繁，琦。溪船浪仍打。行紆莊舃吟，祐。去結遠公社。禹穴紬奥編，基。蘭亭集羣雅。神運鶴氅朗，風標鸞經寫。祐。雙鳧繼退躅，千秋祝純嘏。基。信憑回潮尾，春融枯橝髈。祐。越臺瞰蓬瀛，胥濤駕黿赭。基。白戰隱鞍甲，緑醑酣觴斝。祐。智囊倒精悍，詞鋒發侈哆。琦。蕭臺多神仙，盧敖本静者。道樞混溟涬，語弃脱謑髁。祐。但令冠峩峩，肯羨綬若若。滄海等稊米，黄金真土苴。接羅或露髮，短褐不掩髁。捷若矢離弦，勇如金躍冶。青雲步伊始，《白雪》和殊寡。基。土膏動句萌，春情滿原野。琦。桂樹歌詎已，柳枝折難舍。基。别夢梁月墮，清談松風灑。琦。蓬藋既可居，盧菔自堪鲊。基。望望玉山阿，來期卜燈灺。祐。

張都事憲

憲字思廉，山陰人。別號玉笥生，負才自放。走京師，創言天下事，衆駭其狂，還富春山中。一日，升高望遠，呼所親謂曰：「亟去！」三日，逃寇猝至，死者五百餘家，始悔不用生言。張氏據吴，辟爲樞密院都事。吴亡，變姓名走杭州。思廉初薄遊四方，誓不娶、不歸鄉里。中遭兵亂，混緇黄以自存，晚寄食報國寺以死。其《琴操序》曰：干戈不息，殆且十年。余流連江湖間，幽憂憤奮，不見中興，涯際四方，又無重耳、小白之舉。深山大澤，所不忍言，將仗劍軍門而可依者何在？乃作《琴操》十二章以寄意。其《閔周操》云：「平既自夷兮，赧寧得不窮其懷。」《燕操》云：「秋草兮芊芊，黄金臺兮夷爲淵。悵廣宇兮裂瓦，望離宫兮生煙。淚可盡兮目可穿，思昭王兮不可言。」思廉師事楊廉夫，尤多懷古感時之作。廉夫曰：吾用三體詠史、古樂府不易到，吾門惟張憲能之。又曰：吾鐵門稱能詩者，南北凡百餘人。求其似憲及吴下袁華輩者，不能十人。明成化初，安成劉釪序其集曰：思廉與鐵崖諸君，同爲一時能言之士。當元季擾攘，志不獲伸，才不克售，傷時感物，而洩其悲憤於詩。此可謂思廉之知己也已。

秦鹿行

望夷宫中養秦鹿，百二山河春草緑。穿花尚作呦呦鳴，寧識外人須爾肉。李斯父子牽黄犬，上蔡東門志何淺。血污雲陽腰領紅，狡兔縱肥能幾臠。閹高貌軟足心路，稱馬獻君君不悟。羣臣相視莫敢非，只恐出言丞相怒。丞相怒，秦祚移。函谷不守秦鹿馳，高材疾足争逐之。項王叱咤起，烏騅日千里。逐之不得不肯止，人疲馬困烏江死。沛公隱芒碭，手劍三尺長，網羅一舉圍咸陽。扼其角，刳其腸，食肉寢皮傳後王。秦鹿死，走狗烹。後人不用悲韓彭，帝王神器匪力争。炎炎火德多洪福，前有高皇後文叔。回首平靈莽卓生，漢業亦同蕉下鹿。

鴻門會

雲成龍，氣成虎，椎鼓撞鐘宴真主。披帷壯士髮指冠，側盾當筵請公舞。白髮老臣心獨苦，玉玦三看君不語。五星東井夜聯珠，天狗欃槍落如雨。鴻溝咫尺接鴻門，千里神騅一夜奔。君不見龍泉影裏重瞳瞽，玉斗聲中五體分。

朱虚侯行酒歌

長樂宫中女天子，盛設賓筵懽戚里。百官侍坐莫敢違，諸吕諠鬨笑聲起。御史中丞不糾儀，叔孫制作成虚禮。朱虚奉敕起行觴，手提三尺昆吾鋼。田歌聲振野雞伏，頸血光寒漢道昌。

上元夫人詞

七月七日夜，王母降漢宫。上元何夫人，儀衛略與同。頭作三角髻，年可二十餘。身著青霜袍，坐擁紫霞車。九雲夜光冠，六山火玉佩。斂袂登殿階，進向王母拜。王母坐止之，呼與共良會。翩翩三青鳥，飛來緑窗歇。口銜七蟠桃，甘脆勝冰雪。劉郎非仙器，内慾未斷絶。懷核欲種之，開花待桃結。一桃九千年，徒爾縻歲月。上仙啞然笑，忽逐綵雲滅。

東門行

東都門外今古稀，東宫二傅同日歸。百官祖道設供帳，敕賜黄金作酒貲。歸來日日會親友，盡賣賜金買醇酒。白頭剛傅蕭望之也。空勞勞，一杯鴆羽不就獄，博得君王祠少牢。

井底蛙 公孫述。

清水冷，井底蛙。鸞旗旄騎稱警蹕，垂旒佩玉登龍車。不知天下本一家，雌雄未決胡矜夸。井底蛙，井中小，堂堂東帝天日表。南廡岸幘彼何心，都布單衣笑君狡。君不見故人共卧嚴子陵，一夜客星侵帝星，何嘗解作木偶形。

梁父吟 武侯成就關、張，勝晏子殺三士多矣。故反其詞。

伏龍隱南陽，高卧久未起。不肯渡長江，焉能涉漳水。炎炎火絶卯金刀，巍巍土王當塗高。種瓜兒子不力戰，織履郎君無地逃。伏龍一起捍坤軸，雄據西南成鼎足。十年汗血戰玄黄，五出王師争九六。萬人之敵兩熊虎，百戰辛勤事行伍。河南河北謾稱雄，不得袁曹一丸土。伏龍纔起帝業新，千古君臣魚水親。遂使真龍全羽翼，風雲成就二將軍。

南飛烏 曹操。

南飛烏，尾畢逋，白頭啞啞將衆雛。渭河西岸逐野馬，破黄巾也。白門東樓追赤兔。擒吕布也。冀豚袁熙。荆犬劉琮。肉不飽，展翼南飛向江表。江東林木多俊禽，不許南枝三匝遶。老烏莫侮髯郎小，髯郎詎讓老烏老。東風一炬烏尾焦，不使老烏矜觜爪。老烏自謂足姦狡，豈信江湖多鷙鳥。捽烏頭，啄烏腦。不容老烏棲樹枝，肯使蛟龍戲池沼。赤壁之戰。釋老烏，未肯搏，紫髯大耳先相攫。河東老羽雲外落，雲長死。老烏巢成哺銅雀。

縛虎行

白門樓下兵合圍，白門樓上虎伏威。戟尖不掉丈二尾，袍花已脱斑斕衣。捽虎腦，截虎爪，眼中視虎如貓小。猛跳不越當塗高，血吻空腥千里草。養虎肉不飽，虎饑能噬人。縛虎繩不急，繩寬虎無親。座中叵信劉將軍，先主。不縱猛虎食漢賊，反殺猛虎生賊臣。食原丁。食卓董。何足嗔。

夕陽亭 晋裴楷惡賈充，薦充督秦涼諸軍。充問計于荀勗。曰：辭之實難，獨結婚太子，可不辭而自留

矣！充妻遂賂楊后左右，納其女南風。果留不遣。

百官供帳紛營營，夕陽亭西誰遠行？充閭之子專閫鉞，仗節萬里西南征。結婚一語聾天耳，既鑿凶門行復止。衞家五美空善評，姦謀仍落三豎子。君不見鬼公怒攝項城軍，殘喘聊延衞府勳。枯木劍鋒金屑酒，天刑猶脱廣成君。

玩鞭亭

晉王敦在姑孰，明帝出看敦營，敦夢覺，逐帝。帝以馬鞭與老姥，及追者至，問姥，玩鞭，帝遂去，追不及。

畸烏壓營營作聲，紅光紫電圍金鉦。黄鬚小龍馬上笑，白首饑豺夢裏驚。老奴怒擲珊瑚枕，追兵起合琉璃井。巴馬東歸疾似風，道傍遺糞如冰冷。健兒空玩七寶鞭，荆臺老姥功誰傳？

胭脂井

陳後主。

胭脂井，瑪瑙甃。琉璃闌，黄金轆轤銀綆寒。桃花小波下無底，雌龍古怨沈紅水。妖姬不作井中鬼，玉樹飛花落如雨。

代魏徵田舍翁詞

鐵厓楊先生以殺田舍翁爲文皇根心語。蓋徵好直諫，忤意者數矣，是必有弗堪其直者，故怒曰：「會須殺此田舍翁！」不覺其言之出口也，此則是也。然謂徵東宫臣節之虧，故爲太宗所薄而呼爲田舍翁者，此則非也。徵能入夢于太宗，而不能自明其事。故《代田舍翁詞》，補徵諫録云。

臣本山東農，臣誠田舍翁。臣以隋末亂，出仕蒲山公。蒲山愎諫自用，故臣言不用，臣計不從。百萬糧，一日盡，百萬衆，一夕空，力屈事去歸山東。臣義不忍棄故土，事仇充，相隨西來朝真龍。先帝不臣識，大臣不臣通。故臣上書自請安山東。山東歸皇圖，授臣洗馬之職在東宫。東宫多不德，兄弟不相容。臣教太子翦黑闥，親元戎。又教太子除陛下，太子不臣庸。太子既死，先帝命臣聽陛下處分，臣安敢效匹夫小諒自與逆黨同。陛下以臣盡心所事，赦臣死罪，除臣秘書，登臣政府爵位崇。臣於是感激，時時進諫開皇衷。陛下幸而時聽臣言，以致四海太平年穀豐。使陛下功德及堯舜則臣心喜，小有過失則臣心忡。是以不四年中而有三代風。陛下初年誠心聽諫，故天耳聰。今聽諫不逮昔，故天耳聾。往以未治爲憂，故人心悦。今以既治爲安，故威德隆。往日用臣言，賜臣以黄金甕。天廄驄，輟殿材構臣屋與墉。今日以人言仆臣墓碑，停臣子婚，爲惠胡不終。喜臣則謂臣嫵媚，惡臣則詈臣田舍翁。陛下不宜以喜怒毁譽損厥躬。臣薦侯與杜，謂其才略雄，臣豈阿黨預知其終凶。臣録諫疏草，前後三百封。欲使後世知陛下，能聽諫，致時雍。豈欲賣直歸過爲己功，避嫌焚草徒足恭。臣幸而身先朝露，使臣不幸，恐不免隨比干，侶龍逄。獨不記臣言良與忠，胡爲乎會須殺此田舍翁。田舍翁，豈畏死，但惜陛下既殺張亮，又誅劉洎，翦刈大臣如刈蓬。臣不願陛下祠少牢，立仆石，但願陛下養氣質，除内訌，毋以喜怒存諸胸。大臣無災帝德穹，社稷無虞王業鴻。千秋萬歲爲唐宗，老臣不諱田舍翁。於乎！老臣不諱田舍翁。

聖母神皇詞 則天。

東風未燥昭陵土，感業尼稱天下母。唐室山河忽變周，李氏兒郎更姓武。洛水泱泱出寶圖，黄金爛爛鑄天樞。五王不入迎仙院，二豎能忘受命符。君不見漢家元后號文母，廟食從來姪祀姑。

匡復府

揚州都督開三府，十萬强兵猛如虎。駱生長檄魏生謀，大義精忠照千古。山東豪傑望旌旗，蓄縮江淮立伯基。莫指金陵圖王氣，石梁鴉噪髑髏悲。

雙廟詞

睢陽戰敗血飄杵，力屈猶思爲厲鬼。玄元祠前哭一聲，朝食愛姬莫羅鼠。唐家宫殿秋草生，二十一陵如掌平。獨遺雙廟門前石，日有行人來繫牲。

大腹兒

麀巫夜禱軋犖山，淫光下燭穹廬寒。柳城胡兒不敢睡，四野惡聲啼狗犴。猪龍怒磔老梟腹，鱗甲粗疏頭角秃。婁酣大肚三百斤，偷得真龍半分福。平盧寶刀未發硎，范陽氈帳先潛形。一作「范陽氈帳妖潛形，平盧寶刀遲發硎。」金雞口吐東北赦，青騾蹄作西南聲。鳳凰池荒一作春池。金鏡破，獬廌臺傾一作「霜臺」。胡眼大。東風野鹿嚙楊花，白日妖狐登御座。華清玉甃湯作泉，洗兒果撒黄金錢。并刀翦綵十六幅，錦棚壓碎宮娥肩。象牀夜冷嬰兒哭，猪龍爪破金訶玉。香齦不痛荔枝漿，雄心已飽雞頭肉。長安天奪蜜口臣，銅頭鬼鼓漁陽塵。赤心一夜變胡腹，二十四郡都一作俱。無人。潼關夜漏雞聲早，馬嵬坡下冰山倒。劍門西寄杜鵑巢，練帶玉環埋翠草。嘉山土門勤戰功，猪兒帳下屠猪龍。旄頭星落大腹破，几上鸞刀一尺紅。此詩一刻成廷珪，恐誤。

餞梁王

壽春殿，延喜樓，梁王欲歸天子留。樓前百戲排倡優，百官陪宴酬未休。梁王上馬樓上頭，梁王東歸天子愁。天子愁，梁王喜。鴟梟暗移傳國璽，碭山王氣瓏瑽起。皇后捧金卮，天子歌《柳枝》，家亡國破無多時。讀此不覺涕泗橫流，恨不剸刃賊臣以快其心。河東鴉兒獨眼窺，紇干凍雀死不飛，灞橋送客那得知。

李天下

沙陀一夜鴉兒死，夾寨隄邊黃霧起。三枝誓箭挂馬鞍，誓與先王刷遺恥。六年河上幾辛苦，纔得河南一丸土。盧龍悖子雖剖心，耶律擅□猶未虜。櫛風沐雨壯志荒，傅粉塗朱樂未央。癩梟本爲太原孽，驕子都化邯鄲倡。歌吴歈，習趙舞。吹玉笙，擊花鼓。十萬貔貅介胄雄，三千粉黛煙花主。呼優名，李天下，龍頰輕批面如赭。法刀不斷敬心磨，鏡破銅光解如瓦。魏州總管著柘黃，門高流矢生金瘡。劉尼不進銀餠醴，鳳瑟鸞箏殉龍體。君不見鐵鎗將軍有先知，鬬雞咬犬呼小兒。

陳橋行

唐宮夜祝邈佶烈，憂民一念通天闕。帝星下射甲馬營，紫霧紅光掩明月。殿前點檢作天子，方頤大口空誅死。重光相盪兩金烏，十幅黃旗上龍體。中書相公掌穿爪，不死不忍秘鴻寶。畫瓠學士獨先幾，禪授雄文袖中草。君不見五十三年血載塗，五家八姓相吞屠。陳橋亂卒不擁馬，撫掌先生肯墜驢。

金櫃書

約誓書，金櫃藏，不鑒柴家幼兒祚不長。弟兄子姪相繼作，書記署名傳晉王。金櫃書，藏禍府，肘腋奇兇起慈母。深宮燭影夜無人，漏下嚴更天四鼓。寡婦孤兒不敢啼，戳地有聲金柱斧。太平王子著龍衣，定策元勳孰敢非。藝祖有靈君莫急，朱牌金字火羊飛。

一綱謡 李綱。

一綱舉，萬目張。建炎帝，開重光。首竄賣國牙，繼誅易姓王。募軍買馬事戰備，誓爲吾君復舊疆。忤汪黃，七十五日中書堂，奉祠已落張公章。浚。嗟乎一綱去，萬目弛，□馬長驅飲江水。張公督戰方未已，張公督戰方未已！

岳鄂王歌

君不見南薰門，鐵鑪步，神矛丈八舞長蛇，雙練銀光如雨注。又不見鐵浮屠，拐子馬，斫脛鋼刀飛白霜，馬上朱仙鎮上貫陣背嵬紛解瓦。義旗所指人不驚，王師到處壺漿迎。兩河忠義望風附，襄鄧荆湖唾手寧。朱仙鎮上馬如虎，百戰經營心獨苦。賜環竟壞回天功，卷旆歸來卧樞府。錢塘宫殿春風輕，嬌兒安宴醉未醒。徒令功臣三十六，舞女歌兒樂太平。虎頭將軍面如鐵，義膽忠肝向誰説。只將和議兩封書，往拭先皇目中血。將軍將軍通軍術，君命不受未爲失。大夫出疆事從權，鐵馬長驅功可必。功成解甲面赤墀，拜表謝罪死不遲。惜哉忠義重山岳，智不及此良可悲。烏乎肆讒言，加毒手，申王心，循王口，蘄王湖上乘驢走。五國城頭帝鬼啼，〔胡〕兒相酌平安酒。

咸淳師相　賈似道。

咸淳師相專軍國，堂吏館賓供羽翼。諸司百職聽使令，臺諫承顔言路塞。輪舟五日一入朝，湖山佳處多逍遥。諛言佞語頌功德，邊事軍聲聽寂寥。半閒堂連多寶閣，歌姬舞妓相歡樂。十年國勢盡傾摧，猶謂師臣堪付託。師臣師臣躬督兵，珠金沙頭羅一聲。十三萬人齊解甲，寡婦孤兒俱北行。君不見黯淡溪流東復東，木棉花開生悲風。師臣不忍馬革裹，廁上有人能拉胸。

厓山行　已上咏史。

三宫銜璧國步絶，燭天炎火隨風滅。閩關海道續螢光，力戰厓山猶一決。午潮樂作兵合圍，一字舟崩遂不支。檣旗倒仆百官散，十萬健兒浮血屍。皇天不遺一塊肉，一瓣香焚海舟覆。猶有孤臣卧小樓，南面從容就刑戮。

行路難

行路難，前有黄河之水，後有太行之山。車聲宛轉羊腸坂，馬足蹭蹬人頭闕。白日叫虎豹，腥風啼狗犴。拔劍顧四野，使我摧心肝。東歸既無家，西去何時還？行路難，重咨嗟。乞食淮陰市，報仇博浪沙。一劍不養身，千金徒破家，古來未際皆紛拏。行路難，多歧路。馬援不受井蛙囚，范增已被重瞳誤。良禽擇木乃下棲，不用漂流歎遲暮。

將進酒

酒如澠，肉如陵。趙婦鼓寶瑟，秦妻彈銀筝，歌兒舞女列滿庭。珊瑚案，玻瓈罍，紫絲步障金雀屏。客人在門主出迎，蓮花玉杯雙手擎。主人勸客客勿停，十圍畫燭夜繼明。但願千日醉，不願一日醒，世間寵辱何足驚。珠萬斛，金千籯。來日大難君須行，胡不飲此長命觥。劉伯倫，王無功，醉鄉深處了平生。英雄萬古瘞黄土，惟有二子全其名。

房中思

紅象作小梳，髻龍盤漆髮。香泥擣守宫，染透桃花骨。白馬不歸來，倚牀弄紅拂。桂陰緑團團，坐對玲瓏月。

銅雀妓

陵樹日沈西，秋風石馬嘶。芳尊傾繐帳，詎肯溼黄泥。慘慘笙歌合，遥遥望眼迷。玉人脆如草，能得幾回啼。

火府告斗

黄巾騎馬騰紅雲，緑章細書天篆文。芙蓉小冠切白玉，伏地夜奏中天君。灼灼桃花映羊首，電繞魁罡百怪走。九皇一笑帝車移，銀鹿作羓霞注酒。玉衡閃爍招摇光，人間塵土何茫茫。石家買得緑珠笑，五雲蹋地椒壁香。短衣吹秋車武子，乾抱流螢照書紙。虚空喉舌正司權，杳杳冥冥注生死。

端午詞

榴花照鬟雲鬌熱，蟬翼輕綃香疊雪。一丈戎葵倚繡窗，雨足江南好時節。五色靈錢傍午燒，綵勝金花貼鼓腰。段家橋下水如潮，東船奪得西船標。櫂歌聲静晚山緑，萬鎰黄金一日銷。

白苧舞詞

吴宫美人青犢刀，自裁白苧製舞袍。輕雲冉冉白勝雪，《激楚》一曲回風高。九雛鳳釵篸紫玉，長裾窄腰蓮步促。翩翻素袖啓朱櫻，金籠鸚䳇飛來熟。館娃樓閣摇春暉，臺城少年醉忘歸。瑶窗綺户鎖風色，桃樹日長蝴蝶飛。傾城獨立世希有，龍吟緑水停楊柳。急管繁絃莫苦催，真珠牘買烏程酒。

夜坐吟

蜻蜓頭落燈花黑，瓦面寒蟾弄霜色。玉壺水動漏聲乾，夜冷蓮籌三十刻。蓬頭兒子凍磨墨，欲拾羈懷尋不得。起看庭樹響風箏，斗杓墮地天盤側。

秋夢引

翠翹半彈雙飛鳳，轆轤金井懸銀甕。萬絲翠霧刷鴉光，兩點秋波和淚送。芙蓉帶露不忍折，鸚鵡隔籠時自呼。多情宋玉正悲秋，故放香魂入秋夢。

楊花詞

東風吹春春不醒，桃花杏花空娉婷。萬絲翦緑暗如霧，千里相思長短亭。亭前女兒十六七，手挽柔條背春日。六街馬蹄蹋黄塵，雪花漫天愁殺人。

出自薊北門行

出自薊北門，遥望瀚海隅。黄沙落寒雁，衰草號雄狐。河水血成冰，土塚碑當塗。乃知古戰場，本是賢王都。武皇昔按劍，一怒萬骨枯。半夜下兵帖，六郡皆歡呼。將軍各上馬，百道追匈奴。羊馬滿大野，萬帳收穹廬。英英長平侯，六騾走單于。至今青史上，猶壯武剛車。

當壚曲擬梁簡文帝

初八月上絃，十五月正圓。當壚設夜酒，客有黄金錢。歡濃易得曉，别遠動經年。相送大隄上，舉杯良可憐。

胡姬年十五擬劉越石

胡姬年十五，芍藥正含葩。何處相逢好，并州賣酒家。面開春月滿，眉抹遠山斜。一笑既相許，何須羅扇遮。

春晝遲

樓觀參差半空起，縹緲闌干煙霧裏。緑萍一道浸鴛鴦，笑聲只隔桃花水。柳下粉牆斜靠街，當晝紅門半扇開。遊絲冉冉掛簷角，燕子一雙何處來？

江南弄

茭尾蒲芽水新足，沙暖小桃紅夾竹。誰家燕燕倦東風，戢翼畫梁春睡熟。鷁頭舫子載醽醁，勿惜千金買詞曲。明朝風雨蔽九川，千里江南芳樹緑。

哀亡國

買桑餧蠶絲不多，鑿洼種藕蓮幾何？廣陵夜月瓙花宴，結綺春風玉樹歌。君不見黑頭江令承恩早，白髮蕭娘情未了。狎語淫人夢不醒，宫城緑遍王孫草。昏昏黄霧塞宫門，白練寒生玉頸痕。錦繡江山春似畫，幾傷風雨弔迷魂。

瑶池

曼倩啼饑桃未熟。綺窗珠樹層陰緑。上清童子晝臨關，鸞尾掃雲方種玉。芙蓉晝闌春晝長，簫韶一派起回廊。八龍未暇送周穆，三鳥遽能迎漢皇。風雨蒼蒼隔一作蔽。玄圃，不勞西望祠王母。贈君桃核大如杯，歸植茂陵陵上土。

襄陽白銅鞮曲

襄陽白銅鞮，下蹋揚州郭。可憐揚州兒，棄戈甘面縛。大隄女兒何命薄，青年坐失榮華樂。蕩子功成未肯歸，閉門三月楊花落。

神弦十一曲 録三。

聖郎

雙頭牡丹大如斗，簇金小帽銀花鏤。緑鬬長眉丹潡脣，白馬黄衫灌江口。平頭奴子金絲髮，六尺竹弓開滿月。神獒帖尾卧牀前，頑蛟尚染刀鐶血。靈風颸颸石犀吼，吴船楚舵紛搔首。紅雲忽報七聖來，蜀波水色濃於酒。

青溪小姑

香鑪盤盤青霧起，靈帷撒動金錢紙。練帶斜垂八尺冰，纏項白蛇神色死。青溪小姑雙露乳，起著神衫代神語。花裙繡袴蹋旋風，雙袖翻飛小蠻舞。西山日落雲冥冥，金龍畫燭燈光青。土妖木魅作人立，古壁空廊聞屐聲。繁絃嘈雜社鼓吼，體挂羊腸磔牛首。扶神上馬送神歸，老狐醉卧簷前柳。

湖龍姑

洞庭八月明月寒，湖龍捧出玻瓈盤。湖風忽來浪如山，銀城雪屋相飛翻。白鼉樹尾月中泣，倒卷君山輕一粒。浪花拍碎回仙樓，萬斛龍驤半天立。雨師騎羊轟晝雷，紅旗照波水路開。青娥鬟髮紅藍腮，紫絲絡頭垂黃能，《神絃》調急龍姑來。

天狼謡

煌煌天狼星，芒角射參昴。獨步天東南，爗煜竟昏曉。天弧不上弦，金虎斂牙爪。萬里食行人，白骨遍荒草。火爇烏龍岡，血染朱雀航。列宿不盡力，五緯分乖張。戍客困疆場，荷戈涕成行。誰爲補天手？爲洗日重光。

子夜吴聲四時歌四首

朱雀街頭雨，烏衣巷口風。飛來雙燕子，不入景陽宫。爲問秦淮女，還知玉樹空。

湖上水雲緑，荷花十里香。咿啞木蘭櫂，驚起睡鴛鴦。雌雄兩分去，不覺斷人腸。

白苧鴉頭襪，紅綾錦鞠靴。玉階零露冷，差折鳳仙花。去去蕩遊子，秋深不念家。

瓦上松雪落，燈前夜有聲。起持白玉尺，呵手製吴綾。纏紉一作得。征袍縫，邊庭草又青。

估客行二首

發舟石頭城，繫舟梅根渚。江月夜寥寥，照見家人語。

割裳製家書，刺指題日月。不知何時到？但記今朝發。

紅門曲

紅門欲開人漸稀，棲烏啞啞漫天飛。西宫寶燭明如晝，玉筵圍坐諸嬪妃。黄羊夜剥博兒赤，金椀銀鐺進炰炙。銀漢依微白玉橋，隔花宫漏夜迢迢，内城馬嘶丞相朝。

富陽行

摇首上馬金鞭揮，山頭白旗如鳥飛。西來萬騎密蜂蟻，四面鼓聲齊合圍。金城木栅大如斗，五百貔貅誇善守。鐵關不啓火筒焦，力屈花猺皆自走。城南城北血成窪，十里火雲飛火鴉。將軍豪飲不追殺，掠盡野民三百家。

燭龍行

燭龍燭龍，女居陰山之陰，大漠之野。視爲晝，瞑爲夜。吸爲冬，噓爲夏。虵身人面髮如赭，銜珠吐光照天下。天地寬，日月小，烏兔盤旋行不了。窮陰極漠無昏曉，女代天光補天眇。女乃不知日被黑子遮，月爲妖蟆食。五緯無精光，萬象盡奪色。下民嫽㚇皆昏惑，燭龍燭龍代天職。胡不張爾鬣，奮爾翼，磨牙礪爪起圖南，遍吐神光照南極。補缺兔，無損傷。正畸烏，不傾昃。妖蟇黑子紛誅殛，重光重輪開萬國。胡爲藏頭縮尾窮陰北，坐視乾坤黯然黑。乾坤若崩摧，吾恐女龍有神無處匿。

白翎雀

真人一統開正朔，馬上鞮鞻手親作。教坊國手碩德閭，傳得開基太平樂。檀槽砑砑鳳凰齶，十四銀鐶挂冰索。《摩訶》不作《兜勒》聲，聽奏筵前《白翎雀》。霜嚯嚯，風觳觳，白草黃雲日色薄。玲瓏碎玉九天來，亂撒冰花灑氈幕。玉翎琤琤起盤礴，左旋右折入寥廓。崒嵂孤高繞羊角，啾啁百鳥紛參錯。須臾力倦忽下躍，萬點寒星墜叢薄。砉然一聲震龍撥，一十四絃喑一抹。駕鵝飛起暮雲平，鷙鳥東來海天闊。黃羊之尾文豹胎，玉液淋漓萬壽杯。九龍殿高紫帳暖，蹋歌聲裏歡如雷。白翎雀，樂極哀。節婦死，忠臣摧。八十一年生草萊，鼎湖龍去何時回？

倀魂啼血行

白面於菟行偃草，雄劍爲牙戟爲爪。夜越鐵關吞九牛，弱婦嬰兒眼中飽。郊原十里吹腥風，白骨塞途秋草紅。肝腸挂樹野鴉噪，鬼火照城人跡空。嗚呼獵師心力巧，藥箭無功機發早。舊魂走抱新魂啼，一夜黑風天亦老。

盂城吟

盂城如斗復如鐵，百萬天兵半魚鼈。狼星爤地響晴雷，白馬將軍夜流血。匣中寶劍寒生雷，一擊能令太山缺。怒提往斷落星丸，獻與師臣補天裂。

怯薛行

怯薛兒郎年十八，手中弓箭無虚發。黄昏偷出齊化門，大王莊前行劫奪。通州到城四十里，飛馬歸來門未啓。平明立在白玉墀，上直不曾違寸晷。兩廂巡警不敢疑，留守親姪尚書兒。官軍但追上馬賊，星夜又差都指揮。都指揮，宜少止。不用移文捕新李，賊魁近在王城裏。

桃花馬

房星下飲瑶池清，神光夜化花龍精。東風滿背騎不得，冰痕淨洗黄魚腥。斑斑朱英點晴雪，滴滴真珠汗凝血。高蹄蹴蹋花雨香，仰面嘶春春正熱。周家穆滿遊玄圃，萬里西馳覲王母。青絲繫樹摇玉珂，錦韉叢中五雲舞。歸來復入玄都觀，紫陌韶華政零亂。天閑不數連錢驄，路人只作文彪看。天台九曲溪流芳，解鞍春水浮丹光。劉郎牽入落花去，撲面玉鞭蝴蝶忙。風流自許王武子，未信叔癡癡不語。千年駿骨作銅聲，燕昭臺高金似土。

二月八日遊皇城西華門外觀嘉孥弟走馬歌

春風壓城紫燕飛，繡鞍寶勒生光輝。軟沙一作莎。青草一作青。平似鏡，花雨滿巾風滿衣。潛蛟雙綰玉抱肚，朱鬣分光散紅霧。金龍五爪蟠彩袍，滿背真珠撒秋露。生猿俊健雙臂長，左脚蹋一作撥。鐙右蹴韁。銅鐃四扇遶十指，玉聲珠碎金琅璫。黄蛇下飲電掣地，錦鷹打兔起復墜。袖雲突兀轂面空，銀甕駝囊兩邊縋。西宫綵樓高插天，鳳凰繚繞排神仙。玉皇拍闌誤一笑，不覺四蹄如迸煙。神駒長鳴背凝血，郎君轉面醉眼纈。天恩剪下五色雲，打鼓歸來汗如雪。原評云：嘔出錦心，可與桃花争奇。決非驢上詩人語也。

附《宛平主簿騮馬歌序》云：「宛平火主簿堂，訪余於大都雙橋里。指其所乘騮馬曰：能騎此否？余笑曰：虎則不能，若馬也，余固能之矣。適翰林承旨汪闊台從騎三十餘自西而東，既過，余乃執策就馬，足甫及鐙，則已奮迅馳突入翰林隊中矣。羣馬辟易于煙塵中，但聞翰林厲聲曰：好馬。南馳至雙橋，越壍而過，俯身就韁，韁比及手，已馳過樞密院街矣。遂縱轡至哈達門而回。主簿訝余久不返，騎他馬來追，遇于天師庵，執手大笑。並轡歸飲，漏下初鼓乃散。」觀此可見玉笥生一片雄心，前所評固不虚矣！

伍孥罕元帥斬新李行

中原惡少稱新李，八尺長軀勇無比。鐵槍丈二滚銀龍，白面烏騅日千里。攻州劫縣莫敢攖，烏羊渾脱縵胡纓。輕車壯士三十兩，戰則爲陣屯爲營。殿前將軍不敢搏，羽林孤兒甘受縛。柳林道上掠寶車，獨樹堆邊割氈幕。吐蕃老帥西南來，虎頭不挂三珠牌。弊裘羸馬失故態，寶刀繡澀盔生埃。步入中書謁師相，願請一作借。長纓三百丈。生縛兇魁獻至尊，不使朝廷乏名將。相臣入奏大明宫，玉音特賜天廐驄。親軍百騎備兩翼，綵旗盡出東華東。硬弓二石力逾弩，長驅夜走涿城下。土岡無樹一作處。著伏兵，兩陣相當如怒虎。彎彎弓弰抱團月，點點槍尖飛急雪。神騅未隨白羽仆，賊顱已逐青萍缺。一騎平原報捷歸，天狗有聲流作血。

北庭宣元杰西番刀歌 此刀乃江浙平章教化公征淮西所佩者。

金神起持水火齊，煅鍊陰陽結精鋭。七月七日授冶師，手作鉗鎚股爲礪。一千七百七十鋒，脊高體狹刀口洪。龍飛蛟化歲月久，阮師舊物今無蹤。呱哇繡鑌柔可曲，東倭純鋼不受觸。賢侯示我西番刀，名壓古今刀劍録。三尖兩刃圭首圓，劍脊黖黖生黑煙。朱砂斑痕點人血，雕青皮軟金鉤聯。唐人寶刀誇大食，於今利器稱米息。十年土瀾松紋生，戎王造時當月蝕。平章遺佩固有神，朱高固始多奇勳。三公重器不虛授，往繼王祥作輔臣。

戲贈乍浦税使歌

去年四月雨如竹，錢幣不行百姓哭。故人走馬初一官，日日誅求征税足。今年四月雨如箭，海賊東來船著岸。士兵東走百姓空，商征不成官吏散。故人本是西河夫，殺賊得官心氣粗。如何臨難乃無勇，不敢東向鳴桑弧。君不見彭城劉寄奴，長刀獨戰今非無。原評云：詞氣豪宕，可以激立頹靡。

玉帶生歌 并序。

玉帶生，端人也。事文山丞相爲文墨賓，與同館謝先生翱友善。宋革，丞相殉國死，訃聞，生與翱哭于西臺之下。復憫宋諸陵暴露，私相蓋覆，識以冬青木而去。後翱道卒。生今歸會稽，抱遺老人與秋聲子輩爲寮中七客。初，宋上皇以丞相恩，賜生紫衣玉帶，至今不改其舊服。生爲人端厚，強記默識，不妄開口。丞相素重之，呼召不以名，但曰玉帶生。故作《玉帶生歌》。

鸑刀夜割黑龍尾，礪作端溪蒼玉砥。花鑌鐵面一尺方，紫霧紅光上書几。銀絲雙纏玉腰圍，翡翠青斑繡紫衣。金星鴝眼不敢現，案上墨花皆倒飛。景炎丞相魁龍榜，撫玩不殊珠在掌。背銘刻骨四十四。《文山硯銘》，丹書小篆四十四字云：「紫之衣兮緜緜，玉之帶兮磷磷。中之藏兮淵淵，外之澤兮日宣。烏乎？磨爾心之堅兮，壽吾文之傳兮。廬陵文天祥造。」血淥至今猶可想。謝公古文今所師，西臺一慟神血垂。獨持老瓦出門去，冬青樹邊書憤詞。天翻地覆神鬼怒，九廟成灰陵骨露。廬陵忠魄上騎箕，流落端生何所寓。抱遺老人生計拙，愛把文章寫忠烈。霜毫一夜電光飛，不必矮桑重鑄鐵。

夏蓋山石鼓謡 鼓高一丈，徑三尺，下有盤石爲足。諺云：「石鼓鳴，三吴兵。」

臨平石鼓不自鳴，直待蜀桐魚作形。陳倉石鼓載文字，徒有鼓形無鼓聲。夏蓋之石或自鳴，蓋石一鳴三吴兵。嗚呼三吴十年厭干櫓。不緣夏蓋鳴石鼓。

汎舟黄額湖望梅山

汎舟黄額湖，望見梅仙山。嵯峩結寶髻，晶淼浮銀灣。長風蕩青蘋，雪浪相飛翻。魚龍現怪誕，水怒山自閒。詎知神靈意，杳在虚無間。緬思學仙尉，一去何時還？幽姿不可見，高風邈難攀。落日動簫鼓，把酒酬潺湲。

冬夜聞雷有感

陽氣涣不收，梨花開九月。無何玄冬夜，火靈飛列缺。疾雷故訇訇，大雨久不輟。頑雲聚復散，淫風赤如血。蟲豸不入藏，龍蛇競出穴。寒威變融焕，四序失故節。胡爲數歲中，雷向盛冬發。委靡不執柄，遂爲羣陰竊。及其不可忍，奮迅始一決。乃於涸寒時，礮磹未肯歇。龍戰久不解，險難紛糾結。既乖長養意，愈使威權褻。天怒不終朝，王綱有時裂。何能堯吾君，調理繼稷契。先事誅權奸，以次及羣孽。假爾霹靂車，爲吾左黄鉞。普天新號令，坐使萬國悦。煌煌世祖業，中道復光烈。

秋日古城葉希聖見訪

夫君滄江來，訪予清溪曲。清溪窈而深，佳氣散天旭。塘蒲澤新雨，秋意冷可掬。鳥鳴萬山静，猿下雙樹緑。相看語清晤，一作「揭來晤語清」。餘響起空谷。坐久神宇閒，斜陽在高木。

於潛黠砦經脱忽赤右丞戰地

路回山麓交，直壁萬仞立。浮嵐滴空翠，下浸澄泓溼。長巒拱天嶽，壞道駛磵急。眷彼巖險勢，一夫自敵十。要地不力戰，崩奔胡可戢。哀哀左轄公，馬革卧原隰。孰知王師重，戴首奉賊級。我來訪戰地，一慟已莫及。日入鬼燐生，陰風國殤泣。

自臨安往富春過芝泥嶺示隨行李巡檢

平明升肩輿，相與東西征。浮嵐翳遠道，宛在雲中行。連山互低昂，曲折如送迎。接天蔽喬木，澗與風爭聲。前登芝泥嶺，雨意漸覺晴。曈曨日色薄，蕭瑟衣裳輕。畏途見鹿角，高砦屯鄉兵。綵旗病目眩，嚴鼓羈魂驚。憑軾若夢寐，撫髀傷浮生。顧謂李飛尉，我行猶幾程。

臨安道中先寄賽景初

朝入臨安山，暮上由拳嶺。周道無行蹤，晴空斷飛影。嚴關固高柵，疊嶂列危屏。荒坰斜日淡，虚市野煙冷。息肩坐茂樹，瞑目發深省。何庸一作事。馬蹄塵，兵鋒迭馳騁。

我有二首

我有騂角弓，百步能破敵。力强不受檠，材美陋越棘。時能斃飛將，萬騎莫敢逼。翻翻鐵絲箭，剡剡金瓜鏑。鼓寒霜氣重，應手響霹靂。豈惟射渠魁，眼中已無敵。雄哉兩櫜鞬，儼若左右翼。時來亦大用，不偶直暫塞。我弓雖少置，未許楚人得。我有雁翎刀，寒光耀冰雪。神鋒三尺強，落手斷金鐵。在昔臨元戎，志在除草竊。怒來死不顧，決眥肝膽裂。老蛟遶腰卧，夜枕寒泉冽。維時誠女賴，豈忍時暫輟。中途偶棄置，竟賤秋扇轍。塵埋土花暗，繡澀神氣滅。思之終永傷，默坐慘不悦。敢忘漢宣詔，不負吕虔説。金風吹秋郊，賊馬政侵軼。又當攜女去，舊義未遽絶。莫瑩鸊鵜膏，恐污荆卿血。

席上

彼美瓊林姬，緑雲何盤盤。清歌珠落斗，妙舞玉成團。風急酒暈薄，月斜花露寒。剪燈續殘醉，把袂接餘歡。雖非長夜飲，猶勝萬錢餐。

送陳惟允

抱劍入帝都，未知何所求。覩其辭氣間，已類朱阿游。肝膽正激烈，既悲還復謳。欲銷天下難，先斷佞臣頭。

送鐵厓先生歸錢塘 時新除江西提舉。

團花染累吴蠶繭，五色文綾出金剪。海風吹度滕王宫，南浦西山畫簾卷。天狗夜吠聲如雷，東奎西壁昏煤炲。土洲自可駕黄犢，鐵箸何用畫寒灰。牛酥熇花春未老，湖上同誰剪芳草。真珠酒瀉紫蒲萄，金錯刀鐫紅瑪瑙。六橋楊柳香霧深，吴娃一笑千黄金。莫邪不作老龍舞，鐵簪自成丹鳳吟。軟輿送別湖源道，江花照人日杲杲。長風吹送書畫船，先生眼空方醉眠。

唐五王擊毬圖

興慶宫前春正熱，緑楊夾道花如雪。毬門風起日西斜，五馬歸來汗成血。潞州别駕醉眼纈，雙袖傾攲擁岐薛。申王按鞚宋王馳，杖撲毬囊手親挈。草平如掌馬力均，玉鞭十里不動塵。黄門扶入五花帳，大衾長枕姁家人。花萼相輝雨氣寒，樓中歌管漸闌殘。紫騮不蹋毬場路，萬里青騾蜀道難。

中秋碧雲師送蟹

天風吹綻黄金粟，簷前老兔飛寒玉。客窗不記是中秋，但覺鄰家酒槳熟。泖田秋霽稻未鐮，葦箔竹斷收團尖。紅膏溢齒嫩乳滑，脆美簇簇橙絲甜。無腸公子誇钁鑠，兩戟前驅終受縛。嚼心畫煖白玉臍，夔牟夜泣紅銅殼。黝生風度亦可憐，且對霜娥供大嚼。酒後高歌遶碧雲，九峰一夜霜華落。

青山白雲圖

青山青青白雲白，一尺小溪千里隔。扁舟檥岸不見人，雞聲何處秦人宅。桃花流水春粼粼，不識人間有戰塵。待得紫芝如掌大，歸來甘作太平民。

李嵩宋宫觀潮圖

磁州夜走泥馬駒，臥牛城中生綠蕪。炎精炯炯照吴會，大築錢塘作汴都。玉殿珠樓連翠閣，七寶簾櫳敞雲幕。生移艮岳過江南，不數東京舊歡樂。茂樹盤盤迷綠雲，龍飛鳳舞峰巒奔。玉牀下壓大江小，海水正入東華門。木犀花開秋可數，紞紞靈鼉振天鼓。海門一綫截江來，雪壁銀城晝飛舞。吴商楚估千萬艘，黄龍戰船頭尾高。豈無海道走中上，長驅逐北乘風濤。煙霧蒼蒼繞城郭，屋瓦魚鱗互參錯。百萬驕民事醉醺，坐使中原厭羊酪。因循六帝不復讎，西風八月凭江樓。攢宫人飲白骨恨，洪波不洗青衣羞。邦基削盡師臣逐，軹道人降子嬰哭。繡胸文錦蹋浪兒，反首誰能報君辱。廟子沙頭卓大旗，天吴縮頸不敢馳。行人指塔話楊璉，三十六宫秋草飛。

題華山高卧圖

蹇驢不蹋豐丘塵，華山歸卧雲臺雲。曲肱枕石且適意，世事耳邊殊不聞。建隆天子小天下，自起潛行風雪夜。經濟元臣不敢眠，夜夜衣冠待車駕。南征北伐事紛紜，猛將四出貔貅軍。盡取荆吴并蜀廣，牀頭鼾睡只容君。

周昉横笛圖

一婦跨鐙如習騎，一婦鵠立類勇士。一婦横笛坐胡牀，容貌衣裳略相似。鬖鬆雲髻作懶妝，丫鬟手擎紅錦囊。人言天寶宫中女，我意梨園舊樂娼。憶昔承平生内荒，宫中消息漸難藏。昨宵一曲寧哥笛，明日新聲滿教坊。春嬌滿眼情脈脈，唤起紅桃親按拍。不將三弄作《伊》《涼》，潛把閒情訴秦虢。聲悽調低承索索，砉然有聲如裂帛。月落長安天四更，六宮一夜梨雲白。

太真明皇並笛圖

黑奴絃索花奴鼓，譚奴撫掌閣奴舞。阿環自品玉玲瓏，御手夷猶親按譜。風生龍爪玉星香，露溼櫻脣金縷長。莫倚花深人不見，李謩側足傍宫牆。此詩見《鐵崖集》。其前尚有十六句，截去較勝。

雙龍圖

雲谷道人手持一片東溪罏，雲林散人爲作雙龍出入清潮圖。硯池濃磨五斗墨，手塗脚蹋頃刻雲模糊。既不爲爬山引九子，亦不作掣電吞雙珠。但見一龍盤空偃蹇飛下尾閭穴，一龍攪海奮迅直上青天衢。雄者筋脈緊，雌者腹肚臝。雙衝交挺白玉柱，兩角對樹青銅株。宛宛修尾卷蹴浪花白，毳毳鉅甲挾拍□風烏。性馴肯入孔甲駕，氣惡欲蹋豐隆車。張吻唉阿香，舞爪挐天吴。轟霆時或取旱魃，飛雨自足蘇焦枯。寸池尺泊雖云不能一日處，十年未用猶可高卧南陽廬。雲谷子，七寶鉢盂深袖手。雲林子，光環金錫且載□。吾將倒三江，傾五湖。洗餘百戰玄黄血，盡率凡鱗朝帝都。

題黑神廟

雄巫啞角神犀吼，翻脚翩蹮起筋斗。血假怒嚼葛黨刀，剥面腥風下天狗。烏雕挐雲捷飛豹，金獸吞頭渾脱帽。青蛇丈八梟鑾旂，北府新分南嶽號。卷魚鴟吻高插空，飛甍列棟紛青紅。花裙草袴自膜拜，白日椎鼓夜擊鐘。莫猺酋長不平賊，十丈龜趺誇石刻。既不能阜旂玄甲接武黑雲都，謾綴竿旄半天黑。君不見兖州祠鎮星，會稽借鬼兵。井埋骸骨爛，屍與雉堞平。烏乎！五花營，千里馬，珠如礫，金如瓦。亡妻走妾各事仇，三尺弓弦淚成把，黑神黑神何爲者？

投贈周元帥十韻

玉帳臨江近，金城鎮海遥。鼓聲秋動地，劍氣夜衝霄。露下星河白，風高草木彫。山寒旗獵獵，沙静馬蕭蕭。左廣初傳駕，西船已畏燒。五離纔散鼠，六博又成梟。豪傑乘時奮，賢材早見招。紫樞虚上座，黄閣待清朝。會見擒奸操，歸來醉小喬。恩波門外柳，長拂富春潮。

寄天香師

圓帽頂紅毳，方袍搭絳紗。海龍邀早飯，山鹿進秋花。試墨探倭紙，尋泉鬬建茶。時拋紅豆粒，竹下唤頻伽。

贈西僧

西離五印度，東渡獨繩橋。海若擎雙足，天花上七條。胡經函貝葉，飯鉢繫椰瓢。回首流沙路，程途十萬遥。

燈下有懷

憶昔童婆店，高屯坐夕曛。樹聲呼出月，石角礙回雲。野雉穿花見，清猿隔澗聞。馬頭三四子，曾縛故將軍。

答問湖源風土

湖源源上路，東與浦陽連。地勝藏春隝，民居小有天。秋山紅入畫，晴野白浮煙。一道桃花水，如今泊戰船。

聞説

聞説江城破，歸心夢裏驚。肺肝從此熱，手足近來輕。春事愁花朶，晨齋怯鼓聲。平生慕王猛，今日莫談兵。

取青樓夜飲戲葉子肅

酒令傳觴急，燈花嚙燭低。山人清似水，老子醉如泥。天黑月墮地，水寒星在溪。猶吹〔赫〕（赤）蹄紙，照道畫樓西。

送哲古心往吴江報恩寺

蘭若壓江橋，長廊晝寂寥。鳥啼春後樹，龍起定中潮。花雨隨風散，茶煙隔竹消。客程他日路，清話借通宵。

聽雪齋

萬籟入沈冥，坐深窗户明。微于疏竹上，時作碎瓊聲。撲紙春蟲亂，爬沙夜蟹行。袁安政無寐，攲枕漏三更。

大都即事六首

平章橋上日，光禄寺前春。楊柳緑垂地，桃花紅照人。粉香迷醉袖，草色妒行輪。屠狗悲歌者，空埋泉下塵。

三月西山道，春風平則門。繡鞍紅叱撥，氈帽黑崑崙。衣襆分香裹，壺瓶借火温。醉歸楊柳月，緑霧掩黄昏。

小海春如畫，斜街曉賣花。連錢遊子騎，斑竹美人家。襖色摇紅段，罌香鬭蠟茶。額黄斜入鬢，側髻半翻鴉。

楊柳暮鴉啼，鐘樓日入西。小車隨客散，歸馬望塵嘶。碧瓦差宫樹，金波溢御隄。時平足行樂，誰問醉如泥。

紅雪點綿袍，青樓酒價高。朱絲紅櫂杪，玉斗紫葡萄。春餤行綾卷，秋醃割佩刀。簾鉤風不定，觸損鷃翎毛。

千步廊前月，朦朧照御街。風簷鳴寶鐸，雷板耀金牌。城影平鋪地，樓陰半上階。誰家吹短調？一夜亂春懷。

感古

關内收三傑，淮南養八公。金成幽血碧，龍起瑞雲紅。過眼王章碎，回頭帝業空。惟餘白楊樹，一類響悲風。

寄馬將軍

馬服古名將，孤軍鎮海壖。射鵰天雨血，拔槊地飛泉。箏手調銀甲，花奴遞玉鞭。虎營燈火夜，自注十三篇。

寄中山隱講師

問訊山中隱，中山第幾重。風廊巡夜虎，雲鉢聽經龍。流水千溪月，寒巖一樹松。無因淨査滓，來共上堂鐘。

簡顧明府

水國差徭重，江城廬舍稀。曉星懸印出，春雨勸農歸。官馬哦新月，公庭散夕暉。欲知通守瘦，但視野人肥。

贈張習之

膏雨晝簾纖，鑪煙不隔簾。燕泥侵玉麈，蛛網挂牙籤。夜枕花頻妒，春衫酒半淹。緑窗人散後，明鏡摘風髯。

立仗馬

照夜玉狻猊，霜毛鐵鏨蹄。春風金絡腦，小雨錦障泥。御駕馳天上，軍封受海西。日供三品料，緘口不聞嘶。

次鐵笛道人韻

翠黛鎖眉山，穠愁無處安。玉環雙鳳叫，珠髻九龍盤。花落夢初斷，鶯啼春未闌。檀槽兒女語，昵昵向誰彈？

送海一漚十韻

尊者來從乾竺國，畏途生出玉門關。地窮西北河爲帶，水盡東南島若環。劫火自如潮勢吼，禪心已似石頭頑。《法華》雨施金盂水，貝葉經挑錫杖鐶。幻境萬家蝴蝶夢，滄波一箇野鷗閑。染輕龍女花難著，德重天厨食自頒。灝氣秋横銀色界，白毫夜破鐵圍山。瀴溟此日浮杯去，葱嶺何年隻履還。佛日未應違下國，甘霖直欲遍人間。探窮大地蛟蛇窟，歸立□□虎豹班。

遊黄公洞十八韻

十月山城氣候偏，黄公洞裏看春妍。五紋鷃雀嬌疑鳳，千葉蟠桃大似蓮。巨彈落星天狗碎，神砮出土佛牙堅。雜花冉冉張紅錦，芳草茸茸卧緑氈。厓瀉蜂腰横斷杵，巖撑虎口抱空拳。澗邊野雉如人立，松下馴麛傍母眠。峰隱金雞啼曉月，瀑翻銀漢下長天。十圍龍竹高逾樹，五頂神芝秀結拳。薜壁冷雲封鬼谷，寶函金穴祕神淵。枰遺商皓棋三角，劍缺黄巢石半邊。丹火有人留蜕骨，玉棺幾度葬神仙。扶危鐵柱高擎掌，代步花輿不下肩。世隔衲僧方廣地，路迷漁父武陵船。華陽未老陶弘景，勾漏先歸葛稚川。記曆何嘗知晉魏，流光端可繼彭籛。蓬萊方丈圖間現，流水胡麻世上傳。欲報穀城山下礦，已無圯上袖中編。便當導引師吾祖，深避衡茅一萬年。

井西丹房

葛井西頭更向西，丹房高與白雲齊。鉛田虎下飛紅電，汞海龍沈結紫泥。山鬼俯闌窺火候，鑪神伏地匃刀圭。飲餘一盞中黄酒，坐聽鶬聲松上啼。

題院人畫小景

高棟層軒夜未央，溶溶新緑漲池塘。風輕楊柳金絲軟，月淡梨花玉骨香。亂唾碧茸紆曲逕，獨循青瑣轉回廊。千金一刻誰能買，輸與豪家白面郎。

席上得摇字

翠館行厨雪乍消，牆頭新柳又垂條。珊瑚枕煖人初醉，鸚鵡籠寒舌未調。座上綵鸞珠插鬢，掌中飛燕玉圍腰。海棠一夜東風軟，落盡雲邊金步摇。

嬉春

春來何處惱柔腸，柳下人家緑瑣窗。畫棟歌塵珠簌簌，雕盤舞袖翠雙雙。鼓翻芍藥雷轟座，酒熟酴醿雪滿缸。最憶瑶芝堂下路，一宵歸夢隔春江。

贈張帥

馬似游龍槊似蛇，弁登雄雉服登猳。聲吞漢賊當陽坂，氣壓秦皇博浪沙。蔽日浮雲行按劍，滿天明月卧吹笳。同宗亦有狂書客，坐對寒窗擬禡牙。

與甯子廉馬敬常飲酒得移字

我愛中州雙國士，尊前爲我解金龜。南山石爛歌逾緩，銅柱沙沈跡未移。割土有人窺漢鼎，磨崖無客頌唐碑。狂生雅抱澄清志，中夜一作「況是」。聞雞起舞時。

登齊政樓

層樓拱立夾通衢，鼓奏鐘鳴壯帝畿。萬古晨昏常對待，兩丸日月自雙飛。壽山樹色籠佳氣，御水波光蕩落暉。手把闌干頻北望，心如征雁獨南歸。

春日

彩毫漆點新蟬翼，奚墨雲磨舊馬肝。月落小窗瓊珮冷，夢回孤枕玉釵寒。荼蘼架雪香生宴，么鳳籠煙醉倚闌。笑我一春長閉户，柳花填巷卧袁安。

賦松江漁者

短櫂輕舟白髮翁，往來常在泖西東。一篙緑水孤篷外，九點青山落照中。不盡春光楊柳雨，無邊秋興蓼花風。鴟夷盛酒羊裘卧，表海封齊莫論功。

王氏小桃源

一簇林塘隱者棲，天然畫出武陵溪。循牆流水灣灣曲，匝屋桃花樹樹低。春雨閉門山犬吠，炊煙隔竹午雞啼。幽深直待一作得。秦人避，但恐漁郎自路迷。

留别賽景初

暖雲將雨驟陰晴，四月羅衣尚未成。萬點愁心飛絮影，五更殘夢賣花聲。方空越白承恩厚，繡裀諸于照道明。自笑窮途不歸去，空懷漫刺闔閭城。

臨安軍前

寂歷荒城遍野蒿，昔人事業已徒勞。雁將秋色催歸馬，楓引霜花入戰袍。地阻東南鄉信遠，天昏西北陣雲高。不堪屢作還家夢，起向一作倚。西風撫大刀。

書憤

離宮金翠化爲煙，土宇雕零舊幅員。豈是相君酣醉日，況逢天子中興年。武關兵馬全無信，浯水文章久未鐫。白髮詩翁憂帝室，長歌泣血拜啼鵑。

良宵

良宵情緒不堪題，立遍闌干意欲迷。鐵撥忽一作頓。敲壺口破，金刀頓一作頻。剪燭心齊。緑分楊柳湘簾細，紅壓櫻桃斗帳低。彷彿第三橋畔宿，月明珠樹夜烏啼。

次韻贈張省史從軍南征

震天金鼓紫駝驕，阜纛連珠畫斗杓。甲馬魚鱗開曉日，錦袍花蕚上春潮。桄榔雨暗湯泉溢，茉利風暄海瘴消。幕下何人專草檄，共誇謀議得張昭。

畫扇

渴龍飲清江，江水皆倒立。風雨滿山來，石楠半身溼。

湖上二首

緑蓋遮籠菡萏，碧瀾摇蕩鴛鴦。罨畫船中鼓板，銷金鍋裏時光。
紅杏牆頭粉蝶，緑楊窗外黄鸝。何處春光最好，蹋青人在蘇隄。

夜月

夜月小樓箏簗，東風深院琵琶。料理宿酲未了，春光又在鄰家。

題畫

遠岫層層何處？矮房簇簇誰家？煙樹夕陽歸鳥，清溪古渡横槎。

許將軍郊居

東青門東草地平，曉來濃霜如雪明。細弓膠勁不須焙，手撚骲頭尋雁聲。

簡竇彦南

二十四橋風月清，瓊花觀裏坐吹笙。金盤露冷凝脂滑，一夜新霜睡不成。

竹蝶圖

落盡春紅春夢熟，平沙小苑窗中緑。美人睡起背東風，蛺蝶飛來上修竹。

鐵笛道人遺筆䇲七絶 并序。

朔客有以筆䇲遺道人者，道人以送予，且將以詩。仍率五溪馮溥、錦泉馮文和以成什，予深愧無李龜年之藝，而虚得張承吉之名也。既次第來韻，復賦此答美意。且邀李桐屋、僧守仁同賦。

贊皇太尉有新題，不減吴江與會稽。最憶秋山霜月夜，卷蘆一曲醉如泥。

朔客蒼頭一尺髭，酒酣氣熱卷蘆吹。花娘不展徘徊拜，虚負王孫五字詩。

長安城裏紫葡萄，關塞遺聲透月高。一十八星清簸冷，無人唤起薛陽陶。

南徐江上月黄昏，誰嚼寒鑪對酒尊。滿耳□風全不競，空煩公主嫁烏孫。

漢家鹵簿最多儀，來駕雙旒武騎隨。不似酒邊呼李衮，静攜九漏月中吹。

一曲邊聲繞月樓，滿天兵氣似并州。塞鴻不管關山怨，閑却吹螺小比丘。

國手傳聞張野狐，清歌最善月中蘆。風前静洗箜篌耳，别畫明皇按舞圖。

方頤

方頤大口玉顔紅，七尺長身猛似熊。偏得將軍傳武藝，闊街飛馬背開弓。

題畫

晴川渺渺停春水，怪石峨峨插亂山。最愛夕陽煙寺裏，千株古木一一作伴。僧閑。

趙集賢枯木竹石

槎牙老樹響天風，寂歷幽篁泣露叢。惆悵玉堂舊公子，故家陵廟月明中。

楊□□允孚

允孚，字和吉，吉水人。□□□□□□有《灤京雜詠》傳于世，邑人羅大已序之曰：楊君以布衣襆被，歲走萬里，窮西北之勝。凡其山川物産，典章風俗，無不以詠歌記之。兵燹所過，莽爲丘墟，回視曩遊，慨然永歎。郭靜思云：「茫茫天壤名常在，賴有灤京百詠詩。」蓋道其實也。

灤京雜咏一百首

北顧宫庭暑氣清，神堯聖禹繼昇平。今朝建德門前馬，千里灤京第一程。此以下多述途中之景。行幸上京，蓋云避暑也。

納寶盤營象輦來，畫簾氊暖九重開。大臣奏罷行程記，萬歲聲傳龍虎臺。龍虎臺，納寶地也。凡車駕行幸宿頓之所，謂之納寶，又名納鉢。

宫車次第起昌平，燭炬千籠列火城。纔入居庸三四里，珠簾高揭聽啼鶯。

營盤風軟淨無沙，乳餅羊酥當啜茶。底事燕支山下女，生平馬上慣琵琶。

羽獵山陰射白狼，太平天子狩封疆。峯巒頻轉丹樓穩，輦輅初停白晝長。

居庸千古翠屏環，飛騎將軍駐兩關。萬里車書來上國，太平弓矢護青山。兩關，謂南口、北口。

穹崖幻出梵王宮，雙塔中間一逕通。四月雨餘山更碧，六龍行處日初紅。至正年間，始營雙塔。宮闕巍峩，直通絶嶺。

翎出王侯部落多，香風簇簇錦盤陀。燕姬翠袖顏如玉，自按轅條駕駱駝。轅條，車前横木，按之則輕重前後適均。

仙峽琴鳴水木多，别離見月奈愁何。題名石壁遼金字，宿雨殘風半滅磨。彈琴峽也。

狼山山下曉風酸，掩面佳人半怯寒。倚户殷勤喚嘗粥，止宜倦客宿征鞍。俗賣豆粥。

榆林御苑柳絲絲，昨夜宫車又黑圍。宿衛一時金帳卷，鎗竿珍重白雲飛。此處有御苑，黑圍地名。大駕經由之所，俗云龍上槍竿，是以御駕不由此處。

斷隄遺址古長城，一逕中分萬柳青。年少每忺春酒美，詩人偏厭綺羅腥。

汲井佳人意若何，轆轤渾似挽天河。我來濯足分餘滴，不及新豐酒較多。此地慳水故也。

莫道槍竿危復危，有人家住白雲西。兒童采棘顛崖去，杜宇傷春盡日啼。

李老谷前山石壠，何年此上遂民居。老龍若作三更雨，頃刻茅簷數尺餘。

馬上重看尖帽山，山頭無數白雲間。漢家天子真龍種，抔土長陵爲設關。乃葬后妃之所，設衛卒焉。

北去雲州去路賒，馬駝殘夢憶京華。寒風淅瀝山無數，樹影參差月未斜。

萬古龍門鎮兩京，懸崖飛瀑一般清。天連翠壁千尋險，路繞寒流百折横。

塞北凝陰無子規，曉看山色不勝奇。堅冰怪石澗邊路，殘月疏星馬上詩。

東京亭下水濛濛，敕賜遊船兩兩紅。回紇舞時杯在手，玉奴歸去馬嘶風。

南國鄉音漸漸稀，朔風吹雪上征衣。邊鴻飛過桓州去，更向窮陰何處歸。

窩名檐子果何如？野草黄雲入畫圖。弧矢縱懸仍覓侶，塞前番語笑人迂。

驅車偏嶺客南還，始見胡姬笑整鬟。誰信片雲三十里，寒暄只隔此重山。過人到偏頭之北，面不可洗，頭不可梳，冷極故也。過此始有暖意，素非高嶺，寒氣止隔于此，良可怪也歟！

李陵臺畔野雲低，月白風清狼夜啼。健卒五千歸未得，至今芳草緑萋萋。此地去上京百里許。

鴛鴦坡上是行宫，又喜臨歧象馭通。芳草撩人香撲面，白翎隨馬叫晴空。由黑圍至，此始合轍焉，卽察罕腦兒。白翎，草地所産。

夜宿氈房月滿衣，晨餐乳粥椀生肥。憑君莫笑穹廬矮，男是公侯女是妃。

歡喜坡邊望禁城，鸞翔鳳翥卿雲清。舉杯一吸灤陽酒，消盡南來百感情。此以下敍灤京之景，及聖駕往還典故之大概。

鐵番竿下草如茵，澹澹東風六月春。高柳豈堪供過客，好花留待蹋青人。卽斡耳朶，蹋青人，指宫人也。

先帝妃嬪火失房，前期承旨達灤陽。車如流水毛牛捷，韂縷黄金白馬良。毛牛，其毛垂地。火失，氈房，乃累朝后妃之宫車也。

聖祖初臨建國城，風飛雷動蟄龍驚。月生滄海千山白，日出扶桑萬國明。上京大山，舊傳有龍居之，奉白宥通。

北闕東風昨夜回，今朝瑞氣集蓬萊。日光未透香煙起，御道聲聲駝鼓來。謂駱駝鼓也。

撒道黃塵輦輅過，香焚萬室格天和。兩行排列金錢豹，欽察將軍上馬駝。

又是宮車入御天，麗姝歌舞太平年。侍臣稱賀天顏喜，壽酒諸王次第傳。千官至御天門，俱下馬徒行。獨至尊騎馬直入，前有教坊舞女引導，且歌且舞，舞出「天下太平」字様，至玉階乃止。內門曰「御天之門」。

九奏鈞天樂漸收，五雲樓閣翠如流。宮中又放灤河走，相國家奴第一籌。灤河至上京二百里，走者名貴赤。黎明放自灤河，至御前巳初中刻者上賞。

得寵親王馬上回，朱門繡閫一時開。淋漓未了金釵宴，中使傳宣御酒來。

大安閣下晚風收，海月團團照上頭。誰道人間三伏節，水晶宮裏十分秋。大安閣，上京大內也。別有水晶殿。

四傑君前拜不名，輪番內直浹辰更。蓬萊山上羣仙集，得似王孫世禄榮。四傑卽四怯薛也。或稱也可怯薛者，卽大怯薛之稱，是之謂不名。當三問凡所以浹辰一更者也。

北極修門不暫開，兩行宮柳護蒼苔。有時金鎖因何掣，聖駕棕毛殿裏回。棕毛殿在大斡耳朶。

曙色蒼茫閶闔開，相君有奏入蓬萊。須臾雲擁千官出，又帶天邊好雨來。

結綵爲樓不用扃，角聲扶上日初明。龍駒河北王來覲，直入金門下馬行。

相國門前柳未花，不多嫩緑便藏鴉。東風吹得濃陰合，散入都城百萬家。

千官萬騎到山椒，箇箇金鞍雉尾高。下馬一齊催入宴，玉闌干外換宮袍。每年六月三日詐馬筵席，所以喻其盛事也。千官以雉尾飾馬入宴。

錦衣行處狻猊習，詐馬筵前虎豹良。特勅雲和罷絃管，君王有意聽堯綱。詐馬筵開，盛陳奇獸。宴享既具，必一二大臣稱吉思皇帝，禮撤，于是而後禮有文、飲有節矣。雲和署隸儀鳳司樂，掌天下樂工。

儀鳳伶官樂既成，仙風吹送下蓬瀛。花冠簇簇停歌舞，獨喜簫韶奏太平。儀鳳司，天下樂工隸焉。每宴，教坊美女必花冠錦繡，以備供奉。

麗日初明瑞氣開，千官錫宴集蓬萊。黃門控馬天街立，丞相簪花御苑回。

聿來新貢又殊方，重譯寧誇自越裳。馴象明珠龜九尾，皇王丕寶壽無疆。萬歲山有九尾龜。

嘉魚貢自黑龍江，西域蒲萄酒更良。南土至奇誇鳳髓，北陲異品是黃羊。黑龍江卽哈八都魚也。鳳髓，茶名。黃羊，北方所産，御膳用。

太平天子重文曹，閣建奎章選俊髦。一自六龍天上去，至今黃帕御牀高。昔文宗建奎章閣于大內，年深灑掃，睹御榻之巋然，感而賦此。

內人調膳侍君王，玉仗平明出建章。宰輔乍臨閶闔表，小臣傳旨賜湯羊。御前厨常膳有曰小厨房、大厨房。小厨房則內人八珍之奉是也。大厨房則宣徽所掌湯羊是也。由內及外，外膳既畢，羣臣始入奏事。每湯羊一膳，其數十六，餐餘必賜左右大臣，日以爲常。予常職賜，故悉其詳。

曲曲闌干兔鹿馴，雨肥緑草度青春。主來不避韓盧獵，慣識金衣內貴人。

銀蹄天馬衣氍毹，肉食尋常斗酒俱。可惜東遊巡海者，不教騎看試何如？

仙娥隱約上簾鉤，笑倚闌干出殿頭。鸚鵡臨階呼萬歲，白翎深院度清秋。

宮人兩兩凭闌干，又喜新除内監寬。金綫蹙花靴樣小，免教羅襪步輕寒。

澹墨輕黄淺畫眉，小絨絛子翠羅衣。君王又幸西宮去，齊向花陰鬬草歸。

香車七寶固姑袍，旋摘修翎付女曹。別院笙歌承宴早，御園花簇小金桃。凡車中戴固姑，其上羽毛又尺許，拔付女侍，手持對坐車中，雖后妃駝象亦然。

窈窕仙姝出禁闈，小西門外緑楊隄。五陵公子多豪縱，緩勒驕驄不敢嘶。

鳳樓春暖翠重重，内禁門開曉日紅。寶馬香車金錯節，太平公主幸離宮。

侯王甲第五雲堆，秦虢夫人夜宴開。馬上琵琶仍按拍，真珠皮帽女郎回。

湯羊内膳日差排，紅帖呼名到玉階。底事金吾呵不住，腰間懸得象牙牌。

東城無樹起西風，百折河流遶塞通。河上驅車應昌府，月明偏照魯王宮。

官妓平明直禁闈，瑶階上馬月明歸。宮花飛落春衫袖，辛苦桑麻入夢稀。

内宴重開馬湩澆，嚴程有旨出丹霄。羽林衛士桓桓集，太僕龍車款款調。馬湩，馬奶子也，每年八月開馬奶子宴，始奏起程，太僕寺掌馬者。

鸞輿八月政高翔，玉勒雕鞍萬騎忙。天上龍歸纔帶雨，城頭夜午又經霜。每年駕起，其夕即霜，異哉。

南坡暖翠接南屏，雲散風輕弄午晴。寄與行人停去馬，六龍飛上計歸程。南坡，乃納寶地也。故遊人罕至焉。

月出王孫獵兔忙，玉驄拾矢戲沙場。皮囊乳酒鑼鍋肉，奴視山陰對角羊。良馬驟馳，拾墮箭。橘緑羊，或四角六角者，謂之迭角羊，迭義未詳。以其角之相對，故曰對角。毛角雖奇，香味稍別，故不升之鼎俎。于以見天朝之玉食有等差也。

雍容環珮肅千官，空設番僧止雨壇。自是半晴天氣好，螺聲吹起宿雲寒。西番種類不一，每即殊禮燕享大會，則設止雨壇於殿隅，時因所見以發一哂。

正元紫禁肅朝儀，御榻中間寶帕提。王母壽詞歌未徹，雪花片片彩雲低。此以下，多敘一年之景，并雜詠之物。

元夕華燈帶雪看，佳人翠袖自禁寒。平生不作蠶桑計，只解青驄鞴繡鞍。

試數窗間九九圖，餘寒消盡煖回初。梅花點遍無餘白，看到今朝是杏株。冬至後，貼梅花一枝於窗間，佳人曉妝，日以臙脂日圖一圈，八十一圈既足，變作杏花，即暖回矣。

脱圈窈窕意如何？羅綺香風漾緑波。信是唐宫行樂處，水邊三月麗人多。上巳日，灤京士女競作繡圈，臨水棄之，即修褉之義也。

葡萄萬斛壓香醪，華屋神仙意氣豪。酬節凉糕猶末品，内家先散小絨縧。重午節也。

百戲遊城又及時，西方佛子閱宏規。綵雲隱隱旌旗過，翠閣深深玉笛吹。每年六月望日，帝師以百戲入内，從西華入，然後登城設宴，謂之遊皇城是也。

紫菊花開香滿衣，地椒生處乳羊肥。氈房納石茶添火，有女褰裳拾糞歸。紫菊花惟灤京有之，名公多見題品。地椒草，牛羊食之，其肉香肥。納石，鞑靼茶。

爲愛琵琶調有情，月高未放酒杯停。新腔翻得《凉州》曲，彈出天鵝避海青。《海青拏天鵝》，新聲也。

海紅不似花紅好，杏子何如巴欖良。更説高麗生菜美，總輸山後蔴菰香。海紅、花紅、巴欖仁皆果名。高麗人以生菜裹飯食之。尖山産麼菰。

四月東風漸漸和，流波細細出官河。詩人策馬紅橋過，御柳今朝絲較多。

偶因試馬小盤桓，明德門前御道寬。樓下緑楊樓上酒，年年萬國會衣冠。明德門，午門也。

怪得家僮笑語囘，門前驚見事奇哉。老翁攜鼠街頭賣，碧眼黄髯騎象來。黄鼠，灤京奇品。

一曲琵琶可奈何，昭君青塚恨消磨。可憐西地黄雲起，不似連天芳草多。

翠樓紫閣盡崔嵬，花落花開不用催。最是多情天上月，照人西去又東來。

承恩留守是何王，錦帳成圍促宴忙。却怪西風渾不顧，一般吹送滿頭霜。

不須白粲備晨炊，乳酪羊酥塞北奇。泥土炕牀銀甕酒，佳人椎髻語侏離。

東風亦肯到天涯，燕子飛來相國家。若較内園紅芍藥，洛陽輸却牡丹花。内園芍藥，迷望亭亭，直上數尺許，花大如斗。揚州芍藥稱第一，終不及上京也。

賣酒人家隔巷深，紅橋正在緑楊陰。佳人停繡凭闌立，公子簪花倚馬吟。

白白氈房撒萬星，名王酣宴惜娉婷。李陵臺北連天草，直到開平縣裏青。

東風吹暖柳如煙，寄語行人緩著鞭。燕舞巧防鴉鶻落，馬嘶驚起駱駝眠。

時雨初肥芍藥苗，脆甘味壓酒腸消。揚州簾卷東風裏，曾惜名花第一嬌。草地芍藥，初生軟美，居人多采食之。

霜寒塞月青山瘦，草實平坡黄鼠肥。欲問前朝開宴處，白頭宫使往還稀。文宗曾開宴於南坡，故云。

雖然玉宇桂無花，秋比江南分外佳。絃管畫樓人散去，舍郎攜妓勸嘗瓜。俗以月下送瓜果往還，上京不產桂花。

御饌官厨不較餘，金門掌膳意勤如。更分光禄瓶中酒，爛醉歸時月上初。凡御膳及民間者，謂之貢餘。光禄寺掌御酒。

別却郎君可奈何，教坊有令趣興和。當時不信郵亭怨，始覺郵亭怨轉多。興和署乃教坊司屬，掌天下優人。

窈窕誰家女未笄，日高停繡出簾帷。背人笑指青霄上，認得宫庭白鴿飛。

灤京九月雪花飛，香壓英囊與夢違。雁字不來家萬里，狐裘旋買換征衣。

雪深連月與簷齊，誰把新吟向客題。一字成時筆如鐵，不如載酒畫樓西。

出塞書生瘦馬騎，野雲片片故相隨。凍生耳鼻雪堪理，冷入肝腸酒强支。凡凍耳鼻，即以雪揉之方回，近火則脱。

宫監何年百念消，冠簪驚見髻蕭蕭。挑燈細説前朝事，客子朱顔一夕凋。

買得香梨鐵不如，玻瓈椀裏凍潛蘇。書生半醉思南土，一曲燈前唱《鷓鴣》。梨子受凍，其堅如鐵。以井水浸之，則味回可食。

強欲驅愁酒一巵，解鞍閒看古祠碑。居庸千載興亡事，惟有天中月色知。

塞邊羝牧長兒孫，水草全枯乳酪存。不識江南有阡陌，一犂煙雨自黄昏。

試將往事記從頭，老鬢征衫總是愁。天上人間今又昔，灤河珍重水長流。

潘高士音

音字聲甫，天台人。生十歲，聞崖山之變，昏迷不食者累日。長而絶意進取，衣服禮節，皆仍宋時之舊。掇野蔬以自給。或勸之曰：夷、齊尚矣，陶靖節心雖爲晉，未嘗不食粟，今何自苦乃爾！於是躬耕世田十餘畝，非其力不食也。築室南洲山中，扁其軒曰「待清」。或勸之著述，曰：《六經》、《語》、《孟》，先儒所言備矣，吾何以注脚爲？居閒感憤，或形之詠歌，以洩其悲思慷慨之志。讀書有得，往往筆之壁牖間。至正三年，詔徵天下遺逸，廉訪使檄贊之行，固辭。嘗歎曰：泉石膏肓，非其時，莫可療也。乙未歲卒，年八十有六。時明太祖渡江，已取太平路矣。兵火後，卷帙散亡。嘉靖間，七世孫日升搜葺其遺稿及讀書録，并刻之。

有所思

中心有所思，蹙損雙蛾眉。美人竟長往，使我歎離居。寂寞就孤枕，強眠誰得知。夜深清露重，飛夢欲何之。覺來日遲遲，分照上羅幃。妝臺理雲鬢，種種盡成絲。

遠遊

聖人久不作，大道將已矣。吾生既無之，惟有幸夕死。殷勤謝良友，遠涉西江水。方從草廬公，共究鶩湖旨。紛紛朱陸議，竊幸窺端倪。奈何執德偏，一聘翻然起。春秋嚴内外，乾坤定冠履。西蜀已空亭，箕山仍洗耳。迢迢返巖阿，惟當隨鹿豕。

往清軒

殷本高辛裔，六七起聖君。受王一剥喪，高賢盡隱淪。坐待天下清，用沾席上珍。况兹黄袍破，我生當其辰。衣冠歸□□，海國陷黄塵。寧有人間世，能逃率土濱。結茅菩提頂，渾忘虎豹鄰。寤寐祇思晉，幽沈迥避秦。何時啓昌運，□□産聖人。願言同二老，荷杖還歸仁。

山中寄友人

我來卧白雲，潭影清華髮。經歲無稻粱，侵晨采薇蕨。峰頭天籟鳴，隴上樵歌發。還擬醉濁醪，與君弄山月。

反北山嘲

達人知進退，曲士豈同謀。盡使藏身去，誰當爲國憂？煙霞成痼癖，聲價藉巢由。虎嘯雄心在，胡爲鶴唳愁。

友人夜宿

雲山多樂事，叢桂共君攀。别去十年久，歸來兩鬢斑。倚窗邀素月，把酒慰離顔。醉後松堂卧，濤聲落枕間。

南洲丁氏草堂

仙客栖真處，衡門枕曲流。地偏三島接，天迥萬山浮。匣劍星霜久，函書洞壑幽。忘機對鷗鳥，華髮老滄洲。

悼楊侍郎

屈指漢遺老，如君復幾何。鳳池冠劍近，鈴閣典章多。國已成禾黍，人還隱薜蘿。那堪川上水，東逝乏回波。

山居阻雨

霏霏風雨暗郊原，有客含凄獨掩門。山鬼嘯雲移峭壁，毒龍將海浸孤村。愁來自灑青楓淚，戰罷誰招絶漠魂。繭足空齋無一語，不因岑寂怨黄昏。

東溪水漲

積雨經時苦自長，東溪回首意凄涼。連山巨浪飛春雪，數點鷩鷗下夕陽。神女含情愁洛浦，美人揮淚灑瀟湘。欲尋舟楫無由渡，咫尺天涯共渺茫。

登樓秋望

木落霜清雁影流，偶來長嘯獨登樓。笳鳴薄暮寒鴉集，劍倚遥空紫電流。萬里〔胡〕塵連大漠，一樽漢月醉高秋。深閨少婦思征戍，何處聞砧不動愁。

真覺寺訪蔡上人

爲尋支遁扣禪關，趺坐觀空出宇寰。淨土無塵勞白拂，天花如雨落青山。龍皈寶座香雲滿，鴿繞經臺佛日閒。誰謂陶潛偏嗜酒，從今蓮社未應還。

龐德公

高士遺蹤尚可尋，襄陽城外閟幽林。久知軒冕浮榮薄，已卜耕鋤樂趣深。麟閣不圖丘壑相，鹿門應遂白雲心。千秋事與人俱往，滿目松楸帶夕陰。

讀岳武穆傳

萬里浮雲入望陰，千山落日正沈沈。當朝自餒中興志，出塞徒勞上將心。臣子終天仇未復，姦邪設險計殊深。惟餘一篋精忠傳，揮淚頻看不自禁。

悼文丞相

回首中原已陸沈，捐軀朔漠氣蕭森。恐吹餘燼成炎漢，未許黄冠返故林。社稷忽生千古色，綱常無忝百年心。總挤清骨縈荒草，不復胡沙掩素襟。

聞鵑

子規聲切月輪斜，起望諸陵憶漢家。婦女尋芳渾不解，鬟雲争插杜鵑花。

元詩選辛集目録

元詩選辛集

鐵崖先生楊維楨

維楨，字廉夫，會稽人。登泰定丁卯進士，署天台尹，改錢清場鹽司令，遷江西等處儒學提舉。會兵亂，避地富春山，徙錢塘。張士誠招之，不往，又忤達識丞相，自蘇徙松。明洪武二年，召修禮樂書，維楨謝曰："豈有八十歲老婦，就木不遠，而再理嫁者邪！"賦《老客婦詞》以進。賜安車詣闕，留百二十日，以白衣乞骸骨，放還。卒年七十有五。廉夫嘗居吳山鐵冶嶺，故號鐵崖。過太湖，得莫邪鐵笛，又稱鐵笛道人。築室松江上，有小蓬壺、草玄閣諸勝。海内薦紳大夫，與東南才俊之士，造門納屨，殆無虛日。玉山草堂之會，推主敦盤。筆墨橫飛，鉛粉狼藉，或戴華陽巾，披鶴氅，踞船屋上，吹鐵笛，作《梅花弄》，坐客皆蹁躚起舞，以爲神仙中人也。所著書數百卷，其《古樂府》尤盛行。張伯雨曰："《三百篇》而下，不失比興之旨，惟《古樂府》爲近。今代李季和、楊廉夫遂稱作者。廉夫上法漢、魏，而出入少陵、二李之間，故其所作，隱然有曠世金石聲，又時出龍鬼蛇神，以眩蕩一世之耳目，斯亦奇矣。元詩之興，始自遺山。中統、至元而後，時際承平，盡洗宋、金餘習，則松雪爲之倡。延祐、天曆間，文章鼎盛，希蹤大家，則虞、楊、范、揭爲之最。至正改元，人材輩出，標新領異，則廉夫爲之雄。而元詩之變極矣！明初，袁海叟、楊眉菴輩皆出自鐵門。錢牧齋謂鐵體靡靡，久而未艾，斯言未足以服鐵崖也。

履霜操 并序。

琴操有《履霜》，謂尹吉甫子伯奇爲後母譖而見逐，自傷而作也。其詞曰：「朝履霜兮採晨寒，考不明其心兮信讒言。何辜皇天兮遭斯愆，痛殁不同兮恩有偏，誰説碩兮知此冤。」使是詞果出伯奇，則伯奇不得希于舜矣。予爲之補云。

霜鮮鮮兮草戔戔，兒獨履兮兒宿野田。衣荷之葉兮葉易穿，採椁花以爲食兮食不下咽。嗟兒天父兮天胡有偏，我不父順兮寧不兒憐，履晨霜兮泣吾天。

雉朝飛 并序。

琴操有《雉朝飛》，多指牧犢子之作。據揚雄所記，則曰：《雉朝飛》者，衛女傅母之所作也。衛女嫁齊太子，中道太子死，問傅母，傅母曰：且往當喪。喪畢，女不肯歸，終之以死。傅母悔之，取女所自操琴于冢上鼓之。忽有雉出墓中，傅母撫雉曰：女果爲雉也，言未畢，雉飛而起，故其操曰《雉朝飛》。予以牧犢之歎不如衛女之善死有關世教也。故賦以補舊樂府之缺云。

雉朝飛，一雄挾一雌，雄死雌誓黄泥歸。衛女嫁齊子，未及夫與妻。青縭綰素結，一死與之齊。人言衛女蕩且離，烏得冢中有雉飛？琴聲鼓之聞者悲。

石婦操 并序。

石婦即望夫石也，在處有之，詩人悲其志與精衛同，不必問其主名也。予爲詞補入琴操云。

峩峩孤竹岡，上有石魯魯。山夫折山花，歲歲山頭歌石婦。行人幾時歸？東海山頭有時聚。行人歸，啼石柱，石婦岑岑化黄土。鐵崖與李季和在吴下論古今人詩，季和舉酒屬楊曰："廉夫倔强，作漢魏古樂府，亦能作昌黎伯琴操乎？"楊亟請題，賦畢，季和拍几三叫曰："楊廉夫鐵龍精也！"

獨禄篇 并序。

古樂府《獨禄篇》，爲父報仇之作也。太白擬之，轉爲雪國恥之詞。予在吴中，見有父仇不報，而與之共室處者，人理之滅甚矣！爲賦此詞，以激立孝子之節云。

獨禄獨禄惡水濁，仇家當族，孝子免汙辱。孝子軀幹小，勇氣滿九州，拔刀削中睨父仇。父仇未報，何面上父丘。漆仇頭，爲飲器。臠仇肉，爲食嘬，頭上之天纔可戴！

烏夜啼 并序。

古樂府《烏夜啼》者，宋王義慶妓妾報赦之詞，予爲補之，而少見規誡之義云。

籠葱高樹青門西，夜夜棲烏來上啼。報君凶，報君喜，願君高樹成連理。啼烏夜夜一作生。八九子，莫使君家高樹移，烏生八九烏散飛。

鴻門會

天迷關，地迷户，東龍白日西龍雨。撞鐘飲酒愁海翻，碧火吹巢雙猰貐。暗言范增、項莊。照天萬古無二烏，殘星破月開一作來。天餘。一作隅。此言沛公當獨王天下，羽不得分也。座中有客天子氣，左股七十二子連明珠。軍聲十萬振屋瓦，拔劍當人面如赭。將軍下馬力拔山，氣卷黄河酒中瀉。劍光上天寒彗殘，明朝畫地分河山。將軍呼龍將客走，石破青天撞玉斗。富春吴復曰：先生酒酣時，常自歌是詩。此詩本用賀體，而氣則過之。

臙脂井

井無水，荒龍椅。不得如，巴馬子。仰天夜見黄姑星，水底嘍嘍話紅鬼。井中之人不徇死，宫人斜在雷塘趾。一作尾。斜，宫人塜也。

宿瘤詞

采桑女，項如甖。叶汪。受教采桑，不受教觀大王。大王聘之居中房，舊衣不换新衣裳。采桑女，項如甖。宫中掩口笑喤喤，堯舜桀紂陳興亡，中宫笑口慚且惶。服后服，正後宫，叶光。卑宫室，親蠶桑。減弋獵，斥優倡。諸侯玉帛走東方，王上帝號聲煌煌。

梁家守藏奴

將軍椒房親，跋扈闞如虎。嗟嗟孫家兒，豈識鳶肩主。有司夜捕帑，藏婢及人母。紫金與白珠，没入將軍府。吁嗟乎！梁家婢，何太苦。不知一作如。將軍妻，秦宮婦。三主六君七貴人，明日飛花亂紅雨。

虞美人行

拔山將軍氣如虎，神騅如龍蹋天下。叶户。將軍戰敗歌楚歌，美人一死能自許。蒼皇一作愴怛。伏劍若危主，不爲野雉隨仇虜。江邊碧血吹青雨，化作春芳悲漢土。

六宫戲嬰圖

黄雲複壁椒塗蘇，銀牀水噴金蟾蜍。宜男草生二月初，燕燕求友鳥將雛。芙蓉花冠金結縷，飄飄盡是瑶臺侣。宫中箇箇承主恩，豈復君王夢神女。栴檀小殿吹天香，新興髻子换宫妝。中有一人類虢國，淨洗脂粉青眉長。百子圖開翠屏底，戲弄孲孲未生齒。侍奴兩兩舁錦棚，不是唐家緑衣子。蘭湯浴罷春晝長，金盤特瀉荔枝漿。雕籠翠哥手擎出，爲愛解語通心腸。宜州長史躭春思，工畫傷春欠春意。吴興弟子廣王風，六宫猫犬無相忌。君不見玉釵淫嗇戕漢孤，作歌請獻螽斯圖。

城西美人歌 并序。

丙戌花朝後一日，與客游長城之靈山，宴于城東老人所。時偕游者，城中美人靈山秀也，酒酣作《城西美人歌》。

長城嬉春春半強，杏花滿城散餘香。城西美人戀春陽，引客五馬青絲韁。美人有似真珠漿，和氣解消冰炭腸。前朝丞相靈山堂，雙雙石郎立道傍。當時門前走犬馬，今日丘壠登牛羊。美人兮美人，舞燕燕，歌鶯鶯，蜻蜓蛺蝶争飛揚。城東老人爲我開錦障，金盤薦我生檳郎。美人兮美人，吹玉笛，彈紅桑，爲我再進黄金觴。舊時美人已黄土，莫惜秉燭添紅妝。

崔小燕嫁辭

閶闔城中三月春，流鶯水邊啼嚮人。崔家姊妹雙燕子，踏青小靴紅鶴觜。飛花和雨著衣裳，早裝小娣嫁文央。離歌苦惜春光好，去去輕舟隔江島。東人西人相合離，爲君歡樂爲君悲。

長洲曲

長洲水引東江潮，潮生暮暮還朝朝。只見潮頭起郎桅，不見潮尾回郎棹。昨夜西溪買雙鯉，恐有郎椷寄連理。金刀剖腹不忍食，尺素無憑牕還委。西溪之水到長洲，明日啼紅臨上頭。

琵琶怨

蜀絲鴛鴦織錦縚，邏檀鳳皇斲金槽。絃抽甕繭五色豪，雙成十指聲嘈嘈。塚頭青草天山雪，眼中紅冰嵬下血。哀絃淒斷感精烈，池上蕤賓躍方鐵。

内人吹笛詞 爲顧瑛題盛子昭畫。

天寶年來教春坊，紫雲製曲吹寧王。美人何處竊九漏，耳譜亦解傳《伊》、《涼》。鵾絃轉斷黃金軸，獨據胡牀弄横玉。冶情忽逐野鶯飛，十指紅蠶迷起伏。御溝水暖浴鵁鶄，天地久無征戰聲。芙蓉楊柳自揺落，豈識黄雲邊塞情。西樓今夜月色午，内人思仙望河鼓。白日蕭條鳳不來，井梧風動神烏語。

奔月巵歌 爲茅山外史張伯雨賦。

神犀然光射方諸，海水拆裂雙明珠。大珠飛上玉兔臼，小珠亦奔銀蟾蜍。千年太陰錬成魄，豈識妖螟吞啖厄。刳胎乃墮歡伯計，玉斧椎開桃扇核。茅山外史海上來，拾得海月稱奇哉。按劍或爲龍鬼奪，擲手自戲仙人杯。雄雷雌電繞丹屋，顧兔清光吞在腹。醒來不記墨淋漓，塵世隨風散珠玉。鐵崖仙客氣如虹，金橋銀橋游月宫。素娥飲以白玉醴，羽衣起舞千芙蓉。居然月宫化鮫室，坐見月中清淚滴。我方醉卧玉兔傍，但見大魁酌天槳。一作酒。不用白兔長生藥，不用千年不死方。

簫杖歌 爲永嘉璣天則道人賦。

空心勁草琅玕節，瘦如筆枝赤如鐵。壺公手中曾擲之，黄公石上飛星裂。璣天道人雙眼青，見之不減九節藤。神丁未闕混沌竅，中有萬壑銅龍聲。道人親鑿崆峒玉，九漏玲瓏尺度足。黑蛇飛來膝上横，道人手中嘯鸞鵠。自言奇音不敢作，寒星墮地風折岳。去年臺山解虎鬬，今年狼山敲豸角。鐵崖相見洞庭東，腰間笛佩蒼精龍。湘江雨脚吹雌風，相呼道人木上座，杖陂水拔鬚眉峯。

皇媧補天謡

盤皇開天露天醜，夜半天星墮天狗。璇樞缺壞奔星斗，輪鷄環兔愁飛走。聖媧巧手煉奇石，飛廉鼓鞴虞淵赤。紅絲穿餅補天穿，太虛一碧玻璃色。輻旋轂轉一作輿。四極正，高蓋九重縣水鏡。三光不凋河不洩，天上神仙宅金闕。當時坤母亦在傍，下拾殘灰補地裂。

龍王嫁女詞 并序。

海濱有大小龍拔水而飛，雷車挾之以行者，海老謂之龍王嫁女，故賦此辭。率匡山人同賦。

小龍啼春大龍惱，海田雨落成沙砲。天吴擘山成海道，鱗車魚馬紛來到。鳴鞘聲隱佩鏘琅，璠姬玉女桃花妝。貝宫美人笄十八，新嫁南山白石郎。西來態盈慶春婿，結子蟠桃不論歲。秋深寄字湖龍姑，蘭香廟下一雙魚。

湖龍姑曲

湖風起，浪如山，銀城雪屋相飛翻。白鼉竪尾月中泣，倒卷君山輕一粒。浪中拍碎岳陽樓，萬斛龍驤半空立。雨工騎羊鞭迅雷，紅旗白蓋蚩尤開。青娥鬟髮紅藍腮，紫絲絡頭雙黄能，《神絃》《神絃》十一中之一。歌急龍姑來。

修月匠歌 并序。

按《酉陽雜俎》，太和初，有王秀才游嵩山，迷道，見一人枕幞而坐曰：君知月乃七寶合成乎，月勢如丸，其影則日爍其凹處也。常有八萬三千户修之，予卽一數。因作《修月匠歌》。

天公弄丸七寶鈿，脆如琉璃拆如綫。月中斤人八萬户，勅賜仙厨瓊屑飯。什什伍伍入杳冥，妙手持天輕欲旋。千斤寶斧運化鈞，混沌皮開精魄見。羿家奔娥太輕脱，須臾蹋破蓮花瓣。十二山河影碎中，輪郭重完冰一片。縹緲長懸玉臼飛，堅牢永結妖蟆患。封辭何用蟣蝨臣，功成萬古蒙天眷。一歸蘭路一作韶。不知年，菟子花開三萬徧。

五湖游

鴟夷湖上水仙舟，舟中仙人十二樓。桃花春水連天浮，七十二黛吹落天外如青漚。道人謫世三千秋，手把一枝青玉虬。東扶海日紅桑樛，海風約住吴王洲。吴王洲前校水戰，水犀十萬如浮鷗。水聲一夜入臺沼，麋鹿已無臺上游。歌吴歈，舞吴鉤，一作劍。招鴟夷兮狎陽侯。樓船不須到蓬丘，西施鄭旦坐兩頭。道人卧舟吹鐵笛，仰看青天天倒流。商老人，橘幾弈。東方生，桃幾偷。精衛塞海成甌窶，海盪邙山漂髑髏，胡爲不飲成春愁。

苕山水歌 一作火耕陳帝墳。

苕山如畫雲，苕水如篆文。使君畫船山水裏，蕩漾朝暉與夕曛。中流棹歌驚水鴨，捷如競渡千人軍。渡頭劉阮郎，清唱煙中聞。爲設胡麻飯，招手越羅蚡。既到車山口，還過麏水濆。東盛抖前折楊柳，西莊漾下紉香芹。東村擊鼓送將醉，西村吹笛迎餘醺。三日新婦拜使君，野花山葉斑斕裙。使君本是龍門客，宫衫脱錦披黄斤。願住吴儂山水國，不入中朝鸞鵠羣。酒酣更呼酒，輓衣勸使君。游絲蜻蜓日款款，野花蛺蝶春紛紛。君不見城南風起寒食近，老農火耕陳帝墳。

廬山瀑布謡 并序。

甲申秋八月十六夜，予夢與酸齋仙客游廬山，各賦詩。酸齋賦《彭郎詞》，予賦《瀑布謡》。銀河忽如瓠子決，瀉諸五老之峯前。我疑天仙一作孫。織素練，素練脱軸垂青天。便欲手把一作借。并州剪，剪取一幅玻璃煙。相逢雲石子，有似捉月仙。酒喉無耐夜渴甚，騎鯨吸海枯桑田。居然化作十萬丈，玉虹倒挂清泠淵。

花游曲 并序。

至正戊子三月十日，偕茅山貞居老仙、玉山才子，煙雨中游石湖諸山。老仙爲妓者瓊英賦《點絳脣》詞，已而午霽，登湖上山，歇寶積寺行禪師西軒。老仙題名軒之壁，瓊英折碧桃花下山。予爲瓊英賦

《花游曲》，而玉山和之。

三月十日春濛濛，滿江花雨溼東風。美人盈盈煙雨裏，唱徹湖煙與湖水。水天虹女忽當門，午光穿漏海霞裙。美人凌空躡飛步，步上山頭小真墓。華陽老仙海上來，五湖吐納掌中杯。寶山枯禪開茗椀，木鯨吼罷催花板。老仙醉筆石闌西，一片飛花落粉題。蓬萊宫中花報使，花信明朝二十四。老仙更試蜀麻箋，寫盡春愁子夜篇。

古憤

陰陰璞玉抱，幽幽雌劍鳴。玉屈有時白，劍孤有時并。如何妾玉身，長抱碯石名。如何妾劍身，一作聲。指爲妖鐵精。天乎如有情，蝕月爲妾明。地乎如有情，河水爲妾清。

采菱曲

若下清塘好，清塘勝若耶。鴛鴦飛鏡浦，鸂鶒睡銀沙。兩槳夾螳臂，雙椰交犬牙。照波還自惜，艷色似荷花。袖惹紅萍溼，裙牽翠蔓斜。大堤東過客，背面在蒹葭。日落江風起，清歌雜笑哇。

春芳曲

春容不再芳，春華不再揚。我欲倩游絲，花前繫春陽。春陽不可繫，游絲徒爾長。飛來雙蛺蜨，綴我羅衣裳。頓足起與舞，上下隨春狂。

南婦還 并序。

南婦有轉徙北州者，越二十年復還。訪死問生，人非境換。有足悲者，爲賦之。

今日是何日？慟返南州岐。汩汩東逝水，一日有西歸。長别二十年，休戚不相知。去時蕓一作鬟。髮青，歸來面眉黧。昔人今則是，故家今則非。脱胎有父母，結髮有夫妻。驚呼問鄰里，共指冢纍纍。訪死欲穿隧，泣血還復疑。白骨滿丘山，我逝其從誰？

梁父吟

步出齊城門，上陟獨樂峯。梁父昂雉堞，蕩陰夷鬣封。齊國殺三士，杵臼不能雄。所以《梁父吟》，感歎長笑翁。吁嗟長笑翁，相漢起伏龍。闢張比彊冶，將相俱和同。上帝棄炎祚，將星墮營中。抱膝和《梁父》，《梁父》生悲風。

要離塚

金昌亭下路，春草没荒丘。云是要離塚，令人生古愁。侏兒三尺幹，不佩雙吴鉤。中包猛士膽，白日照高秋。忍死屠骨肉，視身若蜉蝣。荆軻不了恨，慶忌成身謀。如何五噫客，死與爾同仇。

白一作積。雪辭

凝雲羃日日爲黄，白光半夜漏東方。廣寒兔老玉髮蜕，一箭剛風落人世。錦宫肉屏香汗溶，酒如春江飲如虹。彩鸞簾額不受卷，酒面洗作梨花風。階前獅子積不壞，十日瓊田換塵界。金鉦取挂扶桑曉，照見瓊田出寒莩。

鹽商行

人生不願萬户侯，但願鹽利淮西一作「兩淮」。頭。人生不願萬金宅，但願鹽商千料舶。大農課鹽析秋毫，凡民不敢争錐刀。鹽商本是賤家子，獨與王家埒富豪。亭丁焦頭燒海榷，鹽商洗手籌運握。入席一囊三百斤，漕津牛馬千蹄角。司綱改法開新河，鹽商添力莫誰何。大艘鉦鼓順流下，檢制孰敢懸官鉈。吁嗟海王不愛寶，夷吾筴之成伯道。如何後世嚴立法，祇與鹽商成富媪。魯中綺，蜀中羅，以鹽起家數不多。只今誰補貨殖傳，綺羅往往甲州縣。

花門行

大唐宇宙非金甌，黄頭奚兒蟆作虬。跳梁河隴翻九土，驚呼一作烏。夜半呼延秋。朔方健兒袖雙手，戰馬傷春舞楊柳。當時天驕不借兵，渭闕黄旗仆來久。快哉健鶻隨手招，渡河萬匹疾如猋。白羽若月筋幹驕，彎弓仰天落胡旄。吁嗟健鶻有如許，邀我一作功。索花固其所。明年西下崆峒兵，壯士重憂折天柱。折天柱，唐無人，引狼殪虎狼非麟。空令漢女嫁非匹，〔穹〕（窮）廬夜夜愁寒雲。

征南謡

錢塘江頭點行軍，大艘金鼓聲殷殷。千里萬里雞犬絶，杳杳南國深蠻雲。蠻邦父母苦不仁，九重天子深無聞。草間弄兵本鋤梃，聚力四萬稱孤君。皇華遣使宣主恩，横草未立終童勛。閩南總戎賜斧鉞，紫髯一拂清妖棼。六駮生來食虎尊，猛虎雖猛寧同羣。於乎猛虎雖猛寧同羣，城狐社鼠何足云！

貧婦謡

西家婦，貧失身。東家婦，貧無親。紅顔一代難再得，嗷嗷南國稱佳人。夫君求昏多禮度，三日昏成戍邊去。龍蟠有髻不復梳，一作「閉門花落春不知」。又作「閉門花落青春深」。寶瑟無絃爲誰御。朝來采桑南陌周，道旁過客黄金求。黄金可棄不可售，望夫自上西山頭。夫君生死未知所，門有官家賦租苦。姑嫜繼歿骨肉孤，夜夜青燈泣寒杼。西家婦作傾城姝，黄金步搖繡羅襦。東家婦貧徒自苦，明珠不傳青州奴。爲君貧操彈修竹，不惜紅顔在空谷。君不見人間寵辱多反覆，阿嬌老貯黄金屋。

留肅子歌

留肅子，草衣儒，居無室屋出無驢。十年落魄走吴下，一日奮迅游天都。自言袖有黄帝書，淮荒海盗及吴租。大臣不諱省中木，法官交譏臺上烏。草衣言事不畏死，請劍欲斬崔司徒。

冶師行 并序。

贈緱氏子名長弓，太湖中人，與予鑄鐵笛者也。通文史，又善鑄鐵冠如意。自云將鑄湖心鏡，求予詩，歌之云。

湖中冶師緱長弓，有如漢代陶安公。七月七日與天通，朱雀飛來化青童，且莫隨仙踏飛鴻。道人鐵笛已在手，鐵冠八柱凌喬嵩。皇帝一統誅羣凶，猛士干將無所庸。還徼上青子，天上禆重瞳。江心火雹流赤虹，雲凝霧結愁蟠龍。

五禽言 并序。

禽言無出梅都官之作，予猶惜其句律佳而無風勸之意。故予製五禽言，言若拙而意頗關風勸焉。

唤起唤起東方明，門前已如市。上林有烏殺司晨，苦殺蕭娘睡方美。

提胡盧，提胡盧，沽酒何處沽。烏程與若下，美酒高無價。小姑典金釵，勸郎醉即罷。君不見城中官長壺盧提，十日九日醉如泥。

姑惡姑惡姑不惡，妾命苦。姑有孝女，姑爲慈母，妾亦甘爲東海婦。

子歸子歸子不歸，白頭阿嬭慈且悲。子弗歸，待何時？君不見西江處士章九華。十年去赴丘園科，母死妻啼未還家。

行不得哥哥，我不行，奈我何！西山有豺虎，西江有風波。風波尚可壺，豺虎尚可羅。努兒闕，平地多，行不得哥哥。

匹鳥曲

建章宮中匹瓦飛，太液浮起雙紅衣。文塘小徑迎春歸，春紅蓮葉春猗猗。金丸嬌郎故驚起，白頭雙飛誓雙死。上林雁婦忍流離，九疑倀倀天萬里。長干沙頭人望夫，願託錦領西江書。結生不作白頭伴，結死須作青陵烏。

鬬雞行

兩雄勇鋭誇匹敵，老距當場利如戟。毿毿毰毸蝟刺張，怒咽磈礧嗔睛碧。劍心一動碎花冠，口血相汙膠綵翼。何當罷鬬作啼聲，埭上梨花春露滴。

白翎鵲辭二章 并序①。

按國史脱必禪曰：世皇畋于林柳，聞婦哭甚哀。明日，白翎鵲飛集斡朵上，其聲類哭婦，上感之，因令侍臣製《白翎鵲辭》。鵲能制猛獸，尤善禽鷙鵝者也。舊辭未古，爲作《白翎鵲詞》二章，以補我朝樂府。

白翎鵲，西極來。叶黎。金爲冠，玉爲衣。百鳥見之不敢飛，雄狐猛虎愁神機。先帝親手韝，重爾西方奇。海東之青汝何爲？下攫草間雉兔肥，奈爾猛虎雄狐狸！

白翎鵲，來西極，地從翼旋山目側。邊風勁氣勁折膠，材官猛箭與之敵，黃狼紫兔不餘力。須臾白雪輕，一舉千仞直。駕鵝洒血當空擲。金頭玉頸高十尺，千秋萬歲逢玉食。

①明成化本序作「朔客彈四弦有《白鴿鵲》調。鵲蓋能制猛獸，尤善禽駕鵝也。爲作《翎鵲辭》。」

殺虎行 并序。

劉平妻胡氏，從平戍零陽。平爲虎擒，胡殺虎争夫。千載義烈，有足歌者。猶恨時之士大夫其作未雄，故爲賦是章。

夫從軍，妾從主。夢魂猶痛刀箭瘢，況乃全軀飼豺虎。拔刀誓天天爲怒，眼中於菟小于鼠。血號虎鬼寃魂語，精光夜貫新阡土。可憐三世不復仇，泰山之婦何足數。

城門曲

諜報越王兵，城門夜不扃。孤臣睛不死，門月照人青。

飲馬窟

長城飲馬窟，飲馬馬還驚。寧知嗚咽水，猶作寶刀鳴。

俠客詞

未許同交死，全身報國仇。太阿飛出匣，欲取賈充頭。

牧羝曲

老羝何日乳，歸雁忽能言。不逐虞常死，丁零尚有恩。

桑陰曲

妾自夫君戍，桑陰路不通。將軍哮似虎，少婦竊秦宮。

貞婦詞 一作《漸臺曲》。

皎日常持信，倉皇不改真。君王符不到，水長漸臺傾。

三閣詞 一作《臙脂井》。

昨夜韓擒虎，將軍一作「金陵」。奏凱回。井中人不死，重帶美人來。

連理枝

主家連理木，昨夜一枝零。野藤沿別樹，相託萬年青。

玉蹄騧

銀鐺玉蹄騧，金鞭問妾家。窗開桃葉渡，小艇在荷花。

商婦詞二首

蕩蕩一作子。發航船，千里復萬里。願持金剪刀，去剪西流一作江。水。

郎去愁風水，郎歸惜歲華。吴船如屋裏，南北共浮家。

春波曲

家住春波上，春深未得歸。桃花新水長，應没浣花磯。

采蓮曲二首

東湖采蓮葉，西湖采蓮花。一花與一葉，持寄阿侯家。

同生願同死，死葬清泠洼。下作鎖子藕，上作雙頭華。

楊柳詞

楊柳董家橋，鵝黄萬一作幾。萬條。行人莫到此，春色易相撩。

賭春曲

鬬草歸來後，開筵又賭春。堦前撒珠戲，獨一作誰。是得雙人。《妝樓記》：洛陽有樂姓者，撒真珠爲戲，厚盈數寸。以班螺令妓女酌之，仍各具數，以得雙者爲勝。得雙妓乃作雙珠宴以勞主人。

玉鏡臺

郎贈玉鏡臺，妾挂菱花盤。安得咸陽鏡，照郎心肺肝。

聞雁篇

樓頭聞過雁，隻影不成雙。一夜狂夫夢，相隨到九江。

買妾言

買妾千黄金，許身不許心。使君聞有婦，夜夜《白頭吟》。

續絃言

麟角煮爲膠，續絃絃在弓。誓將一作「丁寧」。絃上箭，不一作莫。射孤飛鴻。

歸客誤

夜聞歸客騎，玉鑾鳴㕔𠲅。喚婦開西窗，秋風響桐葉。

自君之出矣二首

自君之出矣，燕去復燕歸。思君如荔帶，日日抱君衣。

自君之出矣，草青復草黄。思君如魚鑰，日日守君房。

吴子夜四時歌四首 效劉琨體作。

麴塵波欲動，紅心草已生。朝來夾城道，流車如水行。

睡起珊瑚枕，微風度屧廊。芙蓉最高葉，翻水洗鴛鴦。

秋風吹羅幃，玉郎思寄衣。多情雙絡緯，啼近妾寒機。

樺煙嘘席暖，不知寒漏長。朝來玉壺冰，爲君添衣裳。

陽臺曲

月落望夫山，高臺十二鬟。楚宫多妬女，雲雨夢中還。

昭陽曲

美人初睡起，内史報蘭湯。散盡黄金餅，無尋赤鳳皇。

焦仲卿妻

生爲仲卿婦，死與仲卿齊。廬江同樹鳥，不過别枝啼。

小臨海曲 一名《洞庭曲》。十首

日落洞庭波，吴娃蕩槳過。道人吹鐵笛，風浪夜來多。

道人鐵笛響，半入洞庭山。天風將一半，吹度白銀灣。

仙橘大如斗，浮之過洞庭。江妃渾未識，唤作楚王萍。

海客報奇事，青天火甕飛。明朝雷澤底，新有落星磯。

網得珊瑚樹，移栽瑪瑙盆。夜來風雨横，龍氣上珠根。

海上雙雷島，渾如灧澦堆。乖龍拔山脚，飛渡海門來。

潮來神樹没，潮歸神樹青。雲裏天妃過，龍旗帶雨腥。

客入毛公洞，洞深人不還。明年探禹穴，相見會稽山。

太液象圓海，金蓮夜夜開。水中萬年月，照見昆明灰。

秦峯望東海，雲氣常飄飄。桑田明日事，奚用石爲橋。

桂水五千里二首

桂水五千里，瀟湘雨氣空。衡山七十二，望見女英峯。

桂水五千里，南風大府開。象王新貢入，鮫女送珠來。

西湖竹枝歌 一作《小臨海曲》。九首 并序。

予閒居西湖者七八年，與茅山外史張貞居、苕溪郯九成輩爲唱和交。水光山色，浸沈胸次，洗一時尊俎粉黛之習，于是乎有《竹枝》之聲。好事者流布南北，名人韻士屬和者無慮百家。道揚諷諭，古人之教廣矣。是風一變，賢妃貞婦，與國顯家，而《烈女傳》作矣。采風謡者，其可忽諸？至正八年秋七月，會稽楊維楨書于玉山草堂。

蘇小門前花滿株，蘇公堤上一作下。女當壚。一作「水平湖」。南官北使須到此，江南西湖天下無。

鹿頭湖船唱赧郎，一作「片言許郎金石剛」。船頭一作「阿奴」。不宿一作是。野鴛鴦。爲郎歌舞爲郎死，不惜一作怕。真珠成斗量。

家住西湖一作「城西」。新婦磯，勸君不唱縷金一作「金縷」。衣。琵琶元一作本。是韓朋一作馮。木，彈得鴛鴦一處飛。

湖口樓船一作「行雲」。湖日陰，湖中斷橋湖水深。樓船一作「行雲」。無柁一作心。是郎意，斷橋無一作有。柱是儂一作奴。心。

病春日日可如何？起向西窗理琵琶。見説枯槽能卜命，柳州街口問來婆。

小小渡船如缺瓜，船中少婦《竹枝歌》。歌聲唱入空侯調，不遣狂夫横渡河。

勸郎莫一作休。上南高峯，勸儂一作我。莫一作「郎休」。上北高峯。南高峯雲北高雨，雲雨相催愁一作「隨惱」。殺儂。

石新婦即秦皇纜石也。下水連空，飛來峯前山萬重。不辭妾作望夫石，一作「妾死甘爲石新婦」。望來一作「蕭郎」。或一作忽。似飛來峯。

望郎一朝又一朝，信郎信似浙江一作「錢唐」。潮。浙江潮信一作「牀脚搘龜」。有時失，一作爛。臂上守宫無日消。此題各本所載不同，《元詩體要》共有十首，去取互異。今從《西湖竹枝唱和》傳本録之。

吴下竹枝歌七首　率郭羲仲同賦。

三箬春深草色齊，花間蕩漾勝耶溪。採菱三五唱歌去，五馬行春駐大堤。

家住越來溪上頭，臙脂塘裏木蘭舟。木蘭風起飛花急，只逐越來溪上流。

寶帶橋西江水重，寄郎書去未回儂。莫令錯送回文錦，不答鴛鴦字半封。

馬上郎君雙結椎，百花洲下買花枝。罟罛冠子高一尺，能唱黄鶯舞雁兒。

《白翎鵲操》手雙彈，舞罷胡笳十八般。銀馬杓中勸郎酒，看郎色似赤瑛盤。

騎馬當軒鵲觜靴，西風馬上鼓琵琶。内家隊裏新通籍，不是南州百姓家。

小娃十歲唱桑中，盡道吴風似鄭風。不信柳娘身不嫁，真珠長絡守宫紅。

漫興七首 并序。

學杜者必先得其情性語言而後可，得其情性語言，必自其漫興始。錢塘諸子喜誦予唐風，取其去杜不遠也。故今漫興之作，將與學杜者言也。

艫畫溪頭翠水家，水邊短竹夾桃花。春風嗾人狂無那，走覓南鄰羯鼓撾。

丈人接羅白氈裁，花邊下馬不驚猜。環沈溪頭買酒去，高堂寺裏看碑來。

長城女兒雙結丫，陳皇宅前第一家。生來不識古井怨，唱得後主《後庭花》。

楊花白白緜初迸，梅子青青核未生。大婦當壚冠似瓠，小姑喫酒口如櫻。

今朝天氣清明好，江上亂花無數開。野老殷勤送花至，一雙蝴蜨趁人來。

南鄰酒伴厚相呼，共訪城東舊酒壚。柳下秋千間絡索，花間喚起勸胡盧。

我愛東湖舊廣文，更過水口覓將軍。醉歸嘗騎廣文馬，不怕打鼓噤黄昏。

冶春口號七首 寄崑山袁、郭、吕三才士。

今年臘底無殘雪，却是年前十日春。騎馬行春橋上路，密梅花發便撩人。

吴下逢春春思濃，不堪花發館娃宫。吴山青青吴水白，愁殺江南盛小叢。

見説崑田生玉子，海西還有小昆侖。明朝去拔珊瑚樹，龍氣隨飛過海門。

鮫卵兼斤傳海上，海人一尺立階前。婁江馬頭天下少，春水如天卽放船。

南朝宮體袁才子，更説西崑郭孝廉。自是玉臺新句好，風流無復數香奩。

湖上女兒柳葉眉，春來能唱黄鶯兒。不知却是青娘子，飛傍枇杷索荔枝。

西樓美人不受呼，清箏一曲似羅敷。可無東厩五花馬，去博西樓一斛珠。妓名也。

春俠雜詞　一作口號。八首

金丸脱手彈鸚鵡，玉鞭嬉笑擊珊瑚。侍兒無賴有如此，知是霍家馮子都。

花袍白面呼郎神，當階奪花不避人。天馬乘龍金絡腦，賈家貴壻正嬌春。

柘林縱獵金毛鷹，花街行春銀面馬。夜宿倡樓酒未醒，飄風吹落鴛鴦瓦。又一詩云：「昨日布衣行九州，今日繡衣拜冕旒。馬前清道一千步，當街不敢窺高樓。」吳復編《古樂府》不載。

蜀琴初奏雙鴛鴦，嶰竹和鳴雙鳳皇。夜闌酒散不上馬，紫荆月墮西家牆。

石上葉生青鳳尾，階前花開黄鵠觜。美人弄水百花池，水洒花枝雙蝀起。

鳳皇城外横門道，小妓軍裝金線襖。春暉無賴苦撩人，自下雕鞍蹋芳草。

美人遺我崑溪竹，未寫雌雄雙鳳曲。愛惜長竿繫釣緡，釣得江西雙比目。

闕右新來豪傑客，姓字不通人不識。夜半酒醒呼阿吉，平聲。碧眼〔胡〕兒吹筆笛。此首吳復《古樂府》及《復古詩》俱不載，見章編《鐵崖詩集》。

燕子詞二首

燕子來時春雨香，燕子去時秋雨涼。鴛鴦一生不作客，夜夜不離雙井塘。

燕子樓頭入妾家，燕來燕去惜容華。祇應韓重相思骨，化作湖中並蒂花。

小游仙十首

東華塵又起瀛洲，十屋今添第幾籌。阿母西來騎白鳳，蛾眉相見不勝秋。

麻姑今夜過青丘，玉醴催斟白玉舟。莫向外人矜指爪，酒酣爲我擘箜篌。以上二首，見《玉山名勝》，小蓬萊所題。

天上莀常宫又成，文章只數老玄卿。五雲閣吏亦謫世，牛鬼少年專盛名。

日落海門吹鳳匏，須臾海水沸如炮。船頭處女來相唤，一作「鷄曲」。知是洞庭千歲蛟。

曾與毛劉共學丹，丹成猶未了情一作塵。緣。玉皇敕賜西湖水，長作西湖月水仙。

西湖仙人蓮葉舟，又見石山移海流。老龍卷水青天去，小朵蓮花一作峯。共上游。以上二首亦見《玉山名勝集》。

青旄節衛翠雲軿，按部東行過赤城。龍女遺珠鷄卵大，結爲雙佩賜方平。

若木西來赤岸東，白金城闕碧珠宫。天家令急不敢住，折得五花歸飯龍。

東逾弱水赤流深，夜得桃都息羽旌。地底日回天上去，金雞如鳳自交鳴。

金鵝蕊生瑶水陰，錦駝鳥鳴珠樹林。上皇敕賜龍色酒，天樂五雲流玉音。

海鄉竹枝歌四首

潮來潮退白洋沙，白洋女兒把耡耙。苦海熬乾是何日？免得儂來爬雪沙。

門前海坍到竹籬，階前腥臊蟛子肥。㼝犽三歲未識父，郎在海東何日歸。

海頭風吹楊白花，海頭女兒《楊白歌》。楊花滿頭作鹽舞，不與斤兩添銅鉈。

顔面似墨雙脚頳，當官脱袴受黄荆。生女寧當嫁盤瓠，誓莫近嫁東家亭。《海鄉竹枝》非敢以繼風人之鼓吹，于以達亭民之疾苦也。觀民風者，或有取焉。

《鐵崖古樂府》十卷，門人吴復類編。每卷加以評識。鐵崖自言：予三體，詠史用七言絶句體者三百篇，古樂府體者二百首，古樂府小絶句體者四十首。絶句人到吾門者，章禾能之。古樂府不易到吾門，張憲能之。至小樂府，二三子不能，惟吾能之。故五峯李著作，推爲詠史手云。門人章琬又編《復古詩》六卷，皆五七言絶句，大半見于吴編《古樂府》中。其香奩諸作，並類附于後。

烽火辭 ①以下復古詩。

美人方一笑，烽火不須驚。昨夜驪山下，西戎已結兵。吴復類編，二韻倒轉。

①《烽火辭》，成化本作《烽燧曲》。

去妾辭

萬里戎裝去，琵琶上錦韉。傳來馬上曲，猶唱《想夫憐》。

宮詞十二首 并序。

宮詞，詩家之大香奩也。不許村學究語。爲本朝宮詞者多矣，或拘于用典故，又或拘于用國語，皆損詩體。天曆間，予同年薩天錫善爲宮詞，且索予和什，通和二十章。今存十二章。

雞人報曉五門開，鹵簿千官泊虎一作帝。臺。天上駕鵝先有信，九重鑾駕上都一作京。回。每歲此禽先期往返。

開國遺音樂府傳，《白翎》飛上十三絃。大金優諫關卿在，伊尹扶湯進劇編。

海内車書混一時，奎章御筆寫烏絲。朝來中貴傳宣急，南國宫娥拱鳳池。

薰風殿閣日初長，南貢新來荔子香。西邸阿環方病齒，金籠分賜雪衣娘。

宫錦裁衣錫聖恩，朝來金榜揭天門。老娥元是南州女，私喜南人擢殿一作狀。元。

北幸一作狩。和林幄殿寬，句一作高。麗女侍婕妤官。君王自賦一作製。昭君曲，敕賜琵琶馬上彈。

后土瑶仙一作花。屬内家，揚州從比絶名花。君王題品容誰並，一作「難盡」。萼緑宫中萼緑華。

十二瑶樓浸月華，桐花移影上窗紗。簷一作簾。前不插鹽枝竹，卧聽金羊引小車。

金屋秋深露氣涼，宫監久不到西廂。丁寧莫竊寧哥笛，鸚姆無情説短長。

露氣夜生鳷鵲樓，井梧葉葉已知秋。君王只禁宫中蠱，不禁流紅出御溝。

十三宫女善詞章，長立君王玉几傍。阿婉有才還有累，宫中鸜鵒啄條桑。

蛾眉矉處不勝秋，長帶芙蓉小苑愁。肯爲君王通一笑，羽書烽火誤諸侯。

女史詠十八首 録八。

鉤弋夫人 漢武帝宫人，生昭帝者。

婕妤未换母儀尊，聞説一作道。君王已一作日。寡恩。太子宫中無木偶，可無鞠域到堯門。

班婕妤 前漢成帝宫人。

長門不用買多才，紈扇炎涼善自裁。五鬼一言能悟主，秋風愁殺望思臺。

緑珠 石崇以珠三斛買梁氏女。

百斛明珠價莫加，高樓投璧璧無瑕，臨春不死臙脂井。又逐降王一作旛。上檻車。

馮小憐 北齊穆后愛衰，侍婢馮小憐大幸。

前山較獵御同車，一笑平陽等戰蝸。挽一作换。得后衣才上馬，琵琶又入一作「自屬」。代王家。

楊太真 唐明皇貴妃。

萬花叢裏澤初承，紫磨金揺不自勝。義髻早知無死所，不如生不負青陵。

關盼盼 唐張建封節制武寧，納妓盼盼于燕子樓。公薨，不他適。

冢上白楊今十年，樓頭燕子尚留連。銅臺多少丁寧恨，誰向西陵望墓田。

韓蘄王夫人 宋韓世忠。

巫家卜偶不爲嫌，優女占夫事更堅。看取異時真畏友，九重書上議黄天。

女貞木楊氏 予從大父女弟名宜，既笄，許陸氏子，娶一夕，陸氏子卒。後達官聘之，宜誓不嫁，母强逼之，遂閉重户自盡。予表其墓曰「女貞」。

守死重闈事一作「闔志」。不睽，九泉不負陸郎妻。至今墳上女貞木，不受商陵怨鳥棲。

香奩八詠 并序。

吴問詩社《香奩八詠》，無春芳才情者，多爲題所困。縱有篇辭，鄙婦學妝院體，終帶鄙狀，可醜也。晚得玉樹餘音爲甲，而長短句、樂府絶無可拈出者。一日，雲庵王先生寄示《踏莎行》八闋，讀之驚喜，先生蓋松雪翁門人，今年八十又三矣。而堅强清爽，出語娟麗，此殆爲月中神仙人也，謹付翠兒度腔歌之。又評付龍洲生附八詩後繡梓，以見王孫門中舊時月色。雖曰喪亂，固無恙也。至正丙午春三月初吉，錦窭老人楊維楨序。

金盆沐髮

華清春晝賜温泉，綰脱青絲散一編。翠雨亂跳花底月，黑雲半卷鏡中天①。銅仙盤冷添甘露，玉女盆傾拾翠鈿。攏得雲鬟高一尺，罟冠新上玉臺前。

①成化本卷作掩。

月奩勻面

一片清光照膽寒，玉容滿鏡掩飛鸞。素娥照見黄金闕，絳雪鎔開白玉盤。翠點柳尖春未透，紅生櫻顆露初乾。好風爲我披羅幕，一朵芙蓉正面看。

玉頰啼痕

天然玉質洗鉛華，怪底偏將半面遮。紅滴香冰融獺髓，彩黏膩雨上梨花。收乾通德言難盡，點溼明妃畫莫加。聚得斑斑在何處，軟綃寄與薄情家。

黛眉顰色

按樂圖開列畫堂①，春愁何獨損清揚。蜀山煙雨雙尖瘦，漢柳風霜雨葉蒼。索畫未成京兆譜，欲啼先學壽陽妝。蕭郎忽有歸期報，喜得天庭一點黄。

①成化本畫作滿。

芳塵春跡

是誰步屧印微茫，便似石家春滿牀。軟雪消時痕晃底，好風起處步生香。彩雲飛上鞦韆鐙，芳草侵來蹴踘場。愁絕如癡成獨立，繡鴛拾得在東牆。

雲窗秋夢

骨瘦魂清酒力微，路迷錯莫是還非。羅浮曉月相將落，巫峽斷雲何處飛。金彈撇來驚忽忽，玉龍嘶了尚依依。不如直到鈞天所，記得《霓裳》樂譜歸。

繡牀凝思

繡綫添來日正遲，香絨倦理一支頤。心游飛絮渾無著，身蛻枯蟬忽若癡。花幀錯描愁伴覺，金針閣住許誰知。絶憐小玉情緣重，到死春蠶始絶絲。

金錢卜歡

紫姑壇上祝方兄，忽聽呼盧擲地聲。星斗未分牛女會，陰陽先判雨雲生。青蚨孕子寧無兆，玉蝶化身元有情。寶鏡重圓三五夜，重磨半月問虧盈。

續奩一作《老鐵梅花夢》。二十首 并序。録八。

陶元亮賦《閑情》，出簪御之辭，不害其爲處士節也。予賦韓偓續奩，亦作娟麗語，又何損吾鐵石心也哉！法雲道人勸魯直勿作艷歌小辭，魯直曰：空中語耳，不致坐此墮落惡道。予于續奩，亦曰空中語耳，不料爲萬口播傳。兵火之後，龍洲生尚能口記，又付市肆梓而行之，因書此以識吾過。時道林法師在座，予合十曰：若墮惡道，請師懺悔。梅花夢楊維楨自敍。

學書

歌徹陽春酒半醺，玉尖搦管蘸香雲。新詞未上鴛鴦扇，一作記。醉墨先汚蛺蜨裙。一作羣。

習舞

《十六天魔》教已成，背反蓮掌苦嫌生。夜深不管排場歇，一作散。尚向燈前踏影行。

染甲

夜擣守宫金鳳蕊，十尖一作指。盡換紅鵶觜。閒來一曲鼓瑶琴，數點桃花泛流水。

照畫

畫得崔徽卷裏人，菱花秋水脱真真。只今顔色渾非舊，燒藥幧頭過一春。

理繡

揀得金針出象筒，鴛鴦雙刺扇羅中。却嗔昨夜狸奴惡，抓亂一作破。金一作花。牀五色絨。

甘睡

漏減良宵晝日遲，困人天氣酒中時。東家女伴太驕劣，偷解裙腰一作「連環」。竟不知。

蹋鞠

月牙束鞠紅幧首，月門脱落葵花斗。君看脚底軟金蓮，細蹴花心壽郎酒。

走馬

胡女一作攴。牽來獰叱撥，輕身飛上電一抹。半兜玉鐙褭湘裙，不許一作使。春泥汙羅襪。

鐵崖艷體，擅場一時。王國器《踏莎行》八闋，皆有鐵崖評語，故并載章編《復古詩》集中。《續奩》二十首，尚有學琴、演歌、上頭、出浴、相見、相思、的信、私會、成配、洗兒、秋千、釣魚諸題。其浴、思、信、配等作，多用昔人成語，兹不具載。《西湖游覽志》稱鐵崖雅好聲妓，名徹都下，晚居松江，有侍兒四：竹枝、柳枝、桃花、杏花，皆善歌舞。酒酣耳熱，命歌《白雪》之曲，自倚鳳琶和之。一日訪瞿士衡，飲次，脱妓鞋置杯行酒，名曰鞋杯。謂其姪孫宗吉詠之，宗吉作《沁園春》一闋以呈，鐵崖大喜，即命侍兒歌以侑觴，當時傳爲佳話。嘗過玉山草堂題云：「無奈道人狂太甚，時攜紅袖寫烏絲。」其風流韻致，要非方幅之士所能及也。

寄張伯雨 以下《鐵崖集》。

句曲先生非隱淪，苦嫌城市客來頻。每瞻湖上青烏去，不覺山中白兎馴。古洞神瓜圓似斗，空林老茯長如神。金鐘玉几我所愛，鶴氅烏巾許卜鄰。

送羅太初北游

聚散何如水上漚，君行朔漠我東州。三年風雨同爲客，一日江湖各問舟。古木殘陽栖短景，清琴涼月照高秋。燕山驛路四千里，歸夢還能到此不。

游開元寺憩緑陰堂　爲開元寺長老秀石公賦。

韋郎句中尋晝寂，劫灰不盡緑層層。鴻文重紀青城客，内典新傳瀑布僧。石佛浮江輕似葉，神珠照鉢隱如燈。桫欏樹子風前落，吹滿一作傍。恩公舊毾㲪。音榻登，西域毛席，大牀前小榻以上香者。

贈溧陽馬閒雲錬師

閒雲隱者一區宅，相直芝山半面開。劍氣上天看北斗，鶴人作語過蓬萊。樵柯石爛圍棋在，梅洞雲深采藥回。相約丹陽尋祖武，三花髻子市中來。

四月四日偕蜀郡袁景文大梁程沖霄益都張翔遠雲間呂德厚會稽胡時敏汝南殷大章同游錢氏別墅飲于菊亭僧舍賦此書于壁

山公今日飲何處，爲愛東池似習池。喬木尚傳錢相宅，蒼苔已上岳公碑。井竇或從雙劍起，一作出。石人夜逐五丁移。中天艮岳爲平地，可但平泉草木悲。

追和鮮于公寄山齋先生釣石詩

星灘分得小雙臺，不染東華半點埃。爽氣時從仙掌出，青天忽見岳蓮開。雲根遠帶桐江水，夜雨新生海眼苔。九朵峯前成屢憶，不隨霜鶴寄詩來。

送錢思復之永嘉山長

湖頭送客綵舟移，青雀飛來花滿枝。進士舊傳羅刹賦，佳人新唱《竹枝詞》。黄桐錦樹秋風早，青奥紅雲海日遲。思遠樓前約相見，西山煙雨畫新眉。

送費夢臣北上并簡十八丈

桃花新水漲湖頭，今日南風起戍樓。雲近紫臺龍虎氣，春回青海鳳鱗游。簫韶美頌從容上，光範長書次第投。爲問湖南名奉使，緑衣驄馬正風流。

錢塘懷古率堵無傲同賦 一作《詠白塔》。

天山乳鳳飛來小，南渡衣冠又六朝。劫火自焚楊璉塔，箭鋒猶抵伍胥潮。燐光夜附山精出，龍氣秋隨海霧消。惟一作獨。有宫人斜畔月，多情還一作猶。自照吹簫。

訪倪元鎮不遇

霜滿船篷月滿天，飄零孤客不成眠。居山久慕陶弘景，蹈海深慚魯仲連。萬里乾坤秋似水，一窗燈火夜如年。白頭未遂終焉計，猶欠蘇門二頃田。

西湖

西湖風景開圖畫，墨客騷人入咏嗟。扇底魚龍吹日影，鏡中鶯燕老年華。蘇堤物换前朝柳，葛嶺人耕故相家。今古一作日。消沈一杯水，兩峯長照夕陽斜。

留别浯溪諸友

浯溪長揖向蘭溪，偶及高秋欲半時。明月不分天遠近，故人相望浙東西。青山木落千檣立，滄海潮來萬馬馳。倚棹歌闌離思作，今宵風雨倍淒淒。

次韻黄大癡艷體

千枝燭樹玉青葱，緑紗照人江霧空。銀甲辟絃斜雁柱，薰花撲被熱鴛籠。仙人掌重初承露，燕子腰輕欲受風。閒寫惱公詩已就，花房自擣守宫紅。

寄衞叔剛

二月春光如酒濃，好懷每與故一作可。人同。杏花城郭青旗雨，燕子樓臺玉笛風。錦帳將軍烽火外，鳳池仙客碧雲中。憑誰解釋春風恨，一作「情重」。只有江南盛小叢。

玄霜臺爲吕希顔賦

仙家樓若有玄霜，無奈今宵月色涼。露下金莖仙掌白，光生玉兔雪眉蒼。道人醉寫榴皮字，仙客饑分寶屑糧。愛我西闌吹鐵笛，碧雲千里雁飛長。

和吕希顔

雨過長江五月秋，主家譙客林塘幽。苦無奇字從人問，賴有清尊消我憂。道士舊游尋赤壁，美人相見憶羅浮。休官便擬璜溪住，蓴菜鱸魚不外求。

題春江漁父圖

一片青天白鷺前，桃花水泛住家船。呼兒去换城中酒，新得槎頭縮頸鯿。

郭天錫春山圖

不見朱方老郭髯，大江秋色滿疏簾。醉傾一斗金壺汁，貌得江心兩玉尖。

飛絮

春風門巷欲無花，絮起晴風落又斜。飛入畫簾空惹恨，不知楊柳在誰家？

吴詠十章用韻復正宗架閣

館娃宫裏落花多，春色撩人可奈何。南省風流又架閣，宫才解賦館娃歌。
曾侍虚皇第二筵，鐵仙輕脱故依然。江州坐上初相見，還識人中孟萬年。
杜牧尋春苦未遲，水晶宫裏舊題詩。小鬟莫訝腰如束，善唱白家《楊柳枝》。
馬上郎君出帝城，瓊林宴裏記相迎。吴山吴水新迎送，學唱《陽關》第四聲。
淮南八月雁初過，奉使槎回烏鵲河。十里揚州花底散，五陵年少已無多。
夏駕湖頭朱雀舟，湖光山色不勝秋。丘中不見金銀氣，臺上閒看麋鹿游。
江上梅花鐵石心，江南腸斷越人吟。南垣閣老多情甚，才見梅花便抱琴。
鴟夷仙去五湖船，故國何人憶計然。昨夜洞庭秋水長，夢聞廣樂下鈞天。
黄菊初花客未歸，登高自試苧羅衣。真娘墓上好紅葉，伍相祠前多翠微。
地行仙子羊權家，曾降山中蕚緑華。三十六橋明月夜，姑蘇城内有瓊花。官妓名瓊花宴者，新自維揚來蘇州。

奉題伏生受書圖

瓜丘崩，科斗藏。典墳孰求楚左相，金絲未壞孔子堂。濟南老生教齊魯，綿蕝禮生何足伍。挾書嚴禁禁未開，盤詰誰能禁齊語。百年禮樂當有興，天子好文開太平。百篇大義喜有託，十三女口傳嚶嚶。太常掌故親往受，百篇僅遺二十九。河内女兒還自疑，老人屋中有科斗。建元博士孔襄孫，五十九篇爲訓文。嘉唐悼桀空有詔，孔氏全經誰與論？倪家書生能受學，一篇薦上原非樸。賞官得列中大夫，帝軌皇塗未恢擴。漢家小康黄老餘，烏用司空城旦書。蓋音閤。師言治在何處？後世徒走陳農車。陳農車，漢成帝時人。

題二喬觀書圖

喬家二女雙芙蓉，一代國色江之東。亂離唯恐埋百草，豈料一日俱乘龍。江東子弟孫郎策，同住周郎道南宅。弟兄不減骨肉親，喜作喬家兩嬌客。明年符死鏡中妖，銅雀春深愁大喬。自是阿瑜能了事，黄星一道隨煙銷。小喬初嫁有如此，天下三分從此始。風流顧曲本多才，風雨雞鳴戒君子。喬家教女善詩書，豈比小姑持刃爲。帳中草檄名漢賊，已知事屬方頤兒。君不見阿瞞老贖蔡文姬，博學才辯何所施？天下羞誦《胡笳》詞。

題王粲登樓圖

臨洮水涸銅人毁，西園青青草千里。秦川公子走亂離，瘦馬疲童面如鬼。粲貌甚寢。俊君威名跨海南，虎視走鹿何眈眈。可憐膝下盡豚犬，誰復大厦收楩楠？落月樓頭髀空拊，目斷神州隔風雨。平生不識大耳公，座上客歸丞相府。春深銅雀眼中蒿，攬涕尚復思登高。江山破碎非舊土，版圖何日還金刀？荆臺高樓已荆棘，丹青寫賦工何益。君不見袁家有客能罵賊，將軍頭風重草檄。

題陶淵明漉酒圖

義熙老人羲上人，一生嗜酒見天真。山中今日新酒熟，漉酒不知頭上巾。酒醒亂髮吹騷屑，架上烏紗洗糟蘖。客來忽一作休。怪頭不冠，巾冠豈爲我輩設。故人設具在道南，老人一笑猩猩貪。東林法師非酒社，攢眉入社吾何堪。家貧不食檀公肉，肯食劉家天子禄。頹然徑醉卧坦腹，笑爾阿弘來奉足。

題陶弘景移居圖

大奴擔簦挈壺飧，小奴籠雞約孤豘。雪斑鹿前雙婉孌，水雲枯背三温黁。中有玉立而長身，幅巾野服爲何人。云是永明之隱君，身有黑子七星文。自從夜讀《葛洪傳》，便覺白日生青雲。解冠徑挂神武門，蜜蠹尚拜君王恩。句容洞天元第八，茅家兄弟遁秦臘。飛宫三接十二樓，下聽華陽海聲狹。三朝人物半凋零，水丑木中文已成。金牛脱絡誰得箠，畫牛以金籠頭絡之。枯龜受灼寧生靈。金沙丹飯饑可餉，山中猶嫌呼宰相。從此移家金積東，滿谷桃花隔秦壤。畫工何處訪仙蹤，修眉明目射方瞳。可無雞犬逐牛豕，栗橘葛榧皆家僮。鐵崖浮家妻子從，名山亦欲尋赤松。華陽禮一作祀。郎或相逢，清風唤起十八公，乞以玉笙雙鳳吹雌雄。

唐玄宗按樂圖

大唐天子梨園師，金湯一作城。重付軋犖一作「緑衣」。兒。何人端坐閲樂籍，三萬纏頭不足支。龜年一作兹。

檀板阿鑾舞，花奴手中花如雨。鈞天供奉真天人，上亦親撾一作搥。汝陽鼓。玉奴檀槽倦無力，忽竊寧哥手中笛。邊風吹入新貢簫，銅池夜夢雙飛翼。閤門邊一作大臣廷。奏塞黈聰，耳譜更訪一作傳。明月宫。漁陽一震萬竅聾，梨園弟子散如雨，一作「簫琶羯鼓擲如土」。惟有舞馬傷春風。

自題鐵笛道人像

道人煉鐵如煉雪，丹鐵火花飛列缺。神焦鬼爛愁鏌鋣，精魂夜語吴鈎血。居然躍冶作龍吟，三尺笛成如竹截。道人天聲閟天竅，媧皇上天補天裂。淮南張涯人中傑，愛畫道人吹怒鐵。道人與笛同死生，直上方壺觀日月。

題趙仲穆臨黄筌秋山圖

成都畫師稱要叔，不獨錦雞兼寫竹。李昇筆法最稱神，萬里雲山出西蜀。重巒疊嶂金碧堆，丹崖楓樹如花開。銀河著地可望不可到，上有仙家十二之瓊臺。峨眉玉壘天邊落，萬雉金城連劍閣。雪山西蜀爲武擔，石鏡清輝纏井絡。江邊里牯似沈犀，水怪不敢湍金隄。支機石在嚴真觀，浣花水落少陵溪。蜀王宫殿牛羊下，鼓吹却入雞豚社。雪飛水磨舊敲茶，春釀郫筒荷熟煮。草田麥壠煙光薄，交鹿呦呦雉角角。何處山僧赤脚歸？空林野水日欲落。吴興小趙精天機，出入内府閲秘奇。親摹此本第一幅，閉户三月忘朝飢。老夫平生有山癖，草玄亭前雙眼碧。江上何處未歸來，黄鶴高樓吹鐵笛。

題錢選畫長江萬里圖

神禹劃天塹，橫分南北州。衹今天不限南北，一葦航之如大溝。洪源發從瞿塘口，嶮峽中擘争黄牛。括漢包一作甲。湘會沅澧，二妃風浪兼天浮。青山何罪受秦赭，翠黛依然生遠愁。洞庭微波木葉脱，有客起登黄鶴樓。老瞞橫槊處，釃酒澆江流。江東數豪傑，乃是孫與周。東風一信江上發，從此鼎國曹孫劉。吴南魏北後，倏忽一作「忽聞」。開六朝。叶稠。江南龍虎地，山水清相繆。渡頭龍馬王氣歇，洲邊鸚鵡才名留。新亭風景豈有異，長江不洗諸公羞。宫中金蓮步方曉，後庭玉樹聲已秋。何如一杯酒，錦袍仙人月下舟。解道澄江靚一作淨。如練，醉呼小謝開青眸。鐵崖散人一作「瀟散」。萬里鷗，拙迹今似林中鳩。不如大賈舶，江山足勝游。腰纏足跨揚州鶴，樓船不用一作問。蓬萊丘。平生此志苦未酬，眼明萬里移滄洲。烏乎！楚水尾，吴淞頭，山河一髮瞻神州，孰使我户不出兮囚山囚。

題柳風芙月亭詩卷

主家池館西龍塘，龍塘華國參差芳。秋輪軋露春雲熱，水風楊柳芙蓉月。星橋高挂東西虹，宫花小隊煙花紅。金絲拂鞍長袖舞，夜静水涼神欲語。草池夢落西堂客，吟詩一夜東方白。

謝吕敬夫紅牙管歌 并序。

吕云：度廟老宫人所傳物也。滄江泰娘，蓋敬夫席上善倚歌以和予大忽雷者，故詩中及之。

鐵心道人吹鐵笛，大雷怒裂龍門石。滄江一夜風雨湍，水族千頭嘯悲激。樓頭阿泰聚雙蛾，手持紫檀不敢歌。吕家律吕慘不和，換以紅牙尺八之冰柯。五絲同心結一作繫。龍首，曾把昭陽玉人手。只今流落已百年，不省愁中折楊柳。道人吹春哀北征，宫人斜上草青青。吴兒木石悍不驚，泰娘苦獨多春情，爲君清淚滴紅冰。

紅酒歌 謝同年智同知作。

揚子渴如馬文園，宰官特賜桃花源。桃花源頭釀春酒，滴滴真珠紅欲然。左官忽落東海邊，渴心鹽井生炎煙。相呼西子湖上船，蓮花博士飲中仙。如銀酒色未一作不。爲貴，令人長憶桃花泉。膠州判官玉牒賢，憶昔同醉璚林筵。别來南北不通問，夜夢玉樹春風前。朝來五馬過陋廛，贈以同袍一作「我胸中」。五色彩。一作綫。副以五鳳樓頭牋，何以澆我磊落抑塞之感慨？桃花美酒斗十千。垂虹橋下水拍天，虹光散作真珠涎。吴娃鬭色櫻在口，不放白雪盈人顛。我有文園渴，苦無曲奏鴛鴦絃。預恐沙頭雙玉盡，力醉未與長瓶眠。徑當垂虹去，鯨量吸一作「此與吞」。百川。我歌君扣舷，一斗不惜詩百篇。

題月山公九馬圖手卷爲任伯温賦 并序。

任公月山《九馬圖》一卷，馬官控而立者二，渴飲者一，赴飲者一，共櫪秣者二，立而昂首回顧者一。昔韓幹善畫馬，實出曹將軍霸。唐之畫馬稱曹、韓，而杜子美評曰：「幹惟畫肉不畫骨」，則幹猶未暇入曹將軍室也。今公所畫，法備而神完。使在開元間，未知與霸孰先後？豈獨方駕幹而已哉！其孫士珪出卷求予言，故爲賦卷尾。

任公一生多馬癖，松雪畫馬稱同時。已知筆意有獨得，天育萬騎皆吾師。房精夜墮池水黑，龍出池中飛霹靂。圖中九馬氣俱王，都護青驄尤第一。一馬飲水水有聲，兩馬齕草風雨生。其餘五馬盡奇骨，蠻煙洗盡桃花明。君不見佛郎獻馬七度洋，朝發流沙夕明光。任公承旨寫神駿，妙筆不數江都王。任公一化那可復，後生畫馬空多肉。此圖此馬無人看，黄金臺高春草緑。原卷題云：李黼榜第二甲進士會稽楊維楨書，時捧硯者，蘇臺常氏繡簾也。

衮馬圖

唐家内廐三萬匹，畫史縑緗都熟識。緑蛇連卷骨初蜕，一團旋風五花色。涇雲乍洗烏龍池，金索掣斷愁欲飛。奚官獨立柳陰下，手把玉鞭將贈誰？

飲馬圖

佛郎新來雙象龍，鼻端生火耳生風。臨流飲水如飲虹，波光倒吸王良宫。吁嗟青海頭，白磧尾，渴烏一失金井水，長城窟遠腥風起。

正面黄

鼎湖乘黄忽已仙，龍池霹靂飛青天。玉臺萬里在足下，青絲挽住春風前。嶷如長鶴静不騫，仗下肯受庸奴鞭。主恩一顧百金重，不辭正面當君憐。

背立驪

首昂渴烏跨山峙，拂階一把銀絲委。金羈脱兔勢無前，踣鐵盤攢忽如掎。淺髖大胆方争塗，忍使驪龍老垂耳。倚風背立非背恩，駄錦秋高爲君起。

趙大年鵝圖

鏡湖湖上春波明，灣碕樹樹鵝黄青。上有金衣弄簧舌，下有紅掌浮繡翎。春鋤鷺也。一白能自好，尚嫌性帶鶥鵵腥。眼明見此羣鸛鸛，不與匹烏争春晴。大年筆法如《蘭亭》，宛頸箇箇由天成。艮宫流落二百載，胡賈不厭千金争。却恨會稽内史無此筆，爲人辛苦書《黄庭》。

月梅 以下《鐵龍詩集》。

天上清虚府，人間香影家。阿剛斫桂斧，只合種梅花。

雨竹

倚石添新筍，争妍箇箇添。佳人聽春雨，笑隔水晶簾。

秋江晚渡圖

船泊大江口，行人與馬争。不如漁艇子，高卧待潮平。

詠石榴花

密幄千重碧，疏巾一摻紅。花時隨早晚，不必嫁春風。

秋雁圖

野水江湖遠，秋風蘆葉黄。南飛舊兄弟，一一自成行。

織錦圖

秋深未寄衣，絡緯上寒機。斷織曾相戒，夫君不用歸。

題米芾小景

煙霧林梢出，蒼翠望中分。山溜雜人語，溪雲亂鶴羣。石梁逢釋子，嵒屋隱徵君。皴㪗誰家筆，披圖有篆文。㪗，七迹反，皮細也。米元章有皴㪗畫法。

留題毗山松風竹月亭

蕩舟北郭外，華表見新亭。水作游龍勢，山爲偃月形。怪松蟠水赤，高竹上山青。一束生芻意，千秋地下靈。

題邊魯生梨花雙燕圖

燕燕兩于飛，瑶樓暮雨微。春風歌《白雪》，夜月夢烏衣。對語寄宫樹，營巢接禁闈。江南花事晚，疑是苦思歸。

題山居圖 以下《鐵笛詩》。

千澗沄沄一徑通，長松盡入白雲中。徵君更在山深處，滿谷桃花爛熳紅。

雨後雲林圖

浮雲載山山欲行，橋頭雨餘春水生。便須借榻雲林館，卧聽仙家雞犬聲。

狼山晚晴圖

樵東風雪夜無邊，一别狼山已幾年。今日江南攜畫看，玉峯十二倚青天。

題芭蕉美人圖

髻雲淺露月牙彎，獨立西風意自閒。書破緑蕉雙鳳尾，不隨紅葉到人間。

題凌波仙圖

帝子乘風下九疑，含情欲去更遲遲。獨憐江草年年長，曾見凌波解佩時。

題撚花仕女圖

寫罷桃花扇底詩，木香手撚小枝枝。靈犀一點春心密，不許牆東野蝭知。

水墨四香畫

玉龍聲嘶五更了，緑衣倒挂榑桑曉。道人銜寒酒未醒，梨花零落春雲小。

瑞香花

一團華蓋翠亭亭，萬箇丁香露欲零。日炙錦薰眠不得，玉人扶起酒初醒。

題柯敬仲竹木

洞庭秋盡水增波，光動珊瑚碧樹柯。夜半仙人騎紫鳳，滿天清影月明多。

題王元章畫梅

舊時月色有誰歌？拔劍王郎鬢已皤。惆悵東風舊詞筆，南枝香少北枝多。此詩《玉山雅集》作鄭元祐。

四馬挾彈圖

八駿瑶池一半歸，錦袍欲脱玉腰圍。君王手挾流星彈，莫打慈烏繞樹飛。

出獵圖

燕支花開春日暉，從官游騎去如飛。分明一段龍沙景，白雁黃羊好打圍。

題墨雁

黃沙衰草羽毿毿，八月天山冷不堪。昨夜朔風吹過影，盡將秋色到天南。

夜宴范氏莊

南弁山間多翠微，池塘處處涵清暉。丹泉釀酒名千日，花樹成窠大十圍。童子單衣碧鶴立，美人兩袖彩鸞飛。臨分更作嬉春約，賸載紅船白苧衣。

題孟珍玉澗畫岳陽小景

岳陽樓上望君山，山色蒼涼十二鬟。劍氣拂雲連翠黛，珮聲挑月過滄灣。洞庭水落漁船上，雲夢秋深獵客還。最憶老仙吹鐵笛，馭風時復往來間。

承天閣

荆棘荒涼繞故宮，梵樓突兀畫圖中。地連滄海何由斷，月墜青天不離空。蝃蝀著簷秋易雨，蒲牢吼屋夜還風。越南羈旅登臨倦，書賦囚人日月籠。

題張長年雪篷

故人今在雪之濱，風雪孤篷未苦貧。二載溪頭見安道，一蓑江上覓玄真。飯炊一作「風清」。菰米香生夜，被擁一作「月白」。蘆花夢繞春。莫説江都錦帆事，蕪城煙雨正愁人。

龍眠居士畫揩䍃圖　以下《草玄閣後集》。

困敦游兆稽堯史，真卿夜降條山裏。仙官豈榮璽書紙，銅符傳信八子齒。雪鼠成精真錯比，妒女廟前空宣旨。肯爲阿曌三徵起，金榼墮地非酒鬼，巾箱以驢行萬里。神仙狡獪聊復耳，青羊小兒元姓李。此詠唐張果老事，注見後。曌音照，武后諱。

古觀潮圖

八月十八睡龍死，海龜夜食羅刹水。須臾海壁龕赭門，地卷銀龍薄于紙。艮山移來天子宮，宮前一箭隨西風。劫灰欲死蛇鬼穴，婆留朽鐵猶争雄。望海樓頭誇景好，斷鰲已走金銀島。天吴一夜海水移，馬蹀沙田食沙草。崖山樓船歸不歸，七歲呱呱啼軹道。此詠趙宋觀潮事。

奉題子昂騮馬圖

西家驍騎驍如龍，鼻端生火耳生風。東家老段老且蹇，有如征南矍鑠翁。西家公子誇遠服，千里之行一日速。東家主人役老段，不取驍騰取馴伏。主人公子性各殊，愛驍愛段知何如？若將夔蚿較足下，胡敢並轡争齊驅。朝明西家蹄一蹶，解鞍折臂中道歇。道傍仰首鳴向天，蹴蹙風塵愁跛鼈。坐令公子心火然，顧瞻老段行在前。烏乎世步誰後先？東家莫厭遲遲鞭。

題履元陳君萬松圖

紫芝道人天思精，南來新畫青松障。東家畫水西家山，積棄陳緗忽如忘。突然槎牙生肺肝，元氣淋漓迫神王。亟呼圓瓦倒墨汁，盡寫髯官立成仗。羣争十丈百丈身，氣敵千人萬人將。交柯玉鎖混鱗甲，屈鐵金繩殊骨相。石鬬雷霆白日傾，雨走蚪龍青天上。前身要是僧擇仁，五百蜿蜒見情狀。天台老林亦畫松，三株五株成冗長。我家東越大松岡，五鬣蒼蒼鬱相望。門前兩箇赤婆娑，上有玄禽語相向。雕龍梓客朝取材，伏虎將軍夜偷餉。安得射洪好絹百尺強，令泫陰森移疊嶂。鼓以軒轅之瑟五十絃，共寫江聲入悲壯。右寫似子昭異才，子昭工畫仕女花木，予懼其情過粉黛，則氣乏風雲，故書此詩以遺之。子昭讀此詩後，得無激作于公孫大娘之劍乎？

蹋踘歌贈劉叔芳

蹋踘復蹋踘，佳人當好春。金刀翦芙蓉，紉作滿月輪。落花游絲白日長，年年他宅媚流光。綺襦珠絡錦繡襠，草裀漫地緑色涼。揭門縛綵觀如堵，恰呼三三喚五五。低過不墜蹴忽高，蛺蝶窺飛燕回舞，步矯且捷如凌波。輕塵不上紅錦靴，揚眉吐笑頰微渦。江南年少黄家多，劉娘劉娘奈爾何！只在當年舊城住，門前一株海棠樹。《古樂府》載《蹋踘篇爲劉娘賦》云：「江南女兒花娟娟，五花繡出葵花圓，蹋花上下雙文鴛。雙文鴛，玉連頊。鬌斜斜，馬初墮。」

鞞婆引 《搜神記》：琵琶一名鞞婆。

吴門玉帳元戎府，手擊銅龍踏哮虎。錦貂半醉金盤春，芍藥三千嬌欲語。梅卿上馬彈鞞婆，鵾絃捩捩金邏逤。軟灰促節變斡羅，楓香古調翻回波。四索真珠瀉銅椀，三十六竽合笙管。孤鸞夜語烏絲愁，朔風吹寒青草短。玉環流落梨園空，三郎不在華清宫。凝碧池頭散花雨，天上仙班奉明主。

明皇按樂圖

沈香亭前花蕚下叶户。天街一陣催花雨。海棠花妖睡初著，直略切。唤醒一聲紅芍藥。金鑾供奉調清平，梨園舊曲换新聲。阿環自吹范陽笛，八姨獨操傷春情。君不見夜游重到明月府，青鸞能歌兔能舞。五雲不障蚩尤旗，回首煙中萬鞞鼓。那知著底梧桐雨，雨聲已入《淋鈴》譜。

題開元王孫挾彈圖

開元少年意氣雄，任俠不數陳孟公。文犀束帶鵠袍小，驕馬颭踏如飛龍。側身仰望目瞿瞿，爲有流鶯在高樹。兩騎聯翩未敢前，看送金丸落飛羽。白頭烏啄延秋門，漁陽塵起天地昏。珊瑚寶玦散原野，空令野客哀王孫。平原公子五色筆，俗史庸工俱辟易。寫成圖畫鑒興衰，未必奢淫不亡國。

王若水緑衣使圖

緑衣翠頂珠冠纓，西來萬里隴山青。金雞一鳴天下白，此鳥一鳴天下平。金精稟氣清傲直，言語分明藏不得。宮中未聞家國事，共愛聰明好顏色。殿上衮衣誰小戲，宮中錦棚摇虎翅。阜鵰御史不彈邪，拜賜君王緑衣使。

聽鶯曲

紫騮踏花雲滿足，南陌東阡日馳逐。不如幽谷黄衣郎，好音綿蠻出深木。鄰家女兒愁別離，楊花却傍珠簾飛。樓前關山人未歸，奈何奈何啼黄鸝。

蓮花𡋯歌 𡋯在太湖之西薊氏村，𡋯或作阧。山川峭絶處。音斗。

楝花風殘啼鴂一作「子規」。舌，蓮花𡋯上春三月。𡋯上女郎齊踏歌，輕衫白苧飄香雪。青山深鎖薊家村，使君艇子恰一作泊。當門。門前滿樹櫻桃子，手摘櫻桃招使君。使君本是龍門客，身脱宮袍岸烏幘。何處江南最有情？新買蓮花𡋯上宅。

小姑謡

小姑失母年十五，大嫂育之嫂如母。小姑急嫁嫁蠻郎，雙鬟私插金釵股。大嫂泣血告小姑，爾祖儀同父上柱。如何世閥不對當，失身去作蠻郎婦。汝貪蠻婦多金銀，寧嫁華郎守賤貧。蠻郎金多不到老，華人雖窶終吾身。小姑不聽大嫂戒，蠻郎戰没羊羅寨。五丁一夜發郿塢，官籍黄金官估賣。小姑還家嫂怒嗔，棄置棄置同市門。嫁衣重繡金織孫，今年又嫁烏將軍。

題王母醉歸圖

瑶池春暖波如澱，不與紅妝洗嬌面。仙娥泛月蕊宫來，催宴瑶花開水殿。麻姑滿進九霞觴，金盤鮓熟芙蓉香。歌雲緩繞紫鸞管，舞飈淑洒青霓裳。阿母嬉春淡妝束，雲冠巧琢梅花玉。酒痕凝頰呼不醒，扶上仙山雪毛鹿。綺袍半脱露香肩，飛控不動金連錢。天風吹夢渡弱水，含羞倦倚雙嬋娟。歸來笑拂龍髯席，汗溼鮫綃睡無力。玉鉤齊上水精簾，十二瑶樓月光白。吴興畫史筆如神，丹青貌得瑶池真。劉郎自是識仙趣，看花同賞玄都春。圖中彷彿一相見，何必蓬萊問清淺。便呼青鳥報鸞箋，蟠桃明日重開宴。

六客亭分題送趙季文知事湖州

秋水城下碧，秋山城上青。水晶出宫闕，雲氣到車軿。風流五馬貴，六客聯華星。美酒來東林，朱果取洞庭。奇畫掃寒蕩，妍辭約浮萍。焉知後不繼，高堂葺殘扃。送子河風道，賓鴻集修翎。官奴重秉燭，此筆懷蘇亭。六客亭在湖州郡圃中，張子野爲前六客詞，東坡爲後六客詞。李公擇爲郡時，有張子野、劉孝叔、楊元素、東坡、陳君舉會于碧瀾堂。子野作《六客詞》。張子野守郡時，有東坡、曹子方、劉景文、蘇伯固、張秉道會于此，東坡繼前作《六客詞》。

鳳皇石

至正辛丑花朝前三日，余偕華藏、月亭登玉峯頂，坐鳳皇石。月庭索賦詩，爲課十有四韻。

大瀛浴火烏，滅没失倒景。玉龍挾之飛，脱落疊浪頂。根從太始并，勢與華嵩並。琅實既充眶，玉距猶在礦。馬争灩澦堆，龜讓天梯餅。神人不敢鞭，怒豕欲成癭。遷輕岐陽鼓，扛重烏獲鼎。坐寒彭蠡磯，沈怯景陽井。袠突月支頭，劍磨嚴顔頸。秦女寧受跨，晉士豈容醒。灰歷五千劫，金鎖八千頃。未知金帶恩，遠却白羽影。會當鳴朝陽，卽都鳳飛鳴也。有奇警。巨手一拍飛，欽師許誰請？

嬉春體四絶句

燕子銜簾過，胡蜂採蜜歸。折花香露溼，不惜繡羅衣。

水暖鴛鴦渡，風寒燕燕樓。桃根與桃葉，都在曲江頭。

月過薔微架，雕鞍未到家。小娃猶殢酒，攔路奪人花。

花氣不成雨，鶯聲都是春。戎裝飛上馬，疑是漢宫人。

士女

小玉相呼起問春，階前草色上羅裙。玉釵半墮無聊賴，欲倩牙纖理亂雲。

紅梅

羅浮仙子宴瑶宫，海色生春醉靨紅。十二闌干明月夜，九霞帳暖睡東風。

折枝海棠

金屋銀釭照宿妝，一枝分得錦雲鄉。梅郎底事多餘恨，怪殺珊瑚不肯香。

王左轄席上夜宴

銀燭光殘午夜過，鳳笙龍管雜鳴鼉。佩符新賜連珠虎，觴令嚴行卷白波。南國遺音誇壯士，西蠻小隊舞《天魔》。醉歸不怕金吾禁，門外一聲吹簸羅。

禁酒

鐵史先生遵酒禁，笙歌不上小蓬臺。忍看紅雨將春去，孤負青天送月來。陶令額紗勞且裹，孔融手薦豈容裁。洞庭春色應無律，多種黄柑作酒材。

挽達兼善御史 辛卯八月歿于南洋。

黑風吹雨一作浪。海冥冥，被甲船頭夜點兵。報國豈一作但。知身有死，誓天不與賊俱生。神游碧落青騾遠，氣一作怒。挾洪濤白馬迎。金匱一作廊廟。正修仁義傳，史官一作「詞臣」。執筆淚先傾。

過沙湖書所見

五月落殘梅子雨，沙湖水高三尺強。大風開帆作弓滿，白浪觸船如馬狂。唱歌買魚赤鬚老，打鼓踏車青苧娘。故人相憶在樓上，坐對玉山懷草堂。

瑠花珠月二名姬 并序。

春正月廿有二日，偕崑山顧仲瑛、霅川郯九成、大梁徐師顔讌于吴城路義道家。佐酒者六姝，皆蘇臺之選。内有瑠花與珠月者，選中之絶也。義道起持觴屬客曰：今日名姬對名客，不可無作。座客酒俱酣暢，瑠花者捧硯，請余題首。仲瑛曰：花月一對雖絶，而彼此不無相妒，題品稍偏，當令偏者舉主人蓮花巨觥連飲之。予矢口：「月滿十分珠有價，花開第一玉無瑕。」時珠月者已出主，仲瑛有意收之。瑠花者未事人也。兩姬大喜。客皆起坐交觥，予就醉矣。明日足詩曰。

新年春色在鄰家，隊子三三聚館娃。月滿十分珠有價，花開第一玉無瑕。蒲萄酒瀲沈櫻顆，翡翠裙翻踏月牙。老子園紅先點筆，詩成勉飲玉蓮華。

楊妃襪

天寶年來窄袎留，幾隨錦被暖香篝。月生簾影初弦夜，水浸蓮花一瓣秋。塵玷翠盤思亂滚，香黏金蹬憶微兜。懸知賜浴華清日，花底棚兒碧眼偷。

夜坐 以下《東維子集》。

日落羣動息，張燈坐草堂。浮生百年事，清坐一爐香。謀拙鄰人歎，幽棲世慮忘。吟詩不知寐，華月自流光。

賦春夢婆

黄柳城邊風雨多，白頭宫女有遺歌。東坡《哨徧》無知己，賴有人間春夢婆。

送貢尚書入閩

繡衣經略南來後，漕運尚書又入閩。萬里銅鹽開越嶠，千艘升斗貿蕃人。香熏茉莉春酲重，葉卷檳榔曉饌頻。海道東歸聞未得，法冠重戴髮如銀。

寄秋淵沈鍊師　所居號「琅玕所」。

琅玕種得三千箇，箇箇瓊臺玉樹齊。秋淨雙鳧青泖曲，夜寒一虎大茅西。長茸不著花猫獵，深竹時聞翠羽啼。老我所須唯鐵杖，不須太乙乞青藜。

用韻復雲松老人華陽巾歌

君不見獬豸不識字，高柱削鐵堅，白簡孰辨賢不賢？又不見鵕鸃偏尚武，高屋壓虎肩，五兵不理長酣眠。鐵崖老狂者，强項如董宣。小巾製子夏，正要江東傳。人間緋紫揎，已蜕風中蟬，脱巾漉酒東籬邊。吴淞老褐來賀我，倒冠共醉春風前。我歌此歌君拍手，東壺西閬開洞天，洞天之鶴爲我雙回旋。

大樹歌爲馮困如賦

東柯溪頭三大樹，水深土厚崖石牢。一株石茶粲冬藹，紅若火鏡鎔冰濤。兩株老檜挺霜幹，青如連弁翹雙鼇。不知人間富貴楦青紫，草亡木卒紛如毛。漢家根株歷千歲，當時大將誇人豪。只今子孫仗大義，味始尚薄巾車勞。三槐風雲慶有待，□荆湯火死已逃。金鴉倒立海底景，白鳳夜餤風中膏。蟠柯骨露黑石虎，奇幹手接蒼山猱。惡氛西起白日翳，恍惚大將排旌旄。東柯東柯濟時具，豈無兵家文武韜。摩挲大樹日酣卧，不肯卽僞從韃櫜。始知后皇受命乞獨正，神明扶植冰霜操。我來飲我中山醪，脱巾挂樹三花高。大槐太守夢楚國，大梅美人臨漢臯。大槲老雄侍我酒，長笒亦卽金絲槽。醉歌寫入嘉樹傳，竊比《橘頌》騷人騷。

毘陵行 記十月七日事。

孟冬四將發句吴，彎弓誓落雙髡顱。智謀無過史萬葉，嫖姚無加李金吾。前茅已作破竹刃，三覆乃褏含沙狙。常山長蛇一斷尾，卽墨怒牯齊奔踊。玉蕊孤軍呼庚癸，阜鴉萬甲迷模糊。江南長技江北無，蒲牢一吼千鯨呼。赤杠卓入鐵甕户，鐵翅横截丹陽湖。擣虚之策不出此，赤手可縛生於菟。當時上將陷江都，至今莫贖千金軀。後來飛將慎勿疏，褏王城頭啼白烏。如何臨期易將犯兵忌，何必不讀孫吴書。烏乎！臨期易將犯兵忌，何必不讀孫吴書。

送謝太守

湖秀今三郡，循良第一人。武林非復舊，文比要圖新。海岳東南會，湖江左右鄰。曾開天水國，直問尾箕津。府大同京尹，居崇異國賓。提封家萬户，易俗力千鈞。惜也承平久，於焉值亂頻。煙華餘故市，風物感殘民。今日懷匡濟，乘時好拊循。念君多意氣，滿腹貯精神。别地梅凝曙，寒江柳孕春。過船沙没屐，駐旆雪埋輪。黽勉猶無及，窮愁不敢嗔。贈言知靣赧，取醉寄情真。勿袖烹鮮手，須閒牧犢身。推誠歸簡妙，植善息頑嚚。亂後無家世，漁中有隱淪。千年黄鶴返，萬里白鷗親。莫學張京兆，應如召信臣。貂蟬從岳牧，圖畫可麒麟。

紀夢中作書遺報復元

九月九如三月三，五湖山水盡清酣。西瞻林屋三天近，南上風帆一日貪。湖蹴灩堆青不動，雨懸花洞氣長谽。月中簫鼓神君殿，雲下龍鸞帝子驂。猛虎護林依董奉，毒蛇避井施蘇耽。臙脂塘暗清塵起，縹緲峯高碧落參。落日大堤花杲杲，西風茂苑草毿毿。越人仕倦秋思棗，吴女情多夜擘柑。自是王仁僧好伴，爲予善唱《望江南》。

送客洞庭西　以下從各選本録入。

送客洞庭西，雷堆青兩兩。陳殿出空明，吴城連蒼莽。春隨湖色深，風將潮聲長。楊柳讀書堂，芙蓉採菱槳。懷人故未休，望望欲成往。

淵明撫松圖

孤松手自植，保此貞且固。微微歲寒心，孰樂我遲暮。留侯報韓仇，還尋赤松去。後生同一心，成敗顧隨遇。歸來撫孤松，猶是晉時樹。

游虎丘與句曲張貞居遂昌鄭明德毘陵倪元鎮各追和東坡留題石壁詩韻

漾舟海湧西，坡陁緣素嶺。陟彼闔閭丘，俯瞰千尺井。至今井中龍，上應星耿耿。居然辟歷飛，殘腥洗蛙黽。已知湛盧精，古憤裂幽礦。肯隨魚腸逆，寒鋒助殘猛。後來入郢功，勇志亦馳騁。丹臺納嫚娟，金鎚碎骨鯁。坐令金精氣，龍虎散俄頃。花凝鐵璧堅，木根去聲。山骨冷。何哉幽獨魂，白日歌夜永。我從陶朱來，青山異風景。豈無西家兒，池頭弄風影。五湖尚浮桴，煙波不須請。

元夕與婦飲

問夜夜何其？睠茲燈火夕。月出屋東頭，照見琴與册。老婦紀節序，清夜羅酒席。右鑾舞梟梟，左瓊歌昔昔。婦起勸我酒，壽我歲千百。仰唾天上蜍，暫作酒中魄。勸君飲此酒，呼月爲酒客。婦言自可聽，爲之浮大白。老婦曰：人言天孫思妃，不如月娥守孤。不知羿婦相棄以奔，曷若織女相望以久之愈也。

玉蓮曲爲金陵張氏妓賦

芙蓉出五沃，蕩漾水中央。託根遍七澤，濯影照滄浪。亭亭立淤泥，静試岳井妝。使君青雀舫，夜夜宿花傍。爲結明璫蓋，覆此並頭芳。洛妃解瑶珮，王母薦瓊觴。飢餐玲瓏玉，渴飲醍醐漿。白日忽成晚，粉面落秋霜。窟窕不結子，柔絲斷藕腸。波寒沈獺傘，愁殺野鴛鴦。

孤憤一章和夢菴韻

楊子哭停雲，歷數死生友。首哭台州帥，再哭江州守。三哭天水頭，四哭淮渦口。五哭六哭餘，英風復何有？碓山截駡舌，宛湖沈斫首。嗟嗟徇國臣，培養百年久。猛去胥終背，或死魏何咎？而況嗚吠才，蠢蠢小雞狗。弋鴻羽既怯，釣魚餌滋誘。根撥那望實，蔕分尚懷藕。珠雀既失彈，火鼠重被垢。長包中土心，相詑檏棱手。外壺宜倒戈，中薄肯敝笱。祝宗祈未死，循牆駭還走。長涕未上書，窮辭空還酒。驚見夢菴詩，一首酒百醜。大義揭日月，孤忠懸畎畝。亂厭出下泉，庀極還易□。懷君郭泰交，夜栚飣春韭。和君孤憤章，澆致酒一斗。

夕陽亭

夕陽亭，馬超超，車驅驅。問高貴，今何如？夕陽亭，行且止。白沙一信南風起，千載髑髏夜生齒。項成大府攝鬼豪，論功闕剪當塗高。竹書小兒既有罪，夕陽老魅誅何逃。嗚呼！桐宫空斃金屑畁，鴛鴦榼中牛繼焉。

《鐵崖古樂府》外，有《詠史詩》，門人顧亮所編。多吴編所未載者。《鐵崖樂府》自吴復章琬所編者，名曰《鐵雅》，而《詠史詩》又名爲《鐵史》云。

大健兒

唐太宗常曰：當今名將，惟李勣、道宗、萬徹而已。勣、道宗雖不能大勝，亦不大敗。至萬徹非大勝即大敗。徹自建成敗後，嘗隱于終南山。晚節再出，乃爲房氏不肖子所陷，君子惜之。

燉煌有力士，自稱大健兒。氣吞黄狼纛，義扶白鵲旗。李家春宫子，去逐春宫起。海池敵虬髯，不議真天子。天子親評三大將，鴨緑歸來肆驕宕。快刀不斫兩牝妖，甓足甘爲羣鼠葬。老荆盗弄金烏丸，手持血日夢中還。何如短衣疋馬射猛虎，老死不出終南山。

孔巢父

孔巢父，竹溪流。竹溪之水可飲牛，胡爲去干肉食謀。孔巢父，盍歸來？叶。河北虎幸斃，河中虎方威。孔巢父，不歸去。十年東海迷煙霧，釣竿空負珊瑚樹。

警枕詞

吴越王錢鏐自少在軍中，夜未嘗寐，倦極則就圓木小枕。或枕大鈴，寐熟輒攲而寤，名曰「警枕」。置粉盤于卧内，有所記則書盤中，比老不倦。或寢方酣，外有白事者，令侍女振鈴即寤。時彈銅丸于樓牆之外，以警直更者。嘗微行，夜叩北門，吏不肯啓關，曰：雖大王來，亦不啓。乃自他門入，明日，召北門吏厚賜之。

不睡龍，醒復醒，珊瑚圓木摇金鈴。五花寶簟芙蓉屏，銅盤雪粉香淺清。樓牆銅彈飛霹靂，夜半更奴起辟易。圓木功，無與敵。吴越封疆平地闢，四世三王安衽席。

三閣圖

金陵新閣空中起，虎踞龍蟠鳳雙掎。沈檀雕柱闘玉螭，麗華吹笙綵雲裏。水晶簾空濾明月，三十六宫白于水。紅塵巴馬四百秋，梁末童謡。五城步障五花毬。綵繒山頭蓋宫殿，山前十二銀潢流。健娥五百曳錦纜，金蓬吐影上下金銀州。二三狎客混歌舞，中有酒悲淚如雨。嘉州諷諫三閣圖，秦川别幸千花株。回鶻隊，鴉羣呼，夜半卷土昌瀘渝。黄茅縛髻口銜璧，草降表，王中書。嗚呼！玉樹聲中作唐虜，門外崇韜是擒虎。

李鐵鎗歌 并序。

鐵鎗封萬户，至正壬辰七月二十日，破賊于杭，予嘗歌以美之。是年九月，不幸死于昱關，復爲歌些之。

李鐵鎗，人之傑，將之強，手持鐵鎗丈二長。鐵鎗入手烏龍驤，龍精射之落欃搶。皇帝十有二載秋七月，紅兕西來寇西浙。防關健兒走惶惶，鐵鎗一怒目眥裂。十萬赭衣暗城闕，鐵鎗烏龍去明滅。須臾化作風雨來，淨洗銅城滿城血。嗚呼！殪猰㺄，屠封狼，鐵鎗之鋒無與當。胡爲將星昨夜墜昱關，鐵鎗一折天無光。天無光，人倀倀，雲臺倚天雲瀦傷。天子贈忠良，祠以血食冬青鄉。嗚呼！歸來乎鐵鎗。

鐵城謡 并序

張司業有築城詞。嫌其嘽緩，無沈痛迫切之警，今補之。

蒸土築城城上鐵，北風一夜吹作雪。君不見銅駝闕外鐵甕堆，中填白骨外塗血，髑髏作聲穿鬼穴。銅駝崩，鐵甕裂。又鐵崖《杵歌》云：「亟亟城城城亟成，小兒齊唱杵歌聲。杵歌傳作睢陽曲，中有哭聲能陷城。疊疊石石嶻嶻，立竿作表齊竿旄。阿誰造得雲梯子，剗地過城百尺高。」其詩音調悽苦，用意與此相近。

冬青塚篇

老羝夜射錢塘潮，天山兩乳王氣消。秃妖尚壓龍虎怪，浮圖千尺高岹嶤。文山老客智且勇，夜舟拔山山不動。江南石馬久不嘶，塚上冬青今已拱。百年父老憤填胸，不知巧手奪天工。冬青之木鬱葱葱，六櫝更樹蒲門東。

盲老公 刺拜住哥臺長，戊戌十月二十三日，黨海寇用壯士椎殺之。邁里古思將黄中禽拜住，盡戮其家。

盲老公，侍御史，崇臺半面呼天子。白米紅鹽十萬家，鳳笙龍管三千指。門前養客皆天驕，一客解散千黄苗。太阿之柄忽倒擲，槌殺義鶻招羣梟。一客死，百客辱。萬夫怒，一夫獨。生縛老盲來作俘，百口賤良一日戮。獨遺小娥年十五，腰金買身瀦出户，馱作倡家馬。

銅將軍　刺僞相張士信。丁未六月六日，爲龍井砲擊死。

銅將軍，無目視有準，無耳聽有神。高紗紅帽鐵篙子，南來開府稱藩臣。兵強國富結四鄰，上稟正朔天王尊。阿弟柱國秉國鈞，僭逼大兄稱孤君。案前火勢十妖嬖，後宫春豔千花嬪。水犀萬弩填震澤，河丁萬鍾輸茅津，神愁鬼憤哭萬民。銅將軍，天假手，疾雷一擊粉碎千金身。斬妖蔓，拔禍根，烈火三日燒碧雲。鐵篙子，面縛西向爲吴賓。

周鐵星　張氏亡國，亡于其弟士信，趣亡於毒斂臣周仮仮。山陽鐵冶子，以聚斂功至上卿，伏誅日，曰：錢穀鹽鐵籍皆在我，汝國欲富，當勿殺我。主者怒曰：亡國賊不知死罪，尚敢言是耶！速殺之。吴人快之，或手額謝天曰：今日天開眼也。

周鐵星，國上卿。談申韓，爲法經。釘箠杖，爲國刑。千倉萬庫内外盈，十有三賦争科名。周鐵星，鞭算箕斂無時停。開血河，築血城。血戰艦，血軍營。刮民膏，嘲民髓，六郡赤骨填溝靈。齊雲倚天一日傾，鐵星亡國法當烹。尚將六郡金谷數，丐死萬一充虞衡。嗚呼周鐵星！十抽一椎百萬釘，誓刳爾髏作溺器。鐵星碎，地啓瞶，天開瞶。音盲。

蔡葉行　刺佞倖臣蔡文、葉德。張氏亡國由大弟，致此實由二佞。丁未春，二佞伏誅于臺城，風乾其尸于秤刑者一月。

君不見僞吴兄弟四六七，十年強兵富金穀。大兄垂旒不下堂，小弟秉鈞獨當國。山陰蔡藥師，雲陽葉星卜。朝坐白玉堂，暮宿黄金屋。文不談周召，武不論頗牧。機務託腹心，邊策憑耳目。弄臣什什引膝前，骨鯁孤孤内囚牿。去年東臺殺普化，今年南垣殺鐵木。鳳陵剖棺取含珠，鯨海刮商劫沈玉。粥官隨地進妖艷，籠貨無時滿坑谷。西風卷地來，六郡下披竹。朽索不御六馬奔，腐木那支五樓覆。大越先罪魁，餘殃盡孥戮。寄謝悠悠佞倖兒，福不盈眦禍連族。何如吴門市，賣藥賣卜，餓死亦足。

金盤美人 刺僞駙馬潘某。潘娶美倡凡數十，内一蘇氏，才色兼美，醉後尋其罪殺之，以金盤薦其首于客宴，絶類北齊主事。國亡，伏誅臺城，投其首于溷。

昨夜金牀喜，喜薦美人體。今日金盤愁，愁薦美人頭。明朝使君在何處？溷中人溺血髑髏。君不見東山琵音弼。琶骨，夜夜鬼語啼箜篌。北齊主納娼婦薛氏，清河王岳嘗因其姊迎之至第，主怒，殺其姊，薛甚寵于帝。久之，主忽思其與岳通，斬首藏于懷。出東山宴飲，探其首投于盤。支解其屍，弄其髀爲琵琶。復收髀流涕曰：佳人難再得。載屍出葬，主被髮步哭送之。

老客婦謡 一作鍼綫婦。

老客婦，老客婦，行年七十又一九。一作「鍼綫婦，鍼綫婦，黄塵滿面蓬滿首。」少年嫁夫甚分明，夫死猶存舊箕帚。南山阿妹北山姨，勸我一作予。再嫁我一作一。力辭。涉江一作水。采蓮，上山采蘼。一作薇。采蓮采蘼，一作「采薇采蓮」。可以療飢。夜來道一作「昨日偶」。過娼一作閭。門首，娼一作閭。門蕭一作誼。然驚一作嗤。老醜。

老醜自有能養身，一作「養身自有能」。萬兩黄金在纖手。上天織得一作「繡出」。雲錦章，繡成顧補一作「玄黼」。舜衣裳。舜衣裳，爲一作與。妾佩，一作立。古意一作節。揚清光，辨妾不是邯鄲娼。

明太祖初即位，遣翰林詹同奉幣徵維楨，維楨賦此詩。同爲作《老客婦傳》。維楨又有詩曰：「皇帝書徵老秀才，秀才懶下讀書臺。商山本爲儲君出，黄石終期孺子來。太守枉於堂下拜，使臣空向日邊回。老夫一管春秋筆，留向胸中取次裁。」宋景濂詩云：「不受君王五色詔，白衣宣至白衣還。」蓋記其實也。

邯鄲美人二首　爲趙娘賦也。

邯鄲市上美人家，美人小襪青月牙。繡靴對著平頭鴉，平頭鴉，蹋場下，包銀壺，馱細馬。裙翻柳脚垂青空，水花吹亂秋芙蓉。須臾氣喘如渴虹，如渴虹，索銀瓔，轉轆轤，飲金井。

二月十二日玉山人買百花船泊山塘橋下呼瓊花翠屏二姬招予與張渥叔厚于立彦成游虎阜俄而雪霰交作未果此行先以此詩寫寄就要諸公各和

百華樓船高入柱，主人春游約春渚。山塘橋下風兼雨，正值灌壇西海婦。桃花衖口小蠻娘，腰身楊柳隨風揚。翡翠屏深未肯出，蹋歌直待踏春陽。喜聞晴語聲谷谷，明朝豫作花游曲。小蠻約伴合吹笙，解調江南有于鵠。

乙酉四月二日與蔣桂軒伯仲諸友同泛震澤大小雷望洞庭之峯吹笛飲酒乘月而歸蓋不異老杜坡仙游渼陂赤壁也舟中各賦詩余賦二十韻爲首唱

江國春歸夏云孟，十日五日風雨横。具區擺闔浪如山，吴兒善泅并敢榜。今朝氣候昨不同，湖頭無雨兼無風。小施祠前棹謳發，樓船下水如游龍。大雷不動小雷伏，銀海空青光奪目。魚龍百怪暫袚除，平展輕綃三百幅。牙檣五兩空中舉，陳瀆村中過撾鼓。燒筍既憩彭城灣，采蒪復渡楊家浦。中流颶發占莫徭，須臾鯨浪吼蒲牢。長年捩柁稱好手，小腰失箸生寒毛。蔣家二仲素奇士，更有登高羊叔子。老崖鐵笛上青雲，玉龍穿空卷秋水。船頭可奈風水何，拔劍擬斫生蛟鼉。人生哀樂固相半，神靈涉意毋過多。鴟夷入海人不識，漁媪漁王配寒食。鄉里小兒舞《竹枝》，乞與神童舞銅狄。我聞洞庭之峯其橘大如斗，剖而食之見弈叟。弱水不隔天表流，獨我胡爲牛馬走，五湖挂席從此首。

題楊妃春睡圖

沈香亭前燕來後，三郎鼓中放花柳。西宫困人春最先，華清溶溶煖如酒。雪肢欲透紅薔薇，錦襠卸盡流蘇幃。小蓮侍擁扶不起，翠被卷作梨雲飛。蟠龍髻重未勝綰，燕釵半落犀梳偃。晚漏壺中水聲遠，簾外日斜花影轉。琵琶未受宣唤促，睡重黎腰春正熟。不知小棚思塞酥，夢中化作銜花鹿。

素雲引爲玄霜公子賦 玄霜，璜溪吕氏月臺名也。

清河美人姑射神，夢中認得梨花雲。朝朝暮暮不肯雨，瑶枝玉葉光輪囷。艷妝不染臙脂水，輕歌欲遏鸞笙起。五花細馬馱春風，羅帶飄飄白鷴尾。柔情易逐綵霞空，半掩春衣嘶玉龍。九點峯前指歸路，家住松陵東復東。桃葉桃根春已暮，又逐飛花度江去。梨園昨夜春雨多，回首孤飛在何處？何處孤飛去復來，直是玄霜百尺臺。

和楊孟載春愁曲之什

小樓日日聽雨卧，輕雲作團拂簾過。金黄楊柳葉初匀，雪色棠梨花半破。東家蝴蜨飛無數，西鄰燕子來兩箇。玉關萬里尺書稀，春風不似春愁大。一作「羞殺牡丹如斗大」。

送曹生之京

十載辭京國，常懷玉筍班。鳳麟游璧水，虎豹啓天關。海樹分秦雨，江雲隔楚山。壯游須努力，況子正紅顔。

題蘇武牧羊圖

未入麒麟閣，時時望帝鄉。寄書元有雁，食雪不離羊。旄盡風霜節，心懸日月光。李陵何以别，涕淚滿河梁。

送用上人之金陵

東土帝王州，高僧汗漫游。□衣收夜雨，洗鉢渡江流。草發金銀穴，花飛霹靂溝。攜詩見短李，應下讀書樓。

送楊生琰歸溧陽

之子吾同姓，相逢已道南。春衣彫白苧，佳樹長黄柑。雨淡潛龍寺，天清漂女潭。蒲公讀書處，白石有新庵。

翡翠巢

羅浮花使先春到，來傍玉樓深處巢。舞雪艷翻楊柳絮，歌雲輕壓海棠梢。屏開時露鴉頭襪，絃斷應銜鳳嘴膠。却笑雪衣娘太劣，雕籠深鎖未全教。

席上賦

蘿洞蘭煙繞燭微，三更三點妓成圍。魚吹緑酒常雙躍，雁列瑶筝不獨飛。隔座送鬮喧中射，當筵呼摻促更衣。鷄鳴樂極翻悽斷，闕月纖纖照影歸。

嬉春體五首　錢塘湖上作。一云「賦俏唐體，遺錢塘詩人學杜者。」

今朝立春好天氣，況是太平朝野時。走向南鄰覓酒伴，還從西墅買花枝。陶令久辭彭澤縣，山公祇愛習家池。宜春帖子題贈爾，日日春游日日宜。

西子湖頭春色濃，望湖樓下水連空。柳條千樹僧眼碧，桃花一株人面紅。天氣渾如曲江節，野客正是杜陵翁。得錢沽酒勿復較，如此好懷誰與同。

何處被花惱不徹，嬉春最好是湖邊。不須東家借騎馬，自可西津買蹋船。燕子繞林紅雨亂，鳧雛銜岸浪花圓。段家橋頭猩色酒，重典春衣沽十千。

入山十里清涼國，三百樓臺迤邐開。岳王墳前弔東渡，隱居寺裏話西來。接果黄猿呼一箇，探花白鹿走千回。風流文采湖山主，坡白應須屬有才。

楊子休官日日閒，桐江新棹酒船還。叮嚀舊客兼新客，漫浪南山與北山。好懷急就一斗飲，佳人能作五絃彈。君看此地經游輩，彷彿春風夢未殘。玉山主人云：所謂嬉春體，即老杜以「江上誰家桃柳枝，春寒細雨出疏籬」爲新體也。先生自謂代之詩人爲宋體所梏，故作此體變之云。

又湖州作四首　書寄班恕齊，試温生筆，寫入前卷。

三月三日雨新晴，相邀春伴冶西城。卽倩山妻紗帽辦，更煩小將犢車輕。好語啼春秦吉了，仙姿當酒董雙成。憑君多唱嬉春曲，老子江南最有情。

五十狂夫心尚孩，不容俗物相填豗。興來自控玉蹄馬，醉後不辭金當杯。海燕來時芹葉小，野鶯啼處菜花開。春衫已備紅油蓋，不怕城南小雨催。

長城小姬如小憐，紅絲新上琵琶絃。可人座上三株樹，美酒沙頭雙玉船。小洞桃花落香屑，大堤楊柳掃晴煙。明朝紗帽青藜杖，更訪東林十八仙。

湖州野客似玄真，水晶宮中烏角巾。得句時過張外史，學書不讓管夫人。棋尋東老林中橘，飯煮西施廟下蒓。無雨無風二三月，道人將客正嬉春。

無題效商隱體四首 與袁子英同賦。

當軒隊子立紅靴，龜甲屛風擁絳紗。公子銀瓶分汗酒，佳人金勝剪春花。曲調青鳳歌聲轉，觥進黃鵝舞勢斜。五十男兒頭未白，臨流洗馬走紅沙。

主家院落近連昌，燕子歸來舊杏梁。金埒近收青海駿，錦籠初教雪衣娘。卷衣甲帳春容曉，吹笛西樓月色涼。今夜阿鴻新進劇，黃金小帶荔枝裝。

二月皇都花滿城，美人多病苦多情。一雙孔雀銜青綬，十二飛鴻上錦箏。酒掬珍珠傳玉掌，羹分甘露倒銀罌。不堪容易少年事，一作「潘郎老」。争遣狂夫一作「施朱。」作後生。

天街如水夜初涼，照室銅盤璧月光。別院三千紅芍藥，洞房七十紫鴛鴦。繡靴蹋踘句驪樣，羅帕垂彎女直妝。願爾康強好眠食，百年歡樂未渠央。

和蔡彦文題虞伯生張伯雨倡和帖

髯翁已聞攀鼎水，劫灰又見話昆池。劍藏玉几山中記，筆紀玄卿天上碑。舊譜紫霞吹鶴骨，新章白雪寫烏絲。逃身我未學仙去，何處還丹日月遲。

送理問王叔明

金湯回首是邪非，不用千年感令威。富貴向人談往夢，干戈當自息危機。雄風豪雨將春去，剩水殘山送客歸。聞説清溪黄鶴在，鶴邊仍有釣魚磯。

丹鳳樓

十二危樓百尺梯，飛飛丹鳳五雲齊。天垂翠蓋東皇近，地拂銀河北斗低。花壓秋空戎馬順，神燈夜燭海雞啼。仙童與報麻姑會，應説蓬萊水又西。

夜坐

雨過虚亭生夜涼，朦朧素月照芳塘。螢穿溼竹流星暗，魚動輕荷墜露香。起舞劉琨肝膽在，驚秋潘岳鬢毛蒼。候蟲先報砧聲近，不待蓴鱸憶故鄉。

悼李忠襄王

羅山進士著戎衣，淚落神州事已非。百二山河驚易改，三千君子誓同歸。天戈已付唐裴度，客匕那知蜀費褘。賴有佳兒功業在，東人重望捷淮淝。

聞定相死寇 丙申六月死京口。

三朝勳舊半彫零，京口雄藩孰老成？可是叔孫祈欲死，託吉柯。喜聞先軫面如生。東園草暗銅駝陌，北固潮平鐵甕城。珍重子儀誰可繼，三軍氣色倍精明。

書錢唐七月廿三日事 至正丙申。

兒童十日報日鬬，前後妖蟆生燧光。十日夜，月食如紅銅。㼐子勢方吞鮓甕，㼐子，苗氏也人。鮓甕，地名。蘄州血已到錢唐，宋謡云：「惟有蘄黄兩州血，至今流不到錢唐。」火鮲東掣千尋鎖，鐵馬西馳半段槍。老左老童。紫微老人迷醉眼，綵紅猶挂米鹽商。自吴門被寇，鹽米不通。寇入杭先三日，運餉至，省臣喜，爲之挂紅。

和盧養元書事二首

中原煙火半丘墟，樓櫓相望白下孤。蕃厮夜歌銅鈷鉧。蠻酋春醉錦屠蘇。北征解賦盧才子，西事時談劇霸都。莫上姓名丞相府，老夫著論學《潛夫》。先生有《救時論》二首，曰《人心論》、《巨室論》，及丞相長書一通。皆不出名氏，投于政事堂。

年年苛吏傷王政，往往紅眠叛教條。漳水有時生小草，洞庭無地種餘苗。伏龍雛鳳應勞訪，綺季黄公底用招。聞道紫樞開錫燕，寶釘大鎊賜天驕。時哈相招東南三處士。

多景樓

極目心情獨倚樓，荻花楓葉滿江秋。地雄吴楚東南會，水接荆揚上下流。鐵甕百年春雨夢，銅駝萬里夕陽愁。西風歷歷來征雁，又帶邊聲過石頭。

新省呈右相及藩參諸公

大省新開方岳重，人間第二紫微垣。丹池鳳浴江湖淺，温室花開雨露繁。天柱星辰高北極，海門日月遠東藩。相君大業憑誰賦？白髮詞臣詔立言。

至正廿三年四月淮南王左相微行淞江步謁草玄閣夜移酒船宴閣所

微行誰識王丞相，草履過門如野人。太史遥遥瞻紫氣，老夫急急裹烏巾。子陵故友終辭漢，張禄先生又入秦。休説五湖天樣闊，扁舟何處不容身。

送玉笥生往吴大府之聘兼簡國寶樞相賓卿客省

近報淮吴張柱國，樓船遣使聘嘉賓。漢家自有無雙士，趙客何勞十九人。天上瓊花回后土，江南杜宇到天津。若逢呂相煩相問，應有奇書痛絶秦。

送呂左轄 名珍。還越

保障南藩第一功，未容若木挂雕弓。露書誓翦金牀兔，壯氣平吞黑槊公。萬里天威龍虎北，五雲佳氣鳳皇東。麥城又報捷書至，江上將軍是呂蒙。

送僧歸日本

東風昨夜來鄉國，又見階前吴草青。金錫躡空靈鳥逝，寶珠嗅海毒龍腥。車輪日出扶桑樹，笠蓋天傾北極星。我欲東夷訪文獻，歸來中土校全經。

芝雲堂分韻得對字

窮冬積繁陰，快雨不破塊。問途玉山下，繋船桃溪匯。主人聞客來，把酒欣相徠。窈窕雙歌聲，嬋娟兩眉黛。談笑方云云，妍媸各成態。憶昔獻策時，目炯重瞳對。下馬宴瓊林，宫花出西内。俯仰三十年，同袍幾人在。明當理行舟，天遠征鴻背。那能事煩劇，曉出星猶戴。行當謝冠冕，歸荷一作理。山陽耒。

湖光山色樓

仙家十二樓，俯瞰芙蓉渚。象田耕玉煙，龍氣生珠雨。鳳麟遠水接空濛，小瀛夜折蓬萊股。蘭臺美人能楚語，十三雁急孤鸞舞。仙人醉騎黄鶴來，酣揮落日使倒回。剪取瑤田一棱歸，滿天鐵笛走春雷。

玉山草堂雅集文題

我常被酒玉山堂，風物于人引興長。銀絲蓴薦野鴨炙，一作段。金粟瓜取西楊莊。山頭雲氣或成虎，溪上仙人多訝羊。何處行春《柘枝》鼓，閬州《竹枝》歌女郎。

奉謝玉山假僦屋

玉山長者有高義，乞與山人僦屋金。駟馬一時皆上客，青娥三日有遺音。西山湧海當秋後，南斗流江入夜深。更報大茅張外史，興來須抱小雷琴。

春日有懷玉山主人

梨花枝外雨冥冥，宿酒朝來尚未醒。倚砌宜男偏婀娜，隔窗鸚鵡太丁寧。紫鸞簫管和瑶瑟，金鴨香爐倚繡屏。青李來禽臨已徧，定從白鵠授《黄庭》。

懷玉山一首書珠簾氏便面

五月江聲入閣寒，故人西望倚闌干。珠簾新卷西山雨，第一峯前獨自看。

湖上感事漫成四絶奉寄玉山

湖水碧于天，湖雲薄似煙。鴛鴦不驚亂，飛過岳墳前。

湖水明于鏡，湖泥濁似涇。祇應萇血在，染得水華清。

海嶠浮西日，關梁轉北風。蘇郎書未返，愁絶雁來紅。

將石星空墮，靈山鳳不飛。惟餘濡頭水，西去復東歸。

與客登望海樓作録寄玉山主人

蜑子雨開江上臺，江頭野老不勝哀。蜃將樓閣空中落，鰌引旌旗月下來。保障許誰爲尹鐸，事諸無復問文開。可憐歌舞舊城闕，又是昆明幾劫灰。

嫋嫋秋風起洞庭，銀州宫闕眇空青。客星石落江龍動，神馬潮來海雨腥。弱水無時通漢使，赭峯何事受秦刑。遠人新到三韓國，中土文明聚五星。

同郯九成過玉山舟中聯句

城角初升旭日遲，舵樓東向起遐瞻。鼇頭直下癡雲暗，楊。鷁尾徐開破浪恬。野色微明金水曲，郯。清江隱見玉山尖。雨收幕燕簷牙起，楊。風颭檣烏帆腹添。波影白翻鷗箇箇，郯。燒痕青出麥纖纖。弋來野鶖毛全蜕，楊。笱得冰魚口尚噞。解籜上萌蓮菂苦，郯。潑醅新盎蜜脾甜。避船好鳥機先識，楊。入座江花手自拈。未必江山惟客有，郯。也知吏隱許吾兼。桃花不隔仙源路，詩就寧辭晷刻淹。楊。

席上作

江南處處烽煙起，海上年年御酒來。如此烽煙如此酒，老夫懷抱幾時開。《輟耕錄》：張士誠據姑蘇，元主以上尊酒賜士誠，士誠設宴以饗使者，楊廉夫與焉。即席賦詩云云，士誠得詩甚慚。

可閒老人張昱

昱字光弼，廬陵人。少事虞文靖公集，得詩法焉。又爲張潞公翥所知。左丞楊完者，鎮江浙，用才略參謀軍府事，遷左右司員外郎，行樞密院判官。左丞死，棄官不出。張士誠禮致之，不屈。策其必敗，題蕉葉以寓志。與周伯温、楊廉夫輩交游最相得。張氏亡，明太祖徵至京師，閔其老，曰：「可閒矣！」厚賜遣還。因自號可閒老人。徜徉西湖山水間，年八十三卒。其生平所作，散亡已多，楊文貞公士奇搜得其遺稿，爲之序曰：虞文靖才高識廣，其詩浩博而不肆，變化而不窮，而一宿于正。先生之詩，氣宇閎壯，節制老成，而從容雅則，稱其所傳。元季用兵，藩府僚屬，多侵官怙勢。惟光弼以詩酒自娱，超然物表，退居西湖之壽安坊，貧無以葺廬，凌彦翀爲疏募焉。酒間爲瞿宗吉誦《歌風臺》詩，以界尺擊案，淵淵作金石聲。笑曰：「我死，埋骨湖上，題曰『詩人張員外墓』足矣。」錢牧齋《列朝詩集》，次光弼于廉夫之後，皆以元官終其身者也。

行路難

鴻雁及秋來，玄鳥先社去。俱生亭毒内，羽翼乃不遇。翔者不知水，流者不知山。世事每如此，人生行路難。

少年行

看取木槿花，朝榮夕已萎。芳容有彫謝，膩澤何所施。壽命如可長，仙人今何之？高堂有歌舞，及此少年時。

美女篇

燕趙有美女，紅蓮映緑荷。珮環彫夜玉，團扇畫春羅。流盼星光動，曳裾雲氣多。回車南陌上，誰不駐鳴珂？

晚春辭

暄風日夜起，春到亦已久。清晨卷簾坐，惆悵閨中婦。憑闌暗垂淚，對花懶擡手。昨宵夢夫壻，白馬章臺走。結成合歡帶，自置妾懷袖。覺來風張幔，啼鳥在高柳。空織回文錦，佳期竟何有。

上巳日杭州府學教授徐一夔四齋訓導拉遊智果寺訪東坡題參寥泉

佳遊在上巳，屬此清明前。春景已云宴，風光猶未暄。往尋智果寺，竟得參寥泉。雲物豈殊昔，人世自更遷。邈哉長公詠，高吟憶當年。我輩復登臨，花界何因緣。古佛儼香閣，真詮積華軒。境超萬念空，道勝諸妄捐。緬懷此會難，徘徊未云還。中章續芳藻，冀或來者傳。

妙高院大方亯上人

碧岑日在望，雨雪阻登臨。二客從事者，扶藜長松陰。緑雲及上方，步履皆黄金。佛香出寶閣，一息契初心。心如白蓮花，塵垢何由侵。攢眉入社後，此會還可尋。廬山得遠公，法侶滿東林。虎溪偶然事，傳笑直至今。我輩仍避俗，亯師誠可欽。

舟行卽事

舟行如虚空，上下天光裏。中宵撤前幔，繁星在清泚。天河横未落，北斗當面指。涼風波上來，吹皺青天綺。蘆洲集夜禽，聒聒鳴不已。惡聲雖擾眠，清景則可喜。却思車馬塵，此時動城市。

唐太宗駿馬圖

昭陵石刻今無有，絹素乃能存不朽。當時奇骨濟時艱，駕馭盡入天人手。隋家再世俱凡庸，不知肘腋生英雄。晉陽奮起六駿馬，蹴踼大海波濤紅。帝王一出萬邦定，干戈四指羣小空。凌煙勳臣盡圖畫，一旦肯遺汗血功。嗚呼何從得此様？規模却與石刻同。乃知帝王所馭是龍種，豈可求之凡馬中。唐家開基三百載，展卷尚覺來英風。

張建封擊毬圖

唐家風流尚毬馬，中外靡然爲之化。徐州節度張建封，坐領東藩示閒暇。長簫短吹行相随，以此慢遊爲日夜。玉山滿馬醉扶歸，正及樓頭望春罷。孔雀屏圍次第開，黄金買得春無價。不教白日向西馳，只許黄河向東瀉。使君死後誰登臨？燕子不來風雨深。緑珠甘守珊瑚樹，文君獨宿鴛鴦衾。當其意氣傾朝野，肯信人無百年者。萬言猶在從事書，一幅空遺後人畫。

五王行春圖

開元天子達四聰，羽旄管籥行相從。當時從駕驪山者，宰相猶是璟與崇。華萼樓中雲氣裹，兄弟同眠復同起。玉環一旦入深宫，大枕長衾冷如水。興慶池頭花樹邊，梨園小部俱嬋娟。楊家姊妹夜遊處，銀燭萬條生紫煙。寧知樂極哀方始，羯鼓未終鼙鼓起。褒斜西幸雨淋鈴，回首長安幾千里。

白翎雀歌

烏桓城下白翎雀，雄鳴雌隨求飲啄。有時決起天上飛，告訴生來羽毛弱。西河伶人火倪赤，能以絲聲代禽臆。象牙指撥十三絃，宛轉繁音哀且急。女真處子舞進觴，團衫鞶帶分兩傍。玉纖一作質。羅袖《柘枝》體，要與雀聲相頡頏。朝彈暮彈《白翎雀》，貴人聽之以爲樂。變化春光指顧間，萬蕊千花動絃索。只今蕭條河水邊，宫庭毁盡沙依然。傷哉不聞《白翎雀》，但見落日生寒煙。

題玉朋梅界畫大都池館圖樣　元朝人。

國初以來好時節，治緑妖紅蓋阡陌。樂遊盡是勳貴家，人鬧馬嘶聽不得。細漆闌干輦子車，同載女子如蕣花。車中馬上日相許，蝴蝶夢滿東西家。牡丹臺畔夜如晝，花照銀燈大於斗。正月飲到三月中，樂地歡天古無有。一朝花謝春復歸，門鎖池園空綠苔。簾前塵覆珊瑚樹，案上蝶棲鸚鵡杯。豪華盡逐東流往，百年丹青化草莽。當時命酒徵歌人，此日題詩畫圖上。

織錦詞

行家織錦成染別，牡丹花紅杏花白。作雙紫燕對銜春，一匹錦成過半月。持來畫堂卷復開，佳人細意爲翦裁。銀燈連夜照針黹，平明設宴章華臺。爲君著衣舞《垂手》，看得風光滿楊柳。蝶使蜂媒無定棲，萬蕊千花動衣袖。回回舞罷換新衣，新衣未縫錦下機。憐新棄舊人所悲，百年歡樂無一作惟。片時。

蓮塘曲

青蘋風起柳塘水，波聲夜聒鴛鴦睡。一點芳心不自持，露荷又作瑠珠碎。藕絲織錦香滿機，裁成衣裳將遺誰？只愁賤妾夢魂短，不恨蕩子歸來遲。花間鵁鶄依芳草，等閒綠遍邯鄲道。還應憶念蕩舟人，滿架芙蓉鏡中老。

過歌風臺

世間快意寧有此，亭長還鄉作天子。沛宫不樂復何爲，諸母父兄知舊事。酒酣起舞和兒歌，眼中盡是漢山河。韓彭受誅黥布戮，且喜壯士今無多。縱酒極歡留十日，感慨傷懷涕沾臆。萬乘旌旗不自尊，魂魄猶爲故鄉惜。從來樂極自生哀，泗水東流不再回。萬歲千秋誰不念？古之帝王安在哉！莓苔石刻今如許，幾度秋風灞陵雨。漢家社稷四百年，荒臺猶是開基處。瞿宗吉云：豪邁跌宕，雅與題稱。

題華光梅

墨梅之作盛衡湘，始作俑者唯華光。此僧平生十萬紙，筆力所到花爲香。是誰好事憐清苦，三二百年存絹素。和靖多情縱有詩，廣平得意還能賦。東坡先生昔倅杭，萬松嶺見一枝長。我今見畫如昨夢，都在君家白玉堂。

學仙曲

二八女人貌嬋娟，杏花陰裏競鞦韆。同心錦帶刺石蓮，逢人學縛剪刀錢，却妒鴛鴦沙上眠。

古辭

歡樂自歡樂，苦辛長苦辛。城中十萬户，誰是種田人。

水殿納涼圖

別殿紅綃女，無風亦自涼。闌邊是湖水，夜夜宿鴛鴦。

七夕

乞與人間巧，全憑此夜秋。如何鍼綫月，容易下西樓。

別劉博士

祇爲情如雨，從教醉似泥。免看楊柳色，相送出城西。

銅雀臺

自古誰無死？英雄豈不知。望陵歌舞歇，還有夢來時。

峽川

石與青天近，浮雲向客低。自然堪下淚，不是有猿啼。

題揚州左史臣畫扇

后土祠前路，金鞍憶舊遊。春風雙燕子，渾似在揚州。

鄰牆梅花

臘後春纔到，寒香襲素袍。梅花如有意，不在粉牆高。

問梅

一種隴頭樹，東風都合吹。未應造物者，偏在向南枝。

别故人

未别欲千言，臨别無一語。惟此舊時心，隨君渡江去。

白頭翁

疏蔓短於蓬，卑棲怯晚風。祇緣頭白早，無處入芳叢。

題宋子障太守畫

老樹含青雨，平林澹白煙。隔溪茅屋在，好泊米家船。

訪舊三竺次泐禪師雜興韻

酒館湖船盡有名，玉杯時得肆閑情。至今人説張員外，不是看花不出城。

題明皇擊毬圖

管籥聲隨萬乘遊，開元毬馬最風流。九齡老去無人諫，不破中原不肯休。

小遊仙次韻四首

漢武求仙未絶情，枉將心力事金莖。靈王太子因無欲，吹得琅玕作鳳鳴。

桂閣金銀不甚高，仙山幾許隔波濤。信回青鳥無尋處，一色春風是絳桃。

小娃莫説臉如蓮，自牧羊龍向葑田。笑指清泠橋下水，此中元是碧瑶天。

青蛇昨夜付書回，只許麻姑自坼開。説道蓬萊山下路，莫因清淺不歸來。

題鸜鵒士女圖

美人應自惜年華，庭院沈沈鎖暮霞。一作「長門幾日斷羊車，閒得工夫坐日斜。」只有舊時鸜鵒見，春衫曾似石榴花。

過泖湖

泖湖有路接天津，萬頃銀花小浪匀。安得滿船都是酒，船中更載浣紗人。

題吴綵鸞寫韻圖

小點紅鸞欲下遲，遠山渾似畫來眉。如何一念人間事，上界仙曹便得知。

同徐大章溪上看芙蓉

日暮歸來雨溼衣，涼風千樹綵雲飛。渚宫只在秋江上，何事襄王夢到稀。

荷花詞次韻周伯温參政

一種西湖與若邪，鴛鴦宿處便爲家。秋房結得新蓮子，便是當時藕上花。

柳枝詞二首

樽前不棄小腰身，争欲攙先上舞茵。多謝東風好擡舉，盡情分付畫眉人。

春光領略不勝嬌，摇蕩東風千萬條。悔盡江州白司馬，一生空詠小蠻腰。

唐天寶宫詞八首

壽王妃子在青春，賜與黄冠號太真。不是白頭高力士，翠華那得遠蒙塵。

興慶池頭芍藥開，貴妃步輦看花來。可憐三首清平調，不博西涼酒一杯。

清源小殿合《涼州》，羯鼓琵琶響未休。爲是阿瞞供樂籍，八姨多費錦纏頭。

舁上兒綳滿翠容，黄裙高髻一叢叢。君王入内聞歡笑，賜與金錢滿六宫。

四海承平倦萬機，只將彩戲悦真妃。不平最是彈雙陸，骰子公然得賜緋。

小部梨園出教坊，曲名新賜荔枝香。《霓裳》按舞長生殿，擊碎梧桐夜未央。

香囊遺下佛堂階，不使君王不愴懷。想著當年雪衣女，羽衣猶得苑中埋。
天寶年中寵賈昌，黄衫年少滿雞坊。絳冠鬭罷羅纏項，又得君王笑一場。

覺來

好風吹雨覺來遲，開遍荼蘼總不知。團扇晚凉人似玉，也須消瘦暮春時。

春光

湖上偏多楊柳風，桃花吹盡雨前紅。等閒却被東君笑，大半春光在醉中。

柳花詞二首

欄馬牆西欲暮春，花飛不復過中旬。倚天樓閣晴光裏，争撲珠簾不避人。
滿院長條散緑陰，誰家門户碧沈沈。地衣不許重簾隔，雪白花鋪一寸深。

輦下曲一百二首 并序。録四十。

昱備員宣政院判官，以僧省事簡，搜索舊文稿於囊中。曩在京師時，有所聞見輒賦詩，有《宫中詞》、《塞上謡》共若干首，合而目之曰《輦下曲》。其據事直書，辭句鄙近，雖不足以上繼風雅，然一代之典禮存焉。

五垓千陛立朝廷，檻首銅鵰一丈翎。不待來儀威鳳至，日聞韶濩在青冥。

州橋拜伏兩珉龍，向下天潢一派通。四海仰瞻天子氣，日行黃道貫當中。

東樓緋服唱雞人，擊到朱鼙第幾聲。楠寐奉常先告備，駕行三叩紫鞘鳴。

國戚來朝總盛容，左班翹鶡右王封。功臣帶礪河山誓，萬歲千秋樂未終。

三司侍宴皇情洽，對御吹螺大禮終。寶扇合鞘催放仗，馬蹄哄散萬花中。

只孫官樣青紅錦，裹肚圓文寶相珠。羽仗執金班控鶴，千人魚貫振嵩呼。

西天法曲曼聲長，瓔珞垂衣稱艷妝。大宴殿中歌舞上，華嚴海會慶君王。

竹扛金鑄百尋餘，頂版高鐫梵國書。禁得下方雷與電，聲光不敢近皇居。

墀左朱闌草滿叢，世皇封植意尤濃。艱難大業從兹起，莫忘龍沙汗血功。

國初海運自朱張，百萬樓船渡大洋。有訓不教忘險阻，御厨先飯進黄粱。

遼東羞貢入神厨，祭鮪專車一大魚。寢廟歲行春薦禮，有加鉶豆雜鮮腒。禽鳥之肉。

當年大駕幸灤京，象背前馱幄殿行。國老手鑪先引導，白頭聯騎出都城。

請號闌牌趨鼓閣，弓刀千騎領兵符。例差右姓巡倉庫，哄唱穹廬賜大酺。

祖宗詐馬宴灤都，挏酒啍啍載憨車。向晚大安高閣上，紅竿雉帚掃珍珠。

駝裝序入日精門，銅鼓牙旗作隊喧。一聽巡階鈴鈸振，滿宫俱喜出迎恩。

華纓孔帽諸番隊，前導伶官戲竹高。白傘葳蕤避馳道，帝師輦下進葡萄。

守内番僧日念吽，御厨酒肉按時供。組鈴扇鼓諸天樂，知在龍宫第幾重。

御前親拜中書令，恩賜東宮設内筵。手署勅黄唯一道，任誰祇受付雙遷。

雞人唱罷内門開，千騎前頭丞相來。衛士金瓜雙引導，百司擁醉早朝回。

端本堂深繡榻高，滿前學士盡風騷。星河騎士知唯馬，慣識金牋玉兔毫。

儒臣奉詔修三史，丞相銜兼領總裁。卒士院官傳賜宴，黄羊挏酒滿車來。

文明天子念孤寒，科舉人材兩榜寬。别殿下簾親策試，唱名纔了便除官。

鑪香夾道湧祥風，梵輦遊城女樂從。望拜綵樓呼萬歲，柘黄袍在半天中。

對朋角飲自相招，黄鼠生燒入地椒。馬湩飲輪金鑼刺，頂寧割髮不相饒。

柳林密遣弄臣回，封印黄金盒一枚。天語直將西内去，便教知是草芽來。

直教海子望蓬萊，青雀傳言日幾回。爲造龍舟載天姆，院家催造畫圖來。

西方舞女即天人，玉手曇花滿把青。舞唱《天魔》供奉曲，君王長在月宫聽。

鴨緑江波勝鴨頭，魚龍變化滿中州。分來一派天潢水，到得烏桓便不流。

昭君遺下漢琵琶，拗軫誰彈狽獲沙。春色不關青塚上，只今芳草滿天涯。

圜殿儀天十六楹，向前黄道不教行。帳房左右懸弓角，盡是君王宿衛兵。

西番僧果依時供，小籠黄旗帶露裝。滿馬塵沙兼日夜，平坡紅艷露猶香。

棕毛四面擁龍牀，殿角涼生紫霧香。上位勵精求治切，不曾朝退不擡湯。

閒家日逐小公侯，藍棒相隨覓打毬。向晚醉嫌歸路遠，金鞭相過御街頭。

鬬鶴初罷草初黄，錦袋牙牌日自將。鬧市閒坊尋搭對，紅塵走殺少年狂。

教坊女樂順時秀，豈獨歌傳天下名。意態由來看不足，揭簾半面已傾城。

似將慧日破愚昏，向日如嘗下釣軒。男女傾城求受戒，法中祕密不能言。

肩垂緑髮事康禪，淡掃蛾眉自可憐。出入内門裝飾盛，滿宫争迓女神仙。

璧衣面面紫貂爲，更繞腰闌挂虎皮。大雪外頭深一尺，殿中風力豈曾知。

天朝習俗樂從禽，爲按名鷹出柳陰。立馬萬夫齊指望，半空鵝影雪沈沈。

欄馬牆臨海子邊，紅葵高柳碧參天。過人不敢論量數，雨露相將近百年。

宫中詞二十一首 并序。録十二。

宫中詞唯唐陜西司馬王建一百首爲得體，蓋從内臣出入宫闈，所賦俱實見其事。厥後蜀主花蕊夫人效其體，賦詩一百首，亦其身親見之。宋王安國校官書，見其本序而置之内閣。元初，奉天楊奐録宋宫人語五言詩十八首，頗得其情，足次二家後。大抵宫中詞，論富有天下，貴爲天子，不可以文工拙稱。必非想像，必親見，皆非閭巷之士可擬而賦者。後學廬陵張昱光弼誌。

裹頭保母性温存，不敢移身出後門。尋得描金龍鳳紙，學摹國字教皇孫。

頒賜三宫端午節，金絲纏扇繡紅紗。謝恩都作男兒跪，拜起深深鶡尾斜。

内人哄動各盈腮，談自西宫撒雪迴。報與内司當有宴，羊車今晚早將來。

宮衣新尚高麗樣，方領過腰半臂裁。連夜内家争借看，爲曾著過御前來。

和好風光四月天，百花飛盡感流年。宮中無以消長日，自擘龍頭十二絃。

鴛鴦鸂鶒滿池嬌，綵繡金茸日幾條。早晚君王天壽節，要將著御大明朝。

宮羅支請銀霜褐，徹夜房中自剪裁。明日看花西内去，牡丹臺畔木瓜開。

延華閣下日如年，除是當番到御前。尋出塗金香墜子，安排衣線撚春綿。

頻把香羅拭汗腮，緑雲背綰未曾開。相扶相曳還宮去，笑説秋千架下來。

上苑新波小海分，緑香溢岸好湔裙。故將禁指監官見，放出天河洗綵雲。

填金臂失戲分明，贏得珍珠三兩升。便去房中還賭賽，黄封銀榼酒如澠。

從行火者笑相招，步輦相將過釣橋。鹿頂殿開天樂動，西宮今日賽花朝。

塞上謡八首　録六。

玉貌當壚坐酒坊，黄金飲器索人嘗。胡奴疊騎唱歌去，不管柳花飛過牆。

漭然路失龍沙西，挏酒中人軟似泥。馬上毳衣歌刺刺，往還都是射鵰兒。

馬上黄鬚惡酒徒，搭肩把手笑相扶。見人强作漢家語，哄著村童唱塞歌。

野蠶作繭絲玉玉，乳雞浴沙聲谷谷。駱駝奶子多醉人，氈帳雪寒留客宿。下一首云：「胡姬二八貌如花，留宿不問東西家。醉來拍手趁人舞，口中合唱阿剌剌。」

雖説灤京是帝鄉，三時閒静一時忙。駕來滿眼吹花柳，駕起連天降雪霜。
親王捧寶送回京，五色祥雲抱日明。錫宴大開興聖殿，盡呼萬歲賀中興。

雪夜寄史左丞

白雪相將一丈深，碧油窗合夜沈沈。党家更有人如玉，猶道春寒入繡衾。

題夏圭孤舟風雨圖

此船載得許多愁，使我尊前感舊遊。惆悵揚州十年夢，滿江風雨泊瓜州。

船過臨平湖

船過臨平欲住難，藕花紅白水雲間。只因一霎溟濛雨，不得分明看好山。

詠何立事

宋押衙官何立，秦太師差往東南第一峰，恍惚引至陰司，見太師對岳飛事，令歸告夫人，東窗事犯矣。復命後，即棄官學道，蜕骨今在蘇州玄妙觀，爲蓑衣仙。

舊作衙官身姓何，陰司歸後記仙魔。視身已是閒軀殼，一領蓑衣也是多。

荔枝畫爲福建僉憲張惟遠題

濟南人。

茜羅輕裹玉肌寒，吹盡南風露未乾。一寸丹心無與寄，爲憑圖畫入長安。

剪花士女

咫尺芳叢艷色深，蜂情蝶思兩難禁。看來莫用閒惆悵，剪下春風一寸心。

劉曜卿畫折花宫女

柳風草露欲沾衣，又是宫中上直時。好把桃花都折盡，免教吹作落紅飛。

湖中即事

湖柳湖波盡可憐，不知春在阿誰邊。滿頭翡翠雙鬟女，細雨吴歌溼畫船。

臨安訪古 録八。

石鏡

臨安山中古石鏡，曾照錢王冕服來。天遣紫苔封裹後，等閒不許别人開。

婆留井錢王初生時，將棄井中，婆奪留之，故乳名婆留。既貴，以鏐代留字。

舊日婆留井未堙，石闌苔蘚上龍鱗。而今率土皆臣妾，莫顧皇天産異人。

功臣塔

峰頭石塔表功臣，五百年前是佛身。莫問蓬萊水清淺，野藤猶蔓刧餘春。

錦溪

錢王功業與天齊，百里旌旗照此溪。從此波中鋪錦後，至今光景淨無泥。

衣錦山　今縣治主山，是王故居。卽九龍堂。

還鄉滿山都覆錦，富貴應須白晝歸。設宴九龍堂上日，沛中歌後似王稀。

將軍樹　王平時率羣隊狂戲此樹下，還鄉以錦幪之，號「錦樹將軍」。

將軍官重執金吾，不比秦朝列大夫。王爲錦衣歸故里，遂令老樹有稱呼。

環翠閣　謝安遊處，今爲寺。

東山尚存環翠閣，謝傅來遊經幾年。可是舊曾攜妓到，粉香猶在畫闌邊。

淨土寺　東坡作杭倅，行部過於潛回，至此。

祥符額賜海會寺，回首年來彈指過。試問竹林橋下路，往還曾見幾東坡。

求仙詞

漢皇承露鑄金莖，別道雲間有玉京。萬乘旌旗不隨去，此身何用獨長生。

春日

一陣春風一陣寒，芭蕉長過石闌干。只銷幾箇瞢騰醉，看得春光到牡丹。光弼初居楊左丞幕下，頗有功業之思。及張氏擅權，光弼憤焉。其詩云云，蓋刺淮張用事諸人也。

題青山白雲

一箇茅廬何處？小橋古木溪灣。但見山青雲白，不知天上人間。

擬古秋夜長

雲中鴻雁過，門前朔風起。梧桐葉落金井頭，月照烏啼天似水。誰家機上織回文？夜聽啼烏如不聞。明朝爲遣安南使，細意緘題持贈君。

暑中招客

江山猶故國，風月自閒人。老至謀生拙，時更盛化新。花疑春似夢，酒與道爲鄰。柱史猶何者，何嫌有此身。

送天使僧

釋子承天語，儒臣撰寺碑。萬間靈谷見，一切布金爲。寶界山河大，璇題雨露垂。丹青人所仰，壯麗古

□□。鈔幣勤中賜，恩榮拜曲施。文章尊典誥，億兆頌皇基。鸞舉鸞回筆，光華鳳吐辭。繡幢天上遣，金錫日邊移。赫赫瞻行邁，遥遥賦再馳。在公無候謁，於禮有嫌疑。道路承傾蓋，言辭見誦詩。斯須知久要，造次亦委蛇。宗廟觀罍洗，雲霄式羽儀。乃知修白業，動輒守清規。空谷行春律，餘生共聖時。頂祈摩佛手，目願覩堯眉。慶讚諸天會，觀光夙世期。叩頭雲陛遠，舞袖草堂卑。枝繞貪生鵲，池支服氣龜。暌違難折柳，嚮仰只傾葵。復命蒼龍闕，覃恩白玉墀。握蘭前席對，侍草近臣知。仙樂停宫扇，天花散殿帷。一人膺大慶，萬宇受繁禧。立雪時將至，拈花事未遲。有緣皆弟子，無念不慈悲。軟語敷甘露，清齋却紫芝。頻煩尊者問，慚愧老夫衰。在德寧忘報，惟心不可欺。朝宗江漢水，日夜注懷思。

投贈潞國公承旨學士張仲舉

漢家舊德有桓榮，赤舄登朝羽翼成。三晉鳳鳴千載會，兩河龍現五雲迎。獨於社稷多艱日，復使君臣大義明。自念昔曾親几杖，頌聲慚後魯諸生。

五府驛代楊左丞留題

免胄日趨丞相府，解鞍夜宿五侯家。玉杯行酒聽春雨，銀燭照人如一作「天生」。晚霞。受命敢忘一作「世亂且從」。軍旅事，撫時又過掖垣花。一作「功成須插御筵花」。漢家一作王。未可輕韓信，尚要生擒李左車。

《西湖遊覽志》又載一詩云：「西樓柳風吹晚香，石榴裙映黄金觴。纖歌不斷白日速，微雨欲度行雲涼。笑看席上賦鸚鵑，醉聽門前嘶驌驦。早晚平吴王事畢，羽書飛捷入朝堂。」此詩今不見本集。

岳鄂王墳上作

朔雪炎風共此年，中原父老亦堪憐。豎儒屢遣祈求使，大將空持殺罰權。忠誼有碑書大節，奸邪無面見重泉。至今宰木猶南拱，遺憾西陵是墓田。

陪宴相府得芍藥花有感賦

醉吐車茵愧不才，馬前蝴蝶趁花回。玉瓶盛露扶春起，錦帳圍燈照夜開。垂白敢思溱洧贈，敧紅還是廟廊栽。揚州何遜空才思，惟對高寒詠閣梅。

退居湖上投贈楊左丞二首

樓外湖光白渺茫，樓中少婦試新妝。行年將近半百歲，大醉豈能千萬場。織錦繡裙一作「翠織舞裙」。飛蛺蝶，白描歌扇睡鴛鴦。垂楊滿院無人到，芍藥花開日正長。

且觀神女爲行雨，莫問郎官應列星。芳草到門無俗駕，好山終日在湖亭。白鷗共戲荷葉小，黄鳥亂啼楊柳青。肯信曲闌干外立，晚涼吹得酒初一作都。醒。

光弼至正時爲行省左右司員外郎，卜宅於壽安坊，今之花市是也。罷官後，自號一笑居士。時居室已弊，友人淩彦翀募緣以葺之。疏云：「昌黎寄玉川子，首稱洛城破屋之數間；東坡題緑筠軒，終比揚州鶴腰之十萬。一笑居士，詩名優於張籍，生計劣於陶潛。囊無一錢之留，家徒四壁之立。若非慷慨而多助，安得輪奐之一新。即欲取杜工部草堂貲，何時可辦；儻葺得楊闕西槐市塾，今歲無憂。但不至於虛拘，便可謂之實惠。此崢嶸事，在特達心。」疏傳，交遊皆助之，其居始就。當時傳爲盛事。

戊戌題 海上作。

華表仙人舊姓丁，羽毛今日惜飄零。海中又見蓬萊淺，門外空傳楊柳青。暮雨朝雲翻覆手，落花飛絮短長亭。如何未熟黄粱飯，説道英雄夢已醒。

惆悵五首

三山夢斷綵雲空，幾把長牋賦惱公。畫閣小杯鸚鵡緑，玉盤纖手荔枝紅。春衫汗浥薔薇露，夜帳香回茉利風。惆悵近來江海上，却將鞍馬學從戎。

畫船湖上載春行，日日花香扇底生。蘇小樓前看洗馬，水仙祠畔坐聞鶯。碧桃紅杏渾相識，紫燕黄蜂俱有情。惆悵繁華成逝水，盡歸江海作潮聲。

惆悵當年使酒來，娼樓紅粉夜相催。可憐明月三分在，不見瓊花半朵開。誰復醉翁堂下柳，更堪從事閣中梅。揚州一片青青草，誰信春來無雁回。

惆悵雄藩海上遊，武昌佳氣接神州。東風歸思王孫草，北渚愁生帝子洲。楚國江山真可惜，劉家豚犬亦何羞。不須更問中原事，官柳新栽過戟樓。

至今惆悵在東城，結伴看花取次行。輦道駐車招飲妓，宮牆回馬聽流鶯。星河織女從離別，海水蓬萊見淺清。不有酒船三萬斛，此生懷抱望一作向。誰傾。

過楊忠愍公軍府留題

總是田家門下客，誰於軍府若爲情。林花滿樹鶯都散，雨水平池草自生。街上相逢驚故吏，馬前迎拜泣殘兵。能言樓上題詩處，猶有將軍舊姓名。

睡覺

滿院楊花風力輕，牡丹時節好晴明。簾垂不知白日晚，睡覺忽聞黃鳥鳴。萬斛春光金盞酒，百年心事玉人箏。劉伶未到忘形處，枉自閑將畚鍤行。

湖舫勸曹德昭僉院酒

倩得名姬唱慢歌，梁塵直欲下輕波。西風八月芰荷老，落日滿湖鳧雁多。到手莫辭雙盞飲，轉頭又是一年過。光陰只在槐柯上，奈此浮生樂事何。

別春次揚州成廷珪韻

燕語鶯啼盡可哀，更無馬迹到青苔。自從玉樹成歌後，曾見銅仙下淚來。爲晉爲秦花幾度，行雲行雨日千回。若教蝴蝶知春夢，儘把黃金付酒杯。

丞相委入姑蘇索各官俸米留别幕府諸公

不比常年載酒遊，杏花時節出杭州。粉闈未覺爲郎貴，萱草難忘此日憂。沙漠帛書空見雁，江湖春水莫容鷗。何須折盡垂楊柳，留取他年繫别愁。

光弼至姑蘇，呈太尉一首云：「相君求米若求雨，員外得船如得仙。職忝下僚班可恥，情通鄰好亦堪憐。山中棋局迷樵客，溪上桃花誤釣船。醉把玉杯無所記，不勝惆悵晚春前。」可與前後二詩互看。

辭答張太尉見招

中年頓覺壯心去，涉世頗知前事非。若使范增能少用，肯教劉表失相依。風雲天上渾無定，麟鳳人間不受羈。殘夢已隨流水遠，五湖春水一鷗飛。

秋興

一夜涼風便覺秋，楚人多感易生愁。金盤露水何曾見，紈扇恩情未肯休。零落梧桐金井上，稀疏楊柳御街頭。近來收得麻姑信，説道蓬萊更可憂。

春閨詞

白日高堂欲暮難，鳴鳩乳燕静相干。銀瓶行酒雙鬟緑，玉管調笙十指寒。蝴蝶每因飛處見，牡丹多是折來看。明朝爲遣安西使，錦字紅燈織夜闌。

湖上漫興二首

百鎰黄金一笑輕，少年買得是狂名。尊中酒釀湖波緑，席上人歌一作傳。鳳語清。蛺蝶畫羅宮樣扇，珊瑚小柱教坊筝。南朝舊俗憐輕薄，每到花時别有情。

湖上新泥雪漸融，門前溝水暗相通。裙欺萱草輕盈緑，粉學櫻桃淺淡紅。暮雨欲來銀燭上，春寒猶在酒尊空。青綾被薄不成夢，又是　番花信風。

繡毬花次兀顔廉使韻

繡毬春晚欲生寒，滿樹玲瓏雪未乾。落過一作遍。楊花渾不覺，飛來蝴蝶忽成團。釵頭懶戴應嫌重，手裏閒抛却好看。天女夜涼乘月到，羽輪一作車。偷駐碧闌干。

湖樓

樓前芳草碧盈盈，付與幽禽自在鳴。隄上馬馱紅粉過，湖中人載畫一作酒。船行。日長燕子語偏好，風暖楊花體又一作更。輕。何限才情被花惱，獨教書記得狂名。

次林叔大都事韻四首

春來長是誤佳期，鳩鳥雄鳩不可私。錯認櫻桃懸蟢子，悔將衫袖染鵝兒。燒殘蠟燭渾成淚，折斷蓮莖却是絲。辜負緑窗閒歲月，只教楊柳妒腰肢。

何處銀鞍白鼻騧，忘將錦瑟數年華。渡頭水急憐桃葉，陌上春狂信柳花。那得芳心對鸚鵡，泣將殘淚付琵琶。一身已自成惆悵，况是平陽十萬家。

莫謾題情在粉牆，藕絲終日繫柔腸。不知漢主黄金屋，何似盧家白玉堂。好夢自抛桃葉後，閒愁似過柳條長。無端收得番羅帕，徹夜薔薇露水香。

陳王當日賦凌波，寫得風流也太多。掌上玉鸞看教舞，雲中青鳥使傳歌。情緘尺素魚中字，恨織回文錦上梭。休信雙星是牛女，年年波浪隔天河。

昔遊

春到名園總是花，都城無處不繁華。冠翹鶡尾朱袍盛，馬頓金羈玉面斜。騎吏去忙官索酒，侯門散晚妓留車。党家賤妾粗豪慣，輕易銀瓶雪水茶。

小王孫

貂帽貂裘美少年，圓牌通籍内門前。新分草地緣遊獵，舊賜彤弓未控弦。銀甕蒲萄春共載，玉鞍驕馬日隨牽。穹廬一夜迷深雪，忘却朝天是醉眠。

侍御周伯温以行臺羈留姑蘇簡寄之

白頭歲月付流波，何物虚名在諫坡。屬國莫嫌持節久，子陽猶謂見天多。強梁不見圖銷印，跋扈如聞欲倒戈。一樹紅梨春事晚，宣文閣下欲如何？

得朱桓編修海道之音

命酒徵歌記往年，玉堂遂有夢相牽。魚緘尺素雖云密，事載空言始可憐。季世人材思管樂，盛時戎馬説幽燕。張騫慣識天河路，俯仰乾坤一慨然。

兩山亭留題

馬頭曾爲使君回，北望新亭道路開。於越地形緣海盡，勾吴山色過江來。英雄有恨餘湖水，天地忘懷入酒杯。珍重謝家林下客，玉山何待倩人推。

三月三日湖上作

此日誰人肯在家，傾城滿意事繁華。時非上巳不爲節，春到牡丹纔是花。霧鬢風一作「髻雲」。鬟湖上女，畫輪繡轂道傍車。兒童盡唱《銅鞮曲》，未覺人間日易斜。

縱飲

外湖裏湖花正開，風情滿意看花來。白銀大甕貯名酒，翠羽小車一作姬。歌《落梅》。身外功名真土苴，古來賢聖盡塵埃。韶光如此不一醉，百歲好懷能幾回。

感事二首

雨過湖樓作晚寒，此心時暫酒邊寬。杞人唯恐青天墜，精衞難期碧海乾。鴻雁信從天上過，山河影在月中看。洛陽橋上聞鵑處，誰識當時獨倚闌。

老至翻遭世慮牽，何曾一覺得安眠。家鄉尚遠潯陽郡，世事有如天寶年。朝報唯瞻遼海上，羽書不斷省門前。長星正在天西北，白水寒沙盡可憐。

西湖漫興

玉局當年爲寫真，西施宜笑復宜顰。朝雲暮雨空前夢，桃葉柳枝如故人。露電光陰千劫外，魚龍波浪一番新。傷心最是林逋一作「逋仙」。宅，半畝殘梅共晚春。集中又載《西湖晚春》一首，與此稍有不同。其詩云：「憶昔東坡爲寫真，至今詩句在遊人。朝雲猶是當時夢，桃葉渾非舊日身。鶯燕情懷千語少，魚龍波浪幾回新。傷心誰問林逋宅？零落殘梅共晚春。」

次韻處士和㙮上人詩

每到爐頭憶懶殘，十年戎馬雪窗寒。亂來亦謂功名易，老去纔知世路難。醉把茱萸應自感，狂題鸚鵡欲誰看？相逢白髮秋風裏，可惜銀燈照夜闌。

明州倪師園觀猿

捷于風雨過喬枝，乍鎖名園亦自疑。幾萬里來都是恨，第三聲後最堪悲。月沈夜澗魂先去，露滴春梢淚對垂。富貴豈能長汝役，緑珠還有墮樓時。

晚歸

左掖歸時日未斜，小園檢點舊生涯。染裙萱草纔抽緑，破雪櫻桃又著花。玉斝試斟官給酒，銀煎重瀹貢餘茶。西湖水色春來好，説道風光似謝家。

鄰園海棠

自家池館久荒涼，却過鄰園看海棠。日色未嫣紅錦被，露華猶溼紫羅一作絲。囊。掌中飛燕還能舞，夢裏朝雲自有香。銀燭莫辭深夜照，幾多佳麗負春光。

醉題

二月鶯聲最好聽，風光終日在湖亭。清宵酒壓楊花夢，細雨燈深孔雀屏。情在綢繆歌《白苧》，心同慷慨贈青萍。方平自得麻姑信，從此人間見客星。

虎丘寺留題

莓苔欲遍盤陀石，知是梁朝古道場。陳迹謾驚成俯仰，空門元不預興亡。白漫天上俱兵氣，赤伏池中是劍光。如會生公重説法，勸教東海莫栽桑。

感事

憶昔銀燈鼓瑟琴，屏開孔雀畫堂深。頭顱謾有新添雪，囊橐都無舊賜金。好夢未成春漏盡，殘星猶在曉河沈。郎君自上斑騅後，露滿銅盤淚不禁。

寄松江楊維楨儒司

畫蛇飲酒合誰先，塵土東華四十年。海上豈無詩可和，雲間還有事相牽。牡丹開後春無力，燕子歸來事可憐。欲倩鐵龍吹一曲，滿湖風浪又回船。

碧筩飲次胡丞韻

小刺攢攢緑滿莖，看揎羅袖護輕盈。分司御史心先醉，多病相如渴又生。銀浦流雲雖有態，銅盤清露寂無聲。當年欲博千金笑，故作風荷帶雨傾。

送丁道士還澧陵

丁令還家骨已仙，更無城郭有山川。未添白髮三千丈，又見銅駝五百年。荒草茫茫連故國，孤雲冉冉下寥天。灃蘭歌送潺湲水，極望涔陽思惘然。

贈沈生還江州

鄉心正爾怯高樓，况復樓中賦遠遊。客裏登臨俱是感，人間送别不宜秋。風前落葉隨車滿，日下浮雲共水流。知汝琵琶亭畔去，白頭司馬憶江州。

贈寓客還瓜州

把酒臨風聽櫂聲，河邊官柳緑相迎。幾潮路到瓜州渡，隔岸山連鐵甕城。月色夜留江叟笛，花枝春覆寺一作市。樓箏。贈行不用歌《楊柳》，此日還家足太平。

無題

灼灼庭花露未收，樂然雙燕語綢繆。新妝滿面猶看鏡，殘夢關心懶下樓。春到自憐人似玉，困來誰問酒扶頭。狂蹤已作風絲斷，敢怨流年似水流。

長安鎮市次趙文伯韻

淹遍衣衫酒未乾，何如李白醉長安。牡丹庭院溥新露，燕子簾櫳過薄寒。春晚絶無情可託，日長惟有睡相干。舊題猶在輕羅扇，小字斜行不厭看。

寄羅博士

莫説文星與酒星，已同傖父泣新亭。夢中此日頭能白，海内何人眼更青。鵑化羽毛猶姓杜，鶴歸華表尚名丁。縱然記得前朝事，彈向銀箏只自聽。

無題二首

幾夢郎君引碧幢，微波難與寄沅江。青春每念青絲騎，白日長閒白玉窗。菡萏結房雖有異，鴛鴦織錦不成雙。潮來好是兒家恨，流過門前氣未降。

咫尺香閨步懶移，搔頭誰理玉蟠螭。不聽小管吹銀字，只數回文織錦詩。得伴有時惟鬬草，遣懷無日不彈棋。鳴鳩乳燕青春晚，謝却繁花幾萬枝。

金山寺

六鼇捧出法王宫，樓閣居然積浪中。門外鷗眠春水碧，堂前僧散夕陽紅。揚州城郭高低樹，瓜步帆檣上下風。人世幾回江上夢，不堪垂老送飛鴻。

飲吴令家

膠漆相投古亦難，酒閒何事慘無歡。苦愁海底量深淺，痛哭燈前出肺肝。白首既辭當世事，朱絃何必向人彈。醉來渴甚思吞海，無復天家小鳳團。

演法師惠紙帳

銀燈夜照白紛紛，四面光摇白縠文。隔枕不聞巫峽雨，繞牀惟走剡溪雲。風和柳絮何因到，月與梅花竟不一作莫。分。塞北江南風景別，却思氈帳舊從軍。

寄東山寺長老宅區中索畫梅

同是多生無垢身，孤芳歲晏轉精神。濡毫應覺香先到，寫影無如月最真。庾嶺近來還有信，華光以後更何人。情知此事難描畫，驛使空回可不嗔。

中秋望月 甲辰年賦。

月裏分明見九州，浮雲西北是瑤樓。歌鐘未厭今宵酒，砧杵那禁此夜愁。若使有情須痛哭，不知何物是風流。《霓裳》不向當時罷，戎馬中原未肯休。

姑蘇懷古

十里河隄蹋暖塵，老懷忽憶故鄉春。泥金孔雀裁歌扇，刻玉麒麟壓舞裀。翠袖錦尊邀上客，畫船銀燭照歸人。而今白髮東風裏，疑是前身與後身。

雲林先生倪瓚

瓚字元鎮，無錫州人。其先世以貲雄一郡。元鎮不事生産，強學好修，刻意文史，所居有雲林堂、蕭閒館、清閟閣諸勝。饒介之稱其閣如方塔三層，疏窗四眺，遠浦遥巒，雲霞變幻，彈指萬狀。窗外巉巖怪石，皆太湖靈璧之奇，高于樓堞。松篁蘭菊，蘢葱交翠，風枝摇曳，涼陰滿苔。閣中藏書數千卷，手自勘定，三代鼎彝，名琴古玉，分列左右。時與二三好友嘯詠其間，性好潔，見俗士，避去如恐浼，盥頮易水，振拂巾服，日以數十計。居前後樹石，頻令洗拭，書畫蕭疏秀挺，稱其爲人。至正初，天下無事，一旦盡斥賣其田産，得錢以與貧交疏族，或竊笑之。及兵興，富家多被剽掠，元鎮扁舟箬笠，往來湖泖間，人乃服其前識。明洪武七年，始還鄉里，時年七十有四矣。寄居其姻鄒惟高，竟卒于鄒氏。嘗自謂懶瓚，亦曰倪迂，長樂王賓志其旅葬，吴人周南老志其墓，皆曰「元處士雲林先生」。句曲張雨、錢塘俞和嘗繕寫其稿藏之。論者謂如白雲流天，殘雪在地。楊鐵厓曰：「元鎮詩才力似腐，而風致特爲近古。吴匏菴曰：倪高士詩能脱去元人之穠麗，而得陶柳恬澹之情。百年之下，試歌一二篇，猶堪振動林木也。

春日雲林齋居

饒介之云：「堂扁『雲林』二字，雲字正摹天台白雲寺額，林字摹廬山東林寺額，皆右軍得意筆也。」

池泉春漲深，逕苔夕陰滿。諷詠紫霞篇，馳情華陽館。晴嵐拂書幌，飛花浮茗碗。階下松粉黄，窗間雲氣暖。石梁蘿蔦垂，翳翳行蹤斷。非與世相違，冥棲久忘返。此詩集中又載改本云：「臨池春流駛，掃地夕陰滿。正襟味道言，超遥坐溪館。嵐嶺當書榻，頫襟一舒散。靡靡松花黄，逐逐雲氣暖。石梁青苔合，於焉人迹斷。故非與世疏，冥栖遂忘返。」《元音》所載即此。

雨中寄孟集

英英西山雲，翳翳終日雨。清池散圓文，空林絶行屨。野性夙所賦，好懷誰共語。燒香對長松，相與成賓主。

聽袁子方彈琴

蕙帳凝夕清，高堂流月明。芳琴發綺席，列坐散繁纓。回翔别鵠意，縹緲孤鸞鳴。一寫冰霜操，掩抑寄餘情。

贈天寧福上人

荆溪霜落後，銅官日出初。自櫛頭上髮，更理篋中書。上人從定起，詠言方繞除。邂逅發微笑，幻身同太虛。

爲方厓畫山就題

摩詰畫山時，見山不見畫。松雪自纏絡，飛鳥亦閒暇。我初學揮染，見物皆畫似。郊行及城遊，物物歸畫笥。爲問方厓師，孰假孰爲真。墨池挹涓滴，寓我無邊春。

奉謝張天民先生

鳴雁將北歸，徘徊舊棲處。江湖春水多，欲去仍回顧。稻粱豈余謀，矰繳非所慮。猶爲氣機使，暄冷逐來去。寥寥天宇寬，彼此同一寓。風萍無定踪，易散聊爲聚。君看網中魚，在疢猶相煦。

夜泊芙蓉洲走筆寄張錬師

芙蓉猶滿渚，疏桐已殞霜。泊舟菰蒲中，吳山隱微陽。因懷静默士，竹林閟玄房。煮茗汲寒磵，燒丹生夜光，憶與鄭郯輩，閒詠步修廊。時子有所適，顧瞻重徜徉。庭下生苔蘚，牖間綴詩章。弈勢鄭老勝，酒榼郯生將。雅歌雜詼諧，列坐飛羽觴。子歸日已晚，棗栗亦傾筐。揮手輒謝别，暮宿荒城傍。遲明趨所期，待子鄭公堂。晨往遂至昏，企望徒倀倀。乃嗟仙真馭，固非世所望。惻惻理歸櫂，泛泛秋浦長。還尋甫里陸，更醉山陰王。素冠斯馳贈，喜知終未忘。余兹將遠適，旅泊猶彷徨。微風動虚碧，初月照石梁。曠望對清景，賦詩託陳郎。茯苓思同煮，夜雨共匡牀。《列朝詩集》載此詩，至「棗栗亦傾筐」而止。不知此處如何可住，是必傳寫之譌，未經較定故耳。牧齋先生最善考索，而不無一時之誤。後之覽者，未可以藉口先生而不亟爲改正也。

蕭閒館夜坐

隱几忽不寐，竹露下泠泠。青鐙澹斜月，薄帷張寒廳。燥煩息中動，希静無外聆。窅然玄虚際，詎知有身形。

走筆次陶蓬韻送葉參謀歸金華

手把玉芙蓉，青天騎白龍。出入人間世，飛鴻蹋雪蹤。瑶草粲可拾，羣峰森玉立。璧月挂天南，離離星斗溼。君昔在山時，玉轀山有輝。因同白雲出，更與白雲歸。白雲無定處，豈只山中住。河漢共縈紆，經天復東注。金華牧羊人，游戲不生嗔。笑拂巖前石，行看海底塵。手調白羽箭，陋彼磨銅硯。一語不投機，歸歟寧再見。士豈始隗乎？全趙匪相如。項王疑亞父，竟爾龍爲魚。擾擾何時已？百年聊寄耳。良也報仇歸，言從赤松子。去山今幾年，還山大學仙。天台司馬宅，雲氣近相連。

雙寺精舍新秋追和戎昱長安秋夕

秋暑晚差涼，茗餘眠獨早。清風振庭柯，寒蛩吟露草。晨興面流水，西望吴門道。不知人事劇，但見青山好。

玄文館讀書 并序。

玄中真師在錫山東郭門立静舍，號玄文館。幽虚敞朗，可以閒處。至順壬申歲六月，余處是兼旬，謝絶塵事，遊心澹泊，清晨櫛沐竟，遂終日與古書古人相對，形忘道接，翛然自得也。又西神山下有好流水。味甚甘洌，與常水異。館去西神山，遠不出五里，故得朝夕取水以資茗荈之事。居兹館讀書研道之暇，時飲水自樂焉。乃賦詩曰。

真館何沈沈，寥廓神明居。陽庭肅宏敞，丹林鬱扶疏。睠言兹遊息，脱屣榮利區。檐楹初日麗，池臺涼雨餘。焚香破幽寂，飲水聊舒徐。潛心觀道妙，諷詠古人書。懷澄神自怡，一作適。意愜理無虚。誰云黄唐遠，泊然天地初。回首撫八荒，紛攘蚍蜉如。願從逍遥遊，何許崐崙墟。

述懷

讀書衡茅下，秋深黄葉多。原上見遠山，被褐起行歌。依依墟里間，農叟荷蓧過。華林散清月，寒水澹無波。遐哉棲遁情，身外豈有他。人生行樂耳，富貴將如何。

丙子歲十月八日夜泊閶門將還溪上有懷友仁陸徵君

明發辭吴會，移舟夜淹泊。空宇垂繁星，微雲暝前郭。沈沈抱沖素，悄悄傷離索。歸掃松逕苔，遲君踐幽約。

聽袁員外彈琴 并序。

至正四年十一月，袁員外來林下，爲留兼旬。臘月十七日，快雪初霽，庭無來迹，與僕静坐，因取琴鼓之。古音蕭寥，如茂松之勁風，春壑之流冰。員外時年八十有二，顔貌筋力，未如四五十許人。爲言甫弱冠，遭逢盛明，初宰當塗，過九華山，道逢神人，與棗食之，後數數見夢寐間；若冥感玄遇者。員外韜耀藴真，仕禄以自給，不爲人所知，豈郭恕先之流歟！爲賦五言一首。

郎官調緑綺，谷雪賞初晴。兩忘絃與手，流泉松吹聲。問言一作年。踰八十，云嘗見河清。挂帆望九華，神人欻相迎。啖以海上棗，歡愛若平生。玄遇寧復得，惜哉遺姓名。

戊寅十二月丹丘柯博士過林下賦詩次韻酬答

積雪被長坂，卧痾守中林。山川雖云阻，舟楫肯見尋。傾蓋何必舊，相知亦已深。驚風飄枯條，清池冒重陰。聯翩雙黄鵠，飛鳴緑水潯。顧望思鬱紆，徘徊發悲吟。願言齊羽翮，金石固其心。歡樂何由替，黄髪期滿簪。

己卯正月十八日與申屠彦德遊虎丘得客字

余適偶入城，本是山中客。舟經二王宅，弔古覽陳迹。松陰始亭午，嵐氣忽斂夕。欲去仍徘徊，題詩滿苔石。

次韻陳維允姑蘇錢塘懷古四首

醴酒劍池水，玉壺清若無。揮杯送落月，山鬼共歌呼。松間燈如漆，白骨漫寒蕪。

耕鑿古隧穿，乃吴桓王墓。金雁隨冷風，黄腸畢呈露。悲歌異今昔，踟蹰緩歸步。

仙人悲世换，宴景在清都。寒暑自來往，英雄生釣屠。錢唐江畔柳，風雨夜啼烏。

江山國破後，弔古一經行。輦路苔花碧，御溝菰葉生。古跡今寧有，新城江上横。

贈惟寅

隱几方熟睡，故人來扣扉。一笑無言説，清坐澹忘機。衣上松蘿雨，袖中南澗薇。知爾山中來，山中無是非。三十不娶妻，四十不出仕。逍遥巖岫間，翳名以自肆。何曾問理亂，豈復陳美刺。高懷如漢陰，終老無機事。

對春樹

端憂對春樹，影落身上衣。美人手所成，紉縫願無違。步庭悲往躅，瞻景惜餘暉。芳襟沾露溼，蘭珮委風微。凝思自的的，染澤尚依依。晨雞催夢短，夜鵲逐魂飛。歡愛自兹畢，憔悴損容輝。

送馬生

送子淮南行，繫舟江岸柳。翠影舞晴煙，落我杯中酒。舉杯向落日，春水浮天碧。時見白鷗飛，雪光翻綺席。應笑披羊裘，獨釣江邊石。

寄楊廉夫

吴松江水春，汀洲多緑蘋。彈琴吹鐵笛，中有古衣巾。我欲載美酒，長歌東問津。漁舟狎鷗鳥，花下訪秦人。

寄李隱者

南汀新月色，照見水中蘋。便欲乘清影，緣源訪隱淪。君住鈿山湖，緑酒松花春。夢披寒雪去，疑是剡溪濱。

題畫贈岳道士

義興岳道士，野鶴如長身。我知彌明徒，不是侯喜倫。結喉吟肩聳，鐵脊霜髯新。手中石棋子，頭上漉酒巾。久居離墨山，自謂無懷民。喪亂不經意，松陵留十旬。香雲作輿衛，長松爲主賓。既滋數畦菊，復種二畝芹。樂哉以忘死，道富寧憂貧。爲我具舟楫，相期桃花春。

對酒

題詩石壁上，把酒長松間。遠水白雲度，晴天孤鶴還。虚亭映苔竹，聊此息躋攀。坐久日已夕，春鳥聲關關。

尋友人不遇

洲渚多藹英，泝流尋遠山。輕舟載美酒，搖蕩緑波間。俯詠拾瑶草，遐思隘塵寰。奮緣忽失遇，悵望遂空還。

池蓮詠

回翔波間風，的歷葉上露。清池結素彩，華月映微步。雲陰花房斂，雨歇芳氣度。欲去拾明璫，踟躕惜遲暮。

徐氏南園對雨

櫻桃花欲落，風雨暮凄迷。忽憶郊園日，竹林通磵西。弱蔓滋野棲，蘭葉長芳畦。念我當時友，蒿萊没舊溪。

題畫贈九成

故人郟掾史，邀我宿溪船。把酒風雨至，論詩煙渚前。晨興就清盥，思逸愛春天。復遇武陵守，共尋花滿川。

至正十二年三月八日，冒風雨過九成荆溪舟中，劉德方郎官方舟煙渚，留宿談詩。明日快晴，移舟緑水岸下，相與嘯詠。仰睇南山，遥瞻飛雲，夾岸桃柳相厠，如散綺霞。掇芳芹而薦潔，瀉山瓢而樂志。九成出片紙，命畫眼前景物，紙惡筆凡，固欲騁其逸思，大乏騏驥康莊也。歐陽公每每云「筆硯精良，人生一樂」，書畫同理，余亦云焉。時舟中章鍊師、岳隱者對弈，吳老生吹洞簫。

早春對雨寄懷張外史

林臥苦泥雨，憂來不可絶。掀帷望天際，春風吹木末。飛蘿散成霧，細草緑如髮。念子獨高世，南山修隱訣。撫弄無絃琴，招邀青天月。神安形不彫，跡高行自潔。思之不可見，飢渴何由歇。願爲鸞鵠翔，南遊拂松雪。此詩集中又載改本云：「林臥對雲雨，憂來不可絶。褰帷望庭際，春風動林樾。飛蘿散成霧，煙草緑如髮。不見高世人，飢渴何由歇。神鸞戲玄圃，巨鱗偃溟渤。爾亦碧巖中，遁形修隱訣。燒香庭竹淨，洗硏池苔滑。取瑟和流泉，操瓢酌明月。跡高行亦苦，冰檗忌芳潔。何當往相尋，拂石棲松雪。」今新本所刻，竟自「神鸞戲玄圃」句起，而題無「早春對雨」字，不知何所據也？

送呂養浩之紹興

賀監宅前路，荷花今亦無。空餘湖上月，照見水中蒲。送爾作官幽絶處，錢塘江頭飛柳絮。聽事臨隄滿夕嵐，時有沙鷗自來去。

送徐君玉

閩江之水清漣漪，隔江名園多荔枝。閩中女兒天下白，越波飛檝逐鳧鷖。櫂歌清綿洲渚闊，蕩槳落日令人悲。蠻煙怪雨忽冥密，蔣芽蒲葉相參差。此中勝事不爲少，徐郎遠遊牽我思。

對梓樹花

去年梓樹花開時，美人明璫坐羅幃。今年梓樹花如雪，美人死別已七月。梓花如雪不忍看，沈吟懷思淚闌干。鳴鳩乳燕共悲咽，柳綿風急煙漫漫。

劉君元暉八月十四日邀余翫月快雪齋中命余詩因賦

卷簾見月形神清，疑是山陰夜雪明。長歌欲覓剡溪戴，悵然停杯遠恨生。爾營茅齋名快雪，邀我吹笙弄明月。明星如銀浮翳消，垂露成帷桂花發。酒波蕩漾天河傾，笙聲嫋嫋秋風咽。古人與我不並世，鶴思鷗情迴愁絶。

苦雨行

孟秋苦雨稻禾死，天地晦冥龍怒嗔。南鄰老翁卧不起，漏屋溼薪愁殺人。自云今年八十剩，力農一生玆始病。兩逢赤旱三遇水，租税何曾應王命。吾今寧免身爲魚，死當其時良可吁！

餘不溪詞 并序。

開玄館在餘不溪濱，距溪無百步，上清王真人所立。溪流冬夏盈演，玉光澄映，與他水特異，故爲名焉。庚午歲春，因市藥過浙江，趣便道，將歸梅里，俯斯水而悦之。泝流閒詠，盥濯平津，顧瞻壇宇，近在東麓，遂舍舟造其下，真人爲出酒脯，燕嘯巖洞，竟日乃返。悠悠徂歲，忽已十有七寒暑矣。余既爲農畎畝，身依稼穡，復遭政繁，奔走州里，欲爲昔遊，其可得乎！鍊師遐騖物表，閒情夷朗，周覽宇内，將還真館，余因仿像疇昔之所覩，極道山之清婉，追賦短章，以餞斯别。若夫超蹤溷濁，逍遥玄邁，蓋深志於是矣。覽而詠言，能無動悲慨乎？

餘不溪水涵緑費，微風吹波蹙龍鱗。看山蕩槳不知遠，兩岸桃花飛接人。一作「花間白鹿來迎人」。溪回路轉松風急，竹林華房霞氣溼。忽逢道士頎而長，疑是韓國張子房。相期飄拂紫煙裏，下攬滄溟浮玉觴。

醉歌行次韻酬李徵君春日過草堂賦贈

杜陵昔年有一作「昔聞杜陵之」。茅屋，浣花溪邊錦江曲。古人不見春風來，桃李無言自山麓。石牀蘚溜青泥乾，決渠流水夜潺湲。可憐寶劍埋黄土，空餘山月照波閒。今我不樂空懷一作「懷往」。古，短世長年誰比數？花下那知李白來，山鳥恣歌童亦舞。酒酣大笑五情熱，作相形求築巖説。夷齊相逝居首陽，逍遥采薇飽芳潔。勿歌虞夏神農詩，賢愚等是百年期。魯連恥秦亦蹈海，笑爾局促商山芝。少文壁閒對圖畫，莫待老來難命駕。仰看翕忽浮雲馳，安得乘螭與之化。漠漠楊花縈遠天，迸壑晴雷驚醉眠。李侯神爽色不動，手中一作敲。茶雪落輕煙。逢君此樂誠草草，便欲攜君卧煙島。海上千年一作秋。白鶴飛，世人胡爲而自老。

爲曹僉事畫溪山春曉圖因題

荆溪之水清漣漪，溪上晴嵐紫翠圍。連舸載書煙渚泊，提壺入林春蕨肥。身遠雲霄作幽夢，手栽花竹映山扉。磯頭雪影多鷗鷺，也著狂夫一浣衣。

賦翠濤硯

岳翁嘗寶翠濤石，今我還珍翠濤硯。翠濤沄沄生縠紋，雲章龍文發奇變。米芾硯山徒自惜，此硯顛應未曾見。我初避亂失神物，玉蟾滴淚空悽戀。珠還合浦乃有時，洗滌摩挲冰玉姿。書舟輕迅逐鳬鷺，喜出火宅臨清漪。松雪磨香淬毛錐，天影江波□碧滋，一詠新詩開我眉。

題張德常良常草堂

翠壁鄰丹竈，青楓背草堂。琴書聊卒歲，麋鹿自成行。澗水流杯滑，飛花入座香。能無問津者，及此繫舟航。

遊善權洞

來窺善權洞，一上李公樓。水抉巖前引，雲旌松際浮。然燈長不夜，垂釣只虛舟。欲讀吴朝刻，真成冒雪遊。

雲槎軒

已比溝中斷，空思海上浮。隨雲秋汎汎，貫月夜悠悠。無路通河漢，憑誰問女牛？漂摇非有待，吾道付滄洲。

賦德機徵君荆南精舍圖

結廬溪水南，勝事足幽探。夏果落山雨，春衣染夕嵐。石皷招鶴磴，門俯射蛟潭。日日縈歸夢，蕭條雪滿簪。

贈公遠

霜葉落欲盡，晚山看更青。躡將沙際屐，坐久水邊亭。俯仰已如夢，漂摇同泛萍。稻粱非所戀，黄鵠思冥冥。

張心遠訪郯九成因書以寄

州府今爲掾，風埃多厚顔。香芹渾滿澗，去鶴未巢山。思逐春雲亂，心隨野水閒。張君應話我，樗散碧巖間。

荒村

踽踽荒村客，悠悠遠道情。竹梧秋雨碧，荷芰晚波明。穴鼠能人拱，池鵞類鶴鳴。蕭條阮遥集，幾屐了餘生。

寄虞子賢

天闊海漫漫，崑山望眼寬。桃源迷晉世，松樹受秦官。雨蘚鹿迒遍，霜梧鸞影寒。封題數行字，聊問竹平安。

贈沈文學

波光浮草閣，苔色上春衣。楊柳鶯啼邃，一作暗。櫻桃鳥啄稀。榮名非所慕，登覽竟忘歸。泖水宜修褉，重來坐釣磯。

己酉八月廿三日雨至廿六日乃開霽賦五言呈德常

積雨琴絲緩，沿階蘚碧滋。泥途方汩没，茅屋且棲遲。酒向鄰家貰，杯從野老持。便應從此去，海上俟安期。

畫江天晚色贈志學

不見吕君久，題詩懷不忘。風聲渾落葉，山影半斜陽。獨鶴來遲暮，孤帆出渺茫。爲圖秋色去，留寄讀書堂。

垂虹亭

虚閣春城外，澄湖暮雨邊。飛雲忽入户，去鳥欲窮天。林屋青西映，吴松碧左連。登臨感時物，快吸酒如川。

題畫贈王仲和

曾住南湖宅，于今已十年。叢筠還自翳，喬木故依然。雨雜鳴渠溜，雲連煮朮煙。何時重相過，爛醉得佳眠。南湖陸玄素高士幽居，今王君仲和居之。水木清華，户庭幽邃。余嘗寓其家四年，翛然忘世慮也。仲和以此幀索畫竹石，畫已并詩其上，以寫惓惓之懷。玄素，仲和外舅也，故尤感余故人之思。乙巳初月十七日。

題元璞上人壁

蕭條江上寺，迢遞白雲橫。坐待高僧久，時聞落葉聲。鴟夷懷往事，一作爵。張翰有餘情。獨櫂扁舟去，門前潮未生。

北里

舍北舍南來往少，自無人見野夫家。鳩鳴桑上還催種，人語煙中始焙茶。池水雲籠芳草氣，一作色。井牀露淨碧桐花。練衣挂石生幽夢，睡起行吟到日斜。

山園

春水鳧鷖野外堂，山園細路橘花香。棲棲身世書一作畫。盈篋，漠漠風煙酒一觴。豈謂任真無禮法，也須從俗著冠裳。不營産業人應笑，竹本桃栽已就行。

林下遣興

眼見藤梢已過牆，手拈書卷復堆牀。閒臨水檻親魚鳥，欲出柴門畏虎狼。冠製不嫌龜殼小，衣裾新剪鶴翎長。從來任拙唯疏懶，一月秋陰不下堂。

春日

閉門積雨生幽草，歎息櫻桃爛熳開。春淺不知寒食近，水深唯有白鷗來。卽看垂柳侵磯石，已有飛花拂酒杯。今日新晴見山色，還須拄杖蹋青苔。雲林所居，苔蘚盈庭，不容人跡，緑縟可愛。每遇墜葉，輒令童子以鍼綴杖頭挑出，不使點壞。

二月十日玄文館聽雨

卧聽夜雨鳴高屋，忽憶陂塘春水生。何意遠林飢獨鶴，若爲幽谷滯流鶯。成叢枸杞還堪采，滿樹櫻桃空復情。二月江頭風浪急，無機鷗鳥亦頻驚。

雪後過陳子貞隱居

陶公卜宅南村裏，快雪初晴思一遊。樹辨微茫來獨鶴，櫓摇攲側散輕鷗。墨池繞溜春冰滿，塵榻緇書夕照收。相見惘然如有失，掉頭吟詠出林丘。

次韻薩天錫寄張外史

谷口路微山木合，溼衣空翠不曾晴。饑猿扳檻爲人立，寒犬號林如豹聲。小閣秋清聽雨卧，長空日出採芝行。道心得失已無夢，沐髮朝真候五更。

送張外史還山

道士朝乘白鶴還，樓臺金碧鎖空山。半天花雨飛幢節，萬壑松風雜珮環。丹井夜寒光熒熒，石壇春靜蘚斑斑。飄然便擬從君隱，分我玄洲一一作屋。半間。

寄張貞居

不但入城蹤跡少，南鄰野老見猶稀。狂歌鳴鳳聊自慰，舊學屠龍良已非。蒼蘚渾封麋鹿逕，白雲新補薜蘿衣。羊君筆札誰能繼，欲讀靈文一扣扉。

贈别益以道書記

一笑相逢豈有期，因懷西崦話移時。李公祠畔一作「堂裏」。空餘月，陸子泉頭舊有詩。旅思悽悽非中酒，人情落落似殘棋。雲濤眼底三生夢，鷗影秋汀又遠一作别。離。

送寶南琛往住荆溪碧雲寺兼簡方厓

碧雲林壑杳重重，此去風流似簡公。春藥碓閒湍激下，吟秋一作「空山。」蛩響月明中。結茅擬候芝三秀，眠鹿應遺地一弓。聞道重居開竹牖，待予艇子過溪東。

奉和虞學士寄張外史

華陽上館誰曾到？知有高人避世深。當户春雲團紫蓋，洗空花雨散青林。丹臺篆跡龍蛇動，經閣松一作濤。聲鸞鶴吟。念子離居消息遠，幾將書札寄遥岑。

春日試筆

喜看新酒似鵞黄，已有春風拂草堂。二月江南初變一作破。柳，扁舟晚下獨鳴榔。苔生不礙山人屐，花發應連野老牆。美酒已判千日醉，莫將時事攪愁一作離。腸。

寄張天民先生

清溪演漾緑生蘋，溪上軒楹發興新。只欠竹陰垂北牖，儘多山色近南津。湖魚入饌長留客，沙鳥緣階不畏一作避。人。愧我萍蹤此淹泊，片雲回首一傷神。

居竹軒

翠竹如雲江水春，結茅依竹住江濱。階前迸筍從侵逕，雨後垂陰欲覆鄰。映葉黄鸝還自語，傍人白鶴亦能馴。遥知静者忘聲色，滿屋清風未覺貧。

送張錬師遊七閩

高士不羈如野鶴，忽思閩海重經過。舟前春水他鄉遠，雪後晴山何處多。鷇觫臥雲芳草細，鉤輈啼樹野煙和。武陵九曲最清絶，落日采蘋聞櫂歌。

杭人有傳余死者貞居聞之愴然因賦此以寄

果園橘熟誰分餉？茅屋詩成懶寄將。衰謝皆傳余已死，迂疏真與世相忘。夜分風雨雞鳴急，天闊江湖雁影長。寥落百年能幾面，論文猶及重銜觴。

寄張德常

身世蕭蕭一羽輕，白螺杯裏酌滄瀛。逍遥自足忘鵬鷃，漫浪何須記姓名。石鼎煮雲聽夜一作澗。雨，玉笙吹月和松聲。憑君爲問張公子？曾到良常夢亦清。

題張以中野亭

人境曠無車馬雜，軒楹只在第三橋。開門草色侵書幌，隔水松聲和玉簫。一榻雲山供夏簟，滿江煙雨看春潮。君能擷取飛霞珮，天際真人近可招。

題孫氏雪林小隱圖

天地飄摇一短篷，小窗虚白地鑪紅。倏然忽起梨雲夢，不定仍因柳絮風。鶴影褷褷簷上下，鹿迒散漫屋西東。杜門我自無干請，閒寫芭蕉入畫中。

送杭州謝總管

南省迢遥阻北京，張公開府任豪英。守臣視爵等侯伯，僕射親民如父兄。錢廟有碑剜夜雨，岳墳無樹著秋聲。好將飲食濡飢渴，何待三年報政成。

上巳日感懷

石梁破屋路攲斜，僻似華陽道士家。漠漠春雲飛别鶴，潺潺夜雨雜鳴蛙。閒看稚子翻書葉，時有鄰翁汲井花。日暮傷心江水緑，共舟人已躡飛霞。

贈張玄度時方喪内

吴松江水似荆溪，九點煙嵐落日西。寂寂郊園寒食過，蕭蕭風雨竹雞啼。蕙花委砌心應折，芳草歸途意轉迷。曾得魯連消息否？春潮隨雨到長隄。

喜謝仲野見過

階下櫻桃已著花，窗前野客獨思家。故人攜手蹋江路，拄杖敲門驚夢華。藉草悲歌聲激烈，停杯寫竹字攲斜。新蒲細柳依依緑，西北浮雲望眼遮。

寄熙本明二首

在山無事入城中，每問歸樵得信通。松室夜燈禪影瘦，石潭秋水道心空。幽扉獨掩林間雨，疏磬遥傳谷口風。幾度行吟欲相見，亂流深澗隔西東。

白首遥知得道餘，不聞詩思近何如。高齋夜雪同誰話？古木寒山獨自居。夢裏只尋行去路，愁時聊讀寄來書。夕陽溪上多飛鳥，若箇能看影是虚。

寄盧士行

闔閭浦口路依微，笠澤汀邊白板扉。照夜風鐙人獨宿，打窗江雨鶴相依。畏途豈有新知樂，老境一作景。空思故里歸。擬問桃花泛春水，船頭浪暖鱖魚肥。

送徐子素

山館留君才一月，梅花無數倚霜晴。垂簾幽閣團雲影，貯火茶鑪作雨聲。深竹每容馴鹿卧，青山時與道人行。歸舟載得梁溪雪，惆悵鄰雞月四更。

三月一日自松陵過華亭

竹西鶯語太丁寧，斜日山光澹翠屏。春與繁花俱欲謝，愁如中酒不能醒。鷗明野水孤帆影，鵲没長天遠樹青。舟楫何堪久留滯，更窮幽賞過華亭。

再用韻呈諸公

北窗高卧自清寧，煙霧衣裳雲錦一作翠。屏。舉世無知心自得，衆人皆醉我何醒。黄熊號野兵埃黑，白骨生苔鬼燐青。舊宅荒蕪時入夢，墨池誰訪子雲亭？

次韻邵生 一作《疏林遠岫圖寫贈子素徵君》。

已從鷗鳥狎雲深，老我無機似漢陰。采采菊花猶滿地，蕭蕭霜髮不勝簪。南遊阻絶傷多壘，北望艱危折寸心。好在吴松江水上，青猿啼處有楓林。

别章鍊師

方舟共濟春江闊，訪我寒煙菰葦中。鼓枻斜衝蒼葉雨，鈎簾半怯杏花風。仙人壇上芝應碧，玉女窗中桃未紅。擬趁輕帆數來往，縹壺不惜酒如空。

寄養正

得君佳句清如玉，秋色驚人换物華。老境侵尋真有感，故園隔絶更興嗟。女蘿緑遍牽茅屋，烏桕紅明映落霞。欲酌一尊澆磊塊，幾時邀子過田家。

贈岳松澗

曾訪神仙五粒松，澗泉流潤白雲封。林間蘿蔦交青影，一作蔓。石上一作「水畔」。菖蒲開紫茸。煮石有方留祕訣，采苓一作芝。何處覓行蹤。岳君别我三千歲，晚戲滄洲又汝一作「得再」。逢。

送僧遊天台次張外史韻

四明山水名天下，師去那知客路遥。雪霽驚麏騰宿莽，月明寒鵲集疏條。坐尋雲頂千峰石，歸趁江頭八月潮。説與住山一作「寄語山中」。光老子，送賓也合過溪橋。

過許生茅屋看竹

舟過山西已夕曛，許生茅屋遠人羣。鑿池數尺通野水，開牖一規留白雲。煮藥煙輕銜竈出，碓茶聲遠隔溪聞。可憐也有王猷興，階下新移少此君。

寄德朋

故人欲問梁鴻宅，遺跡猶應杵臼存。楓葉菊花秋瑟瑟，荒園廢圃雨昏昏。農人掩舍春明壄，縣吏催租夜打門。唯有德朋多遠思，賦詩刻燭酒重温。

寄顧仲瑛

江海秋風日夜涼，蟲鳴絡緯尚練裳。民生惴惴瘡痍甚，旅泛依依道路長。衰柳半攲湖水碧，濁醪猶趁菊花黄。知君習静觀諸妄，林下清齋理藥囊。

與伯雨登溪山勝概樓

樓下清溪夏亦寒，溪頭箇箇白鷗閒。風回緑卷平隄水，林缺青分隔岸山。若士振衣千仞表，何人泛宅五湖間。絶憐與子同清賞，擬向雲霄共往還。

和華以愚韻兼題所畫春山高士圖

扁舟溪上數來過，白髮殘春奈我何！柳絮如煙迷曉浦，杏花飛雪點春波。林扉有客圖丘壑，石室何人帶女蘿。欲和華山高隱曲，羈愁悽斷不成歌。

風雨

風雨蕭條歌慨慷，忽思往事已微茫。山人酒勸花間月，秦女箏彈《陌上桑》。燈影半窗千里夢，泥塗一日九回腸。此生傳舍無非寓，謾認他鄉是故鄉。

故吾

縹緲青山日欲晡，瀰漫秋水與何孤。鶴歸城郭生新夢，塵掩圖書尚故吾。南畝藝苗傷碩鼠，北窗臨澗聽啼烏。醉歸倘乞封侯地，便復移家傍酒壚。

二月廿二日潘子素王叔明來慰藉臨別爲寫水傍樹林圖并題

積雨開新霽，汀洲生緑蕢。臨流望遠岫，歸思忽如雲。

竹石圖

雨過黄陵廟，風生渭水波。當時卸帆處，苔石倚喬柯。

爲曾高士畫湖山舊隱

厭聽殘春風雨，卷簾坐看青山。波上鷗浮天遠，林間鶴帶雲還。

題畫

罨畫溪頭唤渡，銅官山下尋僧。水榭汀橋曲曲，風林雲磴層層。

絶句四首次九成韻

我别故人無十日，銜煙艇子又重來。門前積雨生幽草，牆上春雲覆緑苔。

斷送一生棋局裏，破除萬事酒杯中。清虚事業無人解，聽雨移時又聽風。

没逕春泥不出門，山煙江霧晝長昏。糟牀聲雜茅簷雨，破却陰寒酒自温。

郯子論詩冀北空，晤言千里意常同。待晴紫陌堪縶手，行詠山光水影中。

至正十四年二月廿五日雨，郯君九成賦絶句四首云：「杏花簾幕看春雨，深巷無人騎馬來。獨有倪寬能憶我，黄昏躡屐到蒼苔。」「春色三分都有幾，二分已在雨聲中。牆東兩個桃花樹，恨殺朝來一番風。」「十日春寒早閉門，風風雨雨怕黄昏。小齋坐對黄金鴨，寂寞沈香火自温。」「春寒時節病頭風，惆悵年華逝水同。世事總如春夢裏，雨聲渾在杏花中。」倪瓚留宿高齋，篝鐙爲寫《春林遠岫圖》，并次韻四詩題畫上，時夜漏下三刻矣。佩韋齋中書。

雨晴

江上白蘋風起波，冷紋縈碧暮煙和。織成一幅鴛鴦錦，零落紅衣遠恨多。

絶句

醉唤吴姬舞蹋筵，風闌花陣亦回旋。愁生細雨寒煙外，詩在青蘋白鳥邊。

賦宜遠樓

宜遠樓前春可憐，數峰依約亂流邊。若爲倚劍崆峒外，回望齊州九點煙。

别潘先輩

君來煙草正淒迷，君去溪頭柳葉齊。挂席中流竟東上，莫重回首向荆溪。

重送初上人參禮光公

阿育王塔舍利存，山氣無雪春冬温。蓮花臺近多羅樹，中有人談不二門。

竹枝詞并序。録五。

會稽楊廉夫邀余同賦《西湖竹枝歌》。余嘗暮春登瀕湖諸山而眺覽，見其浦溆沿洄，雲氣出没，慨然有感于中，欲託之音調以申其悲歎，久未能成章也。因覩斯作，爲之心動言宣，爲詞凡八首，皆道眼前，不求工也。

錢王墓田松柏稀，岳王祠堂在湖西。西泠橋邊草春緑，飛來峰頭烏夜啼。

湖邊女兒紅粉妝，不學羅敷春采桑。學成飛燕春風舞，嫁與燕山遊冶郎。

阿翁聞説國興亡，記得錢王與岳王。日暮狂風吹柳折，滿湖煙雨緑茫茫。

春愁如雪不能消，又見清明賣柳條。傷心玉照堂前月，空照錢唐夜夜潮。

嗈嗈歸雁度春江，明月清波雁影雙。化作斜行箏上字，長彈幽恨隔紗窗。

倪高士詩集刻本，係荆溪蹇曦編集。所載《竹枝詞》八首，敍次甚明。新刻本上載四首，又不載小序。而于楊鐵厓《西湖竹枝詞》所載，雜見集中，并《列朝詩選》所録二詩，亦分兩處，鐵厓所載四首，至第二首與此頗同，附記于此，其詞云：「鷓鴣生長最高枝，雁墸衔將向北歸。天長水闊無消息，只有空梁燕子飛。」「湖邊女兒紅粉妝，不學羅敷朝采桑。自從學得纖腰舞，嫁與城西遊冶郎。」「愁水愁風人不歸，昨夜水没釣魚磯。蹋盡蓮根終無藕，著多柳絮不成衣。」「桐樹元栽金井西，月明照見影離離。不比蘇公隄畔柳，烏鴉飛過鵓鳩棲。」

題畫

樓閣參差霞綺開，峰巒重複水縈回。赤闌橋外垂楊下，步月吹笙向此來。

吴中 一作《蘇臺懷古》。

望中煙草古長洲，不見當時麋鹿遊。滿目越來溪上水，流將春夢過杭州。

三月廿日題所寓屋壁

梓樹花開破屋東，鄰牆花信幾番風。閉門睡過兼旬雨，春事依依是夢中。

六月五日偶成

坐看青苔欲上衣，一池春水靄餘暉。荒村盡日無車馬，時有殘雲伴鶴歸。雲林子之生，有一鶴飛集于林上。後避地江陰華亭，鶴亦翔舞不去。雲林没，鶴去不還。

正月廿六日漫題

泖雲汀樹晚離離，飲罷人歸野渡遲。睡起香銷金鵲尾，獨聽疏雨打窗時。

二月十五日雨作

風軒紅杏散餘霞，隄草青青桃欲花。寒食清明看又近，滿川煙雨亂鳴鼃。

秋容軒

碧花翠蔓引牽牛，叢竹黄葵意更幽。不用田疇三日雨，已輸䆉稏十分秋。

題畫

南望銅官曉色新，三株松下一茅亭。何當濯足臨前澗，坐石閒書相鶴經。

追和蘇文忠墨蹟卷中詩韻

奎章閣下掌絲綸①，清淺蓬萊又幾春。三十六宫秋寂寂，金盤露冷泣仙人。

①明初刻本「絲」作「經」。

聞竹枝歌因效其聲二首

錮山湖影接松江，橘葉青青柿葉黄。要寫新愁一作詩。寄音信，西風斷雁不成行。

江流不住楚山青，船到潯陽幾日程。不忍寄將雙淚去，門前潮落又潮生。姚榮公嘗有詩云：「開元寺裏常同宿，笠澤湖邊每共過。誰説江南君去後，更無人聽《竹枝》歌。」爲先生作也。

剖瓜仕女圖

月彎削破翠團團，六月人間風露寒。誰見東陵故侯去，但知華屋薦金盤。

晚照軒偶題

南湖春水碧於天，夢作沙鷗狎釣船。綠樹拂簷風雨急，覺來依舊北窗眠。

畫竹贈申彦學

吴松江水似清湘，煙雨孤篷道路長。寫出無聲斷腸句，鷓鴣啼處竹蒼蒼。

題秋江圖

長江秋色渺無邊，鴻雁來時水拍天。七十二灣明月夜，荻花楓葉覆漁船。

偶成

紫燕低飛不動塵，黄鸝嬌小未勝春。東風緑遍門前草，暮雨寒煙愁殺人。

題畫贈僧

笠澤依稀雪意寒，澄懷軒裏酒杯乾。篝鐙染筆二更後，遠岫疏林亦耐看。雲林題畫詩最多，其自題小畫一詩云：「逸筆縱横意到成，燒香弄翰了餘生。窗前竹樹依苔石，寒雨蕭條待晚晴。」可謂自贊。

素衣詩素衣内自省也督輸官租羈縶憂憤思棄田廬斂裳宵遁焉 至正乙未。

素衣涅兮，在彼公庭。載傷廹隘，中心怔營。彼苛者虎，胡恤爾氓。視氓如豵，寧辟尤詬。禮以自持，省焉内疚。雖曰先業，念毋盪失。守而不遷，致此幽鬱。身辱親殆，孝違義屈。蔚蔚荒塗，行邁靡通。雝雝鳴鳳，世莫之逢。夕風淒薄，曷其有旦。吁嗟民生，實罹百患。先師遺訓，豈或敢忘。簞瓢稱賢，樂道無殃。予獨何爲，悽其悲傷。空谷有芝，窈窕且廓。爰宅希静，菽水和樂。載弋載釣，我心不怍。安以致養，寤寐忘憂。修我初服，息焉優游。

送甘允從北上

翔鴻縱高姿，流水去不息。枉道別友生，揚舲望京國。婉孌前途慼，蕭條餘景匿。神京衣冠會，左右金陽宅。驅馬流星繁，垂軒春霧集。嘉子玉質朗，早通金閨籍。行逢明主顧，入補詞臣職。束帶向晨趨，陪讌終日昃。芳年易爲曉，所顧崇令德。英英白雲飛，渺渺青山隔。秋風應節起，萬里思親客。遲子返舊居，銜杯數相覿。

答徐良夫

雲卧雨聲集，庭樹颯以秋。身同孤飛鶴，心若不繫舟。燕俎登松菌，匏尊斟磵流。蘭芳日彫悴，吾生行歸休。不作螻蟻夢，遊神鳳麟洲。青山澹相對，白髮忽滿頭。仙去行冉冉，風鳴竹修修。諒哉《伐木》詩，鳥嚶尚相求。居吴二十載，未及兹山遊。君才如鮑謝，摛詞亦云優。歡然敬愛客，能不爲爾留。桑土夙所徹，户牖何綢繆。地無車馬塵，路轉巖穴幽。既晴引飛屩，回望林間樓。

秋夜 此詩從《乾坤清氣》録入。與集中稍異。

空林溥露氣，疏鐘時獨聞。清夜息羣動，高居無俗氛。恬淡誠吾事，榮名非所欣。樂哉詠王風，忘年棲白雲。

八月廿三日芙蓉花下留南宫岳山人飲明日岳山人過玉山南宫老矣不知復幾聚首觀花聽琴情不能堪因賦長句并簡玉山

芙蓉著花已爛熳，濁酒彈琴聊少停。數聲别鵠隔江渚，一醉秋天空玉瓶。況當賓客欲行邁，忍使風雨即飄零。攀條擬英重惆悵，但願花開長不醒。

寄王道士宗晉

王君舊隱地，聞更結茅茨。鶴氅春裁苧，鵝羣雪泛池。時歌緑水曲，不負碧山期。夜雨生芳一作春。草，令人起夢思。

送僧

聞説四明道，山川似若耶。去依阿育塔，還宿梵王家。野井一作市。封殘雪，江船聚晚沙。光公強健否，持底作生涯。

贈王光大

荆溪王隱士，相見每從容。借地仍栽竹，巢雲獨傍松。青苔盤石淨，嘉樹緑陰重。約我同棲遁，嵩高第幾峰？

桂花

桂花留晚色，簾影淡秋光。靡靡風還落，菲菲夜未央。玉繩低缺月，金鴨罷焚香。忽起故園想，泠然歸夢長。

題畫

甫里林居静，江湖遠浸山。漁舟衝雨出，巢鶴帶雲還。漉酒松肪滑，敷茵楮雪閒。春風一來過，似泊武陵灣。

寄張德常

卜宅近溪西，雲煙咫尺迷。晝眠同野鶴，晨起候林雞。舊種松三徑，春栽菊滿畦。來禽與青李，囊致不封題。

六月六日盧氏客樓對雨呈維寅

無家隨地客，小閣看雲眠。涉夏雨寒甚，似秋風颯然。舞鸞悲鏡影，飛雁落箏絃。好轉船頭去，江湖萬里天。

因吴國良過玉山草堂輒賦長句奉寄

玉山樹色隱朝陽，更著漁莊近草堂。何處唱歌聲欸乃，隔雲濯足向滄浪。珍羞每送青絲絡，佳句多投古錦囊。幾問櫂船尋好事，辟疆園圃定非常。玉山主人欲延楊鐵厓于家塾，鐵厓報曰：必得當世清雅高潔之士如倪雲林者，以一札至，即如約耳。玉山因託雲林素相習者，操舟出。邀至玉山家。玉山已搆别業，悉如蕭閒清閟之製。雲林驚喜，請見玉山，玉山告以鐵厓之意，欣然致書焉。自是三人相與結歡，往來無間。

東林隱所寄陸徵士

寢扉桃李晝陰陰，耕鑿居人有遠心。一夜池塘春草緑，孤村風雨落花深。不嗔野老羣争席，時有遊魚出聽琴。白髮多情陸徵士，松間石上續幽吟。

次韻郯九成見寄

郭外青山舊結廬，微茫野逕望中無。殘生竟抱煙霞癖，好事猶傳海岳圖。夜壁松風懸雅樂，秋池菊水酌商觚。儻從世事求玄賞，好趁輕舟看浴鳧。

懷歸

久客懷歸思惘然，松間茆屋女蘿牽。三杯桃李春風酒，一榻菰蒲夜雨船。鴻迹偶曾留雪渚，鶴情原只在芝田。他鄉未若還家樂，緑樹年年叫杜鵑。

題竹

歎息真成汗漫遊，經春歷夏又嗟秋。林居已是能鳴士，顧我寧非不繫舟。江渚出吟聊自適，竹梢清淚浩難收。王孫莫道歸來好，芳草天涯恨未休。

雲林詩句挺秀，多可存者。五言如：「蘼蕪細雨溼，桃李春風寒。」「湘簟聞秋水，風蓮墮粉衣。」「捲簾微雨裏，岸幘晚風餘。」「墨沼鵝羣白，雲窗蘂蕊紅。」「山色排簷入，江波照眼明。」「野竹寒煙外，霜柯夕照邊。」七言如「午夜月明風滿帳，千厓人靜鶴眠松。」「春池雨後泉應滿，庭樹雲移影更長。」「翳日長林藏伏虎，際天春水浴輕鷗。」「忽有故人騎馬至，即呼稚子出門迎。」「煙邊去鳥暮山碧，衣上飛花春雨香。」「溪船斫鱠雲生柁，松室聞猿月滿枝。」「半席白雲臨碧澗，四更落月挂長松。」「圍棋終日對急雨，解帶六月如高秋。」即此數語，可想見其人。

題鄭所南蘭

秋風蘭蕙化爲茅，南國淒涼氣已消。只有所南心不改，淚泉和墨寫《離騷》。

清明日風雨淒然舟泊東林西滸步過伯璇徵君高齋焚香瀹茗出示燕文貴秋山蕭寺圖展玩良久因賦一絶

野棠花落過清明，春事怱怱夢裏驚。倚櫂微吟沙際路，半江煙雨暮潮生。舊本作《清明後題》，云：「野棠花落又清明，楊柳青青人耦耕。春物闌珊成底事，半江疏雨暮潮生。」

國寶照磨有平野軒在揚州城郭中今寓吴十許年矣至正丙午九月十一日在開元寺爲寫此圖并詩以贈

雪筠霜木影差差，平野風煙望遠時。回首十年吴苑夢，揚州依約鬢成絲。

煙雨中過石湖三絶

煙雨山前度石湖，一奩秋影玉平鋪。何須更剪松江水，好染空青作畫圖。

姑蘇城外短長橋，煙雨空濛又晚潮。載酒曾經此行樂，醉乘江月卧吹簫。

愁不能醒已白頭，滄江波上狎輕鷗。鷗情與老初無染，一葉輕軀總是愁。

自題設色山水贈孟膚徵君

秋潮夜落空江渚，晚樹離離含宿雨。伊軋中流閒櫓聲，卧聽漁人隔煙語。

十七日過與之洛澗山莊留宿復大雪作及明起視户外巖岫如玉琢削竹樹壓倒徑無行蹤飄瞥竟日至暮未已雪深尺餘賦詩留別

世途縈荏苒，歲晏不知歸。密雪竹林夜，挑燈共掩扉。稍移神慮静，高詠玄言微。遇此巖中賞，初心悵多違。

李徵君將還揚州因言沈郎官在吴下賦此以寄

二月桃始花，淮南客還家。階前疏雨落，堂上春衣薄。爲言沈約在吴中，玉壺青絲酒如空。春風相過蕙草緑，芳菲滿堂樂未終。

送元度北游

荷鍤空林春雨餘，艤舟沙岸燕初飛。去尋天上仙人佩，肯顧山中隱者居。霜月四更提劍舞，田園二〔頃〕（傾）帶經鋤。蘭桊柳密南簷下，佇子雲間枉尺書。

悼頂山寺清上人

杯渡前溪見水源，偶來佩芷服蘭蓀。香臺猶帶山窗影，經卷長依松樹根。雲起晴峯還有觸，雪消春野不留痕。倏然我已忘言説，翠竹黄花自滿園。

薩仲明爲丞相府掾時僦居京師名其軒曰半野後買宅延陵亦揭是名于軒因雨宿其下遂爲賦詩云

何意開軒名半野，身存魏闕思江湖。斜侵瓜圃通花藥，稍傍薇垣近竹梧。千里秋風催斫鱠，九霄晨露浥飛鳧。如今別買荒城宅，自掃風林候野夫

題所畫雲林小景圖

赤城霞暖神芝秀，洞裏桃花不記春。何事卻將山水脚，鍾陵市上踏紅塵。

靜思處士郭鈺

鈺字彦章，别號靜思，吉水人。壯年盛氣負奇，適當元季之亂，晚際明興，以茂才徵，不就。年逾六十，竟以貧死。其《春夜寒》詩序云：「余值時危，一窮到骨，薪米不給，恒自謂不敢僥倖，今春雨雪連旬，擁牛衣以當長夜，寒砭肌骨，遂成痁瘧。」其詩云：「少壯幾時頭欲白，夜闌山鬼瞰孤燈。」亦可哀已！靜思詩清麗有法，格律整嚴。其於離亂窮愁之作，尤悽惋動人。殆所謂詩窮者歟！嘉靖間，八世孫廷昭裒集其詩刻之。羅念菴曰：「靜思爲吾族志行之甥，經歷艱難，閭里流離之狀，皆目見之。當時故實，可裨野史。其贈吾族秀賓詩有云：『聖賢去我遠，糜兹糟粕味。當其得意時，何如卿相貴。』嗚呼！此詩人所以窮餓終身而不悔也。」念菴此言，可謂深知靜思者。

題郭伯澄西崦山居

白日上東山，晴光射西崦。西崦山人開曉關，一襟煖翠濃如染。門前流水玉虹明，樹上啼鶯金羽輕。白掃落花客初到，共題修竹詩先成。十載戰塵迷道路，西崦只今成久住。移竹春深長子孫，種梅晚歲爲賓主。丈夫揚眉天地間，山林朝市俱等閒。出爲公卿入爲士，古人高節非難攀。聞君近年深閉户，烏帽青燈讀書苦。劍寒新淬冰雪光，松老終無棟梁具。西崦山深竹徑微，我來欲共薜蘿衣。一朝富貴逼君去，燕雀空羡冥鴻飛。

採蕨歌

朝採蕨，南山側。暮採蕨，北山北。穿雲伐石飛星裂，手脚凍皴腰欲折。紫芽初長粉如脂，瘦根蟠屈蛟蛇結。吞聲出門腹已飢，猿啼風擺藤蘿衣。長鑱短笠日將暮，攀援垠堮何當歸。朝採蕨，暮採蕨，東鄰老翁更悽惻。抱蕨轉死長松根，妻子眼穿淚成血。情知世亂百憂煎，得歸茅屋心懸懸。癡兒啼怒炊煙晚，打門又索軍需錢。君不見將軍擁旌節，紅樓夜醉梨花月。

題秋江送别圖送楊亨衢少府參安成軍事

楊少府，紫騮馬，黄金鞭，團花戰袍繡兩肩。腰下雕弓懸，迥若秋鷹解條鏇。縱之颯颯，凌千仞之蒼煙。酒酣拔劍玉龍舞，喝令西飛白日回中天。簸海腥風白波立，壓空殺氣玄雲連。緣邊諸將亦無數，畫旌旗夜搥鼓。豹韜合變待參謀，太守掄才君獨去。送君江上君甚歡，江風吹雪蘆花寒。知君心事如秋水，故應寫入畫圖看。問誰畫者謝君績，不畫琵琶美人泣。舟子揚帆發棹歌，主人解劍停杯立。我亦從軍今四年，男兒姓名何足憐。老親白髮長相憶，只得還家種薄田。

送友人從軍兼呈謝君績參軍

歎息復歎息，歎息長書空。殺賊五年無寸功，今者又送君從戎。七星戰袍襯金甲，三山尖帽飄猩紅。牙旂曉發玉花驄，猛士雙劍立西東。爺娘妻子不用哭，上馬更勸黄金鍾。黄金鍾，琥珀濃，豪氣千尺摇晴虹。明日軍門揖主將，論軍未可皆雷同。安成之寇容易攻，廬陵凋弊遺民窮。自非奇謀決擒縱，煩費日久誰當供？君家伯仲盡少年，正好變化扳飛龍。頗聞幕府多才雄，爲我問信毋怱怱。我有大羽箭，不殺南飛鴻。要如魯仲連，繫書射入聊城中。祇緣骨相不受封，不如扁舟歸去長伴滄浪翁。

貽郭恆

月懸松露明，鶻啼浦煙破。遥想山中人，此時正思我。我行忽墮滄江邊，度盡春風無一錢。向來自是釣鼇客，至今思拍洪崖肩。洪崖不可招，蓬萊在何處？鋪遍閑愁芳草路，千樹緑陰晝如雨。錦字書成人不來，銀燭花殘誰與度！近日聞君多好懷，雪色白紵佳人裁。小樓紈扇低徘徊，釀酒好近榴花開。榴花開，我歸來。

母棄子同劉茂才賦

母棄子，子幼情可憐。子長母還去，爲子宜思愆。龍争虎鬬事翻覆，寶玦王孫捐骨肉。十年母子安茅屋，菽水真情無不足。奈何一朝辭故幃，子也慟哭牽母衣。母今棄兒不敢怨，父在深恩母當念。母如不聞竟不留，黄昏門掩青燈愁。負米歸來飲殘泣，他家兒女何綢繆。噫嘘嚱！邇來萬事足悲咤，負德辜恩滿天下。丈夫盡爲温飽謀，婦人何得毋重嫁。

龍伯淵席上和周子諒長歌兼呈諸君子

伯夷登西山，魯連蹈東海。烈士懷苦心，海枯石爛終無改。蕭蕭華髮吹秋霜，夜煮白石充飢腸。人情俯仰今異昔，惟有青山似故鄉。桐江江上一攜手，公子華筵誰不有？賦筆每慚崔顥詩，持杯願飲茅容酒。銀燭花高照坐空，笑談頗有前賢風。好懷傾寫向誰是，或執蝘蜓嘲神龍。老我疏狂眼常白，欲麾凍蠅清几格。不須浪説管鮑交，眼中誰有真顔色。百年聚散如摶沙，東風燕子還西家。羣仙天上擷飛霞，君歸好醉瓊林花。

題劉履初所藏莫慶善鷹

日光懸秋雙翮齊，欲飛不飛愁雲低。足無絛鏇腹無食，空林尚恐難安棲。筆力精到天機微，莫生所畫詩我題。君不見天下太平角端語，狐兔草間何足數。

控郎馬酬别蕭茂才

控郎馬，妾心悲。留郎駐，郎苦辭。少年只願封侯早，不惜蛾眉鏡中老。銀鞍金勒珊瑚鞭，白水青山千里道。控郎馬，郎駐鞍。郎飲莫須盡，酒醒郎衣寒。郎心懸懸五雲下，教妾若爲控郎馬。馬蹄好向御街行，蛾眉不向妝臺畫。

長相思

長相思，相思者誰？自從送上馬，夜夜愁空幃。曉窺玉鏡雙蛾眉，怨君却是憐君時。湖水浸秋藕花白，傷心落日鴛鴦飛。爲君種取女蘿草，寒藤長過青松枝。爲君護取珊瑚枕，啼痕滅盡生網絲。人生有情甘白首，何乃不得長相隨。瀟瀟風雨，喔喔鳴雞。相思者誰？夢寐見之。

瑶花　花白色而變殘紅而碧。

瑶臺仙子初相見，迴立天風飄雪練。東華夢破歸去遲，素衣總被緇塵染。芳心不委春蝶狂，水晶簾捲凝清香。臙脂洗紅留殘暈，海雲剪碧浮霓裳。揚州瓊花舊同譜，零落誰知到南土。聞君愛花最有情，亭臺五月清無暑。君不見花開今日多，有酒不飲君如何？

秋夜讀劉昕賓旭子夜歌因效其體賦二首

《子夜歌》，歌罷其如明月何。牽牛織女永相望，不教精衛填銀河。妾心本如秋月白，妾顔不共春風發。玉兔擣藥三千年，近見嫦娥搔白髮。

《子夜歌》，承君蛺蝶雙花羅。羅衣秋來不堪著，梧桐樹上涼風多。銀燭作花好消息，又想歸期在明日。并刀不剪相思愁，相思誤盡曾相識。

同李主敬賦周煉師漁樵耕牧詩四章

子何爲漁？碧海之丘。長虹爲綸月爲鈎，六鼇昂首相向愁。眼看海水不揚波，扁舟穩繫珊瑚柯。邂逅徐家兒與女，拔劍屠龍共君煮。煙淡淡，雨疏疏。人間彈鋏食無魚，吁嗟歸來乎！吾與爾漁。

子何爲樵？閬苑之東。瓊林玉樹朝露濃，攜斤盡剪荆榛叢。松下童子知何客，長日圍棋看不得。笑殺吴剛愁滿霜，千古桂枝礙明月。石磊磊，路迢迢。人間飢火燒心焦，吁嗟歸來乎！吾與爾樵。

子何爲耕？瀛洲之曲。玉山分雨秧苗緑，蒼龍爲耘虎收穀。炊煙晨起蒸爲雲，銀河晝洗塵沙昏。釀成九霞爲君壽，何必休糧苦長瘦。樹陰陰，草青青。人間作苦秋無成，吁嗟歸來乎！吾與爾耕。

子何爲牧？蓬萊之麓。自駕青牛度函谷，鶴羣鹿子還相逐。芝草松間長未齊，紫苔竹下行迹迷。南山羣羊化爲石，日斜歸去空無攜。水泠泠，山簇簇。人間岐路往還復，吁嗟歸來乎！吾與爾牧。

簡王志元二首

戰塵暗南國，白日無晶輝。客行何慘戚，途窮不忘歸。語及國家事，老氣晴虹飛。朝飲南山水，夕採西山薇。嗟彼反側子，捐軀逐輕肥。寒餓良細事，大義有是非。

海月上蒼茫，照我中庭正。香霧出簾遲，微風動花影。泠泠緑綺琴，拂拭塵埃淨。一彈作新聲，再彈成雅韻。三彈曲未終，感激誰與聽？肅衿遲子來，無負春宵永。

同周愷子諒賦老人會詩

時危親戚散，況乃多賤貧。睠兹老人會，爲樂難具陳。生子競榮達，志養俱獲伸。朝出共寮寀，夕歸爲比鄰。異姓歡愛洽，不殊骨肉親。起居迭相送，惋愉盡情真。緊我豈無母，半菽長苦辛。願言敷治化，枯槁皆同春。

濠石晚樵因簡李撝伯謙

出山復入山，流泉遞迎送。暝入黄葉深，逕分白雲重。棘荆攢巡危，側身抱深恐。春花自芳妍，春鳥自嗚呼。悠悠徒旅間，何由免寒凍。老親嗟我勤，歎息中腸痛。肩頳只自憐，囊罄當誰控？學劍惜已遲，讀書亦何用。國步政艱危，高官選才勇。李君舊知己，風格鬱清聳。光怪匣中龍，文采雲間鳳。庭幃壽且康，甘旨日相奉。避地雖云同，樂事誰能共。知君懷遠略，臨機不妄動。戰争奈未已，發策必奇中。何當展才力，青雲縱飛鞚。

悲廬陵　并序。

至正十六年丙申冬，袁州兵逼城，屯藤橋。丁酉正月，義士廬陵陳瓘出屯城北之青湖。二月，吴都事命兵校明某下桐江計事，不報。入蘭溪，召不至。五月，桐江李彬誅。六月，袁州兵退。秋，明某歸，遂以其屬屯太和之永和。十一月，明某矯殺騎將林伯顔、武端，不問。十二月，全參政砦其部將某某。戊戌正月朔庚子戊午，參政兵亂，逐鎮撫吴林。三月，梁太守卒。安成兵自去冬侵掠北境，且暮至。四月至桐江，五月初四退。初十戊申，分宜義士袁雲飛導洒兵至桐江。己酉，義士劉照與戰于吉水之灘頭。庚戌，明某以都事之衆降。辛亥，傳于城，録事張元祚與攝監郡雅某降。全參政奔贛裨將，裨將降，參謀鄉貢進士吉水蕭彝翁死之。是日陳瓘召安成兵入城。六月，吴都事將其屬居吉水之蘆兜。此吉安再陷之略也。

峩峩青原山，洋洋白鷺水。炳炳照輿圖，磊磊足多士。四忠與一節，流風甚伊邇。往往舉義旗，事由匹夫始。連兵七年間，省臣兼節制。朝廷寄安危，幕府保姦宄。勢驕改令圖，反側久窺伺。紅旂遡江來，羣雄盡風靡。今日賣降人，昨朝清議子。奈何英雄姿，因之穢青史。朝爲龍與虎，夕爲狗與彘。流芳動百年，遺臭亦千祀。嗟余父母邦，何忍獨深訾。所恨寧馨兒，磔磔不得試。賴有蕭參謀，殺身刷深恥。我欲裁白雲，緘情問生死。哀歌裂肝腸，臨風淚如洗。

送羅彦思往閩中候迎大父

天倫有真樂，家慶傳新圖。人生百年内，於焉始爲娱。爾翁老京國，風霜摇鬢鬚。爾父奉慈幃，干戈沈里閭。豈無饘與粥，朝夕不得俱。眼穿孤飛雲，心折反哺烏。近者消息真，萬里神明扶。沈思供子職，内外懸君軀。投袂出門去，父命何勤渠。朝迎暮望返，少壯輕畏途。見翁問起居，同舍相驚呼。孫已如翁長，子應似翁臞。時危久離别，會面當何如？歸期諒不遠，春酒爲君酤。再拜千歲壽，親戚多歡愉。卿相何足道，勝事世所無。願言愼前路，明發毋躊躕。

早秋陪楊和吉曉登前山望桐江

白鶴導晨從，涼飇起林杪。振衣凌高岡，極目窮幽眇。蕭蕭草樹秋，歷歷人煙曉。依微玄潭觀，羣仙在林表。下有塚纍纍，世事誰能了？桐江滙章水，晴漲何渺渺。曾不瞬息間，一帶縈沙小。無怪豪傑區，煙蕪怨啼鳥。盛衰兩相乘，玄悟良獨少。君今脫塵羈，相從得閒眺。題名剜石苔，借蔭憩叢篠。白紵含餘清，稍覺心情悄。山市門初開，飛塵已紛擾。

秋夕王楚善過宿

片雨灑空庭，梧桐響殘滴。窗户涵清風，孤燈夜寥闃。渺懷平生親，睽違不相識。公子幸過從，爲之長歎息。意曠塵慮空，語到聰明入。山逕披榛蕪，晤言永今夕。物變心自傷，事往嗟何及。遠大與子期，無踵炎涼迹。

送别李騰還鄉

别離古云苦，況值兵未休。慈烏夕反哺，蝮蛇寒出遊。料事每成錯，去住難自謀。東風捲飛雨，添我雙淚流。憑君見親舊，道此情悠悠。

黄氏容安樓

君家高樓高百尺，樓間把酒無虛日。極目欲窮千里心，誰謂區區僅容膝。捲簾半空雲氣入，孤鶴長鳴楚天碧。醉拍闌干呼月來，萬壑松風夜吹笛。天上玉京十二樓，羣仙不帶人間愁。曉飛霞佩來相訪，攜我共作丹丘遊。今日之日君我留，爲君題詩樓上頭。笑指樓前大江水，古今人物共風流。

賦清溪

清溪之水抱幽谷，盤渦細浪相陋蹙。半簷晴日蕩金鱗，一帶秋煙溜寒玉。溪上仙翁絕塵俗，開門俯溪飲溪綠。白鳥飛來明鏡中，垂楊鎖斷闌干曲。窈窕春花亞修竹，修竹何人共棋局。紫蘿爲蓋草爲褥，如輞川圖懸一幅。嗟我早年厭羈束，五湖風月醉心目。祇今是處沸鯨波，把釣從君事亦足。

秋塘曲

高荷擁翠秋滿塘，花開不見聞花香。老魚吹波紫萍碎，花下飛起雙鴛鴦。鴛鴦相逐低回翔，藕絲易斷愁心長。玉筝不彈轆轤悄，一簪華髮凝秋霜。

冰山謠

黑風贔屭海波立，冰山嵯峨聳千尺。樓觀晴連蜃氣高，金銀夜貫虹光赤。上有異物騎於菟，左手鞭熊右麾貙。彎弓射天鬼神泣，憑陵殺氣摇荆吴。狡兔爰爰何所得，百計穿窬作三六。父老相逢不敢言，夜對妻孥淚成血。一朝白日中天開，冰山融液非人推。淋漓后土滿泥滓，笑聲變作啼聲哀。前者已傾後者踣，出門却恨乾坤窄。秦關逆旅商君愁，楚國飛車觀起裂。早知冰山不可保，何不委身平地好。從今寄語問津人，風雨西山薇蕨老。

美人折花歌

美人折花粉牆曲，花前背立雲鬟緑。乍愛薔薇染絳霞，還惜海棠破紅玉。素手纖纖羅袖殷，心情凝想金刀寒。低枝未吐精神少，高花開遍顔色殘。花刺鈎衣花落手，草根露溼弓鞋繡。紫蝶黄蜂俱有情，飛撲餘香趁人久。情知人老不似花，花枝折殘良可嗟。明朝棄擲妝臺側，緑陰青子愁天涯。

送遠曲

爲君治行近一月，今晨竟作怱怱别。枕邊紈扇鏡中花，一時盡變傷心色。妾雖不見邊城秋，君亦不識空閨愁。憶君便如君憶妾，雙淚豈爲他人流。才貌如君長刺促，少年心事何時足。歸期未定須寄書，誤人莫誤燈花卜。

悲武昌

武昌兵甲雄天下，王孫節制何爲者。白馬將軍飛渡江，壯士彎弓不敢射。王船未過鸚鵡洲，紅旂已簇黄鶴樓。美人散走東南道，一絲楊柳千絲愁。戰鬼銜寃夜深哭，王孫獨在淮南宿。淮南美酒不論錢，老兵猶唱河西曲。九江昨夜羽書傳，九江太守愁心懸。焉得將書報天子，哀哉不識顔平原。

郭恆惠牙刷得雪字

老氣棱棱齒如鐵，曾咀姦腴噴腥血。倦游十載舌空存，欲挽銀河漱芳潔。南州牙刷寄來日，去膩滌煩一金直。短簪削成玳瑁輕，冰絲綴鎖銀鏤密。朱脣皓齒嬌春風，口脂面藥生顔色。瓊漿曉嗽凝華池，玉塵晝談灑晴雪。輔車老去長相依，餘論於君安所惜。但當置我近清流，莫遣孫郎空漱石。

贈彭將軍

將軍昔從布衣起，便欲賭命報天子。里中父老得開顔，刺虎斬蛟良細事。幾年汗馬鏖戰塵，君門九重誰得陳。羽檄飛雲白日暮，牙旂捲雨滄江昏。中書大臣擁貔虎，吐氣如雲蓋南土。豫章城頭鳴老鴉，匹馬夜出杉關去。楚山蒼蒼楚水清，草莽之臣何重輕？但得嚴君脱虎口，皇天后土相知心。誰想長材不終棄，控摶造化真兒戲。東鄰早結丞相歡，種瓜不到青門地。君家屋前山水幽，正好歸來尋舊遊。座上衣冠戲綵日，窗前燈火讀書秋。我欲從君語疇昔，悠悠世事嗟何及。滄波東逝魚西飛，獨振布袍三歎息。

負薪女

山下女兒雙髻垂，上山負薪哭聲悲。辛勤主家奉晨炊，主翁頭白諸郎癡。干戈未解骨肉離，生來不識妍與媸。長笑鄰姬畫蛾眉，金屏孔雀何光輝。琱弓羽箭來者誰？緑楊終日青驄嘶。人生年少如駒馳，鴛鴦翡翠皆雙飛。愁思百結心自知，負薪拭淚背人揮，黄昏四壁寒蛩啼。

題秋山風雨圖

平生最愛米家畫，君之此圖妙天下。鳥分歸路雲不開，樹壓懸崖雨如瀉。倚江茅屋何人住？蘆竹蕭蕭出無路。似我還山煙雨中，愁來只讀《秋陽賦》。

從軍别

將軍披甲控紫騮，美人挽轡雙淚流。六月炎埃人命脆，軍期稍緩君須留。彼爲兄弟此爲仇，朝爲公相夕爲囚。歲歲年年苦征戰，黄金誰足誰封侯。煙塵暗天南北阻，英雄盡合冋田畝。當時兒戲應門户，不謂虚名絆官府。馬鳴蕭蕭渡江浦，重唤奚奴再三語。將軍臨陣爾爲御，莫把長鞭鞭馬去。

和答銓弟

弟云：在贛日，有誦爾詩兩辱問起居者。

别來兩見春日滿，愁思誰云春夜短。十八灘頭鳴棹歌，吴姬勸酒銀瓶煖。中江開帆先到家，意濃不計歸程賒。但云老兄久埋没，詩句何得隨飛槎。諸公傳誦無新舊，相憐似是平生友。事業青雲如鼠肝，文章白髮羞牛後。長年凍餓茫無涯，不敢仰天生怨嗟。先生歸去且種菊，詞客愁來空饐瓜。

猛虎行

猛虎長嘯風滿谷，十載山中往來熟。朝瞰牛羊暮殺人，眈眈不畏弓刀逐。山翁死後空茅屋，山下行人旱投宿。妖狐憑威作人語，跳梁白日欺樵牧。南來壯士怒相觸，彎弓射虎穿虎腹。閃爍雙睛甘就戮，髑髏作枕皮爲褥。人生何必書多讀，能事自足驚殊俗。何當更斬長橋蛟，老夫雖死關心目。

贈劉子倫

廬陵周愷文章伯，語語談君不易得。嗟余終日走風塵，到今未覩真顏色。聞君早歲抱奇節，胸中磊落太平策。玉龍霜冷光欲飛，蒼隼秋高影孤掣。交游四海多才傑，自合貢之天子闕。綵筆題詩衡岳雲，畫船撾鼓西湖月。衣冠王謝自風流，賓客秦黄最超越。往年仗劍奮忠烈，戰袍紅濺猩鼯血。草檄未吐陳琳詞，種柳已近淵明宅。酒酣氣漲漱天風，一聲長嘯層崖裂。登山臨水憺忘歸，聽雨看雲頗愁絶。茫茫世事應難測，英雄莫遺頭空白。寒盡春生剗雪霜，海闊天高排羽翮。何當攜手銅駝陌，蓬萊羣仙朝帝側。醉浥溟波鱠六鼇，老懷浩蕩從君説。

滄洲灌夫詩爲周子諒賦

往年曾踏滄洲路，滄洲仙人留我住。紫霞裁翦成春衣，到今挂在珊瑚樹。十載人間走塵霧，惟愛周郎讀書處。雲氣寒深連竹松，江波晴漲搖窗户。清曉中庭遺鶴羽，太乙青藜夜相語。晚菘春韭東西畦，鳥啼桑陰日當午。浦雲分送疏疏雨，抱瓮歸來不知苦。嗟我已負滄洲期，羨君獨得滄洲趣。江山今古武陵源，姓名伯仲蘇公圃。畦外有田多種黍，長使糟牀壓香醑。招隱先須招我來，到門不用分賓主。

葵花歎

朝見葵花長歎息，暮見葵花重於邑。白日攙光萬彙蘇，寸心炯炯誰能識？蠟光膩粉花正開，翠袖捧出黄金杯。再拜君王千歲壽，六龍迎駕扶桑來。朱門厭逢車馬客，移花遠置山巖側。不辭辛苦灌葵根，遮莫浮雲翳空碧。

桐江宴集和周子諒韻

岸巾長嘯吾與君，讓君筆力飛春雲。蒹葭枯折吴江濆，芝蘭却許濃香薰。今夕何夕歌聲聞，江山重到吾已老。慚愧詩成瘦如島，坐中少年美詞藻。琪樹交花照晴昊，懷抱一時盡傾倒。玉瓶行酒杯如飛，争雄得儁酒滿衣。持觥御史令莫違，斫魚烹雁頤指揮。荆州吾土還相依，江上雲荒月欲爛。客囊空貯閒愁滿，不謂相逢重展轉。交情豈必論深淺，黄鵠一飛天地遠。

送宋仲觀迎親江陵

戰塵飛空暗南北，出門每恨山河窄。況復荆州千里遥，君家嚴親久爲客。天南雁杳音塵絶，十七年間愁百結。昨者忽傳消息真，健步如仙髻如雪。上堂白母喜欲顛，明朝便買西江船。奉迎歸養無不足，高官可棄金可捐。東鄰失子西失母，君家具慶寧非天。别君豈必送行曲，望君却賦歸來篇。舊聞荆襄樹旗羽，客行不免多愁苦。嚴君能保千金軀，豈無歸夢到鄉土。老大還家樂且閒，溪柳山花總如故。君今去去須早歸，白髮慈親倚門暮。

題李尚文少府所藏枯柳寒鴉圖

江邊獨柳飛羣鴉，敗枝殘葉秋風斜。石泉可飲不可啄，似聞落日鳴啞啞。一段淒涼幽思足，忽憶看花過韋曲。上林春早聽啼鶯，太液波晴寫黄鵠。

征婦别

征婦臨行曉妝薄，上堂辭姑雙淚落。含情欲訴哭聲長，一段淒涼動林壑。從夫不辭行路羞，婦去誰爲養姑謀。婦人在軍古所忌，今者召募如追囚。十年婦姑共甘苦，一室倒懸空四顧。小郎早没更無人，却把晨昏託鄰婦。情知送兒是埋兒，姑年老大莫苦悲。萬一軍中廢機杼，減米换衣當寄歸。小旂叫呼催早别，出門便成千里隔。今夜不聞唤婦聲，愁心共挂天邊月。

題蕭質所藏終南雪霽圖

玉龍銜燭晴光吐，怪底空檐響殘雨。南山一夜服還丹，滄浪之髭總如故。公子昨朝愁出户，錦袍圍春醉歌舞。赤脚老樵拾斷薪，畫史何由得深趣。早梅回煖動精神，凍雀翻叢動毛羽。筆端生意開紈素，恍然不計寒宵苦。泥滑迢迢江上路，行客茅檐不少住。世間捷徑渺何許，已有扁舟候江滸。隔浦長橋似灞陵，何如著我騎驢去。黑貂擁醉詩思多，明日歸來爲君賦。

春暮吟

玉壺酟酒青絲絡，啼鳥勸人滿杯酌。落紅滿地晴香消，溼翠如煙午陰薄。畫樓玲瓏隔彩霞，樓前雙鵲鳴喳喳。想見吴帆北風起，王孫明日當還家。

荆軻詞

燕山雪飛青宫閉，氍毹夜煖沈沈醉。北斗黄金何足多，一觔深恩美人臂。寒風蕭蕭度易水，七首光芒泣神鬼。畢竟明年祖龍死，恨不報君爲君喜。

張良詠

韓成未死思報秦，漢燒棧道吾兵神。韓成已死思報楚，始知漢王乃天輿。昨日相從赤松子，今日已見淮陰死。控御天下漢業崇，不受控御真英雄。

王猛詠

五馬渡江老臣泣，垂死丹心在王室。當年非不思南來，王謝豈能生羽翼。魏相張儀尚爲秦，聊借羌苻展才力。江南雖僻不可圖，青史千年誰獨識。

春夜吟

月色如水花如雲，美人樓上歌回文。棲鴉飛起玉階樹，香風吹動殷紅裙。去年寄書到君側，書中只寫思君切。情知人老鬢如絲，君歸不恨緣君白。插花記月夜未央，他人苦短我苦長。若使驅車到家日，天涯芳草愁茫茫。

狂客行

美人當窗捲珠箔，狂客花陰彈黄雀。黄雀低回嬌不飛，金丸偏著搔頭落。與君未展平生親，奈何調笑如無人。萬一樓頭是夫壻，百年恨怨將誰陳。君心誤認雙蝴蝶，摇蕩迷魂招不得。

射虎行贈射虎人

昨日射虎南山顛，悲風蕭蕭眼力穿。今日射虎北山下，虎血濺衣山路夜。朝朝射虎無空歸，家人望斷孤雲飛。度嶺踰山弓力健，虎肉共分不辭遠。府司帖下問虎皮，高枕髑髏醉不知。虎昔咆哮百獸走，一死寧知在君手。鼻端出火耳生風，拔劍起舞氣如虹。昨夜空村見漁火，牛羊不收犬長卧。作詩贈君毛髮寒，煩君爲我謝上官。君不見昔日劉昆稱長者，虎北渡河不須射。

秋望

長嘯動巖壑，秋風生滿林。片雲隨雁度，疏雨約蟬吟。燕馬關山遠，吴船歲月深。歸來蘇季子，何用苦多金。

從軍

減袖作戎衣，爲儒事却非。心肝同感激，名位却卑微。浼浼黄塵合，悠悠白旆飛。將軍先陷陣，奪得紫騮歸。

苦雨

雨寒滯茅屋，昏曉候春晴。敧枕江聲近，捲簾雲氣生。花開從過眼，麥倒最關情。況復轉輸苦，邊隅未息兵。

入城

不見平安報，酸風雜鼓鼙。雨寒催日短，雲黑壓城低。枕席啼痕滿，鄉關去路迷。將軍多異見，誰與慰烝黎。

復愁

猛士憑城險，四郊今若何。纔聞一馬獻，已費百金多。江雨舟無渡，山雲鳥獨過。君王不相負，諸將且須和。

歲除前三日

一歲餘三日，還鄉鳥道通。論兵無衆寡，決勝在英雄。短髮思親白，衰容待酒紅。出門親舊滿，共訴客囊空。

王志元邀度歲不及赴敬答以詩

東門問來使，晚歲許相迎。野樹懸雲氣，江波挾雨聲。虎飢寒更出，驢瘦滑難行。好是城南酒，燈前只自傾。

除夕

短日如年度，寧知歲又殘。鄉關一水隔，風雪五更寒。寄食囊垂罄，更衣帶盡寬。主人供帳好，獨作太平看。

江路

江路雪棱層，囊空仗友朋。炊煙晨減米，乞火夜分燈。白鳥踰青嶂，蒼松舞翠藤。鄉關長在望，歸夢久無憑。

憶弟

時危思共濟，謀拙阻相聞。念母誰無子，持家爾不羣。江煙寒織雨，山鳥暝穿雲。悵望歸無計，悲啼向夜分。

和王志元雨晴

客枕愁春雨，漁歌答晚晴。殘雲棲樹逕，新水與橋平。稚子買魚至，主人窺筍生。酒來郎傾倒，何問阻歸程。

春雨

日夜雨懸懸，問春春可憐。好花俱薄命，似我負芳年。雲氣低簾外，江聲到枕前。何時是寒食，早已禁廚煙。

哭吴林鎮撫

幕府十年别，煙塵暗楚關。全家歸浙右，匹馬老兵間。劍術終難試，銘旌復不還。故人誰在側，魂斷萬重山。

山館

偪側不敢怨，飛騰殊未能。野猿時送果，山鬼夜吹燈。口腹久爲累，語言難盡憑。白頭方檢束，飽肉愧飢鷹。

黄州有警聞從弟銈已過興國度早晚可抵家

戎馬壓黄州，君先理去舟。艱難千里遠，貧賤一身浮。宿將今誰在，親王只自謀。長江如失險，鄉國足深憂。

憶從弟鐸

憶昨王師捷，還鄉近五年。艱危惟我共，俯仰得誰憐。茅屋秋風裏，烽煙夕照邊。亂離今轉甚，思爾只高眠。

和虞學士春興八首

官河春水湧輕濤，來往千艘不用篙。江浦女遊遺玉珮，瑶池仙降獻金桃。鞦韆拔地煙花暝，閶闔中天日月高。早歲功名看得意，扶摇風力送鴻毛。

鳴珮天階委碧莎，雪消太液漲晴波。玉盤露浥仙人掌，宫錦花添織女梭。王子問安回輦近，儒臣進講賜金多。明朝引見狒狼使，樂府新傳《天馬歌》。

沙苑煙晴苜蓿肥，朝回天馬錦爲幾。詞臣會送歸青瑣，進士傳呼换白衣。雲氣曉依宫樹近，春陰晝護苑花飛。君王又進長生藥，萬里樓船海上歸。

城上觚稜霧靄迷，角聲吹徹鼓聲齊。雲生水殿龍常現，月滿官松鶴並棲。風俗元存中國舊，天文並拱北辰低。倚樓欲問通霄路，誰借青雲百尺梯。

萬里驅車入帝闕，十年棲息一枝安。承恩數對麒麟殿，却老何資龍虎丹。金水漲波融雪盡，碧桃分蕊到春闌。江南却憶看紅藥，紈扇羅衣不識寒。

清明煙散柳枝斜，宮樹沈沈點白鴉。煖霧撲簾成細雨，朔風吹面射飛沙。江南最憶王孫草，天上催宣宰相麻。十載滄洲孤舊約，鹿車何日共還家？

柳林笳鼓曉晴饒，王子春蒐出近郊。雲錦宮袍攢萬馬，鐵絲箭鏃落雙鵰。蒲萄壓酒開銀瓮，野鹿充庖藉白茅。共説從官文采盛，不聞舊尹賦《祈招》。

浩蕩天風駕海航，忍從兒女問耕桑。珠聯魚目知誰識，劍吐龍光不自藏。司馬倦遊曾建節，買臣歸去密懷章。只今豈是無詞賦，材俊中朝少薦揚。

賦得越王臺送萬載敖司令之官

層臺高與越山齊，南斗諸星入地低。海氣秋澄鴻雁到，野煙春合鷓鴣啼。官船北走輸珠翠，幕府南開振鼓鼙。側想到官多暇日，登臨長聽玉驄嘶。

寄阮弘濟兼簡楊亨衢少府

舊時文物數江東，誰似風流阮嗣宗。紅袖醉歌《金縷曲》，牙旂歸導玉花驄。神仙元與塵埃隔，賓客多應氣概同。寄語龍泉楊少府，園花不減舊時紅。

和虞學士登宜春臺

萬家平地擁高臺，窗户層層近日開。鶴致瓊花迎帝子，龍持貝葉禮如來。雲依老樹秋如畫，峽束飛濤雪作堆。惆悵當年歌舞地，碧桃開落幾千回。

澄虚亭

匹馬江上行且停，蒼松夾道風泠泠。波光倒吞落日白，雲氣下接炊煙青。山僧獨行掃殘葉，水鳥雙飛回遠汀。主人邀客領奇勝，賦詩把酒澄虚亭。

哭宜春義士彭維凱 并序。

維凱復袁州，遣迎監郡某元帥以下歸視事。守土將某忌其功，遂殺之。

風折旗竿卧落暉，殘兵揮淚脱戎衣。徒聞卽墨田單在，不見成都鄧艾歸。獻凱何時承寵渥，争名自古抱危機。宜春元帥還相問，近報洪州未解圍。

宿七里山 并序。

十一月二十二日，余始得逸歸。值臨江兵至楚金，追斬九十九級，軍聲始復大振。

寒松霧暗月西頽，人語無聲鬼語哀。郡國忍聞侯景詔，朝廷初棄戴淵才。風傳鼙鼓驚魂戰，天入鄉關望眼開。骨肉死生俱未卜，淚痕血點滿蒼苔。

二月二十七日聞故鄉寇退

銅駝荆棘换東風，消息南州久不通。芳草得春煙漲緑，野棠無主雨飄紅。琱戈元帥登壇暇，寶玦王孫哭路窮。滿眼親朋總悽惻，相逢但索語音同。

寄龍子雨

書到山中收淚看，出門愁散楚天寬。落花春盡休文瘦，細雨更長范叔寒。金帶宦情違俗久，綈袍交態見君難。欲爲後會知何日，酒熟還家得盡歡。

贈劉明道

義旗獻凱滿南州，君擁兵符控上流。隔岸人煙鄰虎穴，中江雪浪送龍舟。劍鳴秋匣玄霜下，馬浴晴波紫霧浮。白羽指揮能事集，底須萬里始封侯。

秋日還山聞南省消息示從弟銓

南國風高聞好音，鄰翁酒熟晚相尋。雁飛漢苑書來往，竹暗湘江淚淺深。茅屋暫歸秋四壁，柳營煩費日千金。瘡痍早使能蘇息，獨抱長貧亦素心。

分府同知瑞童相公大閲之日天使適至喜而賦詩奉寄劉賓旭參軍二首

鼓角緣邊永夜哀，使車忽自海南來。中朝舊法三章在，大將新圖八陣開。玉帳分明傳號令，金臺雜遝貯賢才。早看送喜麒麟殿，五色雲中進壽杯。

侯印軍符塞紫衢，儒生白髮混泥塗。兒騎竹馬談兵法，地盡桃源入戰圖。雙劍舞閒歌激烈，一燈愁絶照清矑。山中薇蕨秋風老，心折孤村反哺烏。

晚過山莊

草滿畬田落照斜，溪行盡日少人家。自傷直性從干謁，誰在窮途不怨嗟。香火氤氳王子廟，旌旗叨滅長官衙。主人問客知名姓，始肯開門唤煮茶。

送朱鵬舉照磨赴江西省掾

花外銀鞍黼紫騮，省郎文采自風流。英雄舊總三千士，美譽新傳十一州。山擁宜春深帶甲，江通章貢小容舟。晨趨黄閣參籌畫，願審安危拓遠謀。

即事 并序。

時監郡納速兒丁改除廣西監憲，而省都事吴八都剌提軍始至。

西上官船日報頻，倚門收淚問行人。潁川太守終難借，細柳將軍始是真。木落秋高懸殺氣，律回寒谷見陽春。不辭斗粟輸軍府，但覓山巖著老身。

寄劉賓旭

舊日相逢玉雪姿，三年幕府鬢如絲。波濤入海屠龍苦，風雨還山買犢遲。客到定能頻換酒，花開應不廢題詩。只憐雙劍牀頭吼，又是鄰雞報曉時。

殘年

久愁兵氣漲秋林，不謂殘年寇轉深。四野天青烽火近，五更霜白鼓聲沈。金張富貴皆非舊，管樂人材不到今。江上米船看漸少，捷書未報更關心。

和周霽海吴鎮撫詩就呈李伯傳明府

牛斗秋高劍氣横，幾人馬上取功名。扇揮白羽臨風迥，甲鎖黄金射日明。賈誼自期能料敵，山濤誰謂不知兵。官軍蓄鋭何時發，久厭城頭鼓角聲。

風雨舟中作

憔悴江頭路已窮，小舟隔岸復相通。歸雲亂擁青山樹，飛雨斜穿白浪風。避地數年成老醜，累人一飯尚西東。憑誰爲息鯨蛟怒，容我滄浪作釣翁。

感事

荆徐千里混干戈，日日君王候凱歌。上相出師三月罷，南人待援六年過。未休練卒誅求盡，暫脱歸囚反側多。獨拜將壇須國士，掄材誰似漢蕭何。

道逢八十翁

八十老翁行步奔，存亡共訴斷愁魂。千金歌舞隨流水，六載干戈棄故園。晚竈燎衣籬竹盡，春牛换米草囊存。情知青史無名姓，短策猶期報國恩。

小除夕

當年臘日還鄉早，弟勸兄酬何怨嗟。腸斷此時同避地，眼穿永夜倍思家。鄉關去雁渾無信，風雨寒燈不作花。最是五更情調苦，城南吹角北吹笳。

奉和龍西雨自洪見寄

青樓風月故相干，慷慨樽前舞地寬。錦繡春明花富貴，琅玕晝静竹平安。杉關旗鼓元戎勝，閩海舟車去客歡。舊日交親應有問，一蓑煙雨楚江寒。

和寄龍長史

扇外風塵素不干，湖光遥送酒船寬。錦箋傳草春詞好，銀燭燒花夜枕安。四海交遊空老大，百年世事半悲歡。子真谷口深相憶，黄獨無苗風雪寒。

和寄從弟鐸

畏途阻絶卜支干，夕見鄉書意始寬。癡腹於人深有累，驚魂從此暫相安。弟兄相顧三人在，風雨還孤一日歡。春色故園付流水，白鷗應怪舊盟寒。

和寄從弟銓

腐儒憂國淚闌干，江海容身何處寬。驚報每愁諸弟隔，臨危但祝老親安。對牀風雨長相憶，負米晨昏不盡歡。最苦二郎獨冥漠，晚煙原上鶺鴒寒。

寄從弟銓

舊廬每愛桂花秋，風月涼宵足勸酬。盜賊未平身漸老，弟兄相望淚空流。經年避地魚頳尾，何日還鄉烏白頭。側想早春佳氣好，掌珠初見慰深愁。

簡王志元

收淚看花花轉紅，花前心事想君同。幽燕車馬從天下，吴楚舟航與海通。貴賤不應懸趙孟，去留終擬報曹公。石田秋雨喧雞鶩，早附冥鴻萬里風。

用王冕韻送解元禄茂才

時危結屋傍巖阿，野逕春煙匝翠蘿。四海俊賢唐貢舉，百年父老漢謳歌。山涵霧雨藏玄豹，水會陂塘散白鷺。地僻此時賓客少，松陰掃石坐長哦。

寄楊和吉歐陽文周

黄鵠一飛幾千里，高標矯矯離風塵。宗元有恨爲司馬，郭泰無名與黨人。富貴致身何用早，是非論事或難真。二君舊日皆知己，旅食他鄉莫厭貧。

悼己

種竹經年長未齊，半枯半死近窗西。天風飄雁隨雲没，山鬼憑狐當晝啼。世亂獨懷徐庶母，家貧久累買臣妻。眼前事事堪腸斷，欲問西山路轉迷。

春懷

前水推懷後水催，推愁不盡載愁來。雪消海上蘇卿老，春到江南庾信哀。客路但聞啼鳥樂，人情不及野花開。交游况復疏還往，獨對青山勸一杯。

社日

甲子頻書入短篇，細推五戊卜春田。讀書未有平戎策，止酒聊輸祭社錢。紅樹花穠春向晚，畫橋柳暝雨如煙。舊來歌舞今誰在，燕子茅檐只自憐。

己亥六月初五日

不惜千金一笑揮，危途驚定始傷悲。問安慈母翻成泣，乞米貧交不療飢。總謂魯連曾却敵，謾傳李涉舊能詩。只從鄰曲多豪客，無怪荆吴滿戰旗。

和友人别怨

風急長空舞落花，獨收殘淚暮還家。畫闌砌曲圍芳草，緑樹庭空噪亂鴉。不見韓娥沈漢水，空傳蔡琰按胡笳。遥知今夕天涯路，鄉夢難成月易斜。

和劉淵見寄

南國干戈積九年，四年相别最相憐。病看菱葉疑非我，飢啖松花似得仙。青鳥謾期春後到，白雲不掃夜深眠。故人半在無消息，讀罷君書倍愴然。

晚眺

眼看淮海待澄清，骨滿邊城苦戰争。老大不堪思往事，飢寒久已厭吾生。煙深薜荔棲烏急，風響蒹葭落雁鳴。惆悵故人書不到，别來十載最關情。

送從姪淳

路窮淮汴草離離，志士空嗟歲月馳。敵面人心山萬疊，緣愁客鬢雪千絲。風悲洛浦海凫至，月冷漢宫金狄移。從古戰危頻易將，君王見事獨何遲。

晚秋霅溪宴集

菊花香滿酒如傾，不謂艱危有笑聲。驚座令嚴覦録事，揮毫氣壓褚先生。虚嵐紫翠籠秋色，落木紅黄透晚晴。却憶桃源舊時路，漁郎重到不勝情。

雪中負米晚歸傷題七字句因簡李尚文少府

蕭索風煙暗五陵，羣黎愁苦復誰憑。早年識字知何用，垂老爲農病未能。負米晚歸沙上雪，拾薪寒煮澗中冰。不眠永夜瞻牛斗，光怪猶疑劍氣騰。

早春試筆

臘雪留寒壓草廬，陽春攜煖散天衢。喜聞諸將黄金印，共捧中朝赤伏符。詩句且題新甲子，酒杯不愧舊屠蘇。洗兵雨至應須早，半畝瓜田得自鉏。

聞龍西雨自閩海間道抵家患目疾缺於展覿先寄此詩

萬里征帆海上回，畏途行盡始驚猜。入門兒女牽衣笑，問字親朋載酒來。書有浮沈誰與送，眼無青白故難開。蘼蘭晚歲俱彫瘁，佳句惟應到野梅。

和羅習之見寄因簡劉淵

昨日尋君恨不逢，離愁散入暮煙中。古陂浄瀉秋千頃，歸路斜分月半弓。年少向人偏骯髒，時危臨事始疏通。論心長欲書燈共，無奈君西我復東。

二月初晴題淦西居人樓壁

老去才名久退潛，樓前晴景逐人添。雲連野樹深藏逕，風捲溪花亂入簾。遠信忽傳閩徼外，閒愁盡挂楚山尖。春光流轉曾相識，獨怪經年雪滿髯。

三月十三日夜宿淦西山絶頂

夜登絶頂幾千尺，臨曉始知歸路遥。水滿大江舟窅窅，塵飛客路馬蕭蕭。山河勢窄如懸網，雲漢光低不作橋。十二年間多少恨，春來不共凍痕消。

懷羅達則

溪山杖屨每相違，況復經年去不歸。移席花間春雨至，倚樓江上暮雲飛。鄉書到手兼悲喜，世事關心有是非。池上祇今新緑滿，待君同製芰荷衣。

簡羅伯英 并序。

庚寅辛卯年間，余與伯英俱客桐江上，時有賓從甚盛。自兵亂十四年，惟余伯英重到，不能不重感焉。

大藥霜髭竟不玄，白魚無計滿千仙。别離歲月落花雨，歌舞樓臺芳草煙。世事榮枯分一日，人生感慨萃中年。劉郎恨滿玄都觀，重到題詩共幾篇。

乙巳夏五月茶陵永新兵奄至遂走淦西暑雨涉旬米薪俱乏旅途苦甚因賦詩示諸同行

白髮遺民真可哀，途窮猶望北兵來。闕河割據將成識，將相經綸豈乏材。足繭荒山走風雨，腹飢深夜吼春雷。主翁清曉催人發，又報烽煙逼楚臺。

寄宋竹坡

久欲從君借竹看，東風又長碧琅玕。午陰坐久晴雲落，夜漏眠遲白露溥。韭葉連畦從料理，菊花分逕共平安。洞簫一曲裁新管，石上雙吹翠袖寒。

和楊茂才閒居

板橋通徑薜蘿深，濃翠浮衣竹十尋。啼鳥漸馴時近客，歸雲不動似知心。剪苔盤石移棋局，添火香篝續水沈。賦筆惟應潘岳好，恨無樽酒與同斟。

丁未人日

誤喜新年七日晴，黑光盪日更分明。陰陽元自相消長，夷夏何能息戰争。高視山河分王氣，不知金石載虚名。麯生廢痼交情絶，看徧梅花晚獨行。

答楊和吉韻

白髮侵尋暮景來，掃除無策覆空杯。江山每與愁俱到，風雨不知花盡開。往事謾存元祐迹，少年何羡洛陽才。惟君於我過從近，稚子朝朝掃緑苔。

訪友人别墅

陰森萬木曉蒼茫，路轉山腰問草堂。池湧慢波萍葉散，窗涵細雨橘花香。讀書程度輸年少，中酒心情厭日長。公子飄飄才思闊，何妨高詠伴滄浪。

和李士周韻

春雲乘雨午橋陰，病眼看花負夙心。漢水盡堪添緑酒，燕臺何得築黄金。手攀楊柳親曾種，路出桃源不易尋。畢竟知音眼前少，塵埃三尺暗桐琴。

寄李亨衢

君住仙壇歸路遥，人間塵慮盡冰消。微風半脱烏紗帽，明月閒吹紫玉簫。出水芙蓉鳴翡翠，繞牆薜荔護芭蕉。日長應共羅浮客，時復松花酒一瓢。

和酬宋竹坡韻

寄詩問我山中事，性懶家貧一事無。春瓮酒香梅未落，午窗夢起鳥相呼。舊來叔夜交游絶，老去文通筆硯枯。鷗社共盟君未棄，何須馳志向伊吾。

寄王進士 并序。

伏覩前鄉貢進士王禮子讓所刻《長留天地間集》，辱收謬作廁其間，心竊愧焉。而誤名爲昂，因筆寄意。

老去羣書逐夢忘，青燈白髮夜凄涼。平時誰信班生策，落日空懷陸氏莊。天爲國家生俊傑，地居臺閣盛文章。鄙夫空谷逃名久，不謂人間有郭昂。

寄贈皇厓壇劉鍊師 壇下溪中出白石如水晶。

神仙宫館近青冥，紫翠峰巒開畫屏。日射水晶江石白，雲封琥珀嶺松青。虎司丹鼎知留訣，鶴立瑶壇聽説經。相約安期今夕至，靈風遥想滿虚櫺。

病目寄宋時舉

丁丁伐木最關情，病起秋風畏客程。隔霧看花生眼纈，誓天止酒閉愁城。荒村茅屋白煙起，落日楓林紅葉明。青壁丹崖長在望，竛竮瘦影獨心驚。

和答彭中和

長向春山數別期，春花次第報君知。舟回剡曲緣何事，劍合延平在幾時。庭院煖風花氣入，池塘微雨鳥聲低。瓮頭酒熟邀誰共，悵望歸雲獨拄頤。

二十六日晴過諶塘

布袍稍覺曉寒輕，晴色偏饒雙眼明。山逕黄泥攢虎迹，寺門蒼樹挂猿聲。重來誰與同心賸，老去惟思避姓名。枯柳橋西曾識面，獨回青眼遠相迎。

和袁方茂才秋夜宴集

下馬階除問錦幃，羅衣花白縷金圍。月明湖水龍吟細，雲度吴山雁到稀。楊柳舞低牙板促，木犀香滿羽觴飛。袁郎自是風流客，舊約秦臺願不違。

静思詩佳句多可存者，五言如：「燈影摇鄉夢，雨聲添客愁。」「天邊春色早，窗外暮寒分。」「捆屨山涵雨，煎茶竹送風。」「

七言如：「官酒滿傳鸚鵡盞，宮花飛點鷫鸘裘。」「野迴虹光分暮雨，天晴木葉響秋風。」「池浸綴紅花弄影，窗涵溼翠竹成科。」「急風亂颭蒹葭雪，斜日殘明橘柚金。」「雲韜月色歸天闕，雨壓寒聲欺布袍。」「鳥銜朱果珊瑚碎，竹放青梢翡翠迷。」「松下紫苔留虎跡，雨中蒼檜作龍吟。」「屋前老樹留雲宿，竹外茅亭向水安。」「海棠春暗飄香盡，鸚鵡天寒喚客遲。」「風燕入簾梢落絮，雨龍歸洞駕輕雲。」「千里雁聲雲外斷，一春花事雨中殘。」「竹徑排墩留坐客，柳塘分水過比鄰。」「鳶敵高風疑不動，鴨分歸路整相排。」「雨中春懶鶯如我，花外晚愁鵑逼人。」「酒送餘春杯滿百，月明歸路影成三。」「離愁百斛如雲散，涼意一襟隨雨來。」「薤葉篆從兒學寫，松花酒待客同斟。」「風撼竹樓添雨勢，雲歸溪樹作秋陰。」「折花林動飛紅雨，洗硯池虛散紫雲。」「太史未頒周正朔，遺民思覩漢衣冠。」「蔡寇遂煩唐宰相，漢儀猶待魯諸生。」「三邊烽燧晨傳箭，千騎弓刀晝繞營。」「客行落日凝愁思，人隔疏煙聞笑聲。」「愁來刁斗聲相續，老去屠蘇酒到遲。」「鄭虔早被才名誤，晁錯終期社稷安。」「投暗自慚輕白璧，知音還擬鑄黃金。」「鶴語謾傳遼海樹，龍文長想碭山雲。」「病骨五更秋氣入，佳期千里月光同。」「梁震每稱前進士，灞陵誰識舊將軍。」「對酒不辭今日醉，看花却憶去年人。」「汗馬功名知命薄，蠹魚文字謾心勞。」錢牧齋所選《列朝詩》甲集前編，具載元末詩人，獨不及靜思，豈當時未及見其全稿耶？因爲附摘於此。

袁寅亮讀書深山萬木之中以避暑文瞻爲賦長句因次韻以寄

獨向陰崖結構牢，一時文采擅風騷。雲間客見疑猶淺，山下人行望始高。蒼樹攀巢馴鸛鵲，翠藤結蔓挂猿猱。遙知高卧多標致，何問長齋代骨毛。洗耳未應徒見許，攢眉但恐不容陶。山僧進謁多題竹，野老相過或獻桃。綿蕝暫陳存故事，棘闈嚴備遠周遭。鑿平巖罅安書籍，掃集松花釀酒醪。醉後賦詩題石壁，興來送客釣江皋。蘇門傲睨惟開笑，康樂登臨豈憚勞。雨霽傍松延薜荔，晚涼疏水灌蒲萄。明朝使者求顏闔，只此山中不用逃。

題分宜縣橋

雲從溪北生，雨過溪南響。溪上蓑笠翁，倚闌看水長。

重到山家

紅雨長茶芽，東風吹柳花。行人今日到，先自補窗紗。

吴姬别思

霜月五更殘，如何去又還。誤簪釵鳳小，落在枕屏間。

題春江送别圖

君上孤舟妾上樓，望中煙雨意中愁。江波若會離情苦，一夜東風水倒流。

四時詞四首

煖雲飛撲玉驄歸，簾捲香風酒力微。夜坐久憐明月好，細鋪花影繡羅衣。

日射嫣紅安石榴，波涵空翠木蘭舟。美人調笑渡江去，半榻柳風棋不收。

鶴認琪花欲下遲，蓬萊仙客遣催詩。情深寫到相思處，秋露芙蓉開滿池。

疏林晴旭散啼鴉，高閣朱簾窣地遮。爲問王孫歸也未，玉梅開到北枝花。

訪龍長史不遇

鸜鵒窗深鎖翠寒，松花不掃紫苔乾。自將名姓題修竹，延桂樓前第五竿。

題扇

柳樹晴虹隱畫橋，藕花微雨過歸橈。波光倒蘸紅樓影，照見佳人弄玉簫。

宜春贈别 此首《元詩體要》作郭昂。

微茫煙浪浦帆開，一曲琵琶淚滿腮。江水不如潮水好，送人東去復西來。

辛卯聞徐州警報

塞河詔下選丁男，明日彭城野戰酣。愁殺翰林歐學士，白頭騎馬望江南。

發家信

寒硯敲冰帶淚磨，故園消息近如何？老妻不信愁深淺，歸日應憐白髮多。

章臺怨

柳繞章臺萬縷金，春風送别最傷心。如今莫問長條盡，并與章臺無處尋。

和宋五別後見寄

誤將鸚鵡教詩成，每到人來喚姓名。從此西園蹤迹少，萬絲煙柳鎖春晴。

二月十七日有感

花匝疏篁水遶門，幾回扶月醉西園。青燈昨夜挑殘雨，空認春衫舊補痕。

偶興

高柳著花懸紫煙，歸舟離恨滿晴川。六年杜牧傷遲暮，况復如今二十年。

涼夜

竹外涼風留晚坐，驚斷蛩聲山葉墮。天河何處是雙星，新月纖纖碧雲破。

洞口人家

松樹回環四五家，機梭長日響咿啞。西風裹得臙脂色，偏與籬東木槿花。

秋浦晚歸

芙蓉開後涉波頻，落日回舟獨愴神。鷗鳥幾回相見熟，故穿菱葉避歸人。

對月寄友人

相逢之處月嬋娟，願托襟期共百年。諳盡人間離别苦，始知月自不長圓。

四月十五夜對月感舊

早年蹤迹水萍浮，垂老漂流未得休。今夕人情今夕酒，舊時月色舊時愁。

妾薄命

孤鸞窺鏡剪情緣，淚血沾襟十五年。誰信舊時歌舞伴，相逢猶自妒嬋娟。

四月十五日江上獨行因思去兩年憂患之日感恨次舊韻

投石滄浪竟不浮，雲林自合早歸休。漁舟點點前江去，載盡斜陽不載愁。

六月二十九日觀雨

青山山下是吾廬，六月丘園草盡枯。憑仗西風吹雨去，官田今歲又添租。

題龍旗梅

硯冰敲碎碧雲殘，蜂蝶無飛花意閒。記得共尋林處士，軟寒清曉到孤山。

題鄒自春石屏巫山圖

一片屏開十二峰，陽臺去路有無中。午窗香霧籠寒玉，猶似行雲到楚宫。

閏十一月朔日山路見梅

蓓蕾微傳春信真，幾囘夢想玉精神。不知月落參横處，猶有孤眠惆悵人。

乙巳年余避地彭老家還再過之倏爾十年而人改物換可感者多矣因賦

舊題塵暗小樓間，花鳥庭空白日閒。鳥自不鳴花自落，客愁何得不相關。

贈别

醉挽征衫折柳枝，柳花飛處不勝悲。東風過後西風起，待得青條又幾時。

江望

盡把離愁種驛亭，春風吹入草青青。傷心爲問行舟客，東過清江停不停。

春日憶蕭韶

雲歸長宿北山頭，誤逐東風過小樓。帶得舊時蕉葉雨，數聲敲碎客中愁。

寄遠

萬點飛花風外過，紅埋泥土白隨波。閒愁散與傷春客，君在江南想獨多。

春日過山家題羅帕

冰絲縷縷繫深恩，青鳥飛來每斷魂。留得薔薇香易滅，只從燈下認啼痕。

無題

遊絲風煖颭飛花，窈窕簫聲隔彩霞。畢竟神仙難換骨，自分丹火煮胡麻。

有感寄宋五

春夜情濃夢覺空，爛柯不省遇仙童。人間翻手恩成怨，無怪襄王憶夢中。

怨別

病起銀屏滿藥塵，夜窗愁絕月窺人。寒燈不作雙花夢，羅帕啼痕點點勻。

周處士霆震

霆震，字亨遠，吉之安成人。以先世居石門田西，故又號石田子。初云生於前至元之季，宋之先輩遺老尚在，執經考業，遍於諸公之廬。若王梅邊、彭魯齋、龍麐洲、趙青山諸公皆器重之。科舉行，再試不利，乃杜門授經，專意古文辭，尤爲申齋、桂隱二劉所識賞。晚遭至正之亂，東西奔走，作爲詩歌，多哀怨之音。明洪武十二年卒，時年八十有八矣，門人私謚曰清節先生。廬陵晏璧葺其遺稿曰《石初集》。老友梅間張鎣稱其沈著痛快，慷慨抑揚，非勉強步驟者所能及。近時詩文一變，蹈襲梁、隋，以夸淫靡麗爲工，纖弱妍媚爲巧，是皆先生之罪人。石初之序梅間也，亦曰近時談者，糠粃前聞，或冠以虞邵菴之序而名唐音，有所謂「始音」、「正始」、「遺響」者。孟郊、賈島、姚合、李賀諸家，悉在所黜。或託范德機之名選少陵集，止取三百十一篇，以求合於夫子删詩之數。承譌踵謬，轉相迷惑而不自知。蓋石初天性介特，其持論之嚴，固非時好之所能易也。

美人昔燕趙

美人昔燕趙，歲久江漢間。軒窗粲明霞，被服羅綺紈。頩怒恆有持，含魂詎敢攀。一朝強暴陵，相從即歡顔。傾身作歌舞，豫恐恩意闌。新聲與嬌態，取媚巧百端。主家隔風塵，庭宇深且完。豈無昔共處，永夜青燈寒。魂夢各所依，寧復相往還。沉沉九秋霜，屐屧思蒯菅。娟娟中天月，照影留空山。盛時概無虞，末路良獨難。棄置勿重陳，使人摧肺肝。

濯濯江漢女

濯濯江漢女，幽貞出良家。十年守空幃，夫壻天之涯。良夜秉明燭，悉心務絲麻。憶昨秋風起，河洛昏塵沙。傷彼朱絲絃，逸響趨淫哇。朝爲御溝柳，暮作陌上花。世態固應爾，委置勿復嗟。所悲在新春，雨露凝朝華。感此深閉門，淵冰慮彌加。藏玉萬仞岡，守護盤龍蛇。投珠千頃陂，光燄驚魚鰕。夫壻會有期，豈問歲月賒。寸心如皦日，終始宜無瑕。

大風發屋雨雹交集

大風西北來，屋瓦去如走。麗譙雙闕壯，關鍵決樞紐。蒼蒼泮宫柏，枝葉互紛糾。移時折偃蹇，巧力無措手。西禪鐵浮圖，摧仆如拉朽。臨江戰樓飛，夾巷坊額剖。恍疑會羣龍，奮發交怒吼。泰山恐崩裂，寧復計培塿。老夫閉門卧，雨雹散窗牖。倉皇正衣冠，力疾坐良久。天威俄咫尺，性命亦何有？默悟貴存心，淵冰慎吾守。

歲暮簡張梅間

憶昔慕遠遊，朝華沐春露。焉知喪亂後，林杪秋葉蠹。閒關西州門，寒日收踽步。尚餘平生友，示我廣平賦。耿耿河漢輝，幽幽冰雪度。終慚媚求悅，寧悔貞取妒。朗吟發孤音，明月落庭户。世事殊未涯，歲年忽云暮。有美君子心，永言金石固。

殘髮

殘髮不可紒，晨昏日加梳。顧慚雨露沐，此豈冠冕徒。夜來秋風深，傲兀驚頭顱。亂離亦已極，時序復易徂。青燈一斗酒，不樂將何如？

哀枉

春心注成湩，晝夜深長育。枯梢晴自芳，寒燒雨仍緑。如何寃死魂，不及閒草木。

二月十六日晚青兵逼城紅不戰而潰暫匿近壕小屋多走横谿

孤藩酣春霖，戰艦一時集。喧呼驚棄甲，填道戈可拾。黄昏煙餤起，近郭俯藏蟄。夜深相隨行，間道衆岌岌。敗走餘羣醜，邪徑俄掩襲。叫號互失亡，顛仆免繫縶。策羸叟狼顧，襁孺婦飲泣。帶褫衣苟完，靴沾足難給。相失但聞聲，疑路翻却立。屢休幸雞鳴，襟袖寒氣濇。貫魚累童稚，前阻後惶急。縈回阡陌間，恆恐追騎及。重岡釋心掉，湛若恩露裛。推挽達人煙，開顔見春汲。兒扶集悲喜，幼兒贅横溪蕭氏。親故走迎揖。坐定飢渴生，酒漿更勸挹。驚魂久徐定，強笑寄於悒。翻思墮危機，性命在呼吸。家鄉固殘毁，所幸存井邑。杖策歸去來，戒此輕出入。

古金城謡 并序。

國家承平百年，武備寖弛。盜發徐、潁，熾於漢、淮。武昌南紀雄藩，一旦灰滅。洪省堅壁，寇蔓延諸郡，水陸犬牙。北來名將，相繼道殞。丞相出督步騎，直抵高郵，事垂成以讒廢。方面多貴遊子弟，貪鄙庸才。虚張戰功，肆意罔上。誅求冤濫，慘酷百端。重以吏習舞文，旁羅鷹犬，意所欲陷，即誣與賊通，其弊有不忍言者。間存一二廉介，則又矜獨斷，昧遠圖，坐失機會。民日以敝，盜日以滋。廬、壽、舒三州，屏蔽上流，廬、壽既没，舒獨當鋒鏑之衝。至正十年壬申，進士余闕以淮西元帥之節來鎮。廣設方略，招徠補葺。備戰守，豐軍儲，賊飲恨不得逞。朝廷嘉其功，授淮南參知政事。自是日與賊遻，受遠凡四十有二，大小二百餘戰，江西賴以苟安。坐視弗援，十八年正月丙午，城遂陷。公一門争先赴死，闔郡無一生降。賊黨舉手加額，稱余元帥天下一人。購得其尸城下池中，禮葬之。傷哉！寄痛哭於長歌，使後人哀也。

昆侖烈風撼坤軸，日車斂轡咸池浴。六龍飲渴呼不聞，赤蟻玄蠭厭人肉。荆襄弗支廬壽孤，江東掃地如摧枯。忠臣當代誰第一，七載舒州天下無。東南此地關形勝，天柱之峰屹千仞。當年赤壁走曹瞞，天爲孫吴産公瑾。我公千載遥相望，崎嶇恆以弱擊強。孤城大小二百戰，食盡北拜天無光。當關援劍蒼龍吼，盡室肯汙姦黨手。摧鋒闔郡無生降，羣盜言之皆稽首。堂堂省憲羅公卿，建官分閫日募兵。哀哉坐視無寸策，遂使流血西江平。向來不曉皇穹意，名將南征死相繼。一時貪暴聚庸才，玩寇偷安饕富貴。河流浩浩龍門西，燕山萬騎攢霜蹄。英雄暴骨心未死，去作海色催朝雞。玉衣飛舞空中見，太息孤忠鏖百戰。五陵元氣待天還，睢陽誰續中丞傳。

斷臂吟

黄埃兒啼夫死官，倦遊逆旅心骨酸。深閨玉臂辱汙賤，引斧落之身始安。紛紛五季窮争戰，迎送君臣如驛傳。天將人紀付女英，貞節特從倉卒見。傷哉殘形忍顧雛，飲血仰天弔影孤。間關痛絶妾薄命，行止隨地哀征夫。征衣屢浣憂泥汙，招魂不來迫曛暮。妾心自割臂可捐，腸斷從夫去時路。殘雲低空没栖烏，落月不照秋桑枯。泉流出山誓終始，取義寧顧千金軀。妾悲望鄉淚頻滴，兒戀母懷啼繞膝。一心抱恨向青天，他日山頭願爲石。

武昌柳

武昌柳，青如許，舊恨新愁千萬縷。宫鶯去盡野雞栖，憔悴江南誰是主？朔風一夕捲栖鴉，春日鶯啼憶舊家。流落王孫重繫馬，雨晴天氣屬楊花。

李潯陽死節歌 并序。

李侯治潯陽之二載，紅巾賊發蘄黄，倚蔡醜爲聲援，勢浸逼郡，數告急於省。省議調兵，武昌、興國相繼没，南北道梗，潯陽厄，侯力疾奬率民義，誓不與賊俱生。郡將悉所部先遁，侯轉戰力盡，猶持短兵奮擊，慷慨指天，父子同遇害。嗚呼！李侯可謂仁義之勇矣。彼滔滔者，獨何心哉！侯家潁川，名黼，字子威，曾祖而下，仕皆通顯。發身監學，泰定丙寅，鄉試魁上都，丁卯進士第一，死節壬辰春，年五十有六。

蜀川會漢投匡廬，潯陽之厄江西樞。李侯杖節忠貫日，存没誓與城池俱。夫何郡將弛練卒，世禄忍負私其軀。寇來談笑啓關遁，坐使邑井成丘墟。侯時力疾短兵奮，臣首當血心當刳。魂歸謁帝慟伏闕，塗地肝腦民何辜。臣衷願瀝付渠苔，臣首欲飛宜僕姑。誓堅紅壁殲衆醜，却掃淮蔡匡全吴。黄塵四低黑風淡，赤豹騰駕蒼虬呼。山川幾劫鑄英氣，上遡古昔誰其徒。平原汗馬河北重，江淮安堵睢陽孤。顔張凜凜心未死，迥立千載誠相孚。況聞有子殊激烈，義在從父輕頭顱。石頭之袁姑孰卞，兩間忠孝何時無。紛紛賣降與棄甲，仰視汗喘呀長吁。惟公蓋自元氣立，顧盼所取皆詩書。當年射策首多士，已分一念金無渝。勗哉謀國慎所托，古今大勇惟真儒。

兵前鼓

朝衙操撾出近午，暮歸斷續卒三伍。鼓聲祇以迎送神，漫把旗旐揭飛虎。鋒交昨者没旗頭，今晨隊長血髑髏。貴人按轡不爲動，但訝日食無珍羞。領兵官晏出早還，鄉人多以供頓弗備受責。戎徒抵掌羣嘲戲，志士拊膺殊奪氣。朝朝暮暮鼓鼕鼕，蟻聚羶腥了無愧。張侯援枹華三周，禰衡正色披岑牟。世間壯士古未有，此聲慷慨曾聞不。

農謠

萬田草生農務忙，飯牛夜半飢且僵。侵晨荷耒散阡陌，和買[illegible]軍官取將。高堂大嚼飲繼燭，持遺妻子豐括囊。蒼頭廬兒飽欲死，義丁嚋敢染指嘗。鋤耰漫勞犢方稚，十步九頓空徬徨。將軍大笑不負腹，東皋南畝從渠荒。

普顏副使政績歌 并序。

壬辰，寇陷武昌，順流而下，省郎中普顏伯華諗於衆曰：若其直擣真陽，事未可知，儻轉而南，無能爲矣。吾受國厚恩，發身監學，忝進士先，誓死必報。遣人間道馳書奉百金，歸別父母。建議盡撤城外民居，寇始渡江，官軍小衄，母弟佛奴死之。公單騎殿小橋，寇不敢逼，衆遂翕從奉平章公道同、左丞章伯顏竭志守城。逆黨雲集，攻圍五十有四日，大敗而還，散亡略盡，江南遂爲天下雄。非公長才贊畫，平章左丞聽用其言，詎至是耶！朝廷論功，除本道廉訪副使，於是公之□愈無窮矣。遠近士大夫作爲公歌詩頌其美，俟太史氏擇焉。公世家山東，希古其字也。邑士劉子真近歸自洪，具道本末如此。

近時有客湖上歸，能話郎中身許國。朝廷取士數十年，誰謂書生無寸策？江州李侯死可書，郎中百戰全洪都。昔年廷對俱第一，鸞鳳固與羣飛殊。當其練兵首陳義，謂賊南征非所忌。環城撤屋民始疑，事急方知爲上計。家書問道馳山東，百金歸報壽乃翁。小臣於此誓生死，仰視白日昭其忠。翔風雲低吹戰血，母弟魂歸寶刀折。倉皇勁氣吐寸心，立馬危橋萬夫決。相臣攬轡從天回，將軍鞞鼓轟春雷。爲公破敵捐萬死，顧盼妖賊如山摧。君王□□加褒異，深副當年設科意。碧霄雨露湛恩深，官轉霜臺弘國器。漢廷寥寥渤海龔，廣陵張綱尤罕逢。使君宴坐試深省，談笑憲府看平戎。

《石初集》多記元末兵興以來之事，最爲詳悉。鄉先達陳一德序云：江南野史，誰復健筆？而集中隱約散見，皆可爲國史補。故録其尤者存之。

杜鵑行 哀王孫作也。

我不暇自哀古帝魂，春來却念今王孫。王孫馬蹄去何處？但見黄鶴落日故宇煙塵昏。我昔帝蜀空名存，絶憐王孫玉牒尊。春宫天鶩壓酥酪，凝香夕帳貂皮温。紫茸吴姬河西曲，白馬怯薛鷹絛捫。居民咫尺甚天上，冠冕臣僕羣趨奔。漢川一炬寇飛度，四載寒食如荒村。暴骸泣霜闕月老，恨血埋雨江波渾。投鞭七寶委道側，落花送客慚春恩。勸歸我亦久流落，幾欲出口聲復吞。莫道人生歸去好，江南無復弔王孫。

過玉成砦

玉成三面堅如鐵，穿井無泉援兵絶。去年此際萬人登，已是如今髑髏骨。刃飛丁壯屠嬰孩，婦女分配囊貲財。浪傳古昔險堪恃，曠劫竟墮昆明灰。我來似涉羊腸坂，道遇遺黎拭愁眼。故人何處覓遊魂？

陳德新主戰，剮於永新。罵不絶口而死。雲樹鴉啼寒日晚。

城關西

雞鳴海東黄塵起，落日關山氣如水。餘民髓竭欲無生，月費給軍須萬計。尚書前時來使臣，近者太守宴將軍。割鮮飲醇互來往，白晝走馬邀紅裙。兵部尚書黄昭奉詔遠出，按兵撫、建間。其行營經歷伍□章，安成醫生也。榮遇京師，出黄幕下，自撫抵吉，以督兵爲名，招權納賂，郡守梁水寨都事吴，相與玩寇偷安，酒食徵逐無虚日，殆承平時所未有。布衣小儒寸心赤，咄咄書空長太息。閶闔無奈覆盆何，帝禁九重方旰食。

海潮吟

北風翻天送高梢，西江浪起如海潮。千艘平城箭飛雨，城潰曾不煩兵交。馮夷啓扉衆争赴，萬棟煙氛畢方怒。司徒命盡换州督，國公匹馬杉關去。溯流西上旌旗紅，列城樓櫓轉盼空。干戈七載徧宇内，朝野狼顧無英雄。悲哉上下交征利，四維不張巧蒙蔽。憂來却憶賈長沙，痛哭當年繼流涕。豫章逝水通錢塘，漢川北度趨洛陽。洗日咸池佳氣王，聞雞矯首向扶桑。

郡城高

郡城高，昔人墮廢今人勞。城中居民負土石，城上畚鍤卒伍操。去年外壕深地底，吴員外、張録事。今年内城插天起。紅巾。紅旗東接漢陽小，白璧西沉贛江水。江參政。杵聲未改築者殊，人事往往如傳車。

荒碑斷礎悉興致，仙宮梵宇空無餘。歡呼攔街走童孺，明年移家城裏住。抱關舊卒鬢如絲，淚墮鴉啼城下樹。城堅池浚侔金湯，此地他年爲戰場。

喜雪 并序。

庚子臘月初旬，雪再作，十九日大雪，至二十一日彌甚，深可數尺，三日乃止。辛丑元日早起，雪塞門。十三日夜半又雪，皆平地尺深，喜而賦之。

殘年新春凍不開，大雪五度漫空來。南州病熱已十載，造化有此真奇哉！夜聞朔風撼天柱，恍惚萬馬隨奔雷。乾坤正氣有先至，密運亭毒茲其媒。雲旗乍翻搖若水，濤霜却卷飛龍堆。女媧廢煉深縮手，河伯失據俄驚慼。玄冥振轡祝融遁，怒勢欲遣昆岡摧。卧龍潛蛟起奔走，舞鶴翔鳳争徘徊。瑶池觴罷洒餘瀝，漢皋相贈投瓊瑰。蒼山一夕頭盡白，貧户得句侵晨推。朱門豈必異衡宇，埋没弱柳餘枯梅。我疑真宰偶戲劇，往往玩世如嬰孩。故將空色種天上，大巧六出無根荄。要令六合反混沌，寧許萬象蒙塵埃。兆豐呈瑞悉餘事，邂逅淨洗昆明灰。西流壺嶠應自反，咫尺清淺移蓬萊。內廷稱賀論邊事，坐想敕使傳宣催。蔡州鵞池久安堵，整頓宇宙須雄才。涓人自昔負高見，遠去求馬何時回？燕山從爾深一丈，掃地爲築黄金臺。

犬雞歎

雄雞奮翼銜怒蛙，蛙被啄取聲咿啞。犬來雞斃蛙竟逸，轉步犬驚逢惡蛇。兩強相厄須俱殞，過客驚怪頻咨嗟。君不見下宮將軍輕杵臼，綠珠金谷來孫秀。世間萬事每如斯，莫負樽前卯時酒。

虎墮井 并序。十二月十三日庚寅。

神岡距郡十里，虎晝攫人。轉身竹籬，陷入眢井，衆共殪之。

郭西猛虎勢莫當，攫人白晝來神岡。暗中推墮若有物，眢井百尺籬根藏。凍泉收聲甃爲土，髑髏綆斷苔蘚蒼。眼花誤落爪牙廢，棄置有待摧強梁。酸風飛沙寒日黃，四郊流血皆戰場。乘時吞噬恆妥尾，翼以假鬼高騁翔。北平將軍老且死，泰山哭聲哀怨長。豈知鑿地古設險，邂逅一蹶由天亡。吁嗟此物肆無忌，妄意流毒窺城牆。千夫駭汗手莫措，造次坎窞俘千將。君不見東門狡兔殪牽犬，西江孽蛟終自戕。貫盈有兆此未悟，來者紛紛投土囊。

人食人

髑髏夜哭天難補，曠劫生人半爲虎。味甘同類日磨牙，腸腹深於北邙土。郊關之外衢路傍，旦暮反接如驅羊。喧呼朵頤擇肥胾，快刀一落爭取將。憑陵大嚼刳心燎，競賭兕觥夸飲醑。不知劍吼已相隨，後日還貽髑髏笑。陰風腐餘犬鼠爭，白晝鬼語偕人行。銜冤抱痛連死骨，著地春草無由生。睢陽愛姬忍喋血，長安仇家俊臣舌。攄忠疾惡古或聞，未覩烹炰互吞滅。五雲深處藏飛龍，天路艱險何日通。皇心萬一憫遺孑，再與六合開鴻濛。

埋冤樹 并序。

郡城西郊官道側，有樹名埋冤。往來必於此少息，因賦託興，庶幾有位者聞而動心焉。

出城十里西南去，行役經過倦休處。崔嵬古幹絡蒼藤，相傳此是埋冤樹。樹名那得呼埋冤，閱人累歲官道邊。朝吁械繫逮詞訟，夕啟鞭朴逋税錢。富豪招權湜濫入，孱弱破家哀孑立。幾人飲恨淚徹泉，樹不能言天爲泣。埋冤得名良可悲，郡中守令知不知？

延平龍劍歌 并序。

鄧克明率江西之黨攻延平江州八月，破之日，鄧亦大敗奔還，失亡甚衆。

延平之淵深復深，白日下照蒼龍吟。古來此處會靈物，中有未死英雄心。黑風一夕噓蜃氣，坐看海州俱陸沈。咄哉蝮蛇敢流毒，鼓召妖孽紛來侵。老龍掉尾纔一怒，百怪灑血腥淋淋。書生投筆起大叫，稽首再拜皇穹臨。龍兮龍兮，爾之潛也已千載，豐城故鄉昨失守。宜扣天閽勅牛斗，下取老蛟心血剖。指揮九日付羿弓，馳檄風雷殲巨醜。胡乃坐觀潯陽肆，鯨鯢魑魅魍魎羣相隨，剜肌剔髓四海靡。遂令魚腸豪曹甘毀折，岐山之鳳鳴聲絶。忠臣扼腕空白頭，赤子拊心眼流血。時哉好從檀谿踊躍起的盧，呼取黄熊赤豹來清都。并與宋帝獨驅之長刀，龍門將軍天山之三箭。神會大冶飛昆吾，迅掃六合塵模糊。我當遠求華陰土，助爾光芒增快覩。問天洗甲挽銀河，蘇息蒼生溥霖雨。

山村

寥落驚回首，艱危厭久生。野人羞費揖，山石苦留行。坡雨初畦菜，園霜未破橙。小村風物古，暫喜話農耕。

閔隴吟

隴戍通恒代，河關控魯齊。日經亡國淡，天入戰場低。玉帳千羊酪，青郊萬馬蹄。悲歌頻勸酒，送客去安西。

寇至

羣醜發禾川，中宵羽檄傳。才收緣岸戍，已漲近城煙。掠貨舟相次，驅人騎獨先。兒孫猶九口，兩地寸心懸。

《石初集》又載《喜康子至》一首，序云：幼兒淹滯劉氏館中，夜劫者壞大門而入，急呼宿客父子起，走出遇寇，二客趨東廂影堂，寇追躡之，父死子傷。吾兒避西廂，匿神龕側，幸免，死生之異在毫髮間。於其來也，且喜且悲。其頷聯云：「及今相見日，是汝有生初。」詞意切至。他如《風雨重陽》云：「鷹臺人化前千載，雁塞書沈外九州。」《中秋》云：「天意未知何日定，月華空似昔年來。」《紀事》云：「天地豈忘心憯怛，山河未放影分明。」數語備見亂離之慘。

雜詠三首

海宇久承平，風塵忽四驚。官僚生間道，黎庶死乘城。壯士天山箭，將軍細柳營。寥寥千載事，憂世與誰評？

煩蔡俄中起，荆襄轉盼休。兵符留北府，臣節仗南州。萬宇聲華劫，千官富貴羞。聖恩覃雨露，未必乏嘉猷。

所至失堅城，宜令鼠輩輕。茫茫誰報國，草草衆興兵。吴楚懸三户，河山隔上京。幾時蘇北望，飛騎報塵清。

卽事

古驛深春雨，荒城帶落暉。雞豚當道泯，煙火隔江微。所至無完室，相逢盡短衣。干戈乘劫運，暫與聖恩違。

羅郭

首義羅明遠，傾家郭楚金。俊功隨日起，遺恨與年深。白日重泉影，青天萬古心。如何有位者，翻不計浮沈。

感遇

病髮梳頻減，愁根日夜深。世方迷貨色，天未厭風塵。臣分誰憂國，君心本愛民。歲寒餘勁草，灑血贛江濱。

寄吴□章卧病客中

亂山岐路雁行斜，籬落酣煙菊自花。我昔郡城行冒雨，君今孤館卧思家。濟時孰是囊中穎，避地除非海上槎。一郡幸存唯二邑，戍樓何日罷吹笳。

感秋

鬢如疏葉挂林端，帶減腰圍逐月寬。久病秋深心易怯，多愁夜永夢難安。暗蛩入户輸清苦，落月窺窗進薄寒。屈指青春平□□，東風隨意馬頭看。

九日二首

西風慘淡郡城樓，誰復黄花插滿頭。訪舊愁經墟路曉，登高怕見戰場秋。鳴鸞閣在金笳集，戲馬臺空鳥鼠留。尚欲遠尋雷焕友，提攜雙劍出南州。

荒荒萸菊負登臨，莽莽乾坤亙古今。淮浪逆舟寒日淡，楚山連戍暮雲深。孤生自滴思親淚，先父宋淳祐九年九月九日生。多難誰攄報國心。道路幾時辭逆旅，關河無地避秋砧。

登城

世祖艱難德澤深，風悲城郭怕登臨。九朝天下俄川決，七載江南竟陸沈。馬首空傳當日價，雞聲不到暮年心。雨□門外青青草，過客魂銷淚滿襟。

民哀

痛哭羣庸誤主恩，遺民無路叩天閽。荒涼甲第有焦土，倉卒深閨無固門。青血傳餐供士卒，黄金爲土贖兒孫。囊膠誰造昆侖頂，念此長河駭浪渾。

冰盤雪藕

清徹冰盤壓蔗漿，酒酣雪藕近華堂。凝寒色映瑶華脆，真白絲連翠袖香。金掌曾聞承玉露，瓊臺忽見擣玄霜。文園近日真消渴，莫種蓮根引恨長。

和雨困箇張梅間韻

天氣渾疑挾楚氛，雨淫愁向早春聞。紅淹小圃違芳信，緑泛回塘亂縠紋。遠樹鳥飛村舍没，淡煙人立野橋分。空餘落墍鄰翁壁，顛倒蝸涎似篆文。

清和華道士蕭宗元

月滿虚堂奏帝歸，仙風吹送紫雲衣。九還欲致三花聚，一悟能消萬劫非。老樹鶴棲存夜氣，清池魚躍見天機。黄冠免得山陰客，未信詩盟與願違。

立秋

京洛風塵竟未休，送迎爲上敝貂裘。蕭條人物常如夕，慘澹乾坤又入秋。勅使經年遺北海，戰場近日在南州。紛紛雞鶩羣争入，誰向滄江友白鷗。

寇來自北見城中蕭然散入村落

斷雁雲低欲度遲，鵲巢何許寄南枝。寇兵已厭空城住，官馬猶從間道馳。萬骨白邊寒月夜，孤煙青處夕陽時。經年北道無消息，望眼頻穿淚暗垂。

次韻劉道原九日

曠劫何當洗壒埃，凌高欲藉海爲杯。巫山雨暗猿相引，汾水雲深雁不來。新釀偶憑茅舍漉，寒花時向槿籬開。仲宣幸有荆州託，未厭吟邊數往回。

懷古

關河渺渺幾浮沈，落日秋風萬古心。二頃留人輕六國，一壺玩世重千金。亂來耆舊傳聞泯，老去英雄悔恨深。輸與蘇門長嘯者，不教車馬涴山林。

擬復愁六首

一爐城門火，餘灰已復寒。小兒争炙手，猶作燎原看。
殺氣頻年盛，南昌接武昌。帝城春有路，昨夜夢錢塘。
旌旆簇雕鞍，花袍紫鳳團。路人潛側目，敢謂沐猴冠。
天驥鹽中蹶，瑶釵井底沈。如何起阡陌，坐致萬黄金。
屏迹譙樓下，深追少壯時。臥聽更漏鼓，雙淚落如絲。
徙封餘赤蟻，逐氣布青蠅。欲市金臺駿，黄河又不冰。

戲筆

西園蹴踘醉蒲萄，北里琵琶紫錦條。堪笑東家頭白者，一燈深夜讀《離騷》。

北山口號二首

蘄黄連結蔡州城，風靡江東莫敢膺。千里南來今送死，天知忠節在廬陵。
天嶽東回納贛川，山峰斷處是青天。螺湖橋下清流水，留向槎灘送戰船。

軍中苦樂謡九首

半臂纏腰帽卷氈，剪裙荷葉腿齊編。市西橋外看屠狗，笑擲并刀賭酒錢。
堆帽紅纓間黑纓，粉青宦袴短黄裙。酒樓突過行人避，近日新充水砦軍。
旌表門前路幾彎，浮圖坡下日銜山。馬上長身單白紵，雙雙緩轡打毬還。
短髮風欺破帽斜，日西洗足踏紅沙。妻孥待哺不遑卹，流汗擔柴赴主家。
疊石支牀擁敗氈，抱關擊柝日隨緣。松燈自抱芒鞋了，要辦明朝買菜錢。
劍鋒交處奮身跳，箭集征袍血未消。奪得紅巾衝陣馬，歸途乾被長官要。
官船公子抱琵琶，笑指娼船白藕花。今夜江頭好風月，買魚載酒宿誰家。
團扇題詩愛越羅，畫船載酒沸笙歌。何人夜讀《張巡傳》？獨占秋江月色多。
十里長洲列戰船，白頭吟客坐看天。何時得見三階正？獨寄篷窗夜不眠。

宿州歌

客有自中興來，能言四川聞亂，遣兵出援，主將日置酒高會，收其子女玉帛而西。宿州，南北之咽喉也。知州廉能，在任十二載，遠近歸心，因不納拜見之禮，責以軍前供給。知州既行，宿州遂陷。

萬騎連雲發蜀都，宿州一擲似摴蒱。幕僚摺得流星檄，牙帳朝酣睡未蘇。

楊柳枝詞四首

并序。

偶憶丁酉春，客自邑中來，誦王大初一絶落句云：「多情只有城南柳，舞盡長條更短條。」蓋指失身而事修飾者，戲續之。

離宫别館短長亭，忘却江南舊日春。是處人家種楊柳，往來繫馬解留人。
背立東風淡畫眉，斷腸煙雨一枝枝。隋宫漢苑春無主，莫向江南話别離。
移栽楊柳受風多，南畔行人北畔過。莫道浮萍是飛絮，好隨流水到官河。
舞絮含愁入酒家，何因得近瑣窗紗。春風萬一無拘束，放去錢塘逐落花。

籬間小花

小小閒花分外紅，野人籬落自春風。江南多少繁華地，盡在寒煙蔓草中。

雨中

柳塘分路市橋斜，海燕雙飛識故家。一月閉門聽夜雨，隔牆落盡碧桃花。

最閒園丁王逢

逢字原吉，江陰人。弱冠有文名，至正中，嘗作《河清頌》，行臺及憲司交薦之，皆以疾辭。世居江上之黄山，自號席帽山人。避地無錫梁鴻山，未幾遷松之青龍江，名所寓曰「梧溪精舍」，自號「梧溪子」。蓋以大母徐嘗手植雙梧于故里之横江，志不忘也。又徙上海之烏涇，築草堂以居，曰「最閒園」，自號「最閒園丁」。明初，以文學録用。其子通事令掖，以父老泣請，命罷之。年七十卒，洪武戊辰歲也。有《梧溪詩集》七卷，錢牧齋《列朝詩集》載之前編。謂原吉當張氏據吴，大府交辟，堅卧不就。而又稱其爲張氏畫策，使降元以拒臺。此何説也？張士德之敗在丁酉三月，其時張氏尚未降元也。而謂其于楚公之亡有餘恫焉，未知其爲元乎？抑爲張氏也？原吉一老布衣，沐浴于維新之化者二十年，其子已通仕籍矣。而謂其故國舊君之思，至于此極，西山之餓，洛邑之頑，未知其又何所處也！牧齋好爲曲説，至引謝皋羽、犁眉公爲喻，抑何其不相類乎！然原吉之詩，志在乎元，則成其爲元而已矣。故附于遺民之例而録之。

虞美人行贈邵倅

大王氣蓋世、力拔山，七十餘戰龍蛇間。得人爲霸失人虜，有妾如花無死所。夜寒蒼蒼星月高，不惜傾身帳中舞。大王恩深淺東海，青血熒熒春草在。當時早化劍雙飛，四面楚歌那慷慨。芒碭山開五色雲，雌雉竟與雄鷲羣。嗚呼後世亂紛紛，非君擇臣臣亦當擇君。

危腦帽歌讀五代前蜀史有感而作

白兜羅，青衲裓，金鴉翠翎七寶飾。圓方反正無定式，國人戴之天下惜。後宮如花醉妝美，君王無心冠帶理。大木畫拔貪狼風，猶汎樓船濟江水。承平禮樂亦草草，豈但當時帽危腦。可憐來者忘喪元，紅纓末亂如雲擾。君不見玉帛萬國先王朝，會弁如星麗九霄。鳳凰麒麟在郊棷，夔龍前殿奏簫韶。

天門行

天門高高俯四極，寸田尺地登版籍。澤梁無禁漁者多，瀚海横戈恣充斥。去年官饟私敚攘，今年私醛官價償。屠燒縣邑誠細事，大將不死鯨鯢鄉。謂孛羅帖木兒左丞。定盟歃血許自新，禦寇征蠻復何有。國家承平歲月久，念汝紛紛迫餬口。亨羊椎牛醉以酒，腰纏白帶紅帕首。羽林堅鋭莫汝攖，慎勿輕誇好身手。春風柳黄開陣雲，號令始見真將軍。孛羅帖木兒討方國真，兵敗被執，爲求招安，至正辛卯歲也。

銀瓶娘子辭 并序。

娘子，宋岳鄂王女。聞王被收，負銀瓶投井死。祠今在浙西憲司之左，逢感其節孝，敬爲之辭。

蒼梧月落烏號霜，寒泉幽凝金井牀。綺疏光流大星白，夢驚萬里長城亡。女郎報父收囹圄，匍匐將身贖無所。官家聖明如漢主，妾心愧死緹縈女。井臨交衢下通海，海枯衢遷井不改。銀瓶同沈意有在，萬歲千春露神采。魂今歸來風泠然，思陵無樹容啼鵑，先王墓木西湖邊。

任月山少監職貢圖引

好風東來快雨俱，夫須亭觀職貢圖。厥酋高鼻深目胡，冠插翟尾服繡襦。革帶鞮韈貂襜褕，左女執盞右執壺。手容恭如下大夫，酋妻髽椎將湛盧。五采雜珮相縈紆，轉顧飛虎飛龍旟。鏤耳者殿帕首驅，瓔珞袒跣兩侏儒。一繫木難珊瑚株，一戴玉琢狻猊鑪。神獒鬃鬐狀乳貙，復誰牽之鬖髮鬚。最後莪弁飾寶珠，若將入朝謹進趨。禿奚踉蹡亦在途，錦膊驄帶汗血駒。尊貴卑賤各爾殊，經營意匠窮錙銖。唐稱二閻道元吳，今也少監稱京都。少監材抱豈畫史，禹跡曾爲帝親理。河伯川后備任使，無支祈氏甘胥靡。大德延祐貞觀比，輂陸航海塡筐篚。鳥言夷面遠能邇，少監臨古不無以。趙公商公暨高李，頡頏霄漢嗟已矣？翯雲曙開儼斧扆，包茅不入顙誰泚？周編大書王會禮。安得臣臣奉天紀，陋儒作歌歌正始。

淮安忠武王箭歌題垂虹橋亭

淮王昔下江南城，萬竈兵擁雙霓旌。錦裘繡帽白玉帶，金戈鐵馬紅聲纓。阜鵰羽箭三十六，一一插向鮫魚箙。鹿麛畫號猿抱木，王師所過全生育。彤弓親授聖天子，弓影射入東吳水。水波恍浸銅柱標，仰見浮屠半霄起。王當是時戢武功，指顧草樹生春風。宋家降璽朝暮得，思罷貫革垂無窮。浮屠上層龍所宮，寶盤紺碧蓮花同。弦張滿月報鵰發，忽露半笴蘚雲中。鐃歌嘲轟鼓笳競，父老頓足歡聲應。泗州使返睢陽亡，漢關將入天山定。兩賢成敗關衰盛，雄材逸氣王誰並？我浮扁舟五湖興，載拜何由重安靖，猛士經過合深省。

揚子舟中望鵝鼻山時聞黔南消息

山環芙蓉城，私怪鵝鼻狀。奔濤鎖長薄，大石山名。凜相抗。勢雄千軍壘，氣敚萬鍾藏。草樹春不蕃，莓苔滑難傍。剛風過靈雨，復值桃花漲。破暝鷗鷺盤，乘陰龍魚王。飄鼓一葦間，攬之膽增壯。謝安晉元臣，豈踢江海量。蒼生方顛連，其敢遂疏放。黔陽百粵地，黃霧吹虎韔。再覲神秀姿，不止西北向。焞焞蒼精出，閃閃白月漾。三叫馮夷宮，吾奚獨惆悵。

題烈女廟 并序。

女何，江陰人。少有容操，五季時，避亂前湖舟中。賊持兵犯之，何泣曰：「吾身墮汝手，肯從吾禱之于天、于父母乎？」賊由是少懈。何乃起立，且拜且祈，乘間竟投水死。後里父夢見何曰：「吾當血食此地，伺湖成田，則廟貌祀我。」既而果然。今廟在華藏寺南，郡志所載略異，逢蓋得先大母所傳云。

遺廟湖陰四百年，斑斑江竹映嬋娟。魚龍水落萑蒲外，鷄犬村成㮨柘邊。不待清名垂女史，尚存貞魄降神弦。君王社稷今焉在，伏臘粢盛自儼然。帷箔夜涼臨月榻，珮環晨響起雲軿。湘靈鼓瑟虞風盛，蔡琰聞笳漢鼎遷。嗟彼生還羞故國，何如死節報皇天。明妝靚服黃塵裏，重爲傷時涕泗漣。

錢塘春感六首

紫罽軿車從六龍，盡隨仙曲度青空。蒼山樓闕旃林裏，赤羽旌麾野廟中。百姓未忘周大賚，成都元有漢遺風。流鶯不管傷春恨，銜落桃花滿樹紅。

王氣淩虛散曉霞，虎闈麟閣静煙花。中天日月迂黄道，滄海風雲冷翠華。望帝神遊夔子國，烏衣夢隔野人家。當時舉目山河異，豈但紅顏泣塞笳。

周南風俗漢衣冠，五色雲中憶駐鑾。瓔珞檜高藏白獸，蕊珠花發降文鸞。河通織女機絲溼，雨歇巫娥翠黛寒。滿地吴山誰灑淚，一江春水獨凭闌。

日華初動衮衣明，劍佩千官隱繡楹。五色黼函開玉座，九重湯藥下銀罌。書題鳳尾仙曹喜，恩浹螭坳學士榮。文化有餘戎事略，銅駝草露不勝情。

瑶池青鳥集觚稜，白塔金鳧閟夜燈。雲母帳虚星采動，水晶宫冷露華凝。驪山草暗墟周業，郿塢花繁失漢陵。白馬素車江海上，依然潮汐撼西興。

金爵觚稜月向低，泠泠清磬萬松西。五門曙色開龍尾，十日春寒健馬蹄。紅霧不收花氣合，緑波初漲柳條齊。遺民暗憶名都會，尚繞湖漘唱大堤。

讀謝太皇詔稿

半壁星河兩鬢絲，月華長照素簾垂。衣冠在野收亡命，烽火連營倒義旗。天地晝昏憂社稷，江淮春漲泣孤嫠。十行哀詔無多字，落葉虛窗萬古思。

讀國信大使郝公帛書

西北皇華早，東南白髮侵。雪霜蘇武節，江海魏牟心。獨夜占秦分，清秋動越吟。蒹葭黄葉暮，苜蓿紫雲深。野曠風鳴籟，河横月映參。擇巢幽鳥遠，催織候蟲臨。衣攬重裁褐，貂餘舊賜金。不知年號改，那計使音沈。國久虛皮幣，家應詠藁砧。豚魚曾信及，鴻雁豈難任。素帛辭新館，敦弓入上林。虞人天與便，奇事感來今。公羈旅日，有以雁四十餉公，内一雁體質稍異，命畜之。于後雁見公，輒張翩引吭而鳴。公感悟，擇日率從者二十七人，具香北拜，二人舁雁跽其前，手書尺帛，親繫雁足，且致祝曰：「纍臣某敢煩雁卿通信朝廷，雁其保重！」欲再拜，雁奮身入雲而去。未幾，虞人獲之于苑中。以所繫帛書託近侍以聞，上惻然曰：四十騎留江南，曾無一人雁比乎！遂進師南伐，越二年宋亡。書今藏諸祕監河南主客劉瀹齋云。

憶舊遊二首

醉酒高陽里，題詩左氏莊。碧雲垂草帶，紅旭散花房。流水循除活，飛絲拂鬢長。座中誰潦倒，遺却紫香囊。

紫纍妨過馬，青苔委佩魚。名通天上籍，腹有架間書。春水浮齋艦，山雲落板車。尚懷仁里好，耕鑿對休居。

題垂虹橋亭

長虹垂絶岸，形勢壓東吴。風雨三江合，梯航百粵趨。葑田連沮洳，鮫室亂魚鳧。私怪鴟夷子，初心握霸圖。

感宋遺事

五月無花草滿原，天回南極夜當門。龍香一篆魂同返，猶藉君王舊賜恩。

至元十三年正月，伯顔丞相入杭。二月起宋三宫赴上都。五月，見世祖皇帝。尋命幼主爲檢校大司徒，封瀛國公。十二日，内人安康朱夫人、安定陳夫人、二侍兒失其姓，浴罷〔肅〕（蕭）襟閉門，焚香于地，並雉經死。衣中有清江紙書云：不免辱國，幸免辱身。不辱父母，免辱六親。藝祖受命，立國以仁。中興南渡，踰三百春。躬受宋禄，羞爲北臣。大難既至，守于一貞。焚香設誓，代書諸紳。忠臣義士，期以自新。丙子五月吉日泣血書。

自乾封歸省祖壠過大南嶺向玉山

從親客殊鄉，所忻塵事屏。兹承有方役，願言千里騁。朝辭縣北山，午踰虚南嶺。溼嵐亙浮陰，高日下疏耿。亂田麥蕃膴，絶壁松秀整。登登徸輿勞，委委蘿徑永。異跡辨夔足，獨往見僧影。沖襟暢寬曠，玄趣集深静。丘墓躬汛掃，庭闈念定省。僕夫戒期程，烏啼復予警。

復如乾封晚經漁浦

窮曛經漁浦，寒水白于練。總總星東出，獵獵風北轉。眼中獸蹄過，笛裏魚狀變。稍聞刁斗應，漸喜煙火見。誰家長林根，繫艇沙渚面。天含瀟湘思，山錯吴越甸。承平謝憂患，少壯忘羈賤。瓜橋往未遑，雲源訪殊便。明涉子陵灘，桂酒同一奠。

敬題諭淮安朱安撫詔後

附詔文云：大元皇帝聖旨，諭淮安州安撫朱焕。據陳楚客奏：臣與朱安撫同年，又有通家之好，自戊午歸順之後，不相見者十有八載。今王師弔伐，諸道並進，數内一路，領漣河、清河將士攻取淮東未附州郡，竊恐城陷之日，玉石俱焚，臣于古人情分，不容緘默。且彼所以嬰城自守者，無他，原其本心，但未知趨向之方，初無執迷抗拒之意。今大江南北，西至全蜀，悉入版圖。若蒙聖慈，特發使命，宣示德音，開其生路，彼亦識時達變之士也，寧不以數萬生靈爲念乎！臣昧死上言，伏候勅旨。准奏。今遣使特旨前去，宣布天信。若能識時達變，可保富貴。應在城守禦將帥同謀歸順者，意不殊此。故兹詔示，想宜知悉。至元十二年七月漢兒字書。

九鼎沸莫止，大厦傾莫支。太陰初陽不得燭下土，小龍望望閩之陲。六宫掩泣向北去，孤臣憑城尚南顧。也知天命有所歸，忍爲生靈貸生路。當時不死良爲此，至今人説姜與李。君家富貴八十年，露臺風館啼猩鬼。世事茫茫難具論，遺詔幸得傳諸孫。烏絲細字書題罷，黄葉乘秋正打門。

聽鄭廷美彈琴

晝闌月照芙蓉霜，博山水暖薔薇香。石屏石几青黛光，鄭鄉君子琴中堂。榴裙蕙帶辭羅洞，玉珮珠璎脱飛鞚。何處春深雲滿林，小巢並語梧花鳳。君不見湘靈鼓瑟湘江滸，苦竹祠荒愁暮雨。遺音一聽增感傷，使我無言重懷古。重懷古，鷄喔喔。明星爛熳東城角，誰家尚奏桑間樂？

婦董行 并序。

婦董，滕人，劉進妻也。進與兄順，並以勇稱。金季山東亂，盜蜂起，因共募丁壯保里閈。天兵駐嶧山，進單騎覘之，中流矢死。順徙家淮南，舉室溺淮水，董爲宋招撫吕文德裨將所獲，欲犯之，度不免，乃謂曰：夫喪不遠，家難薦臻，一身流離，娩在旦暮，死生非我有，願將軍勿疑。夜果生一男。先是順已入濟州，愬于石太尉珪曰：順有弟，不幸没于敵。其妻在孕，爲南軍拘幽舟中，萬一不得收遺息，使弟爲厲，實順之罪也，惟明公是圖。石爲發步卒三百人跡其所，往次淮揚，始知董所在。陰使人偵之，生子蓋三日矣。及見，具道順意。董悲感不自勝，且抆淚曰：妾以娠不得先夫死，今幸不辱先，所天使有後，皆伯賜，敢名此子曰伯祐，以志不忘。遂抱授偵者，目送數十步，投江以死。至正五年秋，進玄孫士行語其事于逢，逢高其節義，作詩哀之。

北軍南軍和議時，兩壘對立龍鸞旗。羣雄棋峙國瓦解，乃與婦董光門楣。星辰錯亂風雲氣，乾坤造就冰雪姿。渾家性命葬魚腹，一舸涕淚隨鴟夷。長眠自足爲義鬼，後死只望予孤兒。兒在腹中兵在目，憶夫心頭臂消肉。日晝慘慘陰靈啼，夜黑冥冥波浪觸。馬駝磧遠暗塵土，鷄犬村空疏樹木。嶧山誰收白玉骨，蔡州地陷黄金屋。太尉前歸明主化，招撫姑存寡妻宿。羞看人面問消息，强通語笑寬羈束。伯順見義勇著鞭，鋭士協力鋒争先。道傍弩伏荆棘底，掌上珠還江海還。將門有後傳世世，墓祭無所從年年。湘妃摻袂遡寥廓，漢女結珮窮幽玄。縞衣綦巾共縹緲，文魚赤鯶長周旋。脣亡未久齒亦喪，獨聞其風猶凛然。中原山河想如故，目斷幾點滕州煙。

逢爲是詩已，士行復述順一事尤卓卓。順既得伯祐以行，時董死事覺，招撫發步卒亟追之。賴左右弓弩手散去，還白太尉，甚義之，處之麾下。凡兩致太尉命，往覲太祖皇帝于魚兒泊之行營。賜金幣鞍馬，且命撫循邢、磁、贊、黄十餘城。用寧謐上功受黄金符，官昭勇大將軍、行右副元帥、濟兗單州等處管民長官。在官十餘年，士民翕服。晚有子五人，未老棄官，以伯祐襲其爵，爲奉訓大夫、濟州管民長官。是年至元元年也。故録于詩後，以俟執史筆者采焉。

箇黄大癡尊師

十年淞上籍仙關，猿鶴如童守大還。故舊盡騎箕尾去，漁樵長共水雲閒。吹笙夜半桃花碧，倚杖春深竹筍斑。顧我丹臺名有在，幾時來隱陸機山。

過丘以敬管句吴山别業

梓潼祠畔敞林扉，隱隱鷄聲落翠微。銅篆解將還省署，銀魚忘却挂朝衣。石崖溜雨藤根白，籬落緣雲瓠子肥。想見秋風遂高隱，中原野馬正狂飛。

奉題執禮和台平章丹山隱玉峯石時寓江陰

昭代優勳舊，平章謝闕班。堂開新緑野，玉隱小丹山。曭晥文璀錯，孚尹氣往還。崑丘玄圃畔，台嶠赤城間。不假工琱琢，元承帝寵頒。静容賓從仰，明燭鬼神奸。秩禮均恆岱，謙光俯粤蠻。儼持周笏節，秀擁楚巫鬟。樹錯珊瑚朶，苔封翡翠斑。座裀聯綺縠，車轂映朱殷。或跂雙么鳳，時窺一白鷴。爐香嵐勃勃，簷雨瀑潺潺。地縮三鼇島，天長九虎關。文饒淫翫好，靈運癖躋攀。日月由來繞，風雲不暫閒。殷曾求傅説，漢亦聘商顔。金匱盟藏券，青春詔賜環。皇基同永固，國步罷多艱。館閣題千首，琮璜價百鍰。願移銘盛烈，褒史著人寰。

奉寄趙伯器參政尹時中員外五十韻

詔立淮南省，符張閫外兵。風雷朝焕發，牛斗夜精明。參政材超偉，元僚器老成。武林多樹政，禁籞舊飛英。鳳暖文章蔚，鯤秋羽翼横。天池今並奮，嶰管後和鳴。地要尤膏沃，時危必戰争。輔車依海岱，衣帶限蠻荆。玉葉開王邸，煙花匝子城。萬艘鹽雪積，千里稻雲平。織貝殊珍粲，紅樓艷曲縈。並緣胥狡黠，貨殖駔驕盈。汝祲初萌起，河流浸妄行。鎮綏增屏翰，贊畫授權衡。愛稼須除螣，憐牛貴搏蝱。式蛙曾霸主，斬馬乃書生。青汗三千牘，丹心一寸誠。相臣連萬騎，郡邑望雙旌。甓社湖移蚌，繅絲井露鯨。里無安堵樂，野有望塵驚。烏鹵煙侵燧，孤婺膽碎鉦。五賢迷古轍，六詠歇新賡。瓦礫皆王土，逋逃本爾氓。長驅勞組練，盡掃愧欃槍。喻擬相如檄，降懲白起坑。跋胡狼曷備，毒尾蠆難攖。濟猛收神略，疏恩涣虜情。佇聞鹿栅下，莫作鬼方征。回鶻卑唐室，天驕撓漢營。乾坤一羽扇，社稷幾羊羹。杕杜交加影，芙蓉裊娜莖。超然延爽笏，肅若衛寒更。慮念真如是，功勳孰與京。誓清懷晉逖，虛左慕齊嬰。好定龍蟠價，毋登狗盜名。石洪重亂辟，韓愈建封迎。故典何其盛，斯文與有榮。中州襟陝隴，上國掖幽并。麟閣將來繪，鷄壇宿昔盟。芻蕘言慎擇，葵藿義同傾。契闊商參恨，栖遲畎畝耕。小齋餘苜蓿，四境半蕪菁。酒憶涓涓醁，魴炊箇箇赬。悲歌垂短褐，慷慨睠長纓。親病常憂懼，身奇鮮弟兄。君公終隱迹，充國燀家聲。楚角闗山晚，吴陵草樹晴。鶯知幽谷候，雁識大江程。報政梅全發，封詩月迥清。遥應語何遜，開閤少陰鏗。

贈别浙省黑黑左丞國寶自常州移鎮徽州三十韻時歲癸巳

武德與元運，文恬近百年。一隅初難作，四境遂兵連。斧扆朝元早，彤弓授命專。馮岑材並濟，李郭駕争先。路入延陵邑，星分左轄躔。著名黄閣上，虛位紫宫前。汗血駒千匹，跿跔士兩甄。帳寒龍守劍，城曙虎飛旂。跡掃齊門瑟，身親楚醴筵。慧山屏列野，震澤鏡涵天。刁斗軍中柝，鉏犁亂後田。白無遺朽骨，青有續炊煙。插羽書間署，封泥詔撫邊。陣容催畫鼓，遙氣動樓船。舊政猶霜肅，新安素地偏。蜄精嘗感夢，帝子或逢仙。漆葉雲羞密，茶花雪妒妍。誦弦家櫛比，冠蓋里班聯。鄒魯流風洽，甌鑾習俗遷。比來疲賦斂，況復值戈鋋。僉稍官曹待，謳歌父老傳。挽屯吳幼節，總體漢文淵。裴度歸休近，羊公卧治便。鼎彝今燀赫，韋布數周旋。小閣牛行灸，長楸鶻試拳。王融五雜組，孫武十三篇。華夏殘河汴，神州蹋薊燕。殄除纔蚋蠓，睥睨滿鯨鱣。狂斐言姑及，高明義莫捐。憂君尚有疏，儻寄麥光牋。

題沈氏別墅

小築洄溏上，春陰水暫寒。柳遮蓮葉艇，花礙竹皮冠。生理尋常足，間心一寸寬。知予厭奔走，絶口不言官。

壬辰冬十一月避亂綺山簡丘文中貢原父二教授

雲掩金戈日，風生鐵馬塵。亂離誰事主？貧賤獨爲民。鷄犬人煙絶，䝔豨草木鄰。喜聞同舍語，天已厭荆榛。

仙茅塢

夜宿仙茅塢，金鼇湧亂山。天風來海外，煙火落人間。白石思同煮，青蘿喜獨攀。絺衣弄華月，公子亦忘還。

登越城故基

吳王臺對越王城，歲歲春風燕麥生。一片范家湖上月，照人心事獨分明。

和張率性經歷竹枝詞二首

溪上鵝兒柳色黄，溪邊花樹妾身長。浮蘋可是無情物，采得歸來好遺郎。

道傍花發野薔薇，緑刺長條絆客衣。不及沙邊水楊柳，葉間開眼望郎歸。

無家燕

嗟嗟無家燕，飛上商人舟。商人南北心，舟影東西流。芹漂春雨外，花落暮雲頭。豈不懷故栖，烽暗黄鶴樓。樓有十二簾，一一誰見收？衆雛被焚蕩，雙翅亦斂揫。含情盼鬼蝶，失意依訓猴。茅茨固低小，理勢難久留。昔本烏衣君，今學南冠囚。燕燕何足道，重貽王孫憂。此詩爲淮楚陷没，諸藩王避難浮海而作。

秋夜歎

大星芒鬣張，小星光華開。皇天示兵象，勝地今蒿萊。河岳氣不分，燭龍安在哉？參贊道豈謬，積陰故遲回。疏風夜蕭蕭，野燐紛往來。安知非遊魂，相視白骨哀。汨汨飲馬窟，雲冥望鄉臺。于時負肝膽，慷慨思雄材。

積雨齊居

積雨生夏寒，盛陰失朝景。白鳥集依閣，青梧葉垂井。幽觀知候變，遠引忘世梗。淮水方浸淫，吾甘緊煙艇。

帖侯歌 并序。

昌國州達魯花赤高昌帖木兒，平章買住之猶子也。海寇犯境，侯連與戰破之。衆寡不敵，或勸侯遁去，侯曰：是吾死所也，遂死之。江浙省參政樊執敬爲文遣使致祭，請謚于朝，逢爲作歌云。

仙居縣丞寇海邦，白晝突入干矛鏦。帖侯親騎大宛馬，快劍躍出蒼龍雙。鬚張背裂赫如虎，殺氣雄風助虓武。髑髏擲地血飛雨，短兵未接寇偃鼓。天南弧矢夜掩光，狼角赭赤雲玄黃。洪濤鯨鯢去咫尺，再戰身與城存亡。艨艟千百水犀手，主者誰歟仆旗走。岳立不轉鏦殺之，殉忠國家良亦厚。君不見台州牧長金兜鍪，氣節自是名臣流。情鍾兒女挫堅鋭，卒墮賊計空貽羞。男兒真僞那料得，長松古柏寒增色。鴻飛冥冥我何及，落日荒山淚横臆。

送宋宗道歸洛陽

選郎分手楚天涯，萬里春明穩到家。庭下已生書帶草，馬頭初見米囊花。汴淮淼漫經梁苑，星斗參差犯漢槎。中國未應風俗異，舊京寧覺路途賒。鮫宮獻珮當明月，鵠殿吹笙隱太霞。貂弊世憐蘇季子，賦成人哭賈長沙。若爲撫事傷遺跡，正用懷才待物華。聞道鄉閭諸父母，杖藜期看馬卿車。

毗陵秋懷

老兵爲說劉都統，起坐舟中思滿襟。玄武城危寒日短，紫駝塵暗朔風臨。江山不盡新亭淚，天地長懸卽墨心。宋祚未移中道死，至今劍井蟄龍吟。泊常州城下，有老兵能道劉都統事。劉名師勇，山東文安人。至元十一年，元師渡江過常州，知州趙汝鑒遁，通判錢彬以城降。師勇與都統王安節、殿帥張彥克復之。以姚旹知州事，安節出戰不利，彥尋以衆降。師勇登埤拒戰，攻圍五十餘日，城陷，旹戰死。安節被執，不屈死之。師勇從八騎走，所向披靡，間道赴行在，扈二王入閩。至紹興，疽發背卒。或曰，國初吳城外僧舍，有一老僧長七尺許，居十餘年，未嘗面北坐，人詰其姓名，輒不荅。死之日，僧開其篋笥，得師勇官誥，豈其人耶？抑其騎士耶？不可考矣。

夜宴葉氏莊曉登悠然樓作

百尺飛樓俯碧湍，六峯秀色繞闌干。杏花落盡東風惡，燕子歸來社雨寒。夢裏香煙生繡幌，酒醒紅蠟膩銅盤。一春樂意朝來好，千里家書席上看。

送朱自明辟閩憲奏差

閩中烏府小清都，列郡山巒紫翠紆。王化直來天北極，文星多聚海南隅。暖塵花氣隨驄馬，春日榕陰滿鷗鴣。况有翰林持使節，憲郎應得效馳驅。翰林指歐陽學士，時除閩使。

奉題先世所藏嚴子陵小像

千仞臺臨七里灘，羊裘鶴髮老魚竿。客星帝座分天象，潁水箕山並曉寒。遂起後塵甘黨錮，尚存餘烈愧南冠。桂叢苯蕁蘋花薄，悵望高風一羽翰。

題馬洲書院 并序。

馬洲書院者，孔聖五十二代孫元虔昆季所建也。其五世祖若罕，高抗不羣，長于春秋。當宋南渡，自闕里將之衢，留滯泰興。見河流達南江，詢之老人曰，此龍開河也。西北通淮泗，因歎曰：吾洙泗龍泉之支流，其在兹乎？遂築室河上，與其子端志各授弟子業。從遊日衆，乃有畬田百畝。人助以力，官復其税。戒子孫治生勿求富，讀書勿求榮，邑大夫嘉之。易名龍開河曰勗教，示崇化也。年六十卒，葬河之陽。端志克守父道，薦辟不就，淳祐元年冬，邑燬于北兵，元虔避地是洲。咸淳間，書院落成，教授復如初。然皆無後，今崇聖寺旁，惟破屋蔓草，遺像瓦爐而已。逢懼變遷殆盡，故敍其概于壁間，庶後之起廢者，得以考焉。詩曰：

蝌斗秦皆廢，靈光魯獨存。豆籩漂海國，丹雘暗淮村。苔蘚花侵礎，蒲蘆葉擁門。青春深霧潦，白日老乾坤。德化三王並，威儀百代尊。郊麟初隱遁，野兕遂崩奔。先輩俱冥漠，諸生罷講論。斷編塵樹冷，遺像網蟲昏。盡變衣冠俗，終歸禮義源。江南遊學士，瞻拜敢忘言。

送郡知事李仲常還金華

列郡歌岑晊，孤城頌李膺。文華仙掌露，人品玉壺冰。畫本黃荃學，詩兼畢曜能。關河千里道，風雨十年燈。薦鶚知無忝，登龍貴早承。朔雲低紫禁，東壁映青綾。郎署新帷幄，儒門古豆登。黿梁初隱見，羽檄遂飛騰。軍事諸曹服，元僚太守稱。芙蓉秋獨卧，驃騎日同興。衆仰寬民力，誰堪作帝肱。掃除塵澒洞，屏蔽雪侵陵。野戍銷鋒鏑，田家罷棘矜。崑崙天柱正，宸極泰階升。顧此心常切，多君興遠乘。崇桃紅霧斂，豐草緑波增。喻蜀漢司馬，歸吴張季鷹。宦情輕比蛻，行色澹于僧。三洞金晶發，雙溪白練澂。過家饒賞詠，來紙細緘縢。

塞上曲五首

木葉滿關河，轅門肅珮珂。將軍提劍舞，烈士擊壺歌。月黑輝銅獸，風高嘯紫駝。不堪城上角，五夜落梅多。

將令傳中閫，交歡浹兩軍。地形龍虎踞，陣伍鳥蛇分。清野輝燕日，黃河瀉岱雲。生靈如有賴，絳灌不無文。

月照小長安，風生大將壇。虎皮開玉帳，牛耳割銅盤。霸氣寒逾肅，軍聲夜不讙。皇天眷西顧，慎取一泥丸。

鞶革帶鉤膺，聯鑣獵楚陵。白肥霜後兔，青没海東鷹。千里榛蕪闢，三年秬穀登。中郎示閒暇，呼酒出房烝。

諸夏皇威立，三邊虜氣衰。角弓分虎圈，乳酒下龍墀。遙午歊氛遠，鼉更窟宅移。輿圖欲盡入，中道勿頒師。

聞武昌廬州二藩王渡海歸朝

茅土分封在，金章渡海歸。事殊生馬角，心愧著戎衣。星月晶光並，山河帶礪非。秋風紫塞上，依舊雁南飛。

和張率性推官小遊仙詞二首

西王春宴百娉婷，玉碧桃花滿洞扃。自飲一杯瑤屑露，東風吹夢不曾醒。

雲幢煙節紫霞裾，齊御泠風集步虚。若受人間塵一點，長門又屬漢相如。

登雙鳳普福宫東樓贈吴道傳時周境存隱君同席二首

道人獨坐覽輝樓，海底青天入座流。燕子飛來又飛去，遊絲挂在玉簾鉤。

樓殿岧嶢上赤霞，水紋蟠鳳卧靈槎。石棋盤静香煙直，簾下雙頭百合花。

望江郎石

仲春天氣佳，萬象欣改色。我行六峯外，遥見江郎石。二儀闢混沌，牽牛委晶魄。鼎列台輔姿，玉藴珪璋德。三神浮瀛海，噴薄東一極。鉅鼇因戴之，仙宫晃金碧。斯連厚坤軸，乃棄姑篾域。直上青蓮花，或隕樵舍側。安知非異境，自與三神敵。于時攬深秀，雲霧忽巾冪。微風稍飄飖，空翠疑亂滴。雜英敷陽艷，嘉木生午寂。交交黄鳥音，好在千丈壁。二年思晤對，百里今咫尺。煙波動落照，道路陰已夕。尚戀女媧功，躊躇望西北。

觀錢塘江潮時教化平章大讌江上

蒼蒼吴越山，對峙東江腹。江開白銀甕，一浪天四蹴。金晶王高秋，風露氣轉肅。常年駭壯觀，委巷雷擊轂。今年官增威，旌麾被川陸。羅衣繡龍鳳，玉帶緣翠粟。牙牀錦屏帷，氍毹隨步蹙。温温香卷陣，婉婉眉鬬緑。微聞伊梁音，渌酒光動縠。鮮釀片晌盡，望姓空側目。懼成庾郎哀，竊效杜陵哭。冥頑鱗一作鱷。魚彙，屢覆舟萬斛。梟雄扈將軍，謂福建扈海元帥。竟作機上肉。大浸交烽火，血齒腥草木。地媪爲之愁，兼恐河源縮。熟聞靈胥廟，歲祭莫敢黷。三叫三酹觴，願與赤水族。錢王射强弩，至今有遺鏃。何當起英魂，少助八州督。時汝、潁等州陷。中原日無事，海寓蒙景福。尚虞多戕殘，洒淚逃亡屋。

往歙名一作「陽明」。開化二鄉掩骼

分藩多賢勞，不敏忝賓客。雖無官守縻，亦復與言責。二鄉虔劉禍，慘甚長平厄。先王制禮經，孟春嘗掩骼。僕夫有難色，款段纔任策。駸駸度岡坂，眇眇循藪澤。稍稍煙微青，歷歷野四白。遊魂行草上，遺老候道側。我豈物役徒，玆來出心臆。皇天久下憫，赤子非寇敵。鴟鳥何不仁，銜啄血更瀝。因歌戰城南，風悲淚狼藉。

憂傷四首上樊時中參政蘇伯修運使

古青徐，十連五屬桑棗墟。黄河失經人化魚，吕梁設險豺爲徒。船多纔通玉帛貢，車多始登牛馬途。守無官軍法度疏，居無鉅室城隍虚，欲去鹵掠當何如？合置官軍，合實郡縣。古青徐，歲久致君心煩紆。

竹笠黄，時有盜戴竹笠拒官軍。黄金兜鍪勢相當。兜鍪本居大將壇，左劍右印增威光。邊隅將校望塵拜，州縣曹佐聞風僵。況從元首授元柄，稍忤言意違軍令。不因災疫自焚船，那致生靈輕隕命。竹笠黄，兜鍪相當難走藏，兜鍪旦晚先戎行。

官柳場，青芒芒，野鷹交飛撲馬韁。年年十月轅門張，元戎始來坐虎牀。翼舒箕哆魚麗行，鼓進金退兵家常。起伏見譏孫武子，句卒貽笑曹成王。千夫散盡旌旗定，偏裨隊伍相呼應。幾處私恩誤主恩，一回酒令行軍令。酒醉邊隅事不聞，邊隅擾擾多煙氛。

江海壖，家家浮生多在船。船居無租出無禁，競賣田宅行鹽錢。私鹽漸多法漸密，陝裏干戈攘白日。尋常惡孽不肯除，本固枝蕃禍非一。虎符龍節王者師，赦過録功先自欺。諫臣上疏劾已晚，蔓延及今歸咎誰？地官合爲弘遠計，鹽價減徵同賦税。盜源既清民瘼除，五風十雨歌《康衢》。

小匕首歌

水精生苗月牙直，彗芒披雲電流隙。蟄蛇斷尾短草間，海鶻褪翎霜雪色。宋斤魯削讓陗刻，金錯錐刀豈其敵。吴鴻扈稽飛著體，不曾爲主開邊鄙。嗟兹神物久泥滓，用之可以報國士。簷冰卓筋日黠空，稍玩股掌生雄風。鮫魚室卧縞帶影，長鈹辟易萬雉墉。古昔客揕秦王胸，幾仆翠鳳咸陽宫。由來意氣泰山重，命甘燎毛不旋踵。誰遵古制鑄小之？佩稱衣冠加珌琫。我歌三歎淚滿裾，曹鱄豫聶無時無。

客金陵遇有以茂才異等爲薦者以病歸泊龍灣二首寄丁仲容婁行所二先輩

柂樓釃酒出金陵，病後衣裳體不勝。風雨滿江寒贔屭，庭闈何處髮鬅鬙。周璆實下諸侯榻，王式虚蒙博士徵。一曲離歌凝客思，幾行疏樹隔漁燈。

鳳凰臺上酒如川，醉擬題詩李謫仙。鑿齒已成耆舊傳，真長空覓孝廉船。十年螢案書連屋，八月龍灣浪拍天。無那病懷兼旅思，白雲遥望夕陽邊。

送于子實辟淮閫掾

淮海風高急鼓鼙，潁州風起照淮西。餱粻幾道通流馬，樓櫓重城望火鷄。星入夜寒芒角動，地連秋暝瘴氛低。君今掉鞅元戎幕，肯慰流亡父老啼。

宮中行樂詞六首

羽獵罷長楊，宸遊入未央。鸞開雙畫扇，鶴舞百霓裳。玉盞瓊花露，金盤紫蔗霜。長門誰閉月，流影在倉琅。

望幸影娥池，微吟紈扇詞。露盤迎月早，宮漏出花遲。珮雜鑾和響，雲連雉尾移。君王肯時顧，從愛趙昭儀。

明月窺彤管，雙星直罽軿。宴分王母樂，詔擬薛濤箋。穀雨親蠶近，花朝拾翠連。魚龍曼衍戲，吹進玉階前。

積翠瀲波閣，披香暖殿開。天低烽火樹，日動蔓金苔。獺髓匀猶濕，羊車過不回。臚陳列女史，萬一漢皇來。

芍藥爲離草，鴛鴦是匹禽。君無神女夢，妾有楚王心。日短黄金屋，宵長緑綺琴。相將戒霜露，拜月繡簾陰。

金鑰魚司夜，瑤箏雁列春。後庭通綺閣，清路接芳塵。同備三千數，誰辭第一人。君王壽萬歲，行樂此時均。

景陽井

踏臂歌殘壁月昏，驪龍猶藉井生存。石闌漫涴臙脂色，不似湘筠染淚痕。

過楊員外別業 員外名乘，字文載，濟南人。官浙省員外郎，以累斥。至正十六年淮張之辟，乃遺訓二子卣、卓，自經。

翠羽無深巢，麝香無隱穴。由來老蚌珠，淚泣滄海月。嗚乎楊員外，竟類膏自爇。憶昨佐南省，四境正騷屑。朝廷忌漢人，軍事莫敢説。遂罹池魚殃，讒被柳惠黜。寄身傍江潭，乃心在王室。星躔錯吴分，氣候乖鄒律。天風摇青蕢，徒步空短髮。譙玄初謝遣，龔勝終守節。譬如百鍊鋼，不撓從寸折。又如合抱松，豈藉澗底蘖。我時浮扁舟，鷗外候朝日。荒郊無留景，別業自深鬱。時清議勸忠，公冤果昭晰。大名流天地，當與河水竭。結交卣卓間，遺言見餘烈。

三貞篇寄納麟哈剌參政幕下僚友

梧西女陳氏，顔色絶勝玉。阿耶燈窗下，古傳常暗讀。義須嫁官人，麻枲心所足。兵麾忽東指，烽火蔓平陸。魚鼈遭顛連，鷄狗同迫逐。猰貐哆其口，反噬機上肉。母子泣相誓，寧死不汝辱。春輝黯門楣，寒日照鬼録。皇天實鑒臨，家廟爲慘肅。陳氏母曾，宋直講確之七世孫女。髽婦惠婦吴，俱縣人。亦在難，自判受命獨。臂血濺賊衽，賊歎爲歛縮。差差白刃間，偉節驚耳目。荒野雲雪暮，緬想會深竹。水流風悲嗚，星迸萬羽鏃。回首陷没地，何限委溝瀆。大參行當來，卹典具簡櫝。前湖百世祀，謂五代時烈女何氏。明妝儼車服。從以雙素鸞，配享疇敢黷。孤蓬任漂轉，餘齒寄草木。倡兹三貞篇，庶用矯浮俗。

送楊子明知事從觀孫元帥分制沿江州郡

寒日動大江，鞍馬散滄洲。漚光滅没外，回見冰梁浮。壯士無人色，旗羽風飂飂。楊君志弧矢，笑被黑貂裘。祭軷千仞岡，掉鞅萬斛舟。先聲掠淮甸，遥制三邊州。元帥統將權，言責在軍謀。一言關興喪，跬步分陽秋。天地屬閉塞，波伏蛟龍湫。孤煙起天際，薄暮青轉幽。百里静鷄犬，豈但窮兵由。雪貿薺麥生，猶聞鑄戈矛。頻年竭土壤，經時委川溝。行其所無事，凋瘵或少瘳。耀德不觀兵，當今第一籌。君昔甚惻隱，曲宥千俘囚。歸裝輕于葉，廉價重琳球。敝邑蒙蒞臨，多暇獲讌游。鳳凰巢阿閣，黄鵠宜遠投。菉竹霜實繁，知止疇與侔。蘆根短刺水，鸒斯空啾啾。顧予麋鹿姿，蓬藋翳林丘。行藏任本性，道義期加修。

夜坐

落日秋氣昏，回溪夜噴薄。幽花敧露樹，孤螢隕風閣。沖襟謝煩歊，廣簟生離索。躧履望明河，南天正飛鵲。

義僧行

世降道淪喪，盛事罕見之。我歌義僧行，蕲取國士知。僧臻生夏浦，俗號徐大師。勇敢重意氣，赤手可獵麋。張忠郭解流，任俠不計貲。臻願出門下，致死誓不移。盜尋寇馬洲，魚肉平蒸黎。元戎堅營壁，大姓深溝池。壯哉張父子，分率脱項兒。父擒子死難，家不得斂屍。臻聞切齒恨，恨死不同時。夜卽操斧刀，奮身斫籓籬。徑入牛宮内，斧斷張縶維。手殺盜六人，力挽間道歸。妻孥拜堂下，金幣謝所私。上公賜巾裳，欲以好爵縻。皤然掉臂辭，還山弄摩尼。方今國步艱，中外罹瘡痍。銅虎盡懸綬，鐵馬誰搴旗。嗟爾匹夫臻，足張三軍威。何不食君禄，爲君靖淮夷。收名魯仲連，千載爲等期。天秋黄葉脱，日暮玄雲馳。歌詩節鼓吹，用壯吾熊羆。

壯士歌

明月皎皎白玉盤，大星煌煌黄金丸。壯士解甲投馬鞍，蒺藜草深衣夜寒，劍頭飲血何時乾？

寒機女辭

鴛鴦機滿東西舍，雪繭繅來日相射。世俗競染紅藍花，妾心鍾愛金絲柘。君王錦繡焚殿前，天孫鳳梭蛛網懸。織成雲霧製龍衮，萬一熏香分御筵。

君家柳

君家柳，萬株一色鵝黄酒。龍鱗波暖梟翠煙，飛花直渡江南天。倉庚立曉燕穿午，薄暮啄木聲丁然。

腹中樹蝕皮齧馬，舊陰半減金城下。長條短條屬行人，猶有持斤睨之者。秋來大地落葉鳴，心憶陽春淚如瀉。

夜何長三疊寄周參政伯温鄖僉院本初

夜何長，日苦短，夜長復寒日不暖。深林火薄鶡鴠滿，尾頳魴魚游纂纂。千年古鐵紫氣纏，赤帝當之白蛇斷。中朝老臣雙珮蒼，憂心鬱紆寢息忘。鳳凰在笯驥服箱，雪埋石棧冰河梁。夜何長，六龍回轡東扶桑。

夜何長，日苦短，夜長復寒日不暖。蒼梧九疑雲思遠，驚鴻亂落夫差苑。漢家騎尉雙龍蒼，酒酣起舞隘八荒。疾風吹沙百草霜，玉釭朱火青凝光。夜何長，帝車高轉天中央。

夜何長，日苦短，夜長復寒日不暖。欃槍參旗燭雲罕，樹樹梅花落羌管。江南布衣雙鬢蒼，歲闌獨立氣慨慷。夜冠禮樂制孔良，路迢無由貢明堂。夜何長，啓明耿耿天東方。

奉陪神保大王宴朱將軍第聞彈白翎雀引 并序。

白翎雀，燕漠間鳥也。初，世皇命伶官石德閭製《白翎雀》曲，及進，曰：何其末有孤嫠怨悲之音？石德閭未之改，而已傳焉。戊戌冬，淮藩朱將軍宴大王于私第，逢忝坐末。時夜雹霰交下，衆賓相次執盞起爲王壽。逢亦起，王命左右鼓是曲，且語製曲之始，俾歌詠之。逢謂纘事本實，左氏所先，故鋪陳興龍大略，而不暇他及也。

玄陰亙天雪欲作，將軍西第夜張幕。銅盤蠟光紅照灼，四坐傾聽《白翎雀》。雀生烏桓朔部落，大樸之氣元磅礴。地椒野穄極廣莫，穹廬離離散駝駱。黄羊蘆酒雜湩酪，鷹狗畋獵代耕穫。太王肇基不城郭，青春建橐宵罷柝。聖澤滂沛蔓綿絡，風淳俗龐法度約。乾端坤倪露沖漠，羽毛鱗介並飛躍。庭祠歲饗嚠管籥，雄雌和鳴莫我樂。帝皇赫然太陽若，八表晃蕩氛盡却。前驅屈盧從繁弱，睢盱嗢咿萬狀錯。遂朝玉帛解組縛，大明宮開夾花蕚。文監武衛盛材略，蔥珩瑴璧映霜鍔。五雲夔龍奏韶濩，九苞鳳凰降寥廓。德音威儀匪予度，萬姓拭目瞻阿閣。軒轅伶倫兩冥寞，八十年來事非昨。獿塵雜亂人道削，咬哇哀淫頌聲鑠。皇孫讓賢執鼓鐸，巾羃鵲尾黄金杓。殺烝體薦嚼復嚼，巴渝舞隊驩回薄。供奉革鞜衣狐貉，銀箏載前酒載酌。延秋門深魚守鑰，緱山遠度吹笙鶴。淮南昔者鷄舐藥，千乘之國棄弊蹻。方今羣雄自開拓，拔刃把矟争刺斫。爲臣義同葵與藿，將軍固合鞭先著。蓮壺漏沈薇露涸，枯梢號寒風限箨。百禽啁噍雹霰霍，冰花亂點真珠箔。箔中呱呱情陡惡，供奉君爾停弦索。吁嗟《白翎》將焉託，有客淚下甘丘壑。

奉陪杭右丞程禮部以文字文憲僉子貞魯縣丞道原宴周左丞伯温館舍時聞河南李平章恢復中原

西湖館舍開新秋，三峯倒影紫翠流。白馬彫戈駐逵道，金魚玉佩羅林丘。二孤五老獨神往，八公六逸同天遊。時維小康况大比，萬乘少紓東南憂。如澠之酒官寺送，風生酒波鱗甲動。荔子漿凝赤露香，鵜肪灸作黄冰凍。歌袖頻熏婆律膏，渴羌解奏參差鳳。右丞閥閲霄漢逼，諸叟文章臺閣重。罘罳鬖鬖落日涼，菱花藹葉掩冉光。驚飛先自有烏鵲，寡宿未必無鴛鴦。堯封禹跡煙莽蒼，宣髮固短憂心長。側聞汴破濟欲下，百姓亦望臨淮王。山人厭亂喜莫量，笑整冠帶爲舉觴，醉後不登嚴武牀。

歎病駝

狂夫東遊乘白騾，道路適遇病橐駝。紫毛無復好容色，肉鞍尚聳雙坡陀。南人從來不夢此，私怪目擊臨干戈。泉渠元自控蕃落，天苑畢竟連銀河。吴郊楚甸水草淺，任重却欲千斤過。青袍朝士爲起立，茜帽番僧時撫摩。熱風吹塵鼻出火，積雨成潦瘡生窠。牛虻狗蝨苦嘬血，末由驅除知奈何！頻年出師數百萬，熊羆獅豹相奔波。豈期獨後死溝壑，餘光所及良已多。老奚首帕短袴靴，手持鞭策涕泗沱。憶昔灤京避暑日，氣骨磊嵬從鑾和。沈沈金甕夾掆馬，臭臭錦帶懸靈鼉。服勞輦下藉鬌刷，屈跡澤畔甘蹉跎。疇能推廣愛烏義，没齒仰飼公田禾。

長樂未央玉璽歌爲秦景容總管賦

赤龍銜日照赤子，白蛇横斃烏騅死。東風吹冷咸陽灰，長樂未央連闕起。昆吾寶刀截瓊肪，陰文小篆雲漢章。盤螭作紐徑二寸，歷歲四百傳天王。黄星孛明銅爵舞，銅仙淚泣如絲雨。盗將神器竟不歸，璽亦漂淪頻易主。使君購得心良苦，君不見豐城有劍氣上衝。米船也貫滄江虹，陋歌先附蘇卿鴻。

歲星漸高贈王伯紞進士

歲星漸高辰星光，鎮星不動天中央。熒惑退舍太白斂晝芒，南斗尚爾雲微茫。有美一人被褐裳，思君思鄉垂十霜。駊娑駘盪氣鬱蒼，王屋石室岌相望。願陪先驅弧四張，歲星輔日照八極，還種祭田汾水陽。

簡鄔同僉

南粤稱臣陸賈勞，漢廷何愛璽書褒。恩波遂與三吴闊，爽氣真連北斗高。鶯囀羽林交杕杜，馬閑沙苑暗蒲萄。天心厭亂民懷德，未説關河恃虎牢。

送王季德主事祠南鎮還京

千羽春明玉扆問，皇華躬遺祀稽山。蓬萊雲霧隨封檢，敷落仙曹降珮環。宣室舊承前席問，樓船今駕海濤還。東南父老憂時切，落日扶藜得重攀。

秋感六首

吴門葉落季鷹船，朔野霜横白雁天。三楚樓臺餘夢澤，兩京形勢自甘泉。采雲帳幄泠風滿，瓊樹花枝璧月圓。本是宣光中興日，腐儒長夜泣遺編。

紛紛擾擾厭黄巾，妖血徒膏草野塵。馬化一龍猶王晉，楚存三户未亡秦。颶風天静浮青海，朔漠山高直紫宸。莫爲鬼方勞外伐，檿弧箕服最愁人。

豆苗瓜蔓未應稀，菰米蓴絲積漸肥。南極有星天半隱，東維無地海全歸。連城不换相如璧，百結何妨子夏衣。回首故山荆棘外，幾年空翠鎖煙霏。

苕花蘋葉繞林扉，獨立蒼寒見紫微。夜久長庚隨月上，天清高鳥帶霜飛。東南吴會三江入，百二秦封六國歸。烈士暮年心未已，無言思解白登圍。

南越東吴帶楚臯，頻年醉眼送飛毛。滄洲露白蒹葭滿，甲第秋聲蟋蟀高。九日天涯桑落酒，三軍城上柘黄袍。試觀漢後詩人作，獨覺遺風屬阮陶。

鮫魚風息淨江波，軋軋機絲響薜蘿。華髮道途秋日短，曠懷樓閣暮陰多。浮查受宿炎州翠，細草從眠墨沼鵝。心自隱憂身自逸，幾時天馬渡滹沱。

簡陳韋羌員外　陳基敬初。

幕府深嚴午漏遲，簟文簾影碧參差。總傳白馬陳從事，每念青袍杜拾遺。大地風塵憂未解，扁舟江海去無期。涼天雁叫芙蓉發，許奏軍中鼓吹辭。

陪淮南僚友汎舟吴江城下

波伏魚龍夜不驚，菱花千頃湛虛明。吴儂似怪青絲馬，漢月重臨白帝城。世説竇融功第一，獨憐阮籍醉平生。樓船簫鼓中流發，喜及東南早罷兵。

送薛鶴齋真人代祀天妃還京

蓬萊宫裏上卿班，代祀天妃隔歲還。日遶五文皆御氣，海浮一髮是成山。風霆夜護龍鸞節，雲霧朝披玉雪顔。聖渥既隆玄化盛，轉輪應盡入秦關。

留别陸芳潤張孟膚田仲耘王孟翼

楓葉殷紅枳實肥，蘋風蕭颯芰荷衣。自甘許汜求田去，不擬劉蕡下第歸。日落大荒猿夜哭，天含積水鶴雲飛。諸君有待乘槎使，直犯星河織女機。

題虎樹亭

宋聰禪師住華亭時，有二虎噬人。師降伏之，命名曰大青、小青。師卒，虎亦死。弟子瘞之塔傍，踰年生銀杏樹二。今主僧隱公闢亭樹間，扁曰「虎樹」。

舟泊東西客，詩招大小青。山高白月墮，草偃黑風腥。植物鍾英爽，精藍被寵靈。涼陰慎剪伐，留護石函經。

過馬天章水村居

嘉興馬録判，歸築水村居。土銼長腰米，蓴羹巨口魚。青衫沾露薄，華髮向秋疏。尚爾丹心壯，無時去玉除。

近故二首

近故儒林老，于予起歎嗟。清秋書柿葉，落日賦桃花。碑碣留吴滿，雲山向越賒。多情楚宫月，來照未棲鴉。

近故維揚老，威儀本漢官。才高三禮賦，心折一泥丸。露氣金盤溼，簫聲碧落寒。空餘茂苑樹，鵑血幾時乾？成廷珪寓維揚，卒于至正末年。二詩爲成而作。

鄉飲

蠟炬繞紅鸞，盆花玉露漙。無家憎月色，多難薄春寒。毛穎時旌鬼，黄金少鑄官。西鄰濁酒熟，得罄一回歡。

聞畿甸消息

白草生畿甸，黄沙走塞庭。直憂星入斗，兼畏雨淋鈴。殿閣餘龍氣，衣冠自鵠形。吴粳斷供餉，隴麥向人青。

和惠子及雨中

桃花昨夜愁盡發，燕子今春疑不來。雪衣鸚鵡亦可怪，錯喚主人非一回。

題李唐江山煙雨圖

煙雨樓臺晻靄間，畫圖渾是浙江山。中原板蕩誰回首？只有春隨北雁還。

馬頭曲

馬頭者，大都名姬也。始爲黄禪太子寵，黄禪伏誅，没入，以賜太平王，王薨，子唐其勢留之。唐其勢被殺，復没，賜孛哥。孛哥，國語力士也。

和戎漢明妃，亡吴越西子。鬼妾賜元臣，孰受盧弓矢。前時楚襄夢，今夕伶玄妾。瓊斷藍橋漿，紅流御溝葉。

萱圖爲李恒題于茂清軒中

暄風宜男花，涼日忘憂草。一種兩含情。親容夢中老。

游鯉山 舊名由里山。

鄉山三十三，游鯉莫郊南。巖然獨高大，秀掩東諸嵐。土剛蓄炎精，崖仄削劍鐔。我嘗挹飛翠，遠在滄江潭。波濤與伏興，雲霧相吐含。恍然穆王駕，八駿左右驂。又如琴高仙，脚踏朝蔚藍。久思更徽號，新喜遂幽探。太白賦九華，後來成美談。狂歌繼其武，林間免愧慚。春風緑瑶草，秋霜紅石楠。行將修月斤，爲鑿避世龕。蛟龍正格鬪，鯤化誰其堪。

次鰕妾岸 常熟州。

朝辭鳳巢村，晚次鰕妾岸。起望大角間，太白光有爛。方罹杜陵苦，未已崔旰亂。鬢毛掠蝙蝠，竹裏鳴鶡鴠。同曹迫憂悸，相視名錯唤。前途非樂土，殊昧賢達算。誰家繚崇垣，轆轤卧井幹。餘歌久悽惋，酣宴同清晏。寧知楚幕烏，不寤吴宫燕。蕭晨理舟楫，回首重悲歎。

讀貞燕記有懷魯道原提學

天涯老孤臣，想象賦貞燕。空梁泥屢落，故渚冰自泮。影託明鏡鸞，夢接長門雁。飛雲軒不歸，自語清商怨。

元貞二年，雙燕巢于燕人柳湯佐之家。一夕，家人以燈照蠍，其雄驚墜，猫食之。雌彷徨悲鳴不已，朝夕守巢哺諸雛，成翼而去。明年，雌獨來，復巢其處，入視巢，生二卵，疑其更偶。徐伺之，則抱獨之㲉爾！自是春去秋來，凡六稔。觀者譁然，目爲貞燕云。長沙馮子振記。

義鄧

吾鄉有鄧添，千里負主骨。晨夜竄草間，宛轉時虜窟。胼胝苦何辭，性命間一髮。日車昏盪祲，虹暈或抱月。魂氣相衝搪，鳥獸亦獝狘。經過百戰地，青春暗消歇。深幸主有靈，全生及城闕。主母悲喜集，流淚心激越。主妾事他人，空庭自花發。主昔爲龍蛇，公論不可没。但感衣食恩，疏戚均賞罰。在家爲義奴，在軍爲義卒。庶幾銜土烏，尚愧擊蛇鶻。淒淒薦霜露，晢晢上參伐。不見秦舞陽，悲風動天鉞。

排難行 贈王子中。

相如全趙璧，子敬存家氈。臣子奉君父，由來義當然。我爲排難行，期播今後賢。至正十六年，楚氛蔽吴天。南臺塔御史，盡室方顛連。風波萍浮寄，墟落匏孤懸。内無蚍蜉援，外絶鴻雁傳。縮地漫勞想，拔宅欲假仙。形勢轉倉皇，一日猶三年。君聞急友義，側身入烽煙。得子猛虎穴，擿珠驪龍淵。菱花奩影合，桂樹月魄圓。青青驄馬駒，環珥映後先。相看喜至骨，欲語翻淚漣。報之錦繡段，長謝賦歸田。遂令鷄鳴客，遠愧齊魯連。我時載茶具，蕩漾五湖船。蕭蕭春陰暮，載歌《伐木》篇。

贈窮獨叟

窮陰結長寒，木介河生凘。曠野獨獸號，異鄉孤臣悲。薜衣帶胡繩，三年限朝儀。豈徒無炊火，顧有麻斬齊。身幸免污辱，言之淚交頤。脱急藉朱家，弔古懷要離。遡風酒三酹，老氣呑眣夷。誓刳梟獍肉，用塞烏鳥饑。漢酬張良志，吴乞伍員師。行歌《獨漉篇》，以繼《從軍詩》。

登崑山寺謁劉龍洲墓

陰崖鼈裙披，蕭寺壓其左。前無容馬地，而公靈永妥。綽有高世風，荷臿誓埋我。懇懇中興論，汎汎岳陽舸。竹西旌佩間，爲士非瑣瑣。我來行吟久，顧影歎復坐。下上百年餘，同遇時坎坷。疏嵐冒川暝，歸鳶跕跕墮。愁焉上孤舟，星流亂漁火。

游卜將軍墓祠

將軍名珍，字文超，唐西河人。有功業在崑山，民至今祠焉。

時危短吾裾，薄游東崑野。有唐將軍塋，肅肅風露下。木葉金甲動，土花碧血洒。居然神兵棲，夜思石驎馬。二蛇顧首尾，勢若無禦者。當時陣或然，威福巫得假。靈烏拂人首，疏火散村社。淡淡婁江波，壯懷託申寫。

題留侯小像

漢高三尺劍，子房三寸舌。剛柔兩相濟，秦降楚隨滅。君不見乾坤狡兔飛鳥秋，脱使子房無世仇，箕栖潁飲老一作死。則休。

史騾兒

騾，燕人。善琵琶。至治間，蒙上愛幸。上使酒縱威福，無敢諫者。一日，御紫壇殿飲，命騾弦而歌之。騾以《殿前歡》曲應制，有酒神仙之句。怒叱左右殺之。後問騾不在，悔曰，騾以酒諷我也。前和州同知李澄言于逢，欲傳其事，逢爲賦一辭。澄字仲深，開州人。翰林承旨，惟中先生從子也。

虎帖耳，豹俯首，青天白日雷電走。尚食黄羊光禄酒，史騾曲曲春風手。蕭王馬蹴滹沱冰，亞父玉碎鴻門斗，鳳凰鎩翮蚌珠剖。趙女舍瑟，秦娥罷缶。飲中八仙方下來，御溝濺赤花飛柳。君不見龍生逆鱗海岳寒，嗚呼史纍乃敢干。和州孤臣説舊語，梨園弟子更新譜。

三月十二屬予初度時客舍承朱僉樞攜僚佐見過

我生三月之仲丁，長庚輔日當奎星。命居旄頭身驛馬，薄有抱負多飄零。鵜鶘嘗貰金陵酒，蛟龍幸護錢塘艒。乙酉十二月，予護母櫬泊錢塘。鄰舟多爲風潮作覆。魯連海上隱行歌，吴王臺前辭下走。清齋庚果廿七種，短疏劉蕡四三首。才名從知造物惡，心臟空夢神人剖。乙亥科舉罷。或勸予學律，因感異夢，見心臟皆五色，遂止。兹辰客舍風雨俱，湯餅尚少囊中蚨。正冠試誦蓼莪什，衝泥適來櫻筍厨。帳士彈箏玉連瑣，廬兒執爨貂襜褕。落花簌簌香掃途，闔座氣作思馳驅。箕不以簸斗不斞，仰面大笑真吾徒。

題蔡琰還漢圖

銅臺春深邊草緑，琰因名父千金贖。殘生既免氈裘鬼，哀衷莫盡蘆笳曲。舊時漢妝慵復理，感義懷慚歸董祀。入朝好語亂世雄，賤妾不爲天地容，爾其忠事山陽公。

合淝束遂菴學正爲畫君山酹月圖長歌奉謝

憶攜蓉城霞，吾鄉酒名。醉賞君山雪。興酣俯崖面，三酹大江月。靈奇秘怪不可説，回首十年塵土熱。束卿想像作此圖，如見當時眼爲豁。是山傑立氣皓鮮，四八賓從咸華顛。吾鄉有三十三山，君山爲之主。銀濤絲縈料角海，料角，地名，遠在通州。玉臺鏡露峨眉煙。峨眉嘴即在君山下。槎枒亂樹拔虎窟，撇捩小艇吞龍淵。樵子罷斧僧罷磬，木瓢一箇滄茫前。君不見江山元與天地闢，有月無人景虛擲。崑岷東來幾萬里，衣冠雲散三千客。三千客後世屢易，曉事僅有羅春伯。事見郡志。龜趺榴翳鬼照火，鼇背蒼涼獸交迹。君不見采石紫綺裘，赤壁洞簫歌。樂者信曠達，齷齪將如何？歲云暮矣雙鬢皤，夢恍茅屋牽青蘿。廣寒白兔下相杵，貝闕鮫女趨鳴梭。卿聞大叫當就隱，指日莫問魯陽戈。

浦東女

浦東鉅室多豪奢，浦東編户長咨嗟。丁男殉俗各出贅，紅女不暇親桑麻。鵓鳩呼雨楝花紫，大麥飲香勝小米。一方青布齊裹頭，赤脚踏車争卷水。水低岸高力易歇，反水上田愁漏缺。穀種看如瓜子金，野鴉不銜田鼠竊。黄草衣薄風披披，日色照面蒼煙姿。南鄰北伴更貧苦，糠籺糜粉隨朝虀。阿嬃送茶相向語，鉅室新爲州府主。妻拜夫人婢亦榮，繡幰朱輪照鄉土。羊牛下來鷄欲栖，汪汪淚眼數行啼。女自身長苦非一，歸路白楊斑竹西。

胥門柳

今年胥門十一月，楊柳青青寒不脱。雕戈白馬黄鬚郎，朝朝忍見行人别。行人吴頭或楚尾，心趁飛花度黑水。避暑鑾輿狩未回，都人南望思投箠。都人泣向都官道，塞北江南柳還好。風纚露沐恩既殊，報荅春光願終老。君不聞虎狼之秦六國雄，可憐千丈泰山松，至今稱是大夫封。

劉夫人

劉夫人，至正太尉吳王嬪。筓珈車服置弗御，澹煙常鎖雙眉春。中州援疆敵在目，叔貴日驕彊日蹙。背城借一王本心，狐埋狐搰將軍欲。夫人勇決烈女義，百口樓居親舉燧。片時陰慘萬古生，月明風清珮音至。君不見男兒成敗古有之，孰以楚霸輕虞姬。蘇民安得夫人祠，烏栖白皂庶少衰。

讀閩僧謙牧隱所題雁宕大龍湫西瀑布常雲展旗天柱卓筆雙高峯詩予爲之色動槩括一首

雁宕龍湫氣混濛，展旗卓筆勢争雄。翠狮霄漢雙鸞影，玉立東南一柱功。輿入常雲飛夏雪，醉看高瀑挂晴虹。總惭尊者空諸有，萬木圍巖夜自風。

冥鴻亭偶題二首時歲戊戌

春陰過却幾番風，野店山櫻霧雨中。新水緑塘鵝並浴，嫩寒茅閣燕微通。大兒稍熟春秋例，幼女歡趨組繡功。四十今年渾意足，酒炊香滿巷西東。

一家無事樂清寧，寄目冥鴻野外亭。江水未分南北限，月明常後畢箕星。子生猫櫟垂垂赤，蔓長鵶藤故故青。天意物情應有在，且須料理相牛經。

聞何上海子敬毁淫祠開鄉校因寄四韻

魚米駢登橘柚垂，備聞佳政起深思。女巫罷進《神弦曲》，鄉校新陳《魯頌》詩。風葉晝埋公館静，霜鐘寒度海雲遲。高天鴻鵠東回首，亦欲朝陽借一枝。

無錫寓隱謝王左丞彦熙攜酒饌遠過

玉帳旂旌拂紫冥，樓船神物護青萍。風雲密擁將軍樹，江海孤懸處士星。深愧草茅優簡拔，未忘蒲柳易飄零。竹西歌吹高陽酒，喜爲尋春過野亭。

十二月廿二日爲重陽王真人誕辰是日立春在淞江長春道院瞻拜真人及七真像敬題薛一山丹房

寒盡東風破曉陰，真人遺像儼如臨。山中霞熟千年醖，海上蓮開七朶金。朔地興王資化力，鈞天朝帝動仙音。私忻泉石膏肓久，終日凝神紫氣深。

無題五首

五緯南行秋氣高，大河諸將走兒曹。投鞍尚得齊熊耳，卷甲何堪棄虎牢。汧隴馬肥青苜蓿，甘梁酒壓紫蒲萄。神州比似仙山固，誰料長風掣巨鼇。

天槍幾夜直鉤陳，車駕高秋重北巡。總謂羽林無猛士，不緣金屋有佳人。廣寒霓仗間華月，太液龍舟動白蘋。雪滿上京勞大饗，西風華岳弔秦民。

白衣艨艟渡吴兵，赤羽旌旗奪趙營。灤水天回龍虎氣，榆林風逐馬駝聲。靚妝宮女愁啼竹，白髮祠官憶薦櫻。猶有海鷹神不王，駕鵝高去塞雲平。

五城月落静朝鷄，萬竈煙消入水犀。椒闥珮琚遺白草，木天圖籍冷青藜。北臣舊説齊王肅，南仕新聞漢日磾。天意人心竟何在？虎林還控雁門西。

十載羣雄百戰疲，金城萬雉自湯池。地分玉册盟俱在，露仄銅盤影不支。中夜馬羣風北向，當年車轍日南馳。獨憐石鼓眠秋草，猶是宣王頌美辭。

後無題五首

一國三公狐貉衣，四郊多壘鳥蛇圍。天街不辨玄黄馬，宫漏稀傳日月闈。嵇紹可能留濺血，謝玄那及總戎機。祇應大駕懲西楚，弗對虞歌北渡歸。

吐蕃回紇使何如？馮翊扶風守太疏。范蠡不辭句踐難，樂生何忍惠王書。銀河珠斗低沙幕，乳酒黄羊減拂廬。北陸漸寒冰雪早，六龍好扈五雲車。

回首崑崙五色天，疏風落日重佪儃。駕驂八駿非忘鎬，臺置千金舊慕燕。地限上林雲過雁，雪封西嶺樹啼鵑。遠慚行在周廬士，横草無功日晏眠。

險塞居庸未易劘，望鄉臺上望鄉多。君心不隔丹墀草，祖誓無忘黑水河。前後炎劉中運歇，東西元魏百年過。愁來莫較興衰理，只在當時德若何？

黄河清淺海塵揚，陜月關雲氣慘蒼。寧復明珠專甓社，尚論玉兔踞金牀。衣冠並入梁園宴，簡册潛回孔壁光。私幸老歸忘世事，梧桐朝影對溪堂。錢牧齋曰：《無題》前後十首，皆感悼王師入燕，庚申北狩之事。

覽周左丞伯温壬辰歲拜御史扈從集感舊傷今敬題五十韻

華夷今代壹，畿甸上京遥。游豫循常度，恬熙屬累朝。六飛龍夾日，獨角豸昂霄。御史箴何忝，賢臣頌早超。咨諏新境俗，觀采衆風謡。文用彌邦典，忠惟振憲條。執徐當景運，仲吕浸炎歊。愠解民心結，煩除聖念焦。雨工趨汛掃，市令薄征徭。大口讙移蹕，庸關肅衛刁。縉雲峯立曉，薌月水涵宵。徼道臣臣俊，清塵騎騎驍。豹軀嚴御靮，駝象妥鑾鑣。儀仗真如畫，車徒不敢嚻。侏言來部落，皮幣贄荒要。岳牧恭迎舜，封人願祝堯。六宫程緩緩，列寺思飄飄。絲裊雙行鞚，璆鳴雜佩瑶。寶鈿榆莢小，錦罽草花嬌。繡襖珠鞲絡，香鬟玉步摇。婕妤辭並載，王母會頻邀。拾翠深沙嶺，梯虹複澗橋。天長躔北日，斗近建南杓。珍味高陀鼠，丹馨散地椒。廬兒分逐兔，土屋競停雕。白貉衣温座，黄羊酪湅瓢。桓城金合沓，灤闕紫嶕嶢。社稷尊王統，山河固廟祧。明明神爽降，秩秩禮文饒。寵遂光幽朔，畋同閲獮苗。蹕林酺已舉，款塞福皆徼。椶殿三呼歲，楓墀九奏簫。祝融回酷暑，少昊戒靈飈。舊制先回軷，良辰次起軺。謝恩多帝胄，紀實得臺僚。至治音俱雅，於皇德孔昭。相如慚禪議，謀父感祈招。

蕞爾蕲興祲，紛然穎熇妖。漕輸橫蜃艫，衡祀闕膋蕭。邊警初傳箭，軍容半珥貂。薦添烽堠迫，有甚火雲驕。衮服中垂拱，微垣外寂寥。幾多遺鶴髮，曾共望鷄翹。二洛端通晉，三韓復入遼。不無雙國士，正賴一嫖姚。求劍舟難刻，更弦瑟好調。扶顛須砥柱，撥亂豈芻蕘。戎幕辭巢父，詩壇老伍喬。式瞻阿閣鳳，馴止泮林鴞。併論公殊蹟，吾知邁董鼂。

寄偰正字

君遷正字職，秩視校書郎。太乙藜分焰，銅仙露湛光。鵷班清漏裏，鶴駕霱雲傍。署轉宮花密，溝迂御柳長。芸窗填竹素，蓬觀啓銀鐺。魚豕知訛舛，鉛黄屬訂詳。聖王經貫道，家世桂名坊。一氣根幽朔，羣英萃豫章。比蒙青眼待，益見白眉良。傳癖稱元凱，文宗得子昂。冠將裁獬廌，豺已避康莊。大器遭斯運，凡材信彼蒼。哭親嵐瘴邑，懷友月蘿房。病謝臺臣薦，書煩驛使將。暖餘牛背日，寒遠馬蹄霜。野褐方山帽，畦蔬德操桑。策陳憐賈誼，裾曳恥鄒陽。任性何孤僻，傷時或慨慷。圜丘虚墠壝，太廟攝烝嘗。珥筆誰丹扆，紆金盡玉堂。海涵恩靡極，衮補責宜償。十樣牋霞粲，雙壺酒雪香。珠璣新傑作，龍虎古雄疆。好約重觴詠，秦淮夜對牀。

簡夏嘉定

百里繞吴煙，重過喜地偏。深城遲閉户，細港倒回船。暮汐蟶開甲，秋原木放綿。民風返淳厚，正賴使君賢。

乙未八月避地前湖三首

兩地初饑殺，全家屢死生。守臣無大過，雄長自相爭。魍魅闞當屋，鵂鶹啼過城。前湖落木外，排難愧齊卿。

借地安樵爨，秋煙滿桂叢。禍因貧賤少，詩到亂離工。有妹音徽隔，諸兒起臥同。數畦烏口稻，滿待熟天風。

竹底秋光薄，牆根朝日暄。稍通鄰曲好，深荷野人恩。細雨菰生米，新霜芋長孫。加餐向茅屋，醒眼看乾坤。

丙申八月紀事時自鄉里入吴還華館遂卜隱鴻山

寸舌解重圍，長歌振短衣。不成巢父去，空似魯連歸。蔡港沙田薄，黄山宰木稀。伯鸞吾所慕，梅李況魚肥。

常州江陰再失無錫告警病中自鴻山將遷海上

病就山中隱，烽催海上舟。連城新鬼哭，深壁大臣羞。赤眚髗金火，炎風汗馬牛。遥占女兒弟，先已下長洲。

至正丙午三月廿八日自横泖遷居烏涇宋張驥院故居有林塘竹石因扁堂曰儉德園曰最間得詩凡六首 録三。

卜宅賓賢里，生涯始有涯。憂緣常念亂，貧爲數移家。徑合交枝果，籬當獨樹花。池臺幾峯石，相友卧煙霞。

鄰曲敦新好，園林恍昔游。衣冠時徑入，棋槊夜忘收。已遂蓴羹興，何煩杞國憂。人生貴行樂，兩鬢颯先秋。

無才甘在野，多懶偃行園。石露溥雲氣，池風損水痕。草深眠雉子，林静習鴉孫。擬著幽居録，漁樵共討論。

得兒掖書時戊申歲

客夢躬耕隴，兒書報過家。月明山怨鶴，天黑道横蛇。寳氣空遺水，春程不見花。衰容愧耆舊，猶語玉人車。此詩記戊申歲，正明太祖改元之年也。

舟過吴門感懷二首

躍馬横戈東楚陲，據吴連越萬熊羆。風雲首護平淮表，日月中昏鎮海旗。玉帳歌殘壺盡缺，天門夢覺翮雙垂。南州孺子爲民在，愧忝黄瓊太尉知。

強兵富境望賢豪，戴縰垂纓恨爾曹。一聚劫灰私屬盡，三邊陰雨國殤號。江光東際湯池闊，山勢西來甲觀高。形勝不殊人事改，扁舟誰酹月中醪。張氏之據浙西也，原吉有功名之望焉。故首章末句如此。其聞吴門消息有云：「盡擬田單收故土，不期高幹損雄才。」又云：「三年弟傲羣情懈，十月城圍百戰休。」尤多痛惜之意。至于稱士德爲孤忠，謂東吴爲脣齒，是則書生之見而已矣。

題心覺元上人觀露軒

上人吾鄉人，趺坐中竺嶺。澹然觀朝露，月落萬籟靜。豐林始如沐，萋萃颯以冷。石牀仰嵌竇，餘滴下微影。世皆汨塵勞，天或示短景。忘言理深詣，收視妙獨領。茂陵和玉屑，一作「淒清蟬暫吸」。有恤鶴知警。雲深粥魚鳴，盂鉢躬自整。

趙善長山水

畫師今趙原，東吴諒無雙。寸毫九鼎重，烏獲力靡扛。翠樹擁羽旂，深崦敞雲窗。參差見壘壆，不無酒盈缸。老山石黃色，插脚琉璃江。隱若赤壁壘，勢壓曹魏邦。何當柔猛虎，蛟鼉遂我降。欠伸列仙崖，噓咳漁蠻缸。

唐昭儀李漸榮辭

日繫包桑地瓜剖，宮闈去尺非唐有。庭春草合車斷音，忝備昭儀奉巵酒。御香紫袖纖垂手，載拜載祝南山壽。龍鬚席轉蓮炬移，狼角斬天貐突牖。不辭隕命同君后，女三禍前妾忠後。無人爲語巢賊奴，莫使兒知環柱走。

宋婉容王氏辭 并序。

徽宗在北，四太子請王婉容妻黏罕子，上遣之。婉容大哭曰：「何忍一身事兩主，」就輿中奪刀自刎死。太子歎異，擇地葬之。且爲立碑曰貞婦冢。事載俞文豹《吹劍録》。

二宫有警無嚴蹕，賤妾徒爲虜雛匹。假如青冢向黄昏，不若金刀照白日。白濡一縷願隨終，煙沙漫漫霜雪容。令人想見旌貞石，氣敵雙高湖上峯。原吉詩于忠孝節義之事，往往三致意焉。表微闡幽，美不勝記，兹特採其尤者録之云。

夜過蒼墩江隱居

白茅蕭蕭風色昏，歸人自語煙際村。我騎蹇驢童抱樽，記得君家忘却門。徑穿竹入背江路，傍是梁朝敬宗墓。月中對鶴吹洞簫，露水琤然落高樹。

題崔白百雁圖 爲宣城黄宜之題。

老愚離羣影久孤，客來笑示《百雁圖》。指晗試數失兩箇，莫喻畫意翻令呼。得非長門報秋使，或是大窨傳書奴。不然一舉千里高鴻俱，其餘洪汨碌瑣徒，且唼且息翔且呼。營營鄭圃田之稷，睢睢齊海隅之菰。遑知爾更銜爾蘆，瓠肥卒至充人厨。小而日鶀亦就毅，遍聞澤梁弛禁官罷虞。麋鹿魚鼈同少蘇，羽儀好在春雲衢。

金世宗太子允恭百駿圖　爲舒德源題。

金家武元靖燕徼，嘗誚徽宗癖花鳥。允恭不作大訓方，畫馬却慕江都王。此圖遺脱前後幅，尚餘龍媒羣角逐。息鷄草黄霜殺菽，王氣榮光等蕉鹿。山人塵迷朔南目，溪頭姑飲歸田犢。

葛稚川移居圖爲友生朱仲矩題　仲矩名禹方。

典午三綱紊無紀，賊奴内向伯仁死。辭徽尚蹈公以此，終託丹砂去朝市。千年盛事傳畫史，野夫獲睹朱氏邸。壯肩餱糧幼琴几，杖懸藥瓢風靡靡。長襦老婢手執箠，躬驅其羊羊顧子。兩犍受牽頭角頗，氂尨殿隨亦忻喜。公披仙經瞳炯水，琅琅餘音悦入耳。後驂夫人謝釵餌，膝上髫嬰玉雪美。句漏尚遠羅浮邇，若有函關氣騰紫。天丁山靈狀儒俛，開鑿空青洞扉啓。雲霞輸漿石供髓，一一麗精華晨夜委。金光秀發三花蕊，飄飄上昇碧寥止。同時許邁行加砥，一門翁孫良可儗，波散豆者纇遺泚。嗟今凡民苦流徙，落木空村淚如洗。

趙文敏公山水爲董竹林山長題　并序。

公于畫左題云：至大三年六月望日，爲吴彦良畫并詩，有「岸靜樹陰合，溪晴雲氣流」之句。想在鷗波亭作也。彦良，嘉禾人。

何山弁山秀可掬，上若下若蒼苔緑。翰林學士偶歸來，亭倚鷗波送飛鵠。鵠飛盡没滄茫境，衣上青天倒摇影。鹿頭舫子湖州歌，想帶南風覺淒冷。冰盤瓜李進仲姬，管夫人字。生綃畫就復題詩。鄭虔三絶世無有，於乎何幸再見至大三年時！

宋制置彭大雅瑪瑙碗歌周伯温參政徵賦 并序。

今太尉開藩之三月，適江浙參政周公分省江淮，延飲齋閣歡甚。以予避地無錫，説王左丞晟勸張楚公歸元，特出瑪瑙碗曰：此宋彭大雅燕饗舊物，子才器足以當之。遂引滿酹之再，氣酣思湧，率爾走筆以紀清賞，非求知他人也。小序與《列朝詩集》所載稍有異同。詩曰：

淮藩開吴豪俠滿，歌鍾地屬姑蘇館。相儒獨爲緩頰生，笑出彭公瑪瑙碗。血乾智伯髏不腥，黄土瑩錯紅水精。妖蟆蝕月魄半死，虹光霞氣歕且盈，隱若陣偃邊將營。彭公彭公古烈士，重慶孤城亦勞止。天忘西顧二十年，畝盡東南數千里。武侯祝文何乃偉，敗由宋祚民今祀。太湖底寧魚米豐，官廨喜與閶門同。酒波碗面動峽影，想見制置師犒飄風中，再酌庶沃磥磊胸。君不見漢家將軍五郡封，班氏天與世史功。詩狂昭諫客吴越，存心唐室人憐忠。嗚呼尚友吾豈敢，醉墨慘澹雲飛鴻。

七月聞河南平章凶問

六月妖星芒角白，幾夜徘徊天市側。尋聞盜殺李上公，窮旅孤臣淚沾臆。當時寬猛制萑澤，安得受降翻受敵。上公忠名垂竹帛，書生奚爲費褘惜。東南風動旗黄色，蒲梢天馬長依北。壬寅六月，田豐、王士誠刺殺李忠襄于濟南城下。先是順帝見星變，歎曰：當損大將，馳使戒諭忠襄，正此詩所謂妖星芒角也。

謝中政院判買住昂霄枉過予龍江寓隱

三年江館閉斜曛，一日星軺下紫氛。老我已非佳子弟，壯公曾是故將軍。未央雙闕雲端見，長樂疏鐘月下聞。還語中原縻絲盡，六宫知愛石榴裙。

送吴照磨赴李司徒幕兼簡張郎中

司徒分鎮越王臺，甌婺山光入望來。堂上修文問將略，幕中求舊得賢才。鑑湖木落魚梁見，紫塞風高雁路開。莫禁白頭狂賀老，酒船仍蕩月明回。時方禁酒。

寄婁上俞士平提學陸良貴秦文仲二教授

朱紱青袍映後先，邇來愁過買臣年。壚頭相醵囊須罄，地下誰游劍莫懸。淮浪白滔回魯日，塞氛黄隔姓劉天。賤名忝在齊民版，爲報新蕪傍泖田。

寄陸宅之進士錢思復提學全希言學正

花開花落雪盈顛，三地相望一信無。梁震不慚前進士，杜陵寧是老狂夫。長淮浪接江逾闊，南極星聯斗不孤。想與窮經全學正，酒香鄰社杖同扶。

經游小來涇筒木仲殺

髯參歸隱小郊坰，亂日曾聞險備經。風黑浪高羅刹海，月明天度使臣星。東都先見逢萌得，廣武重游阮籍醒。最是故家春草暗，杜鵑啼殺忍同聽。

夢騎驢

蹇驢雙耳卓東風，前導青衣一小童。石澗倒涵嵐氣白，海霞高貫日輪紅。桃花芝草經行異，鶴髮鷄皮語笑同。却待朝天驚夢失，春醒無奈雨簾櫳。

重游澱山

鼇戴小蓬萊，方諸宫影開。崖根龍洞闢，山脈虎丘來。疏磬重煙水，殘碑半雨苔。因之懷故國，游雁落清哀。

古宫怨二首

萬年枝上月團團，一色珠衣立露寒。獨有君王遥認得，扇開雙尾簇紅鸞。

誤報迎鑾出禁宫，階前草是雁來紅。玉顏豈就秋枯落，萬一和親在選中。

雜題四首

洄塘昨夜綠波增，偶策交州鬼面藤。一雨百花香洗盡，流春矼上立魚鷹。

几杖琴尊共一丘，燕歸巢近午香篝。游絲不挂山人眼，直趁東風入別樓。

水涼風攪一池荷，睡眼醒來手自摩。數席雲陰亂疏樾，髻孫驚報鶴羣過。

藻池岸匝水仙開，滿面香飄玉蝶梅。遺事罷書山館寂，鼠狼行過雉鷄來。

江邊竹枝詞八首

游鯉客山高刺雲，天門山小舊稱君。插江鵝鼻移沙脈，愁殺浪撞黃歇墳。

亂石呀聲大小灣，石中無玉作連環。楚江風浪吳煙雨，翠鎖修眉八字山。

社酒吹香新燕飛，游人裙幄占灣磯。如刀江鱭白盈尺，不獨河魨天下稀。

南北兩江朝暮潮，郎心不動妾心摇。馬駝少箇天燈塔，暗雨烏風看作標。

北望大江南望城，席帽馬鞍並山名。屏障橫。儂是小山漁泊户，水口風門過一生。

石筏横津蛟莫窺，近山張弩或眠旗。儂作神衫與神女，祈水祈風郎不知。

巫子驚湍天下聞，商人望拜小龍君。茹藘草染榴紅紙，好剪淩波十幅裙。

潮落蟆山連狗沙，黃泥鞋浦趁江斜。阿儂十指年嬌小，曾比箇中春荻芽。狗叫沙在蔡港西北，歲產荻芽。予家分佃頃半，沙與蝦蟇山鞋浦相連。

朱家奴阮辭

淮陰三月花開枳，使君死作殊方鬼。眼看骨肉不敢收，奉虜稱奴聽頤指。經遼涉海三歲久，以蝗爲粮麥爲酒。纍骸皴骨何足論，親見徐山墮天狗。今年始得問道歸，城郭良是人民非。主家日給太倉粟，殘生猶著使君衣。攬衣拭淚使尹室，涼月蕭蕭風瑟瑟。回頭還語玉雪孤，勿辭貧賤善保軀，瞻屋未辨雌鳩烏。

重過望亭新城二堡 丙申冬張氏築。

憶昔扁舟自西下，二堡相望無一舍。吴藩判樞翻覆兒，窄衫小弓矜騎射。歸人重經但流水，豆隴彎彎低復起。長途遺庶數十家，三四酒旗風靡靡。君不見郊公遷岐山，衞人城楚丘。外患内修古所侔，成同敗異嗟世□。

會別馬潁漁

别業歸來千里餘，泰山傾蓋喜無如。青衫不污新豐酒，白髮終乘下澤車。地入東南空驛騎，雪消齊魯足淮魚。彼行此住情俱得，尚約鷄肥落木初。

寄錢泰窩陳雲軒二遺叟

天轉雲東上六符，有懷無寐枕同孤。紫芝隱曲歌商皓，烈火殘經補漢儒。私地春先梅老發，盛陰雷疾草狂蘇。祖生遲旦疏殊甚，不計中流少一壺。

喜顔守仁教授留園館信宿

前朝進士過林扃，信宿論心爲竦聽。雲氣夜蟠雄劍紫，天光寒入舊氈青。不同嘉樹生南國，猶夢鯤魚化北溟。老我歸田有龍具，僅堪供卧讀牛經。

同誼書記游查山留題淨無餘西南林壑

地湧叢林小翠屏，海吞孤嶂半螺青。巖扉老衲忘人我，石甃神丹護甲丁。吴甸土寒黄耳魄，泰山草歇白蛇腥。放歌適在風埃表，幢節浮空若下聽。

辛酉雜題一作《古懷》。二首

遺經姑置楚包茅，新筆恭書蠱上爻。利盡島溟珠象郡，道湮鄒魯鳳麟郊。看雲杖名。暮影齊巾角，滴露酒名。春聲落枕凹。自判優游不堪事，鷾鴯添室翠分巢。是歲征雲南，元梁王自縊。

槿籬莎徑入林堂，春作無牽午漏長。音歇野鶯新緑淺，影浮潭鯽小紅香。誰家數應中和節，十畝寒輕二月霜。忍貫緼袍償酒債，時人將謂獨醒狂。

書西厦時洪武丙寅沿海築城

牀頭鴟卧久空金，壁上蝸行尚有琴。孺子成名狂阮籍，霸才無主老陳琳。虹霓氣冠登萊市，蝙蝠羣飛顧陸林。環海煙沙翻萬臿，連村霜月抱孤衾。

秋詞

香散天街静玉珂，露臺風殿夜如何？星從河漢淡中落，秋在梧桐疏處多。鸞影不曾離寶鑑，蛛絲先已綴金梭。君王繭館詢遺事，却擬鸞車共載過。

書無題後凡三首偶感燕太子丹事

火流南斗紫垣虚，芳草王孫思愴如。淮潦浸天魚有帛，塞庭連雪雁無書。不同趙朔藏文褓，終異秦嬰祖素車。漆女中心漫於邑，杞民西望幾踟蹰。

塞空霜木抱猿雌，草暗江南罷射麛。秦地舊歸燕質子，瀛封曾畀宋孤兒。愁邊返照窺牆楊，夢裏驚塵喪鞢鞴。莫識《白翎》終曲語，蛟龍雲雨發無時。元世祖聽彈《白翎雀》曰：何其曲終有淒怨之聲乎！

幾年薪膽泣孤嬰，一夕南風馬角生。似見流星離斗分，謬傳靈武直咸京。九苞雛鳳沖霄翼，三匝慈烏落月情。縱少當時趙雲將，卧龍終始漢臣名。錢牧齋曰：洪武七年，遣元幼主之子買里八剌北歸。此詩記其事，故有舊歸質子及南風馬角之句。太祖封買里的八剌爲崇禮侯，故曰「瀛封曾畀宋孤兒」也。

芮庠卿邀費孟霦同知陪酌背孰堂既同晚步口號

罷酒出前楹，霜寒著面輕。林腰煙帛束，天角火鋒生。卧木橋通野，疏罾水隔城。寬袍曳筇竹，俱老愧宵征。

題泖塔時主僧賢如愚不在

何年窣堵聳奇觀，勢若蛟龍上糾盤。秦縣赭衣淪鬼國，泖係先秦囚倦縣。梵家寶藏壓鶩湍。野瞻雨黑重燈夜，天卧空青一鏡寒。欲買扁舟占漁户，老緣無力候衡官。

甲子冬偶書

雲東亂定少新知，江左書來有跛兒。才盡罷爲文自祭，醒狂寧要臿相隨。天家青女催衣急，漏水金人上箭遲。却喜故妻原上樹，十年羈羽託深枝。

乙丑秋書

腰痛非干米，眵昏漸廢書。静知天運密，老與堠程疏。緑吉黄甘外，紅鮮白小初。兒歸共貧樂，容易歲云除。

園館雜書二首

竹樹藏山石作門，魚矼水帶洗花痕。鶯聲又在鷄聲外，老不勝官只住村。

殊鄉春色不曾濃，才力新兼病思慵。一枕清風聞格磔，半瓶香雪浸蓯蓉。香雪，酒名。

雲顯天民葉顒

顒字景南，金華人。少壯有志事功，未嘗干謁，人罕知者。晚遭元季之亂，結廬城山東隅，名其地曰「雲顒」，自號「雲顒天民」。既而移居山之西隅，與雲顒相望不數里，時得以幅巾野服，輕鞋瘦策，從樵夫芻叟相往還其間。自序所作詩，以爲薪桂老而雲山高寒，音調古而巖谷絶響。故名之曰《樵雲獨唱》。長孫雍編次成帙，曾孫户部尚書淇重刻之。廣東布政使安丘袁凱爲之序云。錢牧齋《列朝詩集》所載：葉樵雲顒，字伯愷，洪武中登進士，官行人司副，免歸。按集中《挽琳荆山上》云：「大德庚子春，生我及此公。」以年計之，當洪武戊申，景南年六十有九矣。其《獨樂歌》云：「屈指今年七十五」。集中詩皆高曠之言，絶無及仕宦者。袁布政序云：使先生後生數年，際我朝之明盛，與一時俊乂並列庶職，其事業必有可觀，惜其不然，而徒於言語文字間見之，其志不亦可哀矣乎！袁序作於成化間，不應有誤。牧齋所云，未知何所據也？又《震澤編》所載，東山葉順，字伯昂，嘗以鄉貢爲和靖書院山長。此則又一同名姓者耳。

題松雲齋十五韻

青松如舞蛟，白雲如游龍。龍游化甘霖，與世爲年豐。蛟舞散清影，利爪拏高穹。二者無限奇，盡入幽人宫。幽人室懸磬，隱約松雲中。松秀悦耳目，雲生盪心胸。讀書坐雲石，鼓琴雜松風。無往不自得，深喜世慮空。披雲採松花，何啻食萬鍾。萬鍾食有盡，松花味無窮。松雲幸無恙，天地同始終。扶笻一相顧，摩雲撫孤松。問松幾何年，適與雲會同。松静了不言，雲去尋無蹤。回首萬峰頂，但見山重重。

三月望夕玩月

長空蟾吐魄，良夜何團團。皎如青銅鏡，璨比白玉盤。試浴海波底，飛上青楓端。徘徊嵩岱間，宇宙生清寒。神光常不泯，留作千載看。

江南懷古

仗劍出西遊，來□帝王州。登高望故國，感慨彈箜篌。長歌四五發，雲物慘不收。歌聲忽悲壯，江漢不敢流。巍巍天目山，王氣今已休。英主從北來，長驅勢莫留。浮雲捲旌旗，天兵動戈矛。國破佳人死，時危志士憂。遂令歌舞地，夜雨鳴松楸。野殿莓苔古，荒城鳥鼠秋。茫茫古帝魂，千古不可求。神飛故宫遠，月出西陵幽。淒涼白雲鄉，寂寞芳草洲。我欲弔古蹟，落日寒颼颼。無言一尊酒，悲風起閒愁。

讀書山月下

讀書山月下，月色流巖扉。松風吹毛髮，草露沾裳衣。研精探玄奥，竭思窮幽微。興亡空感慨，今古誰是非。孔孟幾千載，斯文愈光輝。蚩蚩愚下士，去此將安歸。

舉酒春風前

舉酒春風前，勿訝衰顔紅。藉兹麴蘖媒，成彼醞釀功。頓使鐵石腸，化爲歡悦容。喜色浮鬢眉，和氣填心胸。浩浩六合間，廣扇淳厚風。兒女豈知此，唯醉芳花叢。

圍棋白日静

圍棋白日静，舉袂清風吹。神機衆未識，妙著時出奇。我老天宇内，白雪凝鬢眉。坐閲幾輸贏，歷觀迭興衰。古今豪傑輩，謀略正類棋。局終一大笑，驚起山雲飛。

舞劍清夜闌

舞劍清夜闌，孤燈耿中堂。一舞空奸邪，再舞摧豪強。頻起爲君舞，月出雲飛揚。氣衝牛斗暗，影動蛟龍翔。悲風轉蕭颯，壯志彌慨慷。時哉不可逢，石匣深韜藏。

漁父曲

雨過暮雲收，江空涼月出。輕蓑獨釣翁，一曲秋風笛。宿鷺忽驚飛，點破煙波碧。

東籬丙辰季秋作

曳杖東籬下，層巒列環岫。南山如有情，青翠俯相就。松桂二老蒼，煙霏乍無有。孤雲屢出奇，羣峰競呈秀。圖彩寫晴嵐，琴音漱寒溜。采采黄金英，芳香滿衣袖。

秋懷次童中州韻二首

長空好明月，燦爛今夕晴。萬里皆月色，四顧無人聲。徘徊下青松，照我茅屋明。我望長歎息，悠然萬感生。取杯挹清光，和此松露傾。嚥之清肺腑，快我平生情。

桂魄延秋景，松飈生夕凉。良宵兩相值，蕭瑟流清光。風聲驚客鬢，月影照我牀。徊徨不成寐，轉覺歲月長。起坐問風月，而我誰老蒼？風静月不言，耿耿天中央。

疏齋晚步

睡足白雲窩，行吟青草坡。夕輝流月展，空翠溼煙蓑。

遊三洞金盆諸峰絶句 録三。

徘徊三洞天，翻作十日留。何當約安期，共爲千載遊。

大山嚴而尊，小山婉而秀。往來兩山間，巖霏溼吟袖。

犬吠人家近，鳥啼春晝晴。澗草有幽色，野花無定名。

莫愁煙艇

莫愁江上艇，月夜扣舷歌。甚欲尋遺迹，江空煙浪多。

美許士謙選壯丁有法

烏臺憲史天下奇，姓字久爲人所知。風霜面目松柏操，鐵石腸肚冰玉肌。羣兇肆虐干天誅，潢池弄兵如小兒。中原在處皆反側，擾攘豈獨東南垂。寓兵於農古王制，憲史於此力主之。羽書差兵以萬計，頃刻而集敢後期。厲兵秣馬在此舉，指日要斬蚩尤旗。廓平天宇清海嶽，獻俘受馘朝丹墀。東州老翁頭雪白，拭目願見承平時。南山有石踞如虎，擕歸我欲鐫公碑。

辛丑歲軍亂後李元常賦詩傷感予次其韻

亂後依然舊城郭，青山不老秋雲薄。人民皆非可奈何，歲月無情隨逝波。短世功名何暇論，相逢存没驚相問。夜寒兒女泣牛衣，紫鳳天吴顛倒披。訪舊驚心生百感，兩脚如麻春不煖。秖多幽滯哭酸風，何人背面啼春紅。

登九龍山訪孝標遺迹月下飲酒

杖藜扶我登九龍，輕鞋短袂隨天風。九龍飛去幾千載，雲閒青老秋山空。孝標先生骨應朽，清名與山同始終。荒煙衰草迷古洞，唯有皎皎栖青楓。酒邊半醉弄明月，月光忽落杯酒中。舉杯歡笑和月吸，清光散入胸次照我突兀磊磈之孤衷。平生所蘊剛毅氣，洞然明白無隱容。信知古人嗜好不在酒，愛其果能助發英鋭之志醞釀麴糵之奇功。興懷不盡下山去，明月又在天南東。

金華尉趙德夫祈雨有感

陽烏赫赫明高穹，火雲不雨天西東。晴波渴飲千丈虹，嘉穀槁死生𧏮蟲。金華趙宰亦憫農，陳辭涕泣呼天公。食天之禄因農功，視農不救寧爲忠。下人無罪天所容，願爲斯責歸微躬。志誠直通龍伯宫，須臾遣出雙玉龍。利爪排空怒且雄，阿香推車海若從。鞭雲駕雨隨天風，下與世人爲年豐。要令飢旅顔回童，少焉雲散天宇空。神龍却歸潭水中，廟閉山空鼓鼕鼕。

春雪

百花憔悴東風寒，六花爛熳開正繁。東君似欲誇富貴，瓊臺玉樹真珠闌。緑楊無力晴抛絮，青松不老雲生樹。貪觀天女跨鸞歸，失却仙人騎鶴處。斜斜整整復霏霏，却憶銜枚入蔡圍。奇功未立英雄老，壯志雖存氣力衰。酒酣舞劍情難歇，指點銀瓶莫教竭。醉中猶自憶當時，鷲鴨城邊一池月。

沙溪清隱

繞屋一灣水緑，迎軒數朶峰青。沙路鷗盟新定，雲松鶴夢初醒。

九日寄興 庚申歲。

黄菊香殘夜雨，烏紗醉落秋風。囘首十年舊事，亂雲流水西東。

月夜梅邊即事

香裏寒雲滿溪，月明津渡人迷。夢入江南舊路，夕陽流水橋西。

示小兒阿真牡丹荼蘼春暮各一首

絳色羅裳緑色襦，沈香亭北理腰肢。含風笑日嬌無力，恰似楊妃睡起時。

一點檀心氣味長，向人無語舞《霓裳》。千紅萬紫消磨盡，猶有風吹不斷香。

老紅新緑駐煙波，無奈青皇促駕何。又是一年春事了，杜鵑聲裏夕陽多。

晚步

偶隨芳草踏斜暉，石徑雲深翠滴衣。兩袖天風明月上，杖頭挑得樹陰歸。

次韻周安道憲史仲春雨窗書懷十首　録三。

茶鼎松濤翻細浪，桃谿花雨湧香泉。旋尋筍蕨春山下，不枉江南二月天。

破除愁悶無過酒，消遣情懷正要詩。燕子不來春又半，一簾花雨海棠時。

蜨賴鶯慵燕語衰，紅羞緑怨澀難開。晴窗誤聽山禽樂，又是鳴鳩唤雨來。

用前韻序山家幽寂之趣呈前人十首　録三。

夕陽香徑逐東風，疲策輕扶數落紅。信步偶隨流水去，不知身到白雲中。
雲舒山色千峰秀，雨過蛙聲兩部鳴。多謝知心峰頂月，夜深長到寢牀明。
一任猿驚野鶴猜，老懷笑口要頻開。高眠蕙帳春風暖，不怕雷聲入枕來。

霜天曉角

耿耿星河曙欲流，角聲悲壯起層樓。滿江明月清霜重，人與梅花一樣愁。

冬景十絶　李從道麗澤詩社出題，〔延祐〕（至治）己未至己亥，四十年矣。録四。

鷺立寒江

青苔白石魚鱗腥，盡日獨拳寒雨汀。疑是晴江沙上雪，黄昏一點不分明。

霜天曉角

城上征人吹角聲，月寒霜重聲冥冥。孤舟萬里南遷客，起著衣裳帶夢聽。

江路梅香

漠漠江雲路不分，小橋流水夕陽村。吟翁馬上頻回首，一陣東風暗斷魂。

書舍寒燈

青燈黄卷伴更長，花落銀釭午夜香。異日長檠珠翠處，苦心寒餤莫相忘。

丁酉仲冬郎景　録二。

雲巢鶴睡

煙梢深處穩棲翎，標格孤高迥出羣。只恐聽琴驚夢醒，踏翻松頂一巢雲。

月嶺猿啼

樹頭清嘯兩三聲，紙帳梅花睡欲成。唤醒冷泉亭上夢，嶺雲飛動月初明。

故圃梅花

身世水雲鄉，冰肌玉色裳。靈均千載恨，和靖一生忙。南國遺高躅，東風遞暗香。久同松柏操，肯學杏桃妝。冷淡孤山月，高寒半夜霜。鶴猿常款狎，蜂蝶任猖狂。

送應空谷上人遊吴尋師二首僕於湖山泉石有疇昔之好末章故及之

録一。

落日南朝寺，吟筇幾度登。欲尋前日路，去訪昔年僧。浙水生新浪，吴雲暗舊燈。阿師如到彼，爲謝嶺南能。

題應上人淨深精舍

一室纖塵絶，爐煙貝葉經。每呼明月至，常遣白雲扃。竹色侵虚幌，荷香襲小亭。晚來開瓮牖，放入數峰青。

感懷

天步艱難日，人情向背秋。慚無醫世術，喜免抱官囚。發憤尋青史，消愁數白鷗。草廬諸葛輩，幸出爲時謀。

午窗睡起偶吟閒花落硯池小兒士廉率爾應聲曰香絮粘棋局遂足成一律

睡醒碧窗虚，無人松影移。庭空晴晝永，徑静夕陽遲。香絮粘棋局，閒花落硯池。□□煙樹鳥，飛過白雲枝。

己酉新正

天地風霜盡，乾坤氣象和。曆添新歲月，春滿舊山河。梅柳芳容穉，松篁老態多。屠蘇成醉飲，歡笑白雲窩。

七月望夕予曳杖步月直造峰頂高吟朗詠劃然長嘯興盡而返明日山下居人咸言聞清嘯驚醒塵夢者數十家予因賦詩以紀其事云

藜杖策風輕，芒鞋步月明。鶴翻青徑影，猿度翠巖聲。草露沾衣冷，松泉漱石清。崇岡發長嘯，塵世夢驚醒。

採蓮歌

越女㴸江頭，煙波萬頃愁。往來荷葉浦，蕩漾木蘭舟。島闊香雲冷，江空明月秋。清謳三四曲，聲斷白蘋洲。

春晴

曉洞雲歸溼，春山草木新。夭桃含宿雨，嫩柳裊輕塵。蝶翅寒尤怯，蜂衙晚漸陳。香風簇羅綺，已有踏青人。

日暮江村雜興

釣艇已收罾，無人深閉門。雲生沙上石，月出水南村。寂寞寒潮遠，微茫煙浪昏。孤舟中夜笛，感慨動吟魂。

山莊卽事

策杖步松關，銜杯看遠山。青鞋陪月去，翠袖裹雲還。芳草斜陽外，落花流水間。山林多樂意，無夢到塵寰。

江村晚景

野水溪橋外，荒村八九家。雨晴漁網曬，風定酒旗斜。紅樹霜江葉，黄蘆月岸花。何當從此隱，重整釣雲槎。

春遊晚歸

小雨雜煙霏，晴光弄夕暉。蔫紅侵酒斝，空翠潤琴徽。風襲吟翁帽，雲香野客衣。殷勤花徑月，寒影照人歸。

次韻賈逢源見寄

短髮凋秋鬢，天風快晚晴。閒唯欣有味，老不歎無成。白石和雲煮，青山帶月耕。無心少年事，慷慨樂從征。

重九後菊

癡蜨狂蜂未用疑，從來根性懶趨時。情知不少争先輩，故遣遲開殿後枝。斜日園林方冷淡，西風天地特清奇。芳苞小蘂秋香老，不是淵明斷不知。

題幽居

隔谿春色兩三花，近水樓臺四五家。濁酒不妨留客醉，好山長是被雲遮。松根淨掃彈琴石，柳下常維釣月槎。路狹不容車馬到，只騎黄犢訪煙霞。

乙未八月二十二夜夢宿山寺與僧講道論詩不覺夜分僧賦一聯云鶴向白雲棲處宿僧從青嶂影邊歸覺而微改其句足成一律云

天風吹夢過招提，瘦策迢迢扣夕扉。鶴揀白雲枝上宿，僧從青嶂月邊歸。杉松韻古調清樂，苔蘚痕深染弊衣。多謝山靈能念舊，此心焉敢忘煙扉。

二月江城見梅二首

二月江城第一枝，怕寒故故著花遲。不嫌艷杏夭桃俗，甘受狂蜂妒蝶疑。月落西湖驚舊夢，雪消南國憶當時。樓頭亦有霜天角，懶對春風煖日吹。

桃杏紛紛正得時，疏梅高潔合知幾。如何萬卉嬌春日，猶有孤芳駐夕暉。未要板橋尋蠟屐，最宜沙路試羅衣。輕鞋小扇孤山下，絶勝逋仙踏雪歸。

懷湖山隱者 并序。

湖山隱者，不知何許人？往來湖山間，茅衣草履，竹策紗巾，問其姓名，則笑而不答。蹤跡似詭異，而辭情慷慨，神思清遠，未易量者。寡結交，少許可，性不喜譽人，而亦不沽譽於人也。嘗與人談論古今，斟酌時事，一言不相合，引而去之，不復回顧。近不知所之云。

湖海無求放逸人，不將清夢出丘林。喜吹異代秋風笛，解鼓空山夜月琴。驚歎時危如有意，貪眠雲煖又無心。邇來蹤跡難尋覓，高卧岑巒萬疊深。

次槎字韻述懷

形容枯似飽霜槎，身老空山處士家。一徑梅香雲滿地，半窗花影月籠紗。常穿謝氏登山屐，慣設孫郎餉客瓜。離亂固非疇昔比，池塘難得爲官蛙。

喜余仲揚陪樞掾俞公芳催兵海道歲晚遠歸

羽檄催軍歲晚歸，海南消息定何如。腰邊雖少封侯印，囊底應多盪寇書。越水閩山牽舊夢，蠻煙瘴雨襲輕車。短衣匹馬男兒事，莫戀丘園月下鋤。

至正戊戌九日感懷賦十律見意云

吴楓初冷水痕收，塞雁南飛渡遠洲。歲月無情天地老，江山不盡古今愁。黄花謾引杯中物，白髮空驚鏡裏秋。却笑桓温清讌後，終然無夢到神州。

謾多離思繞東籬，舉目江山異昔時。落日邊城悲鼓角，西風天地動旌旗。荒村亂後愁無酒，野老胸中喜有詩。風景不同人事別，菊花何必上寒枝。黄花有恨驚秋老，白髮無情對日斜。杜牧仙遊詩寡和，王弘人去門掩東籬處士家，每逢佳節惜年華。黄花有恨驚秋老，白髮無情對日斜。杜牧仙遊詩寡和，王弘人去酒須賒。烏紗醉裏西風冷，千古令人憶孟嘉。

誰復攜壺上翠微，干戈爛熳酒尊稀。西風細雨黄花瘦，衰草荒煙白雁飛。落日有時懷故國，舊居無主鎖空扉。龍山回首尤非昔，長使英雄淚滿衣。

晚對南山飲濁醪，少舒幽憤醉酶酶。雲邊黄菊紉芳珮，世上紅塵襲弊袍。陶令官閒身尚健，孟嘉帽落趣殊高。登臨我亦秋風客，虛負人呼一世豪。

雲鎖當年落帽臺，滿山黄菊爲誰開？久無異士高人識，長有狂蜂妒蝶猜。斜日東籬增感慨，西風南國正塵埃。如何得似承平舊，與客攜壺共酒杯。

慵整東籬貰酒瓶，白衣望斷夕陽亭。征鴻北渡煙塵冷，戰馬南嘶草木腥。嫩菊半開香未老，奇峰相對眼終青。何當得與淵明約，共醉秋風不願醒。

風急登高野客傷，悲笳聲裏過重陽。正須擊劍論孤憤，何暇攜壺舉一觴。白骨不埋新戰恨，黄花空發舊枝香。寒煙冷日東籬下，西望柴桑路更長。

悠悠江影雁南飛，黄菊飄香蝶滿枝。斜日西風彭澤酒，殊方異國杜陵詩。煙巒慘澹山林暮，霜葉蕭疏草木悲。醉後不思時節異，半攲烏帽任風吹。

滿城風雨晚淒淒，城北城南盡戰車。無藥可能醫世亂，有錢常欲買山居。牀頭小瓮開新釀，屋底明窗讀故書。園菊豈知吾輩意，清香惟解繞茅廬。

元宵雪感懷次韻

金帳羊羔酒裏仙，醉觀皓鶴下瑶天。寒英忽舞顛狂絮，香燄俄開爛熳蓮。閬苑有花春未老，芳城不夜月空圓。茅齋僵卧袁夫子，也玩鼇山懶去眠。

乙巳正月十二日雪中感懷

梅李争妍冷更榮，楊花飛絮溼尤輕。雪梢香凍鶯聲澀，月樹光寒蝶影清。兒女祇貪金帳樂，英雄空老玉關情。自憐衰朽心猶壯，夢裏麾兵入蔡城。

曲江老人錢惟善

惟善，字思復，錢塘人。領至正辛巳鄉薦，官至副提舉。張氏據吴，退隱吴江之筒川，又移居華亭，明洪武初卒。思復長於毛氏詩學，强記而多才。鄉試時，以《羅刹江賦》命題，鎖院三千人，不知羅刹江之爲曲江也。思復引枚乘《七發》爲據，其首句云：「惟羅刹之巨江兮，實發源於太末。」大爲主司所稱，由是知名。號「曲江居士」，又自號「心白道人」。所著《江月松風集》，陳衆仲爲之序，謂當壯盛之年，未嘗有紛華之悦。觀其爲詩，妥適清蒨，娓娓乎有唐人之流風焉。思復與楊廉夫倡和有句云：「笠澤水寒魚尾赤，洞庭霜落樹頭紅。」又云：「漢史丁公那及齒，陶詩甲子不書元。」蓋有感而言之也。錢思復《江月松風集》十二卷，焦澹園《經籍志》不載，錢牧齋《列朝詩集》録思復詩九首，得之賴良《大雅集》所載者而已。練川陸子垂家藏思復手書詩集，後歸於秀州曹倦圃，友人金亦陶鈔得之，合之甫里許氏所藏，與陸氏原本無異。倦圃云：余家藏元人真蹟有思復詩，乃知《江月松風集》尚多遺佚。思復以書名卷册流傳人間者，隨見當補入也。

對月酌酒

對月不飲酒，何以陶吾生。明輝散空白，照我千載情。泠然輒忘寐，但覺風露清。寒蛩雜羣籟，天地皆秋聲。流光不可駐，長江終夜鳴。酒盡月欲墮，浩歌倚層城。

送酸齋學士之西川

薊北文章客，風流迥不羣。潮聲秋別夢，月色夜留君。三峽吞秦樹，千峰抹楚雲。形骸捐水石，來往更殷勤。

靈壁手印篇 并序。

漢以江都王女細君嫁烏孫，王女過靈壁，嘗扶以石。後人鐫石爲模，腕節分明，故述其事而爲之辭。

漢香飛入烏孫國，踰白龍堆行絶域。萬里窮愁天一方，曾駐鳴鑣倚靈壁。靈壁亭亭立空雪，石痕不爛臙脂節。神飇吹影高撩秋，提雲欲補中原月。穹廬作室牆以旃，珮環魂託胡歌傳。當時雙淚灑成血，血成碧色苔花堅。青塚相望去不歸，歸時定化黄鵠飛。千年恨隔氈城夢，漢使者過空沾衣。

王氏節婦詩 并序。

丙子歲，天台王氏妻爲兵所掠，至嵊縣青楓嶺，嚙指題五十六字石上，投嵊江而死，迄今血書宛然。泰定初，邑徐丞始上其事，請立廟旌之。晉張仲舉首倡作詩一章，邀好事者同賦。又聞丙子間，襄陽賈尚書兒婦，韓魏公五世孫也。岳州破，被虜之明日，以衣帛嚙指書長詩，渡江中流，自溺而死。其詩多有可稱者。有「江南無謝安，塞北有王猛」之句，士大夫咸膾炙之。因感其節同，其事類，故并及之云。

昔年襄陽賈尚書，兒媳韓氏身葬魚。當以血濺雲錦襦，至今波蕩青瓊琚。嗟指堂堂丈夫氣，乃見蒼茫甲兵際。倚舷不忍渡中流，翻然直向龍宫逝。嗟嗟赤城王氏妻，青楓嶺滑愁雲低。崢江水黑幽魂啼，峭壁萬仞無由梯。望夫不來歸路迷，石痕雨碧風淒淒。君臣失國時所偶，兒女喪家我何有。丹精貫日昭不朽，朝廷立廟嵺江口。荆揚孰謂風俗媮，嗚呼貞節無與儔。二女允也忠義流，他年太史須編收。

八月十五夜風雨後見月有懷

天柱峰高月華碧，自古人間風雨隔。飄然欲探蟾窟游，萬里陰霾妒良夕。玄雲忽開黄道明，顧兔涵秋抱冰魄。嫦娥偷藥長少年，桂子薌霏羽衣濕。飛仙挾我凌太清，萬丈寒光湛虚白。美人不來空夜涼，《白紵》歌闌露花積。

送曹克明員外之湖廣省

錢塘西望武昌城，天際飛艎幾日程。三峽波濤下江漢，九疑雲霧接巫衡。笑談落落蕭曹佐，登覽蒼蒼屈宋情。更把文風變丹徼，不須銅柱紀南征。

題杜甫麻鞋見天子圖

四郊多壘未還鄉，又别潼關謁鳳翔。九廟君臣同避難，十年弟妹各殊方。中興百戰洗兵甲，萬里一身愁虎狼。寂寞當時窮獨叟，按圖懷古恨茫茫。

故宫春望次平禹成韻

登臨休賦《黍離》章，千里江流接大荒。劍鎖血華空楚舞，鏡埋香骨失秦妝。薜蘿山鬼啼螢苑，荆棘銅駝卧鹿場。寂寞萬年枝上月，夜深猶照舊宫牆。

早發葑門得風直抵阜林泊

白龍廟前風浪生，扁舟初離闔閭城。嬋娟霜月雁千里，顛倒衣裳雞五更。櫓答漁歌江入夢，帆迎野色樹移程。葦間何限秋蕭瑟，愁絶胡笳出塞聲。

述懷

倦游湖海十年餘，人物如雲想國初。貞觀名臣重房杜，建安才子數應徐。聞雞起舞關河壯，射虎歸來事業疏。便欲巢松尋五老，短檠依舊滿牀書。

宫詞二首和符安理鎮撫韻

放生池上月沈鉤，掖樹如雲易得秋。鐘動景陽梳洗早，轆轤聲轉井幹樓。

夢驚鴛瓦落宫牆，殿鎖長秋怨夜涼。教授後庭今白髮，舊時博士漢披香。

懷陳子敬王子仁

倦游年少滯江南，憂患驚心百不堪。韶海有人遺白葛，洞庭無客寄黄甘。涼風拂袵聽喉囀，夜雨移燈覆手談。寂寞歲寒梅共我，月明索笑碧雲檐。

洛陽陌

驅車洛陽陌，周道何逶遲。玉帛走侯甸，金湯固城池。潘令好桃李，阮生多路歧。銅駝卧荆棘，索靖獨先知。

長安道

車馬如流水，樓臺結彩虹。王孫來戚里，豪士遇扶風。不覩衣冠盛，空聞意氣雄。鳶肩亦何事，日暮醉新豐。

關山月

落落漢時月，蕭蕭古戰場。揚輝子卿節，逐影細君裝。高映玉關外，低沈青海傍。不似閨中夜，祇照繡鴛鴦。

折楊柳

何處好楊柳，攀條贈遠行。花飛渡江水，客醉蹋歌聲。秋色彫榆塞，春陰接鳳城。一枝不敢折，爲近亞夫營。

湘淚竹管

黄陵廟前捐珮玦，龍影摇文織湘血。翠帷塵滴不乾雲，湘水無聲楚魂咽。鑾娘弄作吴娥吟，五音嘹亮生枯節。一聲直向天上聞，手挾飛仙挽秋月。嗚嗚似向煙中語，十二螺鬟排律吕。黄鶴樓空人不還，斷腸聲裏招神女。

早起

披衣起危坐，心清聞曉鐘。流光入窗白，月澹西南峰。游魚躍風藻，幽禽翻水松。青山如膏沐，遠樹煙爲容。舟人與漁子，菰蒲深處逢。

保叔塔

金刹天開畫，鐵檐風語鈴。野雲秋共白，江樹晚逾青。鑿屋巖藏雨，黏崖石墜星。下看湖上客，歌吹正沈冥。

送著作兼善赴奎章典籤

龍飛天子中興年，使者弓旌集俊賢。閶闔早朝班玉筍，瀛洲夜直賜金蓮。五經同異須劉向，三絶才名數鄭虔。黼黻當時遺老在，長歌《黄鵠》送樓船。

題金明池圖

金明池涌槖駞虹，駕幸瓊林歲歲同。貔虎羽儀陳鹵簿，《魚龍》角觝戲珠宫。樂游臺殿今成沼，習戰旌旗昔蔽空。寂寞畫圖傳後鑒，六飛回首塞塵紅。

悼西山猿

老衲敲松唤不還，黑衣何處落潺湲。慣曾索果西湖上，無復號弓楚峽間。挂月影沈千尺樹，嘯雲聲斷萬重山。羈雌寂寞成孤怨，更約他生獻玉環。

題廣微天師昇龍圖

噓氣乘雲薄太清，墨卿靈怪硯池腥。波濤光彩失雙劍，風雨晦冥驅六丁。朱火騰空超碧落，翠鱗垂水捲滄溟。真人上挾飛仙去，安得攀髯過洞庭。

春游曲和傅子通韻

蛾眉曉壓黛雲冷，蟻波渌泛秋蛇影。千金難買能賦人，轆轤聲沈舊宫井。青絲不梳慵早起，十二螺鬟翠相倚。鸚鵡解言天上愁，紅雨香漂御溝水。羲車急急催飛光，杯中淺深愁短長。東鄰誰唱斷腸曲，游絲落絮春茫茫。

劉時中待制見和定山十詠作詩以謝

玉堂學士來湘中，笑攬衡霍吞雲夢。西瞻峨眉呼太白，南望蒼梧登祝融。射魚昔號玄真子，樵青隨處擕詩筒。扁舟匹馬萬里外，曾渡瀛海過崆峒。識荆再拜二十載，棄繻誰復憐終童。辭官錢唐聽江雨，願言《擊壤》歌元豐。定山品題自靈□，屹然當道江争雄。雲泉靈洞自奇絶，燒丹嘗聞留葛洪。浮山下鎖蛟龍窟，百川砥柱爲之東。五雲高標太古雪，月輪直上清虚宫。招提翬飛翥龍鳳，漁子暝宿蘆花風。是問勝槪難指數，作者往往皆名公。山靈昨夜見我夢，喜得珠玉傳無窮。杖屨何時此幽討，潤色舊觀重發矇。問公前身竟誰是，香山居士東坡翁。

江聲得五字

小海歌闌渺平楚，中流日暮猶鳴櫓。怪疑鐵笛和龍吟，清應冰絃出魚舞。響入蘆花暗長潮，寒吞樹影晴飛雨。遡源欲聽巫峽秋，夢繞峨眉月三五。

奉和太常博士柳公浦陽十詠詩 録四。

龍峰孤塔

巋然特立梵王宫，梯級惟容鳥道通。翠壁雲綃紅劫火，鐵檐鈴雨落秋風。高標插漢蒼龍左，倒影横江白鶴東。何日捫蘿尋勝迹，不愁千里目難窮。

南江夕照

目盡江南送夕陽，空明直下接魚梁。千重雲岫連平遠，五色霜林映渺茫。孤鶩倒飛天上下，長虹高臥水中央。白雲紅稻多秋思，付與詩翁了醉鄉。

東嶺秋陰

青山失色暗丹楓，廣野平林杳靄中。半嶺無雲時慘淡，尺天不雨亦空濛。冥冥南向藏玄豹，漠漠東開見白鴻。高處夕佳難攬結，掃除陰翳待雄風。

昭靈仙迹

肌膚冰雪藐神人，此地昭靈迹未陳。華表鶴歸終解語，鼎湖龍起復攀鱗。雨香寶穡瓊田曉，露冷琪花碧澗春。仙馭時隨青鳥去，定陪崑圃宴羣真。

述懷寄光遠并簡城南諸友二首

野人無事久忘機，肯信紛華有是非。花信欲闌鶯百囀，麥芒初長雉雙飛。書中歲月仍爲客，枕上江山屢夢歸。時復思君倚深樹，不知殘雨溼春衣。

青青草色接平蕪，翠湧千峰入座隅。戴勝晨呼採桑女，於菟夜警牧豬奴。羽觴洛水聞修禊，單袷温泉想舞雩。欲泛蘭舟過春渚，一樓煙雨似西湖。

書懷

春夢渾難記，年光不可留。絮輕隨野馬，黮熟醉林鳩。緑樹深藏徑，青山直上樓。功名等閒事，一笑拂吴鈎。

送李德夫福建運司書吏

吴柳初黄越樹丹，照人秋色送征鞍。雲隨親舍回揚子，山引郵城入侯官。萬石鹽鐃輸海賦，兩潮魚上助盤餐。武夷我有南游約，欲借扶摇駕羽翰。

與默齋先生聯句成口號

官柳新晴啼乳鴉，外甥昨夜喜還家。河豚江鱭都供酌，獨奈春寒惱杏花。

粉團花下夜飲

萬花碎剪玉團團，晴雪飛香夜不寒。恰似玉人相對立，酒樽移月近前看。

九月晦日張機仲同宿明慶亭會堂上人房是夜讀羅昭諫詩

寶坊金碧近閶闔，閣道沈沈警夜嚴。萬石華鱷驚海獸，四檐鐵鳳語飛廉。傷時我豈同昭諫，覓句師能及道潛。一榻茶煙清夢熟，因思松瀑灑冰簾。

元宵偶作

彈壓城池夜屬櫜，放燈那復事奢豪。水晶宫裏香風細，曾見神山駕六鼇。

正月十六日遊湖上

東風杖屨偶相從，試傍新隄覓舊蹤。花竹園池通一徑，金銀樓閣倚千峰。林煙日午青先暝，湖水天寒緑未濃。賣酒壚頭人似玉，抱琴時復醉臨邛。

張園雜賦二首

清夜無眠疊鼓催，竹梢垂露點蒼苔。滿池月色如霜白，一片鼃聲似雨來。

螢火隨風撩亂飛，樹頭殘雨滴人衣。無端疏竹偏宜月，寒碧蕭蕭光入扉。

送李可度

暫駕仙舟絶海濤，未應歸夢又金鼇。漢家長者爲廷尉，江左參軍辟掾曹。十月蛟鼉淮浪静，九天鷹隼朔雲高。匡時有用須公等，莫遣吴霜點鬢毛。

送陳衆仲之官翰林應奉

畫鷁齊飛發棹謳，泛江幾日過揚州。曉雲最白梅花驛，春雨初香杜若洲。一代文章關氣運，十年館閣擅風流。緑波草色連天遠，不是尋常送別愁。

和季文山齋早春二首

方壺元不離人間，倚遍東風十二闌。煙雨樓臺春似畫，水雲窗户畫生寒。遥知洗鼎煎茶待，定許敲門借竹看。醉後石橋花爛熳，翠禽啁哳在檐端。

落梅風細小窗寒，石上餘香點點斑。不惜壺觴千日醉，只愁庭館一春閒。澗雲生白元非雨，江樹排青更有山。攜取畫圖溪上去，鶴聲應到夢魂間。

題子昂疏竹遠山圖

玉立湘江闊，東風不自持。巫山何處是？春雨掃蛾眉。

晚雨過白塔

宋宫傳是唐朝寺，白塔崔嵬寢殿前。夏雨染成千樹緑，暮嵐散作一江煙。蒼苔門外銅鋪暗，細柳營中畫角傳。寂寞葫蘆宫井畔，野人拾得舊金鈿。

送王舉之入京就簡樵谷

短衣匹馬佩吴鈎，欲寫關河萬古愁。射雁秋風高紫塞，聽鶯春色滿皇州。黄塵驛路三千里，白玉京城十二樓。無酒送君懷抱惡，過江爲覓故人舟。

題魯彦康所藏范寬山水手軸

看雲終日坐蒼苔，溪上千峰紫翠堆。種竹人家臨水住，抱琴客子過橋來。欲書盤谷先生序，更把潯陽處士杯。他日卜居能似畫，草堂題作小蓬萊。

寄吕彦孚

覓句隱烏几，談經坐虎皮。乾坤秋已半，風雨夜何其。聚散偏相憶，窮愁不自悲。但令交有道，莫惜鬢成絲。

至元六年庚辰十又二月庚辰朔己亥大雨雪戊申復雨雪至七年辛巳正月朔旦己酉雨雪大作癸丑甲寅復大雪因賦詩以記

城郭雪深三四尺，窮谷大川那可量。虎狼憑威肆貪虐，雀鳥凍死何哀傷。海中三山失顔色，堯時十日無晶光。梅花相看夜忘寐，門外不知回野航。

極目亭

南望富春渚，雲山縱復横。野陰低驛樹，秋色帶州城。千古共登覽，一江空戰争。海門遥見白，應是晚潮生。

雨後登吴山過城隍廟眺望

偶向吴山高處望，淒凉猶自覺繁華。百年香火祠神宇，二月笙歌賣酒家。渺渺風帆來海島，冥冥江樹接煙沙。倚闌貪看西湖上，古木荒城日又斜。

漁村意

丙穴魚來江盡頭，玄真卜築更深幽。對門燈火三家市，何處煙波萬里舟。明月竹枝揚子夜，西風木葉洞庭秋。棹歌一曲閒來往，指點儂家鸚鵡洲。

一峰晴雪 石名。

醉倚崔嵬夢剡溪，覺來翻訝衆峰低。孤標想見天山北，萬里飛來蜀國西。每怪珠光含霽月，不知玉氣吞晴霓。風流欲唤坡仙起，雪浪齋中共品題。

題馬遠畫商山四皓圖

已剖巴陵橘，猶歌商嶺芝。避秦非避漢，一出繫安危。

題宋徽宗畫貍奴銜魚圖

徽廟宸翰世已無，銜魚隨意寫貍奴。鑾輿北狩知何處，惆悵春風看畫圖。

送賈元英之照潭

照潭遥望九華山，弓馬蕭蕭日暮還。夢裏無題惟寄内，胸中有策欲平蠻。落花閉户眠黄犬，明月開籠放白鷴。絳灌何曾輕賈誼，早隨鵷鷺入朝班。

西湖竹枝詞四首

貧家教妾自當壚，馬上郎君不敢呼。折得荷花待誰贈，葉間紅淚滴成珠。

春日高樓聞竹枝，梨花如雪柳如絲。珠簾不被東風捲，只有空梁燕子知。

日暮天寒野水濱，孤山愁絶四無鄰。誰家處子如冰雪，行傍梅花不見人。

阿姨住近段家橋，山妒蛾眉柳妒腰。東山井頭黑雲起，早回家去怕風潮。《西湖志餘》稱思復以《羅刹江賦》得名，嘗作《西湖竹枝詞》十首，有云：「阿姨住近段家橋」。瞿元範戲之云：「此段家橋創見，却與羅刹江不同也。」瞿宗吉嘗盡和之云：「昨夜相逢第一橋，自將羅帶繫郎腰。願郎得似長江水，日日如期兩度潮。」又云：「裏湖外湖波渺茫，兩岸人家多種桑。採桑不怕霧露溼，惟願朝朝逢著郎。」大爲思復奬許。

篆冢歌　并序。

雲間善篆，以所書瘞之細林山中，題曰「篆冢」。爰來徵詩，遂賦長句以寄。雲間者，朱芾孟辯也。又見董佐才詩。

包羲卦畫龜龍出，頡倆造書鬼夜泣。俯覩鳥獸迒蹄迹，依類象形文字立。以迄五代咸東封，改易殊體靡有同。《周官》保氏教國子，六書大義開羣蒙。太史籀文古少異，小篆從省由秦始。倉頡《爰歷》博學篇，三家著述初傳世。秦燔經籍獄訟熾，乃當隸書趨約易。古文雖絶漢章行，尉律學童仍課試。東閣祭酒太岳孫，夙嘗受業賈氏門。憫悼俗圖昧所向，博采籀古加討論。揭示上下明指事，轉注假借形聲意。立一爲端亥畢終，分別部居不雜廁。亘千萬古知字原，昭若列星麗躔次。中興斯學曰陽冰，入室操戈何背戾。二徐訓釋浩江河，仲也袪妄言不頗。徐楚金著《袪妄》，辨李陽冰之誤。吴興張有爾傑出，復古正俗訂舛訛。布衣道士錢道住，玩世端如郭忠恕。三十六舉僅成篇，蟬蜕遺蹤不知處。席中如帶惡安西，鼓皮離禹良可吁。漢家去古尚未遠，成皋印文猶重摹。雲間苦嗜古，手校科蟲辨魚魯。明窗淨几風日佳，臨模一掃千番楮。商彝周鼓真吾師，蟠匾沈著沙畫錐。鸞回鳳翥龍夭矯，長戈短劍相交馳。書草日積充棟楣，保愛何啻璧與珪。細林山中一抔土，緗笈緘縢重閉之。於乎禊帖藏玉匣，終致温韜舉茉臿。亦恐虹光夜燭天，定有竊開窺筆法。冢頭草，鳴寒蛩，薤文瘞筆同高風。後三千年見白日，好事應營馬鬣封。

清逸齋

神仙官府曾爲吏，一日乘風卽掉頭。太白豈惟凌鮑謝，元卿只合友羊求。門前種樹雲連屋，湖上聽潮月滿樓。遥憶五經名隱地，衰眉高聳蜀天秋。

杏花

等鶯期燕引遊蜂，知隔垂楊第幾重。壇近緇帷忘晝永，宫催羯鼓助春濃。絳煙輕潤香鬟裛，紅雪乾團粉淚鎔。寂寞曲江人不見，貞元朝士憶時雍。

送魏好義尹分水賦十六瀨

東來衆水發新安，歷歷桐川第二灘。萬疊冷雲藏亂石，一江春雨落驚湍。青山隔樹連漁浦，白鳥迎潮入釣壇。地占客星高隱處，時飛鳧舄上巖端。

次陳君瑞遊鳳凰山光明寺

左瞻劍戟龍門並，上脱冠巾鳳髻雙。齋近木魚鳴晝廡，行遲松鼠落晴窗。雲深不覺山藏寺，溪漲應隨雨到江。未識此中真樂地，三生先喜俗緣降。

偶成

苔花洗春雨，藉此聽潺湲。終日無客至，滿樓都是山。

和王仁仲見寄

齒髮已如許，江湖何所之。忽收前月信，未和去年詩。至實懷雙璧，新愁理亂絲。爲親能捧檄，此意獨余知。

華布衣幼武

幼武，字彦清，號栖碧，無錫州人。家素饒財，少孤奉母，名聲藉甚諸公間。人有援之仕者，力辭不就。明洪武乙卯卒，年六十九。京口陳子貞戲題其稿曰「黄楊」，謂其愛詩甚篤，而奪于多事，未肆然爲之，如黄楊之厄閏而不長也。今觀其集中所載云：「只尺黄楊樹，婆娑枝幹重。葉深團翡翠，根古踞虬龍。歲歷風霜久，時霑雨露濃。未應逢閏厄，堅質比寒松。」則其所以取名之意，或别有在歟！

送族姪擴之通州

吾族最全盛，家聲詩禮傳。自遭喪亂後，誰能事陳編？猶子苦好學，鄉閭稱獨賢。文採珊瑚枝，照映《棠棣》篇。時同竹林會，嘯詠相周旋。一朝攜酒至，别我荒城邊。問渠欲何之，言將適通川。通川渺何許，遠在滄海壖。府侯朱夫子，招我開講筵。老懷極慰喜，汝去毋留連。吹墟千里外，感激故人憐。修程盡努力，慎勿中道捐。蛟龍起春雷，鵰鶚搏秋天。物遇各有時，立功須盛年。此行非草草，著鞭宜爾先。要登青雲路，忠義尚勉旃。舟發梁溪水，帆拂狼山煙。骨肉重相思，兩地心懸懸。長江浩無波，擊楫秋風前。行當賦清句，懷此山中泉。

次元暈見寄韻

通衢一傾蓋，分首猶惜別。況是忘年交，離緒那可説。蟬鳴野外秋，雁叫沙頭月。永保松柏姿，同盟歲寒節。

雁南飛　至正十年秋，懷遠人作。

雁南飛，飛不住。暮暮朝朝不穩棲，飛向水窮山盡處。水窮山盡天南頭，年來有客離家愁。天空無雲明月夜，千里萬里清光流。家園零落秋風遍，人聞雁聲淚如綫。雁兮雁兮可奈何，稻粱多處多網羅。

編籬曲

編竹籬，密密編。朝禦雞犬入，暮防豺虎穿。交加編聯互相倚，竹密藤纏堅莫比。春風披拂百花開，一片繁華如錦綺。君不見西家有籬編不密，夜夜驚呼防盜賊。願言兄弟莫相疑，明日齊心編竹籬。

義兵行

風蕭蕭，雨淒淒，義兵起程行路迷。腰刀手槍耀光輝，青衫白帽行隊齊。問渠遠行將何之？官司召募征江西。妻兒父母夾道啼，我今與汝生别離。生别離，不得已，在家出征同一死。麥禾滿田穗將結，皇天淫雨無時歇。去年秋旱號飢寒，今年夏麥不得餐。幸逢此地無争戰，供給軍需民力乾。生爲浙西農，死爲江西卒。回首語妻兒，何處收吾骨。率土皆王民，安敢辭苦役。但愧扶犁手，疇能用矛戟。願得將相俱賢才，掃除盜賊無纖埃。義兵歸來舊田里，賣刀買牛復生理。

養竹軒歌爲周莊吴逵子道賦

高軒公子良不俗，不種奇花種修竹。奇花照眼一時紅，修竹虚心萬年緑。春雷擊地新筍生，龍角森森那忍觸。自鉏暖土厚栽培，手挈銀瓶細澆沃。深根掃除螻蟻窟，香葉終期鳳凰宿。日使霑濡雨露恩，歲寒豈憚冰霜酷。猗猗繞户矗琅玕，含霧連煙比淇澳。招摇皓月金璅碎，勾引清風聲戛玉。炎天展簟卧蒼雪，春日聽鶯泛醽醁。可能一日暫相忘，坐對此君看不足。君不見白樂天，重言養竹比養賢。又不見東坡詩，無竹士俗不可醫。君今有竹善培養，會看直拂青雲上。

荼蘼歌

丹葩醉染猩猩血，素萼便娟比霜雪。呈妖逞艷豈足貴，含芳嗜潔誇清絶。荼蘼飽浥春雨膏，玲瓏剪刻英瓊瑶。千金腦麝和淑質，萬箇玉蝶縈柔條。坐看明月花梢上，便應題作清虚榜。醉眠花底不須歸，狼藉苔茵空撫掌。先生愛花何太濃，對花一飲揮千鍾。昔逢端伯稱韻友，我欲結好漸衰容。莫教摇落西風後，賈島留題傳不朽。憐君爲作《荼蘼歌》，多情又釀酴醿酒。

風棚

百尺虚結構，松風起四簷。遂令秋滿屋，何用晝垂簾。蔽日雲常在，當窗雨不霑。翛然無限意，叢竹淨相兼。

清坐

驅馳欣暫息，清坐感餘春。細雨偏宜草，疏簾不隔塵。山禽時引子，庭鶴晚隨人。幾負林泉約，空嗟頭上巾。

客樓夜雨

城郭易爲熱，江雲起不難。電光生夜白，雨氣入樓寒。書葉仍防潤，燈花不耐看。衹緣聽亦慣，竟夕睡偏安。

宿蠡口

春風吹短櫂，迤邐望歸程。刁斗溪邊戍，旌旗野外營。市橋人迹少，官路馬蹄輕。一作平。欲向一作過。東湖去，一作宿。邊烽永夜明。一作「止夜行」。

久雨

江雨灑還稀，江雲溼更低。不愁吴水闊，惟恨楚山迷。野鶴思高舉，林烏慕穩棲。漸看晴景好，可得涸塗泥。

宿隱微山房

二月蘭舟泊上宫，春雲不雨玉壇空。苔生白石斑斑緑，魚養丹池箇箇紅。對酒燭分花底夜，出簾香散竹間風。高寒未覺仙臺遠，只比相逢似夢中。

遊碧浪湖簡同行沈高士

浮玉山邊晚繫舟，菰蔣蕭瑟似新秋。碧天萬里寫銀漢，明月一輪當柁樓。每愧塵勞成白首，喜從仙御作清遊。酒杯未落南風起，又挂歸帆托順流。

次楊文昭見寄韻

一别故人知幾時？相思每誦隔年題。兵戈滿眼愁無那，風雨連牀夢轉迷。遥矚層城堅鐵石，俯憐荒野困塗泥。興來每欲操舟去，竚待西村罷鼓鼙。

斑竹簾

湘妃淚灑碧琅玕，翦織疏簾拭未乾。細縷引風宜隔暑，溼痕含雨欲生寒。燈前照耀琉璃潔，月下斕斑玳瑁看。直幹盡輸兵革用，高堂舒卷莫摧殘。

題陽山顧碧溪詩卷

聞説山中顧隱君，幽居不與俗人羣。愛看舞鶴護蒼蘚，淨掃落花留白雲。李愿已刊《盤谷序》，稚圭休擬《北山文》。一溪春水連天碧，肯著孤舟載月分。

寒食感懷

寒食維舟江上村，臨風西望黯銷魂。花將春色歸流水，雲繫愁心入故園。丘隴不知誰灑掃，藤蘿應復自滋蕃。衰年尚作無家客，只合當時住鹿門。

寄趙易窗高士慶雲岡上人

昨宵風雨釀春寒，曉色開晴露未乾。棋局定須尋李遠，杖藜還肯過蘇端。繙經坐榻呼龍守，點易虛窗倩鶴看。暫假飛鳧挽飛錫，樵蘇不爨罄交懽。

秋夜有感

澤國秋來夜氣涼，飄零猶自未還鄉。蟪蛄泣露梧桐井，絡緯繅風薜荔牆。咫尺故園千里夢，亂離華髮十年霜。仲宣樓上長回首，烽火連山欲斷腸。

次韻題畫

海石涵秋水，風篁生晚涼。孤篷初歇雨，和月度瀟湘。

江南曲

郎上渡江船，妾倚江邊樹。空挽柳絲長，繫郎船不住。

擬比紅兒賦解語花二首

綽約柔情不自勝，翠圍紅繞幾層層。隔簾立盡闌干月，却訝真真喚即膺。

霧縠雲綃淡淡妝，微風吹散鬱金香。臨風一片傷春意，欲向何人訴斷腸。

題桃花十二紅圖

枝上棲禽五色毛，睡酣花氣日初高。江南一覺繁華夢，滿地荆榛叫百勞。

春日偶成二首

城頭楊柳緑如雲，城下官河水拍春。一片江山元不改，畫船都是異鄉人。

船頭細雨溼漁蓑，船尾桃花漾碧波。借問東君知得否，江南春色已無多。

桃源圖

流水桃花世外春，漁郎曾此得通津。當年只記秦猶在，不道山河又屬人。

雲林畫山水竹石

秋雲無影樹無聲，湛湛長江鏡面平。遠岫煙銷明月上，小亭危坐看潮生。

次韻曲林春雪

賸喜漫天飛玉蝶，不嫌幽谷阻黄鶯。夜深錯認濉花雨，夢覺驚聞折竹聲。

丁孝子鶴年

鶴年，以字行，一字永庚，西域人也。曾祖阿老丁爲巨商，以其貲歸元世祖，世爲顯官。父職馬禄丁，官武昌縣達魯花赤，有惠政，留葬焉。鶴年年十八，值兵亂，倉卒奉母走鎮江。母殁，鹽酪不入口者五年。避地越江上，又徙四明，行臺省交辟不就。時方氏深忌色目人，鶴年轉徙逃匿，旅食海鄉，爲童子師，或寄居僧舍，賣藥以自給。先是生母馮阻絶東村，病死，瘞廢宅中。道既通，鶴年還武昌，痛哭行求，夢其母以告，蹤跡得之。齧血沁骨，棺斂以葬。晚年屏絶酒肉，廬父墓以終其身，明永樂間卒。烏斯道爲作《丁孝子傳》，戴叔能作《高士傳》，以申屠蟠儗之。序其詩謂「注意之深，用工之至，尤在于五七言近體」。澹居老人題《海巢集》亦云：「忠義慷慨，有《騷》《雅》之遺意。」鶴年家世仕元，諸兄之登進士第者三人，遭時兵亂，不忘故國。嘗有句云：「行蹤不逐梟東徙，心事惟隨雁北飛。」亦可悲也。録其詩爲元季諸人後勁，而兩兄之作附焉。

採蓮曲

採蓮復採蓮，仍唱《採蓮曲》。若欲知苦心，須食蓮中肉。採蓮復採蓮，踟蹰一何久。不愁花妒容，惟恐刺傷手。採蓮復採蓮，藕亦不可棄。中有不斷絲，似妾纏綿意。採蓮復採蓮，争如採荷好。花謝葉獨秋存，團圓以終老。採蓮復採蓮，湖水清且深。徒能照妾面，不能照妾心。採蓮復採蓮，下有孤鴛鴦。秋花不結實，夜夜守空房。蓮開花覆水，蓮謝藕在泥。不學青萍葉，隨波東復西。朝採並蒂蓮，暮綰同心結。不學楊柳枝，含嚬送離別。蓮舟何處來，同住西湖口。郎憐波上花，妾愛泥中藕。藕有青白節，花有艷冶容。郎心異妾心，三歎掩歸篷。此詩誤作絶句，乃是古樂府《西洲曲》等體耳。

題天柱山圖

拔翠五雲中，擎天不計功。誰能凌絶頂，看取日升東。

畫蟬

飲露身何潔，吟風韻更長。斜陽千萬樹，無處避螳螂。

題江亭柳色圖　有懷故人劉庸道。

昔年釃酒地，江漢一茅亭。同會人何在？東風柳又青。

次先兄太守題竹韻　先兄死事之十有七年，于故史董文中家見所作，因雪涕謹次其韻。

玉筍謝朝班，西風海國寒。無人知苦節，落日下長安。

長江萬里圖二首　將歸武昌自賦。

長江千萬里，何處是儂鄉。忽見晴川樹，依稀認漢陽。

長嘯還江國，遲回别海鄉。春潮如有意，相送過潯陽。

題落花芳草白頭翁

草長連朝雨，花殘一夜風。青春留不住，啼殺白頭翁。

汩汩

汩汩在塵埃，羈懷不暫開。病將顏玉去，愁送鬢絲來。招隱慚高蹈，扶顛乏大才。行藏成兩失，回首有餘哀。

送四兄往杭後寄

臨别强言笑，獨歸情轉哀。離魂悽欲斷，孤抱鬱難開。太守隄邊柳，徵君宅畔梅。過逢如見憶，煩寄一枝來。

逃禪室卧病簡諸禪侶

高秋多病客，古寺寄黄昏。野迥常疑虎，天寒早閉門。離愁燈下影，鄉淚枕邊痕。賴有諸禪侣，情親似弟昆。

登北固山多景樓

風月無邊地，乾坤有此樓。城隨山北固，潮蹴海西流。眼界寬三島，胸襟隘九州。階前遺狠石，誰復話安劉。

幽期

何處赴幽期？青林白谷陲。谷虚秋氣早，林茂曙光遲。談罷風生麈，歌闌月在巵。謀身良自足，何補國安危。

春日海村三首

地僻囂塵遠，人稀習俗淳。花時恒獨往，隨意蹋晴春。斑竹過頭杖，烏紗折角巾。蕭然多古意，何愧葛天民。

門巷絶輪蹄，春深緑草齊。風光不相負，泉石且幽棲。卷幔通花氣，移牀避燕泥。時時得佳句，自向竹間題。

每恨韶華晚，仍嗟老病催。閉門花落盡，隱几鳥飛回。引睡書千卷，消愁酒一杯。平生志士氣，此日已成灰。一作「孰相恢」。

寓慈湖僧舍次龍子高提舉韻

迢遞過蘭若，淹留爲竹林。疏鐘雲嶠迥，孤獨雨窗深。長嘯非懷昔，狂歌豈避今。衹緣諸漏盡，不受一塵侵。

武昌南湖度夏

南浦幽棲地，當門罨畫開。青山入雲去，白雨渡湖來。石潤生龍氣，川光媚蚌胎。芙蕖三百頃，何處著炎埃。

客懷

此生何坎壈，終歲客他鄉。病骨驚秋早，愁心識夜長。文章非豹隱，韜略豈鷹揚。磨滅餘方寸，還同百鍊剛。

病衰

病骨秋增痛，衰容日減華。臉霞憐竹葉，鬢雪妒菱花。往事嗟何及，歸程望轉賒。少年歌舞地，此日屬誰家？

題畫

荒荒野日低，漠漠江雲冷。喬林延暮光，澄波浴秋影。高人千載懷，乾坤一漁艇。

歲晏百憂集二首

歲晏百憂集，獨坐彈鳴琴。琴聲久不諧，何以怡我心。拂衣出門去，荆棘當道深。還歸茅屋底，抱膝

《梁父吟》。

歲晏百憂集，擊節發商歌。商歌未終調，淚下如懸河。故鄉渺何許，北斗南嵯峨。有家不可歸，無家將奈何。

悼亡

別時如玉人，歸來死生隔。日暮泣孤墳，音容杳難得。惟餘墳上草，猶帶羅裙色。

逃禪室述懷十六韻

出處兩茫然，低徊每自憐。本無經國術，仍乏買山錢。故邑三千里，他鄉二十年。力微歸計杳，身遠客心懸。桃李誰家樹？禾麻傍舍田。鶉衣秋屢結，蝸室歲頻遷。逝水終難復，寒灰更不然。久要成齟齬，多病復沈緜。俯仰衷情倦，棲遲野性便。延徐誰下榻，訪戴獨回船。恥灑窮途泣，閒修淨土緣。談玄分上下，味道悉中邊。有相皆虛妄，無才幸苟全。棲雲同白鹿，飲露效玄蟬。高蹈慚真隱，狂歌愧昔賢。惟餘空念在，山寺日逃禪。

送鐵佛寺盟長老還襄陽

盟居襄陽，父死方在殯，遇亂，奉母逃難江南。餘三十年，常典藏鑰于蔣山，主武昌鐵佛寺而重興之。及今道路既通，乃奉母北歸。而葬其父喪，士大夫以爲方外所未有，咸作詩文美之。鶴年因製五言排律二十韻附卷末。

襄漢揚波日，江湖避地時。行行隨老母，處處禮名師。雲水元無住，風塵信所之。睦州勤奉養，江革備艱危。掌鑰鍾山下，傳燈鄂渚湄。剩翻龍藏典，幾詠《鶴樓》詩。深慨叢林廢，真成一木支。銅山頻閱世，鐵佛重開基。法几雕文具，靈旛刺綵絲。雲鐘晨縹緲，月殿夜參差。已悟無生法，還興罔極悲。他鄉流徙遠，先壟奉遷遲。澒洞今方息，旋歸故可期。望雲雙淚瀉，計日寸心馳。官柳催飛錫，曇花佑奠儀。既明埋玉理，豈是繫珠癡。定應牛眠兆，毋生觸鹿疑。春暉憐舊綫，秋露薦新祠。生死俱無憾，諸方起孝思。

贈相者姜奉先 宋忠臣姜才之孫。

德祐忠臣好孫子，爛爛目光巖電紫。人間富貴等浮雲，瑣瑣何須挂脣齒。灩澦險，蜀道難，曳裾旁人多厚顏。留取乾坤雙老眼，夕陽牛背看青山。

題餘姚葉敬常州判海隄卷 補先兄太守遺缺。

陰霓夜吼風雨急，坤維震蕩玄溟立。桑田變海人爲魚，葉侯訴天天爲泣。侯奉天罰誅妖霓，下平水土安羣黎。嶙峋老骨不肯朽，化作姚江捍海隄。海隄蜿蜒如削壁，横截狂瀾三萬尺。隄内耕桑隄外漁，民物欣欣始生息。潮頭月落啼早鴉，柴門半啓臨漚沙。柳根白舫賣魚市，花底青帘沽酒家。花柳村村各安堵，世變侯仙倏成古。侯雖已矣遺愛存，時聽叢祠咽簫鼓。人生何必九鼎榮，廟食貴有千載名。君不聞一杯河水決瓠子，沈馬親勤漢皇祀。又不聞一帶江波泛蜀都，刻犀厭勝秦人愚。江平河塞世猶蒼駭，何況堂堂障滄海。論功不啻濟川才，砥柱東南千萬載。嗚呼只今四海俱横流，平地風波沉九州。蒼生引領望援溺，州縣有官非葉侯，禦災誰復憂民憂！

寄武昌南山白雲老人

姓衛，字均執，先人時故舊，家居未嘗入城市。聞鶴年辛苦遠還，遣子弟問遺不絶。鶴年足疾日劇，弗克往拜牀下，謹奉拙詩。少致謝忱云。

故人家住南山下，心與白雲共瀟灑。芝草遥賡黄綺歌，蓮花近入宗雷社。嗟予江海避風塵，白首歸來失所親。青眼相看如昔日，只有南山與故人。

兀兀

數莖白髮鏡中新，兀兀窮年愧此身。萬里雲霄雙倦翼，一作羽。千尋江漢一窮鱗。望鄉薄暮憑西日，去國中宵禮北辰。客路漸遥身漸老，此生何以報君親。

勞勞

閶闔排雲事已休，勞勞猶恥爲身謀。數莖白髮未爲老，一寸丹心都是愁。燕代地高山北峙，荆陽天闊水東流。英雄已去空形勝，劍氣中宵射斗牛。

脱太師

淮海重聞斧鉞臨，一時黎庶盡傾心。雷霆聲播天威遠，霖雨恩添帝澤深。暗室有蠅污白璧，明廷無象鑄黄金。風塵未息英雄死，坐對江山慨古今。

蘄公子

中朝公子多才俊，蕭灑風塵獨蘄侯。白雁久無天上信，黑貂漸敝雪中裘。虚堂簾影遲遲晝，别館燈光淡淡秋。到手深杯須劇飲，醉鄉消得古今愁。

故宫人

粉愁香怨不勝情，强整殘妝對老兵。别殿金蓮餘故步，後庭玉樹變新聲。眼穿雁字雲連塞，夢斷羊車月滿城。天上桃開王母去，世人誰識許飛瓊。

雪後泛東湖

雪後湖山玉作圍，小舟乘興弄清輝。貪看月裏鸞回舞，不覺風前鷁退飛。雲母屏空春閴寂，水晶宫冷晚霏微。仙家一笑乾坤老，誰馭瑶池八駿歸。

題鳳浦方氏梧竹軒

鳳鳥曾聞此地過，至今梧竹滿丘阿。政懷蒴葉書周史，却恨翻枝入楚歌。金井月明秋影薄，石壇風細晚凉多。中郎去後知音少，共負奇才奈老何！《存齋詩話》云：時作者已滿卷，此詩一出，皆爲斂衽。

暮春感懷二首

杜宇聲聲喚客愁，故園何處此登樓。落花飛絮成春夢，剩水殘山異昔遊。歌扇多情明月在，舞衣無跡彩雲收。東皇去後韶華盡，老圃寒香別有秋。

四十無聞懶慢身，放情丘壑任天真。悠悠往事杯中物，赫赫時名扇外塵。短策看雲松寺晚，疏簾聽雨草堂春。山花水鳥皆知己，百遍相過不厭頻。

奉寄王宣慰兼呈九靈先生

別館新成足宴游，珊珊環珮總名流。獨推南郭爲高士，共識東陵是故侯。天上鶯花三月夢，人間風雨五更愁。行藏盡付浮雲外，爛醉豐年黍稌秋。

奉寄九靈先生二首 先生嘗爲予作傳。

挾海懷山謁紫宸，擬將忠孝報君親。忽從華表聞遼鶴，却抱遺經泣魯麟。喪亂行藏心似鐵，蹉跎勳業鬢如銀。萬言椽筆今無用，閒向林泉紀逸民。

花柳村村接海濱，攜家隨處避風塵。衣冠栗里猶存晉，雞犬桃源久絶秦。坐對青山渾不厭，忘機白鳥自相親。也知出處關時運，豈但逃名效隱淪。

寄定海故將軍邵公輔

往事浮雲杳莫攀，壯懷未展鬢先斑。不聞奉使通銀漢，空見將軍老玉關。故壘荒涼千騎盡，滄溟浩蕩一鷗閒。風塵隨處嚴訶止，愁殺田間野獵還。

逃禪室與蘇伊舉話舊有感

不學揚雄事草玄，且隨蘇晉暫逃禪。無錐可卓香巖地，有柱難擎杞國天。謾詫丹霞燒木佛，誰憐青露泣銅仙。茫茫東海皆魚鼈，何處堪容魯仲連。

寄餘姚滑伯仁先生

獨木橋邊薜荔門，全家移住水雲村。猿聲專夜丹山静，蜃氣横秋碧海昏。詩卷自書新甲子，藥壺别貯小乾坤。陶漁耕稼遺風在，差勝桃源長子孫。

題太守兄遺稿後

太守兄死事之明年，于篋中得遺詩一卷，伏讀之次，不知涕泗之横流也。敬題一詩于後以紀哀思云。

海國期年政化成，肩輿隨處看春耕。正欣雞犬無驚擾，詎意鯨鯢有鬬争。遥島月明虚燕寢，故山雲冷失佳城。夢回詩句難重得，腸斷池塘草又生。

兵後還武昌二首

避亂移家大海隈，楚雲湘月首頻回。歸期實誤王孫草，遠信虚憑驛使梅。天地無情時屢改，江山有待我重來。白頭哀怨知多少，欲賦慚無庾信才。

亂後還家兩鬢蒼，物情人事總堪傷。西風古塚遊狐兔，落日荒郊卧虎狼。五柳久非陶令宅，百花今豈杜陵莊。舊遊回首都成夢，獨數殘更坐夜長。

哭陣亡仲兄烈瞻萬户

獨騎鐵馬突重圍，斬將搴旗疾似飛。金虎分符開幕府，玉龍横劍衞邦畿。委身殉國心方盡，裹骨還鄉願竟違。病卧滄江憐弱弟，看雲徒有淚沾衣。

題昌國普陀寺二首　寺在浙江寧波府東南海島間，即昌國州之故墟也。

神鼇屹立戴崔嵬，俯瞰滄溟水一杯。積翠自天開罨畫，布金隨地起樓臺。祈靈漢使乘槎到，傳法梁僧折葦來。若使祖龍知勝概，豈應驅石訪蓬萊。

昆明劫火忽重然，宇内名山悉變遷。古刹獨存龍伯國，豐碑猶記兔兒年。三更日浴咸池水，八月潮吞渤海天。雲漢靈槎如可御，便應長往問羣仙。

樊口隱居 爲武昌李均玉作。

萬里雲霄斂翼回，挂冠高卧大江隈。春深門巷先生柳，雪後園林處士梅。翠擁樊山邀杖屨，緑浮漢水映尊罍。誰能領取坡仙鶴，月下吹簫共往來。

戲贈劉雲翁

千金不惜買新聲，贏得風流老更成。銀蠢蒲萄浮臘蟻，金屏窈窕囀春鶯。香凝宴寢頻開席，花暗閒房合度笙。夜燕未終賓客醉，莫將明燭照華纓。

長江萬里圖

右逾越嶲左蓬壺，萬里提封入壯圖。斷石雲屯山擁蜀，驚濤雪立海吞吴。蟠桃有實來青鳥，若木無枝駐赤烏。秦漢經營人盡去，獨留形勝在寰區。

錢唐懷古

錢塘佳麗冠南州，故國繁華逐水流。龍虎已消王霸氣，江山空鎖古今愁。吴臣廟冷潮喧夜，宋主陵荒塔倚秋。最是西湖歌舞地，數聲漁笛散鳧鷗。

戲贈應修吉

硯溪居士神仙侶，短髮蕭蕭雪滿簪。暖老恨無燕趙玉，養生賴有坎離金。牀頭酒熟留僧飲，席上詩成對客吟。歲晚山空誰是伴？北窗梅月最知心。

重到西湖

湧金風月昔追歡，一旦狂歌變永歎。錦繡湖山兵氣合，金銀樓閣劫灰寒。雪晴林墅梅何在？霜冷蘇隄柳自殘。欲買畫船尋舊約，荒煙野水浩漫漫。

夜宿染上人溪舍

雲去禪關户牖空，清溪碧樹有無中。倒涵天影魚吞月，逆戰秋聲犬吠風。見性本圖先作佛，勞形翻愧早成翁。杜陵老去歸無計，來往那辭惱贊公。

觀太守兄昌國勸農

東皋風日媚新晴，太守躬耕曉出城。裊裊雙旌穿柳過，蕭蕭五馬蹋花行。杖藜父老陪諮訪，騎竹兒童主送迎。豈意兵荒南北遍，化行滄海獨昇平。

寄西湖林一貞先生

錦繡湖山世絶稀，東風不放賞心違。芙蓉楊柳臨清淺，佛刹仙宫繞翠微。畫舫載春天上坐，紫騮馱醉月中歸。高情獨有林和靖，門掩晴空看鶴飛。

送人歸故園

故園休道已休兵，客裏那堪送客行。老去别懷殊作惡，亂餘歸計倍關情。孤村月落羣雞叫，絶塞天清一雁横。到日所親如見問，浪遊江海負平生。

寄胡敬文縣尹

胡遂初真人海上漕舟北還，得應奉兄書云：湖廣親朋，兵後僅一二公寄以詩。

湖北衣冠藹士林，十年兵革盡消沉。崐岡火後餘雙璧，錦里書回抵萬金。鳧舄趨朝天闕近，《霓裳》度曲月宫深。誰知海上垂綸者，去國長懸萬里心。

海巢

海上巢居海若降，三山眼底小如矼。已攀若木爲華表，更立榑桑作翠幢。蛟室夜光晴燭户，蜃樓秋影冷涵窗。鷦鷯夢斷無因到，唯有同棲鶴一雙。

渡鄞江後寄陸時敏陳可立

小艇横江捷似飛，故人凝睇送將歸。過山殘照明紗帽，渡水浮雲亂苧衣。沙鳥水鷗同泛泛，岸花汀草各依依。風塵來往慚經濟，擬看漁蓑坐釣磯。

元夕

燈火樓臺錦繡筵，誰家簫鼓夜喧闐？光移星斗天逾近，影倒山河月正圓。金鎖開關明似晝，銅壺傳漏迥如年。五雲不奏《霓裳曲》，空使揚州望眼穿。

遷葬後還四明途中寄武昌親友

浪遊吴越任荆湘，來往那辭道路長。篋内有書慚歷國，邸中無綬敢誇鄉。潮生别浦江雲白，塵起征途野日黄。若問離人行役苦，一宵九夢在瀧岡。

《夢得先妣墓》一首小序云：「己未夏五月，還武昌遷葬，兵後陵谷變遷，先妣封樹，竟迷所在，久尋不得，露禱大雪中，冬十一月二十日夜，忽感異夢，翌日遂得其處，賦詩一首，以紀歲月。其詩曰：『慈顔幽翳杳難知，風雪孤筇遍訪之。極浦空江泥滑滑，荒岡斷壟塚纍纍。那知恍惚魂歸夜，正是呼號淚盡時。孝格皇天吾豈敢，聊同烏鳥報恩私。』」

九日登定海虎蹲山

東海十年多契闊，西風九日獨登臨。天高雲静雁初渡，水碧沙明龍自吟。籬下菊花憐我瘦，杯中竹葉爲誰深。憑高眺遠無窮恨，去國懷鄉一寸心。

避地

避地長年大海東，蕭條生計野人同。深春耒耜孤村雨，落日帆檣遠浦風。那得文章偕隱豹，聊將音問托歸鴻。平生自恨無仙骨，五色蓬萊咫尺中。

異鄉清明

十年湏洞家何在？萬里清明客未歸。雨惚風僝花亂落，泥融沙暖燕交飛。煙生榆柳推遷速，雲鎖松楸拜掃違。旅雁盡回音問斷，側身長望淚頻揮。

寓奉化寺寄菩提寺主

菩提嶺外空王寺，丹磴行穿虎豹羣。萬壑濤聲巖下瀑，千峰雨氣屋頭雲。海龍送水金瓶貯，天女懷香寶鼎焚。慚愧無緣塵土客，朝朝鐘鼓下方聞。

奉寄恕中韞禪師

曾向名山識異人，心如木石氣如春。坐禪霜葉秋埋膝，行道天花日繞身。有鉢相傳元是幻，無錐可卓本非貧。惟餘潭底中秋月，對寫龍峰面目真。時留龍峰傳燈。

題東湖青山寺古鼎銘長老鍾秀閣

手開樓閣貯羣經，面對湖山衛百靈。玉鏡夜寒通沆瀣，翠屏秋靜倒空青。避煙鶴起檐間樹，行雨龍歸几上瓶。我亦逃禪雲水客，便應蕭散共松扃。

悼湖心寺壁東文上人

祇林一葉隕秋霜，回首滄洲淚兩行。几上殘經塵已暗，篋中遺稿墨猶香。雲迷圓澤三生石，月冷維摩十笏房。想像清容何處記，寒梅的的竹蒼蒼。

山居詩二首呈諸道侶

日日看山眼倍明，更無一事可關情。掃開積雪巖前走，一作坐。領取閒雲隴上行。不共羽人談太易，懶從衲子話無生。劃然時發蘇門嘯，遥答風聲及水聲。

懶散形骸不自持，黄冠聊束鬢邊絲。頻來猿鶴渾相識，久混龍蛇竟不知。養拙最宜情澹泊，全生深藉德支離。看雲本自忘飢渴，況有冰泉與石芝。

自詠五首

長淮横潰禍非輕，坐見中流砥柱傾。太守九江先效死，諸公四海尚偷生。風雲意氣慚豪傑，雨露恩榮負聖明。一望神州一搔首，天南天北若爲情。

一夜西風到海濱，樓船東出海揚塵。生慚黄歇三千客，死慕田横五百人。紀歲自應書甲子，朝元誰共守庚申。悲歌撫罷龍泉劍，獨立蒼茫望北辰。

堂堂至正最多才，萬國同文壽域開。漠北諸生登第去，越南計吏進賢來。鳳韶九奏黄金殿，鶴駕三朝白玉臺。回首黃塵揚碧海，五雲無處覓蓬萊。

六軍遥駐壘河濆，故國丘墟詎忍聞。露冷金銅應獨泣，火炎玉石竟俱焚。虞淵日暮無還景，禹穴秋深有斷雲。草澤遺民今白髮，憑高無奈思紛紛。

九鼎神州竟陸沈，偷生江海復山林。頻繁誰在隆中顧，憔悴惟餘澤畔吟。嚙雪心危天日遠，看雲淚盡歲時深。百年家國無窮事，可得忘機老漢陰。

上明州太守茶子俊 還武昌遷葬告牒而作。

漢江東抱楚山流，先壟猶餘土一抔。廟冷桐鄉耆舊逝，田荒栗里子孫愁。兵戈隔夢三千里，霜露傷心二十秋。荒隧天寒烏鳥下，空林日落白狐遊。碑焚斷石經時變，碗出遺金有夜偷。過客尚知來下馬，仙人誰復指眠牛。擬從樊口遷京口，遥别沙頭下石頭。高士東芻思致奠，故人惠麥久維舟。已知多病垂垂老，敢爲長貧故故留。爲政幸逢宗正恕，申情當念子平憂。劬勞罔報生何益，存没沾恩死必酬。願及清明三月節，一盂麥飯灑松楸。

過安慶追悼余文貞公

將軍匹馬入舒城，擊賊頻煩訓義兵。孝以保家忠徇國，聚而出戰散歸耕。圍侔月暈全無隙，捷振天威大有聲。游説飛書徒間諜，輸誠仗節愈堅貞。雲梯屢却妖氛豁，露布交馳殺氣平。千里荆揚憑保障，七年淮海賴澄清。山深猰㺄殲還出，江闊鯨鯢斬更横。外援内儲俱斷絶，裹瘡飲血獨支撑。天昏苦霧埋營壘，日落陰風卷旆旌。甘與張巡爲厲鬼，肯同王衍誤蒼生。三千將士皆從死，百二山河亦繼傾。静對風霆思號令，遥從箕尾識精誠。頌碑不愧詞臣色，哀詔偏傷聖主情。願爲執鞭生不遂，臨風三酹重沾纓。

讀應奉兄登科記愴然傷懷因成八韻

射策彤庭被寵榮，遺經三復若爲情。重傷趙璧經時毁，翻恨隋珠徹夜明。《洪範》有書傳太乙，佳城無郭葬長庚。青雲路斷甘淪没，碧海塵飛苦變更。自信爲臣當委質，誰能向賊更求生。家貧寡弱遺妻子，道遠存亡隔弟兄。一旦音容成永訣，十年涕淚鎮交横。茫茫原隰無求處，獨立長風送雁聲。

題建昌王子中橋亭八景

橋亭風景洞天如，中有儒仙舊隱廬。春漲挼藍涵螮蝀，澧波春漲内有石梁長橋。曉嵐滴翠溼芙蕖。龍湫朝嵐内有長山峻嶺。受詩華嶽浮丘館，中華翠巘峰頭有浮丘仙宇。説劍香鑪許令君。香鑪紫煙峰頭有許旌陽仙居。雲外懸崖飛屐上，天寶懸崖。雨中沃壤帶經鉏。田東暮雨。疏鐘鯨吼霜華重，聖容僧鐘。長笛龍吟月色虚。雲原仙笛。老我塵寰懷勝景，追遊早晚命巾車。

敬書宸翰後

神龍歸卧北溟波，愁絶陰山《敕勒歌》。惟有遺珠光奪目，萬年留得照山河。此云宸翰，蓋指庚申君手跡也。

題茀郎天馬圖

春明立仗氣如山，顧盼俄空十二閑。一去瑶池消息斷，西風吹影落人間。

暮春

楊花榆莢攪晴空，上界春歸下界同。蜂蝶紛紛竟何在？獨留杜宇怨殘紅。

題畫

江樹青紅江草黄，好山不斷楚天長。雲中樓觀無人住，只有秋聲送夕陽。

題萬歲山玩月圖

金銀樓觀蔚嵯峨，琪樹風涼秋漸多。徙倚危闌倍惆悵，月中猶見舊山河。

題畫葡萄 故人毛楚哲作。

西域葡萄事已非，故人揮灑出天機。碧雲涼冷驪龍睡，拾得遺珠月下歸。

梧桐

井梧徹夜下霜風，錦繡園林瞬息空。老盡秋容何足惜，鳳巢吹墮月明中。

聞簫

給喪未必無周勃，乞食誰能辨伍員？昨日英雄今日恨，洞簫忍向亂中聞。

聞雁

月落江城轉四更，旅魂和夢到灤京。醒來獨背寒燈坐，風送長空雁幾聲。

題梅花扇面寄五十僉憲

憶向西湖蹋早春，萬花如玉月如銀。一枝照影臨清淺，滿面冰霜似故人。

題族兄馬子英進士梅花

池館春深看牡丹，五陵車馬隘長安。誰知凜凜冰霜際，却是梅花守歲寒。

贈表兄賽景初　景初，故咸陽王賽英赤之孫也。

蕭條門巷舊王孫，旋寫黄旄换緑尊。富貴儻來還自去，只留清氣在乾坤。

題雁

兵戈故國日彫殘，野蔓荒煙白骨寒。目送飛鴻度關塞，有書無處報平安。

紅梅

姑射仙人鍊玉砂，丹光晴貫洞中霞。無端半夜東風起，吹作江南第一花。

水仙花二首

湘雲冉冉月依依，翠袖《霓裳》作隊歸。怪底香風吹不斷，水晶宫裏宴江妃。

影娥池上曉一作晚。涼多，羅襪生塵水不波。一夜碧雲凝作夢，醒來無奈月明多。一作何。

竹枝詞二首

竹雞啼處一聲聲，山雨來時郎欲行。蜀天恰似離人眼，十日都無一日晴。

水上摘蓮青的的，泥中采藕白纖纖。却笑同根不同味，蓮心清苦藕芽甜。

集中又載《紅蓮白藕》詩，用意相近，其一云：「紅蓮白藕兩相宜，欲采臨流意轉遲。蓮子總甜心獨苦，藕芽雖美腹多絲。」其二云：「采蓮采藕湖水潯，阿儂蹋歌郎賞音。多虚少實如郎意，外甜内苦似儂心。」

題定海樂節婦劉氏沿江泣尋夫屍卷

怨入江雲結晝陰，潮痕清淺淚痕深。白頭重見黄泉下，方盡寒燈一寸心。

題唐申王三駿圖

三駿英英出渥洼，太平芻束飽天家。誰知百戰平河北，汗血功歸獅子花。

戲題明皇照夜白圖

天上麒麟天下稀，月中幾送八姨歸。君王寓目應追悔，誤看乘鸞度羽衣。

武昌南湖度夏

湖山新雨洗炎埃，萬朶青蓮鏡裏開。日暮菱歌動南浦，女郎雙槳盪舟來。

贈李仙姑

何年萼緑華，來降地仙家。花擁青鸞節，香隨白鹿車。清輝迴雪月，玄想結雲霞。不赴瑶池宴，桃開幾度花。

次小孤山

峽束千雷怒擊撞，危峰屹立壓驚瀧。山聯廬霍朝三楚，水落荆揚限九江。鎮海重關當第一，擎天孤柱故無雙。珮環月夜知何處，露溼蓬萊玉女窗。

題風雨歸舟圖

昔向滄浪弔獨醒，中流風雨正揚舲。江空風卷潮頭白，野曠雲迷峴首青。挂席正思遺珮浦，推蓬已過濯纓亭。襄陽耆舊今安在，撫几長歌對畫屏。

寄張左簪

張生脱略今有年，食無粱肉眠無氊。丈夫既與世不偶，貧賤肯爲人所憐。齊眉已喜孟光敬，剪髮况聞陶母賢。拂衣歸來好共隱，與爾共耕沮溺田。

元帥吉雅謨丁

吉雅謨丁，字元德，鶴年之從兄。至正間進士，官浙東僉都元帥事。

寄邁里古思院判

將軍辛苦事戎行，麾下論兵總俊良。沙漠蘇卿多感慨，鑑湖賀老自清狂。風塵滿眼青山舊，天地無私白髮長。萬里君親俱在念，扁舟何日賦《滄浪》。

遊定水寺寄杜堯臣

水紋藤簟竹方牀，山閣重陰雨後涼。新月梧桐秋已老，碧梧一作「孤燈」。機杼夜初長。白魚入饌松醪熟，紅稻供炊筍脯香。雲樹芝泉隨處好，一時清賞肯相忘。

題天童寺朝元閣

海内兵塵已十年，上方鐘鼓獨依然。史臣錫號承天寵，中使函香出御筵。山列九龍蟠紫翠，樓開五鳳敞雲煙。籃輿亦有登山約，擬聽松風借榻眠。

贈陳章甫

三十年前鬢未蒼，曾陪宰相入鵷行。解衣换酒尋常醉，躍馬看花取次忙。亂後已非前日夢，老來那復少年狂。黄冠野服新妝束，穩把長竿釣海鄉。

鶴年弟盡棄紈綺故習清心學道特遺楮帳資其澹泊之好仍侑以詩

誰擣霜藤萬杵勻，製成鶴帳隔塵氛。香生蘆絮秋將老，夢熟梅花夜未分。枕上不迷巫峽雨，牀頭常對剡溪雲。竹鑪松火茶煙暖，一段清貞盡屬君。

秋過弟鶴年書館夜話

弟兄惟吾老，宗族有君知。萬里尚爲客，百年能幾時。秋清妨熟寐，夜静話貞期。明日忽忽别，還生兩地思。

題畫竹爲董文中賦

雨過蛟龍起，風生翡翠寒。但存清白在，日日是平安。

應奉愛理沙

愛理沙，字允中，鶴年之次兄。至正間進士，官應奉翰林文字。

題九靈山房圖 戴叔能讀書處。時叔能避地明州。

夢裏家一作鄉。山十載違，丹青咫尺是耶非？墨池新水春還滿，書閣浮雲晚更飛。張翰見機先引去，管寧避亂久忘一作無。歸。人生若解幽棲意，處處林丘一作「丘園」。有蕨薇。

題前餘姚州判官葉敬常海隄遺卷

潮汐東來勢蹴天，一隄橫捍萬家全。陵遷谷變人誰在？海晏河清事獨賢。曉日山川神禹跡，秋風禾黍有虞田。河渠他日書成績，應並宣房與代傳。

題鍾秀閣 爲東湖古鼎銘長老作。

檻外澄湖平不流，窗間疊嶂屹將浮。煙霞五色錦屏曉，風月雙清瑤鏡秋。薝葡濃香吹法席，芙蓉涼影蕩仙舟。結巢擬傍雲松住，回首朝簪愧未投。

吴惟善

惟善，字□□，鶴年表兄，樊川人。

寄武昌諸友

黄鵠山前漢水濆，一時英俊總能文。金釵佐酒年俱少，銀燭鈔書夜每分。雁杳魚沉勞遠思，狼貪羊狠絶前聞。兵戈故國知誰在？目送西南日暮雲。

寄東海鶴年賢弟

鶴皐東望接三山，海上羣仙日扣關。虎守月鑪丹鍊就，龍吟霜匣劍飛還。故園松菊餘三逕，老屋煙霞恰半間。爲問林泉逃世者，如公今有幾人閒。

小遊仙

河漢無聲海月寒，長鯨吸浪洞庭乾。一聲鐵笛風雲動，人在危樓第幾闌。

玉山主人顧瑛

瑛一名阿瑛，別名德輝，字仲瑛，崑山人。世居界溪之上，輕財結客，年三十，始折節讀書，購古書、名畫、三代以來彝鼎秘玩，集録鑒賞無虚日。舉茂才，署會稽教諭，辟行省屬官，皆不就。年四十，以家産付其子元臣，卜築玉山草堂，園池、亭榭、餼館、聲伎之盛，甲於天下。四方名士若張仲舉、楊廉夫、柯九思、李孝光、鄭明德、倪元鎮，方外若張伯雨、于彦成、琦元璞輩，常主其家，日夜置酒賦詩。有二妓曰小瓊花、南枝秀者，每遇宴會，輒命侑觴，一時風流文雅，著稱東南焉。淮張據吴，避隱嘉興之合溪。母喪歸綽溪，張氏再辟之，斷髮廬墓，繙閱釋典，自稱「金粟道人」。至正末，元臣爲水軍副都萬户，恩封武略將軍、水軍千户、飛騎尉、錢唐縣男。洪武元年，以元臣爲元故官，例徙臨濠。二年三月卒，年六十。自爲壙志，戒其子以紵衣、桐帽、椶鞋、布襪纏裹入土。嘗自題其像曰：「儒衣僧帽道人鞋，天下青山骨可埋。若説向時豪俠興，五陵鞍馬洛陽街。」所著有《玉山璞稿》，會粹一時高人勝流分題宴集之作爲《玉山名勝集》。又第其篋笥所藏，都爲一集，曰《草堂雅集》。又有《玉山餞別寄贈詩》及《玉山紀游詩》，則汝陽袁華所編也。李一初曰：「玉山草堂，良辰美景，士友羣集，四方之能爲文辭者，凡過蘇必之焉。歡意濃浹，隨興所至。羅尊俎，陳硯席，列坐分題，無間賓主。仙翁釋子，亦往往而在。長短雜體，靡所不有，可謂盛矣！壬申秋，余同犀月訪大臨于界溪，得上綽墩，尋玉山遺址，遥望山色湖光，而緬想當年草堂文酒之會，真吾家千載一佳話也。

金粟冢中秋日燕集

綽山古佳城，左股接昆丘。水作青龍來，九派盤遭迥。道人金粟冢，在彼山之幽。團團青桂樹，枝葉相蜷樛。石削華表立，碑刻金窠鏤。人身無百年，胡乃三彭仇。四大偶一失，九丹不能瘳。肉血潰臭腐，不朽唯髑髏。棄之道路旁，行者得溺溲。狐狸與蝿蚋，食嘬紛相讎。欲貽後之人，以掩面目羞。烏兎互出没，急行不入郵。縱一作繼。有萬丈繩，誰能繫之留。煖穴競螻蟻，涼風滅蜉蝣。榮名乃何物，汲汲將奚求。金谷珊瑚樹，天網一作綱。一夕收。美人化黄壤，燕子巢空樓。大印佩六國，散金馳八騶。一朝不得志，車裂徇九州。秦皇與漢武，靈藥採仙洲。玉棺葬地底，金鳬出海陬。梨花自寒食，夜雨鬼啾啾。飛錢化蝴蝶，走燐驚鵂鶹。混沌鑿不死，倐忽何能休。丈夫不解事，老大傷白頭。何如種秫米，壓酒日日篘。今夕三五夕，我已爲君謀。長瓶置十斛，百結青絲兜。截江取紫蟹，攀樹摘紅榴。周垣設茵席，矮几陳脯脩。步登白雲屏，待月豁醉眸。劃然白蝦蟆，抱出黄金毬。又若摩尼珠，躍出驪龍湫。吐吞大地影，晃漾東南浮。老兎玉杵臼，擣作人間秋。寶城三千里，縮景歸遐搜。宫殿魚鱗鬐，草一作林。木秋雲稠。素娥騎彩鸞，舞雪翻霓裘。手折瓊樹花，競拂金精流。化爲五素芒，落我白瑶甌。持滿向君語，借箸請爲籌。十載苦國難，豪傑紛戈矛。鴻門碎玉斗，桃園宰烏牛。戰血濺野草，餓莩填荒湧。我時別一作掣。妻孥，夜汎苕霅舟。有兒握一作綰。兵符，承乏萬户侯。三年盡一作效。忠歸，身作抱官囚。平生萬卷書，怒焚遭鬱攸。廬墓讀内典，守節事清修。親友散如雪，雲樹空悠悠。獨爾數君子，艱棘見何由。今聞王師出，卒伍皆兜鍪。弄刀走官馬，千里風颼颼。桓桓李將軍，大旗畫蚩尤。去秋奪汴城，今復追大酋、屯兵泗水上，添竈扼賊喉。東南貢米粟，連網起歌謳。我曹幸無恙，坐見恢皇猷。酒旗指南斗，今兹會綢繆。請起各稱壽，我亦相勸酧。羣才盡敏捷，用作釣詩鈎。青山忽大笑，此意君知不？呼童酌大白，酹此土一抔。他時葢棺了，神隨和氣游。巾一作申。插空中華，撒手鞭蒼虬。東海招若士，西池訪阿猴。共看麻姑爪，當座擘箜篌。不必兒女淚，暗灑窀穸愁。達哉司空圖，吾今乃其儔。大書勒崖壁，永絶生前遊。

玉山主人嘗作生壙，自爲銘曰：「嘉樹蔽日，涼飈散煙。展席藉草，待月臨川。罇壺既合，飲芳割鮮。歌斯哭斯，以終餘年。」

趙仲穆畫看雲圖

青山與浮雲，終日淡相守。山爲雲窟宅，雲爲山户牖。無心成白衣，有意變蒼狗。人情亦如雲，寄語看雲叟。

巫峽雲濤石屏志

謝家緑玉屏，不琢龜甲形。方若陟釐紙，粉縹帶苔青。秀潔庚庚絶文理，十二巫峯横隱起。芙蓉照影立亭亭，遠落巴江一江水。素湍洶湧翻緑濤，長風吹雲白月高。三峽濤聲滿人耳，箇中獨欠孤猿號。胡僧謾有金壺汁，洒向素縑圖不得。女媧鍊石作五彩，點染料應無此色。此石産景由天工，略假石人磨削功。石色欲盡玉色起，汎沉天碧涵清空。君不聞大食貢石瑩如玉，中有奇松四時緑。六月涼風卷翠濤，瑟瑟秋聲戰空屋。又不聞楊家古屏刻水精，中有爲雲之美人。海綃衣裳爲煙霧，姱名自語非真真。二物化去固已久，價重隋珠難再有。君家玉屏獨在世，勿落忍人豪奪手。我聞故人楊鐵仙，束帶拜之如米顛。起來發狂捉鐵筆，醉墨寫入青瑶鐫。何日乘舟上魚復，唤取巴童唱巴曲。更借丹丘粉墨屏，對案巫山真面目。余嘗往震澤，聞松陵謝氏伯仲賢而好事。而余水仙之舟，未得一造其所。今高君叔彬攜此卷至別業求題，且知楊鐵崖亦到湖上，由是益知其賢而好事。故製長詩一篇，寄題寶屏，他日或飲君薔薇花下，幸出此爲張本云。至正乙巳七月廿一日，金粟道人顧阿瑛書于合溪別業。

玉鸞謡　并序。

楊廉夫昔有二鐵笛，字之曰「鐵龍」，今亡其一，偶得蒼玉簫一枚，字爲「玉鸞」，以配「鐵龍」，廉夫喜甚。復以書來索賦《玉鸞謡》，志來自云。至正甲午三月既望，界溪顧瑛書于柳塘春。

七寶城中夜吹笛，舞按白鸞三十雙。箇中小玉號細腰，尾拂廣陵秋月白。伐毛脱骨秋風裏，素頸圓長尺有咫。中虚一竅混沌通，上有連珠七星子。羿妻久閉結璘臺，弄玉求之遺簫史。調得仙家別鵠聲，吹落虎頭金粟耳。桂園仙伯楊鐵翁，昔豢洞庭雙鐵龍。雌龍入海去不返，雄龍鰥處瓊林宫。宫中夜夜泣寒雨，幽咽悲啼作人語。燃犀莫照玉鏡臺，買絲難繫藍橋杵。虎頭憐之爲媾婚，并刀剪紙招鸞魂。鸞之來兮洞房曉，恍然枕席生春温。鐵仙翁，笑拍手。左瓊瓊，右柳柳。瓊瓊細舞柳柳歌，起勸虎頭三進酒。畫堂龜甲開屏風，翠煙凝暖春雲濃。大瓶酒瀉鸚鵡緑，滿頭花插鴛鴦紅。鸞兮運居巢，龍兮弄横竹。君山月落大江秋，黄姑星殞崑岡玉。不須再奏合歡辭，且聽和鸞太平曲。太平曲，斷還續，一轉一拍相節促。諸宫協徵宣八風，寒谷能令生五穀。鸞龍臺上鳳皇來，萬歲八音調玉燭。

花游曲同張貞居游石湖和楊廉夫韻

真娘墓下花溟濛，碧梢小鳥啼春風。蘭舟摇摇落花裏，唱徹吴歌弄吴水。十三女子楊柳門，青絲盤髻鬱金裙。折花賣眼一回步，蛺蝶雙飛上春墓。老仙醉弄鐵笛來，璚花起作回風杯。興酣鯨吸瑪瑙碗，立按鳴箏促象板。午光小落行春西，碧桃花下題新題。西家忽遣青鳥使，致書殷勤招再四。當筵奪得鳳頭牋，大寫仙人蹋踘篇。

棲雲軒

春雲壓簾飛不起，暖氣蘢葱百餘里。桃花亭亭笑酣春，谿邊浣花染谿水。武陵才人碧窗底，青霓衣裳白霞裏。翠煙默染猩猩毛，冰綃凝文露華洗。山光入眼青青迷，小鳥向人啼復啼。前村後村樹如蓋，柳花起舞回風低。雲師雨師浩無據，驅雲勞勞向何處。請君勸師一杯酒，更借白雲檐下住。

雪夜泊楓橋

江城殘雪裏，人發剡溪舟。花急風翻去，潮生水逆流。傷心憐去雁，幽興託盟鷗。寄語東蒙叟，春山擬共游。

寫柏子庭卷

虛舟元不繫，湖海至今稱。悟得庭前柏，方爲物外僧。空空無我相，落落有誰應。肯向東山住，東山氣倍增。

和韻二首

喔喔雞鳴桑樹顛，江村風景只依然。人行紅葉黄花裏，雁過西風落日邊。南市津頭無酒旆，東湖渡口有魚船。北山巖壑秋偏静，借看蒲團枕石眠。

夏潮平没白鷗沙，舶艑風生起浪花。爲向船頭置美酒，恰如天上汎浮槎。銀盤雪落千絲鱠，玉手冰分五色瓜。明日山中看疏雨，共將詩句寄丹霞。

次韻送吴國良

桐軒隱者重相訪，草閣能留十日歸。快雪半消春水闊，扁舟又逐白鷗飛。似聞迂叟耕梅里，每過山家款竹扉。期子幾時來慰我，共披鶴氅坐漁磯。

海洲夜景

三沙宛在海當中，隱見珊瑚樹色紅。神島由來連弱水，樓船欲去引剛風。東方日出鮫人國，半夜潮生織女宮。却憶題詩繡衣使，高秋會過玉山東。

題宋徽宗仙山樓觀圖

宣和天子昔神游，鳳駕行空過玉樓。此去有人言赤馬，歸來無處逐青牛。分明艮岳通玄圃，想像方壺接祖洲。莫把仙山作圖畫，瓊花琪樹不勝秋。

天寶宫詞十二首寓感 《草堂雅集》本作《唐宫詞次鐵雅先生無題韻十首》。

天寶雞坊寵賈昌，不教一作「宫中」。蝴蝶上一作滿。釵梁。錦棚晝浴天驕子，絳節朝看王大娘。王母也。芍藥金闌開内苑，蒲萄玉醆酌西涼。月支十萬資臙粉，獨有三娥一作姨。素面妝。

五家第宅近天家，侍女都封繫臂紗。池上桃開銷恨樹，閤中香進助情花。風廻輦道鸞鈴遠，日射龍顔雉扇斜，韓虢並騎宫廐馬，醉攙丞相踏堤沙此首與第九首，《草堂雅集》不載。

蓮花池畔暑風凉，玉竹廻文寶簟光。貪倚晝屏調一作看。翡翠，誤開金鎖放鴛鴦。輕綃披霧誇新浴，墮髻攲雲銜晚妝。笑語女牛私語處，長生殿下月中央。

五色卿雲護帝城，春風無處不關情。小花静院偷吹笛，淡月閒房背合箏。鳳爪劈柑封鈿合，龍頭瀉酒下瑶罌。後宫學做金錢會，香水蘭盆浴化生。

龍旂翠一作孔。蓋擁鸞幢，步輦追隨幸曲江。鳥道正通天上路，羊車直到竹間窗。桃花柳葉元無匹，一作限。燕子鶯兒各有雙。中貴向人言近事，風流陳裏帝先降。

秘閣香殘日影移，燈分青玉刻蟠螭。琵琶鳳結紅文木，絃索蠶繅緑水絲。金屋有花頻賭酒，玉枰無子不彈棋。傳宣趣發明駝使，南海今年進荔枝。

近臣諧謔似枚皋，侍宴承恩得錦袍。扇賜方空描蛺蝶，局看雙陸賭櫻桃。翰林醉進清平調，光禄新呈王一作五。色醪。密奏君王好將息，昨朝馬上打圍勞。

虢國來朝不動塵，障泥一色繡麒麟。朱衣小隊高呵道，粉筆新圖徧寫真。寶雀玉蟬簪翠髻，銀鵝金屑踏文茵。一從羯鼓催春後，不信司花别有神。

十三女子擘箜篌，選作梨園第一流。却道荷花真解語，豈知萱草本忘憂。紅鸞不照深宫命，翠鳳常看破鏡羞。舞得太平并萬歲，五年誰賜錦纏頭。

五王馬上打毬歸，贏得宫花獻貴妃。樂起閤門邊奏少，禍因臺寺諫書稀。侍兒隨幸皆頒紫，骰子蒙恩亦賜緋。娣一作姊。妹相從習歌舞，何人能製柘黄衣。

新製《霓裳》按舞腰，笑他飛燕怕風飄。玉蠶一作簪。倒卧蟠條脱，金鳳斜飛上步摇。雲母屏開一作「殿前」。齊奏樂，沉香火底並一作坐。吹簫。只因野鹿銜花去，從此君王罷早朝。

宮衣窄窄小黃門，躑躅初開賜縹盆。夜月不窺鸚鵡塚，春風每憶鳳皇園。愛收花露消心渴，怕解金珂見爪痕。只有椒房老宮監，白頭一一話開元。鐵雅評曰：十詩綿聯縟麗，消得錦半臂也。

次韻劉季章治中邀夏仲信郎中游永安湖

湖上筵開張水戲，卷幔涼風吹短蒲。大魚聽樂浪頭出，小艇賣花城内無。丙鼎庚庚識饕餮，甲煎斑斑炙鷓鴣。酒酣賦詩動海色，繭紙楷書能寄吾。

次韻觀帖之什

水如燕尾出湖分，合入長溪直一作且。到門。韋杜桑麻元兩曲，朱陳雞犬却通村。換羊賣馬囊中帖，刳瓠懸匏竹裏樽。昨日煩君來閱賞，扁舟短纜繫籬根。

次韻癸卯除夕

仰觀北斗轉遥天，春在寒爐爆竹邊。夜列粉盤循舊俗，曉看羅帕賀新年。燒餘荸薺生當路，雪後梅花開滿煙。不用鞭灰覓如願，客囊剩有酒家錢。

夜宿三塔次陳元朗韻

水落南湖不露沙，又牽舫子到僧家。春浮大斗娟娟酒，寒隔虛櫺薄薄紗。半夜塔一作榻。鈴傳梵語，一林江月照梅花。坐來詩句生枯吻，指點銀瓶索煮茶。

武島上梅花

□波蕩漾鏡中天，瑤樹春回玉□〔妍〕。苔雨青青空落月，□雲漠漠不成煙。□□□□緱山侶，照影疑逢洛浦仙。王母欲來青鳥下，暗香如水夜如年。

趙子期尚書干省幕創軒曰小瀛洲題詩要余與明德同賦

鳳皇池上神仙宅，五色卿雲接帝家。金水暖通蓬島浪，紫薇香度〔掖〕垣花。中天草木春霑澤，滄海星辰夜挂槎。聞道朝堂清議了，題詩好爲護蟬紗。

寄鄭明德

我愛廛居鄭有道，屢辭徵幣臥松雲。年來短髮籠紗帽，客至新詩寫練裙。几上只留《招隱》賦，人前每讀《送窮》文。清時已見文名盛，日日高車訪隱君。

游天平題文正公祠

魏公勳業垂前代，百世高風道並隆。立廟東吳見遺像，出師西夏有全功。山回鳥道千盤盡，天入龍門一罅通。赫赫皇〔元〕昭祀典，烝嘗亦與武侯同。

寄楊鐵崖

錦衣坊口揚雄宅，飲馬□□□水波。風信東來春事早，湖光〔西〕（回）去夕陽多。館娃隔水啼鶯燕，弟子填門列鳳鵝。無那老狂狂更甚，劍簫猶倚小紅歌。

戲答陸静遠

秋水藍橋一尺强，愁聞玉杵擣玄霜。東籬老子烏紗薄，西郭佳人翠袖長。古寺竹深禪榻静，晴窗花落硯池香。西風鶴背三更夢，笑看瑶花作醉鄉。

堯文文學過訪賦别兼簡鶴齋薛真人名毅夫。二首

草堂五月少人過，門巷春泥奈雨何。滿樹枇杷鶯竊盡，一階芳草蟻行多。因思諸葛吟《梁父》，却笑蘇秦謾揣摩。老我衰年無白髮，從今也合號涪皤。

憶昨相過寂寞濱，白頭傾蓋豈如新。驚回赤壁三更夢，開遍一作盡。桃花一樹一作庭。春。顧我老爲思櫪馬，憐君遠作倚一作賦。樓人。黄公壚畔三株樹，留待來時醉挂巾。

虎丘十詠

千頃雲

觸石起膚寸，悠然散千頃。我來坐東軒，妙趣心獨領。

小吴軒

雪没羣山盡，天垂落日懸。馮虚俯城郭，隱見一絲煙。

劍池

地坼重淵積，人亡寶劍藏。千年斷崖月，何處照龍光。

試劍石

劍試一痕秋，崖傾水斷流。如何百年後，不斬趙高頭。

五臺山

海湧如來室，清涼即五臺。春風山頂雪，飛度鴈門來。

生公臺

生公聚白石，塵拂天花墜。可憐塵中人，不解點頭意。

塔影

塔倚高標立，樓深一竅虚。海風吹幻影，顛倒落方諸。

致爽閣

高閣對西山，飛嵐落几間。開襟致秋爽，心與白雲閒。

真娘墓

何處真娘墓？雲埋斷石根。夜深風雨急，誰喚海棠魂。

陸羽井

雪霽春泉碧，苔侵石甃青。如何陸鴻漸，不入品《茶經》。

題吴性存所藏趙仲穆竹枝雙蝶圖

閣道春風度，湘簾夜月初。多情雙蛺蝶，也解逐羊車。

趙仲穆臨李伯時鳳頭驄

君王不愛碧銜霞，獨愛真龍被紫花。珍重王孫親貌得，錦巾袱送野人家。

房山畫

渴龍飲海海水寬，鐵網下截珊瑚寒。道人醉卧叫寒玉，金粉亂落松花壇。

補之竹卷

碧眼胡兒叫横玉，落日如盆照茅屋。美人清夢斷梅花，却寫相思在修竹。

張仲舉待制以京口海上口號見寄瑛以吴下時事答之五首

白晝驚風海上號，水軍三萬盡乘濤。書生不解參軍事，也向船頭著戰袍。

冉冉長蛇漢水東，嘘成黑霧滿虚空。腥風怪雨重陰底，化作黄虯不是龍。

莫辨黄鐘瓦缶聲，且攜斗酒聽春鶯。河西金盞新翻譜，漢語夷音唱滿城。

紅緑油牌去復來，長身碧眼更頑顒。口傳催辦軍需事，一日能無一百回。

和糴糧船去若飛，兼春帶夏未曾歸。用錢贈米該加七，納户身懸百結衣。

乙未和孟天暐都司見寄五首

江頭日日惜芳時，三月春光兩鬢絲。拔劍自歌還自舞，邑人誰識虎頭癡。

治安無策濟時艱，始信金銷壯士顔。怪底颶風翻漲海，浪頭一直過狼山。

獵獵東風吹火旗，水軍三萬盡精肥。一春殺賊知多少，箇箇身穿濺血衣。

婁上人家不識春，簷頭蛛網亦生塵。朱門桃李皆零落，只有東風未嫁人。

聞道君王自早參，每虚前席問江南。何人醫手如秦緩，有客能棋似李憨。

題趙子昂畫楚江春曉

東方旭日出曈曨，照見巴江曲似弓。莫遣猿聲到巫峽，山頭猶有楚王宫。

往鳳陽次虎丘

柳條折盡尚東風，杼柚人家户户空。衹有虎丘山色好，不堪又在客愁中。

題文湖州竹

湖州昔在湖州日，日日逢人寫竹枝。一段枯梢作三折，分明雪後上窗時。

西湖竹枝詞二首

素雲缺月挂秋河，聽得臨風《白苧》歌。湖水西來流不斷，海潮東去是風波。

陌上採桑桑葉稀，家中看蠶怕蠶饑。大姑要織回文錦，小姑要織嫁時衣。二詩見鐵崖《西湖竹枝唱和》，序云：仲瑛才性高曠，尤善小李詩及今樂府。海内文士樂與之交，推爲片玉山人云。

新安梅和張師夔

寶地生春玉氣新，苔煙如霧翠光勻。山僧分得維摩供，三素雲中别有春。

謝静遠惠紙

蜀郡金花新著樣，剡溪玉板舊齊名。荷君寄我黟川雪，猶帶漣漪瀉月聲。

謝靜遠惠蜜梅

江南煙雨未全黄，誰使青酸墮蜜房。娬媚已能知魏證，典刑時復見中郎。

玉山草堂口占

臨池醉吸杯中月，隔屋香傳蘂上花。狂煞會稽于外史，秋風吹墮小烏紗。

楊鐵崖《玉山記》云：崑隱君顧仲瑛氏，其家世在崑之西界溪之上。既與其仲爲東西第，又稍爲園池别墅，治屋廬其中。名其前之軒曰「釣月」，中之室曰「芝雲」，東曰「可詩齋」，西曰「讀書舍」，後纍石爲山，山前之亭曰「種玉」，登山而憩住者〔曰〕「小蓬萊」，山邊之樓曰「小游仙」，最後之堂曰「碧梧翠竹」，又有湖光山色之樓，過浣花之溪，而草堂在焉。所謂「柳塘春漁莊」者。又其東偏之景也。臨池之軒曰「金粟影」，此虎頭之癡絶者，合而稱之則曰「玉山佳處」也。按《名勝集》，尚有書畫舫、春暉樓、秋華亭、淡香亭、君子亭、雪巢、春草池、緑波亭、絳雪亭、聽雪齋、白雲海、來龜軒、拜石壇、寒翠所等處，記中不載。楊循吉《蘇談》云：顧阿瑛在元末爲崑山大家，亭館有三十六處，鐵崖《吴詠》云：「三十六橋明月夜，姑蘇城裏有瓊花。」即此謂也。今合記中與《名勝集》所載，止有二十八處，餘皆不可考矣。

玉山佳處以愛汝玉山草堂静分韻得静字

蘭風蕩叢薄，高宇日色静。林迴泛春聲，簾疏散清影。褰裳石蘿古，濯纓水花冷。於焉奉華觴，聊以娱晝永。

次韻永嘉曹新民玉山席上作

詩人得句題茅屋，客子乘流泛小舠。老眼看花起春霧，醉眠聽雨響秋濤。《弓盤》舞按銀鵝隊，《水調》聲傳金鳳槽。與爾共傾千日酒，呼童換却五雲袍。

以炯如流水涵青蘋分韻得流字

附龍門山釋良琦元璞序云：去年夏六月廿有八日，余與延陵吴伯恭、雲臺散吏鄭九成訪玉山草堂主人，留半月，酣飲賦詩無虚日。當時以爲人生歡會之難，未知明年又在何處？慨然爲之興懷。今年五月中澣，復與延陵吴水西、隴西李立放舟溪上，迂疏散逸，其樂又過于前所寓者。及視舊所題詩章，則伯恭在數百里外，雲臺方進漕掾，日趨大府，以簿書從事。得周旋相與談笑者，匡廬山人在焉。飲散步月，以「炯如流水涵青蘋」分韻賦詩如左。書之于卷，以示今之所寓者如此，而後之所寓者，不知其可必不可必也。時至正庚寅五月十八日，吴龍門山良琦書。

幽人雅愛玉山好，肯作清酣竟日留。梧竹一庭涼欲雨，池臺五月氣涵秋。月中獨鶴如人立，花外疏螢入幔流。莫笑虎頭癡絶甚，題詩直欲擬湯休。

以冰衡玉壺懸清秋分韻得壺字

附遂昌鄭元祐明德序云：至正十年龍集庚寅秋七月廿有一日，吴僧宣無言訪顧仲瑛于玉山，時遂昌鄭元祐先在焉。匡廬于立彦成，則仲瑛之客也。款之春暉樓上，行酒對弈，已而觴詠于芝雲堂。酒半興洽，分「冰衡玉壺懸清秋」爲韻，相與賦詩，以紀一時邂逅之樂。仲瑛得壺字，詩先成，莒城趙善長作畫以代詩。坐客不能成詩者，各罰酒一觥。

鄭玄于鵠本清好，況有名僧似仲殊。濠上魚肥應受釣，厨中酒熟莫教酤。雨花落座成金粟，秋露凝寒貯玉壺。更向飛樓賭棋槊，香囊留得未全輸。

以丹桂五枝芳分韻得五字

附匡廬于立彦成序云：七月二十五日，金華王子充過玉山，夜飲芝雲堂上，酒酣賦詩，以「丹桂五枝芳」爲韻，余得丹字，蓋子充，黄太史里人，又其高第門生也，挾所學由京師來就鄉試于南省，泝銀河、攀月桂且有日，故余詩多歸美之。是日約琦元璞、袁子英不至。明日二公來，遂足韻寫詩，次第于後。

南州孟秋月，維日二十五。廻風吹層霄，飛雲過疏雨。客從金華來，款曲置樽俎。況有匡廬仙，貌古心亦古。襟期事蕭散，笑傲忘賓主。哀絃發秦聲，修眉善胡舞。秋輝能娱人，夜色滿庭户。倐倐風葉鳴，泫泫露花吐。春波杯中月，不照墳上土。緬懷琦龍門，扁舟下南浦。

以玉山亭館分題得金粟影

附晉寧張翥仲舉序云：至正十年蒼龍庚寅之歲秋仲十九日，余以代祀歸至姑蘇。顧君仲瑛延于玉山，時鄭君明德、李君廷璧、于君彦成、郯君九成、華君伯翔、草堂主人方外友本元、元璞二公。酒半歡甚，即席以玉山亭館分題者九人。予以過賓，屬爲小引。未知昔賢梓澤蘭亭，如今之會也耶。

飛軒下瞰芙蓉渚，檻外幽花月中吐。天風寂寂吹古香，清露泠泠溼秋圃。雲梯萬丈手可攀，居然夢落清虛府。庭中擣藥玉兔愁，樹下乘鸞素娥舞。瓊樓玉殿千娉婷，中有癯仙淡眉宇。問我西湖舊風月，何似東華軟塵土。寒光倒落影娥池，的皪明珠承翠羽。但見山河影動摇，獨有清輝照今古。覺來作詩思茫然，金粟霏霏下如雨。

以夜闌更秉燭相對如夢寐分韻得夢字

附弋陽山樵李瓚序云：至正十一年冬十月廿三日，玉山隱君宴其客王德輔、胡伯明、袁子英、李瓚。酒酣，忽鄭雲臺、陸良貴泛舸而來，隱君復呼酒盡歡，匡廬先生以「夜闌更秉燭，相對如夢寐」分韻賦詩，時坐客止八人，遂虚二韻。夫人生百年，憂患之秋多，燕樂之日少，而況友朋南北東西，迄無定居，則今日之簪盍，夫豈偶然哉！弋陽山樵李瓚謹敘。

涼風振林木，惻惻初寒動。肅客桃花源，張筵鳴玉洞。落日照金樽，飛雪栖畫棟。談玄味妙理，謔笑雜微諷。取琴雪巢彈，共聽金石弄。嘉會固難并，聚散恍春夢。明發大江舟，天闊孤鴻送。

釣月軒分題 并序。

至正十年七月初五日，琦龍門過玉山，留數日，將泛蘭陵之舟而未果。十二日起文高先生雨中見過，復留周旋。是日飲酒釣月軒中，秋暑乍退，雨止復作，龍門琦以「舊雨不來今雨來」分題，余得舊字。

秋暑困人如中酒，涼雨淒風忽相逗。階下決明花正鮮，池上芙蕖香欲瘦。山人欲歸不得歸，西夏郎官却相候。當軒不復問寒温，拏口誇詩如健鬭。秋娘起拂紅綃袖，素壁看題今已舊。舊雨不來今雨來，故交那在新交右。坐聽飛溜落虚簷，似與冰絃聲合奏。清歡聊欲紀文字，長席還當陳俎豆。人生有酒不爲樂，何異飛蚊聚昏晝。玉山醉倒嵇叔夜，紫芝光浮元德秀。君今此行良不苟，請君一觴爲君壽。風簾宦燭暗秋屏，歸期已在黄昏後。

芝雲堂以風林纖月落分韻得纖字

附于彦成序云：至正十年七月六日，吴水西、琦龍門偕隴西李雲山，乘潮下婁江，過界溪，詩來道問訊。玉山主人命騎追還草堂，晚酌芝雲，露氣已下，微月在林樹間，酒半快甚，欲賦詠紀興，以「風林纖月落」分韻拈題，惟李雲山狂歌清嘯，不能成章，罰三大觥逃去。是日詩成者三人。

空堂清飲夜厭厭，坐久情深酒屢添。龍氣當天河鼓溼，翠痕浮樹月鉤纖。梧桐葉落鳴金井，絡緯聲多近繡簾。我欲分題紀良集，詩成還慰老夫潛。

至正十一年秋七月十有三日起文高先生自姑蘇汎舟攜酒殽過玉山會飲芝雲堂上座客于匡山琦龍門相與談詩亹亹不絶酒半龍門分藍田日暖玉生煙爲韻余探得藍字坐無長幼能詩者咸賦焉

高堂政在玉山南，竹色梧陰積翠嵐。秀結紫芝雲作蓋，光生珠樹玉如藍。每勞飛鳥花間使，時有翔鸞月下驂。客至酒尊聊劇飲，僧來麈尾聽清談。行杯長待纖歌發，分韻還將險字探。佛印固知元九九，文殊何必説三三。莫忘石上三生約，且盡山中十日酣。當檻荷開香屢度，隔牀花落雨同毵。鹿門何處真成隱，雞舌他年自可含。送別江亭一作頭。折楊柳，西風應愧雪盈簪。

余與楊君鐵崖別兩年矣庚寅嘉平之朔君自淞泖過余溪上適永嘉曹新民自武林至相與飲酒芝雲堂明日鐵崖將赴任曹君亦有茂異之舉同往武林信歡會之甚難而分攜之獨易安可不痛飲盡興以洗此憒憒之懷因以對酒當歌爲韻賦詩如左于匡廬屬瑛序數語爲識

江空暮雲合，歲晚雪霰多。佳人美無度，嚴裝俓相過。夜宴芝雲館，明發玉山阿。繁聲落虛溜，急袖翻回波。客有子曹子，調笑春風歌。歌終易離別，別去愁蹉跎。相思梅花發，不飲當如何。

是日秦淮海泛舟過綽湖向夕未歸余與桂天香坐芝雲堂以佇之堂陰枇杷始華爛炯如雪乃移桃笙樹底據磐石相與奕棋遂勝其紫絲囊而罷于是小蟠桃執文犀觥起賀金縷衣軋鳳頭琴余亦擘古阮嚾子雖切，撮口也。酒甚歡而天香鬱鬱有潸然之態俄而淮海歸且示以舟中所詠余用韻并紀其事云

玉子岡頭秋杳冥，石牀摘阮素琴停。枇杷花開如雪白，楊柳葉落帶煙青。每聞投壺笑玉女，不堪鼓瑟

怨湘靈。酒闌秉燭坐深夜，細雨小寒生翠屏。

可詩齋以客從遠方來遺我雙鯉魚平聲字分韻得方字 附汝陽袁華子英序云：至正乙未秋九月，平江等處水軍都萬户納麟哈剌公拜江淛行省參知政事。奉旨統兵常、鎮，時寧海所正千户顧元臣在行間，越明年二月，寧海君由無錫道太湖入杭，維時姑蘇樵李之壤，杳如吳越，音問不相知者二載。今年春二月，寧海君以功陞水軍都府副都萬户，奉省檄道天台杭海而歸，時秋閏九月也。玉山嘉子之歸，乃置酒會友朋于可詩齋，寧海君綵衣金符，照耀左右，奉觴行酒，侃侃愉愉。嗚呼！父子之親，君臣之義，鮮有能兩全者，今寧海君能攄誠致義，陞秩三品，居重慶之下，奉温凊之養，可謂上不負聖天子，下不負所學矣。座客皆能賦者，遂以「客從遠方來，遺我雙鯉魚」以平聲循次分韻。予得從字，敬序其端。玉山翁名瑛，字仲瑛，余則汝陽袁華，今年爲至正十七年云爾。

海上風帆似馬狂，歸來仍喜佩銀章。三年報國存忠直，一旦見親全義方。祖逖誓江期復晉，董徽仗節樂還鄉。聖恩已見金雞放，醉飲寧辭累十觴。

海虞山人繆叔正扁舟相過以慰別後之思余謂兵後朋舊星散得一頃相見曠如隔世遂邀汝陽袁子英天平范君本彭城錢好學滎城趙善長扶風馬孟昭聚首可詩齋内諸公亦樂就飲或攜肴或挈果共成真率之會

由是皆盡歡飲酒酣各賦詩以紀走筆而就興有未盡者復能酬倡以樂永夜余以詩先成叔正俾余敘數語于篇首緬思烽火隔江近在百里今夕之會誠不易得況後會無期乎吴宫花草婁江風月今皆走麋鹿于瓦礫埸矣獨吾草堂宛在溪上余雖祝髮尚能與諸公觴詠其下共忘此身于干戈之世豈非夢游于已公之茅屋乎善長秉筆作圖于卷余索孟昭楷書以識時丙申歲己亥月乙亥日齋之主人顧瑛序而復賦詩曰

木葉紛紛亂打窗，淒風淒雨暗空江。世間甲子今爲晉，户裏庚申不到龎。此膝豈因兒輩屈，壯心寧受酒杯降。與君相見頭俱白，莫惜清談對夜釭。

和繆叔正韻

白雲開處見山棱，我欲躋攀力未勝。歲晚不爲干禄士，前身應是小乘僧。竹林載酒邀山簡，草閣裁詩愧薛能。結習未除閒未盡，焚香且對佛前燈。

和柑字韻

一飲寧辭十日酣，濁醪到手味偏甘。新詩謾賦宫槐陌，好事争傳海岳庵。霜後兩螯看紫蟹，樽前一味出黄柑。料應堂北梅花樹，今歲開時只向南。

和馬孟昭韻

淒風何處起，擊柝報嚴更。共此可憐夜，相看太瘦生。燈挑簷雨落，茶煮石泉鳴。猶有彌明叟，聯詩慰逸一作「最薄」。情。

呈繆叔正

百里扁舟能作客，入門款語似無依。阿翁九月新成服，老父三冬未見歸。江上黑風兼雨至，樹頭紅葉帶霜飛。傷心我亦如君切，有子天涯未授衣。

碧梧翠竹堂以暗水流花徑春星帶草堂分韻得星字

附延陵吴克恭寅夫序云：己丑之歲六月徂暑，余問津桃源，溯流玉山之下，玉山主人館余以草堂芝雲之間，日飲無不佳適。有客自郡城至者，移于碧梧翠竹之陰。蓋堂構之清美，玉山之最佳處也。集者會稽外史于立、吴龍門僧琦、瘍醫劉起、吴郡張雲畫史從序。後至之客，則聊城高晉、吴興郯韶、玉山主人及其子衡，暨余凡十人。以杜甫氏「暗水流花徑，春星帶草堂」之韻分鬮，各詠言紀實。不能詩者，罰酒二兕觥，罰者二人，明日，其一人逸去，雖敗乃公事，亦蘭亭之遺意也。從序以畫事免詩而爲圖。時炎雨既霽，涼陰如秋。琴姬小瓊英、翠屏、素真三人侍坐與立趣。歛俱雅音。是集也，人不知暑，坐無雜言，信曰雅哉！余延陵吴克恭，玉山人名瑛，日二十有八。

高堂梧與竹，䨥䨥排空青。凉飈忽飛來，落我生色屏。爲君燕坐列綺席，吴歌趙舞雙娉婷。蕁香翠縷雪齒齒，蔗漿玉碗冰泠泠。人生良會不可遇，況復聚散如浮萍。分明感此眼前事，鬢邊白髮皆星星。華亭夜鶴怨明月，何如荷鍤隨劉伶。中山有酒十日醉，汨羅纍人千古醒。蒲萄酒，玻璃瓶，可以駐君之色延君齡。脱吾帽，忘吾形，美人聽我重丁寧。更借白玉手，進酒且莫停。酒中之趣通仙靈，玉笙吹月聲泠泠，與爾同躡雙鳳翎。

以滿城風雨近重陽分韻得滿字

附鄱陽薷景微序云：至正辛卯，余自句吴還會稽，飲酒玉山而别。當是時，已有行路難行之歎。繼而荆蠻淮夷，山戎海寇，警嘯並起，赤白囊旁午道路，驅馳鋒鏑間，又復相見，因相與道寒温，慰勞良苦。玉山爲設讌高會梧竹堂上，在座皆俊彦，能文章，歌舞盡妙，選客有置酒而歎者。余笑曰：子何爲是拘拘也？夫天下之理，未有往而不復，器之久不用者。迨國家至隆極治，幾及百年，當聖明之世，而不靖于四方，或者天將以武德訓定禍亂，大啓有元無疆之休。諸君有文武才，將乘風雲之會，依日月之光且有日。余也尚拭目以覩太平之盛，何暇作愁歎語耶！玉山揚觶而起曰：子誠知言哉！于是飲酒樂甚。明當重九，遂以「滿城風雨近重陽」爲韻，分賦如左。壬辰九月八日，鄱陽薷景微敘。

西風吹長江，舟楫幾欲斷。仙人遠方來，羽服自蕭散。頗言官軍中，殺賊盡左袒。時艱會面難，取醉那容緩。菊開重陽華，對酒莫辭滿。賡歌雜絲竹，言笑亦侃侃。月明梧竹間，夜色良可款。

湖光山色樓口占四首 并序。

至正十年五月十八日，余與延陵吴水西、龍門僧元璞、匡山于外史避暑于樓中，時輕雲過雨，霽光如秋。各占四絶句云。

天風吹雨過湖去，溪水流雲出樹間。樓上幽人不知暑，鉤簾把酒看虞山。
晴山遠樹青如薺，野水新秧緑似苔。落日湖光三萬頃，盡隨飛鳥帶將廻。
雨隨牛跡坡坡緑，雲轉山腰樹樹齊。江閣晚添涼似洗，隔林時有野鶯啼。
紫茸香浮薝蔔樹，金莖露滴芭蕉花。幽人倚樹看過雨，山童隔竹煮新茶。

以危樓高百尺分韻得危字 并序。

七月初五日，余會于匡山、琦龍門于樓上，輕風吹衣，爽氣浮動，纖月既出，乃移樽樓外閣橋團飲。時瑶笙與琴聲歌聲齊發，泠泠天表，如《霓裳羽衣》落我清夢。遂各賦詩以紀。

褸上笙歌合奏時，湖山當席最相宜。風吹輕袂身疑舉，人立飛橋意不危。蜃氣欲浮河漢動，秋光已近女牛期。潘郎容易頭如雪，且醉花前雙玉巵。

以凍合玉樓寒起粟分韻得凍字 附于彦成序云：至正十年，冬温如春，民爲來歲癘疹憂。嘉平之

望，凝雲晝合，風格格作老梟聲，雨霰交下，頃刻積雪徧林野，適鄭雲臺自吳門、張雲槎自茂苑、吳國良自義興，不期而集。相與痛飲「湖光山色樓」上，以「凍合玉樓寒起粟」分韻賦詩，國良以吹簫，陳惟允以彈琴，趙善長以畫序首，各免詩，張雲槎興盡而返，時詩不成者，命佐酒女奴小瑶池、小蟠桃、金縷衣各罰酒二觥，余乃于立，得樓字，賦詩于後。

積雪未消春意動，千里登臨游目縱。月明初度影娥池，曙色稍侵鳴玉洞。佳人象管怯初寒，銀瓶梅蕚猶含凍。白髮休嫌舞袖長，張燈夜促飛觴送。

以吳東山水分題得陽山

附□□□□□序云：界溪顧君仲瑛有樓曰「湖光山色」，蕭爽夷曠，殊快人意。憑高一覽，吳東山水盡在几席下，余與諸文彥因得以適洞心駭目之觀。遂卽席用山水命題，各賦詩以紀其事，時五月端陽前一日也。

別起高樓臨碧溪，繞樓青山雲約齊。陽山獨出衆山上，却立陽湖西復西。天風吹山屼不起，倒落芙蓉明鏡裏。影娥池上曲闌干，偏倚秋光三百里。白雲不化五彩虹，化爲夭矯之白龍。一朝挾子上天去，霈澤下土昭神功。土人結祠倚靈洞，雨氣腥翻海波動。紙錢窣窣蜥蜴飛，女巫擊鼓歌迎送。玆山本是秦餘杭，越兵晝獲夫差王。不知誰是公孫聖？空谷答聲吳乃亡。只今此地愁雲黑，鐵馬將軍金作勒。漢蛇曷一作不。識劍雌雄，秦鹿應迷路南北。山下花開一色紅，花下千頭鹿養茸。銜花日獻黃面老，挾羣時入青蓮宮。聞道青霜落林谷，斤斧丁丁驚鳥宿。千年白鶴忽飛歸，失却長松舊時綠。君今坐看樓上頭，析韻賦詩浮玉舟。憑高一覽青未了，底事仲宣生遠愁。明朝更踏東山路，傀儡湖中觀競渡。酒花灩灩泛菖陽，醉歸扶上樓頭去。

柳塘春口占四首

附于彦成序云：至正十二年正月下澣，春雪方霽，飲酒柳塘上，水光與春色相盪，因詠王臨川鴨緑鷺黄之句，各口占四絶以紀時序。嗟乎！世故之艱難，人事之不齊，得一適之樂如此者，可不載諸翰墨，以識當時之所寓。況南北東西，理無定止，焉知後之會者誰歟？席上賦詩者三人，主則玉山顧君，客子英袁君，余匡廬于立彦成也。

二月看看已過半，春風尚爾不放晴。楊柳長堤飛鳥過，鸕鷀新水没灘平。

溪上草亭絶低小，春來有客日相過。便須對柳開春酒，坐看晴色上新鵝。

鳥啼殘雨適一作過。平皋，魚逐輕波趁小舠。獨愛大堤楊柳樹，又牽春意一作色。上柔條。

小亭結在瀼西頭，況復春半雨初收。柳垂新緑枝枝弱，水轉回塘漫漫流。

以柳塘春水漫分韻得柳字

并序。

余去春避地于吴興之商溪，始識天民於溪上之大慈隱寺。天民讀書尚節義，落落有古人風，故與余甚浹洽。及余之歸，遠餞于洪城溪亭，臨溪泣别，則其交情可見矣。今又能駕輕舟歷數百里之險途，來問訊余之祝髮，其義之篤，情之深，非尋常泛交結面者之比也。余敬借此詩美之，且以餞其歸。以簡無隱老禪，求一轉語也。

剥啄誰扣門？乃是忘年友。遠從商溪來，過我繩樞牖。入門無一言，但覺驚我醜。我醜我自知，削髮事三有。學佛亦何補，用以脱塵垢。全我濁世身，薦我生身母。羡君顔色好，濯濯春月柳。不爲時所趨，甘著儒冠守。即今一相見，意思兩彌厚。春風吹楊花，落我杯中酒。願持滿滿杯，再起爲君壽。君其勿我辭，罄此掃愁帚。不聞亂軍中，食人如食狗。苗獠虐已甚，横殺掠人婦。自古戎旅間，此事十八九。若以樂土言，無出平湖右。未知干戈世，能免餓莩否。忍君遽云别，更欲周旋久。横塘新水發，舟楫不肯後。君今必欲歸，爲語無隱叟。願施七寶牀，大作獅子吼。

漁莊以解釣鱸魚有幾人平聲字分韻得人字

附于彦成序云：至正庚寅七月十一日，飲酒漁莊上，時雨初過，芙蓉始著數花，翡翠飛闌檻間，漁童舉網，得二尺鱸，于是相與樂甚。主人分韻賦詩，主則玉山隱君，客則琦龍門、于匡廬，行酒者小璚英，余則于彦成，弁其首簡。

芙蓉始花秋水新，小莊落日酒相親。漁童樵青解歌舞，茶竈筆牀隨主賓。龍門山人碧玉塵，會稽外史白綸巾。蓴羹鱸鱠我所愛，吟對西風懷遠人。

欸歌二首

附河南陸仁良貴序云：至正辛卯秋九月十四日，玉山讌客于漁莊之上，芙蓉如城，水禽交飛，臨流展席，俯見游鯉。日既夕矣，天宇微肅，月色與水光蕩摇檽檻間，遐情逸思，使人浩然有凌雲之想。玉山俾侍姬小璚英調鳴箏，飛觴傳令，歡飲盡酣。玉山口占二絶，命坐客屬賦之，賦成，令漁童樵青乘小榜倚歌于蒼茫煙浦中，韻度清暢，音節婉麗，則知三湘五湖，蕭條寂寞，那得有此樂也。賦得二十章，名曰《漁莊欸歌》云。河南陸仁序。

返照移晴入綺窗，芙蓉楊柳滿秋江。漁童欸乃一作「樵青」。蕩舟去，驚起錦鳧飛一雙。

金杯素手玉嬋娟，照見青天月子圓。錦筝彈盡鴛鴦曲，都在秋風十四絃。

金粟影以荷淨納涼時分韻得涼字

附于彦成序云：夜坐金粟池上，涼雨初過，荷氣浮動，秋思翛然，各分韻口占成詩以紀事。時七月十日也。

翠沼新秋浴夜光，畫闌古一作芳。樹發天香。西風陣陣廉纖雨，荷葉荷花不奈涼。

書畫舫和鐵崖韻

玉山主人引婁水其居之西墅爲桃花溪。厠水之亭四楹，上篷下板，傍檑翼然似艦窗，其沈影與波動，若有纜而走者。楊廉夫嘗吹鐵笛其中，客和小海之歌，不異扣舷者之爲。中無他長物，唯琴瑟筆硯，多者書與畫耳。遂以米芾氏所名書畫舫命之云。

春水畫船如屋裏，船頭吹笛隔花聞。并刀落手碎玉斗，椰蜜分香屬紫雲。上客日傳金帖子，美人夜織錦迴文。高堂醉卧氍毹月，肯信東家帳有蚊。玉山主人與楊鐵崖飲于書畫舫，侍姬素雲行椰子酒，相與聯句畢，鐵崖乘興奏鐵龍之笛，復命素雲行椰子酒。玉山口占云：「鐵笛一聲停素雲」。鐵崖擊節，遂足成一詩，俾玉山次韻，并録于此：「黄公壚西逢故人，坐客各以能詩聞。椰漿半斗破明月，鐵笛一聲停素雲。繭紙題詩寫章草，瓜皮看鼎辨周文。人生嘉會不有述，何異市中羣聚蚊。」時至正八年上巳日也。

以春水船如天上坐老年花似霧中看平聲字分韻得如字

附鄭明德序云：久以物景艱棘，不到界溪。溪之上，顧君仲瑛甫讀書績學，尊賢好士。當太平之時，無事不過從也，睽違幾二年。近以嘉平之三日，扣君之扉，荷君留連，不忍言别。已而河東李君廷璧甫亦挐舟來訪，遂置酒書畫舫，夜參半，酒已酣，析杜律句「春水船如天上坐，老年花似霧中看」平聲字爲韻，人各賦詩。而俾遂昌鄭元祐爲序。

爲人性癖愛幽居，結得幽居畫舫如。沙嘴曉風開幔入，簷牙晴日落窗虚。厨空尚有仙家一作人。酒，歲晏能來長者車。汲澗緶寒因煮茗，鑿冰船發爲叉魚。米顛癡絶尤耽畫，鄭老窮愁却著書。爐篆寶香薰篤耨，硯泓春水滴蟾蜍。紙浮玉色供臨搨，月吐虹光照卷舒。許結老年三絶社，須君好事寫歸歟。

餞謝子蘭分韻詩 并序。

至正戊戌秋九月，毘陵謝君子蘭過玉山中，謂予言曰：僕旅寓合塘之上，今年夏秋苦霪雨，田皆白波，與陂湖相通，所居復卑下，老妻稚子，不遑寧處，兼乏樵蘇之所，今于泗川里得屋一區，主于友人管伯齡，其里亢爽宜禾麥，予乃擕硯田而就耕焉！故來言别，予遂置酒于書畫舫，邀恢公復初、袁君子英、陸君元祥、朱君伯盛以「江東日暮雲」分韻同餞。余得東字，子蘭得江字，亦賦詩留别。餘字各有所屬云。

先生祖實康樂公，于今爲庶稱老翁。派流白鶴溪上住，鄉里羣豪趨下風。叩門過我驚我儂，一作懷。頭戴笠子心忡忡。談空説有丘壑志，抗塵走俗山澤容。自言千里竄荆棘，此身飄泊如飛蓬。山妻未老髮半一作已。禿，紉鍼主饋全婦功。大兒學詩次學禮，小兒五尺儒門童。前年去年兵蔽野，單堠雙堠人舉烽。孤舟如葉載雨雪，朝浮暮泛西復東。寒蠅穴窗死鑽紙，泥龜曳尾生脱筒。只今僦屋在美里，黍穗雨黑波摇空。米如買珠薪束桂，壞壁四立鳴哀蛩。杜陵遷居憂國難，阮籍命駕嗟途窮。鷦鷯無枝何所寄，烏鵲三匝將奚從。結心泗川得管子，爲借一畝幽人宫。我爲斯文雅識面，遲遲細語傾深衷。我開船屋秋水中，緑波碧樹紅芙蓉。推窗面面遠山入，引鉤箇箇游魚逢。好事獨許米老得，清賞當與岑參同。畫張神筆駭癯鬼，書著芸香辟蠹蟲。槽頭夜滴百斛酒，佳菊爛發花叢叢。蟹斫兩螯白雪滿，橘摘並蒂黄金重。薦君之酒餞君别，莫辭大酌玻璃鍾。君不見繞屋水流流入淞，五湖四海三江通。君歸只在泗川上，百里那消風一篷。君好去，莫怱怱，足衣足食可御冬。回首虹光貫明月，新詩多附高飛鴻。

和岳季堅韻

附義興岳榆季堅序云：至正戊戌四月，余自虎林抵吴城，遂拏舟造玉山草堂，以慰契闊。留五日，余不别而往，與王叔明、張禹錫同寓山寺泰來峯樓居。玉山主人與袁子英適與相遇，同飲清真觀竹池西軒，玉山謂兵甲蝟集，朋友星散，會合誠難，期再過草堂，少爲行樂，而科役遽興，愁歎百出，叔明亦謂艱難之際，交游之情，正宜相勞，玉山别後二日，卽同載如約，玉山置酒梧竹間飲。散于芝雲堂前，復坐池上書畫舫中，玩月啜茶，同集者袁子英、盧公武、范君本。余念出處蹇屯，離合不偶。援筆賦詩，以簡同志，并賦云。

梧桐葉大午陰垂，展席臨風晚更宜。客自遠方來不易，月從大一作滄。海上應遲。王猷愛竹非無宅，山箇觀魚別有池。洗觴政當傾契闊，臨行毋惜重題詩。

春暉樓以攀桂仰天高分韻得高字

附豫章熊自得夢祥序云：至正壬辰七月廿六日，余自淮楚來，于時道途梗阻，雖近郡不相往來，獨余以六月達吳，凡相知者，莫不驚訝余之迂而捷也。越數日，即謁玉山主人于草堂中，而匡廬山人在焉，相與議論時務，凡可驚可愕可憂可慮者不少，余乃曰，于斯時也，弛張繫乎理，不繫乎時。升降在乎人，不在乎位。其所謂得失安危，又何足滯礙於衷耶！玉山主人方執玉麈長嘯，意氣自如。時適當中秋之夕，天宇清霽，月色滿池，樓臺花木，隱映高下，是猶天中之畫，畫中之天。乃張筵設席，女樂雜沓，縱酒盡歡。同飲者匡廬仙于立彥成、袁華子英、張守中大本。玉山復擘古阮與胡琴，儕絲竹并歌聲，相爲表裏，藹然有古雅之意，余亦以玉簫和之。酒既醉，玉山乃以「攀桂仰天高」爲韻分鬮賦詩。詩成者與趣横生，摹寫風景，殆無不備。復畫爲圖，寫所賦詩于上，亦足以紀一時之勝。嗚呼！于是時能以詩酒爲樂，傲睨物表者幾人？能不以汲汲皇皇于世故者又幾人？覩是圖，讀是詩者，寧無感乎！余則引其首，乃豫章熊夢祥也。

朱樓隔水度飛橋，玩月張筵快酒豪。同向鏡中看玉兔，恰如海上踏金鼇。影摇大地山河動，光射玄洲殿宇高。明日中秋湖上去，更攜紅袖泛輕舠。

以紅藥當階翻分韻得翻字

附岳季堅序云：至正庚子孟夏，黄鶴山人岳榆與相臺翟君文中自吳城拏舟至海虞，復過崑山，訪顧君仲瑛草堂。值春暉樓前芍藥盛開，仲瑛重置酒樓上。是日雷雨新霽，風日淡蕩，趙善長折金帶圍一朶插瓶中，及以紅白花攣繞攢簇。宋伯盛督行酒，同集者七人，天基道士于方外暨伯盛、善長先醉。仲瑛謂人事惟艱，天時自適，友朋盍簪，寧無一語以紀其行樂乎！遂以「紅藥當階翻」一句分韻，賦詩者文中、仲瑛、子英、并榆得藥字，詩成，爲序其首。實四月十一日也。

靈雨沐霽景，初暾散朝暄。林鶯哢餘春，砌藥開當軒。泫妝露泥泥，舞袂風翻翻。流光不我邁，久懷遲君論。于以樂樽罍，于焉傾笑言。

秋華亭以天上秋期近分韻得秋字

附于彦成序云：至正十年七月六日，玉山主人置酒小東山秋華亭上，歌舞少間，羣姬狎坐庭中。時夜將半，秋聲露氣在竹樹間，曲水縈帶山石下，與銀漢同流，翛然若非人間世。因分題賦韻如左。

開宴秋華亭子上，共看織女會牽牛。星槎有路連雲渡，銀一作河。漢無聲帶月流。取醉不辭良夜飲，追歡猶似少年遊。分曹賭酒詩爲令，狎坐猜花手作鬮。最愛柳腰和影瘦，更聽鶯舌弄春柔。金莖露落仙人掌，錦瑟聲傳帝子愁。絡緯豈知都是怨，芙蓉莫恨不禁秋。碧空珠斗一作「紫薇花下」。微風動，重欲移樽爲客留。

七月九日復飲秋華亭上天香襲人幽花倚石時猩紅軋琴寶笙合曲瓊花起舞蘭陵美人度觴與琦龍門行酒余爲作詩以紀良會就邀匡山龍門同韻

又到秋華亭子上，東山秋一作爽。氣正清妍。僧一作階。前落葉不須掃，石上幽花自可憐。越國女兒嬌娜娜，蘭陵酒色淨娟娟。深樽賸一作盛。有清香在，留待瑶笙月下傳。

春草池緑波亭以銀漢無聲轉玉盤分韻得聲字

附吴興沈明遠自誠序云：玉山顧君仲瑛，樂游好奇，聞吴興山水清遠，嘗放舟過余水竹居。每與登何山，泛玉湖，輒盡興而返。問于余曰：子安知吾鄉玉山月色日接于心目，固可樂也，抑豈若余來游觀之爲樂與！今年暮春，余過吴，舍于流水寺。仲瑛聞余之至，遂入城府相見，劇談數日而去。秋八月十有四日，仲瑛復以書致余曰：當秋高氣爽，玉山中能來一游乎？及余來時，龍門琦元璞開士先至數日已。遂握手入西園，歷覽清勝。是夜月魄既滿，涼空一碧，天香水影，交映上下，殆非人間世。仲瑛乃張樂置酒于湖山樓，酒半，移席緑波池上。同席者會稽王德輔從子倫、仲瑛之季晉道。仲瑛命小瓊華調箏，南枝秀倚曲，舉杯屬客曰：人生會合不可常，今夕之飲，可不盡歡耶！去年兹集，如山陰道士于彦成輩，今皆在天外，雖欲同此樂，邈不可得。乃以「銀漢無聲轉玉盤」分韻賦詩，元璞得銀字，德輔得漢字，仲瑛得聲字，余得無字。詩不成者罰酒一觥，明日詩成登卷，俾余爲小引云。余則吴興沈明遠自誠也。時則至正辛卯中秋既生魄。

據牀坐看月華生，一作明。水氣浮空夜氣清。蜃闕珠宫寒作市，銀盤玉露静無聲。芳筵累吸杯中物，彩鳳雙吹樹底笙。不見山陰狂道士，相思只在越王城。

次琦元璞韻

附元璞序云：去年春，余與玉山主者避難于霅上，家之舊藏書畫多失去。今年二月，余自松陵放舟，過玉山中，時芙容渚之軒新成，主人與余登眺其上，洗人心目，不覺神情暢然，與去年難中不同也。及覩所補詩卷，因漫製云。

去歲一春同作客，今春相見却一作各。身閒。亭開翠柳紅桃外，魚躍綠波春草間。自笑淵明居栗里，也隨惠遠入廬山。何當共下吴江釣，坐向船頭語八還。時余舍俗，元璞住吴江之無礙寺，故云。

夜坐口占

虛亭月色不勝寒，況坐綠波亭上看。啼斷候蛩秋寂寂，好懷正在曲一作倚。闌干。

絳雪亭秋日海棠花　并序。

得商鼎靈石者數輩日相玩賞，以遣世慮。一日同覩此花，于脱葉間露紅蓓蕾于炎風赫日中，甚可驚訝。後三日而花大拆，一作放。乃延汝陽、莒城二公，炰鼈斫鱔，嘗新篘蓮花白酒，與花神洗妝。少焉，清風南來，明月東上，頓思匡山寓于越，香山阻于杭，龍門歸吴江而無信，道路梗絶，莫知何在？余子元臣孤身守忠，存没未保。向之看花觴詠者，唯汝陽一人而已。對花傷感，一作懷。漸成不樂而罷酒。越五日而河南陸仁良貴、太原王楷叔正同舟泊溪上。是晚鬱蒸尤甚，而此花尚留數十朵在，亟命書童張席，露坐樹傍，相與折花劇飲，各詠言之。嗚呼！花不以寒暑而間，人乃有吴越之阻。世殊事異，能不慨然！余向時絳雪亭詩卷，兵至時，爲好事者持去，就俾莒城貌圖于前，余賦唐律一首于後；請坐客相次以紀，時丙申七月廿八日也。

怪底海棠能狡獪，今年當暑著花鮮。露黏蝶粉生珠一作朱。汗，日炙猩紅上紫綿。夢斷馬嵬一作「嵬坡」。春信遠，神游金谷晚妝妍。獨憐向歲題詩者，不見燒燈花樹前。

聽雪齋以夜色飛花合春聲度竹深分韻得聲字

附西夏昂吉起文序云：至正九年冬，泛舟界溪上，訪玉山主人。時積雪在樹，凍光著户牖間，主人槭酒宴客于聽雪齋中，命二娃唱歌行酒。雪霰復作，夜氣襲人，客有岸巾起舞，唱青天歌，聲如怒雷，于是衆客樂甚，飲遂大醉。匡廬道士誠童子取雪水煮茶，主人具紙筆，以齋中春題分韻賦詩者十人，俾書成卷，各列姓名于左。是會十有二月望日也，西夏昂吉書。

虚館晝生白，飛花照眼明。隔簾時有影，著地静無聲。夾坐人如玉，深杯酒屢傾。清歡竟成醉，淡月破雲生。

白雪海銘辭

鄭元祐記云：丙申春，界溪顧仲瑛奉其母陶夫人避兵于商溪，商溪在吴興東南僻絶處，以君平昔尊賢下士，裹糧具舟相從于溪上者不絶。夫人甘膬之味，温凊之奉，一切如家庭。居無何，病氣決而卒。奉函骨歸葬綽墩之先隴，仲瑛念母不見，結樓于碧梧翠竹之堂後，名之曰「白雲海」。新朝聞君才名，將授以禄秩。君以衰絰固辭，祝髮家居，日誦《大乘經》以薦母。

虞山幾千疊，千疊白雲飛。出山變蒼狗，入山爲白衣。不如化作雙白鶴，飛向白雲深處落。向余能解説前身，不是當初舊城郭。

次文質韻

白雲深，白雲深，白雲飛來知我心。笑看觸石起膚寸，斯須變作漫天陰。山人驅雲飛出牖，一道龍光射南斗。大星落落小星明，萬物區區等芻狗。舉手招歸懷抱裹，三日顛風吹不起。怒排雨脚走空來，卷入銀河一泓水。四野紛紛未倒戈，其奈山人不出何。有時乘雲釣東海，世上空尋張志和。萬松嶺上雲如絮，天賜山人作霖一作東。注。明朝説與雲中君，白雲之樓是常住。

再疊前韻

白雲深，白雲深，高樓結在雲中心。樓中之人白雲友，日日醉卧梨花陰。大笑白衣對户牖，肘後黄金大于斗。草間逐兔縱得之，九鼎熱油烹走狗。争如高卧高樓裹，未一作一。聽催歸聽唤起。釣竿不釣北溟魚，酒杯倒吸西江水。何須逐日怒揮戈，其若花開雪落何。空將朽索馭快馬，箭雲放轡追羲和。樓外晴雲擘飛絮，手拍闌干目如注。青山排闥四海來，面面青山白雲住。

三疊前韻

君不見白雲在山如海深，世人不解白雲心。不從神龍降甘澤，肯從靈女爲朝陰。又不見白雲出山飛入牖，維南有箕北有斗。世人再拜仰天光，多挽長弓射天狗。月明照見玉山裹，不受輕風易吹起。宵深飛度影娥池，影在青天天在水。樓下雞鳴夜枕戈，樓頭開一作大。宴招李何。雲車遝遝衆仙下，玉笙瑶管聲相和。剪雪作花雲作絮，浪浪酒瀉龍頭注。就中誰起壽主人，倒喝飛光酒中住。

四疊前韻

玉山盤盤窈且深，中有樓兮居山心。白雲不斷護巖壑，下與梧竹連秋陰。天風吹雲夜開牖，城上烏啼擊刁斗。芒碭長途斷白蛇，上蔡東門歎黄狗。主人醉坐闌干裏，雲影時看一作時。酒中起。賞春不折背巖花，烹茶自汲當門水。戰國紛紛競挽戈，縱横辯口誇隨何。黄鐘不作大雅調，五絃謾爾張雲和。君不見水上浮萍元柳絮，也趁桃花流水注。不似白雲日日閒，只伴幽人在山住。

來龜軒 并序。

吴興避難，浮家而歸。玉山佳處，無一毫之失。忽于西廡空庭中，有神龜，大將尺餘，四牆無隙，不知所來。乃添一小軒，扁曰「來龜」，以符龜來之兆。及有舊犬，聞嚙軍士之右足，環柱不能脱。衆槍將及，始去。匿于田坂中，不能得之，余因呼之爲阿義，陸君良貴有義犬行。因紀龜之靈，故及犬之義也。

避亂歸來兩鬢霜，春風依舊滿門牆。喜看義犬眠花塢，驚見靈龜踞石牀。曳尾泥途來遠道，負書蓮葉出重光。慎須勿落元君夢，自笑一作「有笑」。能知五世昌。

拜石壇

玉山主人嘗于東城庵假山廢基得一石，上有蘇子瞻題識。石理瑩潤類璧，雖左旁缺損，然尚奇甚。傅士柯敬仲見而奇之，再拜題名而去，字曰「拜石」。御史白野達兼善爲作古篆書之。後玉山主人偶得子瞻《答維揚王忠玉提刑飲快哉亭帖》，與石上題識相合，玉山主人謂此石即忠玉家快哉亭物也。特不知何以至此，玉山主人遂爲記其事，倩朱伯盛刻之他石，而與河南陸仁、汝南袁華各爲詩詠之。

好事久傷無米顛，清泉白石亦淒然。快哉亭下坡仙友，拜到丹丘三百年。

送周仕宣南臺典史分題得芙蓉堂

芙蓉並開開滿堂，堂中美人傾玉觴。畫船鼓吹弄白日，回風驚起雙鴛鴦。鴛鴦雙飛出城去，池上花開知幾度。不聞嬌燕語雕梁，惟有棲烏啼碧樹。空城夜夜明月光，照見烏臺臺上霜。翠幕芙蓉大如斗，盈盈緑水明新妝。鍾山蜿蜒若龍走，送子春江一壺酒。他時戴花歸故鄉，莫忘江頭折楊柳。

送鄭同夫歸豫章分題得洞庭湖

五湖秋水洞庭煙，七十二峯青插天。神禹書藏林屋裏，仙人詩刻石屏前。温温玉氣穿靈洞，白白銀河瀉瀑泉。鴻雁來時木葉下，送君晨發楚江船。

雪霽與鄭九成陳惟允坐劍池上惟允爲寫圖因次九成韻

飲澗長虹挂深嶺，千尺轆轤斷修一作「懸斷」。綆。夜寒月黑鬼賦詩，白日清風一作「日白風清」。人寫影。藤蘿陰陰蔓一作「延蔓蔭」。山椒，長松落雪如花飄。煩君畫我掩書卧，窗前更著青芭蕉。

游天池

縈紆白雲路，窈窕青山聯。秋風吹客衣，逸興良翩翩。捫蘿度絶壁，躡磴窮層巔。崖傾石欲落，樹斷雲復連。兩峯齦牙門，中谷何廓然。大山屹堂堂，直欲摩青天。小山亦磊落，飛來墮其前。陰陰積古鐵，粲粲開青蓮。神斧削翠骨，天沼涵靈泉。玉龍抱寒鏡，倒影清秋懸。憶昔張貞居，寄我琳琅篇。逝者不可作，新詩徒爲傳。舉酒酹白日，萬壑生凄煙。幽歡苦未足，落景忽已遷。美人胡不來，山水空清妍。

響屧廊

日日深宫醉不醒，美人嬌步踏花行。鐲鏤賜與忠臣後，葉落君王夢亦驚。

西湖口占三首

湖山堂上看荷花，亂舞紅妝萬髻丫。細雨霑衣涼似水，畫船五月客思家。右觀荷值雨。

薄薄紅綃映雪膚，玉纖時把髻鬟梳。風流得似貞期子，添箇芭蕉畫作圖。右題叔厚畫素雲小像。

十九韋娘著絳紗，金杯玉手載春霞。清歌未了船頭去，笑買新妝茉莉花。右戲贈杜姬。

泊垂虹橋口占二首

三江之水太湖東，激浪輕舟疾若風。白鳥羣飛煙樹末，青山都在雪花中。

江風吹颿條數里，野花笑人應獨行。更須對雪開金榼，要聽鄰船搊玉箏。

發齊門

東方晨星如月明，舟人捩舵聽鷄鳴。自憐不合輕爲客，莫厭秋風攪樹聲。

泊閶門

楓葉蘆花暗畫船，銀箏斷絶十三絃。西風只在寒山寺，長送鐘聲攪客眠。

發閶門

閶門西去是陽關，疊疊秋風疊疊山。便是早春相別處，如今楊柳不堪攀。今春送于外史歸越上。

晚泊新安有懷九成

夜泊新安驛，西風八月天。人家溪樹裏，晚飯柁樓前。水落星移石，雲開月墮船。遥思佩韋者，癡坐不成眠。

舟中作

自愛玉山書畫船，西風百丈大江牽。出門已是三十日，到家恰過重九天。青山白水與君賞，翠竹碧梧惟我憐。近聞海上鯨波静，爛醉草堂松菊前。

次周履道韻

夜泊石湖湖水傍，芙蓉露白蒹葭蒼。畫船酒行飛急觴，美人羅袖隨風揚。長檠翠幕高高張，浩歌起坐秋夜涼。明月已在天中央，大星小星光燁煌。酒酣不記過船去，但聽秋聲響疏雨。夢中化作蝴蝶飛，飛入花間聽春語。鄰雞喔喔東方曙，船尾浪花風起舞。爲君起和夢中詩，水氣如煙度秋渚。

次龍門琦公見寄韻二首

扁舟遠適越溪濱，雙槳驚飛白鷺羣。要趁秋江三尺水，去看山寺九峯雲。西風網罟沿村集，落日鐘聲隔水聞。好對黄花同一醉，故園晴色晚如熏。

秋花楓葉暗江濆，萬里西風雁叫羣。謾是羈情濃似酒，獨憐世事薄于雲。九龍山色船頭看，半夜鐘聲枕上聞。料得高僧禪定處，松窗柏子起濃熏。

九月七日復游寒泉登南峯有懷龍門雲臺二首

春遊憶得到寒泉，正值鶯花過禁煙。楊柳樓中金錯落，琵琶船裏玉嬋娟。潘郎別去渾多病，道士重來是有緣。今日登高能作賦，雲臺不見使人憐。

又向江頭載夕暉，好懷每與世相違。客中重九明朝是，眼底故人今日稀。過雨黄花千蘂發，經霜紫蟹兩螯肥。秋江更待澄如練，擊楫中流緩緩歸。

可詩齋夜集聯句

附淮海秦約文仲序云："至正十四年冬十二月廿二日，余游吳中。屬時寇攘，相君有南征之命。川塗修阻，舟檝艱難，遂假館于仲瑛顧君之草堂，而雪霰交作，寒氣薄人。翌日夜分，集于可詩齋，客有匡廬于彦成、汝陽袁子英、吳郡張大本，相與笑談樽俎，情誼浹洽。酒半，諸君咸曰：'今四郊多壘，膺厚禄者，則當奮身報效，吾輩無與于世，得從文酒之樂，豈非幸哉！然友朋難必，每思草堂一時諸公，出處俱異，時郯君九成則執筆漕臺。陸君良貴亦有漕事之冗。惟龍門琦公元璞，獨占林泉之勝以自適。其性情，與言若人，又不能不于斯集馳企也。'因效石鼎故事以紀是集，凡若干韻，詩成，夜漏下三鼓矣。序其首者，淮海秦約文仲也。"

今夕乃何夕，歲律已云暮。更長燈燭明，顧瑛。夜冷冰雪沍。縢六巧薦瑞，于立。封姨怒相妬。饗盍各盡懽，秦約。杯行不知數。肉臺春筍纖，袁華。法曲冰絃度。紅淚泣風蠟，張守中。翠煙積春霧。鼎沸雀舌烹，顧瑛。酒瀉龍頭注。咿嚶囀鶯喉，于立。蹣跚蹋鵝步。燕謔落語穽，秦約。驅馳慨行路。計窮酋授首，袁華。車墜費誅屨。風塵闇城郭，張守中。稼穡罄場圃。憂傾漆室葵，顧瑛。啖分懶殘芋。天王狩河陽，秦約。奸臣拒官渡。濟時風雲會，于立。曠世龍虎遇。前席宣室徵，袁華。下詔輪臺布。凱奏杕杜詩，張守中。諫諷校獵賦。干羽舞兩階，顧瑛。歌謡誇五袴。時清仰皇澤，秦約。會少憶良晤。春冰破微甲，于立。夜月照寒素。雲間鶴鳴陸，袁華。吴下書惟顧。瘦袁髯似戟，張守中。短于腹如瓠。張也鄉曲英，顧瑛。秦亦廊廟具。孔問郯子官，于立。杜賞已公句。睽違念契闊，秦約。茗芋寫情愫。冉冉歎駒馳，袁華。營營笑蚊聚。浮生草棲塵，張守中。虚名日晞露。嗟彼嘈嗜徒，顧瑛。有此和樂孺。用繼石鼎聯，聊以識所寓。秦約。

與繆叔正聯句

短檠二尺照清酣，顧瑛。圓餅裁肪韭味甘。繆侃。舊雨今爲紅葉雨，顧瑛。閒雲不障白雲庵。繆侃。范君遠餽吴犍肉，顧瑛。錢老能分林屋柑。繆侃。今夕共謀真率醉，顧瑛。莫將時事説江南。繆侃。

湖光山色樓聯句

附于彦成序云：七月十五，元璞泛舟下婁江，余與高起文先生、玉山隱君坐湖山樓上，悵然有懷，即所見聯句成律。

樓倚清秋爽氣高，高起文。眼明百里見纖毫。風行緑野翻清浪，于立。雨到青林起暮濤。幾樹好花開别岸，顧瑛。一雙飛鳥趁輕舠。龍門今日婁江去，高起文。會有新詩寄我曹。于立。

浣華館聯句

附會稽楊維楨廉夫序云：至正戊子六月廿四日，維楨與衞輝高智、匡廬于立、清河張師賢、汝南袁華、河南陸仁讌集于浣花館。酒闌，主客聯句凡廿四韻。主爲玉山顧瑛，客與聯者維楨、立、師賢、華、仁也。會稽楊維楨引其首。

大厦千萬餘，小第亦云甲。馬山分玉崑，維楨。鯢津類清霅。湖吞傀儡深，立。江瀉吴淞狹。地形九曲轉，師賢。峯影千丈插。斜川萬桃蒸，華。小徑五柳夾。仙仗撞石檢，仁。靈洞開玉匣。雲停清蔭初，瑛。涼過小雨霎。鶴舞竹褷褷，維楨。魚亂萍唼啑。風顛帽屢欹，立。暑薄衣猶袷。花憑嬴女獻，師。酒倩吴姬壓。簾卷蒼龍鬚，華。盤薦紫駝胛。戎葵粲巧笑，仁。文爪印微掐。白戳魚乍刲，瑛。紅蓮米新臿。急觴行蒲萄，維楨。清池扇蒲箑。火珠梅燁熿，立。冰絲蓴浹渫。雲雷摩乳彝，師賢。珌琫玩腰玾。伶班鼓解穢，華。軍令酒行法。弓彎舞百盤，仁。鯨量杯千呷。腔悲牙板擊，瑛。調促冰絃擪。客歡語嘈囋，維楨。童酣鼻齁鮯。酒徹給泓潁，立。詩成繕書劄。嘔句投錦囊，師賢。披圖出緗笈。驪駒歌已終，華。青蛾情尚狎。永矢交友盟，仁。銅盤不須歃。瑛。

書畫舫聯句

三月三日與楊鐵崖飲于書畫舫，侍姬素雲行椰子酒，遂成聯句如左。

龍門上客下驄馬，瑛。洛浦佳人上水簾。瑪瑙瓶中椰蜜酒，維楨。赤瑛盤内水晶鹽。晴雲帶雨沾香炧，瑛。涼吹飛花脱帽簷。寶帶圍腰星萬點，維楨。黄柑傳指玉雙尖。平分好句才無劣，瑛。百罰深杯令不厭。書出撥燈侵繭帖，維楨。詩成奪錦鬭香奩。臂韝倏脱初擎研，瑛。袍袖弓彎屢拂髯。期似梭星秋易隔，維楨。愁如錦水夜重添。勸君更覆金蓮掌，瑛。莫放春情似漆黏。維楨。

舟中與陳敬初聯句

行春橋下看山回，瑛。翠幕紅簾面面開。基。一夜水風吹不斷，立。蜻蜓飛入畫船來。瑛。

元詩選壬集目録

元詩選壬集

馬鍊師臻

臻字志道，别號虚中，少慕陶貞白之爲人，著道士服，隱於西湖之濱。大德中，嗣天師張與材至燕京行内醮，名流並集，虚中在焉。未幾辭歸，手畫《桑乾》、《龍門》二圖傳于世。嘗從諸雪巘遊，肆力吟詠。所著曰《霞外集》，淮陰龔聖予謂其古今體製具在，而馴雅如其人。同里仇仁近亦曰：遠覽崧、岱之雄拔，江、河、濟、淮之奔放，近挹兩峰、三潭、六橋之佳麗秀整，交廣視闊，胸次宏豁，宜其筆力不凡如此。當是時，江南甫定，兵革偃息，遺民故老如周草窗、汪水雲之徒，往往託於黄冠以晦迹，虚中殆其流亞歟！廬山黄石翁摘其秀句，謂如「達人不患貧，貞女不事媚。」「静知春事佳，老覺世味熟。」「某丘有樹猶堪宿，何處無魚可療飢。」「瘦梅喜浸古罍盎，老態怕著新衣裳。」後世視此以爲何如人！至云：「苦心雕琢易，出口渾成難。」「道合天心易，篇終鬼膽寒。」非深於詩者不能道也。

春霽書懷

紛雨洗遊塵，潤物亦已足。淑氣浮芳鮮，山澤一時緑。回雁遠零亂，流雲高斷續。伊余愜所向，偶景相穆穆。好鳥如含情，不語立嘉木。静知春事佳，老覺世味熟。遂展平生情，誰復辨蕉鹿。

五雲山寫望

少乏超絶姿，瘦鶴存野格。乾坤心自放，頗覺塵土窄。安得千金橐，使我窮地脈。征途多荆榛，此志寧復得。今晨躋山顛，納納瞰廣陌。正東臨大江，彷彿海外國。孤帆揚長風，静入秋氣白。層巒引列嶂，下有雲霧隔。不知誰家樓？突兀立遠色。禹穴指顧外，歷歷禾黍黑。簸蕩千古愁，人世一過客。高歌據苔石，坐見日車仄。目極窮冥搜，一雁長空没。

遣興

長日閉門坐，軒居誰與親。鶯花欺白首，鮭菜足青春。今古斯文在，江湖舊業貧。丹心不可道，風雨夜來頻。

竹窗

竹窗西日晚來明，桂子香中鶴夢清。侍立小童閒不動，蕭蕭石鼎煮茶聲。

題墨竹

拂雲標格歲寒心，墨色分陰重又輕。不似渭川千畝緑，只和風雨作秋聲。

偶成

昔嫌上界多官府，不道人間足是非。四十年來悲喜夢，倚闌閒看柳花飛。

春日幽居

淺淺春風尚帶寒，日斜香篆半燒殘。杏花一樹開如錦，怕觸啼鶯不倚闌。

湖中春遊曲

堂堂復堂堂，畫鷁誰家郎？繡旌鴛頸冷，膳府鸞刀光。傾椒注桂邀流芳，楚腰絡索聞懸璫。笠篌急響如相惱，岸頭折盡忘憂草。黄金慣積自媒身，隨肩滿席惟嗔老。牙籤萬軸齒不拈，孟客何賓跡如掃。柳緜撲撲乘風吹，花翎小鳥啼訴誰。玉郎沈醉晚未醒，春光去矣猶不知。

危坐

危坐不覺久，月照一庭緑。三更白露下，夜氣溼野服。恬淡失悲喜，視聽非耳目，閒將《黄庭經》，更趁月下讀。

越中言懷

分甘茅屋老蒼苔，不是明時棄不才。避社燕歸楊柳合，趁虚人散鷺鷥來。半江落日明漁浦，兩岸回潮掠釣臺。吴越争雄俱一夢，年年杜若滿汀開。

初春卽事

東風又到武林城，静裏看春各有情。怕説利名多晝睡，愛尋山水每閒行。傍人冷笑營巢燕，求友翻憐出谷鶯。世事不窮時易失，翠微深處夕陽明。

二禽篇二首

杜鵑杜鵑，聞爾曾爲蜀天子，一自城荒爾身死。當年御極日萬幾，何苦今朝自如此。恭聞太上垂玄言，治大國兮烹小鮮。流情縱逸不追悔，無端却恨春山煙。毛衣繿縷滿身黑，萬里岷峨歸不得。六合茫茫啼一聲，春風爲爾無顔色。

鷓鴣鷓鴣，不知春色何負汝，每到春來聲更苦。百年不得此身安，尚憶當時在行旅。爾不學大鵬一舉，培風兩翼如雲垂。又不學籬邊斥鷃，翱翔飛躍蓬蒿枝。黄陵廟前幾春草，空遺怨恨傳新詩。江南二月煙花亂，子子孫孫自呼喚。説盡人間行路難，凄風苦雨心腸斷。

貴公子

麝沈灰暖瑞煙輕，十二闌干轉畫屏。翠袖閒調鸚鵡語，牙牌分榜牡丹名。半垂簾幕因春冷，未放笙歌爲宿酲。颭颭流蘇風不定，隔牆時送賣花聲。

雪

冷逼街頭酒價高，晚來風急更蕭騷。青樓醉舞不歸去，江上一蓑憐汝曹。

吴江夜泊

不見天隨子，令人逸興孤。村砧聲自答，岸鳥□相呼。河漢回西極，星辰入太湖。古情吟不盡，明月照姑蘇。

宮怨

多愁多怨怕春天，花外時聞警蹕傳。金縷繡衣渾不稱，餘香猶帶御鑪煙。

釋宮怨

萬頃恩波一寸心，玉階青草斷車聲。文章近日無人愛，休把黄金乞長卿。

張野泉偕虛谷方使君趙春洲數先輩見訪卽席賦詩各以酒字爲韻

幽居扃青春，水軒僅如斗。敲門問誰來，過我得良友。浮雲無停陰，霽色破古柳。人生不自適，歲月欺老醜。欲挽湖水春，添我杯中酒。酒盡意不盡，落日照魚笱。掀髯出門去，悲歡一何有。

送郭似山回張公洞

春風吹沙春草長，雜花媚煙飛野香。幽花裊裊泫雨色，人間光景勞中腸。赤城老仙呼鶴起，迢迢直度太湖水。玉洞碧桃凝古芳，玄扃窈窕羅疏綺。吟詩贈別情相關，霧節風幢幾日還。歸來無語生幽寂，啼鳩一聲春晝閒。

無事

無事每日不出户，滿院松竹森交加。晝眠厭聽啄木鳥，早涼喜見牽牛花。一真自可了生死，萬事不必論等差。誰能屑屑管迎送，客來且試山中茶。

弔崔雲山

埃風蕩天荒，孤山卧秋草。君家孤山下，不厭孤山好。昔我山中房，識君師侍傍。白髮映蕉水，妙語回羲皇。聞君又絶粒，默默宴華室。道畢合神風，回車朝帝一。制魔誠所難，有身良可歎。層陰翳太景，平陸翻狂瀾。憶君出門去，相看淚如雨。始欣天道還，逸駕倏飄舉。有詩君莫吟，有酒君莫斟。神交動恍惚，尚想聞空音。我歌山日落，松聲起寥廓。魂兮其有知，爲我來冥漠。幽室苦夜長，思君念春陽。春陽難復見，短歌不成章。

述懷

家無負郭田，何以懷歸耕。豈不有他好，復恐勞其生。窮居四十年，富貴浮雲輕。乳鳥喧高枝，壯心忽然驚。所憂聞道晚，德業將無成。言此向知己，欲語已忘情。

春日寫望

遠山重疊限空明，淡拂生綃絶點塵。半舸夕陽喧酒客，一樓寒色倚詩人。早鶯懷舊隨時至，芳草無情著處新。却憶城中有貧者，杏花開盡不知春。

山中寒食

青陽轉節候，雜芳麗原隰。山中寒食近，啼鴂亦已急。新塚有人祭，古墓無人泣。傷心名利骨，瑟瑟土花濕。石馬悲無聲，空對東風立。

春霽陪葛元白遊南山

積雨淹幽事，初晴得此晨。問舟尋上客，放步約同人。偶入招提境，如酬宿昔因。禪心本無住，吾道豈憂貧。城郭千年鶴，林丘一聚塵。歡娱時不偶，激越意空陳。路改疑前夢，雲孤憶老親。彈琴僧舍晚，覓句酒家春。閒水文輕縠，平蕪展細茵。目驚流節駛，心醉古風淳。久識窮非鬼，難言筆有神。感深將下涕，喜極欲忘身。蹭蹬繁花老，陰沈亂葉新。野夫元懶放，杜宇足酸辛。更欲東蒙隱，難期北郭鄰。有懷聊自適，愧爾葛天民。

田家

地偏生事僻，轉覺入城遥。犬吠三叉路，人行獨木橋。炊煙時滅没，村酒自招邀。昨日蠶新浴，柔桑緑滿條。

寄越上友人

分袂沙邊兩歲餘，生涯别後竟何如？雲迷禹穴無來信，秋隔吴山有故居。思斷碧天江漠漠，吟低白日雨疏疏。郊墟昨夜新涼入，珍重佳兒好讀書。

中秋見月

去年中秋月，團團上林藪。文士兩三人，竟夕坐相守。精光浮白空，誰見蝦蟆醜。觴酌雜歌吟，待得下高柳。今年中秋月，輝輝入窗牖。照我如有期，怪我尊無酒。月是去年月，不復去年友。人生如風花，聚散良不偶。賢愚與貴賤，肉骨同一朽。我今見明月，再拜復稽首。側聞古老言，此言豈虚有。正秋三五滿，萬里絶纖垢。玉兔搗神藥，服之壽長久。我無周生術，安得月在手。天梯邈難攀，中扃欲成疚。萬方浩漫漫，月輪又西走。

秋日即事

芙蓉涼淺未全紅，稚子攔街鬬草蟲。節物變遷風景在，故園心事不言中。

前結交行

古交山上松，青青色不改。縱有霜雪侵，節操固常在。今交陌上花，容貌相矜誇。一朝風雨至，飄泊隨泥沙。陳雷管鮑世不有，一貧一富難長久。對面相看仰泰山，下視羣峰皆培塿。嗟來乎，嗟來乎！牀頭黄金不可無。君看金盡失顔色，壯士灰心不丈夫。

後結交行

古交皆結心，其意能斷金。今交皆結金，倏忽能變心。取舍既殊軌，反掌生陸沉。正平一朝忤黄祖，有若將身投猛虎。子桑莫逆忘其生，乃能相與無相與。古人今人皆足悲，百年憂樂須臾期。男兒節義死不變，誰肯心懷未濟時。嗚呼誰肯心懷未濟時！

聞早雁

初鴻有餘音，老眼無遠光。登樓望不極，但見天青蒼。朝飛秋日短，暮宿秋水長。不知從此去，早晚到衡陽。衡陽有故人，書札不可將。木末避矰繳，雲邊足鷹揚。中途多苦辛，羽翮能無傷。望爾三春歸，依舊到吴鄉。

德清夜泊

遠色變昏晦，卸帆依淺沙。浪捜盤岸木，風逆赴巢鴉。細草官塘直，長煙野日斜。寒機聞夜織，燈火是誰家？

擾擾

擾擾行塵應接勞，谿來斥鷃樂蓬蒿。胸中丘壑開圖畫，霞外光陰託酒醪。未必漢廷疏四皓，至今吴地事三高。功成便合謀身退，緱嶺春風正碧桃。

春日閒居二首

滿院春陰半掩扉，杏花猶怕曉寒欺。蘚痕帶露侵棋石，山影分雲落硯池。貧久家僮生去意，社遲梁燕阻歸期。詩成一餉無人説，芳草連天寄與誰。

數峰青處敞蕭齋，自斫楊枝傍水栽。問字無人攜酒去，消閒有客抱琴來。遥汀風急鷺雙起，古岸日斜花亂開。衮衮光陰堪一笑，城頭畫角爲誰哀？

海棠

殷紅含露卧朝寒，疑是春工畫未乾。底事詩人吟不穩，直須燒燭夜深看。

烏夜啼

烏夜啼，朝啼東方白，夜啼林影黑。關河萬里天雨霜，月冷夜長眠不得。烏夜啼，憐爾巢中黄口時。哺腥吞腐羽毛長，母子日日長追隨。一旦離羣自成偶，相呼相喚期相守。故雄零落不復知，留得孤雌住衰柳。柳條蕭颯難棲身，夢驚三月楊花春。載飛載止情莫伸，欲去不去愁殺人。不知挾彈誰家子？暴物傷生苦如此。哀音散入江湖間，老屋破窗燈欲死。烏夜啼，君豈知。

春遊

園草浮青入杖藜，莫教孤負好花時。人生屈指頭如雪，消得春風幾首詩。

送梁中砥歸句曲

家住華陽第幾峰，又將琴劍去忽忽。地浮雲氣連山白，露浴丹光入夜紅。千里音塵隨斷雁，百年聚散類飛蓬。吴頭楚尾關春恨，盡在鶯聲柳色中。

賣藥翁

山人本在山中住，偶向城中賣藥去。不道石潭龍出雲，失却朝來下山處。

游仙詞

上清真人玉華仙，夜策鸞輅凌珠煙。罡風廣漠露華冷，摇蕩金鈴聞半天。路逢仙姥騎白鹿，侍女雙雙散香玉。遥看三島點神波，恨入秋眉鏡中緑。我自無爲神自凝，萬竅不動心冥冥。靈君期我謁太帝，下視濁海魚龍腥。玉虚煒燁明玄景，羽葆揺揺入空影。一曲雲和奏未終，月輪已到崑崙頂。

楊花

品題曾入百花名，長恨濛濛畫不成。灞岸雨餘粘穗溼，章臺風暖撲人輕。緩隨流水知無力，閒度高樓似有情。想得山齋清影裏，亂和蛛網惹柴荆。

蝶

曾隨秦女踏青陽，幾被鶯捎出建章。芳草夢寒迷碧色，杏花雨細宿紅香。粉凝薄翅春無力，恨入修眉晚斷腸。寄語莫尋歌舞處，五侯門第有高牆。

睡起

紅葵遶砌竹風涼，睡起呼童上午香。一帶粉牆平似紙，閒研水墨畫瀟湘。

秋夜

眼空夜色秋滿城，城樓漏鼓聞四更。杓垂月轉萬山白，坐看天河西北傾。

聞雁

知汝幾時到，先令獨客聞。雨昏低度屋，風急亂穿雲。衡岳路猶遠，吴江夜正分。如何傳素札，爲我弔湘君。

野宿

野宿投村舍，搴衣度石矼。鄰雞喧暮栅，寒蟹上燈窗。戍鼓凌雲擊，城鐘入夜撞。蕭蕭楓葉下，雁已過吴江。

題湘靈鼓瑟

沅湘水闊風蕭蕭，水風敲珮天光摇。爲彈寶瑟傳幽愫，一點柔紅瀉香露。蒼梧恨鎖雲欲流，湘花背日烘春愁。人間有夢到不得，仙山翠滑江浪黑。

雨久江邊餞别

别意千重酒暫停，放歌一曲向君聽。家貧禮數多相失，雨久支干盡不靈。古巷聚人祠櫟社，暮潮催客散樟亭。孤帆又傍誰家宿，遥見沙田燐火青。

見柳詠懷

畫船曾繫柳邊橋，歌舞升平樂意饒。事去却憐橋畔柳，春來猶學舞兒腰。

移蘭

幽蘭雜桃李，開花無清香。本具巖壑姿，庶得韜耿光。誤入芳園中，乃覺氣不揚。少年不我顧，志士徒見傷。偶值朝雨餘，日吉復時良。呼童斸春泥，移根上高岡。爲爾去蕭艾，曉露滋瀼瀼。永託松竹陰，爾生豈不昌。細葉舒泠翠，貞葩結青陽。緩緩趣土脈，慎勿近路傍。路傍多轍迹，曲曲如羊腸。恐爾遭采掇，委質兒女將。哀哉楚靈均，細佩荷爲裳。斯人不可見，誰能復其常。遂令靡蕪輩，各自爭芬芳。回看桃李花，零落空啼妝。

贈歌者

一聲河滿遏行雲，恨逐飛花委路塵。莫道尊前無淚下，聽歌不是舊時人。

陪葛元白仇仁近訪南竺詩僧分韻得影字

花開空山春，窮幽到絶頂。入寺逢遠公，頓覺塵慮屏。遂作蓮社遊，把酒酹龍井。萬生各有態，得意還自領。此樂殊未極，落日倒林影。明朝下山去，笑別風篁嶺。

憶春

斷哇零落薺花明，雨過平湖水漸生。坐久忽思春去遠，緑陰濃淡隱啼鶯。

栽孤松爲九華山鍾道士作

九華何崔嵬，融結本真宰。神器之所鍾，雲物足瀟灑。挺挺秦大夫，獨立而不改。既出衆木羣，豈爲艷陽待。初疑凍蛟掉秃尾，忽若山靈張偃蓋。又如玄鶴歸來視城郭，悵别人間動千載。楚南靈椿浪得名，茫茫天壤知何在？流精貫浹骨欲飛，風雨或致雷公怪。林林紅紫索價高，幄錦圍春鬪光彩。憐君令色不隨時，空負才名成感慨。留向青山閱古今，爲問桑田幾滄海。

吟雪

四山削玉水無波，冷坐孤吟意趣多。未必朱門知此味，紅鑪畫閣正笙歌。

野步

野色畫難染，杖藜春水邊。新煙榆木火，遲日杏花天。村酒傾壺濁，溪魚入膾鮮。人生行處樂，莫負杖頭錢。

徐州寫望 并序。

舟人云，州有三百六十山，四時無草木。樊噲墓凡七處，莫知孰是。

三百六十徐州山，骨立天風不受寒。樊侯古塚七抔土，飛沙野蔓斜陽殘。舟人指點向余説，側望淹留寸心切。欲酹清樽弔古祠，衮衮長河流不歇。

新州道中

風沙渺渺客聯鑣，時拂吟鞭慰寂寥。車道緑緣酸棗樹，野田青蔓苦瓜苗。杜陵老去家何在？阮籍愁來氣不驕。自笑閒人閒未得，得閒終合隱漁樵。

汶上即事

北闕言别柳飛緜，記得離家月又圓。華髮流年身半百，黄塵匹馬路三千。戍兵自裹餱糧送，津吏遥迎傳驛眠。一夜南風吹汶水，古榆深巷已聞蟬。

灤都寓興

昨夜分明夢到家，庭前開遍石榴花。龍門不放東風過，五月平灤雪滿沙。

爲楊簡齋題空蒙圖

西湖天下奇，回薄太古色。春風散花柳，元氣蕩空碧。淡然存天真，豈爲歌舞惑。我家本住湖水邊，筆牀茶竈依漁船。振衣一別五千里，爲君展卷心茫然。欲問吾廬在何處？但見老木浮寒煙。吾廬不可尋，山川不可越。人生行止會有時，長嘯階前望明月。

金臺文廟石鼓

獵碣鐫功事惘然，摩挲壞石卧寒煙。昌黎已道文殘缺，又較昌黎五百年。

久客

白露變榆柳，滿城砧杵催。故園經歲別，遊子幾時回。且盡山公酒，難將驛使梅。秋聲不可聽，永夜獨徘徊。

客夜不寐偶成短句十首用渭北春天樹江東日暮雲爲韻

丈夫慎出處，功成乃身退。古人夫如何？八十釣清渭。

四時循化機，萬物隨動息。衆星紛熒熒，天運齊拱北。

縞素製野服，誤染京華塵。舊業在何處？梅花江上春。

男兒不得志，壯心惜徂年。長空起鵾鵬，目送入寥天。

布衾生凄寒，夜夜夢歸去。心恐秋風深，摧殘紫荆樹。

吟苦不成寐，寒窗凝夜釭。千古誰知心？遥遥賈長江。
此身如斷蓬，飄蕭隨北風。錢塘一望地，家住西湖東。
客慮千萬端，長吁愁不出。誰能事低眉，揮杯送白日。
幾欲膏吾車！老眼不識路。弟妹今何之？蕭蕭齒髮暮。
昨日家書至，慰我久離羣。遊子眼欲斷，日日望白雲。

旅興

客中白日送清尊，燈下裁書眼漸昏。南浦一年雲隔夢，西風萬里月當門。酥凝㼽碗茶膏熟，火慢篘篚楮被温。未覺情懷殊冷落，終身衣食是皇恩。

早春聞笛

萬里南州客，離家又一年。春回苜蓿地，笛怨鷓鴣天。趁日裁烏帽，尋人賣馬韉。歸心憂賦役，負郭幸無田。

回南

家在錢塘江上春，京華投老獨漂零。玉泉山外雪猶白，金水河邊柳又青。帽底流塵春冉冉，花間行李髮星星。分明記得經遊處，一路吟詩寫驛亭。

途中寒食

行裝迢遞轉孤城，一路閒吟緩客程。潑火雨晴餳粥冷，落花風暖筍輿輕。感時已悟莊生夢，遺俗空懷介子情。只有啼鵑解人意，平蕪漠漠兩三聲。

吴中

故鄉別久語音訛，喜聽吴音入櫂歌。萬里歸來心未穩，夜闌猶夢過關河。

西湖晚思

日落湖水黑，衆山生遠塵。船回載酒客，樓倚獨吟人。老態多思舊，時情只貴新。籬邊古梅樹，開謝幾年春。

拜墓

一別松楸又一年，歸來拜掃一茫然。老烏下竹窺盤飣，稚子攀松挂紙錢。心斷野花春色裏，愁生杜宇夕陽邊。東風不管流年事，只向西湖送管絃。

野外

野外蕭條景更佳，牧童將犢卧晴沙。白鷗長遶分魚市，紅杏深藏賣酒家。倦向客程添懊惱，老看春事厭紛譁。田翁也學青門隱，料理荒畦自種瓜。

忽憶

忽憶行年五十五，擾擾得失枯人腸。金魚緑酒我須換，蒼狗白衣誰可量。瘦梅喜浸古罍盎，老態怕著新衣裳。親朋相別萬里外，一字不到三年强。

謾成

暖催花雨溼行塵，脈脈憑軒欲損神。閒憶少年如昨日，只疑樂事是前身。黄鸝紫燕春仍好，剩水殘山物自新。可惜白鷗波浩蕩，扁舟老却釣魚人。

傷廢塚

春風習習吹花木，千山萬山一齊緑。日午諸村社鼓喧，田家小兒健如犢。閒來徒步上前岡，纍纍古塚相攢簇。荷鋤老叟向我言，元是前朝貴人族。貴人在時勢絶倫，後擁前遮來纁轂。并吞鄰土孰敢嗔，回山轉水開林麓。相連岡幹成一丘，斸斷雲根埋寶玉。大書功德紀豐碑，直向山前起華屋。子孫擬作千年計，盡是老夫親拭目。星移物换水東流，泉下知誰伴幽獨。翁仲雙雙賣與人，留得三竿兩竿竹。寒食不見紙錢飛，只有啼鵑替人哭。又説東家來卜地，役夫日夜喧山谷。天理蒼茫不可知，後車須看前車覆。

述懷五十韻

昔際承平久，生涯足可憐。過庭猶昨日，騎竹想當年。書劍辛勤歷，輕肥少壯便。浪遊春富貴，醉舞月嬋娟。候轉芳華歇，時移斗柄偏。狂歌傷德鳳，再拜聽啼鵑。敢議乾綱墜，難支國步顛。安危誰可料？否泰理相連。義士含孤憤，謀臣誤大權。少微潛在野，太史泣占天。不起嚴陵釣，空懷范蠡船。乘軒猶寵鶴，治國味烹鮮。朽木終摧折，微軀忍棄捐。天兵威武奮，皇澤至仁宣。豈意波濤怗，還容骨肉全。萬方蘇雨露，四海戢戈鋋。倦鳥思喬木，窮魚守故淵。甑塵貧似范，晝睡懶如邊。逸翮淹高翥，羸驂恥後鞭。夢疑隍鹿在，機息海鷗眠。喪亂頭顱改，蕭條節序遷。行將蠡測海，坐待地流泉。獻璞悲和泣，辭金憶震賢。世途從汩汩，王道本平平。東魯衣冠盛，中原禮樂專。遠塵山出沒，大野轍盤旋。砧響千門急，蟾光幾度圓。窺斑嗟隱豹，顧影笑飢鶤。古水縈長帶，晴雲擘亂緜。弓亡元在楚，臺迥亦趨燕。羽服陪瑶殿，天廚錫綺筵。城中知道大，物外愧身先。歸意驚張詠，離居老鄭虔。風行猶有待，歲晚薄言還。城郭人依舊，湖山景自妍。艤舟臨斷港，散策陟層巔。苑廢移山鬼，祠荒謁水仙。壞梁殘白蟻，舊物失青氈。〔暮〕景連村雨，薰風一樹蟬。野茶伸雀舌，林蕨豎兒拳。掛劍尋新塚，懷人歎逝川。計疏生坎壈，道直受迍邅。穴冷拖腸鼠，槎依縮項鯿。愁鴟休嚇食，饞犬誤垂涎。業在詩三百，沽從斗十千。舉觴欺大白，隱几味重玄。淚盡山陽笛，耕無杜曲田。苦吟期自放，脱稿怕人傳。虎變愚難測，龜藏我獨然。梅花開又落，誰復繼殘編。

雙鶴吟寄友人

依依兩白鶴，歲久住青田。一鶴垂兩翅，飲啄沙汀煙。一鶴展長翮，冥冥自沖天。思之不可見，獨立秋風前。有時月夜羣動息，孤唳一聲山水碧。凝眸側頸復徘徊，影落空林風露溼。故人獨抱經濟才，淵珠炯炯光難埋。江南地暖梅花開，折花待君君不來。梅花歲歲開又落，空向梅邊詠雙鶴。

鷺

水風吹冷逼菰蒲，藕葉攲斜一半枯。玉立鷺鷥渾不動，滿身煙雨看西湖。

至節即事　并序。録七。

癸酉歲長至節，效王建體偶成絶句十首。余年始二十，卽一時之事，寓一時之意，故淪落不復收。今於故篋中得其舊稿，青燈三復，如對故人。樂天云：「欲留年少待富貴，富貴不來年少去。」乃知年少承平之樂，誠不易逢。三十餘年，恍一夢寐。吁，予老矣！滿簪華髮，投迹空林，情之所來，不覺涕下。故録于卷末，以重感慨云。

天街曉色瑞煙濃，名紙相傳盡賀冬。繡幕家家渾不卷，呼盧笑語自從容。

閒看來往坐多時，雨灑香塵土溼微。珠翠壓頭行不穩，嬌羞兒女把人衣。

昨夜梅花已報春，地瓶移插更精神。酒酣纖手爭來折，鸚鵡回頭不敢嗔。

已有紗籠照舞兒，喧喧鼓笛自相隨。誰家院落來呼喚，門外天明也不知。
簾旌疊疊繡鮫鮹，遮護香風不放消。却恐酒闌先睡去，預教小玉問明朝。
新詞聽徹思徘徊，侍女擎羹下箸遲。紅燭有花心暗喜，流蘇雙掛玉梅枝。
店舍喧譁徹夜開，熒煌燈火映樓臺。歡遊未曉不歸去，早有元宵氣象來。

村中書事二首

餉留兒女自喧呼，指點春禽又引雛。村婦相逢還笑問，把蠶今歲是三姑。
軋軋繅車草屋低，新篁帶籜出簷齊。鶯雛未省逢人避，直向路傍花上啼。

春歸曲

平林静緑生幽芳，桃脂杏粉攢蜂房。西樓浪客唱别恨，屈卮酒暖珊瑚光。百勞留春春不許，愁鴬喃喃如寐語。翠鴉遊女卷香歸，一夜花神老風雨。

雜詠六言三首

堤晚遊人争渡，花密流鶯亂鳴。近水亭臺柳色，轉山樓觀鐘聲。
煙外幽人獨立，落日正照平臺。野鷺聯翩飛去，山雲斷續歸來。
楚尾吴頭舊夢，水邊山際閒情。一夜杏園風急，等閒吹老鶯聲。

聞蟬

短翼含風薄似秋，一聲聲帶夕陽愁。年年古柳官塘路，催得行人白盡頭。

飛霜歌

飛霜悴百草，芳蘭亦委柯。縱欲努舊力，奈此寒風何！在昔結花初，豈不受春多。恥隨桃李場，託迹空山阿。四時有代謝，陽艷忽已過。薰蕕苦不辨，一體同消磨。不如牡丹根，密幄相遮羅。傷心復傷心，傷此《飛霜歌》。

旅夜

自慚身世拙，客裏更關情。月樹回涼影，秋聲疊夜砧。道能忘畏壘，酒不破愁城。睡薄吟魂冷，西風亦屢驚。

寄澉川楊如山

吾聞沙丘之馬黄驪牝牡世莫知，九方臯去不復有。天風吹我滄海邊，忽地相逢釣鼇手。論文託契輸心胸，傾倒金尊斟緑酒。登高望遠古意多，百年之樂能幾何？男兒屑屑志不展，秋霜滿鬢空蹉跎。酒酣眼極情未畢，笑指青山歌落日。却憐徐福向蓬丘，蒼蒼煙浪無消息。明朝掛席我歸來，西湖十月梅花開。梅花開，動詩思。思君不待春雁回，因之一寄平安字。

春日獨坐言懷

昔日歡娛憶此身，名園歌舞接芳辰。蟄雷夜送催花雨，香逕春迷鬬草人。合沓樓臺形勢壯，風流鶯燕語言新。眼前舊物渾狼藉，休怪提壺勸客頻。

桃花

淺碧繁紅又滿枝，化工消息本無機。艷滋曉露鶯搖落，香漬春泥燕掠歸。金谷園中芳草在，玄都觀裏昔人非。自從雲隔天台路，劉阮如今夢亦稀。

行春

行春無侶自遲留，汀草汀花暖更稠。馬援近來成矍鑠，謝安應合減風流。乍驚語燕穿人屋，無賴游絲絆客舟。老我光陰忽如此，不判尊酒復何求？

送陳渭叟歸山中

人生少至百，一別動經載。不信歲月馳，請看容鬢改。先生本是超絶人，長竿學釣清渭濱。釣頭不解掛芳餌，岸草汀花空復春。大魚小魚求不得，芒鞋忽厭人間窄。手攜詩卷出萬山，來覓湖邊閉關客。終朝相對百不爲，口中咄咄唯言詩。飛花濁酒日色靜，天地悠悠知者誰？興盡翩然卽歸去，鶴巢雛在門前樹。他時我亦訪君家，但問青山白雲處。

閒居自遣

喜無軒蓋款柴荆，静裏天機見物情。德愧王良千里馬，食無妻護五侯鯖。海翁豈爲鷗防慮，稚子休烹雁不鳴。一笑行藏頭已白，新涼又到讀書檠。

歲暮偶成

古人不可見，養拙謝時髦。隱傍淵明柳，飢懷曼倩桃。鑿坯誰敢望，抱甕豈應逃。義見馮公偉，仁依范叔袍。乾坤心浩浩，江漢日滔滔。老境誠難料，繁荆未易薅。親朋濆宿草，歲月掩秋濤。夜短雞籌促，天寒象緯高。燕情傷局促，松節感持操。姜被流離析，鄒裾揖讓勞。亂雲迷鶴路，短髮問魚舠。念與追攀絶，心辭寵辱熬。世情甘木石，我輩豈蓬蒿。萬事差池裏，長歌對濁醪。

送楊仲弘之京

迢遞官塘官樹陰，征鞍催發短長亭。荆吴雨漲河流白，齊魯春歸岱嶽青。玉宇風雲開北極，金臺日月聚文星。近聞下詔求賢急，劉向終須論五經。

和仇仁近歲暮見寄韻

瑶琴三疊此心閒，目送飛鴻信手彈。千里故人行自遠，一聲《白雪》和應難。賀公歲晚稱狂客，鄭老才高只冷官。且向吟邊了身世，西山暮雨卷簾看。

越上感懷

曾負琴書到越中，别來三十五秋風。江山有待容迴雁，歲月無情類轉蓬。禹穴荒煙寒木老，鑑湖舊水野田空。騎鯨人去知何在，擬向沙邊問釣翁？

憶孤山

自從梅樹委荒煙，湖上風光不值錢。見説年來春好在，擬攜尊酒報啼鵑。

冬至即事

結屋傍湖水，對門三四峰。心灰無復煖，鬢雪近來濃。孤雁雨中過，短書燈下封。平生故人意，衰老不相從。

題畫卷

翠疊洪濛色，雲凝淡沲春。高寒不可到，應有採芝人。

爲翁子善作晴江圖

故人遺我清江縣裏一匹紙，白光晶熒心所好。幾欲寫作晴江圖，塵土昏人意不到。竹風入户忽然鏗戛琅玕聲，爲我胸中掃煩躁。濡毫掃素遊其神，乃悟周穆王時西極之化人。但見重巒列嶂盤春轉碧應接來不斷，滄浪之水倒影翻青春。風檣沙鳥紛入眼，物色明麗不可陳。因思神禹功，疏鑿本天意。愧我一寸筆，浩浩逼茫昧。又疑此水通星河，八月秋風揚素波。君若乘槎訪牛渚，爲言博望成蹉跎。嗚呼！雲邊縱得支機石，成都卜肆今日無人識。

水軒夏日

碧窗晝寂幽意長，竹陰滿地琴尊涼。輕雷送雨遠不到，雪白水花生晚香。

寄籌峰林芝巖三首

小院回廊日正長，綠陰幽草自生香。春風老矣猶多事，時送飛花出短牆。

市聲不到野人居，滿院花陰晝睡餘。偶憶新城羅給事，枉將心力著《讒書》。

青鞋布襪厭趦趄，肯向何門學曳裾。錯爲黄金換詞賦，一生惆悵馬相如。

雜詠三首

幽芳泣露貧，好鳥飲春聲。盡向東風裏，悲歡各有情。

榮貴如風花，安得長美好。馮唐不解事，却恨髮白早。

涼露老荷葉，蓮房亦已空。可憐紅蓼花，摇摇受西風。

山居寫興

人事喧喧任弈棋，青山數畝是歸期。分將藥草鋤雲種，買得松杉趁雨移。老去故人多入夢，愁來閒事總成詩。芒鞋布襪身猶健，十里莎隄信杖藜。

湖山春遊暮歸偶作

西月光景微，斜簷尚如練。攬衣昧旦起，林巒淡方見。景風積霧斂，曙牖新禽囀。塵動九衢喧，爛爛流目眩。遊衍惜歡悰，行行信郊甸。遺情席細草，賞静引華饌。山水信恬和，動息各恩怨。雲斷舊時人，梁回去年燕。姿容一已晚，浩蕩羣芳變。豈不懷爾思，徇往何由羡。

題畫龍門山桑乾嶺圖

昔我經龍門，晨發桑乾嶺。回盤鬱青冥，驅車盡絶頂。驛騎倦行役，苦覺道路永。引領望吴楚，日入衆山暝。歸來愜棲遲，山水融心境。寸毫寫萬里，歷歷事可省。理也存自然，疇能搜溟涬。

題畫海南入貢天馬圖 傳驛每喂粱肉。

余吾天馬生水中，毛如潑墨耳插筒。雄姿挺挺浴海氣，一刷萬里追遺風。九夷入貢賓來服，畫出猶能駭人目。韓子休教喂地黄，太僕能令飽粱肉。誰憐東郊瘦馬硉兀如堵牆，汗血力盡德不揚，尚望明年春草長。

寒食日

密竹疏簾春晝□，疾風甚雨滿江南。又逢寒食一百五，不覺行年六十三。楚女腰肢從妙舞，晉人標格祇清談。不勞燕子終朝語，冷暖時情我自諳。

讀秦紀

六國争雄事已空，南遊勒石紀成功。早知三月咸陽火，不買魚燈照夜宫。

嗟餘春

春雨足，春水滿，岸花匼匝光風暖。人間杜宇最知機，啼得血流春不管。迷芳著物苦忘歸，直待楊花似雪飛。多少好懷成别恨，餘香沁入野薔薇。

題溪山訪友圖

溪風吹長松，石路秋影薄。下有尋幽人，支筇注林壑。良朋眇何許，雜樹森草閣。畫師發深機，筆底氣參錯。我昔事扁舟，頗識山水樂。于今日月駛，此景亦蕭索。愧乏買山資，老負宿昔諾。展卷令人嗟，高歌激寥廓。

湖樓夜坐

孤樓侵樹小，老雁入雲迷。月暗水光白，夜深鄰語低。鐘聲傳下竺，梅信失西溪。偶憶曾遊寺，塵昏壁上題。

田父詞二首

龍鍾田父住深村，桑柘岡頭石路分。猶領兒孫到城市，向人聽讀勸農文。

處處叢祠鼓笛喧，已占蠶麥十分添。醉騎牛背歸來晚，亂把山花插帽簷。

春日偶成六言二首

兩袖水風春冷，一抹山煙晚晴。小檻倒披花影，歸船遠送歌聲。

燕拂花陰繡轂，人指簫聲畫樓。楊柳六橋舊夢，夕陽一段新愁。

春日閒居雜興四首

宿雨兼風釀麥秋，餘寒欲斷自遲留。杜鵑啼得百花盡，却向緑陰深處愁。

茶香庭院一枰棋，柳影侵階日自移。因見刺桐花滿樹，等閒憶得故園時。

緑波如染帶花流，陣陣魚苗貼岸遊。日暮畫船歌舞歇，春聲散入錦纏頭。

花底飛觴酒浪翻，纔迎春至又春殘。日斜客散鑪煙盡，自洗窑瓶插牡丹。

春江言别口占

送子清江皋，江烟黯行路。鳥啼山隱春，潮長人争渡。世上無别離，何由髮垂素。

偶成小軸山水寄仰山長老熙晦翁

南山每獨往，問訊西隱樓。清陰藹喬木，天風忽涼秋。歸舟泝平湖，遥見仰山月。月色如德人，萬古光不滅。素練不盈尺，寫此千里心。欲知相憶不，明月是知音。

題李安忠畫雪岸寒鴉圖

北風萬里吹石裂，古樹槎枒摧朽鐵。羣烏啞啞如苦飢，倦飛還向空林歇。孤村荒寒得食遠，日暮沙邊啄殘雪。回情訴意各有態，羨殺畫師心更切。我嘗記得天隨詩，至今讀之長激越。婦女衣襟便佞舌，始得金籠日提挈。老烏老烏爾身毛羽黑離離，況復人間厭爾啼。何不飛鳴丈人屋，丈人屋頭春柳緑。

題畫雜詩六首

岸水依痕釣艇間，炊煙幾處出蘆灣。西窗正是斜陽好，一帶泥金抹遠山。

月華如水天如空，蒼煙遠樹涵秋容。筆頭墨盡意不盡，參錯雲山三四重。

數點寒鴉水遶村，幾家茅屋掩柴門。白頭溪叟歸來晚，自把漁舟繫柳根。

輕雲漠漠天影空，江村雨過生微風。似嫌野外春淡薄，故點桃花深淺紅。

春陰淡蕩歸帆急，疊嶂層巒凝空碧。知是夜來風雨深，村外野橋低二尺。

採菱渡頭秋日晚，孤樓隔岸知誰家？參差遠樹雜雲氣，滅没漁舟侵浪花。

送江西熊履善茂才之金陵

君向秦淮我在吴，柴門白髪老西湖。書來莫附洪喬便，只道經年一字無。

西湖春日壯遊即事 并序。録二十四首。

廷祐戊午春，偶以釣槎之暇，因念西湖春日壯遊，尚歷歷然眉睫間。光陰幾何？余鬢鑠矣！遂成七言二韻詩三十首，以寫幽懷。後我之生，或不我信，儻遺老覽之，則將同一興感焉。

遶湖無處避芳塵，疊鼓紅旗彩鷁新。冉冉春雲來不斷，涌金門外踏青人。

霍山廟食慶流虹，民物謳歌樂歲豐。七寶社囘呈了馬，年年歸路雨和風。

南屏山色染春煙，路接高峰社鼓喧。第一橋邊春更好，御舟閒在翠芳園。

問誰偏解占風光，飛蓋金鞍白面郎。山北山南遊欲遍，畫船教艤集賢堂。

瑞煙祠宇隱垂楊，士女穿花語笑香。三十九賢生翠碣，虚舟亭上借傳觴。

鏤玉雕瓊簇閙竿，珠花翠葉縷金籃。東家年少貪遊冶，正值明朝三月三。

流蘇兩兩掛船頭，繡額珠簾不上鉤。《金縷》緩歌家宴静，午前先入裹湖遊。

紫染春羅窄袖裁，伶人楚楚自詼諧。部頭教奏金娥曲，盡向船棚一字排。

笙歌簫鼓沸春濤，耳目難禁應接勞。院落鞦韆誰氏女？綵繩擲起過牆高。

萬柳搖金接畫橋，一清堂外景偏饒。文章太守開華宴，預報龍舟奪錦標。

歌妓娉婷畫不成，去年初籍教坊名。新腔翻得梨園譜，喜入王孫喝采聲。

園丁花木巧栝棬，萬紫千紅簇綺筵。折得青梅小如豆，獻來還索賞金錢。

揉藍染水翠浮山，隄上亭臺錦繡間。花柳禁人攀折去，要留春色大家看。

進餘薇露與流香，散落人間任品嘗。處處旗亭招客醉，大書不是趕春場。

珍禽翠羽養雕籠，列向船頭盡不同。憐殺錦鸚偏解語，喚人提挈避東風。

豪家遊賞占頭船，趁得風輕放紙鳶。手拍絲輪争上下，一時回首看青天。

嬌民技藝也天生，闘巧搜奇事事能。稚子土宜偏劇戲，浪兒黄累十三層。

一路亭臺間酒家，漸看楊柳緑藏鴉。太平官府無民訟，補種沿隄四季花。

畫船過午入西林，人擁孤山陌上塵。曾被弁陽模寫盡，晚來閒却半湖春。

要囑園丁取折枝，紅桃白李紫薔薇。石函橋畔人煙晚，挑得春光一擔歸。

遥看暝色下漁汀，金鴨香消酒半醒。倒轉船頭元有意，檻邊人報放流星。

天街夜市已喧闐，半掩城門玉漏傳。籠燭絳紗争道入，湖心猶有未歸船。

送得春歸夏又初，名園不放玳筵虚。只知富足家家事，肯爲兒孫教讀書。

慣見升平春復秋，分明往事昔年遊。西林橋外青山色，幾度夕陽人白頭。

幽居

一徑荒凉長碧苔，竹門斜對遠山開。自操清白傳家譜，不受青黄致木災。穴鼠苦銜詩稿去，溪鳌喜薦酒尊來。東籬滿地金錢菊，多謝西風爲剪裁。

題唐十八學士圖

唐家天子尊黄屋，大業隆興調玉燭。當年十八登瀛仙，弘文日侍分三六。兩京初定四海清，君聖臣賢古難續。立本圖真亮爲讚，遂令書府藏諸櫝。後有龍眠傳此本，禮樂衣冠激流俗。自從淪落向人間，畫手紛紛互翻覆。千年事去君莫問，留得青編遺人讀。蕭蕭馬耳射東風，長安道上春山緑。

謾成四十二首 録十二首。

徑曲交加鎖竹陰，不教寵辱到林扃。心閑莫道渾無事，粉落松花汙鶴翎。

參天楊柳手親栽，一院西風户牖開。落日尚餘三四尺，山平水遠看秋來。

小春天氣未生寒，綴樹朱欒正入看。昨夜海棠開數朶，一雙蝴蝶上闌干。

新霜尚薄樹聲乾，寒水無痕倒浸山。知是釣船歸較晚，鵁鶄嘎嘎起蘆灣。

飽霜紫芋細凝酥，旋撥寒灰出地鑪。慚愧鄰家新酒熟，客來酤得滿葫蘆。

蕭蕭野老髮垂肩，家住湖西杜若煙。載得茭根入城賣，西風落日滿歸船。

風琴流響韻虚堂，湘簟敧眠水一方。静裏數聲棋剥啄，乳鶯深向緑陰藏。
槐陰滿院喧巢鴉，蜜房香老蜂趁衙。鄰家艇子釣魚去，水光揺動金蓮花。
北風小雨戒新寒，隔水楓林葉已丹。莫道閒門知己少，白鷗飛去又飛還。
燕山楚水曾爲客，慣聽霜砧擣月明。不似新愁怕新雁，秋風吹落兩三聲。
晴日穿花煖似烘，風簷微動玉丁冬。山童睡起心無事，斫得筇枝補鶴籠。
雲歸雨歇湖水平，五色螮蝀山邊明。唱歌舟子採菱去，十里柳隄蟬亂鳴。

次筠軒詩韻

幽軒列萬竹，愜此冲澹襟。乃知心跡遠，不在山林深。客散動秋影，鶴歸分夕陰。至樂寓言外，任鼓昭文琴。

畫意四首

紅塵海裏懶低顔，石路迢遥入亂山。擬向雲邊種黄獨，幾時容我屋三間。
江花江草映江樓，寫出江天一片秋。隔岸小橋低數尺，淡煙消處見漁舟。
幽人自樂山中趣，閒訪山家入山去。記得西峰阿那邊，亂雲遮斷無尋處。
緣溪路滑蹇驢遲，水色山光總入詩。還勝襄陽孟夫子，滿身風雪灞橋時。

和山村見寄詩韻二首

休將野服染緇塵，大患須知爲有身。藥餌任從留過客，是非終不到閒人。山中相隱懷弘景，谷口躬耕羨子真。午睡醒來春事晚，枝頭梅豆已生仁。

不成一事鬢先皤，朋友偲偲喜琢磨。千里音書歸雁少，滿城風雨落花多。迸階新筍微過竹，脱繭春蠶欲變蛾。惆悵少陵身老大，壯心激越醉時歌。

浙江晚眺

昔年吴越事并吞，留得青山只斷魂。落日正明漁浦渡，歸鴉遥點范家村。雲分雨脚回沙激，帆趁潮頭出海門。欲問淒涼千古意，鴟夷何處有兒孫。

秋日閒咏

西湖晴雨畫圖間，坐倚闌干自解顔。無酒可供千日醉，有錢難買一生閒。草衰春色來時路，鶴宿秋聲起處山。横笛吹殘天又晚，釣舟燈火入蘆灣。

集句和陳渭叟見寄詩韻二首

寒食離家麥熟還，不應空老道途間。會須伐竹開荒徑，剩著溪南幾尺山。

池邊月影閙婆娑，卧聽行雲一曲歌。閒憶昔年爲客處，囊中無物只詩多。

集句遣懷

懶慢無堪不出村，當年心事與誰論。如今老去愁無限，雨打梨花深閉門。

句曲外史張雨

雨字伯雨，一名天雨，别號貞居子，錢塘人。宋崇國公九成之後也。年二十，徧遊天台、括蒼諸名山。棄家爲道士，登茅山，授《大洞經籙》。開元宫王真人偕之入京，璽書賜驛傳，欲官之，自誓不更出，往來華陽雲石間。作黄篾樓，儲古圖史甚富，世稱「句曲外史」。至正間，卒于開元宫齋舍。外史風裁凝峻，趙文敏公一見而異之，授以李北海書法。范德機以能詩名，外史造焉。范適他出，有詩集在几上，外史取筆書其後，爲四韻詩，守者大怒，走白范。范驚曰：我聞若人不得見，今來，天畀我友也。即日詣外史，結交而去，由是外史名震京師。一時袁伯長、馬伯庸、楊仲弘、揭曼碩、黄晉卿諸人，皆争與爲友。他日謁虞伯生，虞問能作幾家符篆乎？答曰未也，虞連書七十二家示之。外史下拜曰：真吾師也。自後與虞手札，必執弟子禮。晚年尤爲楊廉夫所推重。吴郡徐良夫序其詩曰：虞范諸君子，以英偉之才，諧鳴于館閣。而流風餘韻，播諸丘壑之間。外史以豪邁之氣，孤鳴于丘壑，而清聲雅調，聞諸館閣之上。雖出處不同，其爲詞章之宗匠一也。夫以方外詩人，而與館閣詞臣相頡頏，寧非一代之盛歟。

天池石壁爲鐵雅賦

嘗讀《枕中記》，華山閟中吴。神泉發其顛，青壁繚其隅。春風四山來，羣緑互紛扶。羽觴曲折行，浮花與之俱。採芝搴薜荔，洗玉弄芙蕖。鼈叟頗好名，石窪作魚湖。鴻乙志草堂，挑煙遂成圖。而此滌煩磯，閲世如樗蒲。發興雲林子，盥手與我摹。居然縮地法，挈入壺公壺。

次倪元鎮遊虎丘

振屐稍踐危，援藤遂支滑。尚餘金玉氣，山川相映發。小吴不滿眼，軒中樹如髮。花覆闔閭城，石繞生公榻。適與幽人攜，及兹暮春月。坐久得忘言，移槮蔭清樾。

夕佳樓

西山朝爽氣，南山夕氣佳。朝爽人共忻，夕佳吾所懷。山僧閲世久，結廬深避乖。蕙樓將對峙，菌閣亦雙排。維南列崇阜，不受煙嵐霾。我亦遲暮人，心跡倦鳥偕。兹焉寄高躅，庶與静者諧。

題墨蘭贈别于一山之京師

三月愁送客，春寒雨如霰。冥冥返塞鴻，悄悄棲梁燕。揚帆五十日，蓬萊望中見。欲持《猗蘭操》，一奏南薰殿。

張師夔畫謝家池塘

春風颯然至，幽人午夢醒。遥見池塘緑，不知春草生。如何騎馬客，亦向夢中行。

濱洲雲巢圖 張彦輔畫。

蒼山不受寒，裹以白兜羅。借雲以爲煖，我意不在多。小營丹鶴巢，高棲翠雲柯。飛仙度鸞笙，老人卧雞窠。誰能江海去，風雨一漁蓑。

寄題劉彦基丹室

昔聞沖虚宫，遠在錦江頭。往來多異人，東望不可求。借問鴻寶書，枕中今在不。尚餘一丸藥，光景夜不收。食之生羽翼，飛去十二樓。下視何蒼蒼，至情難久留。我將拾瑶草，遲子於玄洲。

次韻晉卿翰林贈陳秉彝

金華黄太史，出爲儒臺冠。詩文齊六經，奇古誰敢儔。如掇明月珠，妙在九曲穿。而子工筆札，狗監非所薦。挈之登龍門，果獲尾時彦。孜孜勤執經，矻矻勞染翰。斂手不暇給，精華且屢换。憐才吾輩事，子乃羞自獻。由兹數來往，無事輒相見。湖嶺錯縈紆，煙霞争變幻。一夕快雨餘，春物已消半。言歸天台奥，俄頃語離散。此手不易執，明日柁樓飯。迢迢望白雲，瀑布聲許悍。赤城跨滄海，朝霞以爲岸。儻遇仙者徒，勿易樵牧賤。予衰志求道，千載猶暮旦。老經三百家，一一理殘卷。霜毫犯冠簪，墨汁滓衣汗。何功使願果，盡力輸老腕。子書能瘦硬，淚眼秋隼健。唯餘篋中字，照我目光爛。送子望崖返，回目窮海甸。春夕豈不短，反側移漏箭。纔夢金庭游，還逐濤江亂。洊知家庭樂，旭日陰始泮。身扶老人杖，衣憶慈母綫。還期當及時，遲子秋水觀。栖栖寡儔侶，孤坐至日晏。追步太史作，用以申繾綣。

遊龍井方圓菴閲宋五賢二開士像

獨尋招提遊，果得世外歡。昔賢所棲集，畫像藏屋端。山僧啓鎖魚，不待啜茗乾。修廣各異製，精采俱生完。堂堂蘇長公，英氣邈難干。笻杖紫道服，天風吹袖寬。清獻薄鬚眉，示我鐵肺肝。尚餘所施物，片石㰗而寒。侍郎胡金華，高括侍中冠。眉間可容掌，手版出中單。潁濱與淮海，秋色亞層巒。參寥獨緇衣，頷髭茁茅菅。最後辨才師，文茵高座安。空山一室内，舉目皆龍鸞。再拜傾挈壺，喜極重悲酸。去之三百載，歸路何漫漫。斯人爲列星，下視蟲沙繁。寧不念學子，道術救彫殘。抵舍亟摹皃，微哉難控摶。夢中儻未遇，展詩時一觀。

無波古井水

古井何泓然，不食自甘冷。去來絶攀緣，挽斷轆轤綆。唯有中宵月，圓中時照影。

清權尊師集中覽庚戌見懷一詩感念今昔自傷之情

天既勞我晚，不如早息我。奚止七不堪，于世無一可。空山酒半瓢，禿髮花三朵。平生仲長統，誰能曲如鎖。

種樹

植梓五十本，移松八百栽。山靈借好雨，似爲道人來。青意爭鬱勃，細聲亦吹洒。松如稚子長，梓長未盈把。吾衰詎能待，將以蔭來者。

三月十三夜對月

幽篁不見天，況乃見月色。晴來春尚佳，豈不有餘日。離離花氣上，稍稍簾陰直。啼鳩夜不眠，聲欲碎嵒石。聞聲思逾寂，悟賞在兹夕。

獨行

春泥未成沙，曳屣柔且平。春風不鳴條，振衣涼且輕。我意本靜愜，中林便獨行。松蓋無曲影，水樂皆全聲。踽踽追前岡，悠悠度斜阬。老樵眼如猫，見我不問名。直贈金光草，疑是古先生。

倪元鎮玄文館會飲

親知貴浹密，屢此良讌會。堂陛自崇廣，促席歸卧内。説詩盛使氣，屈折高李輩。更端輒笑謔，知節已沾醉。玲瓏簷花亂，蕭屑風竹碎。政使韓伯休，移牀夜相對。

奔月卮歌答鐵雅所作

甇社明珠奔入月，脱殼政似風蟬潔。漁網出之不敢視，滌盡含沙光不滅。文昌四星呑在腹，一一金晶大如菽。蜃物還來作飲器，日夜雄雌繞林一作「虹互茅」。屋。一扇桃核寬有餘，半葉蕉心卷未舒。飲非其人躍入水，怪雨盲風生坐隅。置之天上白玉盤，斗柄挹酒長闌干。李白跳下鯨魚背，持勸我飲相交歡。幽宫馮夷爲予泣，酌盡海水百怪出。還我平生老蚌胎，許君醉卧鮫人室。

玉笙謡爲鐵門笙伶周奇賦

我有紫霞想，愛聞一作君。白玉笙。懸匏比竹無靈氣，昆丘採此十二莖。鳳咮銜明珠，鳳翼排素翎。金華周郎妙宫徵，子晉仙人初教成。月下吹參差，羣雛亦和鳴。緱氏山頭白雲起，七月七日來相迎。長謝時人一揮手，飄下满空鸞鶴聲。

墨龍

高昌世子寫墨龍，此龍乃出開元中。東井水與天河通，龍下取水遺其蹤。道人識爲黑一作墨。帝子，入世子之筆鋒。井頭夜半飛霹靂，元氣淋漓雪色碧。一鎖銀牀五百年，纔點目睛生羽翼。

聽雨樓

雨中市井迷煙霧，樓底雨聲無著處。不知雨到耳邊來，還是耳根隨雨去。好將此語問風幡，聞見何時得暫閒。鐘動雞鳴雨還作，依然布被擁春寒。

遊惠山寺

水品古來差第一，天下不易第二泉。石池漫流語最勝，江流湍激非自然。定知有錫藏山腹，泉重而甘滑如玉。調符千里辨淄澠，罷貢百年離寵辱。虛名累物果可逃，我來爲泉作解嘲。速喚點茶三昧手，酬我松風吹兔毫。

趙千里聚扇上寫山次韻題

翠水丹山氣旁礴，幾疊香痕經手握。何年破鏡飛上天，吴淞水剪并刀薄。江南寶繪多遺餘，王孫不歸恨蘼蕪。蘼蕪消歇秋風起，班姬爲我歌烏烏。

王時敏聽雪齋

頑寒贔屭河流澌，銀濤鐵騎交奔馳。瓏玲淅簌瓦溝滿，坐窗已有幽人知。東家暖客紅醅凝，嘈雜新聲迷聽瑩。後園壓折萬琅玕，雪多政自無人聽。我時空山夜寂寥，風篁雪竇飾瓊瑶。希聲疏越不可盡，嗚球戛擊如聞韶。憶昔齋居困學翁，大書聽雪煩楚龔。百年勝事將無同，不傳師曠傳王恭。鵂鶹明朝行雪裏，須辨龍頭煎雪水。牀下何人聞鬭蟻，唤起春雷來洗耳。

用韻送淨月上人

陰崖顛風無時興，篁竹偃地虎晝行。凘冰積雪卧空谷，春至唯聞禽鳥鳴。華陽南便洞窗小，香煙西放蛾眉道。神僧問訊破孤寂，把臂入林一傾倒。帕頭蒙寒驢背駄，泥滑穩于杯渡波。寄謝少年王敬和，獨行其如法汰何？

效隱居擬古樂府寒夜愁

夜寒生，羣獸驚，寂兮寥兮棲遁情。陰宫漫漫落葉平，岡頭霜月弄微明。寒漏澀，寒絃緊。愁腸結，一作斷。愁語盡。人生異木石，思來誰能忍。

次韻率性來山人見貽之作

南峯後，靈石前，嵐霞蒨絢争春妍。貧家客來淨掃地，亦有一瓶紅杜鵑。東坡七過山南塢，山人能記坡翁語。君方騎馬聽朝鷄，爲我入林來聽雨。雨聲吹斷聽松聲，怪石長松爲友生。憐君慰我支離者，不飲向人空復情。我如病馬離羣去，君如伯樂能相顧。羊羣好在金華山，夢裏相逢猶識路。

早春對雨雜言

寒谷望春如望赦，雨雨風風惡相嚇。牀頭敗絮未嘗温，石上瘦花渾欲謝。三時儘辨禽鳥鳴，合澗助爲風水聲。白水田頭漫無路，老稚種麥已青青。朝晴獨見扶犁叟，人生合作無犁耦。不須識字只耕田，酒杯也到扶犁手。

風雪中得金陵諸公詩二首

雪作衆禽驚，窗幽亂霰鳴。愕然身濩落，暮矣歲峥嶸。松竹聊娱拙，乾坤若忌名。故人不相貸，書札到柴荆。

落木從風靡，支流趁谷斜。山空不須説，歲去若爲遮。飢雀搏窗紙，寒魚嚼雪花。推書更清坐，席煖到昏鴉。

湖寺擁碧軒

喧寂一塵隔，湖濱出寶坊。荷陰分補衲，水氣雜燒香。書勘烏皮几，茵敷白氎牀。從來已公屋，詩客許徜徉。

寄洞庭王子正 一作《聞洞庭之勝》。

洞庭山似簇，銀闕翠芙蓉。安得滄浪子，同尋縹緲峰。魚龍隨水落，橘柚待霜濃。未必桃源似，雲帆躡去蹤。

齋居偶興

絶澗多靈石，中開小洞房。醉醒依竹素，晴雨看梅黄。樹暗鶯聲澀，巖虚水韻長。未能超賈馬，自足上羲皇。

午日簡楊廉夫

客有擁琴至，吾寧折簡招。足音垂谷口，雨氣截山腰。酒倩紅泉瀉，花爲絳節朝。不嫌泥濘極，一舸段家橋。

雨中

推枕蘧然覺，高齋人跡稀。卷簾芳草短，看雨杏花肥。薄暮寒仍在，中林願稍違。一遷隨谷鳥，喬木是耶非。

除夜

忽忽歲云暮，徒興白首嗟。山留待伴雲，春禁隔年花。把卷因遮眼，分餳且膠牙。自緣身懶惰，莫遣送窮車。

澗北梅三月始華

陰澗殘梅枿，臨流一向攲。但存孤注在，敢恨一生遲。凍雨如相煦，春寒不受吹。後時翻見獨，宰物遂成私。

菌閣

巖架菌芝閣，榜題松雪扉。雲來畫簷宿，龍向墨池歸。對几琴三疊，倚闌山四圍。仙靈能夜降，應得嘐玄機。

早秋

每嫌新酒少，尚喜故交稠。籬落三家墅，梧桐十日秋。月生微顧兔，星淡没牽牛。亦欲觀多稼，江湖雨未周。

開元真人見貽劉商觀弈圖石刻毫髮布縷皆盡精妙蓋李龍眠臨唐畫本茅君彦模勒爲玉局仙翁所藏云

薪桂蘇蘭者，能來立坐隅。徒聞玉楮刻，遂信石枰圖。妙蹟傳仙李，高名重大蘇。向來林下意，不敢易樵夫。

書懷二十韻奉呈虞集賢

昭代千齡運，斯文一柱功。初當延祐日，晚識廣陵公。朝士因推轂，先生猥擊蒙。睽乖遺廿載，寤寐接孤風。太史山川彦，仙儒館閣崇。置身清切上，用志杳冥中。句法黄初過，才名冀北空。朔南馳使節，江漢借歸篷。酒問餘杭姥，泉尋六一翁。境非秋水觀，寺即紫微宫。侍坐要王遠，移家近葛洪。於焉承欬唾，足以振罷癃。卓爾身爲貴，胡然老見攻。戰肥終道勝，德重豈途窮。玉趾聞迂步，麻衣病鞠躬。茶煙窗冉惹，墨沼樹玲瓏。飢甚無瑶草，招來有桂叢。輪心何落落，把袂輒怱怱。易進乘軒鶴，難追戲海鴻。明朝去吴會，長笑爲誰雄。

元日雪霽早朝大明宫和辛良史省郎廿二韻 并序。

延祐改元三月，民瞻石宰相遇京師，承需鄙作，且辱先施之惠。林下朽生，不能造館閣綺語，幸于言句外求之，愧悚而已。

纔設中庭燎，俄看密霰飄。歲開環甲紀，星動指寅杓。鳳集天門榜，珂鳴月殿橋。卿雲同四表，和氣集三朝。陛級肪初截，雲層玉旋雕。句陳分彩隊，步輦簇青腰。積屑承盤重，吹花到笏消。逶迤光斧座，凌亂綴珠翹。樂共爐煙合，斑隨翠袖招。閬風游廣漢，玉局道逍遥。北戲魚龍舞，中嵒虎豹調。旌旗攢贔屭，冠劍掠招摇。穆酒曾觴母，洪崖及見堯。萬年臨紫極，一日慶璇霄。朝會儀如此，騫騰意頗饒。

身唯參寂寞，世豈紬紛囂。姑射消疵癘，蓬萊倚泬寥。瑶華攙戴勝，珠樹引回鏕。有術探鴻寶，何人識爨焦。竟須窮海岱，直擬並松喬。書就神牀寫，香從別室燒。憐君守華省，琢句廢春宵。

馬塍新居

浮家泛宅意何如？玉室金堂計未疏。歸錦橋邊停舫子，散花灘上作樓居。澹然到處自鑿井，玄晏閉關方著書。但得草堂貲便足，人間何地不樵漁。

西湖放燈

共泛蘭舟燈火鬧，不知風露溼青冥。如今地底休鋪錦，此日槎頭直掛星。爛若金蓮分夜炬，空于雲母隔秋屏。却憐牛渚清狂甚，苦欲燃犀走百靈。

次韻段推官觀潮

雪濤卷入白螺杯，雲夢吞將灩澦堆。陳馬直從天漢落，颶風先自海門來。青山一向開銀壁，黃繖中央立露臺。好在畫圖留壯觀，江頭白首不堪回。

贈紐憐大監

論卷聚書三十萬，錦江江上數連艘。追還教授文翁學，重歎徵求使者勞。石室談經修俎豆，草堂迎詔樹旂旄。也知後世揚雄在，獻賦爲郎愧爾曹。請以蜀文翁之石室，揚雄之墨池，杜甫之草堂，皆列學宫，又爲甫得謚曰

「文貞」。以私財作三書院，徧行東南，收書三十萬卷，及鑄禮器以歸。虞奎章記其事，邀予賦詩如上。

老學齋書懷寄京師故人

手種羣松數尺圍，草深南澗客來稀。一經斷送垂垂老，萬事安排念念非。晨待樵蘇才蓐食，涼驚絡緯尚絺衣。蓬萊坊裏清宵月，也到山家白板扉。

晨興

聊與梅枝説歲窮，真成古木共衰翁。百年勳業何煩爾，一世雲山不負公。寒夢漸消窗影上，春容已在雨聲中。晨興陡覺詩神王，未放韶華角長雄。

次韻虞公和斷江和尚種松

松下微吟愜病悰，支離潦倒似支公。頂因巢鶴翻成結，心爲依禪畢竟空。陸子壇前春古淡，葛洪井上雨青葱。茯苓乞與楊員外，誰復緘詩過浙東。

遊華藏寺

湖上亂峰如髻鬟，湖邊才子駐春鞍。霜餘鸚鵡沙汀淺，日落麒麟墓道寒。古壁風篁無盡意，清尊雲海有餘歡。遠遊未羡鴟夷子，直向飛仙乞羽翰。

馴鷺

孑然馴鷺雪霜明，下瀨求魚自在行。碧玉燈檠雙足瘦，白麻衣袂一身輕。海鷗見事應何晚，凡鳥題門也不情。輸我鴛行舊儔侶，舉頭寥廓總雲程。

題雪景三香圖二首

春雪無聲入畫堂，東風渾似北風涼。衹緣何遜題詩少，信是徐熙落墨强。青鳥下迎羅襪步，蒼髯來近玉臺妝。匡廬也入幽閨夢，睡裏山花各自香。

雪羽飛來雪意濃，國香狼藉暝煙叢。倩誰與剪吴淞水，愛爾能吟柳絮風。翠袖佳人玉跳脱，平頭奴子錦熏籠。劍南畫手看前輩，著粉施朱或未工。

范以善雲林清遠館

華陽一作「雲林」。范監居幽眇，不到玄窗未易逢。山氣半爲湖外雨，松聲遥答嶺頭鐘。常聞神女騎龍過，亦有仙人控鶴從。安用乘流三萬里，小天元在積金峰。

廬疏齋集 并序。

盧疎齋集，宣城校官本，讀之一過，生氣凜然。有懷哲人，援筆而賦。

人物西清第一流，曾看繡斧下瀛洲。難求冀北千金骨，空載江南數斛愁。小謝夢無青草句，大蘇詩有景蘇樓。敬亭依舊蛾眉月，付與盧敖一作「騎鯨」。汗漫游。

書東坡先生畫像

峨嵋秀色杳難攀，玉局仙人不受閒。南斗日躔一作辰。韓吏部，西湖風氣白香山。寧一作從。教刺舌奸邪黨，可惜低頭侍從班。試一作更。問東坡鐵柱杖，于今海上未曾還。

經碧浪湖奉懷吳興公

湖水秋空玉色勻，蒹葭纖一作殘。雨上一作洒。綸巾。重來羊峴誰沾淚，却顧龍門不見人。獨放酒船尋鱠具，誰容狂客吐車茵。西風白羽元非用，只爲人間苦一作著。障塵。

舟次淛湖用柳博士夢薛玄卿詩韻寄倪元鎮兼懷鄭明德

遠思重逢茅小君，香銷酒盡路三分。五湖歸思浮天水，一霎秋陰過雨雲。柳子篇章渾可法，花奴絃索共誰聞。惟應自洗唐溪石，塡得金泥小篆文。

次韻劉伯温御史春遊

草木幽馨澗道微，白雲柱杖去如飛。獨尋玉女洗頭處，相伴仙人採藥歸。幾疊翠微深杳杳，一簾紅素亂霏霏。何堪酒債兼詩債，老却江南白苧衣。

題范德機編修東坊稿後

一編上有東坊字，慚愧詩中見大巫。直想瘦生如飯顆，竟從癢處得麻姑。咸池水淺孤黄鵠，空谷天寒病白駒。擬共風流一作「西風」。接尊酒，祇愁塵土没雙鳧。

二月病懷

煮藥香中聽雨眠，都緣未熟養生篇。雪消春水深三尺，日上花陰過幾甎。世事悠悠高枕外，衡門寂寂暮霞邊。自慚病鶴摧頹甚，却顧雲霄意悄然。

吾愛吾廬

吾愛吾廬聊復爾，眼前白石與蒼苔。水從林木陰中過，風自房一作簾。櫳曲處來。薄有餘情歸竹素，竟一作都。無長物受塵埃。先生閉户成真一作「真成」。懶，詩債敲門不厭催。

乙亥二月還錢塘書懷寄劉師魯

黑頭時與王孫别，春草又生天一涯。貧甚馮驩猶有鋏，歸來丁令已無家。葑田湖窄殘舟一作「遊船」。少，墓道山荒剩一作墳。屋斜。還憶菌巢書數卷，雪靡應護手栽花。雪靡，玄洲白犬名也。

答楊廉夫

黄篾樓中惟飲酒，樓下長溝鳧雁多。溪頭橋斷浮青草，湖面風來生白波。饞奴竟煮脱棚筍，老魚戲唼如錢荷。詔書寛大到海角，河北飢民一作氓。争倒戈。

十二月五日雪晴丁亥。

日光玉潔千峰立，快雪晴時一氣凝。當晝鑪亭催掃巷，犯寒魚榜借收冰。松皮石裂號飢鼠，窗隙塵消觸凍蠅。青茁菜芽渾可愛，倩誰春餤卷紅綾。

送鄭明德適越

四十日春廿日雨，問花隨柳意茫然。竹根卧瓶高筆塚，竈下生薪連术煙。茅家名餘鐵鑪步，龍井氣脇金沙泉。稽山酒船速回櫂，遲子歸來烹蕨拳。

虞先生送張元朴回龍虎有云塵尾每懷張外史鵜羣今屬薛玄卿元朴索次韻

想見先生戴笠行，黄茅岡上看陰晴。承聞祖道同疏傅，鄙説還鄉似長卿。海内好詩元自少，江西行李不嫌輕。謫仙愛與元丹語，煙子而今亦有名。

鐵笛道人新居曰書畫船亭作詩以寄

蘇州去訪揚雄宅，近水樓居似月波。東府官曹知者少，西山爽氣望中多。臺招天上仙人鳳，池養山陰道士鵝。誰和涼風吹鐵笛？莫愁艇子柳枝歌。

新栗寄雲林

竭來常熟嘗新栗，黄玉穰分紫殼開。果園坊中無買處，頂山寺裏爲求來。囊盛稍共來禽帖，酒薦深宜蘸甲杯。首奉雲林三百顆，也勝酸橘寄書回。

答董子羽見寄

清都聞已住多年，鶴駕鸞驂與後先。閶闔五雲宫樹暖，蓬萊初日羽衣鮮。神仙翰墨唯皇象，史館人材總孟堅。天上春風如舊識，殷勤吹送寄來篇。

秋詞　此首重見《梧溪集》。

香散天街静玉珂，水臺風殿夜如何？星從河漢淡中落，一作没。秋在梧桐疏處多。鸞影不曾離寶鑑，蛛絲先已墜金梭。君王繭館詢遺事，却擬鑾車共載過。

吴興舟中

苕溪斫鱠腹偏腴，取酒烏程清若無。最憐楊柳破二月，絶勝蛾眉遊五湖。船頭濯足畏魚浛，港口卸帆驚鳥呼。林巒在處著舟楫，儻有剩田吾欲租。

題彭大年禱雨詩卷和仲舉韻延祐己未開玄道院作

羽衣秋薄剪湘荷，茅屋山宫補緑蘿。白石資方青𩚵飯，洪崖借乘雪精騾。松雲暖憶春游岳，冰草寒憐曉渡河。使節南歸如見念，峯頭笙鶴好相過。

次韻題吕氏園館

因向雲間求二陸，西施浦口弄雲沙。東風勒住蠣頭舫，湖雨吹開繭栗花。到處華房通曲密，舊時醉墨偎攲斜。一聲歌板銀瓶側，亦見玉童雙髻鴉。

再次韻沙剌班郎中春遊二首

楊柳三眠午未醒，楊花飛雪散星星。海中蜃氣春浮島，月下胎仙夜降庭。尺素書來雲錦織，紫鱗躍處浪紋腥。樓前政有三株樹，剪斷西山一半青。

鄰近桃源雞犬家，不緣迷路得看花。衣裳總溼三危露，服食惟消五色霞。鶴冢浪磨崖上字，漁舟潮閤渡頭沙。石盤棋子都狼藉，莫向人間問歲華。

八月十五夜待月

移牀露坐閒臨水，浴鵠灣頭足芰荷。秋已平分催節序，月還端正照山河。老憐宋玉生悲思，狂憶桓伊作浩歌。雲漢茫茫一巵酒，白頭慚愧古人多。

春將過半病懷索莫惜無可與言詩者得句自遣山澤癯者云

一一花栽繞屋廬，半春多病意何如。緣詩太瘦終無補，與酒全交漸要疏。硯席留香非長物，齋庖得筍是佳蔬。鶺羣呼唤來同飲，新緑濺濺已滿渠。

女仙江静真碧遊仙詞

衣劍符圖有子傳，生如孤鳳蜕如蟬。方留橘葉聊供母，誰信桃枝已得仙。張桃枝，漢司隸校尉朱寓季陵母也。行陰德久，間在易遷，得爲侍郎，事見真誥。蕭索簾幃通素月，玲瓏環珮曳空煙。麻姑壇上花姑老，相共乘鸞欲著鞭。

碧筒飲

採緑誰持作羽觴，使君亭上一作「竹林人共」。晚樽涼。玉莖沁露心微苦，翠蓋擎雲手亦香。飲水龜藏蓮葉小，吸川鯨恨藕絲長。傾壺誤展淋郎袖，笑絶邪溪窈窕娘。

上京賜宴王眉叟有詩次韻

從事何緣過草堂，行都遣賜玉壺方。遠勞使者紅塵騎，爛煮仙家白石羊。中聖敢辭千日醉，承恩獨許四明狂。金莖贉有三清露，潤及葵心向太陽。

鳳凰山懷古

江右夷吾浪得名，豫州英概亦沉冥。夕陽枯木山如赭，秋雨荒臺草自青。漢苑玉魚誰復葬，昭陵石馬亦無靈。可憐白髮商人婦，猶向燈前話《後庭》。

次孫大方仙輿詩韻

仙仗來時瑞霧屯，真人玉女侍靈軒。亭亭珠穗香煙直，爛爛扶桑玉色温。花雨掃塵鸞帚溼，島雲承襪蜃樓昏。至今星斗天壇夜，望拜青都虎豹門。

送人之茅山

桃竹齊眉草屨柔，江雲曉溼木棉裘。茅山一去五百里，楚月相望十二樓。林下甑香黄獨月，松根鉏冷茯苓秋。藥瓢料得歸來滿，多病微軀我亦求。

雨懷郭子昭御史

洞户霾雲晝不開，大茅南面水縈回。深山此日蛟龍喜，舊雨故人驄馬來。澗道浮槎高寄樹，石幢陰篆溼生苔。銷愁底用金陵酒，牖引窪尊枕瀑雷。

寄倪元鎮

雨水初寒雪復作，春風相欺何太顛。誰依井竈皆獸迹，獨擁書册猶鳶肩。枸杞埋根乍難斷，櫻桃放花殊可憐。賀監宅前舊游處，快放柳條維酒船。

次韻元鎮見寄

衣桁常容蛛網懸，石牀渾讓女蘿牽。道術何煩孔郎祀，一作廟。屋廬政用郗超錢。泉崩澗底歸樵路，雨壓廚頭蒸术煙。誰見西鄰拆書夜，一枝風竹鵓鳩眠。

懷茅山

我有草堂南洞門，常時行坐虎同羣。丹光出林掩明月，玉氣上天爲白雲。遥憶田泉洗蒼朮，更思陶澗采香芹。歸來閉户償高卧，莫遣人書白練裙。《西湖竹枝詞》序稱伯雨詩俊逸清澹，儕輩鮮及，有如「丹光出林掩明月，玉氣上天爲白雲。」不目之爲仙才不可也。

梅雪齋雅集分題得酒香

醲郁芳香味更嚴，甕間飄滿讀書簾。絶勝金鴨薰花氣，錯認山蜂釀蜜甜。三嗅初令消渴止，一中定掃宿醒淹。醉翁鼻觀還親切，不待狂僧寫布帘。唐僧懷素有草書《布帘帖》。

次韻答吴興黄伯成

行盡松陰黄葉株，三叉路口問茅廬。青山對語惟捫蝨，落日催歸獨跨驢。土木形骸嵇叔夜，波瀾文字木玄虚。殘年記得相存問，莫道天寒無鯉魚。

贈别休休庵了堂上人

老僧十年不出户，袈裟搭架風披披。祖衣留在阿蘭若，佛法傳過高白麗。客牀雪鍊一甌茗，經藏苔昏三尺碑。不向舊房看偃蓋，卷中原有古松枝。

春溪曉渡

怪底朝來雲氣升，雨晴洗遍碧磽磳。山腰行李去未遠，谷口人家呼渡應。彷佛簫臺凌鳳吹，安排春水理魚罾。卧游已愜平生志，深負牀頭六尺藤。

雲林席間懷鐵笛簡草堂

花朝無花也可憐，桃李矜持不作妍。爛聽雨聲眠白晝，夢乘艇子上青天。閒居尚庶浮雲志，老病難趨卜夜筵。絳帳先生惟寂寞，後堂自理琵琶絃。

丹陽道中觀稼

行遍山東黄葉村，縱横草路細難分。荒雞户暗蟰蛸月，落雁天黏穲稏雲。下澤車傍懸酒榼，延陵祠畔讀碑文。空山更覓牛羊逕，入獸依然不亂羣。

鄧學可留穀城戴堯文許雪中書寄二友

鉤簾坐對西山雪，菌閣前頭正向陽。剡水當時元有戴，穀城今日可無張。披雲松樹鱗鱗溼，瞰屋山泉角角方。染就緑霞春帖子，不妨青鳥便銜將。

賦西塞山送趙季文湖州學録

往來苕霅舊山川，流水桃花思杳然。溪女浣紗春雨後，仙人把釣夕陽邊。漁歌未用朝廷覓，惠政先由隱逸傳。不信青衫涴塵土，水晶宫裏住三千。

風雨近寒食未已

一榻清寒戀舊氈，無言桃李不成妍。柳長漸礙蝸頭舫，雨重渾迷卵色天。誰向侯家分賜燭，自依丹井食新泉。海南上巳才登塚，見坡語。忍待晴泥掃墓田。

和馬伯庸御史春游

山巾墊角雨仍斜，歲歲春風换鬢華。湖口水香魚〔在藻，江南〕①食冷客思家。鷲峰掃石翻經葉，龍洞分符調井花。〔游騎却歸〕②城郭暮，醉紅猶帶臉文霞。

①②括號内字原缺，據影寫元刊本《句曲外史集》補。

次韻張仲舉題宋周漢國公主甲第圖

主家樓觀蔚參差，想是當年全盛時。宫草細分乘輦道，林花深隱泛舟池。瑶臺仙去塵生海，甲帳神來風滿旗。好在畫圖留勝蹟，五雲長護鶴笙祠。

廣陵有寄瑤花詩丐余次韻

未信人間日易斜，攜春來問列仙家。情知后土無雙樹，迷殺江都是此花。芍藥謾吟紅繭粟，瑤兒從眄玉蘭芽。一壺〔能共〕③樊川老，醉寫烏絲側帽紗。

③「能共」二字原缺，據影寫元刊本補。

自笑

自笑摧頹如病鶴，羽衣仍復會婆娑。已裁斑竹將扶老，更剪蟠枝作養和。驟雨欲來移蟻穴，落花多罷分蜂窠。裹頭〔多上〕④春官老，不道丘園自一科。唐有高蹈丘園、逸倫、屠釣等科。

④「多上」二字原缺，據影寫元刊本補。

送朱伯賢茂才之金陵

句容山邑長官清，此日况逢賢友生。案牘勞人煩慰藉，風塵爲客話經行。寬裁白苧游蕭寺，近覓青騾過冶城。能賦鍾英懷古昔，一時驄馬盡知名。

題陳琳摹董源漁樂圖

小筆誰臨北苑圖，蘭亭玉枕最難模。連峯秀樹□□□，□□荒雲遠欲無。泊向小孤緣愛石，望從青草別名湖。□□□□如相借，暫卸南風十幅蒲。

孤山卽事

笑撫湖山迹易陳，先賢祠宇一番新。玉魚蔓草多無主，白鵠秋天迥有神。曲港穿衙花外騎，赤闌扶約水邊人。岡頭□□枯梅枿，獨是先生肺腑親。

素華臺

素華臺榭壓崑丘，況近仙家十二樓。白裏深蟠龍虎氣，空中遥接鳳凰游。瑠璃研水偏盛月，雲母屏風不隔秋。姑射山中有冰雪，神人願與國同休。

六月六日步過白蓮峰眠食盡日而回

瀝瀝階除走暗泉，入厨新溜動厨煙。早來燕坐齋中飯，夢在山光寺裏眠。石脚儘盤千个竹，樹頭未動一聲蟬。此中長日誰爲伴？海岳庵詩在枕邊。

猿臂笛

三峽家山已隔生，一枝玉骨尚堪横。攀援遠似穿雲曲，吟嘯高于嘖竹聲。栗葉霜黄天竺夢，梅花春老玉關情。伶倫且爲相娱樂，誰問將軍善射名。

夏商隱還京師

扈蹕行營三十載，王門不肯曳長裾。閒從用里先生飲，與説圯橋父老書。花外飛丸紅叱撥，月中采藥玉蟾蜍。殘骸尚有刀圭分，會向南山訪弊廬。

和率性大滌十詠　録六。

雲根石

石色斑斑野鹿胎，石身渾裹夜明苔。直將瑞氣穿龍洞，不比游塵汗馬嵬。巖下松枝同不朽，月中鶴駕合頻來。君看怪石英雄坐，寂寞于今卧草萊。

龍洞

怪石蜿蜒驅不動，自從開闢鎮重坤。雨聲多在南山殷，雲氣都令白晝昏。百尺潛虬窺海眼，一杯流水浸松根。有時急□天符下，故遣靈人夜叩閽。

鳳洞

第幾峯前蒼玉洞，何年于此鳳求皇。梧枝宿久毛皆變，竹實餐多髓亦香。露溼紫苔春似錦，月明丹穴夜生光。我亦鵷行舊儔侶，雲中有路共回翔。

翠蛟亭

誰見蒼龍劈石開，此峯元自勝飛來。闌干截斷山頭雨，贔屭翻將地底雷。寒甚祇疑雲是雪，霜餘每恨葉成堆。坡仙獨對無言説，慚愧搜詩日幾回。

丹泉

涵渟萬象一泓中，欲探靈源未易窮。丹窨久埋泉眼赤，珊瑚長浸石頭紅。評來水味羞楊子，收拾砂牀贈葛洪。一醉流霞三萬日，年年分給羽人宫。

天柱峯

此峯屹立浩無前，信是人間别有天。銅柱何煩天北際，蓬山寧在海東邊。采樵巨蒻多無骨，擣藥靈禽或是仙。老我不能爲狡獪，峰頭看月幾回圓。

祀五先生景行莫君爲遨頭詩以記之

洛中諸老今誰識，飲少年高聽細論。百五日前花送雨，十三樓下水侵門。嶺霞栖向仇池穴，春鳥啼將蜀客魂。方外歸來羞禿鬢，也容鄉社割雞豚。

金陵僧來聞笑隱住持事繁風雨有懷

一自宜城居輔國，幾時天竺話連牀。栖栖春草元桑楚，歷歷風鈴憶曾共坐繙經石，語我松華壓酒方。替戾岡。乞得江東今夕雨，與君聊洗夢中忙。後魏沙門法果爲輔國宜城子，加侯封。蓋浮屠爵秩之始。

閏三月三日北山看花不與盟

應笑黄花厄閏時，後三仍復負芳期。老無劉几簪花分，閒有陶潛止酒詩。穀雨林中先紫筍，鬱罡山口足黄鸝。韓湘自倩奴星去，袖得瑶臺第一枝。

形影

形影胡爲樂此留，山川映發思綢繆。歌長杯酒毋多酌，世短何人第一流。弟子受經猶北面，樵青分屋自西頭。下方悮識金銀氣，直倚崆峒一劍秋。

古意

吴綾光纚纚，織成鯨掉尾。美人不敢裁，恐觸波浪起。

夜思

空山嘈夜雨，幽人坐惆悵。今夕楚澗泉，明日秦淮浪。

奚官洗馬圖

曾侍赤墀東，天池看浴龍。晚涼湖上夢，猶立柳陰中。

玄洲唱和 并序。録二。

茅山玄洲精舍，左右真仙古蹟曰菌山、羅姑洞、霞架海、鶴臺、桐華源、玄洲精舍、紫軒、火浣壇、隱居松、玉像龕。至治二年壬戌歲道吴興溪上，與松雪學士倡和十絶以記其處。仍書刻石，以爲山中故事。

羅姑洞 事見《真誥》。

九疑得道女，受事易遷家。詩贈金條脱，人逢萼緑華。

鶴臺

静夜颯靈風，神君語帳中。至今雙白鵠，時下五雲峰。

王若水梨花山鵲

山鵲語查查，驚飛白雪花。清明人載酒，寒食客思家。

芍藥白兔圖

妥帖紅雲朵，迷離玉兎兒。揚州行樂地，惆悵鬢成絲。

煙梅睡雀墨戲

珍偶偏憐瓊樹，寒香漠漠紛紛。誰見羅浮月黑，一枝同夢梨雲。

絶句

二山環合一水，中有老木參天。不著幽人草閣，誰收無限雲煙。

湖州竹枝詞

臨湖門外吴儂家，郎若閒時來喫茶。黄土築牆茅蓋屋，門前一樹紫荆花。

西湖竹枝詞

光堯内禪罷言兵，幾番御舟湖上行。東家鄰舍宋大嫂，就船猶得進魚羹。

臘盡

小雪初晴臘盡時，無窮梅柳怨開遲。人間不覺春來早，只有吾家布被知。

山中客夜

鞍馬南州五日程，豈知物外有茅亭。塵埃暑困人如醉，月露夜涼天亦醒。

元統元年冬十一月句曲外史菌山巢居成製十小詩以自見録呈華陽隱居資一捧腹 録四。

望見飛檐松杪花，下盤陰洞石聱牙。老樵迷路疑一作驚。相問，若箇江東道士家。

谷中僅僅一作有。一巷住，壇上纍纍白一作「唯餘數」。石陳。杖隨流水過鄰舍，席與長松分主賓。

但倚茅君爲座主，從稱外史作官銜。道家六經發願寫，深向石頭藏一函。

屋壁一作頭。置書碑版多，雄一作白。虹光怪鳳凰阿？玄洲地名。看到空一作深。山十日雪，竈突無煙奈爾何。

松下淵明爲鄭明德作

歸來不爲督郵輕，自爲松根長茯苓。博浪金椎拈不起，倚鋤却讀相牛經。

次韻答薩天錫見寄

推敲指點據吟鞍，苦爲搜詩夢不安。誰會鳳凰臺上意，手挼黄菊看鍾山。外史詩又識：臺掾薩天錫求識予面，而之燕南。八月十四夜風雨，宿菌閣絶句七首，明日追送之，其一首云：「巡宫畏虎盛前呵，驚動燕山薩照磨。剪燭對牀詩未穩，從渠醉尉問誰何？」又云：「内臺最近燕南幕，博士臺郎有此除。山澤何當大人賦，寄聲多謝馬相如。」與此詩同是天錫在南臺時所作。

凌波仙

春雲如水碧粼粼，誰見凌波襪上塵。洛浦湘皋都是夢，手中花是卷中人。

仲穆墨蘭

滋蘭九畹空多種，何似墨池三兩花。近日國香零落盡，王孫芳草徧天涯。葉静齋《草木子》云：趙仲穆者，子昂學士之子，宋秀王之後裔也。能作蘭木竹石，有道士張伯雨題其墨蘭詩云云。仲穆見而愧之，遂不復作。

偶成

黄篾樓中枕書卧，雙鶴交鳴驚夢破。青天墜下白雲來，卷簾一陣楊花過。

墨海棠

漢宫愁絶冷䴏赦，一作「煙枝」。一蘸劉郎兩鬢絲。甲帳夜寒銀燭冷，六銖雲帔獨來時。

東坡書蔡君謨夢中絶句二放營妓絶句三虞伯生題四絶于後真蹟藏義興王子明家要予次韻凡九首

日將公事湖中了，醉入重城列炬明。自古大藩財賦地，古人偏得賦閒情。
謝女嬌吟雪比鹽，北臺馬耳見雙尖。衲衣政索歌姬笑，不道春寒繡被添。
寫韻軒中塵不驚，與誰同躡鳳凰翎。綵鸞可惜情緣重，只合清齋寫道經。
釵頭新緑荔枝紅，那與江桃色味同。聞道端明新進譜，一時殿閣起薰風。
香辟春寒玉辟塵，流蘇斗帳醉和春。一雙明月都無價，寂寞人間第一人。
江南在處煙波好，浪跡先生不上船。近就闔閭城下宿，可憐霜月夜娟娟。
青城樵者一衰翁，寫罷烏絲滿袖風。消得玉堂金硯匣，至今傳入畫圖中。
初碾龍團怯醉魂，分茶故事與誰論？纖纖玉腕親曾見，祇有春衫舊酒痕。
白公種竹蘇公柳，談笑功名後世誇。依舊葑雲三萬丈，斷橋誰與築隄沙。

山中

一枝石瘦如麏角，六出花開似麝臍。隨意莓苔一杯酒，也勝騎馬聽朝雞。

桂枝詞

桂樹叢生枝婀娜，糝粟黄雲欲成朵。薰醒秋衣懶下牀，金蟾嚙斷燒香鎖。

馬遠小景二首

柳未藏鴉雪未消，春衫遊子馬蹄驕。去年沽酒樓前路，錯認桃花第一橋。

玉砂卷海白模糊，千樹梅花掃地無。仿佛水仙祠下路，金枝翠帶不勝扶。

緝熙殿御製墨梅詩帖

宣和妙賞緇衣句，傳在東門作勝談。行殿春風四十載，玉妃終老向江南。

樓居春曉望玄圃　時寓杭州開元宫。

子晉新宫倚太霞，繞湖煙火萬人家。觀臺一面無人處，日出煙銷都是花。

遵道竹枝

篔簹谷口白雲生，雲裏琅玕萬玉聲。驚破幽人春枕夢，一窗斜月半梢横。

避暑圖

雪藕冰盤斫鱠厨，波光簾影帶風蒲。蒼生病渴無人問，赤日黄埃盡畏途。

修竹士女圖

空谷佳人玉珮璫，琅玕斜搭領襟長。杜陵野老多才思，解道風吹細細香。

題鶴亭所藏馬圖

九霄天馬俱龍種，四十萬蹄雲錦斑。一自漁陽鼙鼓後，不知幾箇到驪山。

吴興道中二首

眠溪大樹不見日，牧鶩小兒兼釣魚。南風相送玉河口，舟子飯時吾讀書。

扁舟偶趁采樵風，題扇書裙莫惱公。何處人間無六月，碧瀾堂上雨聲中。

明德游仙詞十首用天柱山傳來依韻繼作雲林道氣者觀之亦足自拔于埃壒矣

丙戌四月廿日。

白玉之盤滄海東，蒼蒼下視遠如空。請看端正山河影，不滿坳堂杯水中。

鴻寶枕函雲積疊，芝臺鑪火暖氤氲。子能試喫青精飯，我亦聊書白練裙。

夜久扶桑海色分，珠宫望拜赤龍君。洞庭未省君山在，元是昆侖一朵雲。

藤蘿石上尋長跡，金粟圖中見小身。抖擻幾重衣裓看，情知不□散花人。

寵見《霓裳》舞廣庭，罷看三十九章經。道人腰著金鴉嘴，自向松根洗茯苓。

右股清池足漚麻，池中肥水是松花。早知魏帝一丸藥，肯信東門五色瓜。

恥作深山服食仙，伐毛洗髓故依然。木蘭墜露研朱寫，只寫南華《秋水》篇。

脚底琴生三尺鯉，袖中阿母一雙桃。別時身動凌波襪，爛月如銀照夜濤。
眼中自小薄蓬瀛，日日雙飛下始青。□□明窗塵仿佛，定知草創大丹成。
玉格金科自有期，赤城何待遠尋師。璧梭也解爲龍去，樵斧如何只看棋。

聽琴圖

梟煙石壁對孤桐，與和長松瑟瑟風。不爲野夫清兩耳，爲君留目送飛鴻。

史局先生示以季境□□贈行卷輒題一絶卷錦　丁亥。

校書苦借青藜杖，下馬笑拈金屈巵。好是淮南師弟子，錢唐相見落花時。

三香圖

凌波仙子塵生襪，空谷佳人玉鍊容。不奈天寒風露早，日高猶傍錦熏籠。

絶句

白足過橋三峽雪，蒼頭吹笛滿林風。狂花也有凌霄意，飛上松顛爛熳紅。

題理妝士女

誰見新妝出繡幃，辛夷花下六銖衣。莫教蜂蝶知踪跡，閒與鄰娃鬬草歸。

玄覽堂絶句

簾櫳低亞小梅枝，快雪時晴緑滿池。鈴索不摇鸚鵡睡，客來假寐亦多時。

題張溪雲畫鈎勒竹

爲愛風篁手自摹，不煩把燭倩宫奴。須當白戰篔簹谷，羞殺江南没骨圖。

金人出獵圖

小隊鳴笳曉出圍，地椒狼藉獸應肥。上皇久厭猩羊粉，故遣蕭郎擊豕歸。

靈巖寺

我欲搜林覓硯材，誰將奇石半畚栽。胸中故有涵空閣，好借君王避暑來。

次韻懷友

秋衣零落補紉多，剪盡西興半畝荷。寒到故人殊未到，不消湖上雁來過。

春菜

土甲離離宿雨痕，畦蔬小摘當盤飧。紅綾餅餤殘牙齒，合向巖頭嚼菜根。

春藥

紫甲紅牙玉滿闌，時分花雨潤斑斑。茯苓乍可來歸籠，遠志從來不出山。

登善精舍葺治苟完七小詩以寫予懷　録四。

故山破屋誰來補，辛苦經營拾燕泥。幾樹桃花相送老，不消更著子規啼。

澗中采石重鋪徑，坡上移花小築墩。深結雲嵐爲保障，牘培松竹當兒孫。

梓柳都移五十栽，稚松千箇緑毶毶。旁人莫笑千年計，萬一他時化鶴來。

玉鉤橋水如凝碧，才過牀頭寫瀑雷。恰是東風太薄劣，逆流花片出牆來。

雲林畫

望見龍山第一峯，一峯一面水如弓。水邊亭子無人到，猶有前時躡屐踪。

李商隱學仙

誰云有分不關情，淪謫千年爲底名。消得權兒羊浣布，詩中唯數玉溪生。

京師答薛玄卿

重重城闕亂煙花，只擬將身乞酒家。試聽御溝冰下水，與君持底駐年華。

三衢道中三首

大溪中道放船流，船壓山光瀉碧油。三百里灘攲枕過，買魚釃酒下嚴州。

東風惡劇雨飛花，被底春寒水漲沙。蘭茝溪香小回首，一峯晴雪是金華。

界道飛流山翠重，杜鵑無語杜鵑紅。歸人一舸貪新水，渾墮丹青便面中。

燈花聯句 并序。

永嘉李季和自金陵持趙涼公書來，累宿菌閣下。十月三日夜，天始霜。殊寒，兩燈並作花，遂聯句于酒間。

星閣迎寒閟，霜鐘動夜摐。孝光。酒深燔朮火，漏下續蘭釭。寸草熒芝小，雨。丹葩瑞帶雙。金枝交婉孌，孝光。銀粟亂鬃鬞。蟢結飛蛾笑，雨。膏融吐鳳艭。汞珠光透鏡，孝光。火齊幻垂幢。的的輝青瑣，雨。淫淫颭玉釭。燭龍擎紫蓋，孝光。翹燕綴紅蠖。鄰眼書窺隙，雨。仙眉墨暈窗。狂吟心藥發，孝光。喜聽足音跫。折堲見管子。風吹座，雨。鉤簾月墮江。青藜如見遇，揮手出紛厖。孝光。

神光樓與鄭明德聯句

藏書地肺穴，歸巢湖領山。秋清蒹葭露，祐。水落芙蓉灣。蟲飛燭見跋，雨。鶴唳棚上擐。桂叢豈亢隱，祐。草間斯投閒。脱幘鬢俱禿，雨。哦詩意殊慳。驚飈攪墜葉，祐。疏櫺梟叢菅。爐溫夕熏罷，雨。汀寒夜舟還。瀛嶼倚突兀，祐。海圖挂斕斒。熊經諒方煦，雨。豹隱知難攀。遥聞城門柝，祐。却撫刀頭環。濡毫瀝蟾滴，雨。拄頰揮魚須。祐。倚牆童齁熟，雨。覆杯酒腸孱。神光出葭菼，祐。澄懷斬茅菅。氣存驗當宁，雨。道充甘抱關。腥腐孰不死，祐。伐洗我獨頑。仙從琴心舞，雨。聖視鼎胙攽。黎明官祭和靖祠。出處匪異致，祐。躁静難同斑。淵宅鑑朝氣，雨。天游滌神奸。緬昔郿塢築，祐。餘此巾柵殷。雨。併乏麥飯饗，祐。益重黎甿瘝。兩彈聞鵑血，雨。重洒化鶴潸。窮閻劫灰聚，祐。故國亡詩刪。於焉遁葛井，雨。豈徒慕商顔。茹芝腹能實，祐。飲菊姿逾嫺。披雲陟砢磯，雨。臨池漱潺湲。神鯉破網出，祐。乳狸據袒跧。雨。煙際挈畫鷁，祐。掌中餧白鷴。去鄉吴音觖，雨。支頤越吟艱。一世更聚散，祐。多岐重憂患。睽違隔風雨，雨。空聞珮珊珊。祐。

集太白語酬僧淨月

主人碧巖裏，爲余話幽棲。真訣自從茅氏得，風流還與遠公齊。滿堂空翠如可掃，而君解來一何好。白玉麈尾談重玄，琉璃硯水常枯槁。蒼蒼雲松，拂彼白石。世人聞此皆掉頭，就中與君心莫逆。袖拂紫煙去，空中聞天雞。借問蘇耽鶴，早晚向江西。鐵崖先生跋曰：予觀貞居子集句詩，政如冶城銅像，捧額珠蓮座于長干也。可寶可玩。太白見之當曰：吾錦千萬機，衣被天下，詩人烏得割截如此，貞居子其慎取之哉！勿俾責償也。會稽楊維禎跋。

集王摩詰書語六言二首

寒犬吠聲如豹，夜舂相應疏鐘。華子岡頭清月，照人獨坐山中。

夜深僮僕静默，月明輞水淪漣。獨與山僧飯訖，寒林遠火初然。

筠溪老衲圓至

圓至，字天隱，别號牧潛，高安姚氏子。少習舉子業，去爲浮屠，得法于仰山欽禪師，駐錫建昌之能仁。所著有《筠溪牧潛集》，方虚谷爲之序，天目洪喬祖題其後曰：天隱遠權要，避名譽，徧歷荆、襄、吴、越，積覽觀之富，益静定之光，二三千言，經目輒記，故其爲文贍以奥。其詩雖所存不多，而風骨自見。如《送才上人往湖南》云：「竹枯湘淚盡，花發楚魂香。」《富塘》云：「亦供貧者樂，獨以富爲名。」《寄志勝上人》云：「瘴月人南去，花時雁北飛。」《弘秀集》中，不多得也。

重登牛頭峰

霜葉黄蝶飛，崖泉白蛇挂。行行尋故迹，往物已屢化。高步萬石上，獨立一木下。悠然顧吾影，殘日在林罅。古來遺世士，泯觀混真假。所視既已齊，乘險意亦暇。智愚相與奪，得失紛代謝。吾欲嘗力耕，穿巖樹茅舍。

雪

窗鳴風片亂，溜凍冰條直。夜久忽無聲，傍簷時淅瀝。青薪焰方吐，紅燈花欲滴。閉閣有餘温，蒙衾兀重席。

送勤滅宗

出家旅殊鄉，同里爲骨肉。況乃情所厚，而兹忽分躅。清霜彫廣野，露立凍羣木。日暮行子身，豁谷映餐宿。吾聞含德者，凝視養玄矚。疾進氣雖鋭，久踐途乃熟。歲晏能復來，青燈共寒屋。

贈玉龍曾道士畫龍頭

乖龍逃雨走，急落西山陬。縮入畫仙筆，雷公不能搜。畫仙有墨池，尺水涵十洲。俗龍作玄骨，騎入塵寰遊。我求寫龍真，畫仙許我否？形全恐飛去，爲君且畫頭。

次韻陪星子胡主簿遊報先寺

木棲與淵蟠，所性各有適。顧余丘壑戀，大藥不醫癖。青山亦可人，乍見如素識。森然一窗下，獻此萬丈碧。簿領三秦英，軒昂謝塵迹。壯齡已疊組，舊閥況列戟。潔身粉黛側，僧榻羣面壁。國鼎筆可扛，天機錦自織。停驂偶相值，顧問借顔色。東風吹芳原，衆卉競春日。遠郊農餉起，煙屋香芋栗。牛鳴雨隴寒，釋耒泥濺膝。良時一遊豫，能不念民疾。二宫山水窟，屨鉢恬食息。含羞目嶄絶，詎意陪履屐。終期凌蒼巔，一視空八極。

送建昌黄綺秀才踰淮教授

還山羞聽紫芝歌，旅館千門講四科。絳帳未懸知己少，黑裘漸敝閲人多。秋風白下沾巾别，落日青淮照影過。莫對飯盤嗔苜蓿，桑榆雖暖易蹉跎。

義冢斜

城闕千棺瘞此斜，古堆新穴滿平畬。春叢亂哭鰥寡鳥，雨樹雜開啼笑花。散骨已枯苔作肉，癡魂猶認土爲家。何人薄暮焚錢去，風卷殘灰滿柏丫。

次韻答許府判見嘲詩癖之什

君不見蓬萊仙人五雲深，興來忽起塵寰心。手拈造化作一劇，世上瓦礫皆黄金。又不見珠宫靈娥睡新起，賽喫雲漿賭骰子。驀然發笑成電光，不料陰陽噓頰齒。道人文章亦如斯，落筆心手不相知。豈如曲士拾蠹紙，堯桀滿腹堆羣疑。願君閉口毗耶室，竺貝孔韋皆長物。著鞭捷出靈運前，莫鬭生天鬭成佛。

雪後荆林道中

冷風寒柳閉千門，柳外啼鴉聚晚羣。殘日暉暉烘雪氣，徘徊半嶺作晴雲。

小汶

麻骨燈明竹壁疏，更深人語在茅廬。開篷緣岸去沽酒，點火撥船來賣魚。

胡盧

胡盧河畔洗氈裘，日日花香滿水流。嫁得夫郎愛官職，去隨太子取交州。

吴王廟

吴王廟近水邊山，壁上雕青鬼臂彎。白日鑪中煙色變，散成雲氣滿人間。

送宗岳歸青蓮

布囊詩幾卷，歸計亦凄涼。不惜經時别，應知聚日長。石峰蒸玉氣，井水浸蓮香。曾許爲鄰寺，招余住竹房。

逢故人

共看咸淳上苑花，錦牋綵句敵春華。白頭相見鍾陵市，我亦如君未有家。

元夕觀傀儡

錦襠叢裏鬭腰支，記得京城此夕時。一曲《太平錢》舞罷，六街人唱看燈詞。

芳塘

芳塘雨霽緑初肥，折得青條串露歸。一樹殘花喧鬭雀，紅香滿徑撲人飛。

寄恩以仁

風柳青青條葉新，别愁江畔又逢春。交情似我如君少，一度相逢勝故人。

白雲上人英

英字實存，錢塘人。唐詩人厲玄之後也，素有能詩名。歷走閩、海、江、淮、燕、汴。一日登徑山，聞鐘聲，有省，遂棄官爲浮屠，結茅天目山中。數年，偏參諸方，有道尊宿，皆印可之，故其詩有超然出世間趣。別號「白雲」，即以名其詩集。牟巘翁、趙松雪、胡長孺、林石田、趙春洲輩皆爲之序云。

對山曲

青山作賓翁作主，山翁持觴山鶴舞。山翁對山傾綠醑，青山對翁默無語。山本無情翁無心，青山不飲翁自斟。酒闌對山撫掌笑，山鶴一聲山月沈。

秋夜曲

西風不起凝空碧，霜花霏霏炯秋色。層霄輾上玉一輪，竹影參差光欲滴。洞房深寂湘簟寒，夢回孤枕疏漏傳。雁聲低度吳天遠，素壁青燈瑶穗斷。隔雲聽徹五更鐘，鴛鴦屏冷初日紅。

陌上花

江南三月芳菲菲，雜花生樹鶯亂飛。美人一去幾斜暉，城郭空在人民非。山河滿目草離離，留得歌聲落翠微，猶自叮嚀緩緩歸。

絶句

正月梅花落，二月桃花紅。榮枯元有數，不必怨東風。

寄蘭鎣宗長

同宗同在旅，彼此繫微官。所去無多遠，其如相見難。連雲秋樹老，卷雪暮濤寒。幾度空江上，思君獨凭闌。

客夜有感

十載紅塵海，漂流笑此身。山川孤館夜，風雨獨眠人。嗜茗真成癖，工詩不療貧。還家須及早，垂白有雙親。

維揚春暮

煙籠柳影老鶯啼，雨溼芹香乳燕飛。二十四橋春又盡，江南詞客正思歸。

夏晚泛湖

楊柳陰中艤小船，芰荷香裏聳吟肩。雷聲驚起雲頭雨，塔影倒搖波底天。羣鷺遠明殘照外，一僧閒立斷橋邊。菱歌梟梟知何處？滿袖清風骨欲仙。

宿睦州祖師庵

庵依兜率寺，小憩俗心灰。竹密暑不到，窗虚風自來。山昏飛鶴下，磬斷定僧回。拂拭殘碑看，年深厚緑苔。

倪秀才歸越

君歸何處所，迢遞浙江東。千里故人别，一尊今夜同。客愁燈影外，蛩語月明中。潮水將離思，茫茫逐去篷。

湖上晚步

畫槐歸去歇笙簫，水影山光共寂寥。一叟相逢雙鬢雪，向人猶自話前朝。

重游淨慈憶沅禪師

慧日峰前閣，重來百感增。空存黄面老，不見白頭僧。道偈書猶在，埋銘刻未曾。有詩行已久，何必上傳燈。

客夜憶傅森

深夜相思浣水邊，情懷堪恨復堪憐。雲山千里書不到，風雨一樓人獨眠。蛩帶秋聲吟壁下，鼠窺燈影出窗前。去年記得西湖上，醉倒荷花香滿船。

廢寺

白晝閒房一兩僧，山門深掩薜花青。西風不管鐘魚破，自在斜陽語塔鈴。

山中景

六月山深處，松風冷襲衣。遥知城市裏，撲面火塵飛。

徑山夜坐聞鐘

涼氣生毛骨，天高露滿空。二三十年事，一百八聲鐘。絶頂人不到，此心誰與同。凭闌發孤嘯，宿鳥起長松。

山中二絶

一聲山鳥啼，幽夢忽喚醒。起來開竹扉，日上中峰頂。

窗前瀑布寒，林外夕陽薄。清風何處來，撲撲松花落。

寄祖雍上人

破衲卷秋雲，入山深更深。似聞營梵剎，應不礙禪心。寒瀑瀉蒼壁，晚花生古林。遥思明月夜，誰聽穎師琴。

勝禪人遊廬山

飄然廬嶽去，破衲共枯藤。此地山林勝，令人肌骨清。蓮開千柄雪，瀑挂一條冰。五老如相見，煩君爲寄聲。

寄劉仲鼎山長

我已浮屠隱，君仍冷掾遊。向人空説項，何地可依劉。風雨殘燈夢，關河落木秋。近聞吟更苦，應是雪盈頭。

家則堂大參南歸

故國衣冠已變遷，靈光此際獨依然。一身幽薊三千里，兩鬢風霜十九年。歸去午橋非舊日，夢飛秋塞隔遥天。江南遺老如公少，青史名高萬古傳。

梁秀才南歸

交情方脱略，忽爾話歸期。萍水相逢處，梅花欲寄時。蠏多投店懶，馬瘦到家遲。去去西湖上，春風柳未絲。

雲屋□□善住

善住，字無住，别號雲屋，吴郡僧也。嘗居郡城之報恩寺，往來吴淞江上，與仇山村、宋子虚諸人相倡和。山村贈詩曰：「閶門北去山如畫，有日同師步翠微。」其相契可知也。所著《谷響集》近體詩若干首。子虚有《答無住師見寄》詩云：「句妙唐風在，心空漢月明。」即此可以評定其詩矣。

送人還山

偶隨流水出，閒趁白雲歸。步石苔侵屐，攀松露滴衣。

春興

冉冉春將暮，悠悠日欲殘。東風特地惡，不道杏花寒。

西齋秋夜

晚雨過江城，西齋秋氣清。夢回孤枕上，無處不蟲聲。

秋夕

孤館燈初暗，虚窗月正明。寒衣猶未補，風遞擣砧聲。

早行

拂曙駕柔櫓，溪山行幾重。雲昏不見寺，依約但聞鐘。

雨後

小園春雨後，碧草弄輕寒。花片無煩掃，新泥尚未乾。

冬夕

繁草霜嚴緑減，疏星雲盡光寒。城頭一聲畫角，月落烏啼夜闌。

福嚴卽事

村邊幾株紅樹，屋外四面青山。終日無人能到，孤雲薄暮飛還。

寄西峯隱者

煙雲出没弄晴碧，中有幽人抱禪寂。夜半巖間風雨來，松花吹滿蒼苔石。

己未夏日雜興四首

深紅淡白已隨塵，斜雨横風送却春。池上偶來聞照影，霜花吹入鬢毛新。

落盡紅芳見緑陰，小橋流水雨餘深。市樓横笛誰家子？吹得殘陽下遠岑。

纖纖碧草與階齊，濃綠陰中杜宇啼。花院晝長聽政好，帶聲飛過粉牆西。
中庭日午橘花開，蜂蝶何知故故來。一陣南薰生殿角，亂飄香雪點蒼苔。

春興二首

朔雁初歸花欲妍，江雲澹澹晚晴天。因思剪燭山窗夜，香燼雕盤尚未眠。
三月江南春日長，柳陰庭院午風涼。離懷漠漠深於海，燕子飛來語畫梁。

感舊

風雨蕭蕭送暮春，百花開盡草如茵。畫梁塵鎖簾垂地，燕子歸來不見人。

過林逸人次韻巖栖翁

花邊曾醉少年春，白首相過不厭貧。近說漢家徵詔急，西山猶有卧雲人。

晚興

浮圖寒聳碧崔嵬，煙雨冥濛晚不開。深殿已燈門欲閉，松頭巢鶴未歸來。

陽山道中二首 并序。

泰定甲子二月初九日，予與友人圓大虎遊陽山北阜。過尊相寺，聞有禪者縛屋峯頂，遂捫蘿而上，至雲泉亭，庌而飲焉，甘涼可啜。得禪者於石室中，爲予相勞苦，煮茗爲供。既而語次，殘陽已挂樹梢矣，因以二絶紀之。

一掬雲泉漱齒涼，小亭幽絶背山陽。道人自鄉峯頭住，閉户不知春日長。

雨餘春澗水争分，野雉雙飛過古墳。眼見人家住深隖，梅花繞屋不開門。

夜思

夢鵲驚飛叫不休，聲聲還繞舊枝頭。牆東一片梨花月，又逐笙歌上水樓。

寄巖栖翁

霜髭碧眼老頭陁，陋巷曾經幾度過。連月不來城裏住，只緣城外好山多。

聞角

曉角吹霜海月斜，一聲幽夢斷天涯。自非貫作沙場客，誰鄉風前不憶家。

感事

覆雨翻雲事可哀，交情誰是舊陳雷。夕陽滿地無人見，獨立風前看落梅。

送人之金陵

清遊莫憚路岐賒，但有雲山卽是家。此去鳳臺明月夜，西風腸斷《後庭花》。

宿報恩寺

淒涼塔廟幾經春，往事重思跡已陳。夜半夢回禪榻上，不知曾是寺中人。

夏日卽事

庭樹森沈晚色濃，修修寒雨滿疏鐘。白雲一片歸飛急，知宿城南若箇峯。

次韻山村先生二首

緑楊深處畫橋横，風掠平湖碧浪生。待得笙歌城郭去，苧袍笻竹自閒行。

驛亭楓樹著霜紅，天際冥冥見斷鴻。隔岸遠山青更好，澹煙斜日値秋風。

暮春雜興五首

野水浮來半落紅，不須惆悵怨東風。春歸畢竟歸何處，還在溪光柳影中。

門掩東風柳色深，暮寒脈脈透衣襟。春天最是無憑準，一日才晴一日陰。

雨入孤城草木新，香紅半逐馬蹄塵。却憐杜宇無情甚，不解迎春祇送春。

春光欲老緑陰寒，稚筍攙空已作竿。無限好山都不見，亂雲斜雨滿闌干。

紅藥花開春欲歸，緑楊陰暗燕争飛。晚來一陣東風雨，又送餘寒上客衣。

萬里江山圖

巴水沄沄巴峽青，月明客淚墮猿聲。眼中已識瞿唐路，剩水殘山懶問名。

秋興

幾夜西風葉滿苔，燕巢空在鎖塵埃。秋歸莫折黄花贈，逗到明年又再來。

春日雜興二首

野塘風緊漲漣漪，桃李春寒發尚遲。山色晚晴青不了，倚筇忘却立多時。

湘雲碎剪作春衣，步入青山映夕暉。我已無心事漁獵，野禽何事亦驚飛。

冬日偶成

清霜欲重小春天，楊柳蕭疏帶曉煙。無奈東皇苦多事，又傳春信到梅邊。

感舊

緑楊蕭瑟颭秋風，客去門閒酒琖空。夜半月明生綺席，不知誰在畫樓中。

暮春雜興

滿地槿陰野水新，粉牆額額有凝塵。一雙戲蝶來書幌，猶繞殘花覓舊春。

春杪登蘇臺

獨上高臺小凭闌，荒城寂歷水雲寬。連天芳草雨初霽，滿地落花春又殘。白髮不生還亦老，青山無事且須看。吴王伯業消磨盡，江鳥呼風野樹寒。

舟次盤門過無得院

篷窗兀坐聽鳴蟬，滿目陰雲欲雨天。山隔壞城懸落日，樹連荒驛帶蒼煙。臨流石馬何年墓？種竹人家有釣船。至老相尋能幾度，更揮青蓋訪林泉。

贈日本僧

鯨波渺渺接遥空，今古由來一葦通。斗柄夜懸常辨北，日輪朝湧始知東。車書既混文無異，爵服才分語不同。鄉路眼中應已熟，好攜包笠扣玄宗。

送日上人還吴淞

秋雲秋水兩悠悠，白首何堪動别愁。代嶺月明寒雁過，楚江木落晚禾收。夫差既賜申胥劍，勾踐難回范蠡舟。今古興亡無限事，願因歸路問沙鷗。

送人還山

茅茨抛在翠微間，即〔栗〕(粟)横肩又獨還。松樹别來巢鶴大，銅瓶歸去蟄龍閒。西風黄葉埋寒徑，落日青猿叫亂山。後夜月明誰是伴，枕前飛瀑響潺潺。

送人入杭尋弟及謁山村先生

之子難忘骨肉情，遠尋仲弟入杭城。好山半鄉舟中看，佳句多於枕上成。驛路牛羊歸暮色，江橋鼓角動秋聲。端淳耆舊今無幾，爲問湖邊老淨名。

與無照暮出西郊

閶闔城邊煙草昏，自攜禪侣過孤村。陰雲垂地鳥歸樹，寒色滿空人閉門。山徑雨餘留虎跡，野塘秋盡露潮痕。一聲牧笛前峯起，回首殘陽欲斷魂。

過石湖

十月吴皋霜露零，田家收稻滿柴扃。湖中浪擁銀花白，天末山横螺髻青。寒色亂鴉飛笠澤，夕陽衰柳並旗亭。何時覓得清遊伴，更買扁舟過洞庭。

登報恩寺閣

高閣閒登四望寬，青山極目倚雲端。水村漠漠連天遠，壠樹沈沈帶雨寒。罷馬嘶風春草徧，倦鴉歸堞夕陽殘。豈知大道平如掌，今古人間行路難。

送人之金陵

歌罷陽關酒一杯，扁舟欲上更徘徊。舒王舊院爲僧寺，後主遺宫化刼灰。北固山頭春雨過，西津渡口暮潮回。心間在處堪爲客，遮莫天涯杜宇催。

舟次江亭

歸思悠悠極渺冥，暫維舟檝並長亭。春江水暖蒲牙白，野岸煙銷柳眼青。鳴犢帶聲登廢壠，征鴻和影度遥汀。不知何處吹桐角，獨立天涯淚欲零。

月夜四首

明河如練月如弓，涼葉蕭蕭下遠空。水國正秋無過雁，苔階終夕有鳴蟲。故人自隔關河外，往信猶存篋笥中。一盞青燈伴孤寂，夢回吹殺破窗風。

漸老襟懷豈易寬，強將詩句散愁端。黄花開後重陽近，白髮生來萬事難。月老獨眠松館静，晚天清坐竹窗寒。暗塵鎖斷青琴索，指甲雖存莫可彈。

雁聲吹落五雲間，帶月柴扉夜未關。寒氣僅傷凡草木，秋風難老舊河山。孔賓好學非求隱，元亮休官爲愛閒。今古一株天上桂，近來聞説有人攀。

陰蟲切切啼秋露，涼月娟娟照夕風。鸞鳳幾曾栖枳棘，鴟鴞多是占梧桐。人皆酤酒追陶令，我獨栽蓮學遠公。堪笑當年槐國夢，黄粱未熟已成空。

京口

車聲軋軋輾紅埃，北馬南驅日夕來。淮甸雪銷江水漲，海門月上楚天開。堤邊行飯多逢柳，野外尋詩不見梅。會散金山卽歸去，春風催我上琴臺。

次韻山村先生二首

嚴陵臺下水潺湲，漠漠高風去不還。處士隱廬遺路側，永公書甕出松間。山田墝瘠民生儉，郡邑蕭條吏事閒。幾欲清遊身未遂，煙霞盤礴鬢毛斑。

定起空山尚有星，悲笳杳杳上青冥。壁間燈暗鴉啼樹，池上月涼魚闖萍。文錦薦枰風字研，綵繩穿夾梵書經。舌端解使天華墜，争似無言對翠屏。

春日至錢塘阻雨首寄山村先生

客窗燈暗曙鐘殘，泥潦從衡路未乾。滿目雲山留我好，一樓風雨見君難。湖邊雪盡梅應早，吴下春遲麥尚寒。南渡耆英久寥落，豈知猶有故衣冠。

如鏡師剪竹四竿植爲莆桃架其一適活要予賦詩遂作此以塞請云

蒼筤剪得出遥林，架就危棚近壁陰。柔蔓未垂珠落落，短梢先挺碧沈沈。月明亂影翻秋几，露冷清聲入夜琴。養取閶門表孤直，莫教容易俗塵侵。

子虚以湘竹杖惠予兼貺以詩遂依韻答之

須得山人古竹笻，節間銷盡淚痕紅。化龍定躍蒼波裏，伴鶴還騰碧漢中。踾步安危存用舍，百年前却付窮通。相應海國歸來日，繫鄉船頭取便風。

漁父

夕陽波上釣絲輕，風入蒹葭窸窣鳴。辭劍爲憐逋客難，鼓橈曾笑逐臣清。數聲竹笛湘江闊，一帽山花白髮明。南北去來人自老，幾多空抱羨魚情。

經故人所居

桃花灼灼柳依依，院落荒凉晝掩扉。石沼水乾魚逝久，杏梁巢覆燕來稀。隴頭未説人澆酒，世上先傳客賣衣。欲對東風寫離恨，郡譙吹角暮雲飛。

落梅

晴雪霏霏灑砌苔，浪蜂欲去更徘徊。空傳淡影浮歌扇，不送寒香入酒杯。隴首故人千里隔，江南驛使幾時回。翠禽莫怨高樓笛，一度春風一度開。

春晚

矮窗日月無今古，閉户争知春去來。清鏡静臨多白髮，好花閒看半蒼苔。鼉傳鼓吹池塘雨，茶展槍旗澗壑雷。海燕未回寒尚在，暮雲重疊鎖崔嵬。

苦雨

積潦横流路不分，滿空煙靄暗朝昏。烏鳶跕跕墮荒圃，風雨瀟瀟失遠村。糴米賈騰愁白屋，管絃聲沸醉朱門。無言桃李參差放，似怯春寒欲斷魂。

遣興二首

五十雖賒病見侵，閉門終日少相尋。春鶯漫逞千般語，老驥終存萬里心。花繞竹房紅作陣，柳垂莎徑翠成陰。江南三月清明後，便有蛙聲聒夜深。

身前萬事若浮塵，過眼從衡日日新。蛙黽得時多意氣，鯤鯨失水少精神。青山古木丘園晚，白鳥蒼煙浦溆春。回首吴淞興無限，島頭新漲緑粼粼。

自陽山歸舟中作

小麥青青大麥黄，澗松風急夜聲長。屩穿細路春泥滑，花落清渠野水香。嶺上獨留雲作蓋，村邊多見石爲梁。楓橋寺轉閶門近，回首西山已夕陽。

無照林亭

累土崇丘作小亭，手栽花木滿林坰。郡中高樹已全緑，屋外遠山才半青。過眼榮枯荒圃草，到頭聚散野池萍。餘生但願身長健，杖策時來對翠屏。

贈叔恭

負笈擔簦計已灰，歸來蕭寺掩莓苔。呼猿别礀曾抛果，放鶴他山得看梅。樵徑雪晴芒屩出，江橋風熟布帆開。反思身外無窮事，不直窗間水一杯。

山中

寂寥空谷久相容，行道何須向别峯。山腹引泉因煮茗，嶺頭乘雨爲栽松。倚天傑閣巢靈鶴，徹海澄潭卧毒龍。樵客豈能知住處，草堂終日白雲封。

秋居

栖遲寄窮巷，不異住荒村。寒草生枯樹，秋苔上敗垣。衆山皆繞郭，一水獨當門。抱甕非吾事，乘閒學灌園。

秋日野望

寂歷村橋畔，夷猶野望時。路長征騎疾，風定去帆遲。城晚牛羊下，天秋草木衰。數聲何處笛，渺渺隔煙吹。

贈隱者

生無軒冕志，老不釋漁竿。對食慚周粟，紉衣尚楚蘭。江城猶雨雪，花柳政春寒。窮達皆由命，初非行路難。

鄧隱君牧

標格類孤鶴，翩然獨往還。彈琴坐白石，把酒看青山。鬢髮經年改，身心竟日閒。料知塵世事，無復得相關。

送人之冷泉

茲游無伴侶，遠樹獨依依。日落征帆急，天寒過客稀。斷雲隨竹錫，殘雪照麻衣。應渡西湖去，聞鐘入翠微。

荆軻

壯氣干牛斗，孤懷凜雪霜。只知酬太子，不道負田光。易水悲歌歇，秦庭俠骨香。千金求匕首，身後竟茫茫。

楊花

池塘春欲暮，散漫復霏微。未得爲萍去，先來作雪飛。帶泥粘燕嘴，和雨點人衣。鄉晚東風急，飄零無所歸。

送白雲之鄞

澤國東南郡，迢迢接會稽。人煙逢海斷，山木與雲齊。夜汲分波月，晨征候店鷄。却愁孤錫返，草暗竹房西。

歲晚二首

蘭若依城市，蕭條門巷深。夜闌春漏斷，窗近曉寒侵。書幌無燈火，禪堂有磬音。幾番清梵罷，紅日上遥林。

陋巷寡輪鞅，開門對翠屏。冰銷春水緑，雲盡晚山青。娟娟來孤遂，熒熒見小星。亂鴉栖已定，猶自步閒庭。

蟋蟀

西風吹蟋蟀，切切動哀音。易入愁人耳，難驚懶婦心。寒燈孤館外，秋雨古城陰。聽極無由寐，終宵費苦吟。

宿山寺次韻子封先生 國

暝投雲際寺，深殿一燈微。海底月已出，山中僧未歸。澗聲經雨急，林影入秋稀。明發尋征道，還愁露溼衣。

寄友生

分違若未久，相憶似多時。後會將何日，重來預作期。夕風翻急浪，寒月墮高枝。寄語同人説，詩翁鬢已絲。

晚望懷巖栖翁

晚望荒臺上，孤筇手自持。柳條擎雪重，溪鳥遡風遲。枯草春還發，陰雲凍不移。何當高世者，來此共題詩。

次韻子封先生答山中僧

名山不肯住，自欲老深雲。鑿翠通虛牖，鋤荒出壞墳。花開留客醉，果熟與猿分。更莫逃幽隱，音書難重聞。

寄中峯長老

中峯峯頂寺，長憶舊游時。雲暝鶴歸急，山深月到遲。亂藤懸雨壁，壞帛挂風枝。終亦攜瓶錫，相從支遁師。寺，晉支遁禪師道場。

隕葉

霜後色初變，風高始亂零。和雲流遠澗，雜雨下空庭。掃處兼僧影，燒時帶鶴翎。翻思在春日，繞屋政青青。

送中上人歸里

相留已無計，欲別手重攜。客路連愁遠，鄉山入望低。野花秋寂歷，江草晚淒迷。舊隱重歸日，寒蟄夜夜啼。

秋夜獨坐

解帶坐盤石，翛然四體輕。夜涼蛩語細，天淨月華清。孤燭明深殿，哀笳起廢城。寥寥塵境外，誰識此時情。

次韻登石城

振策登危堞，東風雁北歸。清江愁外闊，遠樹望中微。草色和煙重，鶯聲帶雨稀。緬懷千古事，客淚墮麻衣。

寄宋子虚

儒釋門雖異，詩書味頗同。有心依澗壑，無意謁王公。午鼎篆煙碧，夜燈花穗紅。曾聞少年日，幾度過遼東。

嘉定顯慶寺

艤櫂逢精舍，松扉晝不扃。暮雲兼雨黑，寒樹帶煙青。鳥散庭還静，龍歸水自靈。徘徊未能去，石塔語風鈴。

餘生

短鬢霜侵久，餘生懶問交。愛閒忘俯仰，養静倦推敲。花露懸蛛網，芹泥落燕巢。有時幽興劇，扶杖出衡茆。

秋懷四首

涼風動寥廓，庭下草初黄。病骨知寒早，愁懷覺夜長。孤城淹歲月，重露迫衣裳。黑髮渾無幾，尤宜事退藏。

砌冷候蟲急，燈昏幽夢長。秋風吹草木，天氣入淒涼。門掩荒城月，鴉啼古堞霜。無成今白首，身世轉堪傷。

磵曲獨盤旋，人間事屢遷。艱難銷壯志，衰朽惜殘年。世有還珠浦，生無種玉田。歸來華表鶴，亦勸學金仙。

抱景坐虛室，翛然誰與同。像金輝夕燭，檻鐵響天風。汛大潮應滿，林深葉未空。江南秋欲老，腸斷北來鴻。

錢唐感舊

江山王氣終，江水自流東。鐘鼓傳新寺，煙花失故宫。龍亡靈沼竭，鳳去寢園空。殘月西風夜，無人倚井桐。

陪山村先生白提舉宅清集

展席當清晝，凭軒野思饒。苔隨屐齒陷，雪入酒杯消。看竹鶴先舞，彈琴梅自飄。風流餘二老，相對話前朝。

盆竹

瓦缶不多土，娟娟枝葉蕃。豈知幺鳳尾，元是古龍孫。蒼雪灑禪榻，細香浮酒尊。王猷來此見，應亦爲銷魂。

舟次吴江

客路渺無際，崎嶇何日平。積煙迷遠樹，殘照下荒城。水宿先歸港，朝行暗計程。長橋知漸近，笳鼓隔林鳴。

寶帶橋

運得他山石，還將石作梁。直從隄上去，横跨水中央。白鷺下秋色，蒼龍浮夕陽。濤聲當夜起，併入榜歌長。

雲屋詩極多秀句，五言如：「古澗流寒碧，幽花墮晚紅。」「雨聲寒繞樹，野色静連山。」「林静鳥窺室，泉清魚避人。」「倚松山衲逕，洗藥野泉香。」「樹枯生意静，僧老道心多。」「城鴉歸晚色，庭樹入秋風。」「片月生松頂，孤泉出石根。」七言如：「野岸燒煙添柳色，敗垣春雨長苔衣。」「幽鳥帶雲歸樹宿，清鐘和月出樓鳴。」「木葉暗隨鄰杵落，草蟲寒並夜牀吟。」「白鳥不知吴苑廢，青山曾見越兵來。」「江郭雨昏山色古，柳橋風暖鳥聲春。」其論詩云：「典雅始成唐句法，粗豪終有宋人風。」知其格調有自來也。

蒲室禪師大訢

大訢，字笑隱，南昌陳氏子。家世業儒，去而學佛，得法於晦機熙公。卓錫杭之鳳山，遷中天竺。文宗自金陵入正大統，命以潛邸之舊，爲龍翔集慶寺。召訢於杭州，授太中大夫，主寺事，設官隸之。所著有《蒲室集》十五卷，虞邵菴序之，謂訢公以説法之餘事爲文，莫之能禦。吸江海於硯席，肆風雲於筆端，一坐十年，以應四方來者之求，殆無虚日。鏗宏軒昂，感厲奮激，老於文者，不能過也。歐陽圭齋之序蒲菴復公也，亦曰：由唐至宋，大覺璉公、明教嵩公、覺範洪公，以雄詞妙論，大弘其道於江海之間。一時老師宿儒，莫不斂衽歎服。皇元開國，若天隱至公、晦機熙公，倡斯文於東南，一洗咸淳之陋。趙孟頫、袁桷諸先輩，委心而納交焉。晦機之徒，笑隱訢公尤爲雄傑。其文，太史虞集嘗序之矣。訢公既寂，叢林莫不爲斯文之慨豫章見心復公以敏悟之資，發爲辭章，遡而上之，卓然並驅於嵩璉諸師無愧也。圭齋次論諸禪老之文，最爲明悉，而推重訢公如此。明洪武初，復公與蒲室之徒全室泐公，同以高僧見召。已見於錢牧齋《列朝詩集》，故不具載。

期石室不至

風水不可期，知君定來否？何處唱歌聲，月明大谿口。

送暉東陽往江西省佛智師

故家西江上，遊子未成歸。而我豈不懷，所慚志多違。十五知好道，從師別庭闈。埸來苕上寺，遭時蹈危機。秋風走淮甸，晏歲東海涯。交情無厚親，面諾心已非。感子始終意，見我無瑕疵。愛惡有妍醜，人孰不自知。目覩凌雲質，自足爲我規。況同早入室，甚知多令儀。前年黨禍作，衆潰如星馳。老師卧一室，四海浮雲悲。我時闕服役，賴子能扶持。子去我始至，曾不慰渴飢。遂令八十翁，落日鄉土思。别來鞠再華，田圃霜露滋。窮檐白日晚，苦心徒爾疲。感激子遂行，信有天下奇。草堂白頭親，有弟供甘肥。敢忘師道尊，恩義無或虧。意氣重然諾，爲道況孜孜。神機不停佇，天馬脱羈羈。能不念離索，潦倒成荒嬉。尺書豈無郵，問謁多愧辭。我有心與目，孰不爲鳶鴟。母老家亦殫，弟妹貧賤離。長絶伯父恩，骨朽葬無資。天誅不可道，何用涕交頤。因子感我私，聽歌行步遲。誓言如白水，我歸豈無期。

梁楷田樂圖

作勞田中歸，酒味薄可漉。人生一醉飽，良不負吾腹。牽攜影參差，歌吹非有曲。流風一胥靡，此樂不可復。吾人孰非古，亦有心與目。封倫恨不留，重睹貞觀俗。昔在唐虞世，苗民有不服。地墝知良農，畜瘠求善牧。願持畫史心，獻君比和玉。朝來愧斯圖，惻愴意未足。

顔暉猿

峽冬拖長冰，崖滑如積鐵。客子涕縱横，悲猿助嗚咽。仰視浮雲崩，再聽蒼石裂。不畏行路難，但感芳年歇。

索士巖都事赴淛東僉憲以疾不能送作詩寄别　絶筆。

鯤鵬雖鉅物，爲瑞不如鳳。五金利而堅，良玉世所重。古來德輔時，不必趨俗用。公德配古人，文藝復掩衆。前驅失班揚，後顧無屈宋。譬之武事嚴，萬甲卷轂雍。往年試春闈，對策天威動。烈風挾長波，電影掠飛鞚。稱此衣繡榮，人品賴甄綜。任衆難獨專，榱桷雜楹棟。分憲得問俗，施惠徵前痛。積水散鳧鷖，良疇没菰葑。飛章擇守令，邦賦足輸貢。懷德民不欺，率教童知誦。平生許經濟，無由預賓從。方外亦何有？天地一空洞。所慚世網嬰，不虞禍機中。車僨長途暮，舟膠哀壑凍。甘澤被污萊，巨照燭昏瞢。乞退悔苦晚，誰無鉢飯供。願從金華山，芋區荒可種。更憐蘇長公，忍别阻追送。短歌愧知己，空懷好音哢。

月支王頭飲器歌

呼韓款塞稱藩臣，已知絶漠無王庭。馳突猶誇漢使者，縱馬夜出居延城。我有飲器非飲酒，開函視之萬鬼走。世世無忘冒頓功，月支强王頭在手。帳下朔風吹酒寒，凝酥點雪紅爛斑。想見長纓繫馬上，髑髏濺血如奔湍。手麾欲回斗杓轉，河决崑崙注尊滿。酒酣劍吼浮雲悲，使者辭歡歸就館。古稱尊俎備獻酬，孰知盟誓生戈矛。斬取樓蘭懸漢闕，功臣猶數義陽侯。

曹娥江讀碑圖

海門五月潮如山，龍伯奰屓蒼蛟頑。越俗輕生好巫鬼，婆娑蹋舞洪濤間。羣巫姣服盱獨好，歌聲忽絶紅旗倒。孝娥死抱父屍出，天地無情日杲杲。雄詞不愧邯鄲兒，萬金莫購中郎題。碑陰八字非隱語，德祖有智如滑稽。豈是阿瞞不解此，感愧上馬歸路迷。女德猶能奮其節，壯夫氣吐萬丈霓。奸雄復欲欺後世，白頭猶愛漢征西。丹青似是董狐筆，千年要與竹帛齊。娥江新廟照江水，可憐銅爵草萋萋。

太白觀瀑布圖

我本白雲人，見山每回首。披圖得松泉，感我塵埃久。我家只在九江口，從此扁舟到牛斗。翻愁天上銀濤堆，石轉雲崩萬雷吼。水行地底不上天，龍泓豈與滄溟連。風葉無聲飛鳥絶，月光雲影天茫然。丈人何來自空谷，謫仙招隱當不辱。林梢噴雪舞飛華，尚想隨風唾珠玉。馬首青山如唤人，歸來好及松華春。泉香入新釀，解公頭上巾。今者孰不樂，荒墳委荆榛。遂令畫師意，萬古留酸辛。酸辛復何益，東海飛紅塵。

駿馬圖

世無伯樂亦久矣，駿馬何由千里至。披圖猶似得權奇，豈伊畫師知馬意。何人致此鐵色驪，旋毛繞腹新鑿蹄。帝閑遠謫天駟下，馳來月窟浮雲低。古王有土數千里，八極周遊寧用爾。方今萬國效奔命，合遣龍媒獻天子。飈馳電没争辟易，萬里所向無前敵。男兒馬上定乾坤，腐儒詩書果何益。幾愁骨折青海煙，黄沙野雪穹廬前。幸逢好事寫真傳，似向長鳴誰與憐。嗟我身如倦飛鳥，十年繭足愁山川。安得千金購神駿，攬轡欲盡東南天。

初發金陵夜泊龍灣寄茅山道士李方外

人生不必行萬里，亦不願讀萬卷書。願爲茅山十日客，山僧坐列羣仙圖。大風揚旗出天闕，小峯萬馬争奔趨。俄頃波濤忽破碎，木末飛上金畢逋。青書晝馳壇室静，玉鞭夜擊聞傳呼。去年獨宿丹井下，天風拂地迎麻姑。今年許入玉柱洞，誰遣旅食隨檣烏。懷人弔古夜寂寞，寒江落月號猩鼯。祖龍埋金王氣歇，梁宫晉苑沈煙蕪。想見雲龍映朝日，山中宰相良非迂。

會曹伯珪

故人乍見如生面，良久熟視仍驚呼。六年怪我憂患餘，不應豐美如瓠壺。煖湯濯足敷座坐，呼童爨玉羹土酥。攜過雙林謁大士，天華吹墮紅氍毹。斷穗清霜農圃淨，寒鴉落木漁村孤。從遊復恨冬日短，張燈待月松堂虚。淵明不入惠遠社，杜子頗是贊公徒。彼皆艱難困生理，好事豈有此樂且。曹君曹君慎勿疏，他年念我專壑居。夜來奇夢果有徵，乘風萬里雲龍趨。

送張清夫 并序。

清夫吴江人，爲其友袁通甫收遺文來錢唐，作歌送别。

袁子平生妙斲輪，未必俱化隨埃塵。十年讀詩不相識，斯文義與骨肉親。徧搜遺稿走江城，吴人往往未知名。錢唐晚值張公子，爲我開篋金石鳴。昌歜尚須論所好，惜哉已往空戀嫪。況有張公德業崇，訢也敢不攄懷抱。去年湖陰三日雨，飢吟待旦聽五鼓。風水愁催晝鷁飛，松杉喜作龍虯舞。别後寄書能幾回，搴裳有約今雨來。高歌擊節孰不樂，空山井塌生秋苔。王門曳裾三十載，只今鬢影霜皚皚。風流何止一丘壑，置之煒煒黄金臺。

曹伯珪築室曰桂齋戲作俳偕體

阿仙騎蟾白銀闕，醉折秋華餐玉屑。《霓裳》曲散墮清塵，涼夜素娥悲白髮。玉輪碾香空翠寒，流光萬里君合歡。大星漸低海色白，高齋翠影空團團。萬卷芳心期厚地，憔悴秋香忍相棄。百年若使富貴羈，淮南小山歸不歸。

送趙公子去疾侍平章魯公歸蜀

所羡還鄉樂，兹行得侍親。魯公黄閣舊，宣詔紫泥新。給傳舟車備，承筐玉幣陳。會靈奔岳瀆，移次動星辰。父老懷遺愛，朝廷眷大臣。百年輕重計，一舸去留身。子職共承重，親知囑諭諄。行庖供膳早，張燕進觴頻。寶瑟調銀甲，琱盤膾玉鱗。雲林還弔古，風物獨傷神。地勢金城壯，山光錦浪勻。江暄初上峽，樹遠欲通秦。牛女天河夜，魚龍野水春。豐碑臨贔屓，高冢撫麒麟。側聽歌淇澳，猶聞起渭濱。上尊羅甲帳，仙仗擁蒲輪。朽櫟依瓊樹，飛華戀錦茵。峨眉尋舊約，谷口卜勞鄰。願結香山社，終陪綠野賓。相期無遠別，萬里月隨人。

次韻張夢臣侍御遊蔣山五十韻

勝遊還送客，秋日淨郊原。別酒歡逾洽，行廚禮不煩。楓林生晚吹，鞠沼媚晨暾。滿座金貂貴，斯人玉雪温。絲綸承異渥，黼黻進嘉言。宥密皇猷重，才華大雅渾。披雲簾挂玉，前席錦爲墩。接武夔龍地，冥懷雁鶩村。外臺分重寄，南服占名藩。登麥初横槊，迎春及賜旛。憑高荒壤没，弔古斷碑昏。種竹期招鳳，尋僧共聽猿。洞呀獰蟒化，海立怒鵬騫。珠鈿沉胥井，金鋪委壞垣。國初遺老在，江表故家蕃。及物多膏澤，爲邦固本根。化行民自信，身退道彌尊。美俗時丕變，吾人溺可援。山川還寂寞，歲月去翩翻。廢館弦聲絶，虚龕繪像存。苔斑飢鼠走，梅卧野蜂屯。除道看驄馬，來儀集采鸞。傳呼驚鹿鋌，笑語答江暄。撫迹多遺恨，懷人欲斷魂。馭風寧有待，斲堊妙無痕。師表儒林盛，賢勞王事敦。不求金躍冶，但愛土爲墳。陳實徒祠雉，柏温苦化黿。青山隨地好，朱實著霜繁。克味和椒桂，同馨佩芷蓀。衡廬肩可拍，參井手先捫。説劍雙龍吼，揮毫萬馬奔。築臺先自隗，學圃恥如樊。破衲多年冷，窮檐傍午暄。不才甘朽櫟，何幸枉高軒。蕪穢煩芟制，泥塗賴力掀。班揚鋒遠避，屈賈氣還吞。舉世懷燕石，惟吾重魯璠。三光開渾沌，萬派出崑崙。喜接東山屐，叨陪北海尊。辱知縈篚帛，懷德報壺飧。多稼欣逢歲，嘉蔬更滿園。雲霄翔鸛鶴，溟渤偃鯨鯤。寒士勤噓拂，諸生淑討論。望塵趨末路，立雪候重閽。緣忝三生舊，心冥萬化元。棠陰思召伯，柳色憶王孫。精衞慚填海，神鰲力負坤。他時愁遠別，此意竟難諼。嵩華相從去，重窺玉女盆。

述懷送觀空海歸臨川七十韻

幼慕空門貴，高蹤世可遺。功名輕閥閱，塵土豈磷緇。澄觀難居俗，湯〔沐〕（休）不廢詩。三生猶有習，四海豈無師。身去江湖遠，山空雷雨垂。諸方驚老宿，同舍走羣兒。素味平生願，居然會面期。解牛須肯綮，相馬必權奇。壯業期軒輊，新功日倍蓰。氣豪空虎穴，戰勝失魚麗。五載靈谿寺，千章白雪祠。清遊忘旦暮，物論不瑕疵。奎畫前朝祕，清霜古佛規。巖空狐有塔，山古寺無基。松燎供宵讀，芹香助午炊。凍泥蛙似蟹，春雨菌如芝。遠客愁猿狖，村童抱鹿麛。雲藏吴猛廟，雷護柳公碑。物色紛難數，雄材應接疲。願終盤谷隱，恥事北山移。未覺歡娛盡，深蒙造物私。寒巖徒刻畫，元氣忽淋漓。共喜師門盛，何嗟友道睽。青山吴甸没，白水楚天涯。落日三年望，浮雲兩地思。驛書勞白雁，貞信卜玄龜。果爾期鷄黍，同心感鐵鎡。羣公來雜遝，餘子去委蛇。風日矜神駿，雲霄刷羽儀。古今存道統，師友得綱維。今代誰潛子，宗門一器之。聯芳端不忝，清要合如斯。自許奔流象，何知測海蠡。

芟夷開樸樕，洗滌脱瘡痍。弔古多閒暇，登臨甚忸怩。山河秦百二，宫闕漢罘罳。黄壤侵銅狄，春風動兔葵。林蘇俱異物，標畫不同時。志大交難合，歌長聲愈悲。近人山擁座，照席月臨池。正擬追金玉，方將脱羇縻。不才還涉世，中道遂分岐。相失嗟狼狽，無謀哂鶺鴒。交情淡於水，真味美如飴。衣綻寒分絮，囊空遠貸貲。鴿原兄弟急，犴獄簡書疑。仁者應無敵，將軍自數奇。波濤孤梗汎，風雨一巢危。亡命憐張儉，逃生愧范雎。百年俱繾綣，千里許驅馳。誓欲同生死，那能顧渴飢。推恩豈望報，非德竟何爲。吾道懸孤注，叢林尖一夔。老師甘屏棄，弟子頌期頤。逝水歸東壑，流光及崦嵫。空餘匠石斲，誰善宰夫胹。行獨招羣忌，名高得謗隨。長鳴悲病鶴，老氣卧孤羆。入室猶横榻，承顔或奉匜。樓孤金驛遠，河直玉繩攲。未厭從師樂，其如念母慈。江雲連穲稏，山雪溼茅茨。短世驚炊黍，成功付覆棋。何曾犀首貴，空作虎頭癡。白日真成去，青春有别離。風煙辭北固，江漢抱南箕。浪穩饞蛟睡，天長白鳥遲。鄉關迷遠近，雲樹暗參差。幸喜收蠻獠，於今静鼓鼙。詩成須數寄，清響播塤篪。

送何彦敬赴山東憲幕

風物中州美，人材聖代優。恢恢光岳合，肅肅羽儀修。省署千官盛，臺綱衆目收。諸公多汲黯，文掾獨何休。健筆回天險，精機洞鬼幽。霆奔羣蟄奮，鼇負五山浮。責己常存恕，知人庶寡尤。平生周禮樂，後世魯春秋。西極銷鋒鏑，坤維得綴旒。元功推衛霍，首罪竄共兜。陳寶無祠雉，桃林已放牛。九天行日月，一命重山丘。幕府非閒散，山東且勝遊。飇車馳羽檄，霜刃避吴鉤。白下諸侯酒，淮南使者舟。

風清捎退鷁，月冷動潛虯。歷數無雙士，誰爲第一流？託交慚素昧，道術得相求。塵土緇衣涴，山林白髮羞。送君因有感，暮色起滄洲。

佛智師歸仰山

早發扶輿拜，燈明愛白頭。故鄉元自好，游子獨淹留。壯業真何用，孤懷未忍休。始終存衆望，不敢畏離憂。

送張用鼎遊燕南

天上知名久，由來漢客星。江湖歌《白雪》，風露滿青冥。巴蜀須傳檄，燕山待勒銘。壯夫期遠大，不獨抱遺經。

次韻寧宣尉

將門三葉貴，古劍削霜硎。霧卷烏蠻淨，風生碧海清。投壺驚甲帳，飛墨動雲屏。未愜清遊興，松房聽雨聲。

送別

沙鳥高低語，江雲斷續飛。青山攜手別，秋日故人稀。落落芳心在，悠悠昨夢非。歌長不用續，鯨浪暗吹衣。

庚午秋過淮安

百感何嗟及，行人過楚州。笛聲今夜月，雲物向時秋。古驛依城住，長河傍海流。天王南狩日，曾此駐鳴騶。

過淮河口

水次千家市，蠻商聚百艘。揚徐元接壤，河泗此交流。乘傳陪天使，浮杯任海漚。夜涼瞻斗柄，想見上林秋。

送薩天錫照磨赴燕南憲幕

蕭寺留詩別，高懷不負公。江聲元自急，山勢古來雄。下榻疏鐘雨，登臺落木風。重來無幾日，除道避乘驄。

楊執中幼與予同舍自予去鄉里一別四十五年矣乍見俱不相識承惠詩二首次韻謝之

勛業雙蓬鬢，江湖萬里心。扣舷山月近，攲枕夜濤深。多士懷東觀，何人賦《上林》？只將絃上趣，《白雪》寫遺音。

青衿巷南北，鷄犬識比鄰。驟面初疑夢，論交晚覺親。文章元有命，耕釣豈無人。老矣非吾願，滄洲合問津。

次韻奉答吴可堂左丞致政寓九江見貽

晚節陶元亮，平生賀季真。鷄豚栗里社，賓客午橋春。風物三生夢，功名百歲身。種蓮毋負約，金地不生塵。

萬歲山

蜿蜒金翠倚青冥，虚谷時傳萬歲聲。葆羽毿旓雲氣溼，玉龍鱗甲夜寒生。關河拱挹皇居壯，宫殿深嚴聖慮清。自愧山林麋鹿性，也隨鵷鷺到承明。

黄河阻風

九域重尋禹跡荒，喜聽懸水夜浪浪。中原迤邐河流壯，元氣汪洋地脈長。萬里風雲來黯澹，五更星斗下光芒。我行不有神靈助，風送天香自帝傍。

高彦敬尚書墨竹

西域高侯自愛山，此君冰雪故相看。蒼梧帝子秋風淚，翠袖佳人日暮寒。妙處寧論鐵鉤鎖，深情莫報翠琅玕。誅茅何處陰厓底，静看梢頭玉露漙。

送郭幹卿學士赴奎章閣次趙魯公韻二首

歲晏俄聞上國行，安車可是暮年情。早朝翠霧霑衣溼，夜直銀河入坐清。社稷憂勤霜鬢短，江湖歸夢釣絲輕。相攜不盡丁寧語，歌斷驪駒白下城。

短褐寧陪衣繡行，相忘道術愧深情。光分玉樹精神合，氣肅金盤沆瀣清。孤鳳遠歸阿閣晚，六鼇浮去五山輕。微踪亦與扁舟約，煙水南詢第幾城。

次韻王繼學侍御金陵雜詠十首 録六。

新到建業

江表風流辱寵臨，青山無恙只如今。高陵雲合遺金化，秋浦涼生古玉沈。吏散圖書齋閣靜，公餘女樂後堂深。題詩石壁山靈護，莫遣春風薜荔侵。

東窗看山

微茫翠浪瀉青瑶，木末斜分鳥道遥。雲斂江亭初過雨，月明津樹欲生潮。崖根橘柚知誰種？礀曲茅茨許共樵。不羨東山攜妓看，堆盤鱠玉映紅綃。

忠勤樓

自負東南一劍橫，故膺宸翰錫嘉名。帛書峴首愁歸雁，鼙鼓江心吼怒鯨。落木叢祠孤淚墮，西風長笛壯心驚。奸雄欺國真兒戲，只比藏鉤謾鬭贏。

獨坐君子堂 繼學嘗師鄧善之，鄧綿州人也。

海上歸來鬢未霜，登臨應不愧斯堂。風生葆羽迎仙蓋，華散氍毹供佛香。江上蘼蕪隨意綠，雨中新樹過人〔長〕。綿州學士深埋玉，淚溼遺編可得忘。

賞心亭

碌碌從人愧抱關，賞心應共鶴飛還。孤舟野水東西渡，落日長淮遠近山。神鼓乍喧香霧合，賓筵初散綠陰閒。相思咫尺長相隔，一似河流九曲灣。

潛宫

御榻當年小殿西，龍光照地起虹霓。蓬萊珠館珊瑚樹，夜月瑶臺白玉梯。甲帳列營環衛密，龜茲按拍蹋歌齊。代來故事憑誰紀？只有年年杜宇啼。

次韻馬昂夫總管飲仙橋詩

鐵鎖高懸隔杳冥，仙橋有路上瑶京。夜涼暗覺潛蛟動，曉色微看素練平。坤極尚遺神禹力，山靈空識祖龍名。爛柯舊事憑誰問？石柱題詩薜荔生。

次韻吴閒閒宗師贈茅山徐真人

當年野服謾朝天，不羨稽山賀老船。翠蜃夜蟠金井月，采鸞朝下玉爐煙。俄聞劫燒嗟灰墨，還見宫城慶醴泉。莫道仙人無白髮，步虚聲裏又年年。

次韻薩天錫臺郎賦三益堂芙蓉

華開未覺早霜殘，留伴仙人酒半闌。翡翠巢空秋浦淨，落霞飛盡暮江寒。玉真對月啼雙頰，楚袖迎風舞《七盤》。持向毘耶聽説法，病翁元作色空看。

次韻王伯循僉事將上江東留别

江南江北白雲秋，隨分高情且宦遊。醉著氍毹歸月下，夢披葭葦釣槎頭。光生玉宇秋先見，氣肅銀河夜不收。明日繡衣終遠别，看山不盡更登樓。

謝郭道淵以詩慶住新寺

住近城南尺五天，眼看金屋會羣仙。雲霞海上無三島，風月人間即四禪。父老多情思沛邑，從官有意賦《甘泉》。恩波不獨新蘭若，麟鳳呈祥五百年。

次韻答曹德昭臺郎見寄

華壓雕闌護玉墀，光涵珠網耀摩尼。室空誰問維摩病，才絶徒憐顧愷癡。塵土污人思自奮，雲霄舉翮欲何之。期君臺閣鵷鸞集，濯濯清風慰所知。

仲實復和見貽勉答

佛國親登七寶墀，見超無見總持尼。情塵空盡還同俗，結習都忘不斷癡。東嶺雲歸招共宿，北山鶴怨任他之。吾徒未識毘耶老，衣染天華不自知。

米元暉江山秋晚圖

紅樹宜秋晚，澄江媚落暉。扁舟如喚我，莫待白頭歸。

畫牛

草煖犢子肥，牧閒牛耳溼。誰知荷蓑翁，風雨租税急。

次韻答石室元晦二首

不審往來相熟未，青衣迎棹慣看人。糗餈分餉家家似，薯蕷炊香頓頓新。

貝闕羣仙羅玉質，也知天上足金銀。深慚造物相料理，巖穴偏宜槁木身。

次韻答熊以善秀才

陛堂齊赴鼓隆隆，獨著儒衣謁懶融。也勝朝回隨雁起，西風千騎過雲中。

古廟折碑圖

古廟殘碑野水村，行人回首暗消魂。遥天何許孤雲没，不盡青山萬馬奔。

虞伯生學士以五詩贈一上人蒙見及一公將歸蜀謁趙魯公次韻二首

醉罷蒲萄金叵羅，散華方丈寫伽陀。扁舟許我從公去，浩蕩江漚萬里波。

魯國數年書疏斷，每思高會聽雲和。别時有約終相見，綿竹江頭雨一蓑。

舟至通州夜雨大作

明日京華拂面塵，穹廬如雪馬如雲。雨聲未忍孤篷别，故遣蕭蕭枕上聞。

次韻送寥天與

楚江送客暮帆開，眼底何人識異材。後夜月明潮又滿，青山空繞雨華臺。

孤嶼圖爲雁山德長老題

澹煙疏樹月朦朧，路隔寒潮斷復通。添箇茅庵分我住，明年飛錫海門東。

秋夜同太原張翥仲舉永嘉李孝光季和龍翔寺聯句

先皇日潛邸，梵宫冠東南。金碧麗紺宇，翥。旌幢覆瓊檻。六龍駐神馭，光。百靈護鸞驂。地蟠龍虎氣，訢。殿擁貂蟬簪。文石露篆古，翥。化城天樂酣。杏梁虹飲渚，光。壁甃蟾生潭。複道星辰直，訢。觚稜煙霧含。浮圖琅璫語，翥。藻井罘罳函。曾暉攫鐵鳳，光。清旭眩冰蠶。望氣芒碭遠，訢。問道崆峒嵁。御牀塵宛宛，翥。仙仗華毵毵。珠襦鎖玉柙，光。猊座涌寶龕。遺弓泣父老，訢。執豆奔侯男。衣冠閟原廟，翥。矛戟圜精藍。憑几歔末訓，光。銘鼎紀玄譚。聖祚萬世啓，訢。法筵諸佛參。貝翻譯經六，翥。圖繪笑像三。華鬘衆唄作，光。象教一嘿諳。猿鶴驚此客，訢。林磵洗餘慚。齋厨飯香靄，翥。暝閣鐘聲韽。錦薦渴獸抉，光。礎琚雕虎眈。洒掃愧無補，訢。倡酬知匪堪。燥吻茗屢沃，翥。苦心策頻探。焚膏續迅晷，光。卷簾納霏嵐。氍毹月采淨，訢。鑿落雲液甘。風籟摐古柏，翥。秋陰挾高枏。户牖蜂脾矗，光。丹青海波涵。社中合陶謝，訢。方外師瞿昙。息影了虛寂，翥。栖禪屏癡貪。苾蒭交析聖，光。伊蒲不盈甔。心同略形跡，訢。累遣忘憂惔。錦雉絡扇羽，翥。赤螭銜劍鐔。毚豪走奰屓，光。麈尾揮鬖髿。堅壘避屈賈，訢。陋邦敵吴郯。韻劇魔膽落，句雄神力擔。擁鼻極營度，翥。刺手勞鉤撏。棫篚遞銀鹿，蠹葉剔白蟫。幢鐙粟蠢蠢，光。鼎香穗毿毿。山河入帝網，天人繞優曇。訢。境勝情自曠，理超思彌覃。光。雲卧委巾舄，雨歸借簑籃。翥。報章愧木李，留帖踰黄柑。訢。話言諒所慕，沾醉詎可妉。光。捧席白足慧，翥。觸屏蒼頭憨。訢。偏袒嚴肩聳，光。鏤匡鑢耳儋。翥。吾我涉誕謾，訢。爾汝志詀諵。翥。罇發粟穰厚，色湍醪味醰。光。剪韭差可芼，食魚更須泔。翥。青谿涣以瀏，蔣陵閒其硆。訢。兹事付千載，相期結廬庵。翥。

石屋禪師清珙

清珙，字石屋，常熟温氏子。首參高峰，後嗣法于及菴信禪師，住當湖之福源。嘗作偈曰：「拾得斷麻穿破衲，不知身在寂寥中。」退居霅溪之西曰天湖，吟諷其間以自適。至正間，朝廷聞其名，降香幣旌異，賜金襴衣。壬辰秋示寂。所著有《石屋詩》，其自敍曰：余山林多暇，瞌睡之餘，偶成偈語，紙墨少便，不復記録。雲衲禪人請書之，蓋欲知我山中趣向耳。于是隨意走筆，不覺盈帙，掩而歸之，慎勿以此爲歌詠之助，當須參究其意，則有激焉。其詩有云：「天湖水湛琉璃碧，霞霧山圍錦障紅。觸目本來成現事，何須叉手問禪翁。」及菴嘗語衆曰：此子乃法海中透網金鱗也。

山中天湖卜居二首

林木長新葉，遶屋清陰多。深草没塵迹，隔山聽樵歌。自耕復自種，側笠披青蓑。好雨及時來，活我新栽禾。遊目周宇宙，物物皆消磨。既善解空理，不樂還如何。

月來照我門，風來吹我襟。勸君石上坐，聽我山中吟。玄鬢化爲雪，朝光成夕陰。萬事草頭露，豈得長如今。

天湖卜居

晴明無事登霞峰，伸眉極望開心胸。太湖萬頃白瀲灩，洞庭兩點青濛茸。初疑仙子始綰角，碧紗帽子參差籠。又疑天女來獻花，玉盤捧出雙芙蓉。明知此境俱幻妄，對此悠然心未終。徘徊不忍便歸去，夕陽又轉山頭松。

溪巖雜詠 録六。

道人緣慮盡，觸目是心光。何處碧桃謝，滿谿流水香。草深蛇性悦，日暖蝶心狂。曾見樵翁說，雲邊雪畫房。

一钁足生涯，居山道者家。有功惟種竹，無暇莫栽花。水碓夜舂米，竹籠春焙茶。人間在何處？隱隱見桑麻。

山廚修午供，泉白似銀漿。羹熟筍鞭爛，飯炊粳米香。油煎青頂蕈，醋煮紫芽薑。百味皆難及，何須說上方。

紅日半銜山，柴門便掩關。綠蒲眠蓐軟，白木枕頭彎。松月來先照，溪雲出未還。迢迢清夜夢，不肯到人間。

扶杖入松林，閒行上翠岑。鶴羣銜鵲散，樹影落溪沈。野果棘難採，藥苗香易尋。滄煙斜日暮，紅葉半巖陰。

結草便爲庵，年年用覆苫。紙窗松葉暗，竹屋蘚花粘。麥飯惟饒火，藜羹不點鹽。生涯隨分過，誰管世人嫌。

閒詠　録十二。

吾家住在霅溪西，水滿天湖月滿溪。未到盡驚山嶮峻，曾來方識路高低。蝸沿素壁粘枯殼，虎過新蹄印雨泥。閒閉柴門春晝寂，青桐花發畫胡啼。

柴門雖設未嘗關，閒看幽禽自往還。尺壁易求千丈石，黃金難買一生閒。雪消曉嶂聞寒瀑，葉落秋林見遠山。古柏煙銷清晝永，是非不到白雲間。

幽居自與世相分，苔厚林深草木薰。山色雨晴常得見，市聲朝暮罕曾聞。煮茶瓦竈燒黃葉，補衲巖臺剪白雲。人壽希逢年滿百，利名何苦競趨奔。

溪淺泉清見石沙，屋頭無角寄藤蘿。夜深月下長猿嘯，苔厚巖前少客過。庭竹攲斜春雪重，嶺梅消瘦夜寒多。寥寥此道非今古，徒把甎來石上磨。

破屋蕭蕭枕石臺，柴門白日爲誰開？名場成隊挨身入，古路無人跨脚來。深夜雪寒惟火伴，五更霜冷有猿哀。袈裟零落難縫補，收卷雲霞自剪裁。

優游静坐野僧家，飲啄隨緣度歲華。翠竹黃花閒意思，白雲流水淡生涯。石頭莫認山中虎，弓影休疑盞裏蛇。林下不知塵世事，夕陽長見送歸鴉。

滿頭白髮瘦稜層，日用生涯事事能。木臼秋分舂白朮，竹筐春半曬朱藤。黃精就買山前客，紫菜長需海外僧。誰道新年七十七，開池栽藕種茭菱。

自入山來萬慮澄，平懷一種任騰騰。庭前樹色秋來減，檻外泉聲雨後增。挑薺煮茶延野客，買盆移菊送鄰僧。錦衣玉食公卿子，不及山僧有此情。

競利奔名何足誇，清閒獨許野僧家。心田不長無明草，覺苑長開智慧花。黄土坡邊多蕨筍，青苔地上少塵沙。我年三十餘來此，幾度晴窗映落霞。

歷遍乾坤没處尋，偶然得住此山林。茅菴高插雲霄碧，蘚逕斜過竹樹深。人爲利名驚寵辱，我因禪寂老光陰。蒼松怪石無人識，猶更將心去覓心。

細把浮生物理推，輸贏難定一盤棋。僧居青嶂閒方好，人在紅塵老不知。風颺茶煙浮竹榻，水流花瓣落青池。如何三萬六千日，不放心身静片時。

法道寥寥不可模，一菴深隱是良圖。門前養竹高遮屋，石上分泉直到廚。猿抱子來崖果熟，鶴移巢去磵松枯。禪邊大有閒情緒，收拾乾柴向地鑪。

趙會初心提舉

老來脚力不勝鞋，竹杖扶行步落花。待月伴雲眠蘚石，尋梅陪客過鄰家。粥香瓦鉢山田米，雪汎瓷甌水磨茶。今日爲翁時暫出，此心長只在煙霞。

山居吟　録十二。

滿山筍蕨滿園茶，一樹紅花間白花。大抵四時春最好，就中尤好是山家。

年老庵居養病身，日高猶自未開門。怕寒起坐燒松火，一曲樵歌隔隝聞。

山廚寂寂斷炊煙，凍鎖泉聲欲雪天。面壁老僧無定力，又思乞食到人間。

此事誰人敢强爲，除非知有莫能知。分明月在梅花上，看到梅花早已遲。

茅屋低低三兩間，團團環繞盡青山。竹牀不許閑雲宿，日未斜時便掩關。

一片無塵新雨地，半邊有蘚古時松。目前景物人皆見，取用誰知各不同。

山形凹凸路高低，石占雲頭屋占蹊。地窄栽來蔬菜少，又營小圃在橋西。

移家深入亂峰西，煙樹重重隔遠溪。年老心閑貪睡穩，厭聞鐘響與雞啼。

半窗斜日冷生光，破衲蒙頭坐竹牀。枯葉滿鑪燒焰火，不知屋上有寒霜。

深秋時節雨霏霏，蘚葉層層印虎蹄。一夜西風吹不住，曉來黃葉與階齊。

老來無事干懷抱，竹榻高眠石枕斜。夢裏不知誰是我，覺來新月到梅花。

獨坐窮心寂杳冥，个中無法可當情。西風吹盡擁門葉，留得空階與月明。

澹居禪師至仁

至仁，字行中，别號熙怡叟，鄱陽人。得法于徑山元叟端和尚，駐錫蘇州萬壽寺。博綜經傳，貢尚書泰甫、黄侍講晉卿皆服其説，虞文靖公稱其文醇正雄簡有史筆，宗門之子長也。其詩句如：「松間石榻春雲護，花底山尊夜月開。」「沙渚草香流水活，海天雲淨碧峰遥。」「醉題梧葉秋陰合，坐對槐花暮雨來。」又《詠海棠再花》云：「月裏精神今更好，雨中顔色向來新。」俱穩秀有法。判官皇甫琮編次其詩文曰《澹居稿》，江左外史雪廬新公爲之序。

奉答虞伯生侍講

散花丈室擁天姝，金粟如來安穩無。不二門開唯一默，對談還許老文殊。

送興祖庭游會稽

故人别我向何處，歲晏扁舟泛若邪。萬壑千巖風雪後，杖藜隨處看梅花。

送䖍上人還日本并簡雙林明極和尚

十年問法天王地，萬里鄉山碧海東。雪室有禪傳鼻祖，蒲帆無恙轉秋風。潮連蓬島晴雲白，霞擁扶桑曉日紅。爲問雙林老尊者，尺書還寄北來鴻。

至正廿二年冬十二月予訪雲海禪師於龍淵山中握手敍契闊歡甚且觀其殿樓竹樹宛然如全盛時因念東南幢剎率爲兵燹而朋舊多淪替所歷有滄桑之歎而禪師之交義之願力有如此者遂作詩以紀之云

釣艇加沙度曉晴，浮圖倒影若門迎。碧潭波冷白龍臥，翠竹雲深丹鳳鳴。亂後樓臺符願力，歲寒松柏見交情。欲從池上結荷屋，天地干戈尚戰争。

次韻徐大章移居

借屋藏書避世喧，地偏塵遠水雲繁。籬前沙渚羣鷗臥，村外人家萬蟻屯。春送蘭香浮綺席，月移梅影度柴門。杖藜慣識湖東路，今雨還尋孺子論。

次韻馬國瑞員外遊會稽

勝遊還與馬遷同，直上東南第一峰。神禹穴深蒼木合，李斯碑在紫苔封。晚雲仙島翔歸鶴，夜雨靈湫起蟄龍。若見故人煩問訊，松間石上幾時逢。

李焕章竹石居

翔鳳歷四海，故巢何處安？蓬萊蒼石外，風雨長琅玕。

送厚元載遊會稽

江上楊花落，孤帆度遠汀。潮連滄海白，山擁會稽青。逸少籠鵝帖，支郎放鶴亭。登臨有新製，毋惜寄林扃。

送愚仲和尚

山陰別後道偏腴，海上歸來興不孤。短杖看雲懷鷲嶺，扁舟載月度鴛湖。豈無大士同香飯，會有神龍獻寶珠。老桂吹花應有約，巖前共聽白猿呼。

飲綠軒

道人住清溪，日飲溪中綠。滌慮發天光，心花瑩如玉。復愛溪上雲，時來簷下宿。

送楠上人歸定水并簡見心禪師

阿師說法雙峰下，白晝天花作雪飛。烽火隔江音問絕，秋風海上片帆歸。

次韻答柳仲修宣使

兵戈宇宙誰知己，風雨東南話故鄉。禪伯自慚非覺老，詩豪今喜得劉郎。海門雁叫江楓赤，澤國雲來野日黃。悵望庭闈空白髮，菊花霜露幾重陽。

贈夏君美同知

海宇煙塵日夜生，中興諸將正麈兵。酈生三寸瀾翻舌，一旦來歸七十城。

吴門遇江左外史

闔閭城外故人過，客裏相逢感慨多。夜雨蓮荒廬嶽社，秋風木落洞庭波。遠公道業驚吾老，潛子才華奈爾何。戎馬十年鄉國夢，結茅何處共雲蘿。

題秋色歸舟圖

滿目烽煙萬國秋，江山何處可追遊。吴淞水落鱸魚美，風雨歸來一釣舟。

送謙上人還日本并簡天龍石室和尚

回首扶桑若箇邊，春風萬里上歸船。神龍饋供雲迷海，仙女吹花月在天。密意西來端有得，新詩東去豈無傳。若逢石室煩通問，歲晚南湖學種蓮。

次韻寄唐伯剛斷事二首

一軒涼雨讀《楞伽》，三復停雲感物華。金粟如來方丈室，香風滿地散天花。

野水芙渠繞鶴汀，畫橋楊柳挂魚罾。秋風攜手青溪曲，竹杖荷衣一箇僧。

次韻答張仲舉承旨

沉香亭北賦名華，四海車書正一家。總道天關嚴虎豹，那知陸地起龍蛇。詞臣自昔推張説，邊將何人繼趙奢。南國雲山渾似舊，幾時函谷度牛車。

次韻簡蘇昌齡學士仲銘禪師

曾向燕然勒漢銘，吴門今對萬山青。朝端聲價蘇司業，海内交游嵩仲靈。何日袈裟登釣艇，此時雲錦照溪亭。一尊正候陶徵士，莫學三閭愛獨醒。

次韻竺元和尚山謳四首

白雲招我歸，清泉濯我足。閒將貝葉書，遥對青山讀。童子拾松花，鄰翁分野蔌。却憶馬駒師，一箭中羣鹿。

千峰梅雨歇，繞舍流泉音。萬物各有適，孤雲獨無心。時歌少林曲，還共寒山吟。啼鳥忽飛去，落花幽徑深。

獨坐孤峰顛，終朝無過客。一嘯心自閒，羣魔氣應索。池清月更明，風静葉還落。白叟荷樵歸，高歌赤雙脚。

梅花報春信，竹外香風吹。青山與世隔，幽意何人知。冰霜政嚴潔，雲石相因依。佇立望歸鶴，月上寒松枝。

集杜句述懷寄見心書記

宿鳥戀本枝，南雁意在北。飄飄愧此身，一歲四行役。所憂盗賊多，不獨凍餒迫。東下姑蘇臺，殘年傍水國。金銀佛寺開，信美無與適。細人尚姑息，賢者貴爲德。之子白玉温，令我心悦懌。晤語契深心，洞徹有清識。學貫天人際，溟漲與筆力。神功接混茫，風雷纏地脈。靈芝冠衆芳，冰壺動瑤碧。紫燕自超詣，尤異是龍脊。流傳必絶倫，許與必詞伯。喧爭懶著鞭，飛騰知有策。吾道屬艱難，鸞鳳有鎩翮。天門鬱嵯峨，乘槎斷消息。干戈尚縱横，道路時通塞。顧惟魯鈍姿，養生終自惜。桃源無處尋，黎民糠籺窄。故國莽丘墟，夢歸歸未得。悵彼高飛禽，何以有羽翼。匡山讀書處，宿昔長荆棘。陰房鬼火青，戰地骸骨白。骨肉恩書重，看雲淚横臆。西江萬里船，終當挂帆席。天寒鵂鶹呼，北風破南極。梅花已飛翻，節序昨夜隔。感激在知音，書此豁平昔。

天如禪師惟則

惟則，字天如，吉之永新人。族姓譚氏，得法于普應國師、中峰本公。闢吴城東北隅廢圃爲方丈，曰「師子林」。有竹萬竿，竹外多怪石，其中最高者類狻猊。他石或跂或蹲，厥狀匪一，軒堂亭閣，冠絶一時，則公以中峰倡道天目師子巖，故名「師子」，識不忘也。又嘗遯跡松江之九峰，道風日振，加號佛心普濟文惠大辨禪師。侍者集其詩文曰《師子林别録》，翰林待制遠者圖爲之序，稱其隨機泛應，靡所不有云。倪高士元鎮每過師子林，愛其蕭爽，爲之繪圖。徐幼文復圖爲十二景，高季迪諸人題詠相繼。今其地大半廢爲民居，湫隘囂塵，無復昔時之勝矣。

篳篥引 并序。

西瑛懶雲窩距余禪室半里許，時相過從，吹篳篥以爲供。復於余言有所需，乃賦長歌以贈。

西瑛爲我吹篳篥，發我十年夢相憶。錢唐月夜鳳凰山，曾聽酸齋吹鐵笛。初吹一曲江風生，餘響入樹秋鳴咽。再吹一曲江潮驚，愁雲忽低霜月黑。坐中聽者六七人，半是江湖未歸客。歡者狂歌繞樹行，悲者垂頭淚沾膝。我時奪却酸齋笛，斂襟共坐松根石。脱略悲歡萬念消，悟聲無性聞無跡。西瑛篳篥且莫吹，篳篥從古稱悲栗。悲歡茫茫塞天地，人情所感無今昔。山僧尚賴雙耳頑，請爲西瑛吐胸臆。聲聞相觸妄情生，聞盡聲亡情自釋。盡聞莫謂聞無聲，機動籟鳴無間隔。亡聲莫謂聲無聞，去來歷歷明喧寂。吹者之妙余莫知，聞者之悟公莫測。公歸宴坐懶雲窩，心空自有真消息。

贈道林訓上人

角鷹一側目，所視無穹蒼，臂韝索飽非所長。良馬一振鬣，所向無窮荒，内閑待秣安可常。丈夫心膽塞天地，身與世道爲低昂。況從世外發高趣，蓬蒿豈足誇翱翔。我憐古道滿荆棘，歲晚狐兔争跳梁。今年識君谷水傍，愛君駿氣如鷹揚。願君莫如我，學步成踉蹌。願君莫如我，用拙甘六藏。茅舍深居，已無馬師問梅子。木葉蔽膝，尚有懶瓚知南陽。九峰之外天茫茫，寒梅欲花春在霜。興來拂袖謝丘壑，闊視四海皆吾鄉。我有解纜歌一章，如擊瓦缶無宫商。吴松江上爲君歌，一發怒潮卷雪天風狂。

吴松江觀閘

吴松江水急如箭，昔見畫圖今識面。百川應命争先趨，東注海門如赴戰。海波怒發驅潮頭，戰退吴松水倒流。江潮一日兩相鬬，萬古不決猶寇讎。江水清兮潮水濁，江水不似潮水惡。惡潮推出海中洲，堆積江面成山丘。官憂水害難疏鑿，横江四閘同時作。潮來下閘潮平開，閘内不通潮往回。潮波怒息捲底去，閘門又見江波怒。閘上盤渦萬陣分，閘下狂瀾萬騎奔。萬雷吼兮萬鼓發，石走沙飛亂戈甲。黄河衝破華山根，健瀑擘開青玉峽。人言水性險且凶，不知水與人情同。情濤識浪怒且憤，不在江潮在方寸。水險尚可避，人險終難知。人争頷頷罔晝夜，水争尚有潮平時。

城南樓

城南樹尾花風晴，城南樹下漁舟行。隔溪竹屋數家酒，矮籬路轉人縱橫。仙山石洞在眼底，塔竿倒影滄波明。相期待渡日已晚，坐看平野青煙生。

遊三相臺示甘楊諸友臺乃姚崇牛僧孺劉沆讀書處也

我登三相臺，南望雙巽峰，俯視下界如凌空。開元老樹可百丈，斷崖盡日呼顛風。甘郎攀果學猿挂，楊子枕石飛泉中。垂藤離地坐我穩，袒跣長嘯如乘龍。嗚呼昔人不再得，臺上土花幾秋色。前身不與後身期，白雲豈識蘿衣客。安得近代顏輝來，畫我石上驚風雷。

真州送別悅希雲

欲別不別重相攜，別思已逐寒雲飛。飛雲一去不可得，千村萬落明斜暉。回頭望吳山，滿目青依依。亦如送我望我去，立盡風煙未忍歸。

送止照歸古洪曲江三首

暮雲飛上錢王臺，亂峰蘸碧湖光開。六橋春色看正好，之子不肯重徘徊。百年萬事煙雨過，鄉井一念終難灰。浩歌歸去送歸去，夢斷楚水何時來？

鑾江鎮上雙江洲，大船解纜荒洲頭。挂帆蔽空搥鼓發，白浪卷雪風蕭颼。故山三日忽到眼，恍忽天上飛驊騮。向來歸輿有如此，今日送子心悠悠。獅王一去挽不回，秋滿巖谷天風哀。龍困象藪亦多士，濟濟熟視宗綱頽。誰能共掃松下屋，黄精黄獨連門栽。霜林月上芋香起，指點深撥寒鑪灰。

入仙洞山

入山隱隱如聞雷，山雞角角隨人飛。松風洗我市喧耳，松露灑我青蘿衣。平生結習重幽賞，會景會物情依依。誰能歌紫芝？我當歌《采薇》，招呼雲外青鸞歸。

上海舟中即事

烏溪出閘催雙櫓，急趁回潮下黄浦。午前期到上洋城，生怕潮來近亭午。夜潮已落岸痕高，風卷浪花翻雪滷。渡頭趁渡人如雞，水行泥行亦良苦。西岸衝波遠入村，東岸湧沙作林圃。岸上居民無定蹤，頗怪潮行無定所。吾年五十遊上洋，今歲重來五十五。豈無玉雪美少年，向來一揖成千古。亦有鴟張萬石家，勢去一朝無寸土。噫吁嘻！人生幻化若浮雲，陵谷變遷何足數。

示友人

塵網苦多累，暫閒如脱羈。胡爲塵外跡，而乃東西馳。聚談每倉卒，既遠翻多思。眼前失真宰，身外何求知。百骸如僕馬，勢合聊相隨。氣運忽遷謝，一散無重期。來日不可待，去日不可追。静緣當自保，世故方無涯。

登西林

沈鬱難自居，偶思散遐矚。主丈登西林，斷崖倚修竹。崖上叢花開，飛禽自相逐。崖下清川流，水光泛嘉木。四月風雨多，平野一時緑。長嘯白日低，煙雲起空谷。俯視萬化間，勞生亦何足。

遊茅山雲林清遠之館

華陽有客似重來，新見雲林别館開。寒日半巖松鶴起，腥風萬壑雨龍回。琴牀流露滋瑶草，丹鼎飛春上玉梅。居者未知清且遠，人間咫尺望蓬萊。

漕運萬户某脱險于海因和韻唁之

語未開脣已改顔，向來海運歷多艱。連檣影落蛟涎窟，孤枕魂飛鬼骨山。出匣劍龍驚怒吼，傳家珠虎幸生還。黄金任積高於斗，不博休官一日閒。

送時無擇維那歸閩

百計歸難禁，生緣樂未窮。聽鐘梛葉雨，攲枕荔花風。客久閩音化，交深楚俗通。片帆明日遠，雲斷海天空。

送鄉僧昱曉林二首

風沙風葉攪征衣，今日江頭送汝歸。西望故鄉何處是，楚天漠漠片雲飛。

鄉人問我幾時還？向道如今又入山。一箇蒲團半間屋，吴松江上九峰間。

登茅山天市壇

天市危闌倚碧空，兩京山水見冥蒙。東來十日風霜路，只在寒嵐一抹中。

一峰雲外菴和韻四景四首

碧虹分雨半山橋，橋下春雷卷怒濤。老衲定回推户看，隔溪開盡野櫻桃。

竹屋茶香滿澗煙，緑杉深處響流泉。目前有法誰能説？落日微風一樹蟬。

平田水語稻花香，半解蘿衣受晚涼。景物雙清秋正好，亂山雲外又斜陽。

衲被蒙頭宿火紅，雪寒愁聽上方鐘。開門忽怪山爲海，萬疊銀濤露一峰。

湖村菴即事

竹根吠犬隔溪西，湖雁聲高木葉飛。近聽始知雙櫓響，一燈浮水夜船歸。

訪仙洞山舟次大溪口

窈窕仙家何處尋？夕陽明滅亂雲深。大溪横斷青山合，一路風帆入樹林。

贈弟仁遠入京四首 并序。

始余别家時，仁遠從弟年纔十七，今將四十矣。鬚髯戟張，言論有遠志。以湘南教官滿考，乘風爲上國遊。艤舟維揚，迂道來徑山相尋。梅雨中，禪榻共燈數夕，既行，贈偈四章，以紀别思，以戒其速歸。

虬鬚鐵面岸綸巾，膽氣粗豪語逼人。二十三年不相見，却疑年少是前身。

雨嶂煙巒翠欲流，天開圖畫萬山頭。凌霄閣上凭闌意，留與他年説舊遊。

白雲峰在夕陽邊，目送吴雲入楚天。汝到燕山却回首，三千里外又三千。

錦袍花映鳳池明，玉珮光摇紫府青。富貴著人如醉夢，倚門慈母眼長醒。

曉行吴淞江

水轉沙涂又一灣，迎船孤塔出煙嵐。長江一道横風起，兩岸争飛上下帆。

師子林即景六首

萬竿緑玉繞禪房，頭角森森筍稚長。坐起自攜藤七尺，穿林絡繹似巡堂。

素壁光摇眼倍明，隔簾風樹弄新晴。樹根鼃鼓鳴殘雨，恍忽南山水樂聲。

半簷落日曬寒衣，一鉢香羹野蕨肥。春雨春煙二三子，水西原上種松歸。
道人肩水灌畦蔬，托鉢船歸粟有餘。飽飯禪和無一事，繞池分食餧遊魚。
斜梅勢壓石闌干，花似垂頭照影看。白晝雲陰天欲雪，半池星斗逼人寒。
雪深三尺閉柴荆，歲晚無心打葛藤。立雪堂前人不見，秀雲峰似白頭僧。

孫氏蕙蘭

蕙蘭，名淑，新喻傅若金汝礪之妻也，其先汴人。年二十三，歸汝礪于湘中，五月而卒，汝礪序其遺稿曰：「故妻孫氏蕙蘭，早失母，父周卿先生以《孝經》、《女誡》教之，詩固未之學也。因其弟受唐詩家法，取而讀之，得其音格，輒能爲近體五七言，語皆閒雅可誦，非苟學所能至者。然不多爲，又恆毁其稿，家人或竊收之，則曰偶適情耳，女子當治織紝組紃，以致其孝敬，辭翰非所事也。既卒，家人哭而稱之。因出其稿得若干首，特爲編集成帙，序而藏之，題曰《緑窗遺稿》，其未成章者云：「露下庭梧葉，風吹月桂花。」「登樓聞過雁，開户見棲鴉。」「繡簾當雪卷，銀燭背風燃。」「雪晴山顯翠，風暖水生紋。」「萱草當階緑，櫻桃落地紅。」「芍藥開時病，荼蘼落處愁。」「玉釵簪茉莉，羅扇繡芙蓉。」「窗前垂柳分春色，鏡裏幽蘭對曉妝。」「花間影過那知燕，柳外聲來不見鶯。」「慈親教婢回金剪，驕妹嗔人奪繡鍼。」「妝成寶鏡楊花過，行出珠簾燕子歸。」「自傾瓮裏春泉水，親灌階前石竹花。」「海棠帶雨臙脂重，楊柳凝煙翡翠濃。」殘膏賸馥，猶有餘妍。汝礪深惜其才，每見於悼亡諸作，纏綿悽惻，有足悲者。故爲表而出之，以傳於世。

緑窗詩十八首

窗裏人初起，窗前柳正嬌。捲簾銜落絮，開鏡見垂條。坐對分金線，行防拂翠翹。流鶯空巧語，倦聽不須調。

小閣烹香茗，疏簾下玉鈎。燈光翻出鼎，釵影倒沈甌。婢捧消春困，親嘗散莫愁。吟詩因坐久，月轉晚妝樓。

燈前催曉妝，把酒向高堂。但願梅花月，年年映壽觴。

采閣閉朝寒，妝成擬問安。忽聞春雪下，唤婢卷簾看。

粲粲梅花樹，盈盈似玉人。甘心對冰雪，不愛艷陽春。

小小春羅扇，團團秋月生。蟠桃花樹裏，繡得董雙成。

自拂雙眉黛，何曾慣得愁。若教如翠柳，便恐不禁秋。

樓前楊柳發青枝，樓下春寒病起時。獨坐小窗無氣力，隔簾風亂海棠絲。汝礪追和云：「小窗開盡碧桃枝，憶得青鸞化去時。昨夜秋風妒幽怨，夢中吹斷素琴絲。」

緑窗寂寞掩殘春，繡得羅衣懶上身。昨日翠帷新病起，滿簾飛絮正愁人。追和云：「江上愁時復值春，帶圍寬盡不宜身。階前舊種櫻桃樹，日暮飛花故著人。」

小妹方纔習《孝經》，可憐嬌怯性偏靈。自尋《女誡》窗前讀，嗔道家人不與聽。

幾點梅花發小盆，冰肌玉骨伴黃昏。隔窗久坐憐清影，閒劃金釵記月痕。

繡被寒多未欲眠，梨花枝上聽春鵑。明朝又是清明節，愁見人家買紙錢。

春雨隨風溼粉牆，園花滴滴斷人腸。愁紅怨白知多少，流過長溝水亦香。

春風昨夜碧桃開，正想瑶池月滿臺。欲折一枝寄王母，青鸞飛去幾時來。

空階日晚雨纔乾、小婢相隨倚畫闌。金釵誤挂緋桃落，羅袖愁依翠竹寒。

小窗今夕繡鍼閒，坐對銀蟬整翠鬟。凡世何曾到天上，月宮依舊似人間。

乞巧樓前雨乍晴，彎彎新月伴雙星。鄰家小女都相學，鬭取金盆看五生。

庭院深深早閉門，停鍼無語對黃昏。碧紗窗外初生月，照見梅花欲斷魂。

貞懿鄭氏允端

允端，字正淑，姓鄭氏，宋丞相清之五世孫女也。其大父通判吴郡，徙居焉。饒于貲，有半州之目，世稱花橋鄭家。允端姿稟秀慧，尤善詩歌。歸于同郡施伯仁，儒雅士也，相敬待如賓客。至正丙申，張士誠入平江，家爲兵所破，鬱鬱致病而卒，年僅三十，窆于城東之南岡。宗族之士相謂曰：鄭氏有容、有言、有學、有識，行孚中閨，可象可則。貞以厲己，懿以成德。有合謚典，宜謚曰貞懿。所著有《肅雝集》，其自題曰：嘗怪近世婦人女子作詩，無感發懲創之義，率皆嘲詠風月，纖艷委靡，流連光景而已。余故刬除舊習，脱棄凡近。作爲歌詩，緘諸篋笥，以俟宗工斤正。今抱病彌年，垂亡有日，懼湮没而無聞，用寫别楮，藏于家塾，以示子孫。伯仁哀之，爲詮次成帙，一時名輩如錢塘錢惟善、青城杜寅爲之前後序云。

吴人嫁女辭

余見尋常百姓家，多以女嫁達官貴人，雖夸耀于一時，而終不得偕老。故作是詩以警之。時至正丙申歲也。

種花莫種官路傍，嫁女莫嫁諸侯王。種花官路人取將，嫁女王侯不久長。花落色衰情變更，離鸞破鏡終分張。不如嫁與田舍郎，白首相看不下堂。

擬寄衣曲

男兒遠向交河道，鐵馬金戈事征討。邊頭八月霜風寒，欲寄戎衣須趁早。急杵清砧擣夜深，玉纖銅斗熨帖平。裁縫製就衣襖裙，千針萬線始得成。封裹重重寄邊使，爲語夫君奮忠義。好將功業立邊陲，要使聲名垂史記。

秋夜三五七言

風乍起，月初陰。樹頭梧葉響，階下草蟲吟。何處高樓吹短笛，誰家急杵擣清砧。

讀西漢書

予聞太倉公，逮繫長安獄。生女不生男，緩急無以囑。少女痛所言，上書訟父辱。死者不復生，刑者不可屬。妾身没入官，父罪或見贖，明明聖文王，哀憐脱戕毒。再使父子親，骨肉重相續。此事誼甚高，足以振頽俗。好事東觀臣，大書耀史録。臨卷三歎之，清風滿林麓。

題耕牧圖

幽人薄世味，耕牧山之陰。自抱村野姿，常懷畎畝心。行行南山歌，落落《梁甫吟》。挂書牛上角，揮鉏瓦中金。飽飯黄昏後，力田春雲深。四體勤樹藝，三生悟浮沈。巢父世高尚，德公人所欽。伊人去已遠，高風邈難尋。撫卷空歎息，俯仰成古今。

望夫石

良人有行役，遠在天一方。自期三年歸，一去凡幾霜。登山凌絶巘，引領望歸航。歸航望不及，躑躅空傍徨。化作山頭石，兀立倚穹蒼。至今心不轉，日夜遥相望。石堅有時爛，海枯成田桑。石爛與海枯，行人歸故鄉。

詠鏡

皎皎奩中鏡，相隨越歲年。清光何所如，明月懸中天。我昔十五餘，顔色如花鮮。對之理晨妝，塗抹鬭嬋娟。邇來年頗長，貧病相憂煎。形容漸老醜，無復施朱鉛。今朝鏡亦昏，塵垢蝕連錢。相看自黯淡，焉能分媸姸。人生有盛衰，物情隨變遷。世間類如此，何用增慨然。

聽琴

夜深衆籟寂，天空缺月明。幽人據槁梧，逸響發清聲。一彈再三彈，中含太古情。坐深聽來久，山水有餘清。子期既物化，賞心誰與并。感慨意不已，天地空峥嶸。

効古

人生天地内，翕欻如轉蓬。有材不早用，老去悲途窮。甘羅豁達士，意氣自豪雄。奉辭使列國，十二登上公。早達勝晚遇，應鄙垂釣翁。

讀文山丹心集

藉甚文丞相，精忠古所難。舍生歸北闕，效死只南冠。血化三年碧，心存一寸丹。偶攜詩卷在，把玩爲悲酸。

卧痁

秋來多病瘧，骨立瘦難支。煩熱那能止，增寒奈爾爲。脾神不自衛，江鬼故相欺。伏枕南窗下，空吟老杜詩。

題畫

誰貌江南景，風煙萬里寬。金銀開佛寺，紫翠出林巒。遠客馳行役，幽人賦《考槃》。蒼茫無限意，撫卷爲盤桓。

碧筩 王夫人席上作。

主人避暑開芳宴，輕折荷盤當酒罍。半朵斷雲擎翡翠，一江甘露瀉玫瑰。胸中爽氣飄飄起，鼻底清香拍拍回。可笑狂生楊鐵笛，風流何用飲鞋杯。

紅指甲

鳳花染就玉纖纖，別是風流幾種看。鸞鏡勻脂丹髓溼，鵲鑪添火綵雲寒。封題錦字春無限，彈淚香閨血未乾。報道金釵斜插處，落紅飛上髻雲端。

中庭對月有感

中庭夜氣涼于水，坐看青天轉玉盤。萬里清光明海宇，十年殺氣暗長安。閨人只憶丹心苦，戰鬼偏憐白骨寒。我欲排雲叫閶闔，璚樓玉宇路漫漫。

琵琶泉　井在吴王故宫。

吴王廢苑餘千載，尚有寒泉一掬清。巧匠鑿成推引手，斷絃牽出轆轤鳴。涓涓多似江州淚，軋軋疑如出塞聲。一曲難湔亡國恨，空留宫井不勝情。

高氏姊惠素羅

雪色香羅照眼明，阿兄相贈見深情。明朝急爲裁春服，相約麻姑禮上清。

水檻

近水人家小結廬，軒窗瀟灑勝幽居。憑闌忽聽鳴榔響，知有小船來賣魚。

吐綬鳥

庭院春陰護薄寒，山禽飛下玉闌干。胸中錦繡無人識，閒向東風自吐看。

徐熙杏花

寫生政自愛徐熙，把卷摩挲眼欲迷。曾記沉沉春雨後，一枝斜透粉牆西。

四體美人四首

正面

似共春風別有緣，美人初見下鞦韆。花陰滿地日卓午，芍藥金盤五色鮮。

背立

宮様新妝 臢寶衣，背人鵠立好腰肢。杜陵飢客長安道，隔水臨花乍見時。

側身

半面紅裝似可人，鳳環斜插寶釵新。若教端正嬋娟面，東里西家總後塵。

半截

若箇亭臺緑水邊，粉牆低處出嬋娟。分明識得東風面，不見羅裙血色鮮。

念舊

憶昔娉婷十五餘，勻紅傅白鬭西施。如今老大慵妝洗，正是梨花過一作遇。雨時。

梧桐

梧桐葉上秋先到，索索蕭蕭向樹鳴。爲報西風莫吹却，夜深留取聽秋聲。

秋窗書懷

詩骨從來不受肥，那堪衰病弗勝衣。朝來試把羅裳繫，一作「裙整」。瘦比今春又半圍。

東坡赤壁圖

老瞞雄視欲吞吴，百萬樓船一炬枯。留得清風明月在，網魚謀酒付髯蘇。

瘦馬

曾共元戎出塞垣，生擒番將向烏桓。如今老去誰終惠，獨對西風瘦骨寒。

庭槐

風轉庭槐拂檻開，緑陰如染淨無埃。婦人不作功名夢，閒看南柯蟻往來。

葡萄

滿筐圓實驪珠滑，入口甘香冰玉寒。若使文園知此味，露華應不乞金盤。

襪

輕輕小襪製香羅，三寸量來不較多。針縷細勻裁製好，鴉頭休詑馬嵬坡。

桃花

細雨春寒江上時，小桃鼓樹出疏籬。從教一簇開無主，終不留題崔護詩。錢牧齋曰：楊循吉吳中往哲，女秀人李氏，其警句云云。此詩載鄭氏《肅雝集》中，豈君謙偶失考耶？抑別有李氏一集耶！姑兩存之，以俟知者。

桃源

秦季干戈起，中原幾變遷。誰知避世者，自有一山川。

毛女

我亦斯人徒，偶然攖世網。撫卷發深思，何當共長往。

蘭

並石疏花瘦，臨風細葉長。靈均清夢遠，遺佩滿沅湘。

筍

竹林春雨過，瘦筍迸苔長。坐待成高節，清標出短牆。

蓮

本無塵土氣，自在水雲鄉。楚楚淨如拭，亭亭生妙香。

梅

歲寒冰雪裏，獨見一枝來。不比凡桃李，春風無數開。

杜少陵春遊曲

何處尋芳策蹇驢，典衣買酒出城西。玄都觀裏桃千樹，黄四娘家花滿溪。

春詞集句

春色沉沉鎖建章，困人天氣日初長。閒來獨立雕簷下，笑殺雙飛燕子忙。武元衡、朱淑真、韓偓、王建。

秋詞集句

月轉觚稜夜未央，倚牀自炷水沈香。芙蓉小帳雲屏暗，二十五聲秋點長。張籍、虞伯生、劉長卿、李郢。

安南國王陳益稷

益稷，國王陳日晅之弟也，其先閩人。有陳日煚者，爲交趾王李氏婿，奪其國而有之。元憲宗時，嘗遣將兀良合台破其國都。日煚傳國于其子光昺，遣使納款。世祖中統三年。封光昺爲安南國王。至元十四年，光昺卒，國人立其世子日烜。徵之入朝，不肯行，會用兵占城，諭日晅使助軍糧，不從，遂移兵伐之。日晅拒戰敗走，其弟昭國王益稷率妻子官吏以降。二十三年，封益稷爲安南國王。命鎮南王脱驩及左丞相阿里海牙等引兵納之，未克。言者以爲非便，遂止。益稷從師還鄂州，其後日烜遣使來貢，二十七年卒，子日燇立，益稷竟久留于鄂，遥授湖廣行中書省平章政事。武宗朝，累進金紫光禄大夫儀同三司，文宗天曆二年卒，壽七十六，謚曰忠懿。王有詩若干首傳世，皆歸朝後所作。安南，古南交地。自秦時爲郡縣，漢唐因之，五代割據，遂成異域。元時兵力之强，盡有西南諸部，而安南獨不入版圖，選將用兵，頻年暴露，而終莫得其要領。然益稷以羈旅降王，猶能以歌吟與中朝文士相頡頏。何地無才，亦足以見元時詩學之盛矣。

大明殿侍宴

班陪玉筍侍紅雲，日表熙熙瑞氣温。萬派朝宗滄海闊，衆星環拱紫宸尊。雍容湛露歌詩什，彷彿鈞天入夢魂。孤孽秋毫皆帝力，願殫忠赤報深恩。

送駕至上都過關口而回

控轡追隨寶馬羣，古長城外送金根。仙蹤縹緲鸞聲遠，客路崎嶇燕尾分。喜見重瞳開日表，何勞八翼夢天門。梅嵒有約人知不？幾處朱闌看白雲。

駕畋柳林隨侍

仙仗平明擁翠華，景陽鐘發海東霞。千官捧日臨春殿，萬騎屯雲動曉沙。白鶻韝翻山霧薄，黄龍旗拂柳風斜。太平氣象同民樂，南北梯航共一家。

送元明善赴京

江流脈脈草離離，黄鶴磯頭酒一卮。報國寸一作忠。心憐我老，論交一作文。半面識君遲。正當重一作舉。鼎調梅日，又是長亭折柳時。滿載詩書一作「收拾琴書」。歸路穩，鳳城依約更相期。

送李龍川平章赴闕

雪滿長亭酒滿斟，楚山千疊水千尋。梅青半識平生面，桐老相知太古心。雁影南樓孤月冷，馬頭北闕五雲深。二毛越叟情無限，獨向南窗袖手吟。

挽卜憐吉歹河南王

哲人萎矣棟梁傾，回首西風涕暗零。三世功名今古史，百年過客短長亭。手扶紅日名猶在，身就黄粱夢不醒。記取汾陽舊勳業，紫薇留種繼芳馨。

萬歲山侍宴

碧漢鳴鸞隔世塵，玉京開宴會星辰。舞迴鼇背三一作千。山雪，酒上龍顏萬國春。物被仁風榮御苑，水涵一作流。聖澤溢天津。越南羈旅陪賓列，咫尺光瞻日月新。

駐馬渡頭

大別山頭漢口前，吴王磯下沔城邊。立殘秋水隔灘鷺，噪落夕陽何處蟬？赤壁冷煙銷魏卒，黄州淡月照坡仙。英雄瀟洒名俱在，我愛狂吟不愧天。

鄂館書懷

蕭然孤館起凄風，半壁青燈照病容。滴碎秋心窗外雨，敲殘曉夢枕邊鐘。衡陽雁斷三千路，巫峽猿啼十二峯。不盡關山回首處，暮雲疊疊水重重。

秋晚睡覺

海水盈盈漏轉籌，霜風吹角出譙樓。夢殘淡月五更曉，心遠孤雲萬里秋。玉帛幾年賓上國，詩書半出老中州。平生事業渾如昨，無奈青燈照白頭。

謝青宫賜酒

黄封星使控麒麟，騰踏高風拂路塵。仙醴釀成天上露，宫壺分賜臘前春。恩沾南紀波濤闊，氣轉東皇草木新。拜徹雍容歌既醉，遥瞻鶴禁喜津津。

巴陵雨中

鴉拂平林雁陣空，黄花行李老秋風。如何一夜江南夢，盡在巴陵細雨中。

上都回宿赤城站

塗山執玉會諸侯，宴罷回程宿嶺頭。白海雨來雲漠漠，赤城秋入夜颼颼。皇圖萬里乾坤闊，客路幾年身世浮。驛吏驚呼詩夢破，一聲雞唱隔雲州。